JANE HARVEY-BERRICK

O PERIGO DE CONHECER E *amar*

Traduzido por Samantha Silveira

1ª Edição

2021

Direção Editorial:
Anastacia Cabo
Gerente Editorial:
Solange Arten
Tradução:
Samantha Silveira
Diagramação: Carol Dias

Preparação de texto:
Louise Branquinho
Arte de Capa:
Bianca Santana
Revisão Final:
Equipe The Gift Box

Copyright © Jane Harvey-Berrick, 2013
Copyright © The Gift Box, 2021

Todos os direitos reservados.
Nenhuma parte do conteúdo desse livro poderá ser reproduzida em qualquer meio ou forma – impresso, digital, áudio ou visual – sem a expressa autorização da editora sob penas criminais e ações civis.

Esta é uma obra de ficção. Nomes, personagens, lugares e acontecimentos descritos são produtos da imaginação da autora. Qualquer semelhança com nomes, datas ou acontecimentos reais é mera coincidência.

Este livro segue as regras da Nova Ortografia da Língua Portuguesa.

CIP-BRASIL. CATALOGAÇÃO NA PUBLICAÇÃO
SINDICATO NACIONAL DOS EDITORES DE LIVROS, RJ
Camila Donis Hartmann - Bibliotecária - CRB-7/6472

H271p

Harvey-Berrick, Jane
  O perigo de conhecer e amar / Jane Harvey-Berrick ; tradução Samantha Silveira. - 1. ed. - Rio de Janeiro : The Gift Box, 2021.
  496 p.

  Tradução de: Dangerous to know & love
  ISBN 978-65-5636-097-3

  1. Ficção inglesa. I. Silveira, Samantha. II. Título.

21-73122
CDD: 823
CDU: 82-3(410.1)

Dedicatória

Este livro é dedicado às mulheres especiais da minha vida, amigas de valores imensuráveis: Lisa, Kirsten, Ana, Dorota, Libby, Nicky e Judith.

Prólogo

Silêncio.

Debaixo de sua janela, passavam carros, pessoas pedalando em bicicletas, correndo, cachorros andando – o mundo passando. Cada atividade com seu próprio conjunto único de ações, uma orquestra de ruídos: pneus, freios, conversas, latidos. Nenhum dos sons penetrava.

Ele sentiu uma presença por trás e se virou para encontrar os olhos preocupados de seu irmão o observando.

— Hoje é o dia, universitário.

Daniel sorriu e deu de ombros.

— Acho que sim.

Zef estendeu a mão e eles se cumprimentaram brevemente, antes de puxar Daniel para um abraço apertado.

— Estou orgulhoso de você, mano — sussurrou ele. — Mamãe e papai também ficariam orgulhosos. — Então se afastou e deu um tapinha no ombro do irmão. — Não faça merda.

Daniel sorriu.

— Não posso prometer nada.

Capítulo 1

Quando Lisanne tropeçou na sala de aula, com Kirsty agarrada a seu braço, já havia vários alunos espalhados pela sala. Estava muito cedo no semestre para que muitos grupos fossem formados, mas algumas garotas estavam sentadas juntas na busca de se apoiarem umas nas outras, dando risadinhas. Os garotos se achavam legais demais para esse tipo de coisa e sentaram-se magnanimamente isolados.

Lisanne olhou para os diversos exemplos de humanidade. A maioria parecia normal, como ela, vestindo jeans e camiseta, mas havia um cara que estava usando camisa de botão e gravata. Santo Deus! Lisanne apostava que ele tinha uma cópia do *Wall Street Journal* em sua mochila. Ela só se surpreendeu por ele não estar carregando uma pasta. Por qual razão ela havia concordado em fazer "Introdução à Administração"? Ah, sim, porque seus pais não achavam que se formar em música geraria grandes oportunidades de carreira.

A resposta de sua nova colega de quarto foi olhar pelo lado bom.

— Que droga — disse Kirsty. — Mas, nunca se sabe, você pode encontrar um cara bonito que acabará sendo o próximo Mark Zuckerberg.

— O quê? Baixinho e com péssimo gosto para roupas?

Kirsty riu.

— Não, tonta: inteligente e podre de rico!

Lisanne suspirou.

— Ei, Lis! Presta atenção!

Sua cabeça se ergueu, afastando-se do Sr. Todo Poderoso, então sua expressão mudou quando Kirsty piscou para ela e tirou os sapatos.

— Me surpreende que ainda consiga andar nesses... Ah, é, não consegue.

Kirsty ergueu as sobrancelhas.

— Acorda! São Manolos! São feitos para ser vistos, não para andar com eles.

— É claro. Que tolice a minha.

Kirsty deu uma risadinha.

— Tanto faz. Tá bom, agora é sério, com qual desses caras você ficaria? — Estendeu seus braços para indicar todos na sala de aula.

Lisanne riu.

— Nenhum deles por *nenhuma* razão em *específico*.

— Não? Não acha o cara de camiseta vermelha fofo?

Lisanne esticou o pescoço.

— Ele é legal, acho. Mas, na verdade, não faz o meu tipo.

— Qual é o seu tipo? — perguntou Kirsty, toda curiosa. *Todos os caras bonitos eram o tipo de Kirsty.*

Lisanne deu de ombros. A verdade é que ela não tinha namorado muito no colégio. Quer dizer, *nunca saíra com alguém*, a menos que ela contasse o baile de formatura e o fiasco do encontro que não acontecera. Como um encontro que não havia acontecido ter sido um completo desastre permanecia um mistério para ela, e tinha sido uma das piores e mais humilhantes noites de sua vida, envolvendo vômito – de outra pessoa – e... Não, ela não queria pensar nisso. Definitivamente não contava.

— Ah, qual é, Lis — disse Kirsty, de forma encorajadora. — E aquele cara com quem você estava conversando no Facebook ontem à noite?

— Rodney? Não, ele é só um amigo do colégio.

— Então, ele não é...?

— Eca, não! Eu o conheço desde o jardim de infância. Seria... estranho.

— Portanto, você está livre e desimpedida, certo?

Lisanne *estava* totalmente livre. Ela só não tinha visto ninguém de quem gostasse assim.

— Bem, diga-me o que está procurando. Só por garantia, sabe?

— Ah, não sei. Alguém *diferente*. Alguém...

— Como *ele*? — perguntou Kirsty, acenando com a cabeça para o cara que tinha acabado de entrar.

Ele era *diferente*, com certeza. Na verdade, Lisanne tinha certeza de que ele entrara na sala de aula por engano. Sem chance de alguém como *ele* estar matriculado na aula de Introdução à Administração.

Todos os olhos, masculinos e femininos, giraram em sua direção quando ele entrou como se fosse o dono do pedaço. Ele se sentou todo largado no assento da segunda fila, exalando arrogância, tirando o Ray-Ban enquanto "se achava". Ele era alto e magro, com cabelo preto curto e espetado. Ele tirou a jaqueta de couro, e mesmo àquela distância dava para Lisanne ver que ele tinha costas largas e braços fortes e musculosos com espirais vermelhas, douradas e pretas tatuadas descendo por eles. Ele se virou para conferir o corredor atrás dele, e Lisanne não pôde deixar de notar o *piercing* de prata em sua sobrancelha esquerda.

Sem falar com uma alma ou fazer contato visual com ninguém, ele jogou a jaqueta em um assento e a mochila no outro. Claro que havia uma lei segundo a qual todos os garotos legais se sentavam na última fileira. Mas não, ele não.

Lisanne sentiu as sobrancelhas se juntarem em um franzir.

— Argh, não, não suporto caras assim — disse ela. — Todo emo, e pensando que é melhor do que todos os outros.

— Sim, mas ele é uma *gracinha* — comentou Kirsty, lambendo os lábios. — Esse garoto é bonito. Vou descobrir quem ele é.

— Definitivamente não faz meu tipo — falou Lisanne, com um tom decisivo.

O professor Walden entrou na sala e imediatamente a conversa baixa se silenciou e todos começaram a pegar papéis e abrir *laptops*, prontos para fazer anotações. Todos, exceto o cara com o *piercing* na sobrancelha. Ele não se moveu. Ele nem mesmo pegou um caderno para rabiscar.

Lisanne se sentiu irracionalmente irritada com ele. Seus pais tinham pagado uma grana boa para ela frequentar a faculdade, e babacas como aquele cara estavam lá só para passear. Ela não suportava pessoas assim – pessoas que eram falsas.

Ela percebeu que já havia passado muito tempo olhando para o "Cara do *Piercing* na Sobrancelha" e que a aula tinha começado.

Mas, de vez em quando, seus olhos eram atraídos para ele. Ela meio que esperava que ele acabasse dormindo ou brincasse com seu *iPod*, mas seus olhos estavam fixos no professor Walden, quase sem piscar durante todos os 50 minutos. Era estranho. Será que ele estava chapado? Embora fossem apenas nove horas da manhã, parecia a resposta mais provável.

No final da palestra, o Sr. Todo Poderoso fez várias perguntas e até mostrou seu exemplar do *Wall Street Journal* para explicar seu argumento. Internamente, Lisanne comemorou com um soquinho no ar; ela se sentia orgulhosa de decifrar bem as pessoas.

Quando a sala começou a esvaziar, ela não pôde deixar de notar que o Cara do *Piercing* na Sobrancelha não conversou com ninguém, ainda sem fazer contato visual com nenhuma das pessoas da aula. E voltou a usar os óculos de sol. Dentro da sala. Que babaca.

Porém, ela tinha que admitir que Kirsty estava certa de uma coisa: ele era um babaca *lindo*. Seu cabelo era tão preto que era quase azul, e sua pele sem defeito exibia um tom bronzeado. Pelo que ela tinha visto de seus olhos, eram claros, da cor castanho-esverdeado, emoldurados por longos cílios acima de maçãs do rosto perfeitas e lábios carnudos e beijáveis. *Beijáveis*? Onde estava a verdadeira Lisanne Maclaine e quem era essa doida que estava tendo esses pensamentos?

Com uma bufada, analisando a injustiça do mundo, onde pessoas bonitas conseguiam escapar impunes de serem idiotas, Lisanne foi direto para as salas de prática para ter sua aula individual com seu professor de violino.

Enquanto se apressava pelo *campus*, ela não parava de pensar por que um garoto tão bonito iria querer profanar o que Deus havia lhe dado cobrindo o corpo com tatuagens e enfiando um pedaço de metal na sobrancelha. Bem, ela tinha orelhas furadas, mas era diferente. Óbvio. Lisanne não entendia por que as garotas da escola gostavam tanto de caras tatuados, sério. Ela simplesmente não via sentido, e com toda certeza, não tinha intenção de fazer uma. Ficaria estranho quando ela tivesse quarenta anos.

Ela suspirou, querendo saber por que havia nascido tão sensata.

A manhã passou rápido depois disso, e Lisanne esqueceu tudo a respeito do Cara de *Piercing* na Sobrancelha. Seu tutor de violino, professor Crawford, acabou sendo incrível, e Lisanne achou que haviam se entendido bem. Ele tinha dado a ela algumas dicas de como poderia melhorar sua curvatura, e isso ajudara prontamente. Por isso estava de bom humor quando encontrou Kirsty no refeitório.

— Oi, espaçosa! — soou a voz alta. — Sente-se aqui.

Kirsty estava largada na cadeira em uma mesa com três garotas que Lisanne não conhecia. Ela achou engraçado ver os pés de Kirsty descalços e apoiados na cadeira ao lado dela.

— O que aconteceu com os Manolos? — perguntou Lisanne, com um sorriso perspicaz.

— Digamos que vou guardá-los para uma noite em que sairei de limusine. — Kirsty bufou.

Lisanne ergueu uma sobrancelha.

— Fiquei impressionada que ainda tentou usá-los. Eu teria quebrado meu pescoço.

Kirsty soltou uma gargalhada e vários caras olharam em sua direção, dando uma conferida nela. Pela expressão em seus rostos, aprovaram, óbvio. Bem, não havia nada a desaprovar: Kirsty tinha o cabelo encaracolado pintado de loiro, seus cachos quase alcançavam a cintura, com curvas perfeitas, o rosto de boneca fada e grandes olhos azuis. Se ela fosse mais alta, poderia ter sido modelo.

Lisanne era simples em comparação, embora, para dizer a verdade, a maioria das garotas era quando comparada com Kirsty. Seu próprio rosto era muito quadrado, a mandíbula bem grande, olhos cinza comuns, cabelo liso e castanho sem traços característicos e, ainda que seu corpo fosse razoável, não era nada especial. Nada de especial mesmo.

Parte de Lisanne, a parte megera da qual ela não era muito orgulhosa, teria realmente gostado de não gostar de Kirsty – mas a garota era muito *legal*. Argh.

Kirsty a apresentou às outras garotas à mesa: Trudy, Shawna e Holly. Eram todas especialistas em moda, iguais à Kirsty. Não que Lisanne precisasse da introdução para descobrir isso – suas roupas gritavam "designer" a quase um quilômetro.

— Como foram as outras aulas esta manhã? — perguntou Kirsty.

— É, bem boas. Meu professor de violino é incrível.

— Violino? — desdenhou Shawna. — Parece tão chato.

Kirsty riu, mas disse depressa:

— Não do jeito que Lisanne toca. — Ela sorriu e piscou para sua colega de quarto, mas, depois, distraiu-se e seus olhos dispararam para o outro lado da sala.

— Dê uma olhada no Sr. Moreno Alto e Deliciosamente Perigoso! — falou Shawna, lambendo os lábios, acompanhando a direção do olhar de Kirsty.

Lisanne viu o Cara do *Piercing* na Sobrancelha atravessando o refeitório. Ele ainda estava de óculos escuros. Continuava sozinho.

— Ah, ele — bufou ela. — Ele está em nossa aula de Introdução à Administração. É um verdadeiro imbecil.

Mesmo enquanto dizia as palavras, elas pareciam estranhas em sua boca. Racionalmente, ela sabia que ele não tinha feito nada em particular para irritá-la. Era só o jeito com que ele ficara ali, sem fazer anotações, como se estivesse acima de tudo e de todos.

Shawna sorriu com ar de superioridade.

— Para sua informação, o nome dele é Daniel Colton. Ele é daqui e tem fama já. Foi o que ouvi.

— Que espécie de fama? — perguntou Kirsty, entusiasmada.

— Ele já se meteu em duas brigas esta semana — respondeu Shawna, satisfeita por ser ela quem contava a novidade. — Surtou com algum aluno sem motivo. — Depois ela baixou a voz. — Dizem que ele é o cara certo se quiser algo extracurricular. Tipo maconha, bebida alcoólica, cocaína, anfetamina; o cara consegue. Eu não me importaria de passar um tempo extracurricular com ele, se é que me entendem. Ouvi dizer que é um tarado na cama.

Os lábios de Lisanne se curvaram com nojo, e não só pela expressão vidrada no rosto de Shawna. Como é que aquele cara conseguia se safar sendo tão descarado a ponto de vender drogas no *campus*? Combinava com sua opinião negativa a respeito dele, que havia despencado ainda mais. Por outro lado, se as pessoas sabiam dele na primeira semana, não demoraria muito para que as autoridades da faculdade soubessem também. Era bem provável que ele nem chegaria ao final do primeiro semestre.

— Com certeza ele faz o estilo *bad boy* — concordou Kirsty.

— Hmmm — murmurou Shawna. — Gostoso, definitivamente gostoso.

— Maluco, mau e um perigo de se conhecer — disse Kirsty, sorrindo. — O que você acha, Lisanne? Tem uma queda por *bad boys*?

Lisanne negou com a cabeça com tanta força que pôde jurar ter sentido seu cérebro sacudir.

Kirsty riu e começou a falar dos planos para o fim de semana.

Irritada consigo mesma, Lisanne afastou todos os pensamentos do Cara do *Piercing* na Sobrancelha da cabeça. Algumas pessoas simplesmente não conheciam a própria sorte.

A primeira semana de Lisanne longe de casa foi difícil, para não dizer outra coisa. Ela sentia falta da família. Sentia falta de conversar com sua mãe, que também era sua melhor amiga. Claro que se falavam ao telefone todas as noites, mas não era a mesma coisa. Ela sentia falta das piadas ruins de seu pai e de sua presença forte e silenciosa – a sensação de que, qualquer problema que ela tivesse, ele resolveria. Lisanne até sentia falta de seu irmão mais novo, Harry, que, aos 13 anos, não era tão pequeno, e era um verdadeiro pé no saco. Ainda assim, ela sentia falta de todos eles.

E a faculdade era tão diferente. Para começar, ela estava dividindo um quarto pela primeira vez na vida, o que significava que havia pouca privacidade, embora Kirsty fosse muito legal. *Lá estava aquela palavra de novo.* Precisou se acostumar com os banheiros comunitários e usar chinelos no chuveiro, irritada por ter que esperar até o segundo ano para que os dormitórios femininos fossem reformados com seus próprios banheiros. Ela sentia falta de poder cozinhar, ao invés de ter que comer todas as refeições no refeitório. E a quantidade de trabalho que os professores estavam acumulando era esmagadora. Ela ficou um pouco em pânico quando percebeu o quão atribulada sua agenda seria e com o fato de que, no final da primeira semana, ela já estava atrasada em duas aulas – principalmente administração, o que poderia ter sido o mesmo que ter aula de Grego com tudo o que ela tinha entendido da matéria.

Porém, era sexta-feira à noite e Kirsty a convencera a ir ao centro para comer uma pizza com algumas das meninas. Apesar do fato de que Shawna estava lá, foi mais divertido do que Lisanne esperava. Elas passaram a manhã de sábado estudando e à tarde foram às lojas e, por insistência de Kirsty, Lisanne gastou mais do que deveria em uma calça jeans para usar na boate naquela noite.

No domingo, ela ficou tão preocupada com seus trabalhos que decidiu passar a tarde e a noite na biblioteca. *Nossa, e o tanto que isso era triste?*

Sem nenhuma surpresa, a biblioteca estava quase vazia, a área de estudo principal ecoando alto enquanto arrastava sua cadeira para se sentar. Três caras, que pareciam ser veteranos em medicina, curvados sobre livros de anatomia, lançaram olhares irritados para ela, surpresos com sua intrusão, e algumas pessoas que vagavam sem rumo pelas estantes. Ela desligou o *iPod* com um suspiro, deixando as últimas notas de *Love and Theft*, de Runnin' out of Air, desaparecerem. Então, os olhos surpresos de Lisanne pararam na última pessoa que ela esperava ver em uma biblioteca, muito menos em um fim de semana – o Cara do *Piercing* na Sobrancelha.

Ele estava sentado sozinho a uma das mesas, com o livro de administração aberto à sua frente. De vez em quando, ele digitava algumas anotações em seu *laptop*.

Lisanne se jogou em uma mesa que por acaso tinha vista para ele. Ela resolveu que, provavelmente, ele estava lá para encontrar um de seus contatos drogados, e se ele estivesse, ela contaria ao bibliotecário de plantão. Com certeza. Talvez.

Porém, ela se via hipnotizada quando seus longos dedos passavam intermitentemente por seu cabelo ou puxavam o *piercing* na sobrancelha.

Depois de meia hora, ela precisou admitir que ele não estava fazendo nada mais sinistro do que estudar, embora parecesse o tipo de cara que se recuperaria da farra pesada de uma noite de sábado. Por fim, ela voltou seus olhos para a própria pilha de trabalho, que não tinha diminuído durante os 30 minutos perdidos olhando feito boba para ele.

Após quase quatro horas de estudo, os olhos de Lisanne pareciam cansados e cheios de areia — como se as páginas dos livros tivessem sido cobertas por uma lixa enquanto os lia, e ela não queria nada mais do que voltar para o quarto e dormir. Ela realmente esperava que Kirsty não voltasse agitada e barulhenta, apesar de que as chances não estavam a seu favor. Lisanne esfregou o rosto e olhou para cima — direto nos olhos castanho-esverdeados do Cara de *Piercing* na Sobrancelha.

Ela esperou que ele desviasse o olhar, mas ele não o fez. Sustentou seu olhar, o rosto impassível. Para seu desconforto, Lisanne sentiu a pele aquecer com um rubor. *Não, não, não! Na frente dele não!*

Porém, seu rubor se comportou mal e não prestou nenhuma atenção nela.

Ela foi salva pela bibliotecária, anunciando que o local estava prestes a fechar. Quando Lisanne olhou para trás, o Cara do *Piercing* na Sobrancelha já tinha guardado o *laptop* e os livros em uma bolsa-carteiro preta e estava saindo.

Apressadamente, Lisanne pegou seus livros e correu atrás dele, dizendo a si mesma que não queria ficar sozinha no velho edifício assustador. Ele estava seis metros à frente dela quando Lisanne tropeçou na soleira da biblioteca e caiu esparramada pelos degraus frios.

Ela gritou ao arranhar as mãos e cair dolorosamente de joelhos. O Cara do *Piercing* na Sobrancelha nem sequer diminuiu o ritmo, muito menos se virou para ajudá-la. Ele devia tê-la ouvido gritar, mas, mesmo assim, ignorou-a completamente, caminhando para a escuridão.

Magoada e humilhada, Lisanne juntou os livros e, em silêncio, xingou o garoto de cabelo preto que a distraíra de forma tão desastrosa.

Na manhã seguinte, Lisanne saiu da cama cedo demais para alguém que ficara acordada, como previsto, até à 1h. As palmas das mãos estavam arranhadas e os joelhos, pretos e azuis. Mas, pior do que isso, ela se sentia ferida por dentro. Como ele pôde simplesmente tê-la ignorado quando ela caíra e se machucara daquele jeito? Lisanne sabia que *ela* não deixaria um estranho caído no chão sem tentar ajudar. Que tipo de pessoa se comportava assim?

Ela *não* queria descobrir, com toda a certeza.

— Está muito cedo — gemeu Kirsty. — E que filho da mãe permite que uma equipe de construção faça obras na rua em uma manhã de segunda-feira bem do lado de fora de um dormitório?

Lisanne olhou para fora. Não, nada de trabalhadores lá fora. A dor estava toda na cabeça de Kirsty. Lisanne revirou os olhos, mas não pôde evitar o sorriso solidário enquanto observava a colega de quarto nutrir uma ressaca de nível 1.

— Parece que a noite foi boa.

Kirsty se ergueu para encostar na cabeceira da cama, enrolando o edredom ao seu redor.

— Você devia ter ido, Lisanne, foi incrível. Nossas identidades falsas passaram tranquilamente. Shawna bebeu doses de tequila e ficou super mal.

Lisanne não pôde evitar um sorrisinho soberbo, e Kirsty olhou curiosa para ela.

— O que você fez?

— Nada demais. Estudei.

Lisanne não teve coragem de contar à Kirsty a respeito de sua desventura na biblioteca, ou melhor, nos degraus de lá. E ela, certamente, não mencionaria o papel do Cara de *Piercing* na Sobrancelha nisso. Bem, aquilo era uma grande história inexistente, de qualquer maneira.

Kirsty gemeu e Lisanne não conseguiu segurar um tremor. Ela tinha ficado bêbada uma vez e não gostara da sensação. Havia sido no casamento de sua prima e não era algo do qual ela quisesse se lembrar. Jamais. Ainda mais a parte em que vomitara bem em seu vestido novo.

Ela pegou uma garrafa de água de seu frigobar e a colocou com dois analgésicos na mesa de cabeceira de Kirsty.

— Você é uma salva-vidas — gemeu Kirsty, os dedos procurando pelos comprimidos. Ela olhou para cima quando Lisanne começou a abrir a porta. — Aonde está indo?

— Para a aula — respondeu Lisanne, levantando as sobrancelhas.

— Beleza, até mais tarde? Vamos no restaurante italiano esta noite.

— Não, obrigada. Tenho algumas coisas para fazer — respondeu Lisanne, de forma evasiva. — Até mais.

Kirsty voltou a gemer e deu um pequeno aceno.

Não parecia uma ideia tão boa agora que Lisanne estava do lado de fora do edifício. Ela mordeu o lábio e verificou o panfleto de novo. Sim, esse, com certeza, era o endereço, mas não parecia o tipo de lugar que ela gostaria de entrar sem um guarda armado. Sujo: essa era a palavra. Decadente: era outra. Desprezível. Assustador. Um lugar de quinta categoria. Mesmo do lado de fora, ela conseguia sentir o cheiro de cerveja velha e a calçada estava cheia de pontas de cigarro. Pelo menos era de dia. Não que alguém lá dentro soubesse disso – as janelas do lado da rua eram pintadas de preto.

Ela se sentiu um pouco enjoada e percebeu que suas palmas estavam suando quando as esfregou no jeans novo. Talvez tivesse sido uma má ideia. Ela deveria voltar para os dormitórios antes que fizesse um papel de boba ainda maior.

Lisanne tinha acabado de se convencer a se virar e sair quando a porta de aço se abriu. O maior homem que ela já havia visto olhou para ela. Caramba, ele era enorme. Ele parecia ser capaz de esmagar suas costelas com uma das mãos se quisesse. Sua cabeça era careca ou raspada, e os braços e pescoço eram cobertos de tatuagens.

Ele sorriu para Lisanne, e ela automaticamente deu um passo para trás.

— Oi, garota, está aqui para a audição?

— Hum... sim? — respondeu Lisanne, hesitante.

— Entre, querida.

Lisanne queria dizer não. Ela queria se virar e correr, mas, de alguma forma, seus pés não obedeciam o seu corpo. O homem ainda a estava encarando, portanto, ela respirou fundo e entrou. Ela realmente gostaria de ter deixado uma mensagem com alguém, dizendo para onde estava indo — para que soubessem onde encontrar seu cadáver mutilado. Talvez seu celular tivesse rastreio por satélite. Talvez ela devesse escondê-lo em algum lugar da boate antes...

— Por aqui, querida.

O grandalhão a conduziu para as entranhas do prédio, as paredes escuras saturadas com o cheiro de suor e bebida forte, ou, possivelmente, o exalar das bebidas dos corpos dançando e ofegantes de cada fim de semana.

A iluminação era fraca e não permitia a entrada de nenhuma luz do dia na cripta, parecida com um emaranhado de cômodos. Lisanne se esforçou para dizer a si mesma que a mancha no chão não podia ser sangue.

Então ela ouviu o eco de alguém rindo. Foi uma risada muito feliz e despreocupada — nada igual ao som que teria imaginado ser de um *serial-killer*. Inesperadamente, sentiu o corpo relaxar.

Espiando através da escuridão, viu um grupo de homens em um pequeno palco. Em sincronia, eles se viraram em sua direção, e as risadas morreram.

— Outro cordeiro para o matadouro — veio de uma voz grave, e vários deles riram baixinho.

Lisanne engoliu em seco, depois endireitou os ombros e caminhou para frente com ar determinado, desmentido pela forma como seu estômago revirou e embrulhou.

Eles a observavam com diversão, mas, apesar de suas aparências assustadoras, o comportamento não era ameaçador. Ela parou quando viu que um deles era o Cara do *Piercing* na Sobrancelha. Por que *ele tinha que* estar ali para testemunhar sua próxima humilhação? Ele olhou para ela sem reconhecê-la, e Lisanne se sentiu ridícula por pensar que ele a conhecia — ou que sequer se lembrava dela.

Ele estava encostado no piano, um pé apoiado para trás, o joelho dobrado, sua postura relaxada e confortável. Quando Lisanne se aproximou, ele saltou do palco.

— Estou saindo fora, que se fodam os testes — disse ele, com a voz entediada.

— Certo, Dan — um dos homens falou baixo. — Não suma.

Porém, o Cara de *Piercing* na Sobrancelha o ignorou, passou por ela e continuou andando, balançando um capacete em uma das mãos.

Lisanne ficou furiosa com seu comportamento rude. Mas que babaca.

Daniel estava irritado consigo mesmo por ter ido ao clube. Ele sabia que isso só despertaria a porcaria de uma tempestade de memórias, e não precisava de seu irmão enchendo o saco quando descobrisse. Mas, de alguma forma, ele também não tinha sido capaz de ficar longe. Mesmo assim, nem fodendo que ia ficar por perto vendo outro teste idiota. Ele tinha seus limites.

Ficou surpreso quando a última vítima apareceu. Ela não se parecia em nada com o tipo de garota que iria à boate. Ele amava o lugar, mas precisava ser honesto: era um pulgueiro horrível. Ela parecia bem nova, para começar, e pura demais.

Mas Daniel sabia que as aparências enganam. Tinha muita consciência de como as pessoas o julgavam no momento em que o viam. As reações eram previsíveis. Na maioria das vezes, ele não se importava com o que as pessoas pensavam. Não, não era verdade. Ele não se importava com o que as pessoas pensavam de sua *aparência*. Sabia que as tatuagens, os *piercings* e a maneira como se vestia davam às pessoas um grande "foda-se" como mensagem, e isso combinava com ele. Essa merda era deliberada. Ele tinha aprendido a ser cauteloso com as pessoas no geral, e começar na faculdade era importante para ele. Já tivera que derrubar alguns idiotas, e Zef tinha ficado puto com ele quando voltara para casa com os nós dos dedos machucados dois dias seguidos. O que era bem engraçado, se parasse para pensar nisso. Talvez "irônico" fosse a palavra certa.

Ele estava acostumado com a forma como as pessoas reagiam a ele: as garotas o cobiçavam, até mesmo algumas mais velhas, o que era legal; os caras o evitavam ou tentavam provar que eram mais fortes do que ele. Raramente eram. A maioria dos adultos simplesmente o classificava como delinquente e trocava de calçada. Seus professores não pareciam incomodados, o que Daniel agradecia: tatuagens, *piercings*, roupas estranhas e penteados diferentes — já tinham visto de tudo antes. Porém, Daniel queria evitar problemas na faculdade o máximo possível. A pena era que isso parecia significar evitar as pessoas também.

Daniel estava ciente de que sua suposta reputação já o acompanhava. Isso o enfurecia, mas, quando você era irmão de Zef Colton, não havia muito que pudesse fazer com relação a uma reputação ruim. Razão pela qual ele batera naqueles dois babacas na semana passada: eles tinham feito a dolorosa suposição de que Daniel e seu irmão eram iguais – doloroso para eles, de qualquer maneira.

Aquela garota olhou para ele do jeito que todo mundo olhava: deu uma conferida, mas também achou que ele era escória. Vagabunda.

Foi só quando passou por ela, indo embora da boate, e viu o flash de raiva em seus olhos, que a reconheceu: Garota da Biblioteca. Ele a tinha visto lá no domingo à noite. Na verdade, tinha certeza de que ela ficara olhando para ele por pelo menos 20 minutos. Isso havia começado a assustá-lo, e ele estava prestes a dizer algo quando ela finalmente começara a se concentrar em seu próprio trabalho, e ele tinha sido capaz de relaxar.

Ela estava lendo o mesmo livro da aula de administração que ele, o que significava que talvez compartilhassem pelo menos uma matéria. Porém, ela também estava cercada por partituras de orquestra, o que a tornava aluna de música.

Que perda de tempo do caralho. Daniel não tinha espaço em seu mundo para pessoas como ela.

Apesar da insistência de que não tinha nenhum interesse na Garota da Biblioteca, ele quis saber como ela havia se saído no teste. Não conseguia imaginar que ela teria o que os caras estavam procurando, mas também não estava em posição de julgar. E pensar nisso o irritou profundamente.

Mais tarde ele mandaria uma mensagem para Roy e descobriria.

Daniel gostaria de só ter ido para casa relaxar assim que saiu da boate, mas Zef disse a ele para sumir durante a noite, pois tinha alguns assuntos para cuidar em casa. Daniel estava acostumado e isso não o incomodava, de verdade. Zef era muito legal na maior parte do tempo.

Portanto, em vez de ir para casa estudar, Daniel foi até a academia da faculdade. Ele estacionou sua motocicleta, travou o capacete e entrou. Pegar alguns pesos e correr 16 quilômetros na esteira queimariam parte de seu nervosismo sempre presente.

No vestiário, Daniel vestiu calça de moletom e regata, e levou sua toalha e uma garrafa de água para a sala de musculação. Dois caras do time de futebol americano já estavam lá, mas o ignoraram e continuaram com os supinos.

Depois de quase uma hora, ele foi para a sala de treinamento, onde a esteira, as máquinas de remo e as bicicletas ergométricas estavam dispostas em fileiras. Já havia um grupinho de meninas lá, todas usando shorts minúsculos e tops curtos. Olharam ávidas para Daniel, e ele automaticamente deu uma conferida nelas. A de cabelo ruivo era gostosa e, com *certeza*, estava interessada nele.

Daniel suspirou e desviou o olhar. Ela não ficaria interessada se conhecesse o seu verdadeiro eu. Além disso, ele preferia encontros anônimos a universitárias. Era mais fácil.

Concentrou-se na esteira e começou a correr pesado, aumentando mais e mais quilômetros. Ficou concentrado por 25 minutos, quando sentiu alguém tocar seu braço e deu um pulo.

Era a ruiva.

— Oh, nossa, desculpe! — Ela riu. — Eu disse "oi" umas três vezes! Deve estar muito concentrado mesmo.

Daniel sorriu sem jeito, diminuindo a velocidade e saltando da esteira.

— É, algo do tipo.

— Então, estava pensando: quer tomar um café? Minhas amigas precisam ir embora e eu odeio tomar café sozinha.

Internamente, Daniel estava avaliando como responder.

— Tenho que ir em um lugar agora — respondeu, pensando depressa.

Ele descobriu que não queria ignorá-la por completo, mas precisava de tempo para pensar em como levar as coisas.

— Mas, o que acha de nos encontrarmos amanhã à noite? No Blue Note, na West River Street, conhece? Leve as suas amigas.

— Hum, aquele lugar não é, tipo, perigoso?

Daniel sorriu.

— Não, é legal. Meu amigo trabalha lá.

O rosto da garota se iluminou.

— Bem, beleza, parece ótimo. Meu nome é Terri.

— Daniel.

Ela deu uma risadinha.

— Eu sei.

Ele estranhou um pouco, pensando se não era com ele que ela queria ficar, mas querendo o que seu irmão poderia oferecer. Bem, se ela estava atrás de qualquer outra coisa, ficaria desapontada.

— Então, hum, Daniel, que horas te vejo lá?

— Estarei lá depois das 21h. — *Agora é com você, linda.*

— Legal. Te vejo lá.

Ela se afastou, o quadril requebrando, e Daniel lambeu os lábios.

Como regra geral, ele não namorava. O que não queria dizer que ele não tinha mulheres, porque isso seria uma grande mentira. Mas talvez fosse hora de virar uma nova página e tentar essa merda de namoro. Talvez.

A sensação era de que ele corria um risco enorme com tudo o que queria manter escondido. Porém, esse ano se tratava de novos começos. Certo?

O relaxamento que encontrara durante o treino evaporou conforme a incerteza crescia. Irritado consigo mesmo, ele tomou banho e permitiu que a água quente esquentasse sua pele, acalmando-o.

Quando terminou, enrolou uma toalha na cintura fina e voltou para o seu armário.

— E aí, cara!

Daniel olhou os dois atletas com cautela, avaliando mentalmente quanto espaço teria para dar um soco se começassem algo. Eles não eram mais altos do que ele, mas ambos eram mais pesados uns 10 quilos.

A expressão no rosto de Daniel fez o atleta recuar e levantar as mãos.

— Ei, calma, cara! Eu só, hum, queria te perguntar uma coisa.

Daniel respirou fundo.

— O que foi?

— Bem, hum, só queria saber se, hum... ouvimos dizer que as garotas realmente gostam disso. — Ele gesticulou em direção ao peito de Daniel.

— Algumas, sim — respondeu Daniel, reprimindo um sorrisinho, sabendo muito bem qual seria a próxima pergunta.

— Cara, deve ter doído muito! — disse o outro.

Daniel deu de ombros.

— Valeu a pena. — E, dessa vez, ele não conseguiu segurar o grande sorriso.

Os jogadores ergueram as sobrancelhas e sorriram de volta.

— Fez na cidade?

— Sim. O estúdio de tatuagem do TJ faz para você. Colocam qualquer tipo de *piercing*.

O maior deles ficou pálido e Daniel ficou imaginando se ele iria desmaiar.

— Sério, cara?

Daniel riu.

— Sim, *piercing* de mamilo é uma coisa normal para eles. Perfurarão praticamente qualquer coisa que pedirem. Em qualquer lugar.

— Cara, preciso sentar — disse o grandalhão, caindo em um dos bancos.

Daniel balançou a cabeça e sorriu. *Fracotes.*

Vestindo a roupa no corpo ainda úmido, Daniel verificou seu celular. Zef tinha mandado uma mensagem com o sinal verde – ele poderia ir para casa.

Caminhou até o estacionamento e não foi capaz de conter o sorriso ao ver sua moto. Era uma Harley Davidson 1969 que ele comprara como sucata e restaurara. Tinha levado dois anos economizando dinheiro ao trabalhar nos finais de semana e verões em uma garagem, mas conseguira.

Quando montou na máquina brilhante, ele viu Terri rindo com suas amigas. Ela acenou e ele devolveu o aceno, sentindo um arrepio de expectativa misturado com ansiedade.

Quando ele pilotou até sua casa, a rua do lado de fora estava cheia de motos e carros — parecia que tinha festa na casa de Zef Colton. Outra vez.

Era um segredo bem conhecido que você poderia conseguir praticamente qualquer coisa que quisesse em uma das festas de Zef. E Daniel tinha farreado muito durante o verão. Por sorte, as células cerebrais que ainda restavam depois de toda a maconha e bebida que consumira pareciam estar em boas condições de funcionamento. Suas aulas na faculdade não tinham dado nenhum problema.

Ele olhou com inveja para o baseado que estava sendo passado, mas manteve a promessa que fizera a si mesmo de não ficar chapado ou bêbado em dia de aula. A faculdade custava um bom dinheiro e ele não estava prestes a estragar seu futuro.

Sentiu alguém puxando seu braço.

Uma linda garota loira estava encostada nele para manter o equilíbrio. Ela parecia ter a mesma idade que ele, e Daniel se perguntou se ela era estudante da faculdade. Torcia para que não fossem da mesma universidade — ele estava tentando manter a vida familiar, tal como era, separada de lá.

— Oi, lindo. Quer se divertir?

Ela ergueu um saquinho plástico com comprimidos e passou a mão pelo peito dele de forma convidativa.

Ele hesitou, depois sorriu e negou com a cabeça.

— Outra hora, linda.

Daniel suspirou. Uma coisa que as festas de Zef tinham a seu favor — nunca tivera problemas para transar.

Ele piscou para a garota e subiu as escadas antes que seus óbvios encantos o fizessem mudar de ideia. Pelo menos, seu quarto era reservado. Ficou feliz por Zef ter concordado que era necessário colocar uma fechadura na porta. Pegando sua chave, passou por cima de alguns corpos que estavam caídos no corredor.

A música pulsava pelas paredes da casa tão alto que Daniel sentia as vibrações em seus ossos. Isso não o incomodava: estava acostumado. Seu quarto, em comparação, era um oásis de calma.

Ele trancou a porta depois de entrar e se jogou de costas na cama. Daniel tinha algumas lições para fazer antes das aulas da manhã e, depois, bem, ele ficaria com Terri. Tentou ignorar o seu pau endurecendo à medida que pensava em sua boca em forma de botão de rosa e as coisas que a garota poderia fazer com ela – tentar estudar com tesão era uma péssima ideia. Ele precisava se concentrar.

Mas, antes que fosse capaz de abrir os livros, o telefone de Daniel vibrou em seu bolso. Seu irmão.

Cansado, ele se levantou e destrancou a porta. Sabia o que estava por vir e não tinha vontade de discutir.

— Que porra você está fazendo, Dan? Você estava na boate!

Daniel deu de ombros.

— Estava, e daí?

O rosto de seu irmão estava tenso de raiva.

— Eu disse para ficar longe de lá.

— Sério? Vai vir com o sermão de pai agora?

— Não me irrite, Dan.

— Caramba, só estava por aí. Não fique todo nervoso.

— É sério: fique longe.

— Você não manda em mim, Zef.

— Pode apostar que sim, caralho.

— Além disso, tenho um encontro lá amanhã.

Seu irmão parou, a expressão mudando para uma de surpresa.

— Um encontro? Tipo... *um encontro?*

Daniel fez que sim com a cabeça.

— Hã. Ela é gostosa?

Daniel ergueu uma sobrancelha.

— Beleza, irmãozinho. Mas, da próxima vez, leve a garota para outra boate. Entendido?

— Tanto faz.

Zef o empurrou com força no meio do peito e Daniel caiu com um estrondo em sua cama.

— Babaca! — Daniel tossiu, esfregando o peito.

Seu irmão sorriu e gesticulou para que ele voltasse a trancar a porta.

Bem, a reação tinha sido melhor do que ele esperava.

Capítulo 2

Lisanne flutuou de volta para seu dormitório, ela estava no sétimo céu. Na verdade, ela se sentia tão bem que provavelmente estava no décimo, indo em direção ao quinquagésimo céu. Com certeza, não estava consciente do chão sob seus pés.

O teste tinha corrido bem. Não, fora *ótimo*. Ela havia sido espetacular. Surpreendera, sim, aqueles caras. Eles tinham admitido que haviam ficado maravilhados. Nenhum deles esperava que uma voz tão cheia de *blues* saísse daquela ratinha da aparência fraca. Ela nem se importava que a tinham chamado de "ratinha": era verdade.

— Bem-vinda à *32º North* — dissera Roy, aquele com ar assustador.

E haviam dado o trabalho a ela. Ela tinha conseguido.

Os ensaios começavam em alguns dias, com seu primeiro show planejado para três semanas. Até haviam dado um apelido para ela, alegando que "Lisanne" tinha "letras demais". Para eles, ela era "LA", e se tornara um deles. Eles a convidaram para voltar à boate na terça-feira para ouvir outra banda tocar. *Queriam sua presença.*

Tinha sido fantástico, exceto por uma coisa: ela queria que o Cara de *Piercing* na Sobrancelha tivesse ficado, afinal. Gostaria de ter visto a expressão em seu rosto quando descobrisse, junto com seus amigos, que ela sabia mesmo cantar.

Pensar nisso a confundiu, ainda mais porque ele se comportara igual a um cretino em quase todas as ocasiões em que tinham se cruzado.

Por outro lado, seus amigos foram todos muito legais, apesar da aparência. Eles a ouviram com respeito e não tentaram dar em cima dela. Quer dizer, ela estava acostumada a *isso*, mas o respeito era algo novo, e ela descobriu que gostava. Muito.

Não via a hora de contar as novidades à Kirsty. Então, ela hesitou. Uma coisa era cantar um pouco do *blues* de sempre em uma sala vazia durante um teste, mas era algo totalmente diferente cantar o material original de outra pessoa na frente de um público pagante. Decidiu que esperaria até depois do primeiro ensaio antes de emitir sua felicidade. A essa altura, ela teria uma ideia melhor de como tudo funcionaria. Se é que daria certo. Eles poderiam perceber que tinham cometido um erro ou encontrar alguém melhor.

Kirsty estava sentada de pernas cruzadas em sua cama, olhando para o *laptop*, tendo pelo menos seis conversas diferentes, a julgar pelo som do toque chegando das mensagens. Apesar do cansaço que vinha depois da ressaca desesperada, Kirsty a olhou com ar observador e Lisanne precisou desviar o seu olhar.

— Uau, parece que está de bom humor. Quem te pegou, Maclaine?

Lisanne corou, tanto pela linguagem grosseira quanto pela implicação.

— Pelo amor de Deus, Kirsty! Ninguém! Só tive uma boa noite. Olha, hum, alguns… amigos meus me convidaram para ir em uma boate amanhã à noite, e eu queria saber se gostaria de ir.

Kirsty a olhou feio.

— Algumas das suas *amigas* te chamaram para sair na noite *passada*, mas você estava muito ocupada com seus trabalhos.

Oh.

— Tá certo, eu mereço — admitiu Lisanne. — E peço desculpas, mas você vai? Por favor, Kirsty? Não quero ir sozinha.

Kirsty bufou um pouco mais e perguntou:

— Quem são esses seus amigos? Nunca vi você conversar com ninguém.

— Só alguns caras que conheci.

— Caras? Que caras? — disparou Kirsty. De repente, seus olhos ficaram alertas.

— Hum…

Kirsty fez uma pausa dramática e inspecionou as unhas, o que geralmente deixava Lisanne nervosa a ponto de iniciar o piscar de olhos.

— Tá bom. Eu vou. Vou mandar uma mensagem para Shawna e ver se ela tem planos.

Lisanne reprimiu o argumento de que Shawna era uma megera e não era bem-vinda. Mas, também, sabia que seria uma forma rápida de perder a amizade de Kirsty se tentasse fazê-la escolher entre elas.

Pelo resto da noite, enfrentou as perguntas de Kirsty sobre quem eram os "caras" que iriam encontrar. Lisanne respondeu o mais vagamente possível.

— Nem os conheço tão bem assim. São daqui mesmo, mas parecem muito legais.

— Como conheceu gente daqui? Hmm, você é uma pequena misteriosa, não é? Agora seja boazinha e conte tudo para a tia Kirsty.

— É sério, não tenho nada a dizer. Nós só, hum, começamos a conversar e gostamos do mesmo tipo de música. Só isso.

— Tá legal, não conta. Vou perguntar a eles quando os vir.

Lisanne se encolheu.

— Tá bom! Vou te dizer. Mas, por favor, por favor, por favor, não conte a mais ninguém. — *Em especial, Shawna.*

— Anda, conte logo.

Com relutância, Lisanne contou toda a história, observando com certo prazer quando a mandíbula de Kirsty despencou aberta de surpresa.

— Puta merda! Isso é o máximo! Você é foda demais! — gritou ela. — Sabia que estava escondendo algo, Lisanne, embora não tenha ideia do porquê quer esconder algo tão incrível.

— Porque não sei se vai dar certo.

— Mas devem gostar de você se vai cantar com eles.

— Hum… talvez.

— E convidaram você para amanhã à noite.

— Sim, mas…

— Bem, antes de tudo, temos que dar um jeito em você. E isso vai dar um pouco de trabalho.

— Como é?

— Precisamos fazer você ficar deslumbrante, para que saibam que fizeram a escolha certa.

— O importante para eles é que sei cantar. Eles não ligam para a minha aparência.

Kirsty revirou os olhos.

— São *homens*. É claro que ligam para sua aparência! Como é que se formou no ensino médio sem saber desse fato elementar, minha querida colega de quarto? Bem, não se preocupe. Kirsty, rainha da renovação, a mãezona da reforma, entra em ação. Só vai ter que se preparar, ficar de boca fechada e curtir o momento.

— Tudo bem, mas nada de salto alto.

— Que parte do "ficar de boca fechada" você não entendeu? — censurou Kirsty.

Lisanne ficou quieta. Ela não queria deixar escapar que talvez ser a rainha da renovação não fosse realmente o que Kirsty pensava que significava, tendo em conta que estava se formando em moda... Sim, era melhor se preparar e ficar calada.

Depois de jantar cedo na noite seguinte, Kirsty arregaçou as mangas, metaforicamente, e começou a trabalhar. Duas horas, duas dolorosas horas mais tarde, Lisanne olhou para um reflexo que mal reconhecia.

— Você arrasa quando se arruma, garota — encorajou Kirsty.

— Hum — respondeu Lisanne, olhando para seus olhos com delineador, lábios com batom vermelho-escuro e cabelo sedoso.

— Agradeça-me mais tarde, quando todos os caras da boate estiverem dando em cima de você — comentou Kirsty, com uma piscadela.

Lisanne fechou os olhos e fez uma oração silenciosa, torcendo para que isso nunca acontecesse. Ela se acalmou pensando que, se acontecesse, seria somente porque Kirsty a vestira com uma de suas – muitas – minissaias ultrajantemente curtas e botas de couro até o joelho. A maioria dos caras não olharia além disso. Ou, talvez, no máximo para a sua blusa justa. Certamente nada além disso.

Ela sentiu a mão suave de Kirsty em seu ombro.

— Vai dar tudo certo. Você está gostosa pra caralho. Minha pequena diva — disse carinhosamente, e a beijou no rosto.

Uma batida na porta as interrompeu.

— Deve ser Shawna — avisou Kirsty, pulando até a porta.

Shawna entrou, parou e olhou para Lisanne, totalmente espantada.

— Ela está bonita, pode dizer. — Sorriu Kirsty.

— Hum, sim — Shawna respondeu, a contragosto. — Para uma estudante de música.

Kirsty revirou os olhos.

— Apenas admita que sou genial e que ela está uma graça.

— Se você está dizendo — falou Shawna, dando de ombros e encarando Lisanne.

Lisanne cruzou os braços e a encarou de volta.
Que os jogos começassem.

Quando chegaram à boate, a fila estava na metade do quarteirão.
— Não vou esperar aqui, pode esquecer — disparou Shawna, lançando um olhar irritado para Lisanne, como se ela tivesse pessoalmente causado o atraso.
— Vá lá na porta dizer para os seguranças quem é você — mandou Kirsty, impaciente.
— Oi? — Lisanne ficou boquiaberta.
— Sério, Shawna está certa — continuou Kirsty. — Ficaremos aqui a noite toda.
— Não posso... Quero dizer, eles não vão...
— Lisanne! — insistiu Kirsty. — Vai logo. Leve sua bunda linda até lá e exija que nos deixem entrar.
— Ou vamos para outro lugar. — Shawna deu um sorrisinho.
Com uma sensação de pavor e se preparando para a humilhação, seu coração batendo forte no peito, trêmula, Lisanne foi até a entrada.
— O final da fila é lá atrás — disse o segurança em voz alta.
— Sim, eu sei. — Tossiu Lisanne. — Mas teria como dizer ao Roy que Lisanne... hum, que LA está aqui?
O segurança olhou para baixo, seus olhos a medindo da cabeça aos pés.
— Você é amiga do Roy? Tudo bem, pode entrar.
Lisanne quase caiu, chocada, mas Kirsty a cutucou e piscou, provocativa.
— Hum, e minhas amigas?
— Claro, querida. Podem entrar.
Kirsty pegou seu cotovelo, empurrando-a pela porta.
— Uau! Não é demais? — Ela riu. — Ele nem pediu a identidade.
Lisanne estava cem por cento espantada. Shawna parecia puta da vida.
— Este lugar está bombando! — Kirsty gritou acima dos decibéis cada vez mais altos.
Lisanne precisava admitir que a boate parecia muito melhor à noite e cheia de pessoas. Não tinha mais o aspecto tão decadente e desorganizado.

Talvez não fosse tão acolhedora para *serial killers* – ainda que tivesse uma vibração tensa e perigosa, assim como muitos dos frequentadores. Ela nunca tinha visto tantas tatuagens, e estava falando só das garotas.

Apesar de sua transformação deslumbrante, Lisanne ainda se sentia como a caloura nerd que realmente era, e completamente fora da sua zona de conforto.

— Vamos beber um pouco — gritou Kirsty, alheia ao fato de que, menos de 24 horas atrás, estava sofrendo de uma senhora ressaca.

Enquanto caminhavam em direção ao bar lotado, Lisanne avistou o Cara do *Piercing* na Sobrancelha. Estava com uma ruiva enrolada nele e esfregava o quadril nela de um jeito que provavelmente era ilegal na maior parte do país. Não era dança no sentido estrito da palavra, era tipo... uma esfregação descarada com música. Porém, era bem excitante, com certeza. Lisanne quase se surpreendeu que a pista de dança não tinha pegado fogo abaixo deles.

As mãos da ruiva estavam enfiadas nos bolsos de trás da calça dele, apertando uma bunda muito bonita. Talvez não precisasse ser um grande conversador quando passava a noite com a língua na garganta de alguém.

Lisanne ficou irritada com o próprio monólogo interno maldoso. Parecia tão injusto que ela estivesse toda arrumada, parecendo mais bonita do que tinha o direito de estar, e ele estava totalmente alheio a sua existência.

Ele é um babaca. Lembra? Você quer ser apenas mais uma conquista em sua lista?

Sentindo-se ridícula, ela seguiu Kirsty até o bar e pediu água gelada. Shawna olhou para ela com desdém, depois começou a se empenhar para ter toda a atenção de Kirsty para si. A garota se esforçou para incluir Lisanne nas conversas, mas, com a crueldade natural de Shawna, o número de pessoas amontoadas naquele lugar quente e abafado e a altura da música, foi uma batalha perdida.

Lisanne ficou sozinha, sentindo-se ridícula e triste, quando Roy se aproximou dela.

— Estou vendo, mas não estou acreditando! Uau, olhe para você, gatinha! Estou muito feliz por não ter se vestido assim para o seu teste.

Lisanne olhou para ele, perplexa e bem magoada.

— Por que não?

— Porque eu jamais saberia se estava contratando você por seu talento em cantar... ou não.

Quando Lisanne entendeu o que ele estava dizendo, sua pele esquentou de vergonha.

— Hum — gaguejou, olhando para baixo.

— Apareça assim para os shows e seremos implacáveis — comentou ele, sorrindo ao ver sua cara.

— Não sei. Isso é coisa da minha colega de quarto — disse Lisanne, estendendo as mãos, impotente.

— Apresente-me — mandou Roy, passando os olhos de cima a baixo nas curvas inegavelmente deliciosas de Kirsty. — Quero agradecer a ela.

Lisanne se sentia desesperada. Já havia começado. Tudo o que realmente tinha de essência acabou sendo levado embora. Cantar era a única coisa em que era boa de verdade, e agora isso fora manchado. Pela primeira vez, ela gostaria que fosse só a respeito *dela*.

Porém, se repreendeu bem sério e reconheceu que estava se comportando como uma malcriada – Kirsty não fora nada além de legal com ela. Shawna… Bem, essa era uma história diferente.

Lisanne fez as apresentações e ficou surpresa quando Roy colocou a mão em seu ombro, puxando-a para um abraço.

Os olhos de Shawna quase saltaram da cabeça quando o grandalhão tatuado ergueu Lisanne do chão.

— Qualquer amiga da gatinha é minha amiga também — disse, em voz alta.

Daniel finalmente conseguiu tirar a língua ávida de Terri da boca. Ela praticamente o atacara assim que entrara pela porta. Não que ele tivesse qualquer objeção particular a isso – era simples, afinal, significava que ele não tinha que se preocupar em jogar conversa fora com ela. Ele tinha ficado aliviado por ela não ter perguntado de seu irmão – ou pelas drogas –, mas ficara irracionalmente desapontado por ela não parecer interessada em conhecê-lo também. Ainda que admitisse que ela passara a conhecer seu corpo muito bem, e seu pau parecia estar tentando escalar para fora do jeans e chegar até ela pela última hora. Se não transasse essa noite, suas bolas ficariam mais tensas do que os acordes mais complexos do *blues*.

Ele sentiu a mudança no ritmo das pessoas ao seu redor quando o DJ parou de tocar para a banda se preparar para a apresentação. Ergueu os olhos a tempo de ver Roy com as mãos em uma linda garota de cabelo castanho-claro, e sorriu. Quando Roy finalmente a colocou no chão e ela se virou, obviamente envergonhada, Daniel quase se engasgou com seu uísque. Era a Garota da Biblioteca – e estava escandalosamente gostosa.

Roy tinha contado que sua nova vocalista estaria lá naquela noite – parecia que a Garota da Biblioteca havia conseguido passar no teste, afinal de contas.

Ele sentiu Terri passar as mãos sob sua camiseta, arranhando suas costas para chamar a atenção.

— Quer ir para o meu dormitório? Minha colega de quarto não estará lá.

Aquilo era o que Daniel estava torcendo para que ela dissesse – bem, esperava, na verdade, pelo jeito que o estava atacando. Sua carteira estava bem abastecida com preservativos e ele estava ansioso pela chance de experimentar os novos texturizados – ver se eram mesmo como diziam. Talvez conseguisse que ela o chupasse primeiro.

Quando a banda subiu ao palco, ele olhou e viu Roy aplaudindo e gritando. Ao lado dele, com os olhos brilhando com o entusiasmo, estava a Garota da Biblioteca. Daniel sentiu uma pontada de ciúme antes que Terri o arrastasse de lá.

Lisanne estava quase pulando quando se lembrou de que Kirsty a fizera usar saltos. Seus pés a estavam matando, mas não ligou. A banda era incrível, e era emocionante e aterrorizante pensar que em apenas três semanas ela estaria ali. Esse pensamento fez seu estômago embrulhar um pouco.

Olhando ao redor, deu para ver Roy pulando com tanta violência que ela ficou com medo de alguém se machucar. As pessoas se afastaram dele, enquanto cem quilos pulavam sem parar, os punhos erguidos acima da cabeça.

Lisanne deu uma risadinha. Roy era um amor – nada a se temer. O homem era um ursinho de pelúcia e ela se sentia segura com ele.

Olhando ao redor, continuou procurando o Cara do *Piercing* na Sobrancelha, mas parecia que tinha sumido. Devia estar com sua linda namorada, levando-a ao céu com beijos, ou para diferentes dimensões – e outras coisas.

Lisanne não era uma completa puritana – tinha uma boa ideia do que poderia ser constituído por "outras coisas", só nunca havia experimentado nenhuma delas. No entanto, tinha uma imaginação fértil. Ela suspirou: parecia que a imaginação era tudo o que poderia acontecer. As previsões de Kirsty de que dariam em cima dela foram muito erradas. Ninguém se aproximou.

Ela não parou para pensar que a proximidade e o tamanho de Roy faziam dele um guarda-costas e tanto, quer ela quisesse ou não.

Kirsty, no entanto, teve mais sorte e estava desfrutando de sua própria dança safada com um dos amigos de Roy. Lisanne achou que o reconheceu de antes, mas, já que ele não era um dos membros da banda, não sabia ao certo. Até o desprezo desagradável de Shawna, que a fazia parecer um buldogue mastigando uma vespa, havia desaparecido por enquanto. Era um milagre, pois parecia que estava se divertindo.

Elas curtiram até a boate fechar, às 4h da manhã, e Lisanne se sentiu culpada por estar fora até tão tarde em dia de aula. Mas, nossa, tinha sido divertido! Depois, Roy as empurrou para dentro de um táxi e ordenou que Lisanne voltasse lá na quinta-feira, após as aulas.

Quando Kirsty e Lisanne voltaram para seu quarto aos tropeços, o céu ao leste estava começando a clarear. Parte de Lisanne estava exausta – sobretudo as partes conectadas com seus pés –, mas a parte romântica dela, que era de longe a maior, queria ficar acordada para ver o amanhecer. Kirsty vetou a ideia alegando que: a) estava tão cansada que estivera sonâmbula na última hora; e b) nunca tinha ouvido uma ideia tão boba em toda sua juventude.

Ao mesmo tempo, em outro dormitório do *campus*, Daniel estava calçando as botas e fechando o zíper da calça jeans.

Terri dormia profundamente e roncava baixinho. Sua pele estava corada, e o cabelo espalhado pelo travesseiro feito fogo.

Tinha sido uma noite boa e mutuamente agradável, mesmo que ele não tivesse notado nenhuma diferença apreciável no uso dos preservativos texturizados. Ela havia gritado muito, então, vai saber... Daniel não tinha certeza se a veria outra vez. Eles não haviam trocado números de telefone, portanto, era provável que ela sentia o mesmo que ele.

Daniel hesitou um pouco, olhando para o corpo adormecido, então saiu, fechando a porta com cuidado.

O rugido de seu motor soou alto no ar parado da manhã. Ele ergueu o rosto em direção ao amanhecer sorrateiro, acelerou e foi para casa.

Apesar da exaustão com que Lisanne terminou sua segunda semana na faculdade, foi muito melhor do que a primeira. Por exemplo, ela estava começando a reconhecer as pessoas nas aulas e a fazer amizade, principalmente com os outros alunos da orquestra; seu professor de violino continuava a se surpreender com ela e inspirá-la; e o melhor de tudo — os ensaios da banda estavam indo muito bem.

Ela aprendeu quase todas as músicas que Roy havia passado, e os outros membros da banda ficaram muito satisfeitos em como foi o primeiro ensaio. Roy tocou um belo estilo *bluegrass* em sua guitarra, JP manteve o ritmo, Carlos tocou baixo e contrabaixo, e Mike era o baterista. O som era algo entre *blues* e *indie rock*, e Lisanne tinha esperanças de que conseguiria fazer com que experimentassem alguns covers de bandas que ela gostava.

Ela presumiu que Roy havia escrito as músicas, mas ele disse que eram de um amigo. Pelos olhares que os outros membros da banda trocaram, Lisanne percebeu que existia uma história ali — e uma que não dividiriam com ela. Mas todos eram muito amigáveis, provocando-a como se ela fosse a irmã mais nova e eles, o bando rebelde de irmãos mais velhos que ela nunca tivera.

O único momento ruim da semana aconteceu na manhã de sexta-feira, sob a forma de aula de administração.

Lisanne sabia que iria passar dificuldades para entender a matéria — ainda mais pela sua total falta de interesse e o fato de que somar dois mais dois a fazia ter dor de cabeça. Ela se ressentia porque pegara essa aula só para agradar a seus pais. Tentar ler o livro solicitado fazia seus olhos embaçarem, e isso era só de ler o título.

Ela tapou a boca com a mão quando bocejou alto. Kirsty olhou para ela, compassiva.

— A semana parece que não acaba nunca, né?

— Mais ou menos isso — concordou Lisanne, e acenou com a cabeça, cansada. — Não parei um minuto, é uma coisa atrás da outra. Tô doida para *dormir* muito neste fim de semana.

— Fraquinha — bufou Kirsty. — Aposto que consigo te convencer a sair amanhã.

Lisanne balançou a cabeça, mas não aceitou a aposta.

De repente, ela se endireitou.

O Cara do *Piercing* na Sobrancelha entrou na sala e sentou-se no mesmo lugar, na segunda fila. Ele jogou a bolsa-carteiro em um assento e a jaqueta do outro lado dele, uma mensagem clara de que não queria ninguém sentado por perto.

Que idiota! Era óbvio que o cara não tinha amigos. Que novidade. Mas, então, Lisanne se lembrou de como ele parecia à vontade com os caras da banda – e *muito* à vontade com a vagabunda na boate. Era confuso.

Ele parecia exatamente o mesmo da primeira vez que Lisanne o vira, exceto que hoje estava de camiseta cinza. Ela não foi capaz de deixar de notar aquilo, embora não fosse importante.

Lisanne ficou decepcionada por não tê-lo visto no *campus* nos dias anteriores. Ela tinha, no entanto, visto a ruiva rindo com suas amigas no refeitório.

— Ainda doida pelo Daniel Colton? — sussurrou Kirsty, com um olhar astuto.

— O quê? Não! Eu… Ele é amigo do Roy, só isso. Sério, nada a ver. Quero dizer, ele é bonito. Óbvio. Mas… ele sabe muito bem disso também. Não. Não faz meu tipo.

Kirsty sorriu.

— Está balbuciando. Deve estar caidinha por ele.

Lisanne gemeu, mas foi salva de responder quando o professor Walden entrou.

Como antes, o Cara do *Piercing* na Sobrancelha – *Daniel* – não escreveu uma única palavra nem uma única anotação. Só ficou sentado lá, sem tirar os olhos do professor durante toda a aula. Estranho.

— Agora, para as provas e pelo resto do semestre — anunciou o professor, olhando por cima dos óculos, no final da aula, antes que todos pudessem desaparecer. — Em vez de prova, vou passar um trabalho para fazerem em duplas. Portanto, aqueles que não se saem bem em testes padronizados terão a chance de me mostrar o que mais são capazes de fazer.

As duplas serão formadas por mim. Se não está feliz com seu parceiro... Bem, que pena. Nos negócios, trata-se de aproveitar ao máximo a equipe que você tem; encontrando os pontos fortes de todos, compensando os pontos fracos, incluindo os seus.

À medida que ele lia os nomes em voz alta e as duplas eram formadas, a sala se esvaziava gradualmente. Kirsty ficou com o Cara da Camiseta Vermelha, e os dois pareciam muito felizes com isso. E então...

— Senhorita Maclaine e senhor Colton.

Kirsty deu uma risadinha.

— Cuidado com o que deseja!

Daniel se virou para descobrir com quem faria dupla, olhando as fileiras de alunos, esperando alguém chamar sua atenção.

— Vá em frente — sussurrou Kirsty, dando um pequeno empurrão em Lisanne.

O movimento chamou a atenção de Daniel, e ele pareceu surpreso quando Lisanne acenou com a cabeça para ele, suas bochechas já coradas.

Várias outras alunas lançaram olhares irritados para ela, mas Lisanne nem percebeu. Quase. Hesitante, ela desceu os degraus em direção a ele.

— Oi — disse, tímida, sentindo-se tonta.

Ele estendeu a mão para ela, que apertou rápido. Sua pele estava quente e seca, a palma da mão ligeiramente áspera.

— Você é a Lisanne — disse ele. — Amiga do Roy. Sou o Daniel.

— Hum, sim — foi sua resposta genial.

Eles ficaram olhando um para o outro. Lisanne não pôde deixar de notar que ele tinha cílios incrivelmente longos e a íris era de um tom castanho-claro, salpicado de verde e dourado.

— Então — ele falou baixinho, olhando-a nos olhos —, posso pegar minha mão de volta? Talvez eu precise dela.

— Ah, foi mal! — ofegou, deixando cair a mão dele como se tivesse sido eletrocutada.

Deu para perceber que ele estava tentando conter um sorriso, mas ela não achou que fosse possível ficar mais vermelha do que já estava. Ele ergueu uma sobrancelha e ela esperou por um comentário engraçadinho, mas ele não o fez.

— Como quer fazer isso?

— O quê? — gaguejou ela.

— O trabalho. Quer fazer na biblioteca?

— Hum, sim, claro. Pode ser.
— Beleza, que dia fica bom para você? Domingo à noite?

Ela olhou para cima e encontrou seus olhos, e dessa vez, viu um sorriso malicioso, definitivamente.

— Então você me viu lá — disparou ela.

Ele deu de ombros.

— Mas não achou por bem parar e me ajudar a levantar quando eu estava esparramada nos degraus da biblioteca!

Surpresa se formou em seu rosto.

— Não sei do que está falando. Vi você estudando, só isso.

— Ah, sério?! Eu estava somente alguns metros atrás de você quando caí. Deve ter me ouvido gritar.

Um olhar de pura raiva tomou conta dele e Lisanne instintivamente deu um aflito passo para trás.

— Bem, não ouvi — retrucou.

Não havia como responder a isso. Lisanne só adicionou "mentiroso" à sua lista de falhas. Ela tinha a sensação de que seria uma lista bem longa.

— De qualquer forma, estou ocupada no domingo à noite — disse ela, tentando soar desdenhosa. Só porque ele era bonito, não significava que poderia se safar sendo um babaca. Com ela não.

Ele continuou a olhar para ela, o rosto tenso de raiva.

— O quê? — perguntou ela, irritada.

— E quando quer *fazer* o trabalho? Não quero começar a ter notas baixas por sua causa.

A boca de Lisanne se fechou com um estalo alto.

— Estou livre no domingo à tarde — respondeu brava.

— Duas horas — avisou ele. — Não se atrase.

Depois, ele pegou sua jaqueta de couro e a bolsa e foi embora.

— Que idiota! — murmurou, mais para si própria.

Ela olhou para Kirsty, que ainda estava aproveitando a atenção do Cara da Camiseta Vermelha.

Lisanne suspirou e esfregou a testa, cansada.

Às 13h55min de domingo, Lisanne estava correndo pelo *campus* em direção à biblioteca, determinada a não se atrasar. Ela não queria dar a *Daniel* nenhuma desculpa para ser ainda mais cretino.

Ela tinha acabado de chegar à grande porta giratória da biblioteca quando o viu correndo pelo *campus*. Ele subiu os degraus para a biblioteca de dois em dois, com uma expressão séria no rosto.

— Com medo de que se atrasasse? — ela perguntou, irritada, quando o alcançou.

— Não. — Seu tom era brusco.

Lisanne piscou. Talvez ela merecesse isso.

— Olha só, desculpa — disse ela. — Precisamos fazer o trabalho juntos, então... vamos tentar nos dar bem, tá legal?

Ele deu de ombros.

— Tanto faz.

Lisanne pegou de volta a bandeira branca e marchou para a biblioteca, vapor saindo de seus ouvidos com a grosseria dele.

Ela escolheu uma mesa no fundo da sala e se jogou em uma cadeira. Daniel ainda estava de pé, parecia um pouco sem graça, remexendo os pés.

— Hum, você se importa se eu me sentar aí? — perguntou ele, apontando para o assento de Lisanne.

— Oi? — bufou ela.

— Eu... hum, gosto de me sentar de costas para a parede, para poder... ver tudo...

— Fique à vontade — respondeu ela, em um tom ríspido. — Mas não vou sair daqui.

Ele olhou feio para Lisanne e finalmente puxou uma cadeira em frente a ela, o que o deixou de costas para o resto da sala.

Pela forma como se contraiu, as pernas pulando para cima e para baixo e puxando o *piercing* na sobrancelha sem parar, Lisanne não precisava adivinhar que ele estava se sentindo desconfortável. Ela sorriu presunçosa – gostava de colocá-lo na defensiva, isso a fazia sentir que poderia ter uma chance de se igualarem no jogo.

Ele coçou a barba por fazer, que cobria seu rosto e queixo, e se acomodou na cadeira.

— Por onde quer começar? — ele a desafiou.

Lisanne teve uma boa ideia, que com orgulho mostrou para ele.

— Isso é um pouco básico — zombou Daniel.

Ela corou, mortificada por sua ideia ser tão obviamente idiota.

Ele soltou um longo suspiro e Lisanne arriscou um olhar para ele. Mesmo quando estava chateado e irritado, ela ainda não conseguia deixar de querer olhá-lo.

Para sua surpresa, sua expressão era de compreensão.

— Você não gosta muito dessa matéria, não é?

Ela confirmou com a cabeça, as bochechas ainda vermelhas.

— Roy disse que você está se formando em música.

— Hum, sim.

Ela ficou surpresa ao saber que ele havia falado a respeito dela com Roy.

— Então, está fazendo Introdução à Administração porque...

— Meus pais. Eles pensaram... Que eu deveria ter um plano B, de reserva.

Daniel acenou devagar com a cabeça.

— Estão certos. Seus pais. Nada é garantido. É bom ter um plano de reserva.

Essas não eram as opiniões que ela esperava ouvir de alguém como ele – que tinha uma atitude tão diabólica, do tipo: não estava nem aí.

— Olha, é bastante simples se pensar nisso dessa forma — ele começou a dizer, apontando para o segundo capítulo do livro.

Para sua surpresa, Daniel viera preparado e teve algumas ideias realmente boas. Ainda mais surpreendente, ele foi capaz de explicar alguns dos conceitos com os quais ela estava lutando – inércia industrial, fluxo de produção – em uma linguagem clara e não condescendente.

Tudo parecia tão simples. Lisanne não conteve a risada, e Daniel sorriu de volta.

— Sim, sou um cara engraçado.

— Na verdade, pensei que fosse um babaca.

— Valeu — disse ele, solene.

Lisanne deu uma risadinha.

— De nada.

Ela chegou à conclusão de que preferia muito mais o sorriso dele a sua expressão fechada. Ambos eram atraentes, mas seus olhos eram suaves e felizes quando sorria. Então, Lisanne percebeu que a risada que ouvira no teste tinha sido dele. Esperava ouvir de novo. Torcia muito.

Ele esticou as costas, alongando os braços sobre a cabeça. Lisanne não conseguiu desviar o olhar do pedaço do abdome que vislumbrou acima de sua cintura, e os músculos tensos do peito que deu para ver sombreados sob a camiseta.

Ela desviou os olhos quando percebeu que ser pega olhando para ele não seria legal e poderia despertar o babaca interior dele.

— Tem um livro que usei no colégio que pode te ajudar — disse ele, distraindo-a de sua cobiça. — Posso ver se tem um aqui se quiser.

Lisanne estreitou os olhos, curiosa para saber se ele estava sugerindo que ela não estava no nível do curso atual, mas não viu nada, exceto sinceridade em seu rosto. Ela se sentia envergonhada por seus pensamentos desagradáveis.

— Não, tudo bem, obrigada. Vou procurar eu mesma. Qual é o nome e o autor?

Ele escreveu para ela e continuou folheando o livro em busca de mais ideias.

Lisanne vagou pelas fileiras das estantes altas até encontrar a prateleira certa. Ela puxou o livro e folheou as páginas. Ele estava certo: realmente iria ajudá-la.

De repente, um alarme alto e estridente tocou em toda a biblioteca, fazendo Lisanne pular. Em todos os lugares, os alunos estavam jogando livros nas mochilas e se dirigindo para as saídas de incêndio.

Ela correu de volta para a mesa deles e ficou surpresa ao ver Daniel ainda sentado, tranquilo, a cabeça inclinada sobre os livros.

— Daniel! — gritou ela. — O alarme de incêndio!

Ele não se moveu.

— Daniel!

Nada.

— Daniel!

Ainda assim, nenhuma reação. Caramba, ele devia estar ouvindo o *iPod*. Irritada e preocupada, ela correu, jogando os livros na bolsa.

— O que está acontecendo? — perguntou ele, claramente confuso com as ações dela.

— O alarme!

Por um momento, a incompreensão tomou conta de seu rosto, depois Daniel olhou para trás e viu os outros alunos partindo depressa. Murmurando e xingando baixinho, ele colocou os livros na bolsa e seguiu Lisanne para fora da biblioteca.

Os alunos estavam circulando em frente ao prédio e se espalhando pelo *campus*. Todos estavam se perguntando se era um incêndio mesmo ou apenas simulação. Será que tinha alguma fumaça? Os bombeiros haviam sido chamados?

— Devemos esperar no gramado? — perguntou Daniel, em tom casual.

— Sim.

Eles encontraram um espaço, e Lisanne tentava ignorar os olhares incrédulos de outros alunos porque *o* Daniel Colton estava com uma nerd. Uma era a ruiva com quem ela o vira na boate. Ela estava olhando feio para Lisanne e murmurando algo para sua amiga.

— Hum, sua namorada está ali — comentou Lisanne, logo apontando por cima do ombro de Daniel.

Sua expressão foi de confusão e ele olhou atrás dela, então deu um sorrisinho malicioso.

— Ela não é minha namorada.

— Mas... Eu vi você com ela na boate.

Daniel deu de ombros.

— Só ficamos.

— Ah.

Lisanne não estava acostumada com as pessoas falando tão casualmente de, bem, sexo.

— Ela não parece muito feliz.

— Não tenho nada a ver com isso — respondeu ele, franzindo a testa de novo. — Ela conseguiu o que queria.

Lisanne não sabia como responder a *isso*.

Ele se deitou na grama, apoiando-se nos cotovelos e esticando as longas pernas à sua frente. Depois, tirou um maço de cigarros amassado do bolso da calça e acendeu um, sugando a fumaça de forma apreciativa.

— Fumar faz muito mal para você — avisou Lisanne, com desaprovação.

Daniel achou graça.

— Ah, é? Acho que ninguém nunca me disse isso antes.

Lisanne revirou os olhos. Ele piscou para ela e deu outra tragada. Preguiçosamente, Daniel soltou a fumaça pelas narinas, e Lisanne a observou circular antes que a brisa leve a levasse para longe.

Então ela notou algo...

— Você não está ouvindo seu *iPod*.

Ele parecia confuso.

— Hum, não.

— Não estava usando fones de ouvido na biblioteca.

— Não — respondeu ele, de repente parecendo tenso. Defensivo até.

— O alarme...

— E o que tem isso? — disparou ele.

Lisanne ficou surpresa com a raiva em seu tom. Ela hesitou.

— Nada — murmurou.
Os olhos dele se estreitaram, mas depois desviaram do olhar dela.
— Tá certo. Preciso ir.
— Mas ainda não terminamos de estudar...
Ele não respondeu; só apagou o cigarro na grama e o jogou longe com os dedos.
— Ei! Não pode fazer isso! Os pássaros podem tentar comer.
Ele nem sequer olhou para ela quando se levantou e se afastou.
Lisanne ficou pensando que merda foi que tinha acontecido ali.
Não, ele não iria se safar assim – não depois de eles estarem se dando tão bem. Ela se levantou e correu atrás dele.
— Daniel!
Ele não diminuiu o passo.
— Daniel!
Nada.
O ritmo dela diminuiu até que o alcançou, andando atrás dele e chamando seu nome, mas ele não se virou; não olhou para ela.
Ela agarrou seu braço e ele girou tão rápido, com os punhos erguidos, que Lisanne saltou para trás. Ele relaxou um pouco quando a viu, mas somente um pouco.
— Daniel?
— O quê? — perguntou, em tom grosseiro.
— Eu estava te chamando. Você não me ouviu.
Ele deu de ombros.
— Eu estava com a cabeça em outro lugar.
— Não. Estou dizendo que você não me *ouviu*.
Ele explodiu; os olhos escuros e furiosos.
— O que você quer de mim?
— Você não me *ouviu*, né?
Ele tentou se livrar dela, mas ela não o soltou, agarrando seu braço com força.
— Você não me *ouviu*!
— Me solta! — esbravejou, empurrando-a rudemente.
Suas mãos caíram de lado e ela perdeu o fôlego.
— Você *não* consegue me ouvir — sussurrou ela.
Ele se virou, mas não antes de Lisanne ver o sofrimento desesperado em seu rosto.
— Você não consegue ouvir nada.

Capítulo 3

Daniel sentiu o sangue congelar ao olhar para o rosto confuso de Lisanne.

— Não... Não conte a ninguém, por favor — pediu, desviando seus olhos para longe dela e olhando para os alunos em frente à biblioteca.

— Não entendo — sussurrou Lisanne. — Você parece tão... — As palavras dela morreram.

— Normal? — ele terminou por ela, com um tom amargo.

Sua pele corou, e ela precisou admitir que ele tinha adivinhado.

— Como você... como consegue?

Ele lambeu os lábios, olhando ao redor de novo. Ele não podia falar com ela ali, não com todo mundo observando, talvez ouvindo.

— Podemos ir para outro lugar... Podemos sair daqui? — perguntou, num tom de súplica.

— Sim, claro.

Ele ficou aliviado por ela ter concordado na hora. Apontou com a cabeça e começou a voltar pelo *campus*, a mandíbula rígida, a tensão emanando de seu corpo.

Lisanne praticamente correu para acompanhar Daniel, que andava depressa, atravessando a faculdade.

— Para onde estamos indo? — perguntou ela, sem fôlego.

Ele não respondeu, mas ela logo percebeu que a estava levando para o estacionamento dos alunos.

Ela quase perdeu a coragem quando ele caminhou em direção a uma motocicleta preta lustrosa. Alcançando um dos alforjes, tirou o capacete e passou para ela sem falar nada.

— Hum, nunca andei antes — ela comentou, gesticulando com a mão impotente para a máquina e mordendo o lábio.

Ele não sorriu.

— Já andou de bicicleta alguma vez?

— Claro!

— É parecido. Só se segura.

Ele passou a perna por cima da bela moto e estendeu a mão. Aceitando, ela colocou a mão na dele. Confiando nele, Lisanne subiu. Ela tateou ao redor, procurando pela alça traseira para se segurar. Não tinha uma, e para ressaltar o que havia falado, Daniel pegou os pulsos dela e puxou seus braços ao redor de sua cintura.

Lisanne o apertou com força e sentiu como o corpo dele era caloroso e bastante sólido, fechando os olhos assim que o motor fez um rugido gutural. Ela gritou quando ele saiu com tudo com a moto e pegou a rua. Por fim, seus olhos se abriram.

Ele acelerou forte e Lisanne o agarrou, tonta pela velocidade, eufórica e com um pouco de medo.

Eles andaram por cerca de 15 minutos, com Daniel ziguezagueando de forma imprudente por entre o tráfego. Apesar do ataque a seus sentidos, Lisanne gradualmente começou a se acostumar com a sensação e a gostar de estar perto de Daniel. Então, a lembrança das circunstâncias que os levaram ali retornou e sua garganta fechou.

Talvez ela estivesse muito errada. Mas por que ele tinha olhado para ela daquele jeito? Por que havia implorado para ela não contar a ninguém? Como se ela fosse fazer isso! Por que ficara tão aborrecido?

A moto começou a desacelerar, e Daniel parou ao lado de um restaurante com cara de barato que tinha sido planejado para parecer um vagão de trem antigo.

O silêncio repentino quando ele desligou o motor foi surpreendente. Lisanne respirou fundo e soltou sua cintura com relutância.

Sem dizer uma palavra, ele desceu da moto e tirou o capacete.

Lisanne tentou engolir, mas a raiva e o sofrimento no rosto dele haviam sido substituídos por uma máscara de frieza. Calada, ela devolveu o capacete, depois caminhou para o restaurante. Ficou surpresa quando ele abriu a porta. Esse pequeno ato gentil ajudou a amenizar o crescente aperto em seu peito.

Ele se largou em uma das cabines na parte de trás, e Lisanne seguiu um pouco hesitante para o próximo confronto, mas estava ansiosa pela verdade a respeito desse belo garoto complicado.

A garçonete de meia-idade logo se aproximou com uma jarra de café que parecia forte o suficiente para levantar até defunto e serviu duas canecas sem precisar pedir.

— Obrigado, Maggie — agradeceu Daniel, cansado.

— Tudo por você, bonito — respondeu ela, com um sorriso carinhoso e uma piscadela para Lisanne.

Ela se afastou antes que Lisanne tivesse coragem de pedir leite. Observou fascinada quando Daniel acrescentou três colheres de açúcar no café, mexendo a bebida fumegante com ar melancólico.

Pegou a própria caneca e tomou um gole. O café era forte, mas não tão desagradável quanto imaginara.

Daniel recostou-se no banco e fechou os olhos. Ele parecia tão perdido e vulnerável, mas, então, seus olhos se abriram e ele a encarou, a expressão fria de novo.

— O que você quer de mim? — repetiu as palavras que despejara nela antes, mas, dessa vez, a voz estava num tom frio e monótono.

Lisanne estremeceu.

— Só quero saber... se estava certa.

— O que isso te interessa?

— É só... Pode ser perigoso... Se as pessoas não sabem... de você.

Ele ergueu as sobrancelhas, sem acreditar no que ela havia falado.

— Perigoso?

— Sim — disse Lisanne, tentando manter a coragem. — Na biblioteca, você não ouviu o alarme de incêndio, né?

— Está perguntando ou afirmando?

— Hum, perguntando?

Daniel suspirou e observou a mesa com interesse excessivo. Precisando de algo para ocupar as mãos, derramou um pouco de sal na mesa e começou a desenhar padrões com o dedo. Tentou raciocinar, pensando no quanto poderia dizer a ela, no quanto podia confiar nela.

Lisanne conteve as palavras banais que teria dito a ele para deixar de fazer bagunça na mesa. Daniel falaria com ela – ela sabia – e não queria interrompê-lo.

— Costumo me sentar de costas para a parede para que possa ver o que todo mundo está fazendo — explicou, enfim. — Isso geralmente me dá pistas.

Ele olhou para ela.

— Você não saiu da cadeira, e eu tive que me sentar à sua frente para conseguir ler seus lábios enquanto falava. — Ele deu de ombros. — Sou mais cuidadoso quando estou sozinho.

Lisanne se sentiu péssima. Sua recusa em trocar de lugar, sua maldade, todos os pensamentos injustos que tinha dele. Ele *não era* mentiroso. Ele *não era* babaca. Mas ela, Lisanne, era uma puta de primeira classe com uma veia presunçosa e egoísta de um quilômetro de extensão.

— Desculpa — sussurrou.

Ele acenou com a cabeça e suspirou de novo.

— É, ouço muito isso.

Daniel olhou para baixo e empurrou o sal para longe.

Lisanne colocou a mão por cima da dele, forçando-o a olhar para ela.

— Estou pedindo desculpa porque fui horrível com você.

Ele deu um pequeno sorriso e, sem pressa, afastou a mão da sua, deixando-a cair em seu colo.

Envergonhada, Lisanne também recuou a mão, e ambos tomaram um gole do café para ter o que fazer – algo que aliviaria o silêncio desagradável.

— Então… Sabe ler lábios? — ela perguntou, por fim.

Ele fez que sim com a cabeça, observando seu rosto.

— É… é por isso que não anota nada durante as aulas?

Daniel voltou a acenar.

— Se eu tentasse anotar qualquer coisa, perderia metade da aula.

— Mas isso não é muito difícil?

Ele deu de ombros.

— Sou muito bom em me lembrar das coisas, escrevo as anotações depois. Eles me ofereceram legendas em tempo real por computador, mas… Prefiro fazer do meu jeito.

— Então seus professores sabem?

— Sim.

— Alguém mais?

— Na faculdade? Só você.

— Não entendo. Por que está tentando manter isso em segredo? Não é algo para ter vergonha, é? Quero dizer, o que fez para chegar até aqui foi incrível…

— Não — murmurou bravo. — Não me venha com essa merda, porra!

— Não! Eu não estava…

— Sim, estava sim, caralho. Você é igual a todos. O que eu fiz "foi incrível", é isso o que disse? Por que deveria ser mais "incrível" por eu ir para a faculdade? Sou surdo, não burro.

Foi a primeira vez que qualquer um deles disse a palavra, e Lisanne empalideceu.

— Não quis dizer isso! Desculpa, eu...

Ela olhou para sua caneca de café e sentiu lágrimas arderem em seus olhos. Lisanne não conseguia dizer nada sem piorar as coisas. Não imaginava a dificuldade que devia ter sido para ele. Ela sabia como estava achando a faculdade difícil, mas, pelo menos, ela era normal. E se odiou por pensar dessa forma. Mesmo assim, os desafios dele deviam ser muito mais complicados do que os dela.

Então Lisanne percebeu como devia ser muito solitário – não ser capaz de participar de uma conversa com os colegas, não poder falar das novas músicas ou bandas, não ouvir os comentários engraçados ou estranhos que as outras pessoas faziam, não poder tocar seu violino, não ouvir a própria voz, o próprio canto. Ela não conseguia imaginar a vida sem sua música, sem sons.

Porém, essa era a realidade da vida de Daniel. Não era de se admirar que ele se envolvera em uma fachada de hostilidade, tentando manter todos afastados.

— Eu te vi dançando na boate — comentou, de repente, lembrando a dança safada e sentindo-se confusa. — Com sua namo... com aquela garota. Como...?

Ele deu um sorriso tenso.

— Consigo sentir — respondeu. — Sinto a batida da música através do chão, as vibrações. Ninguém nunca reparou que... que eu sou surdo... quando estou na boate, ninguém escuta merda nenhuma nesses lugares também. Eu me sinto em casa. É o único lugar em que você poderia dizer que tenho uma vantagem. As pessoas têm que gritar para serem ouvidas, e eu leio seus lábios. — Seu tom de voz soou amargurado.

— Você consegue... hum... consegue ouvir alguma coisa? Só fiquei imaginando por que você parece tão...

— Você ia dizer "normal" de novo, né? — perguntou, em tom acusador.

Lisanne mordeu o lábio e acenou devagar com a cabeça.

— Desculpa — murmurou.

— E você ainda pergunta por que não quero que ninguém saiba?

Ela olhou para cima, vendo apenas sofrimento e frustração em seus olhos.

— Porque não quero ser definido por isso — explicou com a voz tranquila. — Quando as pessoas sabem que você tem... uma deficiência...

nossa, como odeio essa palavra... elas tratam você diferente. Metade do tempo, nem sequer percebem que estão fazendo isso. Detesto todos os malditos estereótipos. — Abaixou a cabeça e segurou com as mãos. — Eu odeio isso. De verdade.

Lisanne não sabia o que dizer ou como se comportar. Era difícil de entender que ele tinha essa questão, problema, invalidez... tipo de vida... Como deveria chamar?

— Me sinto tão ridículo — murmurou. — Duas semanas. Consegui por... duas semanas apenas antes que alguém, antes que você, percebesse.

Lisanne o encarou.

— Se não fosse o alarme de incêndio, não tenho certeza se teria notado. — Ela deu um sorriso leve. — Só teria pensado que era um babaca por ter me ignorado, eventualmente.

Seu rosto abrandou um pouco e ele tentou dar um sorriso, mas parecia ter ficado preso nos cantos de sua boca.

— Mas, Daniel, não entendo por que prefere que as pessoas achem que é um idiota a... pensarem que é surdo.

Ele deu de ombros.

— Babacas são normais. Ser surdo... me faz diferente. Não quero ser diferente.

Lisanne passou os olhos por suas tatuagens e fixou o olhar em seu *piercing* na sobrancelha.

— Acho que quer sim.

— O quê?

— Acho que você quer ser diferente. O jeito que você é.

Ele olhou para ela e balançou a cabeça devagar.

— Você não entende.

— Estou tentando entender.

— Sim, acho que sim.

— Será que... você vai me contar? Quando começou? Quero dizer, não nasceu surdo, nasceu?

— O que quer... Saber da porcaria da história da minha vida?

— Sim, se puder se controlar para não xingar a cada palavra.

Ele olhou perplexo para ela, depois gargalhou.

— Você é engraçada!

— Fico feliz por te fazer rir! — resmungou, embora não estivesse brava de verdade. Era bom vê-lo sorrindo outra vez.

Porém, seu sorriso desapareceu bem depressa.

— Não quero que ninguém saiba. Estou falando sério. Ninguém.

— Prometo, Daniel. Além disso, é segredo seu para contar; não meu.

Ele acenou de leve com a cabeça.

— Acho que vou ter que confiar em você.

— Acho que sim.

— Tudo bem, mas vou precisar de outra droga de café.

— Ei! Sem palavrões! Você prometeu!

— Não posso nem dizer "droga"?

— Prefiro que não.

— Por acaso seu pai é pastor?

Lisanne revirou os olhos.

— Que clichê! Acha que, só porque não gosto de palavrões, devo ser uma beata? Agora, quem está estereotipando?

Ela foi salva de uma resposta quando Maggie veio para reabastecer suas canecas de café.

— Você quer algo de comer para acompanhar o café, Danny? Ou sua amiga quer?

Daniel olhou para Lisanne.

— Está com fome?

— Na verdade, não, mas obrigada.

— Está tudo bem. Obrigado, Maggie.

— Vou trazer o de sempre — avisou ela. — E nem revire os olhos para mim, Danny Colton. Sei que nunca tem comida em casa.

— Obrigado, Maggie — murmurou, parecendo um garotinho repreendido quando a garçonete se afastou.

Lisanne ergueu as sobrancelhas.

— Danny, é?

Ele fechou a cara.

— É, bem, ela me conhece desde que eu era criança. É a única pessoa que me chama assim.

— Eu não sei, acho que combina com você, Danny.

— Continue assim, filha do pastor.

Lisanne fez cara feia e Daniel não conteve o riso.

— Então, por que escolheu essa faculdade? — perguntou ela, tentando puxar conversa.

Ele deu de ombros.

— Ela tem um curso de administração ótimo, bom para economia. E consegui bolsa de estudos parcial. E você?

— Foi mais a escolha dos meus pais. Eu sabia que queria estudar música e aqui tem um curso de educação musical, por isso estou estudando para ser professora de música.

— É isso que você quer?

— Na verdade, não, mas é bem próximo do que quero.

Quando Maggie chegou com um prato de ovos, bacon e aveia, Daniel o atacou como um homem faminto.

— Uau, acho que está mesmo com fome — comentou Lisanne, seus olhos arregalados, espantada pela velocidade com que ele estava engolindo tudo a sua frente.

— Hmm — respondeu com a boca cheia de ovos e bacon. — Eu não comia desde ontem.

— O quê? Para.

— Hm-hm — murmurou ele, negando com a cabeça.

— Por que não?

Ele engoliu o último pedaço e pegou seu café.

— Não fizeram as compras de mercado. Além disso, nunca dura muito tempo, então nem serve de muita coisa.

Lisanne balançou a cabeça, confusa.

— A sua mãe não faz mercado?

Assim que fez a pergunta, ela percebeu que tinha falado mais que a boca.

— Meus pais morreram há mais de dois anos — contou ele, olhando para um lugar na parede atrás dela. — Agora somos só eu e Zef, meu irmão.

A respiração de Lisanne oscilou.

— Como?

— Acidente de carro.

Tudo o que ela pôde fazer foi acenar, solidária e estarrecida. Daniel tinha nascido com inteligência e boa aparência, mas, dentro de alguns anos, havia perdido os pais, a audição e uma parte enorme do orgulho e da dignidade, junto com a esperança, pelo que parecia.

Lisanne ainda não entendia como ele funcionava em absoluto, muito menos como se levantava pela manhã e ia à faculdade para estudar. Ele devia ser forte, ela decidiu. Muito forte.

Seu coração se encheu de admiração por ele, depois queimou de sofrimento pelo modo que a vida o havia tratado.

— Eu sinto muito — repetiu, impotente.

Ele deu de ombros.

— A vida é um saco.

Daniel esticou os braços para cima, e a camiseta subiu e apertou sobre o peito. As bochechas de Lisanne começaram a corar, e ela se sentiu horrível por ter um pouco de pensamentos lascivos ao mesmo tempo em que ele abria o coração. Ela era uma pessoa terrível.

— E você? — perguntou. — Qual é a sua história?

— Nada demais — respondeu rapidamente.

— Me diga mesmo assim.

— Não tenho nada a dizer, sério.

Ele não gostou.

— Ah, você me interrogou a respeito da minha vida, só que não vai dizer nada da sua.

— Não, é sério... É só chata. O que quer saber?

— Me conte de sua família.

Ela suspirou.

— Meus pais se chamam Monica e Ernie. Ambos são professores de matemática do ensino médio. Tenho um irmão mais novo, Harry, ele tem 13 anos. Ele enche meu sa... Bem, é um chato, mas sinto falta dele mesmo assim. Ele é bem padrão: futebol americano, jogos de computador, e está começando a se interessar pelas garotas. — Ela estremeceu. — Tem um cartaz de Megan Fox na parede. Minha mãe disse que ele estava objetivando as mulheres, mas acho que o papai meio que gosta; digo, do cartaz.

— É, ela é gostosa!

— Argh! Que típico — zombou.

Ele piscou para ela, que não conseguiu conter o sorriso.

— Como são as paredes do seu quarto? — provocou ela.

— Por quê? Quer vê-lo? — perguntou ele, erguendo uma sobrancelha, aquela com o *piercing*. — Porque, preciso dizer, não achei que fosse esse tipo de garota.

Lisanne o encarou, completamente sem palavras.

Ele deu um sorrisinho, concluindo que havia ganhado a rodada da disputa verbal.

— Você já foi beijada, LA? — perguntou, inclinando-se para frente e olhando fixo em seus olhos, um sorriso escondido por trás deles.

— Não seja um idiota — retrucou.

— Achei que não — comentou, presunçoso.
— Já beijei — gaguejou. — Muito.
Era uma puta mentira, mas sem chance de admitir isso para ele.
— Bom saber — disse ele, recostando-se no banco e sorrindo.
— Bem, e você?
— Sim, já beijei. Muito.
Ela revirou os olhos.
— Eu quis dizer, você tem uma namorada?
— Por quê? Está interessada?
— Não sei por que me dou ao trabalho de perguntar — bufou.
Ele sorriu para ela.
— Não, não tenho namorada. Mais alguma coisa que quer saber?
Lisanne mordeu o lábio.
— Manda — incitou. — Não vou responder se eu não quiser.
— Tudo bem. — Ela pausou. — Bem, estava pensando... quando, hum, quando você... quando... Desculpa, deixa pra lá.
Sua expressão brincalhona desapareceu, e Lisanne sentiu vontade de se estapear.
— Continuamos a voltar para esta porcaria, não é? — disse, com a voz irritada. — É por essa razão que estou cansado disso, que odeio falar nesse assunto. Porra, é tão fascinante para todo mundo, mas esta é a minha vida e eu sei o que perdi. Todo santo dia do caralho eu sei o que perdi. Vejo você indo para os ensaios com Roy e os caras, e isso me mata, cacete. *Nunca* vou ter isso de novo, *jamais* vou ouvir essa música. E sabe de uma coisa? Estou começando a esquecer. Às vezes, acho que ouço a música na cabeça, mas não tenho mais certeza.
Ele fechou os olhos e depois voltou a falar:
— Acha que é assim para as pessoas cegas? Quero dizer, se elas costumavam ser capazes de enxergar... conseguem se lembrar das cores? Elas pensam na cor, sonham em cores? Algumas vezes acho que ouço música nos meus sonhos...
A garganta de Lisanne se fechou com firmeza. Ela se achou responsável por fazê-lo se sentir assim, então tinha a responsabilidade de respondê-lo.
— Sim, acredito que é assim. Quero dizer, acho que eu pensaria assim. Beethoven continuou compondo mesmo depois que ficou surdo, sabe?
— É, ninguém me disse isso antes — comentou, sarcástico.
— Não torna menos verdadeiro — retrucou em voz baixa.

Ele suspirou.

— Minha... condição... é chamada de perda auditiva neurossensorial súbita idiopática, o que significa que eles não têm a menor ideia do que é. Acreditam que talvez foi um vírus, mas não sabem ao certo. Tudo começou depois que entrei no colegial. A primeira vez que eu tive problemas, os professores disseram que eu não estava me concentrando, ou estava sendo um espertinho e não respondia. Uma professora implicou mesmo comigo, senhorita Francis. Ela tinha uma daquelas irritantes vozes estridentes malditas, e eu não conseguia ouvir porcaria nenhuma do que ela estava dizendo. Você perde os sons altos primeiro; sons baixos demoram um pouco mais. Eu era burro demais para contar a alguém que estava tendo problemas.

Ele pausou e olhou para baixo.

— Depois, minhas notas começaram a cair. Eu entrava em brigas e meus pais foram chamados um monte de vezes na escola. Uma das minhas professoras foi a primeira a adivinhar o que estava acontecendo. Fui levado para fazer alguns exames... Aos quinze anos, tive perda auditiva moderada a severa.

Ele esfregou o rosto com as mãos.

— A escola disse que não poderia "lidar" comigo. Então... Meus pais me mandaram para uma escola especial. Quando eles... quando eles morreram, faltava menos de dois anos para me formar, portanto... Eu me graduei e jurei que jamais viveria assim. Não queria esse rótulo de "deficiente", "capaz de forma diferente", pelo amor de Deus. Odeio isso. — Ele pausou. — Naquela altura, tinha perdido quase toda a minha audição. Escuto um pouco no ouvido esquerdo, mas não tenho mais certeza. Não ouvi a porra do alarme de incêndio. Talvez eu pudesse ouvir a merda de uma bomba explodir, não sei.

Lisanne não percebeu que estava prendendo a respiração até que seus pulmões começaram a doer.

— E... os aparelhos auditivos não ajudam?

Daniel fechou a cara.

— Na verdade, não. Eles funcionam para algumas pessoas. Tentei aparelhos auditivos digitais, mas não fornecem a amplificação suficiente e as vozes soaram incertas e distorcidas. Os analógicos eram melhores, mas não muito.

— Mas ajudaria um pouco?

— Claro, se quer que as pessoas te tratem como a porcaria de um retardado.

— Nem todas as pessoas são assim!

— Não me diga como é, porra. As pessoas dizem merdas como: "Oh, você fala muito bem" quando estão me dando o caralho de tapinhas nas costas ou algo assim.

— Portanto... não há... esperança? Os médicos...?

Ele negou com a cabeça.

— Não. Sou um dos "piores cenários" deles. Inesquecível, digamos assim.

Lisanne achou que ia passar mal, mas continuou:

— Você não deve perder a esperança, Daniel. Cientistas fazem descobertas o tempo todo. Você poderia... não sei... fazer parte de algum experimento ou algo do tipo. E os implantes de que ouvi falar?

Ele voltou a negar com a cabeça.

— Costumava pensar nisso, mas me cansei de ser a porra de uma cobaia de laboratório. Passei tempo demais em hospitais e clínicas, com diferentes exames, sendo equipado para diversos aparelhos auditivos; cada um mais inútil do que o anterior. Não suportaria mais passar por tudo isso de novo... a esperança. Isso te mata, porra.

Ele parecia tão destroçado que Lisanne não queria mais nada além do que tentar confortá-lo, mas, antes que ela pudesse pensar em qualquer coisa, ele balançou a cabeça, como se quisesse clareá-la.

— Que se dane — disse. — Isso pareceu a merda de um enredo de novela. Quer se divertir?

A cabeça de Lisanne girou com a mudança de humor.

— Tá bom — respondeu, hesitante. — Tipo como?

— Confia em mim?

— Não.

Ele sorriu.

— O que tem a perder?

— Hum, minha vida, minha reputação, minha sanidade?

Daniel riu.

— Mais alguma coisa? Vamos. Vou te levar inteira de volta para seu dormitório. Se bem que não posso falar por sua reputação se for vista comigo.

Lisanne fingiu um suspiro.

— Acho que vou ter que aceitar isso.

Meia hora mais tarde, Lisanne estava olhando boquiaberta, com o queixo no chão. Sério? Ele a levou em um fliperama?

— O que você tem? Treze anos? — perguntou com descrença absoluta.

— Não, gata, sou muito homem — respondeu com um sorriso, piscando para ela. — Quer que eu prove?

Ela cruzou os braços e tentou parecer séria.

Daniel apenas sorriu.

— Ah, qual é?! Vai ser divertido. Podemos comer batatas fritas, beber refrigerante e atirar em coisas. Como não gostar?

Ele agarrou a mão dela e a puxou para dentro. Seu entusiasmo era contagiante – ele era como um garotinho, com os olhos radiantes. Lisanne precisou admitir que gostava desse lado brincalhão dele. Ele era tão sério a maior parte do tempo.

Ele trocou dez dólares em fichas e entregou um pouco para ela.

— Hã... Acho que vou ficar te olhando.

Ele sorriu e se dirigiu para um simulador de corrida.

— Este é incrível.

Por quase uma hora, Daniel jogou em vários jogos. Ela estava se divertindo vendo-o agir como um garoto hiperativo, ele a fazia se lembrar de seu irmão. Toda vez que ganhava ou marcava muitos pontos, ele virava e dava um enorme sorriso. Ele até convenceu Lisanne a acompanhá-lo em um dos simuladores, e depois acabou com ela em todos os quatro circuitos do jogo.

Recusando-se à revanche, ela se afastou para buscar as batatas fritas e refrigerantes prometidos com uma nota de dez dólares que ele insistira que ela pegasse da carteira dele, e logo depois, sentaram-se em cadeiras de plástico e viram um grupo de adolescentes brigar por causa de um dos brinquedos de corrida.

Lisanne tinha que admitir, apesar de qualquer coisa, ela havia se divertido. A única coisa que a incomodava era que era muito fácil esquecer que Daniel era surdo. Várias vezes tinha falado com ele quando estava de costas para ela, antes de se lembrar de tocar em seu ombro.

Ela via como seria fácil para as pessoas achá-lo insensível ou rude. Ela meio que entendia o que ele dissera a respeito de não querer que as pessoas soubessem, mas não compreendia por que preferia que pensassem que era um babaca. Lembrou-se do provérbio que sua mãe sempre dizia: você tem que se colocar no lugar do outro antes de julgá-lo.

Ela suspirou, percebendo que tinha muito a aprender.

Eventualmente, percebeu que estava ficando tarde e que tinha prometido à Kirsty que sairiam juntas naquela noite. Uma grande parte dela teria gostado de ficar com Daniel, mas promessa era promessa.

Ele se ofereceu para levá-la para seu dormitório e Lisanne aceitou, agradecida.

Mas, quando ele a deixou, seu semblante estava inquieto.

— Hum, Lisanne, você não vai dizer a ninguém, né?

— Não, prometo. Como eu disse, não é segredo meu para contar — repetiu.

Ele pareceu aliviado.

— Então, devemos remarcar nossa sessão de estudo — ela o lembrou.

— Sim, concordo. Me dê seu telefone, vou gravar o meu número.

Em silêncio, Lisanne entregou o aparelho para o cara mais gostoso da faculdade, tentando não sorrir quando ele digitou seu número em sua lista de contatos.

— Só coloque um toque legal pra mim, tá? — avisou, com um olhar divertido no rosto.

— Vou colocar Celine Dion — respondeu. — Você nunca saberá.

Um olhar descrente passou pelo rosto de Daniel, depois jogou a cabeça para trás e riu.

— Você é uma mulher durona... Gostei.

Daniel subiu na moto e decolou sob o céu que escurecia.

Com suas palavras soando em seus ouvidos, Lisanne se abraçou, depois correu para o seu quarto.

Ele gosta de mim!

Antes que ela pudesse colocar a chave na fechadura, a porta se escancarou e Kirsty a arrastou para dentro.

— Não me diga que acabou de ter um encontro de estudo de cinco horas com o Sr. Moreno Alto e Deliciosamente Perigoso — gritou ela.

Lisanne riu, nervosa.

— Mais ou menos. Nós estudamos por um tempo... — *Tempo curto demais*, pensou. — Daí, saímos por aí. Nada mais.

— Cale a boca! Então, foi tipo um encontro? Ele te beijou? Um pouco de língua em ação? Desembucha!

— Não! Já disse, nós estudamos e depois fizemos uma pausa. Ele é... legal.

— *Legal?!* Ah, você não acabou de dizer que o cara mais *gostoso* do *campus* é *legal*! Por favor!

— Hum, bem, ele me deu o número dele, mas é para combinarmos outro horário de estudo.

Os olhos de Kirsty quase saltaram de sua cabeça de tão arregalados que estavam.

— Ele deu o *número dele*? Nossa! Estou com tanta inveja! Prometa que, na próxima vez, você vai trepar com ele sem dó, até deixá-lo vesgo e incapaz de andar sem muletas. Depois me dê todos os detalhes por escrito. Ele é bem-dotado?

— Não acredito que disse isso! — berrou Lisanne.

— Estou elaborando um arquivo — comentou Kirsty, pegando uma pasta roxa brilhante. — Ele lista os nomes dos vinte caras mais gostosos da faculdade com todos os detalhes. Daniel e o Sr. Camiseta Vermelha estão empatados em primeiro lugar, e preciso de algumas estatísticas vitais. Qual a altura dele?

Lisanne se rendeu, achando que era mais fácil acompanhar as loucuras de Kirsty do que tentar lutar contra.

— Hum, bem, ele é mais alto do que o meu pai, acho, mas não muito. Deve ter cerca de 1,90.

— Excelente — declarou Kirsty, lambendo a ponta do lápis e escrevendo em seu caderno. — Cor dos olhos?

— Castanho-esverdeado e cílios bem longos.

— Hmm, então esteve bastante próxima — disse Kirsty, erguendo a sobrancelha.

Um tom rosado aqueceu o rosto de Lisanne.

— Estava sentada em frente a ele na biblioteca o tempo todo, não teve como *não* notar.

— Ah, tá legal. Tatuagens?

— Bem, sim. Não dei uma boa olhada em todas elas, óbvio...

— Óbvio...

— Mas tem em ambos os braços e, talvez, nas costas inteiras. Não sei dizer.

— Hmm, interessante. *Piercing* de mamilo?

— O quê?!

— Esse é o rumor, que ele tem dois *piercings* de mamilo.

— Eu... Eu... — gaguejou Lisanne.

— Tudo bem, veja se você consegue ver na próxima vez. E descubra se ele tem outros *piercings*. Outros além do da sobrancelha, é claro.

O rosto de Lisanne ficou vermelho-vivo.

— Não posso perguntar *isso* a ele!

JANE HARVEY-BERRICK

— Posso te dar uma cópia da lista para dar a ele, se quiser — sugeriu Kirsty, parecendo quase séria.

Lisanne balançou a cabeça com tanta força que sentiu medo de que tivesse desalojado o cérebro junto com todo o discurso racional.

— Quantas vezes outras garotas deram uma bela olhada nele?

Essa era mais fácil de responder.

— Ah, o tempo *todo*.

— Então, é nota 10, totalmente "pegável" — confirmou Kirsty.

Lisanne tinha que concordar.

— Oh! Ele tem *piercing* na língua?

Lisanne se esforçou para tentar lembrar se tinha visto qualquer sinal de um pino em sua língua.

— Acho que não.

— Que pena. Talvez eu desconte alguns pontos por isso.

— Sim, mas ele tem uma moto.

— Porra, sim! Não acredito que andou nela. Você é tão sortuda, Lisanne.

O comentário a deixou séria na mesma hora. É, ela tinha sorte. Era sortuda demais. Ela tinha uma família que a amava, tinha sua audição. E sua música.

Daniel havia perdido tudo isso.

O arquivo de Kirsty era para ser divertido, mas Lisanne não parou de pensar em como Daniel seria julgado de forma diferente se as pessoas soubessem a verdade.

Daniel não tinha escolha a não ser confiar em Lisanne. Pensar nisso o deixava muito irritado. Ele sabia, por experiência, que a maioria das pessoas o decepcionava mais cedo ou mais tarde. Com certeza ela parecia dizer a verdade – parecia legal. Mas ele não a *conhecia*, e isso o deixava nervoso.

Tudo o que podia fazer era esperar para ver.

Capítulo 4

O domingo se arrastou dolorosamente.

Lisanne estava em seu quarto, colocando em dia a montanha de trabalho que seus professores tinham acumulado durante as duas primeiras semanas do semestre.

Até mesmo Kirsty estava levando as coisas a sério, sentada à sua mesa com o *laptop* na frente dela, os olhos semicerrados na tela.

Pelo menos, Lisanne tinha um ensaio com Roy e o resto dos caras da *32º North*, ao qual ansiava. Roy ainda havia oferecido carona. Lisanne tinha pensado mais um pouco, mas resolveu que ter dois assustadores homens tatuados visitando seu dormitório na mesma semana poderia fazer com que conseguisse uma reputação ruim.

— Se ficar tarde, me liga que vou te buscar — ofereceu Kirsty, gentilmente. — Em qualquer horário até a meia-noite. Caramba, se não tiver acabado até lá, não sobrará voz nem para falar.

Lisanne concordou, agradecida, e saiu para pegar o ônibus.

Roy abriu a porta da boate depois que Lisanne tinha batido nela por uns bons três minutos.

— Desculpa, gatinha. Não te ouvi. Mike estava com os amplificadores no último grau.

Ele riu da própria piada, e Lisanne sorriu quando ele a pegou em um abraço esmagador.

— Vamos aquecer com algumas de Etta James antes de ir para o novo material. É sempre bom misturar algumas das antigas para segurar o público. Conhece *Something's Got A Hold On Me*?

— Claro, Christina Aguilera não fez um cover há alguns anos?

Roy fez cara feia.

— Sim, mas quando a Etta fez foi insano. Olha, rimou!
— Poderíamos tentar *Dirrty*?
Ele olhou para os lados.
— Acha que consegue cantar uma música como essa, gatinha?
Lisanne corou e abaixou o olhar.
— Eu sei a melodia — respondeu com a voz baixa, sentindo-se uma boba. *Era óbvio* que ela não podia ser sexy. Essa era uma causa perdida.

O ensaio correu bem e estavam começando a ficar bons juntos — foi um pouco conservador para o gosto de Lisanne, embora tenha mantido esse pensamento para ela. Cerca de três quartos das músicas eram uma mistura de clássicos antigos e modernos, com um pouco de *rock indie*, mas o resto eram originais. Carlos, o baixista, sabia cantar com boa harmonia e sua voz combinava bem com a de Lisanne.

Porém, ela ainda estava curiosa com uma coisa.
— Gosto muito do novo material — Lisanne falou, casualmente. — Mas vocês nunca disseram qual de vocês as escreveu. Gosto demais de *Last Song* e *On My Mind;* são lindas.
— Um amigo — falou Roy. — Ele não toca mais.
Lisanne o olhou em seus olhos.
— Você quer dizer o Daniel?
Houve um silêncio repentino, mas Lisanne não cedeu.
— Você o conhece? — perguntou Roy, cauteloso.
— Ele faz algumas aulas comigo. Estamos fazendo um trabalho juntos. Ele me disse... algumas coisas.
— Sim, Dan escreveu essas músicas — revelou Roy, por fim. — Ele continuou escrevendo músicas até cerca de um ano e meio atrás. O garoto era um gênio. — Ele balançou a cabeça. — Mas não pergunte sobre isso para ele, porque não vai falar com você. Entendeu?
Lisanne assentiu. Sim, ela tinha entendido.

A confirmação a surpreendeu. Era justamente o que suspeitava havia um tempo, mas ouvir que tinha sido Daniel quem compusera essas canções lindas feria seu coração de um jeito que não compreendia. Só podia imaginar como se sentiria se perdesse a música — era grande parte da sua vida. Como seria ter seu mundo acabando assim — em silencioso e lento declínio? Ela não seria capaz de suportar — enlouqueceria.

Era incrível que Daniel estava tão autoconfiante como parecia — tão autocontrolado. E Lisanne pensou no tanto de esforço que devia ser preciso exercer para parecer desse jeito. Lembrou-se de seus lampejos de raiva quando ela fizera suposições a respeito dele. Não que o culpasse. Na verdade, ela se culpava por seu estereótipo comum. Caramba, não era à toa que ele não quisesse que ninguém soubesse. E ela percebeu quantos juízos de valor fazia todos os dias com base exclusivamente na aparência: assumira que Kirsty era vazia porque era bonita; achara que Roy era criminoso, violento e assustador por causa de seu tamanho e tatuagens; e pensara que Daniel era um babaca porque mantinha as pessoas afastadas. Ela não queria pensar em como isso a tornava superficial.

Lisanne achou bom aceitar a carona de Roy para levá-la aos dormitórios, feliz por não precisar ligar para Kirsty tão tarde e muito cansada para se importar com o que pensariam se a vissem com ele.

Ficaram calados durante a maior parte do caminho, e Lisanne se contentou em só olhar para as cores desbotadas da noite, edifícios banhados em um brilho neon âmbar.

Por fim, Roy limpou a garganta, anunciando à Lisanne que tinha uma pergunta para fazer.

— Você deve conhecer o Dan muito bem se ele te contou a respeito dele — comentou, cuidadosamente.

— Na verdade, não. Não muito bem.

— Hmm, porque ele quase nunca fala com quem não o conhece há anos.

Lisanne deu de ombros, sem querer explicar que tinha descoberto o segredo dele por engano.

— Como eu disse, estamos fazendo um trabalho da faculdade juntos.

— Hmm — repetiu Roy, mas não a pressionou.

Ele a deixou na entrada dos dormitórios, dizendo que a veria no próximo ensaio. O rosto dele estava pensativo quando foi embora.

Kirsty estava encostada na cama lendo um livro quando Lisanne entrou pela porta, exausta.

— O ensaio foi bom?

— Sim, muito bom — respondeu Lisanne, com um sorriso cansado.

— Ótimo! Porque estou chamando um monte de gente para vê-la quando fizer a sua estreia.

— O quê? Não... não o pessoal da faculdade, né?

Kirsty revirou os olhos.

— Dã! E conheço mais alguém? *Claro* que é a galera da faculdade. Todo mundo está superempolgado para te ver. Tenho falado do quanto é fantástica.

— Kirsty! Você nunca me ouviu cantar! Por que diria isso?

— Estou te dando apoio. Somos colegas de quarto e é isso que colegas fazem. Além disso, sei que você será incrível. Roy me disse que você era a nova Adele quando o conheci na boate.

Lisanne foi pega de surpresa.

— Roy disse isso?

— Sim! E mais um monte de coisas que prometi não contar a você quando ficasse famosa.

Lisanne fez que não com a cabeça.

— Não! Por favor, não me diga! Já será bem ruim se as coisas derem errado sem ter o pessoal da faculdade vendo. Por favor, Kirsty, e não no primeiro show. Talvez um mais adiante no semestre.

— Nada disso, eu estarei lá torcendo por você. Além disso, Vin quer te ver cantando também.

— Quem é Vin?

— O Cara da Camiseta Vermelha! — disse Kirsty com uma risadinha. — Eu o vi no refeitório hoje e ele me chamou para sair. Nós vamos jantar e ir ao cinema.

— Que bacana! Ele é muito bonito.

— Sim, ele é. Apesar de que me lembro de você dizer que ele era "legal", mas não era o *seu* tipo. É claro que todos nós sabemos quem é o *seu* tipo, não é? Como está o Daniel?

Lisanne fingiu estar muito ocupada tirando as coisas de sua bolsa, e como só tinha seu celular e carteira, precisou de algumas verdadeiras habilidades de atuação. Ela não conseguia fingir indiferença muito bem. Despreocupação era mais difícil. E ser casual era um caso perdido.

— Só estamos fazendo esse trabalho do curso. Ele provavelmente nem vai falar comigo quando terminarmos.

Kirsty não respondeu, o que fez Lisanne olhar para cima. A garota estava recostada na cabeceira, com um sorrisinho no rosto.

— Quer apostar, colega de quarto?

Na quarta-feira de manhã, Lisanne recebeu uma mensagem de Daniel.

> D: Quer estudar e levar salgadinho escondido para a biblioteca mais tarde?

Ela sorriu. Daniel Brincalhão era o seu favorito. Não, espere, Daniel Sexy era o número um, mas brincalhão era bom também.

Ela respondeu a mensagem imediatamente.

> L: Sim para estudar, mas o que eu ganho por não relatar essa séria violação das regras da biblioteca?

> D: Você é boa em negociação! Ok, você escolhe o sabor, eu compro. Assim tá bom?

> L: Deixa eu pensar.

> D: Bancando a difícil para conseguir o que quer?

> L: Quem está se fazendo de difícil?

> D: Está trocando mensagens eróticas comigo?

— Minha nossa!
Ele estava *definitivamente* flertando com ela.

> L: Que audácia!

> D: Sabor churrasco?

> L: E queijo com pimenta. 16h. Não se atrase.

> D: Não ousaria ;)

Paquera, possível conversa sacana e um *emoticon* piscando.

As próximas duas horas foram tortuosamente lentas. Nunca um seminário de composição de música clássica tinha sido tão maçante para Lisanne. Acordes originais, dominantes e subdominantes nem sequer tinham a empolgação habitual do BDSM para animar os debates. O professor Hastings se comportou como se fosse a cura do câncer, e nem uma risadinha ou uma sobrancelha erguida foi permitida sob seu atento olhar ranzinza.

Por fim, Lisanne foi liberada – dez minutos atrasada. Droga! O seu atraso seria um prato cheio para Daniel.

Sua bolsa de ombro batia forte contra o quadril conforme Lisanne caminhava por todo o *campus* até a biblioteca. O pátio estava cheio de gente saindo e curtindo o sol do outono.

Ela correu para dentro, procurando pelas mesas ocupadas, à procura do cabelo preto espetado que era sua marca registrada.

Porém, quando viu Daniel, ele estava conversando com a ruiva que estava toda em cima dele na boate. Lisanne sentiu um frio subir pela boca do estômago assim que olhou para a bela e curvilínea garota na frente dela. Não pôde deixar de murchar sob o peso da comparação com a própria figura magra.

— Tenho certeza de que posso pensar em algo mais divertido do que estudar — comentou a garota, com malícia, inclinando-se para exibir seus bens impressionantes a Daniel.

— Vou me encontrar com alguém para estudar, Terri.

— Vou te dar uma autorização. Pode estudar mais tarde.

Depois, ela se abaixou e sussurrou em seu ouvido. Um flerte que teve o efeito oposto do que esperava. Daniel se afastou com frieza dela.

— Estou ocupado, Terri — retrucou em tom seco e olhou para além dela quando viu Lisanne.

— Oi — ela cumprimentou em voz baixa. — Desculpe o atraso. Minha aula passou do horário.

Terri se virou e a encarou com um olhar de desprezo em seu lindo rosto.

— Você está de brincadeira! Vai estudar com uma rata de biblioteca? Quando se cansar dela, me ligue.

Ela se afastou, jogando a magnífica cabeleira por cima do ombro ao sair.

Lisanne desejou que alguém cavasse um grande buraco para que ela pudesse se afundar sorrateiramente nele. Depois poderiam jogar terra em cima e plantar um pouco de grama. Talvez algumas flores.

O PERIGO DE CONHECER E *amar*

— Não permita que ela te incomode, Lis. Ela é uma idiota — disse Daniel, baixinho.

Ele amassou um pedaço de papel enquanto falava, e Lisanne torcia para que o número de telefone de Terri estivesse escrito nele.

— Está tudo bem — afirmou, tentando ignorar o assunto, mesmo sentindo a garganta apertar com desconforto.

Na verdade, Lisanne estava acostumada com garotas iguais à Terri falando com ela com ar de superioridade. Não doía menos, no entanto.

— Não, não está tudo bem — retrucou Daniel, cruzando os braços, um movimento que fez com que seus bíceps se contraíssem sob a camiseta.

Lisanne lambeu os lábios, com eles ainda se encarando em silêncio, então ela se lembrou de onde estavam e se virou para retirar os livros, o caderno e o *laptop* da mochila.

— Então — começou a dizer, sem se atrever a olhar para ele. — Um modelo para a governança corporativa dentro do âmbito da responsabilidade social. Hora da diversão.

Ela olhou para cima, quando Daniel abriu um sorriso.

— Sim, e não se esqueça dos salgadinhos.

Ele piscou e ela sentiu um pouco da tensão desaparecer.

— Você é tão mau! — comentou ela, revirando os olhos.

— Pode acreditar, baby.

Noventa minutos depois, a cabeça de Lisanne estava prestes a explodir. Mesmo que Daniel tivesse explicado repetidas vezes, e com paciência, a teoria de mercados de subsistência e as oportunidades de mercado baseadas na pobreza, as palavras e frases começaram a se misturar umas às outras, fazendo cada vez menos sentido.

— Vou reprovar nesta matéria, eu sei! — gemeu, esfaqueando a caneta em seu caderno com força suficiente para quebrar a ponta.

— Não, não vai — respondeu ele com calma. — Não vou deixar. Você vai se sair bem, é só um monte de coisas novas para entender.

Lisanne fez que não com a cabeça.

— É como resolver um daqueles problemas de matemática idiotas: três pessoas estão dirigindo a 20km por hora em um carro transportando dois galões de gasolina e um cavalo fazendo ioga, quando colide com um carro viajando a 30km por hora com dois palhaços bebendo refrigerante, que horas são em Tóquio? Não faz qualquer sentido e a única conclusão em que sempre cheguei foi *quem quer saber isso?!*

Daniel riu.

— Um cavalo fazendo ioga? Será que ouvi direito? Acho que você precisa de café.

— Sim — gemeu. — Preciso de cafeína direto na veia.

Ele sorriu.

— Conheço o lugar certo.

Enquanto ele recolhia as embalagens de salgadinho vazias, Lisanne continuou a gemer e segurar a cabeça por precaução, no caso de ela ter mesmo se dividido ao meio e seu cérebro ter ido para o outro lado da mesa.

Ela ficou surpresa quando sentiu dedos fortes em torno de seu pulso.

— Vamos — disse ele, com um sorriso. — Vamos providenciar o café na veia.

Lisanne o seguiu para fora da biblioteca, agradecida pela intervenção com cafeína, porém mais admirada com o jeito que era sentir seu toque na pele – quase como se a queimasse. Ela também estava bastante consciente dos olhares surpresos que os seguiam por todo o caminho.

Outra vez.

Se Daniel percebeu, ele não comentou.

Como antes, a moto estava esperando por eles no estacionamento dos estudantes.

— Sentiu minha falta, querida? — ele comentou de forma baixa e amorosa.

Lisanne não se conteve e riu ao ver a expressão feliz no rosto dele.

— Você está falando de verdade com a sua moto?

— Claro! Ela é a única mulher na minha vida, não é mesmo, querida?

Seria irracional Lisanne sentir ciúmes de um objeto inanimado? Porque, nesse momento, ela queria derrubar a moto no chão, bater na lataria toda reluzente e rir feito uma hiena à medida que fazia tudo isso.

Com carinho, Daniel passou a mão pelo cromo polido e sorriu para Lisanne ao vê-la balançando a cabeça.

— O que posso dizer? Ela é linda e não retruca. Ou come todos os meus salgadinhos.

— Não comi tudo! — respondeu Lisanne, brava, sentindo-se culpada.

Daniel sorriu para ela, depois se virou para a moto.

— Não seja ciumenta, querida. Ela é só uma humana.

— Que tipo de moto é essa?

Ele balançou a cabeça, descrente por sua falta de conhecimento.

— Ela é uma Harley Davidson 1969 Sportster XLCH — explicou. — Eu mesmo a reconstruí; motor 1000 cc. V2, quatro tempos... Muita informação?

Lisanne assentiu, achando graça. Ele subiu na moto e estendeu a mão.

— Vamos. Sirona não gosta de ficar esperando.

— Você *deu um nome* para ela?

— Claro. Ela é bonita demais para não ter nome.

Garotos e seus brinquedos.

— Significa alguma coisa?

— Sirona é uma deusa celta. Ela é a deusa da cura.

Ele deu de ombros, e Lisanne sentiu uma pontada. Aquilo significava que Daniel tinha esperanças de ser curado? Aguardava um milagre que restauraria a audição? Ela o observou atentamente. Qualquer sofrimento que sentia, guardava para ele. O quanto ele devia ser forte para fazer isso? Ela não sabia. Não conseguia imaginar.

Ele entregou o capacete extra para ela em silêncio e colocou o próprio. Acenou com a cabeça, e passou os braços ao redor de sua cintura. Esta era, de longe, sua parte favorita de andar com ele. Aconchegou-se em seu calor firme, apertando-o ainda mais.

Uma breve viagem mais tarde e estavam de volta ao restaurante.

Lisanne ficou um pouco decepcionada, pensou que iam para algum lugar diferente – um lugar novo e empolgante. Mas, depois, percebeu que estava sendo boba e egoísta. Não era surpresa que Daniel preferia ir a um lugar que conhecia. Já tinha muitos desafios em sua vida, sem saber se seria capaz de ler os lábios de uma nova garçonete em uma nova cafeteria.

Ele a levou para a mesma cabine da última vez, e assim como naquele dia, Maggie apareceu para atendê-los.

— Você está de volta, Danny. Não se cansa do meu café, hein, garoto?

Ele estremeceu um pouco com o diminutivo de seu nome, mas não se incomodou em corrigi-la.

— Oi, Maggie.

— Se a sua garota vai vir sempre com você, seja educado e apresente-a.

Sua garota?

— É, desculpe. Esta é Lisanne. Lisanne, Maggie.

— Oi, Maggie — cumprimentou ela, sentindo-se tímida.

— Trate ele bem, querida — disse a garçonete. — Ele é um verdadeiro pé no saco, como a maioria dos homens, mas é um dos melhores. Vou trazer dois dos especiais.

Lisanne não tinha ideia do que eram os "especiais", mas achou Maggie assustadora demais para perguntar. Assim, observou como a mulher serviu café para eles — um preto da cor do cabelo bagunçado de Daniel — e se afastou.

Ela não conseguiu segurar o riso ao ver a expressão mortificada no rosto de Daniel.

— Sei por que continua vindo aqui, *Danny*.

Ele gemeu.

— Santo Deus! Não comece! Estava começando a gostar de você.

Um brilho quente aqueceu Lisanne por dentro e, droga, ela sentiu o rosto traidor ficar cor-de-rosa.

Daniel bebeu um gole de café, olhou para cima e voltou a sorrir.

— Roy disse que os ensaios estão indo bem.

— Hum, sim, acho que sim. Quero dizer, eles parecem muito satisfeitos. Não sei. Tenho certeza de que estarei uma pilha de nervos na hora.

— Não, vai se sair bem. Ele diz que você tem o dom. Ele saberia se fosse o contrário.

— É bem provável que vou fazer papel de idiota, tropeçar nos cabos, eletrocutar todos e quebrar uma perna. Tudo antes dos acordes de abertura.

Daniel riu.

— Pelo menos ninguém jamais vai esquecer.

— Oh, não — gemeu. — Vai ser um pesadelo. E Kirsty, minha companheira de quarto, está chamando um pessoal da faculdade para ir. Queria que ela não fizesse isso, mas é tarde demais para detê-la.

Por alguma razão, Daniel não pareceu satisfeito, mas deu de ombros e disse:

— Ela só está sendo sua amiga.

— Sim, ela é muito legal.

— Ela é a que senta ao seu lado na aula de administração?

— Sim.

— Hm, ela é gostosa.

O coração de Lisanne estremeceu. Era essa a razão pela qual ele estava sendo tão legal com ela? Seu verdadeiro interesse era em Kirsty? E por que isso sequer tinha sido uma surpresa para ela?

Lisanne olhou para seu café.

— Ela tem namorado — deixou escapar, mesmo que não fosse estritamente verdade, já que Kirsty só tinha ido a um encontro com Vin até agora.

— Ah, é? — comentou Daniel, sem mostrar muito interesse.

Lisanne fechou os olhos. Ele era, provavelmente, o tipo de cara que não se importava se uma garota tinha namorado ou não. Ainda podia ter quem quisesse.

Quando Maggie voltou com os especiais – filé de frango frito com molho de carne, purê de batatas e pães –, Lisanne tinha perdido o apetite.

— Acho que se encheu de salgadinho, hein? — brincou Daniel, observando-a empurrar os pães intocados por seu prato.

Lisanne não respondeu, e continuou encarando para as ruínas de sua refeição.

— Podia ter pedido alguma coisa do menu — sugeriu, educado. — Maggie só sabe o que eu gosto. Desculpa, eu devia ter dito a ela para esperar e ver o que você queria.

— Não, está tudo bem — disse ela com a voz baixa. — Na verdade, estou um pouco cansada. Acho que vou pegar um táxi. Você não precisa me levar embora.

Daniel achou aquilo estranho.

— Não tem problema. Além disso, quem te trouxe aqui fui eu.

— Está tudo bem — voltou a dizer, sem encontrar seus olhos.

— Pelo amor de Deus, Lis! — ele falou, irritado. — Que bicho te mordeu?

— Nada — respondeu firme. — Estou bem. — O que era uma grande mentira. — Já disse. Estou cansada.

— Que seja — murmurou, frio.

Ele saiu da mesa para pagar a conta antes que Lisanne pudesse dizer qualquer coisa.

Lisanne estava arrasada. Sentia-se 33% com raiva, 33% magoada, 33% idiota e 0% surpresa. Ela não sabia o que tinha acontecido com o último 1% – odiava matemática, sério.

Ela vestiu sua jaqueta e pegou o celular para chamar um táxi. Porém, longos dedos a alcançaram por cima do ombro e o tiraram de sua mão.

— O que está fazendo?

— Eu falei que te levaria embora e levarei — avisou Daniel com uma voz firme.

— Não, obrigada.

Ele grunhiu, frustrado.

— Por que está sendo tão chata?

— Não posso imaginar — respondeu friamente.

Ela sabia que estava sendo injusta – não era como se ela fosse sua namorada ou algo assim. Mas, qual é?! Ele estava falando de como sua colega de quarto era gostosa na frente dela. Ele achava que seus sentimentos não contavam sequer um pouquinho?

Ele tentou uma última vez.

— Estou achando que fiz algo para te deixar brava, mas não tenho ideia nenhuma de que porra é.

— Devolve a merda do meu telefone, Daniel!

Parecendo furioso, ele o jogou para ela. Ela se atrapalhou e quase o deixou cair no chão. Agora tinha ficado irritada e nervosa.

— Podia ter quebrado!

— Não sabia que era ruim pra caralho de pegada — disparou para ela.

— Você é um babaca! — sussurrou, lágrimas escorrendo de seus olhos.

Ele parou, de repente.

— Você está chorando?

— Não!

— Está sim.

— Me deixe em paz, Daniel — ela disse, com a voz trêmula.

Lisanne saiu brava do restaurante, ignorando os olhares curiosos ou preocupados de outros clientes, e virou as costas para Daniel, sem querer vê-lo ou falar com ele.

Ele a agarrou pelos ombros e a girou.

— Vai me dizer que merda está errada?

Lisanne só mordeu o lábio, teimosa, e os ombros de Daniel cederam, derrotados.

— Só sobe na porra da moto, Lis.

Pensando se valia a pena discutir, Lisanne ficou parada com os braços ao redor do corpo, protetoramente.

O rosto de Daniel foi de raiva a resignação.

— Faça como quiser. Vou esperar até o táxi chegar aqui.

Mentalmente, Lisanne se estapeou por ser tão teimosa. A vitória na batalha de vontades teve um custo bem alto. Ela procurou o número da companhia de táxi local e discou.

— Chegarão aqui em cinco minutos — avisou com a voz baixa. — Não precisa esperar.

Daniel não respondeu, apenas se recostou na moto, olhando para longe, o rosto era uma máscara ilegível.

Lisanne ficou em um silêncio constrangedor, brincando com o telefone só para ocupar as mãos.

Ela ficou aliviada e ressentida ao mesmo tempo quando o táxi chegou. Depois, perplexa e confusa quando Daniel abriu a porta para ela e entregou duas notas de dez dólares ao motorista para pagar a corrida.

Lisanne nem sequer teve a chance de agradecê-lo antes de o motorista se afastar.

Ela repassou a tarde na cabeça. Tinha sido muito boa até ele admitir que achava Kirsty gostosa. Lisanne sabia que sua birrinha havia sido nada além do que o bom e velho ciúme. Daniel não tinha feito nada de errado; ela, por outro lado, provavelmente poderia ter vencido o prêmio de cadela do ano.

Ela mordeu o lábio, pensando no que fazer; pensando se havia alguma maneira de salvar a situação.

Depois de escrever e apagar pelo menos quatro mensagens diferentes, Lisanne finalmente escolheu uma que dizia o suficiente, mas não muito.

> L: Obrigada por pagar o táxi.

Não houve resposta.

Capítulo 5

Lisanne não viu Daniel no dia seguinte — e ele não respondeu a mensagem.

Kirsty aceitou a explicação de estar "cansada" sem questionar, embora tivesse lançado à Lisanne vários olhares perspicazes. Além disso, tinha mostrado apoio entupindo Lisanne com doces e cookies — sem perguntas.

Só na sexta-feira que ela viu Daniel de novo. Foi pouco antes da aula de administração. Lisanne estava nervosa, seu pedido de desculpas preparado e ensaiado, assim ela tinha certeza de que não iria gaguejar ou ter um episódio embaraçoso de "verborreia".

Porém, todos os seus pensamentos foram pelos ares ao vê-lo do lado de fora da sala de aula aos amassos com uma loira.

Alguém gritou: "Arrumem um quarto!" e Kirsty deu à Lisanne um olhar complacente, apertando seu braço com carinho. Mas ela não disse nada, e Lisanne agradeceu por isso.

Kirsty as levou para o fundo do corredor, nos dois lugares vazios ao lado do Cara da Camiseta Vermelha, "Vin", depois fez as apresentações.

— Oi, baby — disse ele, olhando calorosamente para Kirsty.

Ela deu um rápido beijo em seus lábios.

— Vin, esta é a minha colega de quarto extremamente talentosa e maravilhosa, Lisanne.

— Prazer em te conhecer, colega de quarto "extremamente talentosa e maravilhosa" — brincou, com um sorriso. — Eu e os caras estamos ansiosos para te ouvir cantar no fim de semana.

Lisanne piscou sem parar e deu um olhar desesperado para a amiga.

Kirsty sorriu e Lisanne conseguiu murmurar um "Obrigada!" abafado.

Vin piscou e jogou o braço por cima do ombro de Kirsty.

Lisanne tinha que reconhecer que ele era meio que legal e, para um jogador de futebol americano, não era todo convencido. Lá estavam aqueles malditos estereótipos outra vez.

E ele era, obviamente, louco pela Kirsty. Teria sido fofo – se não fosse pelo fato de que isso fez Lisanne querer cometer um ato de violência no móvel mais próximo. Porém, as cadeiras inocentes piscaram para ela com o ar inocente das tábuas de madeira. Assim, ela direcionou seus impulsos violentos ao perfurar o teclado em seu *laptop*, criando um novo arquivo.

Daniel entrou poucos minutos mais tarde, uma mancha de batom na face esquerda. Ele usou seu truque habitual de jogar a jaqueta em uma cadeira e a bolsa na outra. Lisanne abaixou a cabeça. Ela não queria que ele a pegasse encarando. Mas, quando voltou a olhar para cima, viu sua cabeça virando-se para frente e teve a nítida impressão de que ele estava procurando por ela. Será que estava?

Professor Walden entrou e começou a aula. Lisanne conseguiu fazer algumas anotações razoáveis, mas sua atenção estava somente metade ali, na melhor das hipóteses.

Cinquenta minutos depois, ela ainda não havia decidido o que dizer a Daniel, mas também não teve chance. Assim que a aula acabou, Kirsty chamou sua atenção, contando tudo do próximo show de Lisanne a Vin, e quando ela conseguiu escapar sem ser muito mal-educada, Daniel tinha ido embora.

Seu pedido de desculpas continuaria com ela; a não ser que fosse covarde e o enviasse por mensagem. Então, ela pegou o caminho mais simples.

Não fez nada.

O fim de semana passou em um turbilhão de ensaios, trabalhos e passar tempo com Kirsty e suas amigas. Infelizmente, significava passar tempo com a horrorosa da Shawna também, mas Lisanne teve o prazer de ver que ninguém mais parecia desfrutar de sua companhia. Na verdade, ela observou Vin claramente revirar os olhos com algum comentário mal-intencionado que Shawna tinha feito, e ele piscou para Lisanne quando olhou para ele.

Vin e Kirsty estavam se tornando inseparáveis bem depressa, porém, Lisanne percebeu que a garota fazia todos os esforços para dividir o tempo com sua colega de quarto – pelo que ela agradeceu. Lisanne chegou à conclusão de que estar sozinha era um saco. Naquele momento, odiava a própria companhia tanto quanto odiava seus pensamentos culpados.

Ela ainda não tinha consertado a situação com Daniel – uma situação que ela mesma causara –, por isso decidiu criar coragem e enviou uma mensagem para ele.

> L: Biblioteca amanhã? Às 16h?

Tudo bem, talvez "criar coragem" tenha sido um pouco forçado.
A resposta de Daniel foi ainda mais breve.

> D: Tá legal.

Sete letras e sem sorriso piscando. Definitivamente nada de flerte ou paquera. E ele estava deliberadamente imitando suas palavras de uma semana atrás: "legal"? Se estivesse, Lisanne sabia que merecia. Sua penitência era se sentir um lixo e gastar cinco dólares em salgadinhos e cookies. Ela devia isso a ele.

No dia seguinte, Lisanne se sentou no lugar de sempre, ansiosa e desconfortável. Quando alguém tocou seu ombro, ela gritou e pulou.

Daniel se sentou no assento à sua frente e murmurou "Oi" sem esperar por uma resposta dela.

Ele parecia cansado, o que se sobressaiu pela barba sem fazer. Ela notou que a barba escondia um hematoma escuro de lado no maxilar. Talvez tivesse arrumado briga de novo.

Ela tocou sua mão de leve e ele olhou para ela.

— Desculpa pela semana passada. Você está certo, fui uma chata. Podemos começar de novo?

Ele deu um sorriso torto.

— Sim, com certeza. Não tem sido a mesma coisa sem você gritando comigo.

Lisanne soltou um longo suspiro de alívio.

— Trouxe cookies e salgadinhos.

— Será que consigo comer algo esta semana?

— Se for rápido — ela respondeu.

— Sou sempre rápido.

Lisanne ergueu a sobrancelha e os olhos de Daniel se arregalaram quando percebeu o que havia dito.

— Puta merda! Nunca mais repita isso! Vou negar até o fim.

— Seu segredo está seguro comigo — ela brincou.

Ele concordou com a cabeça, o rosto sério.

— Eu sei. Obrigado.

Seu tom a surpreendeu e ela precisou desviar os olhos de seu olhar intenso.

Eles fizeram o trabalho de forma pacífica, a única interrupção sendo o ruído dos ilícitos sacos de salgadinhos.

Porém, quando terminaram, não houve oferta de café ou de uma volta na Sirona, apenas um sorriso e um casual: "Te vejo semana que vem".

— Daniel, espere!

Mas ele já tinha virado as costas e estava indo embora. Lisanne pulou da cadeira, ouvindo-a fazer um barulho alto ao arrastar no chão quando tentou agarrar seu braço.

Daniel virou-se, surpreso.

— O que foi?

— Daniel, eu... eu...

— O que é, LA?

Lisanne se espantou ao ouvi-lo usar o apelido bobo que Roy tinha inventado, mas aquilo deu a ela a confiança suficiente para falar.

— Você vem... no sábado? Para o show? Sei que você não... mas... gostaria... Você vai?

A boca dele se contorceu, desgostoso, e negou com a cabeça.

— Lis, não...

Ela recuou imediatamente.

— Desculpa — disse logo. — Foi egoísta da minha parte. Sinto muito.

Ele esfregou a mão pelo rosto em sinal de frustração.

— É só que... Não *posso*... — respondeu, a voz tensa, como se estivesse sofrendo.

— Eu sei. Sinto muito. Sério. Esqueça tudo o que eu disse. Eu... te vejo na aula, sexta-feira.

Ele concordou com a cabeça, mas não respondeu. Enquanto ele saía da biblioteca, Lisanne pôde perceber seus ombros caídos e a cabeça baixa, como se estivesse sendo empurrado por um grande peso.

Burra! Burra! Burra! Burra e cruel, sua consciência criticou.

Suspirando e repreendendo-se internamente, ela guardou o resto dos cookies e salgadinhos na mochila, juntou os livros e o *laptop* e voltou desanimada para o seu quarto – onde tratou de acabar com os cookies e foi para a cama sentindo náuseas.

Porém, na quinta-feira de manhã, Lisanne acordou se sentindo pior. Ela estava ensopada de suor, a garganta seca e a língua sensível e áspera.

Deu um pulo no banheiro e rastejou de volta para a cama, gemendo alto. Só conseguia beber água sem vomitar. Desligou o telefone e dormiu por mais algumas horas. No final das aulas, Kirsty chegou e ficou horrorizada ao ver a zona que ela estava, suada e tremendo.

— Por que não me ligou, droga? — perguntou com raiva. — Caramba! Você parece péssima.

Lisanne gemeu e apertou a barriga.

Kirsty sentou-se na beira da cama e colocou a mão na testa de Lisanne.

— Argh, está toda suada, mas não está muito quente. Acho que é só uma virose. Fique na cama e vou fazer um chá de ervas. Minha mãe sempre faz com gengibre, é bom para problemas estomacais.

Kirsty queria cancelar seus planos para a noite, mas Lisanne insistiu que tudo o que precisava era dormir e que seria absurdamente chato para a amiga ficar em casa cuidando dela.

Fizeram um acordo: Kirsty iria jantar com Vin como combinado, mas retornaria por volta das dez da noite para verificar a paciente. Ela cumpriu sua palavra e deu à Lisanne mais uma dose de chá com biscoitos de água e sal.

Na sexta-feira, Lisanne estava se sentindo um pouco melhor, mas Kirsty decidiu por ela que mais um dia descansando na cama resolveria tudo de vez.

— Além disso — insistiu —, você quer estar bem para o show. Nós não podemos deixar você vomitando no palco. O que seria parecido demais com *punk rock*.

Quando Kirsty saiu para a aula de administração, disse por cima do ombro:

— Vou dizer "oi" para Daniel por você. — E riu, vendo Lisanne boquiaberta.

Vinte minutos depois, Lisanne estava dormindo de novo quando seu celular tocou, acordando-a por completo. Irritada, ela abriu a mensagem. Seu coração deu um tranco alegre quando viu que era de Daniel.

> D: Ouvi dizer que está doente. Precisa de alguma coisa? Posso passar aí depois da aula?

Um sorriso a iluminou de dentro para fora. *Ele queria fazê-la se sentir melhor. Ele se preocupava com ela.* Depois caiu em si. Se fosse lá, ele a veria parecendo uma rejeitada de um vídeo educacional de drogas — ou algo que havia sido desenterrado e devia estar enterrado. Seu desejo de vê-lo batalhou com sua vaidade. Vaidade ganhou.

Rangendo os dentes, ela respondeu a mensagem.

> L: Obg. Me sinto péssima, mas melhor do que ontem. Não sujeitarei vc a ver essa coisa horrorosa. LA bj

> D: Sou mente aberta ;) Sério, precisa de alguma coisa?

Ele era *tão* carinhoso.

> L: Estou bem. Kirsty está cuidando de mim igual a uma mamãe urso. Até a próxima semana. LA bj

> D: Ok. Fique boa logo

Daniel disse "fique boa logo". Ela suspirou — como se nunca tivesse sido outra coisa. Ela queria ser um pouco má. Ou melhor, queria ter um pouco de malícia — uma fatia em forma de Daniel de maldade. Só uma pequena amostra. Ou grande.

Ela suspirou de novo.

No sábado, ela estava se sentindo semi-humana, o que foi um enorme progresso.

— Bem, você não parece muito mal — foi o veredito de Kirsty.

Lisanne suspeitava que ela estivesse sendo gentil.

Porém, conseguiu comer o café da manhã, uma sopa no almoço e um pãozinho na janta.

A operação "Fazer Lisanne Parecer Gostosa" começou quatro horas antes do show. Kirsty queria começar mais cedo, citando que viroses requeriam uma ação drástica, mas Lisanne saiu para uma aula de prática no edifício de música para aquecer a voz por meio de escalas de canto – algo que se recusou terminantemente a fazer na frente de Kirsty.

O nervosismo de Lisanne, nunca particularmente flexível, estava sapateando por suas costas inteiras, enviando tremores por todo o corpo.

Quando seu celular começou a apitar a cada 30 segundos com mensagens de Kirsty, Lisanne voltou para o quarto no dormitório.

Era uma versão de pesadelo de "Vestindo a Barbie", em que cada loção, creme, spray e pó do vasto e assustador arsenal de maquiagem de Kirsty foi esbanjado em Lisanne. Três horas de mimos foram acompanhadas por Kirsty revelando a roupa que tinha decidido que deveria adornar sua criação.

— Não posso usar isso! — ofegou Lisanne, chocada além das palavras.

Ela olhou para o vestido que Kirsty estava segurando como se fosse a anfitriã orgulhosa de um programa de TV. Bem, chamá-lo de "vestido" seria um grande exagero, era mais um pedaço de tecido com cordões de couro laterais estilo *bondage*. Era sem alças, costas nuas e bem perto de quase nada.

— Bobagem — Kirsty falou com firmeza. — Vai ficar maravilhosa. Vai ficar *gostosa*. Daniel não será capaz de tirar os olhos de você.

— Ele não estará lá — respondeu Lisanne, triste.

— O quê? Por que não?

Lisanne deu de ombros, sentindo-se culpada e sabendo que Kirsty não poderia entender os motivos dele. Voltou a pensar no preço que Daniel pagava quando todo mundo achava que ele se comportava como um babaca.

— Hum, acho que está ocupado — disse, sem muita convicção.

Kirsty murmurou algo baixinho e empurrou um par de botas até o joelho para Lisanne. Dessa vez, ela nem sequer tentou argumentar, mas pensou se começaria a ter vertigem a uma altura de doze centímetros.

Lisanne sentou-se na cama, respirando fundo para tentar se acalmar – só um pouco – enquanto Kirsty vestia um top vermelho escuro e jeans skinny.

Seu celular tocou e ela olhou para a mensagem, esperando que fosse de Daniel. Mas não era.

> Eu gostaria de estar lá.
> Muita merda! Rodney bj

Lisanne sorriu, feliz que o seu amigo da escola tinha lembrado que era sua grande noite de estreia. Ela estava prestes a responder quando uma batida na porta fez seu coração bater dolorosamente.

— Oi! Duas garotas lindas — brincou Vin, com um olhar surpreso.

Ele pegou Kirsty em um abraço, mas ela gritou:

— Não borre meu batom.

Ele riu.

— Tá bom, tá bom! Não quero apanhar. Vocês estão muito bonitas, senhoritas. A carruagem as aguarda.

Kirsty pegou o braço dele, que ofereceu o outro para Lisanne.

Agradecida, ela enganchou a mão na dele, segurou apertado como se sua vida dependesse disso e cambaleou em direção ao carro.

Luke, CJ e Manek, três de seus amigos do futebol americano, já estavam espremidos no banco de trás. Lisanne não teve opção a não ser sentar-se no colo de Kirsty no banco do passageiro.

Luke suspirou.

— Ah, cara, isso é quase uma das minhas fantasias se tornando realidade.

Kirsty bufou.

— Pelo que eu ouvi, fantasias são as únicas coisas que você tem tido. Realidade ou não.

Os outros riram e Lisanne conseguiu dar um sorriso fraco. Ela achava que ia passar mal.

Estacionaram a meio quarteirão de distância da boate e Lisanne teve uma comitiva para acompanhá-la até a porta dos fundos.

Infelizmente, significava que tinham que passar pela fila de espera. Todos se viraram quando alguém chamou o nome de Kirsty.

Shawna.

Argh.

— Liguei para o seu celular um milhão de vezes — disse para Kirsty, acusadora.

— Ah, devo ter colocado em modo silencioso por engano — respondeu em tom normal.

Mas Shawna não desanimava tão facilmente, e enroscou o braço com o de CJ. Ele olhou surpreso e ergueu as sobrancelhas para Vin, mas não disse nada.

— Isso é tão legal! — comentou Kirsty, quando o segurança abriu a porta para eles. — É como sermos VIPs! Bem, Lis, você é VIP esta noite. Te vejo lá na frente, querida. Arrase! — Beijando Lisanne no rosto, ela sussurrou em seu ouvido: — Respire fundo, querida. Você sabe que é ótima, só tem que mostrar a todo mundo agora.

Kirsty deu outro abraço e desapareceu em direção à frente da boate, onde o barulho foi aumentando decibel por decibel.

Lisanne sentiu um pouco de alívio quando viu Roy.

— Uau, gatinha! Você está bonita. Eita! Está um perigo hoje. Como se sente?

— Acho que vou vomitar — respondeu com sinceridade.

— Não, vai se sair bem. Assim que pisar no palco, você vai arrasar.

Daniel ficou do lado de fora da boate, tragando forte o cigarro. Ele estava observando do outro lado da rua quando Lisanne chegou. Seus olhos tinham quase saltado para fora e rolado pela sarjeta junto com seus pensamentos quando a viu naquele microvestido e saltos altíssimos. Tinha que reconhecer que ela estava gostosa demais. Nada igual à garota tímida com quem se encontrava toda semana na biblioteca. Embora ele meio que gostasse dessa também.

Ele não ficou satisfeito ao ver que ela estava de braços dados com alguns atletas. Nem conseguiu ver com qual deles estava, e isso o irritou profundamente.

Jogou o cigarro na calçada e pisou nele. Seu peito estava apertado com a frustração, queria jorrar palavras amargas e reclamar com os "poderes superiores".

Em alguns dias ele quase era capaz de aceitar a forma com que tinha sido tratado. Merdas aconteciam. Às vezes, você estava no fim da fila, em outras, na frente. Alguns dias, ele só mandava tudo para o inferno e seguia com a vida. Mas, em outros, ele queria rosnar, berrar e gritar sua fúria contra a injustiça de tudo isso.

Hoje era um desses dias.

Quando Lisanne tinha pedido a Daniel para ir vê-la na boate, ele havia se sentido fisicamente mal. Queria correr e se esconder, e fora preciso usar todas as forças que tinha para permanecer em pé conversando com ela na biblioteca. Ela não tinha ideia do que estava pedindo. Como poderia saber?

Tortura podia ser tão inocente.

Lenta e relutantemente, Daniel foi para a frente da fila, passando pelas pessoas irritadas que esperavam impacientemente. O segurança acenou sem olhar duas vezes, e ele seguiu para o bar.

Ele precisaria de uma bebida se quisesse passar a noite sem bater em alguma coisa. Ou alguém.

Duas garotas o comeram com os olhos, do lado oposto do bar, mas ele não retribuiu o interesse. Pediu uísque e uma lata de cerveja, e esperou a mudança no ambiente que anunciaria o começo do show.

Caminhou até a parte de trás do lugar lotado e ficou afastado – observando, mas sem participar; vendo, mas sem se importar. Porra, ele não queria ter vindo hoje à noite, só que também não fora capaz de ficar longe.

Conseguia sentir a adrenalina aumentando, a atmosfera engrossando feito fumaça. Sabia como ela estaria se sentindo agora; a forte tensão que só podia ser liberada deixando a música fluir através de você, permitindo-a puxar todos os fios do seu corpo para tecer uma tapeçaria de sons.

Ele viu como as pernas bambas a levaram para o palco, seus olhos aterrorizados, olhando de um lado a outro como se estivesse à procura de um lugar para se esconder. Ela ficou debruçada sobre o microfone, o peito subindo e descendo depressa. Podia ver que o público estava indeciso se aceitaria ou não a garota de aparência apavorada, que pegou o microfone como se fosse salvá-la de uma multidão enfurecida.

Mas, então, o baixo pulsou para a vida. E Daniel conseguiu sentir as vibrações da bateria através de seu corpo. Lisanne começou a cantar.

Seu rosto se iluminou e ela começou a respirar. Era como ver uma flor abrir e se virar para o sol. Ela derramou seu coração e alma na música enquanto comandava o palco.

Ele ficou sozinho, vendo a multidão, observando-a, sentindo a música através de seu corpo – ouvindo nada. Daniel pegou o celular e tirou uma foto dela erguendo a voz, o público abaixo dela berrando de alegria.

Então ele se virou e foi embora. Era demais. E pouco, muito pouco.

Todos concordaram que a estreia de Lisanne tinha sido um sucesso.

Eles começaram com Etta, depois tocaram *Rolling in the Deep*, da Adele, que fez o pessoal pular; acalmaram o ritmo com *Hey Love*, de Quadron; experimentaram algumas do próprio material, o que foi incrível; e terminaram com alguns clássicos indie e, é claro, *Fallin'*, de Alicia Keys. Não tentaram *Dirrty* e, levando em consideração o que ela estava vestindo, Lisanne ficou aliviada.

Ela estava coberta de suor, metade da maquiagem esfregada nas mãos, exausta e eufórica – seu corpo estava vibrando.

— Vocês foram incríveis, Lisanne! — gritou Kirsty, invadindo o camarim e a sufocando com um abraço.

— Muito bem, Lis! — parabenizou Vin, juntando-se no abraço em grupo e beijando-a no rosto.

Lisanne abriu um sorrisão, e disse todas as coisas certas.

Ela adorou estar em cima do palco. Amou ouvir os aplausos da multidão quando a voz dela alcançava cada nota alta. Ficou feliz que Kirsty estava lá para ver tudo e acompanhá-la. Ficou contente que Vin e seus amigos tinham gostado e brindavam com garrafas de cerveja. Estava delirante de que tinha ido bem, e aliviada que Roy e os caras haviam dado o sinal universal do joinha para ela. Mas, apesar de tudo, esperava que Daniel tivesse vindo.

Ela deu uma olhada na multidão, porém, não conseguiu encontrar o seu rosto.

Não tinha problema. Estava tudo bem. Não esperava mesmo que ele viesse. Nunca deveria ter pedido isso.

Quando Daniel desligou o motor do lado de fora de sua casa, ele se sentiu moído. Não tinha ido à boate em uma noite de show desde... Bem, não ia havia muito tempo.

Subiu os degraus, nada surpreso com a porta da frente escancarada, pessoas que não conhecia transbordando para fora. Podiam ser amigos ou clientes do Zef. Às vezes era a mesma coisa.

Ele pegou um fardo de cerveja de uma mesa, sem se preocupar de quem era, e subiu desanimado para o seu quarto.

Encarou com nojo a garota adormecida – ou desmaiada – no corredor.

Era agradecido por ter o próprio banheiro, que podia manter trancado, caso contrário, viver ali teria sido intolerável.

Abriu a porta do quarto com a chave e trancou-a depois de entrar. Estava vagamente consciente da música pulsando por toda a casa por causa das vibrações que viajavam através do chão. Era a única vantagem de ser surdo: o ruído não poderia mantê-lo acordado durante a noite. Era um pequeno ato de misericórdia – só que algo era melhor do que nada.

Abriu a primeira cerveja e bebeu em um gole só. Depois ligou seu *laptop* e baixou a foto de Lisanne de seu telefone. Nossa, ela tinha ficado gostosa demais naquela roupa, mas vê-la cantar – jamais havia visto alguém parecer mais bonito. Tudo nela se encaixava. Ele não a tinha visto tão à vontade antes – ela brilhava.

Imprimiu a imagem e colocou em seu quadro de avisos, junto com as fotografias de sua família. Então, desligou o computador, tirou as botas e sentou-se no escuro, bebendo cerveja até que o sono ou esquecimento o levasse.

Capítulo 6

Kirsty e Vin tinham insistido que a festa não havia acabado. O triunfo de Lisanne precisava de alguma celebração séria, não importava que tudo o que ela queria fazer era voltar para o seu quarto e dormir por 12 horas.

— E você não vai estragar isso, mocinha! — gritou Kirsty, agarrando seu braço.

— Você não quer discutir com ela, Li. — Vin riu. — Eu pensei que já soubesse disso.

— Sim, mas... — começou Lisanne.

Não adiantava. Eles se empilharam no carro de Vin, seguido por dois táxis cheios de outros estudantes que haviam se encontrado na boate, e voltaram para a sua casa de fraternidade.

Lisanne nunca tinha considerado que seria o tipo de garota que poderia ser convidada para uma festa da fraternidade, mas os amigos de Vin eram divertidos e surpreendentemente amigáveis, e eles beberam e dançaram até o amanhecer.

Eles tinham feito isso. Mas Lisanne encontrara um sofá em um canto escuro, deitara-se com uma pilha de casacos em cima dela e dormira, ouvindo música em seus sonhos, vendo um par de olhos castanhos rindo.

Quando ela finalmente chegou em casa, era domingo e as nuvens estavam cor-de-rosa, tingidas com a vinda do amanhecer.

Kirsty e Lisanne estavam de braços dados, fora dos quartos do dormitório, respirando o ar puro da manhã.

— Como você se sente? — perguntou Kirsty, em tom calmo.

Lisanne tentou encontrar palavras para resumir o caos de emoções que tinha percorrido nas últimas horas.

— Eu não sei — disse por fim. — Eu me sinto diferente, mas a mesma. Feliz, mas com uma espécie de calma. É difícil de descrever.

— Você foi incrível lá, eu estou com tanta inveja — comentou Kirsty.
Lisanne riu, mas Kirsty puxou seu braço.
— O que eu quero dizer é que você realmente mudou as pessoas com seu canto. As pessoas me olham e sinto que veem diretamente através de mim.
Lisanne olhou para ela.
— Mas você é tão bonita!
Kirsty deu um pequeno sorriso.
— Não é falsa modéstia, Lis, eu sei que sou bonita. — Ela deu de ombros. — Mas, na maioria das vezes, isso é tudo o que eles veem.
Lisanne balançou a cabeça.
— Isso não é verdade. Você foi uma amiga incrível para mim, vejo quão profunda e amável é. Vin vê isso também. Ele é louco por você.
Os olhos de Kirsty se iluminaram.
— Você acha?
— Eu *sei* — afirmou Lisanne. — Vi o jeito que ele olha para você, ele te adora. Mas ele te *vê* também. E *eu* vejo você.
Kirsty sorriu.
— Por falar nisso, sabia que Daniel estava lá hoje... digo, ontem à noite?
Lisanne estava atordoada. Seus olhos cintilaram até Kirsty.
— Daniel? Mas ele disse que não ia!
— Acho que mudou de ideia — comentou Kirsty, com um olhar compreensivo. — Shawna tentou falar com ele, que a ignorou bonito.
— Oh — disse Lisanne, sem saber como responder a isso.
— Ele estava sozinho — falou Kirsty, animando-a.
Lisanne não pôde deixar de sorrir para si mesma.
— Por favor — pediu Kirsty. — Precisamos de um pouco de sono de beleza.
Quando Lisanne acordou, já era quase hora do almoço e seu estômago roncava, lembrando que ela havia perdido o café da manhã, bem como o jantar na noite anterior.
Apesar de tudo, sentia-se revigorada e relaxada.
Olhou para seu celular. Era meio-dia, e Kirsty ainda estava enterrada sob o edredom. Em seguida, Lisanne notou que tinha uma mensagem de texto de Daniel.

> D: Roy disse que você foi incrível. Vc estava ótima!

Ele achava que ela estava ótima?

As bochechas de Lisanne aqueceram imediatamente, e a sensação de calor se espalhou por todo o seu corpo. Ela se estendeu em sua cama, um sorriso enorme, ridículo no rosto. Ele achava que ela estava ótima! Tudo bem, Kirsty tinha passado várias horas a deixando em uma condição apresentável, mas, ainda assim. Ótima!

Kirsty finalmente saiu da cama uma hora mais tarde e elas passaram uma tarde tranquila fazendo as tarefas. Não havia tido tempo para voltar à realidade, mas Lisanne não se importava – era reconfortante fazer coisas comuns.

Na segunda-feira, a maior parte da euforia havia desaparecido.

Várias pessoas vieram até ela para dizer que tinham gostado do show, e um ou dois haviam perguntado sobre o próximo. Roy tinha vagamente mencionado tocar em outro lugar na cidade, mas não havia nada definido ou planejado.

Lisanne estava prestes a ir ao café do *campus* para um gole rápido de cafeína antes de voltar para seu quarto do dormitório, quando ouviu vozes. Do outro lado do pátio, viu Daniel em algum tipo de discussão com dois alunos que pareciam velhos o suficiente para serem veteranos. Pela sua linguagem corporal, ela podia ver que era um tenso impasse, possivelmente um precursor para uma luta. Ela não sabia o que fazer, mas simplesmente agiu por puro instinto, correndo mais.

A voz de Daniel estava com raiva.

— Eu disse que não, cara! Fique longe de mim.

— Ah, qual é? Todo mundo sabe que o seu irmão é o cara por aqui. Pare de fingir que você está fodendo com a Branca de Neve.

Daniel se virou para ir embora, mas o cara maior agarrou seu ombro.

Daniel puxou seu punho, mas, depois, viu Lisanne correndo em sua direção. Em vez de atacar, ele deu um passo para trás e respirou fundo.

— Não comece o que você não pode terminar — zombou o outro aluno. — É bom que sua namorada esteja te protegendo.

O rosto de Daniel enrugou com raiva e Lisanne teve de agarrar o braço dele para arrastá-lo para longe.

— Não faça isso! Ele não vale a pena! — disse ela com urgência.

Ela não tinha certeza se ele tinha entendido, mas o puxou de volta. Lisanne continuou puxando seu braço enquanto ele mantinha os olhos fixos nos dois estudantes, que continuavam a zombar dele.

— O que foi aquilo? — ela falou sem fôlego, uma vez que estavam a uma boa distância.

Daniel ainda estava olhando por cima do ombro, assim ela bateu em sua mão.

— O quê? — disse, ríspido.

Lisanne baixou o braço, o rosto chocado com esse tom zangado.

— Desculpe — murmurou ele. — Sinto muito.

— Está tudo bem — ela respondeu baixinho. — O que foi isso tudo?

Ele balançou a cabeça.

— Eles são idiotas.

Lisanne estava certa de que havia mais do que isso, mas, como ela não tinha ouvido como a discussão havia começado, pensou que era mais prudente deixar ir.

— Você quer tomar um café? — ela perguntou em voz baixa.

Ele balançou a cabeça de novo, correu uma mão pelo cabelo e puxou o *piercing* de sobrancelha com a outra.

— Não. Eu preciso sair do *campus*.

Houve uma pausa constrangedora.

— Bom, tudo bem. Eu te vejo sexta-feira então?

Ele olhou para ela rapidamente.

— Você quer vir comigo? Só passear por algumas horas? Eu não sei, ir para outro lugar?

— Hum, bem — disse Lisanne, hesitante, pensando na pilha de lição de casa que ainda tinha que enfrentar. — Aonde você quer ir?

Daniel fechou os olhos.

— A qualquer lugar.

Quando chegaram a sua moto, ele lhe passou o capacete extra e logo estavam deixando a faculdade para trás, em direção ao leste.

Casas e lojas passaram voando, e Lisanne não pôde deixar de se perguntar o quanto acima do limite eles estavam indo. Temia que a qualquer momento fosse ouvir as sirenes estridentes de um carro da polícia atrás deles. Quais eram as penalidades por excesso de velocidade? Poderia um passageiro entrar em apuros? Teve visões de telefonar para a mãe e o pai para ajudá-la a sair da prisão. Era horrível demais para contemplar. Sabia *exatamente* o que eles pensariam disso... E o que eles pensariam de Daniel.

Deus, o quão rápido ele estava indo? Eles iriam se envolver em um acidente, sem falar que ele poderia ser multado. Apertou sua cintura com mais força e, ironicamente, só parecia instigá-lo a ir mais rápido. Quando Lisanne sentiu-se corajosa o suficiente para abrir os olhos de novo, ela podia ver o mar aparecendo ao longe, cinza e imenso.

Por agora, Daniel tinha reduzido a velocidade consideravelmente, e Lisanne percebeu que eles estavam viajando em paralelo ao calçadão. Ela e Kirsty tinham falado sobre descer para o litoral e verificar as lojas de café, mas Lisanne estava muito feliz por estar fazendo isso com Daniel.

Por fim, ele dirigiu para um estacionamento e tirou seu capacete.

Ele respirou fundo e pareceu dar uma boa relaxada.

Dando à Lisanne um pequeno sorriso, desceu e estendeu a mão para ela. Ela arrastou-se, sem jeito, então ficou parada, olhando ao redor.

— É lindo aqui — comentou, um sentimento de paz se espalhando através dela.

— Sim. Gosto de vir para o oceano quando estou... — Ele parou, de repente, incapaz ou sem vontade de continuar o que ia dizer. — Você quer um café?

— Claro, eu pago — disse ela, sorrindo, afastando o momento desconfortável.

— De jeito nenhum! — respondeu ele, fingindo estar chocado. — Temos que comemorar pelo último sábado. Eu vou pagar.

— Mas foi a sua gasolina que nos trouxe até aqui!

— Você sempre argumenta tanto assim? — Ele sorriu, erguendo a sobrancelha para que o pequeno *piercing* de prata brilhasse ao sol.

Lisanne inclinou a cabeça para um lado e sorriu de volta.

— Sim. Tanto assim.

Ele revirou os olhos.

— Como eu não poderia ter imaginado isso? Eu vou pagar o café mesmo assim.

Eles andaram pelo calçadão, até que encontraram uma pequena cafeteria que também vendia donuts. O local tinha um pátio ao ar livre, que se estendia até a beira da praia, e estava quente o suficiente para se sentarem do lado de fora.

Daniel suspirou feliz quando cravou os dentes na massa recheada de geleia. Ela foi embora em cerca de três mordidas, e Lisanne o pegou olhando para a dela.

— Não toque no meu donut! — ela ameaçou. — Eu sou perigosa quando você tenta me impedir de ingerir açúcar.

— Sim, e você tem uma coisa por batata frita também. Não pense que eu não percebi — ele disparou de volta para ela.

— Se você está com fome, consiga outro donut, mas apenas tire os olhos do meu, senhor.

Ele riu, mas seguiu seu conselho e acenou para a garçonete, pedindo mais dois donuts para si mesmo. Os olhos de Lisanne se arregalaram.

— Você vai ficar hiperativo com todo esse açúcar — ela o alertou. — Ou isso ou seus dentes vão cair.

— Caramba, relaxe! — disse. — Você está parecendo minha professora do jardim de infância.

Ela fez uma careta e ele se inclinou para trás em sua cadeira, rindo dela.

— Não posso evitar — confessou ela, com petulância. — Eu sou sensata. Minha mãe diz que nasci de meia-idade.

— Sim — disse ele, inclinando-se para frente e plantando os cotovelos sobre a mesa. — Bem, você não pareceu de meia-idade no sábado à noite, parecia gostosa. Cada indivíduo naquele lugar estava com tesão em você.

Lisanne o encarou e corou, seus olhos caindo para a mesa, com vergonha de falar.

— Só estou dizendo. — Ele sorriu, enfiando um pedaço de donut na boca.

— Obrigada, eu acho — ela murmurou. — Kirsty fez aquilo: cabelo, maquiagem e o vestido. — Então, olhou para cima. — Estou feliz que você foi. Eu não achei que fosse.

Ele fez uma careta, em seguida, desviou o olhar para longe.

— Eu não ia.

— Eu sei. Mas obrigada de qualquer maneira.

Ele balançou a cabeça devagar.

Quando eles terminaram o café, Daniel limpou o último grão de açúcar de seus lábios. Lisanne não poderia deixar de suspirar, observando seus dedos longos e fortes roçando seu rosto.

Ele a pegou olhando.

— O quê?

— Faltou um pouco.

Ela começou a se inclinar, mas vacilou no último momento. Daniel piscou e esfregou as duas mãos sobre o rosto.

— Tudo bem?

Ela assentiu com a cabeça.

— Sim, você está bem.

Ele sorriu novamente.

— Oh, não, querida. Você entendeu errado.

Lisanne revirou os olhos.

— Você age como um *menino*.

Ele se inclinou com um sorriso no rosto e sussurrou em seu ouvido:

— Homem, menino não.

Ela sentiu seu hálito quente agraciar sua pele alguns segundos antes de suas palavras fazerem sentido para ela. Ela estremeceu, fosse por frio, prazer ou qualquer outra coisa, ela não sabia.

Caminharam ao longo do calçadão, perto, mas sem se tocar, em silêncio sociável. De vez em quando, eles paravam para olhar uma vitrine ou admirar a forma como as cores do mar agitavam e mudavam a cada momento que passava.

Mas, então, nuvens cinzentas se formaram e pesadas gotas de chuva começaram a tamborilar em torno deles.

— Ah, inferno — disse Daniel, franzindo a testa para o céu ameaçador. — Nós vamos ficar seriamente molhados.

Ele estava certo.

Correram para a moto, mas não havia nenhuma maneira de evitar a tempestade.

A chuva estava atacando para baixo e ambos estavam encharcados até os ossos enquanto Daniel corria de volta ao longo da rodovia.

Ele estava um pouco melhor, sua jaqueta de couro dava um pouco mais de proteção, mas os jeans estavam grudados nas pernas e ele podia sentir a água escorrer em suas botas.

Curvada para trás, protegendo seu corpo com o dele, Lisanne se achegou, seus tremores violentos enviando tremores através do próprio corpo de Daniel.

Era uma loucura continuar se encharcando enquanto tentavam chegar aos dormitórios quando a casa dele estava mais perto.

Ambos estavam meio afogados e congelados, e a chuva na viseira de Daniel estava tornando-se perigosa. Eles estariam melhor indo para a casa dele do que tentando chegar aos dormitórios. Além disso, ele sabia que seria mais fácil secar as roupas lá. Ninguém estaria usando a máquina de lavar ou a secadora – ninguém nunca usava.

Ele pegou a próxima saída. Lisanne estava tão entorpecida que nem percebeu, até que estavam numa rua residencial em uma parte da cidade que ela não conhecia.

Daniel desligou o motor e saiu rigidamente da moto, puxando Lisanne com ele.

— Onde estamos? — gaguejou ela, entre arrepios, enquanto ele a puxava escada acima, para a varanda.

— Minha casa. Eu pensei que era apenas estúpido continuarmos a nos encharcar. Você pode secar suas roupas aqui e se aquecer.

Ela assentiu com a voz trêmula, mas, quando seguiu para dentro, seus olhos se arregalaram – e ela olhou para o casal na sala de estar, que fumava de um bong.

— Isso é...?

— Amigos do Zef — murmurou ele, não querendo entrar no assunto.

Passaram por outro casal que estava olhando distraidamente para o espaço com os olhos vidrados, e Daniel se perguntou se levá-la lá tinha sido um erro.

Ele não tinha ideia de onde estava Zef.

Daniel fez um gesto para Lisanne segui-lo, subindo as escadas, e ela agarrou-se a ele como se fosse o último bote salva-vidas do Titanic.

Ele puxou a chave do quarto e abriu a porta para ela, em seguida, trancou-a atrás deles.

— Por que você trancou a porta? — sussurrou ela, sua expressão, de repente, cautelosa.

Seus olhos se estreitaram em confusão, então ele percebeu como isso parecia do ponto de vista dela.

— O quê? Não! Deus, não, Lis! Como você poderia pensar... É este lugar... As pessoas entram se a porta não estiver trancada. Isso é tudo. Sinto muito. Eu não queria assustá-la.

Ela balançou a cabeça e tentou sorrir, enquanto o seu rosto ainda estava congelado e seus dentes, batendo.

— Não, sinto muito. É só que... — Ela fez uma pausa, engolindo tudo o que tinha a dizer, e olhou ao seu redor. — Você tem um bom quarto.

— Obrigado — agradeceu ele, soando muito casual enquanto a olhava nervosamente envolver os braços em torno de si mesma.

Então, os olhos de Lisanne caíram em um violão acústico. Ela olhou de volta para ele, piscando rapidamente.

— Você toca?

Ele fechou a cara, pegando o violão pelo braço e jogando-o sem a menor cerimônia em seu armário.

— Não mais.

— Desculpe — sussurrou ela de novo, repreendendo-se internamente por ser uma idiota. *Claro* que ele não tocava mais.

Para cobrir o silêncio constrangedor, Daniel vasculhou sua cômoda e atirou para ela uma de suas camisetas.

— Vista isso. Eu vou colocar suas roupas na secadora. Não vai demorar muito. — Ele atirou o seu sorriso sexy. — Vou virar as costas.

Corando levemente, Lisanne tirou as roupas molhadas até que estava vestida apenas em sua roupa de baixo. Rapidamente, colocou a camiseta, que pendia até a metade de suas coxas. Ela não podia deixar de levantá-la no rosto, inspirando profundamente.

O cheiro dele estava impregnado ao material, juntamente com um leve rastro de fumaça de cigarro. Olhou por cima do ombro, mas ele cumpriu sua palavra e se manteve de costas. Ela não esperava nada menos. Lisanne bateu de leve no ombro dele.

— Eu estou pronta.

Ele sorriu e seus olhos brilharam de forma apreciativa para cima e para baixo de suas pernas.

— Desculpe — pediu, pegando seu olhar. — Eu sou um cara. — Ele deu de ombros e piscou para ela. Em seguida, pegou suas roupas molhadas, que tinham deixado uma mancha úmida sobre as tábuas nuas.

— Volto rapidinho. Tranque a porta. Bato quando voltar.

Quando ele se foi, Lisanne levou um momento para examinar seu quarto. Era muito mais arrumado do que ela imaginava, e os lençóis de sua cama eram limpos e confortáveis. Ele tinha uma pequena estante que estava repleta de livros didáticos da escola e livros de bolso de escritores que nunca tinha ouvido falar. Muitos deles tinham nomes estrangeiros, russos talvez. Empilhada ao lado deles estava uma pilha de papel higiênico. Estranho.

No canto, havia agora um espaço onde seu violão tinha estado, e Lisanne sentiu-se terrivelmente culpada por ter mencionado isso. Às vezes, ela só metia os pés pelas mãos, pensou acidamente.

Ela viu que havia meia dúzia de fotografias anexada a um quadro de avisos. Tinha uma foto de um jovem parecendo Daniel e um cara um pouco mais velho, que ela assumiu que era Zef. Eles pareciam iguais, com o mesmo cabelo preto e olhos castanhos. Havia uma foto de seus pais e um retrato de família dos quatro juntos – eles estavam rindo.

Então seu coração pulou uma batida quando ela olhou mais de perto. Daniel tinha incluído uma foto dela entre as fotografias de família. Havia sido tirada no show. Nela, podia-se ver claramente que ela estava cantando com todo seu coração. Ela nem sabia que ele tinha tirado. Ela nem sequer saberia que ele havia estado lá se Kirsty não tivesse mencionado isso, embora ele *tivesse* mandado uma mensagem para ela mais tarde.

Uma mistura de emoções correu através dela. Ele nunca a tinha ouvido cantar – e nunca o faria, mas queria manter aquela imagem em particular dela. Ela não entendia. Certamente não seria a coisa mais dolorosa para ele ver todos os dias?

Um leve toque na porta a trouxe de volta para si mesma.

— Quem é? — disse ela, hesitante, e então se sentiu como uma idiota. Ele não podia ouvi-la, é claro.

Ela abriu a porta com cautela, e Daniel entrou carregando duas canecas de café.

— Pensei que você poderia precisar disso.

— Oh, salva-vidas. — Suspirou, passando a mão em torno da caneca quente.

— Desculpe — pediu ele. — Não há leite em casa. Alguém deve ter bebido. — Deu de ombros.

— Como você pode viver assim? — Lisanne deixou escapar.

Ele ficou confuso.

— É a minha casa.

— Deus, sou tão idiota! — resmungou ela. — Desculpa, Daniel.

Ele contraiu um ombro, mas ainda parecia magoado.

— Estou falando sério — disse ela, tocando seu braço de leve. — Desculpa. — Então recuou ligeiramente. — Argh! Você está todo molhado e pegajoso!

Ele sorriu para ela.

— Sim, a chuva faz isso com você.

— Pensei que você estava indo colocar suas roupas na secadora.

— Bem, eu coloquei as suas dentro. Pensei que você iria querer sair daqui o mais rápido possível. — Ele deu um sorriso de desculpas. — Eu vou colocar a minha depois.

— Bem, você deve tirá-las, senão pode ficar doente.

— Você está tentando tirar minhas roupas, Lis? Devo tomar como uma sugestão?

Ela bateu no braço dele e bufou, enquanto ele continuava a sorrir para ela.

— Estou apenas brincando com você, garota. Vire de costas enquanto eu me troco. Nenhuma espiada!

Murmurando para si mesma, Lisanne se virou, ouvindo o farfalhar do material enquanto Daniel tirava a camisa e a calça jeans. Ela não podia negar que era excitante ouvi-lo tirar a roupa enquanto estavam no mesmo quarto. Seu corpo aqueceu com a ideia. E, então, um pensamento a atingiu: essa podia ser a sua melhor chance de mostrar que ele significava mais para ela — mais do que apenas um amigo. Ela estava desesperada para saber se ele sentia o mesmo. Às vezes, ela pensava assim, apesar das outras mulheres que tinha visto com ele. Havia a fotografia também, mas, ainda assim...

Ela respirou fundo e se virou.

Ele estava em pé, de costas para ela, usando uma cueca boxer cinza escura. Ela estudou os músculos de suas costas largas, como ondulavam e flexionavam sob sua pele. Ela seguiu o contorno das tatuagens em seus ombros e deixou seus olhos derivarem para baixo de seu quadril estreito, bunda firme e pernas longas e fortes. Ele era lindo, mas, para Lisanne, era a beleza interior que ela mais amava. Isso a fez disparar.

Possivelmente, ele sentiu seus olhos sobre si, porque, de repente, virou-se, olhando para ela com surpresa.

— Desculpe! Desculpe! Eu... Eu só... Eu só queria ver — murmurou ela, o rosto em chamas, destacando seu constrangimento extremo.

Ele inclinou a cabeça para um lado, olhando para ela, mas não falou nada.

Ela não conseguia encontrar seu olhar questionador, então permitiu que seus olhos vagassem sobre o peito. Ela suspirou baixinho quando notou os minúsculos *piercings* de prata que ele usava em cada mamilo. Era tão inesperado e erótico. Era tão Daniel.

Desejando que tivesse a coragem de avançar e tocá-lo, Lisanne se amaldiçoou por ser tão covarde. Kirsty teria. Kirsty teria dado esse passo, não embaralhando os pés como uma garotinha idiota.

Seus olhos caíram ainda mais para baixo e ela estava hipnotizada pela protuberância em sua cueca.

Quando ele falou, ela quase deu um pulo.

— Você já viu o pau de um homem?

Ela ficou boquiaberta, depois deu um pequeno aceno de cabeça.

— Na TV.

Ele sorriu.

— A boneca assiste pornô?

— Não! Deus, não! Bem, talvez uma vez. Na casa de uma amiga.

— Você gostou?

— Sinceramente? Não. Era um filme estúpido, a trama era horrível. Não havia nenhuma história.

Ele riu suavemente.

— Sim. Bem, eu não acho que esse é o ponto dele.

Ela corou.

— Eu acho que não.

Ela, de repente, lembrou que ainda estava olhando para ele – para uma parte específica dele. Ficou chocada quando percebeu que o vulto tinha crescido consideravelmente. Seus olhos se focaram de volta a ele, que lhe deu um pequeno encolher de ombros.

— Alguma vez você já tocou no pênis de um homem?

Lisanne balançou a cabeça sem dizer nada, enquanto continuava a olhar para ela. Ela não conseguia tirar os olhos dele – e nem queria.

— Você quer tocar o meu?

O coração de Lisanne começou a disparar. O que ele estava fazendo com ela?

— Eu... Eu não sei.

Ele parou por um momento, olhando para ela, em seguida, abaixou para pegar o moletom que derrubara.

— Daniel, eu... — Ela esperou até que ele estivesse olhando para ela novamente. — Daniel, eu... — Mas não tinha certeza do que queria dizer.

Ele deu um pequeno sorriso.

— Está tudo bem, Lis. Está legal.

— Não! Quero dizer, eu quero...

— Quer o quê?

Ela não respondeu. Em vez disso, deu um passo em direção a ele e timidamente colocou a mão em seu peito, acima de seu coração.

Os olhos de Daniel se fecharam e ele respirou fundo, o movimento suave da mão de Lisanne levantando enquanto seus pulmões expandiam.

Quando abriu os olhos novamente, eles estavam quase pretos e ardendo de desejo. Nenhum homem jamais havia olhado para Lisanne assim e isso lhe tirou o fôlego. Um calor lento começou a pulsar entre suas pernas e ela sabia que o queria. Ela queria que Daniel fosse seu primeiro.

Lentamente, ele ergueu a mão direita, apoiando-a suavemente contra o rosto dela.

— O que você quer, Lisanne?

— Você — sussurrou.

Ele engoliu em seco, e ela ficou fascinada assistindo a seu pomo-de-adão subir e descer em sua garganta.

— Você tem certeza? Você não pode ter sua primeira vez de novo. Isso não é como eu imaginei.

Um pequeno sorriso curvou o canto dos lábios dela.

— Você já se imaginou... comigo?

Ele sorriu para ela.

— Está de brincadeira comigo? Você é *gostosa*. Quis você desde que te conheci, mas percebi que você só queria ser minha amiga. Isso é legal. Eu gosto de ter um amigo que é uma menina.

O sorriso de Lisanne desapareceu. Ela não tinha certeza de como se sentia sobre isso. Porém, ele havia dito que ela era gostosa. Isso significava que gostava dela, não era?

— Posso apenas... Posso tocar em você?

Ele balançou a cabeça lentamente, seus olhos seguindo sua mão enquanto se movia trêmula à sua cintura.

Suavemente, ela colocou a mão sobre a virilha dele e sentiu o calor e a dureza. Ele inalou profundamente.

— Você é tão sexy — Daniel disse em voz baixa, profunda.

Ela olhou para ele, espantada, mas ele não repetiu suas palavras extraordinárias.

Sentindo-se mais ousada, ela esfregou a mão sobre ele novamente. Daniel gemeu.

— Oh, desculpe — gritou ela, dando um passo para trás.

Ele sorriu para ela.

— Não há nada que se desculpar. Só que você está me matando aqui!

— Desculpe — ela murmurou de novo.

Ele deu de ombros.

— Eu vou viver.

Daniel pegou sua calça de moletom novamente, mas ela colocou a mão em seu braço. Ele olhou para ela, intrigado.

— Nós podemos apenas nos deitar juntos?

Ele ergueu as sobrancelhas.

— Tá bom, mas não é por isso que eu te trouxe aqui, Lis. Você sabe disso, né?

Ela assentiu com a cabeça.

— Eu sei.

Lisanne deitou-se na cama e, depois de um momento de hesitação, Daniel subiu ao seu lado. Ele deslizou o braço em volta dos ombros dela e a puxou para um abraço. O braço direito dela descansou automaticamente acima do abdômen.

Ele quase pulou da cama quando ela lhe acariciou novamente.

— Porra — gritou. — Lis! Você tem que me dar algum sinal, baby. Vai me dar um ataque do coração, caralho!

Ela riu nervosamente, mas se manteve o acariciando.

Ele inclinou-se para olhar para ela.

— Você se importa? — sussurrou ela.

— Porra, não! — disse, encarando-a com espanto.

— Eu quero vê-lo — ela afirmou.

Dessa vez, ele não hesitou. Levantou seu quadril e empurrou sua cueca, passando dos joelhos, em seguida, sacudiu as pernas para chutar a peça para longe.

Seu pau duro pulou contra a barriga, onde balançava contente.

Nervosa, Lisanne correu um dedo sobre a veia grande e se sobressaltou quando ele se contraiu. Ela se sentiu mais nervosa ainda quando ouviu a risada de Daniel.

Passou a mão em cima dele de novo e ouviu suas respirações profundas enquanto ele inspirava o ar pelo nariz. Sua pele era macia e suave, mas também quente e dura sob seus dedos. Ela o apertou e Daniel empurrou o quadril para cima, contra a palma da mão dela.

— Tudo bem? — perguntou, nervosa.

Ele não respondeu e ela percebeu que seus olhos estavam fechados, sua respiração se tornando superficial. Timidamente, ela moveu a mão para cima e para baixo, arrancando um gemido de dentro de seu peito.

— Porra, Lis — sussurrou ele. — Você pode ir um pouco mais rápido?

Ela moveu a mão para cima e para baixo mais rapidamente, apreciando a ereção espessa e quente sob seus dedos.

— Hmmm — ele gemeu, incentivando-a a ir ainda mais rápido.

Uma gota de pré-sêmen brilhava em sua ponta e, em transe, ela correu o dedo sobre ela.

Daniel xingou alto e começou a bombear seu quadril em sua mão, com a cabeça pressionada para trás no travesseiro, a boca aberta.

Ela moveu a mão mais rapidamente, observando o rosto dele com fascinação enquanto seu orgasmo começava a se construir.

— Vou gozar. Vou gozar — cantarolou ele.

Lisanne continuou e, de repente, três jatos de líquido perolado saíram da ponta, assustando-a. Daniel gritou em voz alta e, em seguida, ficou imóvel.

Seu peito arfava e suas pálpebras estavam cerradas. Lisanne deixou seus olhos apreciarem a beleza masculina dele. Sentia-se orgulhosa de si mesma. *Ela* tinha feito isso. *Ela* o tinha feito sentir-se assim.

Não alguma outra garota. Nenhuma das vadias que pendiam ao redor dele o tempo todo.

Ela se deitou na cama e Daniel a puxou para um abraço cuidadoso, esfregando o nariz em seus cabelos.

— Isso foi incrível, boneca — sussurrou ele.

Depois de um minuto, ele se sentou e sorriu para ela.

— Você fez uma verdadeira bagunça em mim. Quer me limpar?

Lisanne torceu o nariz e balançou a cabeça. Daniel riu e se estendeu sobre sua mesa de cabeceira para pegar um dos papéis higiênicos que ele tinha empilhado.

Ele viu a expressão em seu rosto e deu de ombros.

— Eu o mantenho trancado aqui ou ele desaparece. — Limpou-se e jogou o papel em um cesto de lixo. — Venha aqui.

Lisanne, voluntariamente, aconchegou-se no calor do seu peito firme enquanto ele puxava os lençóis sobre eles.

— Isso é bom — disse ele, em tom calmo.

Lisanne sorriu enquanto a mão livre dele acariciava seu cabelo. E pensou que morreria de felicidade quando ele depositou um beijo no topo de sua cabeça.

Ela se sentiu desolada quando ele se sentou.

— Lis, eu posso te perguntar uma coisa?

— Hum, sim?

— Você já deu prazer a si mesma?

As bochechas dela coraram.

— Não!

Daniel deu de ombros.

— Só estou perguntando. Muitas garotas fazem.

Lisanne piscou.

— Sim, eu acho. Mas... eu...

Ele roçou o nariz contra o dela.

— Você quer que eu faça?

— Eu quero que você faça o quê?

— Faça você gozar.

— Hum, não vai doer?

Ele ergueu as sobrancelhas.

— Não. Por que você diz isso?

Lisanne não tinha certeza se poderia corar ainda mais. Ficava muito mais difícil ter essa conversa sabendo que Daniel tinha que ver seu rosto enquanto falava.

— Porque... Porque eu nunca tive relações sexuais antes.

Um olhar de compreensão passou pelo rosto dele e seus lábios se contraíram em um sorriso.

— Não, querida. Você não tem que ter meu pau dentro de você para ter um orgasmo. Embora eu realmente queira muito tentar isso um dia. Eu posso fazer você gozar com meus dedos, se quiser. Ou minha língua.

— Sua l-l-língua! — gaguejou ela, incapaz de se conter. Depois, escondeu a cabeça entre as mãos. — Oh, Deus, que vergonha!

Ele afastou as mãos dela do rosto.

— Não é possível fazer leitura labial com você assim, baby — disse ele com uma careta.

— Sinto muito. Desculpe. Eu estou apenas... Não sei o que dizer.

— Diga que sim. Eu vou fazer com que seja bom para você, prometo. Apenas meus dedos, sem língua.

Ele acenou, agitando os dedos, e ela teve que sorrir.

— Tudo bem, eu acho.

Ele retribuiu seu sorriso.

— Você poderia ferir meu ego ainda mais? — Então, sua expressão tornou-se séria. — Posso tirar a sua camiseta?

— N-não. Eu prefiro que você não tire.

— Tá bom. — Ele sorriu. — Não tem problema. Mas você vai me deixar tocar seus seios, não vai?

— Hum, tudo bem.

Ele deu um beijo suave em seus lábios.

— Eu não vou te machucar. Eu só quero fazer você se sentir bem.

Lisanne deitou-se na cama, com o corpo cheio de tensão.

Daniel acariciou o cabelo dela e beijou os lábios novamente, puxando suavemente o lábio inferior com os dentes, até que ela abriu a boca um pouco.

A língua quente e úmida dele acariciou seus lábios e traçou o contorno da boca. Lisanne abriu um pouco mais, e sua língua acariciou a dela, gerando faíscas de prazer. Ela gemia suavemente e ele cantarolava baixinho em sua boca.

Ela colocou os braços ao redor de seu pescoço e puxou sua cabeça para baixo, deixando-o aprofundar o beijo. Suas mãos tocavam de leve em sua cintura, em seguida, ele afastou os lábios dos dela e plantou um caminho suave de beijos na garganta e sobre a camiseta, acariciando seus seios suavemente.

Ela ofegou e ele olhou para cima quando sentiu o movimento.

— Tudo bem? — sussurrou.

Ela balançou a cabeça rapidamente e ele continuou abaixo de seu peito, empurrando a camiseta acima de sua cintura para que pudesse beijar e lamber sua barriga exposta.

Os dedos dela agarraram seus ombros enquanto sua cabeça se movia mais baixo.

— Eu... hum...

Ele levantou a cabeça para olhar para ela.

— O que você disse, baby? Você disse alguma coisa?

— Eu... Eu não quero que você me beije *lá* — comentou, nervosa.

— Eu não vou, se você não quiser, mas eu gostaria de beijar a sua pequena boceta doce um dia.

Lisanne estava tão envergonhada que não sabia para onde olhar. Tudo o que ela podia fazer era fechar os olhos.

— Lis, olhe para mim — ordenou Daniel.

Relutantemente, seus olhos se abriram.

— Não tenha vergonha de mim, Lis. Eu só quero fazer você se sentir bem. Apenas meus dedos, eu prometo. Você vai me deixar?

— Tudo bem — ela disse em voz baixa.

Ele a beijou novamente e ela gemeu em sua boca, enquanto sua língua se enroscava com a dela. Dessa vez, ela o beijou de volta, e o grunhido que ele deu a fez se sentir triunfante. Suas mãos se voltaram para o peito e os longos dedos brincaram suavemente com os mamilos através do tecido macio da camiseta.

Por sua coxa, ela sentiu o pênis dele tremer novamente.

Gradualmente, os nervos tensionaram enquanto a língua dele trabalhava sua mágica em sua boca e pescoço, chupando e mordendo, excitando-a de maneiras que a surpreenderam. Ele continuou brincando com seus mamilos, ocasionalmente colocando a mão em seus seios e massageando-os suavemente.

Ela estendeu a mão e agarrou seu comprimento espesso, mas ele empurrou a mão dela.

— Não, boneca, isso é sobre você.

Lisanne sentiu a calcinha ficar úmida quando Daniel continuou seu ataque sensual em seu corpo. Ela estava se comportando e se movendo de uma forma que não era familiar, seu quadril se levantando automaticamente ao toque dele, como se seu corpo estivesse convocando o dela.

Os dedos de Daniel começaram a brincar com a borda de sua calcinha e Lisanne gemeu, mal reconhecendo o som selvagem que saiu dela.

Daniel sentiu a vibração de seu gemido e tomou isso como incentivo. Ele enfiou a mão dentro de sua calcinha, fazendo com que as respirações curtas de Lisanne ficassem presas em sua garganta.

— Você está tão molhada — ele disse baixinho em seu ombro. — Você está molhada para mim, e um dia eu quero empurrar o meu pau duro dentro de você e sentir esse aperto doce ao meu redor, mas, agora, você vai montar nos meus dedos.

O polegar dele circulou seu clitóris, fazendo com que o corpo de Lisanne arqueasse fora da cama. Rapidamente, colocou o dedo indicador dentro dela, deslizando para dentro e para fora. Para Lisanne, pareceu como se um choque de eletricidade passasse através de seu corpo quando o nível de excitação a tomou de surpresa.

Ela gemeu e ele capturou o som com os lábios, empurrando sua língua dentro da boca dela enquanto seu dedo se movia em seu corpo. Então, acrescentou um segundo dedo e começou a bombeá-los lentamente, seu polegar continuando a massageá-la.

A sensação começou no fundo de sua barriga, efervescendo para suas coxas e pés, fazendo com que seus músculos se contorcessem e convulsionassem. Seu corpo se arqueou novamente e ela gritou.

— Isso aí — sussurrou Daniel, estimulando-a. — Relaxa. Se solta, baby. Estou aqui. Estou aqui.

Ela tentou rebater as mãos dele, certa de que não podia aguentar mais, mas ele pressionou seu corpo sobre o dela, forçando o peito contra os seios.

— Monte, baby — disse com a voz tensa. — Foda meus dedos, boneca.

O orgasmo de Lisanne rasgou através dela, espirais de prazer atravessaram seu corpo como mercúrio.

— Minha nossa — gritou ela. — Ai, Deus!

Enquanto seu corpo flutuava de volta à Terra, Daniel lentamente tirou seus dedos, ajeitou a calcinha e puxou sua camiseta emprestada no lugar.

Quando Lisanne finalmente abriu os olhos, Daniel estava olhando para ela, calmo, o olhar focado em seu rosto. Ela corou ainda mais quando percebeu que ele estava chupando seus dedos.

Ele viu a expressão dela.

— Você tem um gosto muito bom. — Ele estendeu a mão para ela e mexeu os dedos. — Quer experimentar?

— Não! — disse, chocada.

Ele sorriu.

— Quem perde é você. Então, como foi?

— Eu... Eu... — gaguejou ela. — Hum, bom?

Daniel riu.

— Não exagere nem nada, porra!

Lisanne deu uma risada nervosa.

— Desculpe, eu ainda estou... Quero dizer... Isso foi... Eu não sei *o que* isso foi, mas foi... *incrível*. Eu posso ver por que todo o alarde agora. Quero dizer, eu não sabia que... Quero dizer, uau!

Ele sorriu.

— Fica melhor, confie em mim.

Lisanne não conseguia imaginar como poderia ser melhor do que isso. Mas, então, ela pensou em sua boca suja e todas as coisas que ele tinha dito que queria fazer com ela. Sim, ela definitivamente gostaria de tentar isso.

Daniel recostou-se, satisfeito com o trabalho da sua tarde. Na verdade, ele tinha ficado mais do que um pouco surpreso quando Lisanne havia chegado nele. Obviamente, ele sabia que ela era virgem, e tinha pensado que era do tipo que planejava permanecer assim até que conhecesse o cara certo. Ele não quis abusar de sua confiança.

Porém, seu corpo era exuberante, mesmo que ela não o tivesse deixado vê-la nua. E esse maldito vestido que ela tinha usado no sábado era muito sexy. O fato de que ela queria senti-lo o surpreendera muito. Mas, caramba, tinha sido muito bom ter suas mãos sobre ele, tocando-o como seu instrumento. E a maneira como ela respondera a ele havia sido um verdadeiro tesão do caralho.

Ele não tinha certeza do que ela queria que acontecesse em seguida, mas, realmente, esperava que o deixasse dormir com ela.

Não hoje, talvez, mas em breve. Envolvendo seus braços ao redor dela e sentindo a cabeça em seu peito, sabendo que ele não tinha nada a esconder, seu corpo se sentia leve de uma maneira que ele nunca havia conhecido antes.

E vê-la gozar tinha sido incrível demais. Ela não tinha ideia de quão sexy parecia toda aberta debaixo dele.

Sim, ele realmente queria um pouco mais disso. Isso significava que ela seria sua namorada? Será que ele *queria* uma namorada? Ele definitivamente não tinha ideia do que ela queria também. Depois fez uma cara confusa. Talvez ela só quisesse que ele fosse um amigo de foda — alguém para tirar a questão incômoda de sua virgindade de fora do caminho. Ela não seria a primeira mulher que queria seu esperma, mas não sua conversa.

Distraindo-o da direção sombria de seus pensamentos, Lisanne esticou-se como um gato e encostou-se em seu braço para que ele pudesse ver seu rosto.

— Sinto todo o tipo de incoerência... Eu não sei... Estou desligada... Mais ou menos como se estivesse flutuando. É estranho.

— Estranho bom?

Ela sorriu.

— Definitivamente estranho bom. — Beijou-o rapidamente na bochecha. — Posso ver por que você tem a sua reputação, é muito bem-merecida.

Daniel sentiu como se tivesse levado um soco.

Lisanne viu desaparecer a suavidade de seu rosto, e ele fez uma careta para ela.

— O quê? — Ela engoliu em seco quando viu a raiva súbita em seu rosto. — Bem, você sempre tem meninas brigando para dormir com você. Não tem sequer que *tentar* arranjar uma menina. Eu só estou dizendo... Entendo.

Daniel saiu da cama e começou a puxar a calça jeans. Ele não conseguia explicar a sua raiva até para si mesmo. Não era como se ela tivesse dito alguma coisa que não fosse verdade. Mas ela tinha que entender que isso havia sido mais que uma transa casual para ele.

Eles eram *amigos*, pelo amor de Deus.

— Aonde você vai? — Lisanne disse nervosamente. Em seguida, amaldiçoou-se por falar às suas costas. Era imperdoável que ela esquecesse.

Ela bateu no seu ombro, mas ele não se virou nem olhou para ela.

— Vou pegar suas roupas na secadora — murmurou.

E antes que ela pudesse pensar no que dizer, ele tinha ido embora.

Ela se encostou na cabeceira da cama, perguntando-se por que ele estava tão chateado. O que ela havia dito para fazê-lo se comportar assim?

Ela não tinha feito nenhuma exigência. Mesmo que estivesse desesperada para que ele dissesse que eram exclusivos, não queria parecer carente ou ser irrealista. Ele não a havia pedido para jogar-se sobre ele.

Ela mordeu uma unha nervosamente, sentindo-se aliviada quando a porta se abriu.

Porém, não era Daniel. Era um homem de vinte e poucos anos, com tatuagens que cobriam os dois braços, vários *piercings* e um olhar furioso em seu rosto.

Lisanne puxou o lençol firmemente em torno dela, consciente de que chamar por Daniel não faria nenhum bem.

— O que você fez com ele? — rosnou o homem.

Lisanne olhou para ele, com o coração batendo freneticamente.

— Responda! — ele gritou. — Por que é que o meu irmão mais novo está parecendo como se você tivesse acabado de atirar em seu maldito cachorro?

— Eu... Eu...

— Eu estou tão cansado de vocês, vagabundas, que o tratam como uma porra de um brinquedo. Ele tem sentimentos, pelo amor de Deus! Mas, talvez, vocês não se preocupem com isso.

Lisanne ficou chocada e em silêncio. Ela não tinha ideia do que tinha causado essa explosão e por que o irmão mais velho de Daniel estava olhando para ela mortalmente.

Os olhos dele se estreitaram.

— Você é *ela*, não é? A cantora. Eu *disse* a ele para ficar longe de você. *Contei* a ele que você rasgaria a porra do coração dele. Você é perigosa. Por que não pode simplesmente deixá-lo em paz?

Lisanne sentiu as lágrimas em seus olhos e agarrou o lençol em suas mãos, olhando ansiosamente para a porta, esperando que Daniel aparecesse e dissesse a seu irmão que este tinha entendido tudo errado.

— Eu estou te avisando, porra — rosnou Zef. — Eu vou...

Porém, o que quer que ele fosse dizer para ameaçá-la, sumiu quando Daniel reapareceu.

— O que está acontecendo? — perguntou ele, vendo a ira de seu irmão e o medo de Lisanne.

Ninguém respondeu.

— Eu disse: o que diabos está acontecendo? — repetiu com raiva, o volume elevando.

Zef virou-se para encará-lo.

— Apenas tendo um bate-papo tranquilo com sua mulherzinha, mano. Nada demais.

Daniel olhou para a menina assustada na cama.

— Lisanne?

— Nós estávamos apenas conversando — ela murmurou, baixando os olhos para os lençóis.

Daniel puxou uma mão em seus cabelos em frustração.

— Não faça isso! — soltou bravo. — Não me trate como um maldito idiota!

Zef colocou uma mão reconfortante em seu ombro, mas Daniel a empurrou. Então, ele jogou a roupa seca de Lisanne para ela.

— Vista-se — ordenou. — Vou te levar para casa.

Ele saiu, deixando Zef e Lisanne olhando um para o outro.

Quando Zef fechou a porta, Lisanne vestiu-se rapidamente, limpando as lágrimas de seus olhos. A tarde havia sido a melhor de sua vida, até que Daniel tinha ido embora de repente, todo estranho com ela. E agora seu irmão a odiava também. Era tão confuso.

Ela desceu as escadas na ponta dos pés, passando por cima de um homem que parecia estar dormindo enrolado no último degrau.

Daniel estava fechando o zíper da sua jaqueta de couro úmida. Ele nem sequer olhou para Lisanne, apenas abriu a porta da frente e puxou as chaves da moto do bolso.

Ignorando a leve garoa que continuava escurecendo o céu, Daniel passou a perna sobre a motocicleta. Ele ainda não tinha olhado para Lisanne, e simplesmente esperou até que ela subisse atrás dele. Timidamente, a garota colocou os braços ao redor da sua cintura, mas ele não respondeu. Dessa vez, o ronco do motor não era reconfortante, em vez disso, foi um sinal que reafirmou a sua angústia.

Daniel dirigiu com velocidade imprudente em direção à faculdade, depois parou abruptamente do lado de fora de seu dormitório e esperou que ela descesse. Ela entregou o capacete e ele deixou cair na moto. Lisanne inclinou-se para dar um beijo de adeus, precisando de algum tipo de proximidade, mas ele se afastou e foi embora antes que ela pudesse falar.

— Eu me perguntava quanto tempo passaria antes de ele perceber que você era uma puta sem-graça — disse uma voz.

Lisanne se virou para ver Shawna encostada na parede, com uma expressão de satisfação no rosto.

— Colton finalmente recobrou a razão, né? Viu que podia conseguir algo melhor, certo? Ou talvez você seja apenas uma opção ruim.

Lisanne não pôde responder, seu cérebro e corpo sobrecarregados com emoção. Ela correu de volta para o seu quarto, com as palavras de Shawna ecoando em seus ouvidos.

O quarto estava escuro, e quando Lisanne ligou o interruptor de luz, o brilho a ofuscou. Sentindo-se tonta, sentou em sua cama, com os ombros caídos. Então, viu que Kirsty havia deixado um bilhete dizendo que estaria de volta às 20h caso Lisanne quisesse compartilhar uma pizza.

Pizza? Como se ela pudesse sequer pensar em comer. Ela *tinha* que saber qual era o problema com Daniel. Ela *tinha* que saber.

Sentindo-se desesperada, Lisanne pegou o telefone e lhe enviou uma mensagem.

> O que há de errado? Não estou entendendo. Me manda mensagem, por favor. LA bj

Ela esperou e esperou, mas ele não respondeu.

Capítulo 7

Daniel estava indo a 90 km/h quando percebeu o brilho de luzes azuis e vermelhas pelos retrovisores. Ele praguejou em voz alta quando parou no meio-fio. Depois de brigar com Lisanne, seu dia não mostrava quaisquer sinais de melhora.

O policial saiu do carro, cansado, balançando a cabeça, e fez sinal para Daniel tirar o capacete.

— Você sabe o quão rápido estava indo, filho?

— Não, senhor — respondeu Daniel, com sinceridade.

— Bem, o meu radar está me dizendo que você estava a 91 km/h. Isso é muito irresponsável, não acha?

Daniel concordou.

— Sim, senhor.

— Quer me dizer por que estava indo tão rápido?

Esquecendo todos os conselhos que Zef lhe dera de que ele nunca deveria ser preso, Daniel disse a primeira coisa que lhe veio à cabeça:

— Tive uma briga com a minha namorada. Não estava pensando direito.

O policial olhou para ele com simpatia.

— Bem, eu posso entender, mas o limite de velocidade aqui é 55 km/h. Agora, eu sou um cara legal, então não vou prendê-lo, mas vou te dar uma multa, filho. Licença e registro.

Daniel puxou os documentos para fora de sua carteira e entregou ao oficial, sem falar.

— Espere aqui — instruiu o policial.

Quando ele caminhou de volta para sua viatura e conferiu os detalhes de Daniel através de seu computador, tudo o que viu o fez franzir o cenho.

Ele caminhou de volta para Daniel, coçando a cabeça.

— De acordo com meus registros, há um detetive Dickinson que quer falar com você na estação. Eu vou ter que levá-lo.

Daniel engoliu em seco, um arrepio frio ondulando por sua espinha.

— O quê? Para quê? Nunca ouvi falar desse cara.

— Não posso dizer, filho, mas você vai ter que vir comigo. Olha, não estou prendendo você, então só tenha calma, tá bom?

Daniel nem sequer tentou argumentar. Ele sabia que não havia nenhum ponto.

O policial suspirou – às vezes, ele odiava seu trabalho. O garoto realmente parecia como se tivesse o peso do mundo sobre os ombros.

— Essa é uma boa moto que você tem aí. Sportster, hein? Reconstruída?

Daniel concordou.

— Você mesmo que fez o trabalho, filho?

— Sim, senhor. Levei dois anos.

O policial segurou outro suspiro.

— Bem, nós vamos ter que deixar sua moto aqui por enquanto. Você não vai ficar na estação por muito tempo, e pode chamar um amigo para trazê-lo de volta para buscá-la. Ou eu poderia rebocá-la, mas isso acabaria por custar mais...

Daniel balançou a cabeça, e o policial suspirou novamente antes de levá-lo para a parte de trás da viatura. Pelo menos ele não tinha sido algemado.

O rapaz se sentiu mal do estômago. Esperava uma multa robusta, e não havia nenhuma maneira que pudesse pagar agora – a menos que vendesse sua moto. A moto em que ele havia trabalhado por dois anos. Ou mergulhar em seu fundo da faculdade. De qualquer maneira, Zef acabaria com ele.

Porra! Porra! Porra!

Ele era o único idiota e imbecil a se culpar.

Se as coisas já não bastassem, ficaram muito piores quando chegou à delegacia.

O policial agradável escreveu suas anotações enquanto um bastardo de um sargento quase deu cambalhotas quando soube que Daniel era irmão de Zef Colton.

— Bem, isso não é interessante? Você é o irmão mais novo, hein? Soube no momento em que te vimos aqui. Seu irmão está em nossa lista de Natal. Vamos tentar fazer você se sentir à vontade. Podemos encontrar uma boa cela, acolhedora, com o seu nome, e acho que o meu colega, detetive Dickinson, gostaria de falar com você.

— Quero fazer um telefonema.

— Tenho certeza de que quer. Você pode esperar.

O sargento olhou para a tela do computador e digitou alguma coisa.

— Agora, esvazie seus bolsos — disse, ainda olhando para o computador. Incapaz de ver o rosto do homem, Daniel ficou ali.

— Eu disse: esvazie a porcaria dos bolsos! — gritou o policial, olhando para cima.

— Para quê? Eu não fui preso.

— Você está me irritando, Colton, o que é muito estúpido. Cuidado com a boca inteligente, ou você vai ser preso por suspeita de dirigir alcoolizado.

Puta que pariu – ele estava fodido.

— Eu quero fazer um telefonema.

— Mais tarde.

O policial legal parecia irritado, mas o Sr. Nada Encantador era o policial responsável. Dando a Daniel um olhar de pena, o bom policial se afastou, balançando a cabeça.

Daniel colocou seus cigarros, isqueiro, carteira e chaves na caixa à frente dele. Os conteúdos foram registrados e jogados dentro de um saco plástico transparente.

— Preciso mandar uma mensagem para alguém ir buscar a minha moto. Eu a deixei...

Porém, suas palavras sumiram quando o policial puxou o celular de sua mão e o empurrou para dentro do saco com o resto de seus pertences. Ele foi escoltado até uma sala de entrevista pelo homem que assumiu ser detetive Dickinson.

O detetive parecia cansado e enrugado, mas seus olhos estavam afiados, e sua boca se curvou com desgosto enquanto olhava para Daniel.

De modo grosseiro, Dickinson o empurrou para uma cadeira.

— Bem, bem, é o irmão mais novo de Zef Colton. Outra maçã que não caiu muito longe da árvore, né? Aposto que sua mãe e seu pai ficariam muito orgulhosos.

— Vá se foder! — soltou Daniel, irritado.

— Você tem uma boca suja, garoto. E você realmente não quer me irritar.

— Eu quero o meu telefonema — disse Daniel, num tom mal-humorado.

— Nós podemos apenas conversar um pouco antes — disse o detetive com uma voz entediada. — Vai ser do seu melhor interesse responder às minhas perguntas. Claro, você está livre para sair a qualquer momento... Mas, sinceramente, eu não recomendo.

Daniel realmente não achava que seria do seu melhor interesse responder qualquer coisa, mas ele estava preocupado com as repercussões de apenas andar lá para fora.

— Olha, garoto — disse o detetive em um tom mais conciliador —, responda algumas perguntas e a multa por excesso de velocidade desaparece. Posso fazer isso sumir. Eu não estou atrás de seu irmão, estou atrás do ignorante que está inundando as ruas com metanfetaminas baratas. Quem é o fornecedor do seu irmão?

Daniel ficou em silêncio. Zef sempre havia dito que só tratava de algumas ervas e cocaína. Ele não sabia se devia ou não acreditar em Dickinson, mas realmente não queria.

— Vamos, garoto. Você quer essa merda nas ruas? Eu sei que você está na faculdade, tentando ficar limpo. É o seu irmão que está fodendo as coisas para você.

— Você não sabe de nada — Daniel falou com veemência.

Dickinson sorriu. Ele poderia dizer que tinha deixado o menino agitado.

— Você sabe como as metanfetaminas funcionam? — perguntou o detetive. — Elas destroem os receptores de dopamina no cérebro, então você não pode sentir prazer. Depois, há um comportamento psicótico, paranoia, alucinações, morte. Mas, antes que isso aconteça, os vasos sanguíneos se contraem, o que corta o fluxo constante de sangue para todas as partes do corpo. Sabe o que isso significa? Seu corpo não se cura bem. Ele começa com feridas, esse tipo de coisa. Talvez você já tenha ouvido falar de metanfetaminas, certo? Os ácidos da boca corroem o esmalte do dente, então seus dentes apodrecem e caem. Bom, você quer ser responsável por isso?

Daniel fechou os olhos, deixando de fora as palavras que o faziam querer vomitar. Ele não acreditava na merda que Dickinson estava urinando em seu ouvido, mas não queria saber de mais nada também.

Saltou quando Dickinson bateu as mãos com força sobre o encosto da cadeira de Daniel.

— Quero o meu telefonema, porra! — retrucou Daniel, cuja paciência estava muito curta.

Detetive Dickinson ergueu as mãos.

— Tudo bem, faça a sua ligação.

— Eu quero mandar uma mensagem do meu telefone.

— Não, você só pode usar o telefone lá fora.

Daniel começou a entrar em pânico. Ele não teria nenhuma maneira de saber se Zef tinha ou não atendido o telefone. Nem sequer sabia se ele ainda estaria em casa.

Lisanne. Ele ligaria para Lis. Ela sempre respondia suas mensagens rapidamente. Ele rezou para ela aceitar a chamada.

Ele ficou agradecido que sabia seu número de cor.

Daniel discou e contou até dez para o receptor, na esperança de que ela fosse entender... Entender que ele não tinha ideia se ela estava lá o ouvindo ou se a máquina estava pegando a mensagem ou... Deus, ele só esperava que ela não desligasse. Ele esperava que ela deixasse gravar uma mensagem.

— Lis, sou eu. Daniel. Estou com uma montanha de problemas. Fui parado por excesso de velocidade. Estou na delegacia. Pode mandar uma mensagem para Zef para mim, por favor, baby? O seu número é 912-555 0195. Me desculpe por ficar com raiva de você. Eu sinto muito.

Então desligou, sem saber se ela tinha ouvido. Ele sabia que a única coisa inteligente a fazer seria contar a Dickinson que ele não podia ouvir qualquer merda que estava dizendo. Mas não podia dar ao bastardo tamanha satisfação.

Dickinson continuou a disparar perguntas a ele, mesmo que elas não fossem respondidas. Concentrando-se em controlar sua respiração, Daniel fechou os olhos, desejando que a tensão e a ansiedade se afastassem.

Por fim, Dickinson desistiu e o deixou na sala de interrogatório "para pensar sobre isso".

Era quase uma da manhã e Daniel tinha se resignado a passar a noite. Ele se perguntou se tinha digitado o número errado de Lisanne, ou talvez a mensagem não tivesse sido gravada, ou ela não o ouvira falar. Talvez ela estivesse muito irritada com a forma como ele a havia tratado. Ele não tinha nenhuma maneira de saber.

Daniel passou uma noite agitada por si mesmo. Em um ponto, foi autorizado a ir ao banheiro e através das janelas gradeadas pôde ver a luz pálida que estava vazando para o céu cinza, a escuridão desbotando com o amanhecer.

Algum tempo depois de sete da manhã, Dickinson voltou. Ele andou para trás e para frente expelindo suas perguntas. Daniel manteve os olhos fixos na mesa a maior parte do tempo, mas, de vez em quando, olhava para cima.

Depois de mais uma hora, até mesmo a energia furiosa do detetive tinha diminuído, e ele esfregou os olhos, cansado.

— Tudo bem. Está livre — murmurou Dickinson, ríspido, finalmente. — Tenho certeza de que vou te ver de novo, *irmãozinho*. É só uma questão de tempo antes que você faça parte do negócio da família, se já não estiver.

Daniel levantou-se, trêmulo, e foi levado para fora da sala por Dickinson, que o observou com os olhos entrecerrados.

Ele recolheu os seus pertences, aliviado que os idiotas não o prenderam.

Lisanne acordou com o feixe de luz através das cortinas acima de sua cama. Ela rolou para o lado e pegou o telefone.

— Puta merda!

Ela pulou, vagamente consciente dos resmungos sonolentos de Kirsty do outro lado do quarto.

— Kirsty! Tire sua bunda da cama! Eu coloquei meu telefone em modo silencioso e dormimos demais. São quase 8h30min!

Apressadamente, Lisanne vestiu o roupão, pegou a toalha e o chinelo e correu para o banheiro. A água estava mais fria do que de costume, e ela estremeceu sob o fluxo. Pelo menos a tinha acordado.

Kirsty, no entanto, havia caído no sono.

— Vamos, preguiçosa. Levante-se e brilhe — disse Lisanne, puxando o edredom de Kirsty.

— Cai fora — foi a resposta resmungada.

Lisanne deu de ombros. Atravessavam a mesma rotina todos os dias. Se não fosse por Lisanne, Kirsty não teria feito qualquer uma de suas aulas da manhã.

Lisanne vestiu jeans e uma camisa de mangas compridas, então voltou para seu telefone. Havia uma chamada não atendida de um número que ela não reconheceu e uma mensagem de voz.

Enquanto ouvia, toda a cor desapareceu de seu rosto. Seus joelhos cederam e ela caiu sobre a cama. Daniel tinha deixado a mensagem *ontem à noite*.

Ela tocou a mensagem novamente e rabiscou o número de Zef.

Lisanne teve que ligar quatro vezes antes de ele atender.

Quando ele soube quem era e por que ela tinha chamado, não ficou feliz. Isso era dizer o mínimo. Especialmente quando Lisanne insistiu em ir com ele, ameaçando ir diretamente à delegacia de polícia se ele não a buscasse.

Zef estava furioso quando finalmente chegaram lá.

— Fique aqui — esbravejou para Lisanne, que estava sentada rigidamente ao lado dele.

"Furioso" era, provavelmente, o eufemismo do ano. Raiva emanava dele em pulsações aquecidas, seu rosto estava corado e seus dentes cerrados quando viu Daniel ser levado por um dos policiais.

À distância, olhou para Zef com uma expressão de culpado enquanto pegava sua carteira.

— Você é idiota? — Zef disse, entredentes, e ríspido para Daniel. — Porque você está agindo como um! Eu faço toda essa merda para que você possa ficar limpo, então você vai e se fode assim.

— Sinto muito, cara. Eu não estava pensando.

— Isso é óbvio pra caralho.

Ele agarrou o braço de Daniel e o arrastou para fora, onde os policiais interessados não podiam ver. Então ele o empurrou contra a parede, com as mãos agrupadas ao redor da gola da camisa de Daniel.

— Sai fora!

— Não até que eu te bata para colocar a porra de algum juízo em você! — esbravejou o irmão.

Daniel empurrou-o com força e Zef deu um passo para trás, balançando a mão ao mesmo tempo. Ele socou Daniel no rosto, que tombou para o lado, caindo desajeitadamente em um joelho.

Dor o atravessou e ele estava feliz que não tinha a língua entre os dentes, ou teria mordido a maldita coisa.

Lisanne pulou para fora do carro no momento em que Zef havia empurrado Daniel contra a parede. Ela estava atrasada demais para impedir a briga, mas tinha a maldita certeza de que não iria deixar ir mais longe. Tentou ajudar Daniel quando Zef ficou atrás dela, ofegante.

Daniel sentiu as mãos em seu ombro novamente e empurrou-as automaticamente.

Lisanne tentou acalmá-lo.

— Sou eu, Daniel. Sou eu.

Ele olhou para cima e viu o rosto enrugado de preocupação.

— Boneca — suspirou ele, inclinando a cabeça contra o corpo dela, com os braços dela em volta dele.

— Porra, eu sinto muito, mano! — disse Zef.

Lisanne se voltou violentamente contra ele.

— Não toque nele! Deixe-o em paz!

Ela ajudou Daniel a ficar de pé, segurando seu braço enquanto ele cambaleava ligeiramente.

— Basta entrar no maldito carro — comentou Zef, tenso. — Vou levá-lo para buscar Sirona. Se ela ainda estiver lá.

— Leve Lis para casa primeiro — murmurou Daniel.

Zef o encarou como se quisesse discutir, mas conteve o que ia dizer.

O percurso foi feito em silêncio, a violência latente entre os dois irmãos. Lisanne podia ver Zef olhando no espelho retrovisor, o rosto sombrio e sério. Ao lado dela, Daniel estava inclinado para trás com os olhos fechados, uma marca vermelha florescendo em sua bochecha.

Quando chegaram ao dormitório, Lisanne acariciou delicadamente o rosto de Daniel para fazê-lo abrir os olhos.

— Nós estamos aqui — ela disse em voz baixa. — Você quer entrar? Kirsty poderia te levar para casa mais tarde.

Zef começou a discutir, mas Daniel olhou feio para o irmão.

— Sim, eu gostaria disso, Lis. Sirona pode esperar.

Ele saiu do carro sem jeito, esfregando o joelho dolorido. Com um olhar furioso final, Zef partiu, cantando pneus, deixando o cheiro forte de borracha queimada pairar no ar com a sua desaprovação.

Lisanne estava preocupada com Daniel. Ele estava quieto, e o fogo que ela amava parecia ter diminuído.

Ele arrastou-se até as escadas para o seu quarto do dormitório, os ombros caídos e cabisbaixo. Talvez fosse apenas cansaço, Lisanne disse a si mesma. Ele não poderia ter dormido muito, estando em uma delegacia de polícia durante toda a noite. Ela se sentia culpada de novo, pois tinha ficado aconchegada em sua própria cama. Ele estava lidando com Deus sabe o quê.

Ela abriu a porta, aliviada por Kirsty ter saído para a aula.

Puxando sua mão, levou Daniel para a cama e empurrou-o suavemente, dizendo para se sentar.

— Vou fazer um café — avisou em voz baixa.

Ele acenou com a cabeça, mas não falou, em vez disso, desafivelou suas botas e deitou-se de costas contra os travesseiros. Quando Lisanne terminou de fazer o café, ele estava dormindo, enrolado de lado.

Cuidadosamente, ela se sentou ao lado dele na cama e pegou um livro para ler, às vezes tomando seu café. Daniel suspirou profundamente e passou o braço esquerdo em sua cintura, empurrando a cabeça em seu quadril.

Em silêncio, estudando seu rosto, Lisanne podia ver o cansaço, com olheiras visíveis sob os olhos. Suas bochechas estavam cobertas pela barba, e ela corou, imaginando como seria sentir sua barba se eles se beijassem novamente.

Ela cruzou as pernas na altura dos tornozelos e bebeu mais café, desejando que o seu corpo relaxasse. Hoje, ela parecia estar permanentemente excitada – seu corpo sintonizado com o de Daniel, pronto para o sexo.

Ela mal podia acreditar. Não sabia que era possível sentir-se assim. Não sabia que as meninas poderiam ficar tão excitadas quanto os caras. Porém, essa era a verdade.

E então ela se sentia egoísta por ter esses pensamentos, quando ele tinha passado por um momento tão horrível. Agora, ele precisava de sua amizade. Ela franziu o cenho, perguntando-se se isso era tudo o que ele gostaria de ter dela. Mas, ontem... Tinha ido muito além da amizade.

Ela olhou para ele novamente. Seus lábios macios entreabertos, o rosto machucado levemente inchado. Lisanne chutou-se por não ter arranjado um pouco de gelo. Não que ela não houvesse tido tempo; ele adormecera imediatamente. Seus olhos tremiam um pouco sob as pálpebras fechadas e ela se perguntou com o que ele estava sonhando. Os longos cílios escuros estavam espalhados por todo seu rosto e, se não fosse por sua barba, ele teria parecido muito mais jovem.

Lisanne suspirou e tentou se concentrar novamente no livro. Daniel não se moveu, exceto para colocar a perna esquerda sobre a dela. Então, por quase duas horas, ela leu, com Daniel enrolado ao seu redor. Ela amava o fato de que, durante o sono, ele parecia precisar dela. Desejou que ele fosse o mesmo quando estivesse acordado.

De repente, a porta se abriu, fazendo Lisanne saltar. Kirsty entrou com Shawna em seu encalço.

— Nossa! Desculpe! — disse Kirsty, chegando de forma abrupta, com os olhos arregalados, fixos em Daniel.

O rosto de Shawna parecia o de alguém que tinha sugado um litro de suco de limão.

Daniel acordou sonolento e depois sentou-se, bocejando.

— Ai, merda, desculpe. Eu dormi? Que horas são?

— Três horas — falou Lisanne.

— Merda. Sirona! Preciso ir — murmurou ele. — Oi, Kirsty.

Kirsty acenou, enquanto Shawna cantarolou:

— Oi, Daniel. — Com uma voz doentiamente cantante.

Claro, seu tom de voz estava completamente perdido sobre ele, mesmo que o seu olhar sedutor não estivesse.

— Shawna — respondeu, com um breve aceno de cabeça.

Lisanne estava distraída demais para se preocupar que Shawna estava sendo mal-intencionada como sempre. Sua principal preocupação era *ele*.

— Devo fazer outro café? O seu está frio agora.

Ele balançou a cabeça, murmurando sobre um *negócio* para cuidar. Lisanne fez uma careta, imaginando o que isso poderia acarretar. E ele definitivamente precisava de uma carona.

— Kirsty, você poderia levar Daniel?

— O que aconteceu com sua moto? — perguntou Shawna, rudemente interrompendo a resposta de Kirsty.

Cadela curiosa, pensou Lisanne.

— Claro, sem problemas — respondeu Kirsty, pegando as chaves.

Essa era uma das coisas que Lisanne amava em Kirsty. Ela agia como uma líder de torcida pela metade do tempo, mas, quando podia ver que havia algo importante, não hesitava em ajudar.

Porém, Daniel esfregou os olhos e bocejou novamente.

— Não, tá tudo bem, obrigado. Eu tenho algumas coisas para resolver — repetiu, esticando os braços acima da cabeça e inocentemente flexionando seus músculos de uma maneira que fez Shawna babar abertamente. — Vou mandar mensagem para Roy. Ele vai me dar uma carona.

Ele balançou as pernas sobre a cama e começou a colocar as botas. Lisanne sentiu a perda dele junto a ela imediatamente.

Antes de sair, ele sorriu e beijou a cabeça dela.

— Vejo você na aula amanhã, tá bom? Me manda mensagem mais tarde?

— Claro — respondeu, tentando sorrir.

Ele piscou, balançou a cabeça para Kirsty e ignorou completamente Shawna, que nem sequer disse adeus, mas virou-se e correu atrás dele, disparando perguntas às suas costas.

Assim que eles tinham ido embora, Kirsty começou um interrogatório:

— Nossa! Vocês estão transando? Isso foi tão fofo, a forma como ele estava enrolado em torno de você. Uau! Daniel Colton! Ele é muito bom na cama? Em uma escala de um a dez, como você o classificaria?

Lisanne ficou vermelha e tentou rir disso.

— Nós somos apenas amigos, Kirsty.

— Besteira! Eu *vi* vocês, Lis. Ele está *totalmente* na sua. E é óbvio como você se sente por *ele*. Uau! Bem, agora você pode me dar os detalhes.

Lisanne balançou a cabeça.

— Eu tenho uma aula de violino para ir. Vejo você mais tarde.

Kirsty fez beicinho.

— Tudo bem! Mas você não vai se livrar de mim facilmente, mocinha. Eu quero saber *tudo*. A propósito, por que ele precisava de uma carona?

— Ah — disse Lisanne, sentindo-se desconfortável. — Ele, hum, ele teve problemas com a moto. — O que não era uma mentira completa.

Ela pegou seu estojo com o violino e sua bolsa com suas partituras e correu para fora do quarto.

Sua concentração tinha ido para o inferno e o professor Crawford levantou as sobrancelhas em surpresa. Tudo que Lisanne podia fazer era pedir desculpas novamente e prometer se esforçar mais na próxima semana.

Não ajudou que ela tinha ouvido uma mensagem apitar em seu celular, e ela estava queimando com curiosidade para ver se era de Daniel.

Assim que a aula acabou, antes que o professor Crawford sequer tivesse fechado a porta atrás dele, Lisanne vasculhou a bolsa para encontrar seu telefone.

A mensagem havia sido de Daniel.

> Obrigado.

Ela olhou para a mensagem curta e sentiu lágrimas nos olhos.

Quão estúpido era isso? Ele havia mandado uma mensagem. Ele tinha agradecido – qual era o drama maldito?

Irritada por ser tão patética, ela arrastou sua bunda cansada de volta para o dormitório. Infelizmente, Kirsty ainda estava lá, e a atacou no minuto em que entrou pela porta.

— Desembucha! O que há entre você e Daniel? Vocês estão namorando? — Então ela olhou para Lisanne mais de perto. — Porque, se estão, você parece desolada.

Lisanne suspirou.

— É complicado.

— Claro que é — Kirsty falou com simpatia. — Ele é um cara, os seus cérebros estão conectados de forma diferente. Bem, os cérebros da maioria dos caras estão ligados a seus paus, de um modo que é bastante simples.

Lisanne tentou rir, mas seu coração não estava nisso.

— Eu realmente não sei o que somos — disse ela, sincera. — Somos amigos, eu sei disso. E, às vezes, acho que somos mais do que isso, mas... Eu não sei.

Kirsty concordou.

— Entendo. Mensagens contraditórias, hein? Você sabe que eu não vou contar nada a ninguém, certo, Lis? Quero dizer, nem mesmo para Shawna. Eu sei que ela age como se fôssemos melhores amigas, mas eu não sou burra. Ela é uma espécie de cadela com você. Porém, isso é porque ela está com ciúmes. Ela adoraria estar recebendo alguma forma de atenção de Daniel Colton. Ela não entende o que ele vê em você. Oh, eu não queria dizer isso *assim* — ela acrescentou depressa. — É só que você não age toda glamorosa e... Você sabe o que quero dizer.

— Obrigada, Kirsty... Eu acho. Eu só... — Lisanne suspirou de novo, sem ter ideia de como terminar a frase, muito menos explicar seus sentimentos para Kirsty.

— Tá bom. Bem, vamos fazer o checklist.

Lisanne não poderia deixar de rir disso. Kirsty e seus malditos checklists.

— Será que ele te beijou?

— Sim.

— Línguas?

— Hum, sim. Uma vez.

— Só uma vez? Quando foi isso?

Lisanne corou.

— Ontem.

Kirsty assentiu, encorajando-a.

— Bem, isso é bom.

Bom. Incrível. Sensacional. De outro mundo.

— É mesmo?

— Claro! Vocês são amigos desde o início do semestre, mais ou menos. Portanto, se vocês acabaram de usar a língua, isso é progresso.

— Ah, tudo bem.

— Ele levou você para um encontro?

Essa foi uma pergunta difícil. Eles estavam juntos, mas nenhum deles nunca tinha chamado o outro para um encontro.

— Hum, não, sim, talvez. Eu não tenho certeza.

— Oh — falou Kirsty, de uma maneira que indicava que isso não era bom.

— Oh?

— Querida, se você não tem certeza de que era um encontro, então não era. O cara tem que te convidar para que seja um encontro. É diferente de só sair juntos.

Lisanne suspirou. Isso parecia lógico.

Kirsty continuou:

— Então, quando se beijaram, vocês fizeram qualquer outra coisa?

Lisanne se moveu, inquieta.

— Como o quê?

Kirsty revirou os olhos.

— Tipo, ele tocou você em geral?

O rosto de Lisanne corou, pensando no orgasmo incrível que Daniel lhe dera.

Kirsty sorriu presunçosamente.

— Vou tomar isso como um "sim" então. — O sorriso dela desapareceu. — Há realmente apenas uma resposta, Lis. Você tem que *perguntar* a ele onde vocês estão. Caras podem ser muito burros. Você tem que dizer: "Oi? É um encontro?" ou "Ficando com outras meninas ultimamente?". Você sabe, deixar claro.

— Eu não sei se posso fazer isso.

— Por que não?

— Bem — falou Lisanne, torcendo um fio perdido de sua camisa em torno de seu dedo. — E se ele disser "não"? E se ele não estiver interessado em mim?

— Então ele diz "não", mas pelo menos você não estará ansiando por algo que não vai acontecer. É como arrancar o curativo, você tem que fazer isso rápido, porque vai doer menos que a longo prazo.

Parecia um bom conselho. Lisanne só não sabia se seria corajosa o suficiente para fazê-lo.

— Você dormiu com ele?

Lisanne negou.

— Você quer?

Lisanne olhou nos olhos de Kirsty.

— Sim, mas não se for porque ele sente pena de mim.

— Oh, querida — disse Kirsty, acariciando sua mão. — Todos os caras querem sexo, isso é certo. Mas você tem que decidir se isso é tudo que *você* quer. E eu te *conheço*, Lis. Você é o tipo de garota que quer o pacote completo. E Daniel... Olha, ele parece bom e é diferente com você, mas não tem um grande histórico. Ele é, definitivamente, o tipo ame-as e deixe-as.

— Mas, se eu dormir com ele, talvez ele vá...

— Nem *pense* nisso! O que eu quero dizer, Lis, é que algumas meninas ficam bem com encontros de uma noite. Tanto faz. Bom para elas. Mas você não é assim. E vai se sentir uma merda se fizer isso. Não vale a pena. Olha, eu posso ver que Daniel se preocupa com você, quero dizer, vocês são amigos. E isso é bom. O sexo pode realmente foder as coisas. — Ela riu quando percebeu como isso soava, e Lisanne não pôde deixar de sorrir. — Sim, bem, você sabe o que quero dizer.

— Então, o que eu faço? — perguntou Lisanne, seu sorriso desgastado.

— Gostaria de poder lhe dizer, querida. Fale com ele. Você vai descobrir. Olhe, Vin e eu vamos para o novo restaurante mexicano com um grupo de seus amigos da casa de fraternidade. Você estaria me fazendo um favor se fosse com a gente.

— Obrigada, Kirsty, mas acho que vou ter uma noite tranquila aqui.

— Tudo bem. Se você mudar de ideia, me mande uma mensagem. Mas não me espere.

— Festa do pijama com Vin?

Kirsty piscou.

— Tipo isso.

Levou um tempo para Daniel se livrar de Shawna. A menina era persistente, mas ele tinha visto a forma como ela tratava Lisanne e não estava nem um pouco interessado em alguém que era uma vadia.

Daniel apagou o cigarro quando viu o golpeado Dodge Ram de Roy aparecer.

— O que foi? Onde estão suas rodas, cara?

Daniel suspirou.

— Fui parado por excesso de velocidade. Pensei que seria preso por direção perigosa, mas os desgraçados estavam mais interessados em Zef.

Roy lhe lançou um olhar.

— Eu não dei nada a eles.

— Mas eles não te prenderam — disse Roy, desconfiado.

— Porra, cara! Você acha que eu iria dizer alguma coisa sobre meu próprio irmão?

— Sobre o seu irmão, não.

Daniel olhou para Roy, incrédulo.

— Você acha que eu iria te entregar para eles? — Ele sabia que Roy vendia um pouco de erva por aí.

Roy mastigou suas palavras por um tempo antes de responder.

— Não, eu acho que não.

Daniel estava ligeiramente mais calmo, mas ainda irritado que Roy poderia até pensar que ele faria um acordo com a polícia. Ele não queria perguntar se Dickinson estava certo sobre a metanfetamina. A maior parte dele não queria saber. A ignorância não era sinônimo de felicidade, mas poderia ser uma visão malditamente mais confortável do que uma verdade feia.

— De qualquer forma, eles me seguraram. Minha bunda ficou em uma delegacia de polícia na noite passada.

— Os policiais foram rudes com você? — disse Roy, seus olhos passando rapidamente pelo rosto de Daniel.

Daniel inclinou o espelho retrovisor da caminhonete em frente a ele e viu o hematoma escuro na bochecha.

— Foda-se. Não, isso foi Zef.

Roy suspirou.

— Ele se preocupa com você, você é irmão dele.

Daniel olhou para fora da janela e não respondeu. Roy bateu no seu braço.

— Para onde vamos, cara?

— Sirona. Os policiais me fizeram deixá-la ao lado da estrada. Quem sabe o que aconteceu com ela.

— Ah, inferno! Por que você não me contou? Eu a pegaria para você.

— Os policiais pegaram meu telefone.

Roy suspirou.

— Quanto foi a multa?

— Mil dólares.
— Ah, é? E onde você vai encontrar esse tipo de dinheiro livre?
— Fundo da faculdade.
— Ah, cara! Não é à toa que Zef bateu em você. Ele leva essa merda muito a sério.
— Não é grande coisa. Tenho três anos de faculdade ainda. Posso trabalhar nos verões na garagem. Vou ganhar isso de volta fácil.
— Apenas certifique-se disso.
— Porra, Roy! Quando foi que você se transformou na Martha Stewart[1]? — Roy soltou uma gargalhada e Daniel não pôde deixar de sorrir. — Tá bom, péssimo exemplo, que tal Dave Ramsey[2]?

Roy apontou para a frente e o sorriso de Daniel se arregalou.

Sirona estava estacionada onde a havia deixado e ainda tinha duas rodas. As coisas estavam melhorando.

— Obrigado, cara — disse ele a Roy.
— Não se preocupe. Fique longe de problemas.

Daniel saiu da caminhonete e bateu na lateral. Roy decolou, mostrando o dedo do meio a Daniel enquanto partia.

— Desgraçado — resmungou sozinho.

Mas, passando as mãos sobre o cromo da Sirona, ele começou a se sentir melhor.

— Oi, baby. Saudades de mim?

Ele havia feito um trabalho árduo com essa motocicleta. Não era como uma moderna importação japonesa. Não havia nenhum botão de pressão para ligar facilmente o seu bebê.

Ele se abaixou para ligar, tirou o pedal, o acelerador totalmente aberto, preparado com um par de chutes, então sentiu as vibrações quando o pontapé inicial a fez saltar viva, pulsando através de seu corpo. Podia senti-la.

Voltou para casa, mantendo-se dentro do limite de velocidade por todo o caminho. Ele não podia arriscar perdê-la novamente. Mas o bom humor não durou muito tempo. Assim que Zef o ouviu chegando, foi para o lado de fora e encarou Daniel. Roy estava lá, fazendo uma careta.

— Me diz, você está brincando, porra? — gritou Zef. — Você vai usar

---

1 Martha Stewart é uma apresentadora estadunidense que já esteve à frente de diversos programas de TV, de culinária, artesanato e comportamento.

2 Dave Ramsey é um escritor, apresentador e empresário estadunidense, focado em finanças pessoais.

O PERIGO DE CONHECER E *amar*

o seu fundo de faculdade para pagar essa merda?

Daniel se manteve firme enquanto os olhos de Zef brilhavam com fúria, e Roy parecia mais do que um pouco desconfortável.

Daniel olhou para o amigo de seu irmão. Ele não culpava Roy – Zef teria descoberto mais cedo ou mais tarde.

— Mamãe e papai guardaram esse dinheiro para você ir para a faculdade e obter o seu diploma. Eles não trabalharam pra caramba para que você mijasse contra a parede para pagar uma multa de merda.

— Eu sei disso! — retrucou Daniel aos berros. — Mas eu não tive escolha. Eu trabalhei em Sirona durante dois anos, porra, então não teria que pegar ônibus. Eu não vou vendê-la para pagar alguma multa de merda

— Então você não deveria ter sido pego em alta velocidade, burro!

— Você acha que eu não sei disso, porra?

— Não, eu não sei. E por que diabos você está namorando aquela cantora? Isso é apenas loucura, porra! Quer ser lembrado todos os dias? Porque eu me lembro de você sangrando em cima de mim quando não podia mais tocar sua música, e agora você está namorando uma *cantora*?

— Nós não estamos namorando, somos amigos. Nós...

— Mentira!

Roy se colocou entre eles, botando as mãos em seus peitos enormes e empurrando-os.

— Vamos com calma, pessoal. Está feito agora. Não adianta ter um ataque de merda.

Zef olhou para ele.

— Porra, Roy. Este é um assunto de família.

— Não, é *assunto meu* — retrucou Daniel. — E tô dando o fora daqui.

Ele virou as costas, precisando de um pouco de espaço. Tinha que ficar com a cabeça no lugar, e só havia uma pessoa que queria ver.

> D: Eu posso vê-la? Você está sozinha?

A resposta de Lisanne foi instantânea.

> L: K saiu com Vin. Estou no quarto sozinha. LA bj

Sentindo-se aliviado, saiu com sua moto, indo para os dormitórios, e para a única pessoa que parecia entendê-lo.

Apenas uma rápida parada na loja de bebidas em primeiro lugar.

Não era a hora de visitas no dormitório, por isso Daniel entrou sorrateiramente através da saída de incêndio que as meninas mantinham aberta, permitindo que os seus namorados visitassem. Era o pior segredo guardado no *campus*.

Ele bateu na porta de Lisanne e ela abriu imediatamente.

— Oi.

— Oi. Você está bem? Conseguiu a sua moto de volta?

Ele acenou com a cabeça, cansado, enquanto ela abria a porta. Ele entrou, beijando-a rapidamente no rosto, e se jogou em sua cama.

— Sim.

— Então, foi tudo bem?

— Bastante bem.

Ele não poderia confessar que precisaria gastar uma parte do dinheiro de seu fundo da faculdade ou que Zef lhe tinha dito para não sair com ela. Essa merda era dolorosa de se ouvir.

— Eu trouxe cerveja — disse ele, sacudindo os ombros para tirar a jaqueta de couro e puxando um pacote com seis unidades de um saco de papel.

— Oh! Hum, eu realmente não bebo.

— Tudo bem. Eu bebo. — Ele abriu a tampa da primeira lata e bebeu quase a metade.

Lisanne o observou, inquieta, perguntando-se se ele simplesmente queria um lugar para ficar bêbado. Ele olhou para cima e viu a expressão em seu rosto.

— Sinto muito. Eu deveria ter perguntado. Você se importa?

— Hum, não. Está tudo bem.

Ele suspirou.

— Merda, eu estou fazendo tudo errado. Sente-se comigo.

Lisanne se sentou no fim da cama, de pernas cruzadas, de frente para ele.

— Olha, eu sinto muito sobre ontem. O jeito que agi, sabe? Eu só... Porra, isso é difícil. — Ele olhou para os dedos.

Lisanne esperou que ele continuasse.

— Foi muito bom ontem. Antes... Eu não estava esperando... Quero dizer, nós somos amigos, certo? E não quero fazer qualquer coisa para foder isso. Mas não quero que você pense que o que fizemos... Ah, merda.

Suas palavras vacilantes cessaram novamente. Porém, ele estava tentando. Ele estava realmente tentando.

— Por que você estava tão bravo comigo? — ela perguntou em voz baixa.

Ele encontrou seu olhar.

— Porque você fez soar como se fosse nada. Como se eu andasse por aí pegando meninas aleatórias.

— Você não faz isso?

Daniel fez uma careta para ela.

— Não!

— Com quantas meninas você já dormiu neste semestre?

— Além de você? — disse, erguendo as sobrancelhas.

Ambos estavam pensando nele adormecendo em sua cama naquela manhã.

— Você sabe o que quero dizer, mas, se quiser, eu reformulo: com quantas meninas você já teve relações sexuais?

Ele mordeu o lábio por alguns segundos e tomou um grande gole de cerveja.

— Três.

— Ao todo?

— Três neste semestre.

Caramba!

— Quantas ao todo?

— Hum…

Houve uma pausa longa e desconfortável.

Lisanne olhou.

— Você não sabe?

— Cristo! Dá um tempo! Eu não anoto os nomes de cada uma no meu diário!

Ela cruzou os braços.

— Dê um palpite. Um chute arriscado — acrescentou ela, sarcástica.

— Talvez trinta.

Lisanne engoliu em seco.

— Talvez trinta e cinco — falou em voz baixa.

Ela adivinhou que seria um número alto, mas, ainda assim, foi um choque.

— Oh — disse, tentando manter o rosto em branco, mas sabendo que ele provavelmente podia ler sua expressão perfeitamente.

— Por que estamos falando sobre isso? — murmurou, mais para si mesmo que para ela. Então, olhou para cima. — Mas você é apenas a segunda garota com quem eu já *dormi* — acrescentou.

— O que você quer dizer?

Ele esfregou as mãos pelo seu cabelo em frustração.

— Caso você não tenha notado, eu não namoro. Meninas não querem namorar comigo, elas só querem me foder. E eu gosto de foder. Mas nenhuma delas sabe sobre mim, você é a única. As outras nunca ficam por tempo suficiente para descobrir.

— Quer dizer que você nunca lhes dá a chance.

— Que seja. É a mesma coisa.

— Não é verdade.

— Porra, Lisanne! Eu estou tentando dizer... Eu quero...

— O quê?

— Você não está facilitando as coisas...

— Desculpe, é apenas intimidante.

— O quê?

— Todas as meninas com quem você dormiu. Isso faz eu me sentir... — hesitou, piscando para encontrar as palavras certas para expressar o quão desesperadamente inexperiente e inadequada se sentia.

— Faz você se sentir como?

Lisanne correu através de uma lista de palavras em sua mente: patética, nervosa, *uma virgem*.

— Faz você se sentir como, Lis? Porque é tudo besteira. Você... Eu... É apenas *diferente*, e... ontem, quando você falou sobre a minha *reputação*...

De repente, Lisanne teve um momento de sabedoria – ela compreendeu.

— Oh! Magoei seus sentimentos ontem?

Ele deu de ombros.

— Daniel, eu sinto muito.

Ele olhou para sua colcha.

— Eu gosto de você.

— Você gosta?

Ele gemeu de frustração e irritação.

— Claro que gosto! Eu estou aqui, não estou?

Isso era tudo que Lisanne queria saber.

Respirando fundo, ela descruzou as pernas e se arrastou pela cama. Parando de frente a ele, roçou seus lábios contra os dele.

Suas pálpebras se fecharam e ele suspirou baixinho.

Incentivada, ela se ajoelhou em frente a ele e se abaixou, colocando um beijo suave em seus lábios.

Daniel passou os braços ao redor da cintura dela e acariciou seu pescoço, cantarolando baixinho. Em seguida, puxou-a para baixo de modo que ela estava deitada sobre seu peito. Ele desceu as mãos, parando logo abaixo de suas costas, colocando beijos suaves em sua garganta.

Ele deixou cair a cabeça de volta para o travesseiro e a colocou ao seu lado para um abraço acolhedor, com uma mão suavemente acariciando seu cabelo, às vezes se virando para que pudesse pressionar os lábios contra sua têmpora.

Lisanne estava amargamente desapontada. Onde estavam os toques ardentes que ela tinha experimentado com ele ontem? Onde estava o fogo escuro em seus olhos? Era isso? Eram apenas amigos no fim das contas? O que "gostar" significava, afinal?

Ele estava sendo gentil com ela, mas Lisanne não queria gentileza. Ela o queria. Ele todo. E ela queria saber de uma vez por todas se ele a queria.

Ela enganchou sua coxa sobre o quadril de Daniel, empurrando-se para ele, então sua perna estava quase enrolada na cintura dele.

Daniel fez uma pausa em seus beijos carinhosos e olhou para ela.

— Lis?

Ela não respondeu, mas, nervosamente, deslizou os dedos sob sua camisa. Ele piscou em surpresa, em seguida, seus olhos se fecharam enquanto ela corria suas mãos sobre sua barriga e peito, puxando suavemente seu *piercing* de mamilo. Ela podia sentir que ele estava endurecendo embaixo dela. Foi emocionante.

Porém, ele agarrou os pulsos dela e a empurrou um pouco para trás, sentando-se para que pudesse ver seu rosto.

— O que você está fazendo, Lis?

— Só... Você sabe.

— Boneca...

— Eu *quero*, Daniel. *Eu* quero. Por favor.

Ele gemeu e fechou os olhos.

Ela não esperou que ele falasse, mas pressionou os lábios com força contra os dele, à espera de sua boca abrir. Quando o fez, ela pôde sentir o gosto da cerveja e nicotina, mas, ainda assim, foi a melhor sensação. Ela empurrou sua língua em sua boca, esperando que o entusiasmo compensasse o que lhe faltava em técnica.

O aperto dele em seus pulsos diminuiu e, em seguida, suas mãos roçaram em seus braços e cabelo.

Gentilmente, mas com a paixão crescendo, ele acariciou a língua contra a dela, controlando o momento, mostrando quão sensual poderia ser, indo lentamente. Seus lábios eram suaves e quentes, e ela podia sentir o arrepio de sua barba contra sua pele.

O corpo de Lisanne pulsava com prazer. Ela não tinha ideia de que beijar um cara a faria se sentir tão bem. Estava repleta de sensações e emoções, como se sua pele fosse se dividir, incapaz de conter tudo o que ela sentia, seus pulmões muito grandes para seu corpo.

Daniel rolou de costas, levando-a com ele, então ela estava deitada sob seu corpo. As mãos dele esculpiam sua cintura, massageando seu quadril com os dedos. Então ele agarrou a bunda dela e puxou-a com força contra ele. Sua ereção estava dura contra o tecido da calça jeans.

— Você tem certeza? — sussurrou ele.

O cérebro de Lisanne foi deliciosamente desconectado das peças que se moviam, e ela hesitou. Daniel afastou-se um pouco para trás para que pudesse ver a expressão de seu rosto.

— Ei — ele disse, baixinho. — Está tudo bem. Você não está pronta.

— Eu estou! — retrucou ela, batendo o travesseiro ao lado de sua cabeça em frustração. — Estou *tão* pronta que está me dando uma dor de cabeça! Basta *fazer* já!

Ele piscou para ela.

— É só que... Só que estou nervosa, tá legal?!

Agora ela estava gritando.

Daniel estava tentando segurar um sorriso, e não estava fazendo um bom trabalho.

— Hum, Lis, você não precisa gritar comigo ou me bater.

Ela franziu a testa.

— Você está rindo de mim?

— Quase. Quero dizer, é muito engraçado, você está gritando comigo que quer sexo e quer isso agora.

— Eu não estou gritando! — esbravejou ela.

— Sim, você está.

— Como você sabe? — disse ela, permitindo que o volume caísse um pouco de decibéis.

— Porque seu rosto está todo franzido — falou ele, com um sorriso. — É bonito.

— Ah! — ela respondeu, a voz caindo para um sussurro enquanto sua pele aquecia até o ponto onde o quarto deveria ter pegado fogo.

Ela caiu de costas, xingando os genes que faziam todo o seu corpo corar de vergonha.

— Ei, eu sinto muito, está bem? — disse ele, sentando-se e olhando para ela.

Lisanne puxou o travesseiro sobre o rosto e gemeu com a derrota e a insatisfação. Ela sentiu Daniel puxando o travesseiro e permitiu que ele o arrancasse dela. Ela sabia o quanto ele odiava quando não podia ver seu rosto.

— Desculpa, querida. Lis... Sinto-me lisonjeado, você sabe, que queira que eu seja o primeiro. Eu só... Não quero que seja algo de que você vai se arrepender. Não quero que você se arrependa de *mim*.

Ela ouviu a ansiedade na voz dele e abriu os olhos.

— Eu não faria isso. Eu não vou.

Ele esfregou o rosto.

— Merda, você está deixando isso duro de lidar.

— Estou deixando *você* duro?

A voz dela saiu num ronronar sensual, sacana, que não tinha qualquer semelhança com a sua voz habitual. Era como ter uma experiência fora do corpo, observando alguma megera tentando seduzi-lo. Ela *não* tinha *ideia* de onde essas palavras tinham vindo.

Daniel ergueu as sobrancelhas e um sorriso lento se estendeu em seu rosto.

— Eu não acredito que você disse isso, Lis. Devo ter medo?

— Sim — disse ela, em voz baixa.

O sorriso sumiu de seu rosto, e ele parecia tão surpreso que Lisanne quase riu.

Por um momento, pensou que conseguiria o que queria afinal de contas, mas, depois de respirar fundo, ele se sentou na lateral da cama e se levantou.

— O quê? — Lisanne se assustou. — Aonde você está indo?

— Vamos — disse ele, estendendo a mão. — Vamos sair daqui, porque, se ficarmos, eu vou acabar te comendo em todas as posições.

Por que suas palavras sujas soavam tão eróticas?

— Seria uma coisa ruim? — ela perguntou em voz baixa.

— Não — respondeu ele, suspirando e esfregando o rosto novamente. — Mas, agora, eu quero levar minha garota para sair. Além disso, eu poderia tomar um banho, fazer a barba e passar uma noite dormindo em uma cama confortável.

Algo vibrou no peito de Lisanne, e ela só ouviu a primeira das duas sentenças.

— Sua garota?

Ele franziu a testa.

— O quê? Sim, se você quiser.

Lisanne se lembrou das palavras de Kirsty e olhou para ele com ar de dúvida.

— Então, isso é como um encontro?

— Hum, sim?

Ele não parecia certo, e o coração vibrando de Lisanne gaguejou baixinho com um impasse.

— Você está dormindo com outra pessoa? — disse ela, precisando saber apesar do que achava.

Quando ela viu a expressão em seu rosto, poderia ter voluntariamente arrancado sua própria língua e a utilizado para alimentar os peixes.

— Que porra é essa, Lis? Você realmente acha que sou tão idiota assim?! Seus olhos se escureceram de raiva e mágoa.

Ela tinha feito isso de novo.

— Daniel, desculpa! É só que... Merda, podemos simplesmente apagar os últimos dois minutos? Por favor?

Ele enfiou as mãos nos bolsos e olhou com raiva para ela.

— Não — disse ríspido. — Eu não estou dormindo com ninguém. Eu não estou fodendo alguém. De jeito nenhum.

Lisanne estremeceu com seu tom de voz e palavras. De algum lugar lá dentro, ela pediu a força para ser honesta – para dizer de uma vez.

— É só que... só não acho que eu poderia compartilhar. — Ela fungou, com os olhos cheios de lágrimas.

O rosto de Daniel se suavizou de uma vez, e ele a puxou em sua direção.

— Desculpe, baby. — Ele respirou em seu cabelo. — Sou uma porcaria nessa coisa toda de namorado. Porra, podemos sair daqui? Preciso de um cigarro.

Lisanne deu um sorriso vacilante e afugentou as lágrimas que ainda estavam ameaçando escapar.

— Aonde você quer ir?

Ele deu de ombros.

— Em qualquer lugar que você goste. Quer comer alguma coisa? Eu estou morrendo de fome. A comida na cadeia é horrível.

— Hum, bem — começou Lisanne, hesitante. — Kirsty foi encontrar Vin e alguns de seus amigos. Poderíamos nos encontrar com eles, se você quiser.

Daniel olhou para baixo e franziu a testa.

— Não acho uma boa ideia, Lis. Grupos são realmente difíceis para mim. Eu... Eu não consigo participar de conversas tão facilmente.

— Basta experimentar — disse ela, encorajando-o.

— Não, realmente. É muito difícil. Quero dizer, é ruim o suficiente com apenas uma pessoa. Eu tenho que adivinhar metade do tempo. Quer dizer, entender o que alguém está dizendo é apenas 40% sobre a leitura labial, o resto é linguagem corporal e contexto. Às vezes, pode ser um maldito pesadelo.

— Mas eu pensei que... Quero dizer, você faz isso muito bem.

— Porque eu não quero... Eu não quero que ninguém saiba. Mas, sério, Lis, você tem alguma ideia de como é fácil misturar "onde há vida, há esperança" com "onde está o sabonete de lavanda"?

Lisanne não tinha certeza se seria ou não apropriado rir. Ela ficou ali, com o rosto congelado.

— E "sapatos de elefante" parece "eu te amo", o que poderia ser realmente muito embaraçoso. E as pessoas se assustam quando eu encaro seus rostos o tempo todo. Quero dizer, eu posso ler você porque comecei a conhecê-la muito bem, mas pessoas novas... E qualquer pessoa com um sotaque forte, eu estou ferrado.

Lisanne percebeu que Daniel estava começando a soar um pouco em pânico. Era perturbador vê-lo ansioso quando ele era, geralmente, tão controlado.

Ela colocou a mão em seu rosto para acalmá-lo.

— Eles foram para o novo restaurante mexicano. Não haverá muitos deles. Se você não gostar, vamos ficar para uma bebida e ir embora.

Daniel respirou fundo, propositalmente tentando abrandar o coração acelerado.

— De jeito nenhum alguém vai acreditar que você tem 21, mesmo com identidade falsa — ele falou, movendo-se desconfortavelmente, tentando ganhar tempo.

— Provavelmente não — disse ela com um sorriso —, mas servem coquetéis *virgens*.

Ele sorriu, e ela viu seu corpo relaxar um pouco.

— É mesmo?

— Além disso — ela falou, continuando a acariciar seu rosto —, nós sempre podemos ignorar todos e apenas sair.

De repente, ele agarrou Lisanne pelo quadril, empurrou-a contra a porta e a cabeça dela bateu suavemente contra a madeira. E então ele a beijou até que ela achou que fosse desmaiar.

— O-o que foi isso? — gaguejou ela.

— Só porque sim — respondeu Daniel, igualmente sem fôlego.

Capítulo 8

Daniel parou em frente ao restaurante mexicano, olhando através da janela para a sala iluminada e as pessoas além do vidro.

Porém, ele não desligou o motor. Das solas de suas botas até as raízes de seu cabelo, seu corpo inteiro estava pedindo para dar o fora de lá. Seu coração estava acelerado, quase batendo fora do peito.

Havia passado os últimos três anos evitando *exatamente* esse tipo de situação. Era diferente com Roy e os caras. Todos tinham estado a sua volta quando ele começara a perder a audição. Eles sabiam de suas limitações e como ajustar seu comportamento ao redor dele. Mas, ali, nenhum deles sabia. O que era exatamente como ele tinha definido que seria — exceto que nunca teve a intenção de passar muito tempo se misturando com outros estudantes da faculdade. Era cansativo apenas ir a palestras e fazer leitura labial dessa merda por quase uma hora. Ele nem mesmo tinha dito à Lisanne que estava tão fodido ao final de um dia de faculdade que na maioria das vezes apenas ia para casa e dormia.

Agora ela estava lhe pedindo para quebrar todas as suas regras cuidadosamente construídas. Ele estava fora de sua zona de conforto — e estava com medo.

Sentiu sua pequena mão esfregar seu braço, acalmando-o, como se entendesse o que ele sentia. Lentamente, tirou o capacete para que pudesse falar com ela.

— Eu não acho que isso é uma boa ideia, Lis.

Ela arrastou-se para fora da moto e segurou seu rosto, então ele tinha que olhar para ela.

— Cinco minutos — disse ela. — E, se quiser ir, é só dizer "sapatos de elefante".

Ele bufou em diversão.

— "Sapatos de elefante", né?

Ela assentiu com a cabeça e deu um pequeno sorriso.

Ele pegou um cigarro e o acendeu às pressas, inalando profundamente, tentando se acalmar. Então, jogou na calçada e respirou fundo.

— Porra — ele falou. — Vamos fazer isso.

O restaurante não estava lotado, talvez estivessem usando apenas metade das mesas.

A recepcionista se aproximou rapidamente, uma expressão de fome em seu rosto que Lisanne tinha começado a reconhecer muito bem quando a mulher olhou para Daniel. Para seu *namorado*.

— Mesa para dois? — perguntou a mulher, verificando-o enquanto falava.

— Não, está tudo bem, obrigada — respondeu Lisanne. — Vamos nos juntar aos nossos amigos.

Sua cabeça virou-se quando ouviu a risada de Kirsty do outro lado da sala. Ela estava com um grupo de cinco pessoas sentadas em torno de uma mesa circular.

Lisanne pegou a mão de Daniel, olhando para ele e sorrindo.

Seu rosto parecia um pouco tenso, a mandíbula se contraiu com força, mas ele tentou sorrir para ela.

— Tudo bem — ela disse, baixinho. — Cinco minutos, é tudo.

Ele assentiu rigidamente, então a seguiu pelo restaurante.

— Oi! — falou Lisanne, animada, encolhendo-se interiormente pela forma como seus nervos a fizeram soar como uma competidora de game show.

A mandíbula de Kirsty caiu de surpresa, mas ela se recuperou rapidamente.

— Eiii! Você veio! Pessoal, esta é a minha companheira de quarto, Lisanne. E este é o seu... Este é Daniel.

Lisanne ficou aliviada ao ver que Shawna não estava lá. Como Kirsty tinha dito, eram todos amigos de Vin.

— Ei, bom te ver de novo, Lisanne. — Sorriu Vin. — Daniel — ele disse, levantando-se e estendendo sua mão.

Lisanne foi discreta e cutucou Daniel nas costelas, e os dois homens apertaram as mãos, rapidamente fazendo a coisa de caras de acenar a cabeça e medir um ao outro.

Vin apresentou os outros, que eram todos de sua fraternidade.

Foi um pouco estranho por um momento, então a conversa recomeçou com mais naturalidade.

Kirsty deslizou para o lado, assim Lisanne e Daniel poderiam sentar-se na cabine.

Infelizmente, ou felizmente, dependendo do seu ponto de vista, devaneando em um determinado momento, Lisanne estava sentada ao lado de Daniel. Isso significava que ela poderia segurar sua mão e sentir o calor do seu corpo junto ao dela, mas tornava difícil para ele ler seus lábios.

Seu corpo estava retesado e parecia que ele poderia fugir a qualquer momento. Lisanne colocou a mão em seu antebraço, em seguida, deslizou seus dedos para baixo para segurar sua mão. Ele sorriu para os seus dedos entrelaçados.

Quando a garçonete chegou para anotar os pedidos, Daniel pediu uma cerveja, assim como vários dos outros caras. Lisanne pediu um Shirley Temple, com um sorriso para Daniel.

Ele se inclinou e sussurrou:

— Nós dois sabemos que você não é realmente uma boa menina.

Lisanne inspirou fundo, em seguida, virou a cabeça para que ele pudesse ver seu rosto.

— Talvez seja porque você é uma má influência.

Ele riu com a voz rouca e se inclinou para beijá-la na cabeça.

Lisanne sentiu seu corpo superaquecer, então percebeu que os olhos de Kirsty estavam fixos nela.

Ela se afastou um pouco, mas agarrou sua mão debaixo da mesa. Ele segurou os dedos com força.

— Então, cara — disse Vin. — Eu vi você em Introdução à Administração. Qual é o seu curso?

Felizmente, Daniel olhou a tempo de ver a segunda parte da pergunta de Vin.

Com um solavanco desconfortável, Lisanne percebeu o quão difícil isso realmente seria para ele. Ela se sentiu culpada por colocá-lo sob pressão.

— Economia. Você?

— Sério? Você parece mais... — Vin sufocou o que iria dizer. — Estou fazendo Administração de Empresas com Buddy e Rich. Eric é a maçã podre da fraternidade, é um estudante de Psicologia.

— Sim — comentou Eric. — Vem a calhar com vocês.

Lisanne sabia que Daniel tinha perdido a réplica de Eric assim que viu a expressão fugaz de confusão quando todo mundo riu da piada.

Ela apertou sua mão e, sem fazer barulho, movimentou com a boca as palavras "sapatos de elefante" para ele. Ela inclinou a cabeça para o lado, esperando por ele para responder a sua pergunta em silêncio. Ele sorriu de volta com gratidão, mas deu um pequeno aceno de cabeça.

Quando a garçonete voltou com as bebidas, Daniel bebeu sua cerveja rapidamente. Mas ele não estava sozinho nessa – todos os caras estavam em um modo de beber.

A garçonete parou com seu caderno, pronta para tomar seu pedido de comida.

Lisanne cutucou o joelho de Daniel e ele virou-se para olhar para ela.
— Você quer comer aqui?

Ele parou por um momento, depois deu um pequeno aceno de cabeça.
Lisanne estava satisfeita, e logo em seguida questionou sua resposta. Isso significava que ele estava se divertindo ou que estava apenas fazendo isso por ela? Ela não tinha certeza, por isso o observava de perto. Ele tinha entrado em uma discussão com Eric sobre a teoria da atribuição de Psicologia – algo que parecia saber muito. Lisanne ficou surpresa – percebeu que tinha muito a aprender sobre Daniel Colton. E, além de seus próprios sentimentos, ficou claro que Eric estava impressionado e respeitava o ponto de vista de Daniel.

— Sim, mas vamos explicar comportamentos por atributos — argumentou Daniel. — Você não pode subestimar os fatores externos.

— Só se prestar mais atenção à situação, e não ao indivíduo — disse Eric.

— Bem, sim! — respondeu Daniel. — Se alguém me corta na estrada, eu não vou dizer: "Nossa, eles devem estar tendo um dia difícil". Eu vou dizer: "Que porra de idiota!".

Eric riu.
— Estou com você nessa, cara.

Rich interrompeu a discussão e Lisanne teve que empurrar Daniel debaixo da mesa novamente para redirecionar sua atenção.

Isso a deixou um pouco tensa, tentando acompanhar o que Daniel estava dizendo e com quem ele estava falando, bem como se concentrar na descrição de Kirsty de um de seus professores mais difíceis. Ela começou a entender como situações sociais deviam ser estressantes e cansativas para ele.

— Eu tenho que perguntar, cara — comentou Rich, impaciente. — É verdade o que eles dizem sobre você?

Daniel ficou tenso imediatamente.

— O que diabos você está falando?

Todas as conversas cessaram e todos olhavam para o rosto com raiva de Daniel.

Rich levantou as mãos na mesma hora.

— Uau! Calma, cara. Eu só quis dizer sobre os seus, hum, seus *piercings*. Será que você realmente tem outras coisas perfuradas?

A expressão de raiva de Daniel desapareceu e ele levantou uma sobrancelha.

— Outras coisas?

— Isso é, você sabe, bom quando você está... Você sabe? Ah, inferno, não me faça dizer isso, cara! — reclamou Rich, fazendo todos rirem.

Daniel sorriu para Lisanne.

— Devo dizer a ele, baby?

Lisanne instantaneamente corou em um tom vermelho beterraba e os caras riram. Daniel se inclinou para trás, deixando claro que não tinha mais resposta para dar.

Eric sorriu.

— Nós não estudamos arte corporal em psicologia até o próximo ano, Rich. Parece que você vai ter que viver na ignorância.

Daniel piscou para Lisanne. Ela ainda estava envergonhada e iria *definitivamente* ter uma conversa com Daniel sobre isso. Mas ela amou quão descontraído e brincalhão ele estava, apesar de que, 30 segundos antes, parecia que iria bater em Rich.

Eles terminaram suas refeições, conversando numa boa.

Lisanne estava começando a reconhecer quando Daniel perdia a essência da conversa, e ela começava automaticamente para compensar.

Quando a conta chegou, Lisanne percebeu que a noite estava quase no fim. Estava desesperada para pedir a Daniel que ele voltasse para seu quarto – supondo que Kirsty voltaria para a casa de fraternidade com Vin.

Porém, todas as suas esperanças, expectativas, sonhos e devaneios foram frustrados. Kirsty bocejou.

— Santo Deus, eu nunca vou conseguir acordar às 8h30min. Lis, você tem que prometer que me acordará de manhã. Apenas continue me cutucando até eu me mover, tá bom?

— Oh, eu pensei que...?

Kirsty balançou a cabeça depressa e sussurrou:

— Eu estou no meu período.

Lisanne deu um sorriso fraco, suspirando com decepção. Daniel capturou seu olhar e puxou-a para um abraço, dando um beijo suave em sua cabeça.

Estava mais frio do lado de fora, e havia um sopro de outono no ar. Lisanne estremeceu, e Daniel colocou o braço em torno dela protetoramente.

— Você vai precisar de um casaco mais grosso do que esse para montar em Sirona, baby — sussurrou ele. — Pode ficar frio durante a noite, especialmente no inverno.

Ela sorriu para ele, encantada que ele parecia estar sugerindo que montar em sua moto se tornaria uma ocorrência regular.

Buddy estava olhando com olhos invejosos para a moto de Daniel.

— Essa é sua, cara? — disse ele, a cobiça óbvia pelo tom e pela forma como ele estava quase babando.

— Sim.

— É das boas! De que ano é?

— Sessenta e nove.

— Não brinca! Onde você a conseguiu?

Todos os homens achavam que as motocicletas eram fêmeas? Lisanne estava achando isso divertido.

— Era uma sucata muito bonita quando a encontrei — explicou Daniel. — Fiz o resto do trabalho durante dois verões. Eu tinha um emprego em uma oficina mecânica.

Lisanne podia ver que Daniel tinha subido vários degraus na estimativa dos caras, e havia um novo respeito em seus olhos.

Ela sentiu-se aliviada. A noite tinha sido muito melhor do que esperava, superando suas expectativas.

Kirsty pegou a mão dela e a arrastou para longe de Daniel, enquanto os caras falavam de motos.

— Estou tão feliz que você veio, Lis! Isso foi divertido. Daniel é muito bom e ele está totalmente na sua.

Lisanne sorriu.

— Vin e os caras foram ótimos.

— Exceto — disse Kirsty com um olhar sério no rosto — quando Rich parecia que levaria um soco de Daniel.

— Foi um mal-entendido.

— Só... Só tome cuidado. — Ela levantou as mãos quando Lisanne começou a discutir. — Eu gosto de Daniel, realmente gosto. Apenas... Olha, eu te vejo em casa, tá bom?

Lisanne virou sem ouvir uma palavra de sua amiga, irritada que Kirsty tivesse estragado o fim de uma grande noite.

Daniel franziu a testa ao vê-la.

— Tudo bem?

Lisanne assentiu.

— Podemos ir agora?

— Claro, querida.

Ele despediu-se dos caras, deu partida na máquina e ajudou Lisanne a subir atrás dele.

Daniel estava se acostumando com a sensação do corpo quente de Lisanne às suas costas enquanto aceleravam ao longo da estrada em sua moto. Cada movimento da moto a trazia para mais perto ou fazia o agarre dela em sua cintura ser mais firme.

Ele nunca havia levado uma garota na garupa antes, só seu irmão ou dois rapazes da banda. E, na primeira vez que Lisanne tinha ido com ele, estava desesperado para sair do *campus*, antes de ter falado com ela. Agora... Agora ele só se sentia bem.

Tinha estado nervoso com a porra toda quando ela havia sugerido ir comer em grupo, mas tê-la ao seu lado, compreendendo, ajudando, interpretando, dando apoio – havia tornado tudo mais fácil.

Ele não tinha pensado que seria capaz de fazer algo assim, e muito menos se divertir. Sim, o tal do Rich havia sido um pouco idiota, mas nada que Daniel não pudesse controlar. Ele sentiu uma folga no seu peito, diminuindo a tensão que sentiu no primeiro dia de faculdade.

Havia sido incrível ter Lisanne sentada ao lado dele, senti-la ali, segurar a mão dela. Sair do quarto quando ela praticamente tinha implorado para que transasse com ela foi uma das coisas mais difíceis que ele já fez. Não tinha certeza de que poderia explicar isso para si mesmo, mas, de alguma forma, queria ser *correto* com ela. Ela não era alguém que ele usaria apenas para conseguir transar e ir embora – ele não queria foder com ela. Mas a sua experiência de *namoro* era muito limitada: uma vez, brevemente, em seu primeiro ano do ensino médio, e depois novamente por alguns meses, quando estava na escola em Cave Spring.

Sexo ele poderia fazer – namorar ele não tinha tanta certeza. Mas ele tentaria. Por Lisanne, tentaria.

Entrou na área dos dormitórios e desligou o motor. Isso não fazia nenhuma diferença para ele, mas sabia que Lisanne não seria capaz de ouvir, e ele queria lhe dizer boa noite corretamente.

Tirou o capacete e esperou que ela lhe desse o reserva.

Ela estava franzindo a testa e ele não sabia o porquê. Queria vê-la sorrir.

— Qual é o problema, Lis?

Ela balançou a cabeça.

— Nada.

Seu temperamento flamejou instantaneamente.

— Não faça isso! Porra! Eu perco o suficiente do que está acontecendo a minha volta sem você dizendo "nada" quando posso ver pela sua cara que você está chateada.

Lisanne olhou para baixo. Ele não deixaria essa merda passar.

Daniel ergueu seu queixo com os dedos, levantando levemente sua cabeça para que ela estivesse olhando para ele de novo.

— Fale comigo, Lis!

Ela suspirou.

— Foi algo que Kirsty disse. Ela falou para eu "ter cuidado" com você. Isso me deixou brava, isso é tudo.

Vadia intrometida do caralho. *Tomar cuidado?* Que diabos isso queria dizer? Talvez fosse porque ele tinha estado a ponto de socar o tal do Rich.

O temperamento latente de Daniel rugiu, querendo lançar-se em alguém. Mas ele sabia que Kirsty estava certa – Lisanne *deveria* ter cuidado ao redor dele. O pensamento deixou um gosto amargo em sua boca que ele estava desesperado para se livrar.

Sem aviso, Daniel puxou Lisanne em direção a ele, deixando os lábios caírem sobre os dela. Beijou-a com uma ponta de desespero que ele nunca tinha experimentado antes. Depois de um segundo de surpresa atordoada, ela o estava beijando de volta. Sua língua, quente e úmida, estava pressionando em sua boca, e ele se sentiu incrível.

Seu pau saltou para a vida, na esperança de conseguir entrar em ação. Ele passou os braços atrás dela e a puxou com força. Sentiu-se tonto quando as mãos dela deslizaram por suas costas e ao redor de seu pescoço, prendendo-os juntos.

Eles só pararam quando uma buzina de carro fez Lisanne saltar.

— Arranjem um quarto! — gritou Rich, quando Vin estacionou no meio-fio para Kirsty sair.

Daniel viu o carro e suspirou. Provavelmente era bom que eles tivessem sido interrompidos, porque as coisas estavam prestes a ficar quentes e pesadas para o exterior de um prédio público – às dez horas em uma noite de semana. Não que ele se importasse, mas sabia que Lisanne se importaria.

— Eu vou te ver amanhã? — disse Lisanne, seu rosto ansioso.

— Vou te encontrar no refeitório na hora do almoço, baby — falou Daniel, sorrindo com o pensamento. — Tudo bem?

Ela assentiu com satisfação.

— Tudo bem.

Ele a beijou rapidamente, deu o pontapé inicial em Sirona e, em seguida, afastou-se, olhando para trás uma vez, vendo-a de pé sozinha em um facho de luz, olhando para ele.

Não era uma longa viagem, mas Daniel foi devagar, não particularmente ansioso para ir para casa apenas para entrar em outra briga com seu irmão.

Como de costume, havia motos e carros estacionados ao longo da estrada. Daniel podia sentir a varanda da frente vibrando a partir de uma batida de graves. Era uma coisa boa que havia um terreno baldio de um lado e um velho surdo do outro. Não era uma ironia que divertia Daniel, no entanto, ele sabia que era um golpe de sorte.

Ele reconheceu algumas das pessoas que estavam por ali – algumas eram da Blue Note. Latas e garrafas vazias enchiam todo o piso térreo. Ele mal notou isso. Contanto que ninguém o incomodasse, ele não se importava muito. Só que agora ele tinha Lisanne a considerar – ele sabia que não podia levá-la ali com tantos maconheiros de merda e viciados em metanfetamina ao redor. Pensar naquilo o irritou mais do que ele pensava que deveria.

Normalmente, Daniel não tinha muito a ver com os amigos ou clientes de Zef, ou quem diabos eles eram, mas, essa noite, ele precisava de uma bebida.

Ele deixou-se cair no sofá sujo e pegou a garrafa mais próxima a ele: seu bom amigo e xará – Jack Daniels.

Limpou a parte superior da garrafa com a mão e tomou um longo gole. A bebida desceu queimando, mas isso o ajudou a pensar. Sua cabeça estava completamente girando com tudo o que acontecera nas últimas 48 horas. Ele tinha feito alguma coisa safada com Lisanne; brigado com ela, sido preso e espancado por Zef.

Agora, ao que parecia, ele tinha uma namorada e fora socializar com meninos de fraternidade que pensavam que ele tinha uma moto legal.

Era difícil manter-se com as cambalhotas emocionais.

Zef estava certo sobre uma coisa – namorar Lisanne não seria sem custo. Tinha sido tão doloroso vê-la cantar naquela noite – vê-la cantar, mas não ser capaz de ouvir uma nota maldita. Ele havia ficado até o final da primeira música, mas o matou estar lá.

Quanto mais difícil seria com o passar do tempo? Se eles estavam namorando – e de alguma forma eles pareciam ter caído nisso –, então era justo que ele a apoiasse com sua música. Isso era o que namorados faziam, não era? Essa merda de apoiar?

Ele tomou outro gole e notou que uma morena em seus vinte e poucos anos estava olhando para ele. Quando ela percebeu que ele a tinha visto, sorriu e lentamente lambeu os lábios. Parte dele teria gostado de perder-se em uma estranha, mas outra parte se rebelou, pois não queria ter nada a ver com ela.

Ele sorriu de volta, mas deu um pequeno aceno com a cabeça. Ela inclinou a cabeça para um lado. *Você tem certeza?*

Daniel balançou a cabeça novamente e levantou-se, levando o uísque com ele.

Sozinho em seu quarto, estava deitado em sua cama com as cortinas abertas, olhando para as estrelas. Pouco antes das duas da manhã, e depois de ter terminado a garrafa de uísque, ele desmaiou.

No dia seguinte, Lisanne sentia-se tão leve, tão sem peso, que poderia ter flutuado para longe completamente. Somente suas aulas, e evitar mencionar à Kirsty qualquer coisa relacionada a Daniel, a mantinham ancorada ao planeta Terra.

Ele havia dito que gostava dela, ele a beijara, tinha deixado implícito que dariam mais passeios em Sirona, e prometera que eles iriam se encontrar na hora do almoço. Uma pequena parte dela sussurrou que *estava claro* que ele não quisera realmente dizer nada disso, e *estava claro* que ele não estava realmente interessado nela, mas isso era apenas a sua habitual falta de autoconfiança aflorando. Era uma segunda natureza para Lisanne duvidar de algo positivo que alguém dizia sobre ela. Estava tão acostumada a ser invisível na escola e uma decepção para seus pais que ser notada era novo. Ser querida, ser beijada, ser tocada assim – era tudo tão inesperado. Sentia-se tonta de felicidade.

Mas, no meio da manhã, a bolha frágil de alegria foi perfurada por uma mensagem de Daniel.

> D: Tenho que me encontrar com o meu tutor. Vou me atrasar para o almoço. Te vejo depois.

Então era isso. Claro.

Ele só queria encontrar uma maneira de deixá-la suavemente.

Lisanne gostou da mensagem, ela realmente gostou. Pelo menos ele não tinha planejado deixá-la sentada ali, parecendo uma completa idiota. Só uma idiota parcial por ter pensado que suas palavras, seus beijos – que qualquer uma dessas coisas haviam significado algo.

Entrou no refeitório com uma sensação como se tivesse toneladas de pesos vinculadas a seus sapatos. Seu coração se afundou ainda mais quando viu Kirsty sentada no colo de Vin, rindo em seu cabelo, e Shawna flertando com um dos amigos dele do futebol americano.

Deslizou em uma cadeira e puxou uma maçã para fora de sua bolsa. Era tudo o que poderia tentar comer, embora 50 minutos atrás estivesse morrendo de fome.

— Oi, colega de quarto! — disse Kirsty, com os olhos brilhando de felicidade. — Você teve um bom-dia?

— Foi tudo bem — murmurou ela.

Shawna riu e comentou:

— Qualquer um ficaria triste se tivesse de ouvir Beethoven e porcarias assim o dia todo.

Kirsty franziu a testa e começou a dizer algo, mas Vin recapturou a atenção dela, beijando seu pescoço e fazendo cócegas nela.

Lisanne deu uma mordida em sua maçã e mastigou tristemente. Como poderia uma maçã que tinha parecido toda suculenta e atraente naquela manhã, agora ter gosto de serragem?

Ela quase pulou da cadeira quando uma mão quente acariciou sua bochecha.

— Oi, baby.

Lisanne gritou.

— Daniel!

Houve um eco quando Shawna ronronou o nome dele, mas ele não estava olhando para ela, então não tinha ideia que ela havia falado. Para todos os outros parecia que ele a tinha ignorado completamente.

Daniel riu baixinho com a resposta de Lisanne e levantou uma sobrancelha desafiadora para ela.

— Você esperava algum outro cara?

— N-não! Mas você disse que não viria.

— Eu disse que *me atrasaria*, não disse que não viria.

— Ah! — respondeu ela, seu cérebro se recusando a construir qualquer resposta que necessitasse de sílabas adicionais.

Ele sorriu para ela e, em seguida, olhou para a maçã.

— É tudo o que você está comendo?

— Hum, sim?

— Huh — disse ele, empurrando a bandeja do almoço sobre a mesa. — Que bom que tenho duas fatias de pizza. Sei que você gosta das minhas batatas fritas. E tenho um pouco de salada também, meninas gostam dessa merda de comida de coelho, certo?

Vin olhou e riu.

— Você está certo nisso, cara!

Lisanne estava atordoada por sua atenção, em seguida, envergonhada de suas suposições sobre ele mais uma vez. Esse garoto! Ele a surpreendia constantemente.

— Obrigada — agradeceu em voz baixa.

A expressão dele se suavizou.

— De nada.

Ele puxou uma cadeira e se inclinou para beijar a cabeça dela.

Lisanne sentiu seu rosto brilhar. Ele cheirava tão bem, e sua pele parecia macia e suave agora que ele havia se barbeado.

O mundo sumiu, e por um momento eram só os dois.

Então Shawna murmurou "Ah, por favor!" e o momento foi interrompido.

Eles conversaram sobre o seu trabalho da aula de administração e Vin fez um par de perguntas sobre a moto de Daniel enquanto ele descrevia a seus amigos. Mas, muito brevemente, o almoço tinha acabado.

— Você quer fazer algo mais tarde, baby? — disse Daniel, quando pendurou a bolsa-carteiro por cima do ombro.

— Hum, bem — disse Lisanne, hesitando. — Eu, hum, tenho ensaio da banda esta noite.

Uma expressão angustiada cruzou o rosto de Daniel, mas logo desapareceu.

— Você quer que eu lhe dê uma carona para casa depois? — ofereceu.

Lisanne estava desesperada para dizer "sim", mas era muito egoísta forçá-lo a ir para a boate quando ela sabia o quão difícil era para ele.

— Não, está tudo bem, obrigada. Roy disse que ia me levar de volta.

Daniel concordou com a cabeça, mas não sorriu.

— Me manda uma mensagem quando você voltar, então saberei que está em casa e a salvo.

O ensaio correu bem. Eles estavam todos animados por causa do sábado anterior e cheios de ideias para músicas para estender seu set de 45 minutos para uma hora.

O celular de Roy os interrompeu.

— Aham. Sim. Sim. Entendi. Quanto? Tudo bem. Sim. Negócio fechado. — Ele terminou a ligação e sorriu para eles. — Temos reserva para o Down Under em três semanas. Graeme nos ouviu agitar este lugar e quer um pouco da ação. Paga noventa dólares para cada.

Ele se lançou para Lisanne e a pegou em um abraço de esmagar ossos.

— E é tudo graças à gatinha!

Lisanne arfou e tentou se desvencilhar. Roy girou com ela e a depositou no chão, sem fôlego e com tonturas.

— Isso merece uma comemoração! — disse. — Vamos abrir uma cerveja!

Ela sentiu seu sorriso deslizar. Gostava dos caras, mas eram todos mais velhos e sabia que bebiam muito.

Roy parecia ter esquecido sua promessa de levá-la para casa.

Quando ele lhe ofereceu uma cerveja, ela tomou um pequeno gole e disfarçadamente olhou para o relógio. Eram quase onze horas já, e ela tinha um compromisso de manhã cedo.

Ela se perguntava se era tarde demais para chamar Kirsty. Em seguida, lembrou-se de que sua companheira tinha planejado ver Vin.

Decidiu chamar um táxi.

— Hum, eu vou indo agora — disse, ainda na esperança de que Roy pudesse se lembrar de sua promessa.

Porém, eles acenaram e continuaram bebendo, aparentemente bastante contentes para deixá-la se virar para voltar para casa. Irritada, Lisanne ligou, do lado de fora, para a mesma empresa de táxi de antes, mas tudo o que conseguiu foi o sinal de ocupado. Ela tentou novamente um minuto depois, mordendo o lábio e olhando ao redor nervosamente, mas teve o mesmo resultado.

Então, ela notou um homem a observando do outro lado da rua e decidiu que era mais inteligente esperar dentro da boate. Bateu na porta e gritou, mas ninguém apareceu.

Ela tinha acabado de rolar seus contatos para baixo para encontrar o número de Roy quando o homem gritou:

— Ei, amor. Quer companhia? Eu tenho vinte dólares.

Ele atravessou a rua em direção a ela.

— Atende, Roy! Atende — ela murmurou, desesperadamente.

Não houve resposta.

Lisanne começou a descer a rua e ficou apavorada quando o homem a seguiu. Ela correu, com o coração batendo forte, o medo acelerando seus passos.

Alguém, deve ter alguém! Mas não havia ninguém por perto, ninguém a quem pudesse pedir ajuda.

Mantenha-se em áreas bem iluminadas!

Ela sabia que isso era importante, mas qualquer outro edifício estava escuro e a área era degradada e decadente. Tudo o que ela podia ouvir era o som de seus próprios passos ecoando.

Com os pulmões doendo, chegou a um impasse fora de uma loja de conserto de TV, onde a luz fraca nas janelas iluminava a área. Suas mãos tremiam enquanto ela mandava uma mensagem para Daniel, na esperança de que teria seu celular com ele nessa madrugada.

> L: Você pode vir me buscar? Estou do lado de fora da loja de TV West River St. LA bj

Ela deu um suspiro de alívio quando a sua resposta foi imediata.

> D: Que merda é essa?! A caminho. Mantenha o telefone na mão. 190 se você precisar

Ela se recostou à porta imunda, seus joelhos não sendo capazes de sustentá-la. Medo bombeando através de seu corpo, fazendo-a tremer incontrolavelmente. Viu o homem andando pela rua em direção a ela, claramente ainda a procurando.

Espremendo-se no canto mais escuro, Lisanne prendeu a respiração.

Os segundos passavam enquanto o homem caminhava lentamente do outro lado da rua, olhando através da escuridão.

Lisanne agradeceu a Deus pelas lâmpadas quebradas dos postes e agarrou o telefone com mais força a seu corpo.

Seus nervos estavam em frangalhos no momento em que ouviu o rugido gutural da Harley de Daniel, alguns minutos mais tarde.

Ele tirou o capacete rapidamente.

— Você está bem? — disse, ansioso, conferindo-a de cima a baixo, como se estivesse à procura de lesões óbvias.

Lisanne acenou com a cabeça, mas sentiu as lágrimas quentes se derramarem pelo rosto, de medo, de alívio. Daniel a puxou em direção a ele com força e ela soluçou em seu peito, sentindo o couro frio de sua jaqueta contra o rosto.

Braços fortes a envolveram e ele a balançou suavemente, murmurando baixinho em seu cabelo. Depois de um minuto, ele empurrou-a para longe e correu os dedos sobre suas bochechas, enxugando as lágrimas.

— O que aconteceu? Por que você está aqui?

Lisanne explicou brevemente, e quando ela chegou à parte em que Roy tinha começado a beber, Daniel xingou em voz alta.

— Filho da puta! Eu vou matar o bastardo!

Tudo o que ele queria era voltar para a boate e mostrar para Roy o quão chateado realmente estava.

— Por favor, Daniel. Eu só quero ir para casa.

Imediatamente, ele parecia arrependido.

— Sim, com certeza. Tudo bem.

Entregou o capacete extra a ela e deu partida na moto. Lisanne sentiu-se muito feliz quando deixaram a área da boate para trás e foram em direção ao *campus*. Ela se aconchegou contra as largas costas de Daniel e sentiu sua mão acariciar a dela enquanto ela enfiava os dedos nos bolsos da jaqueta dele.

Quando chegaram aos dormitórios, Daniel insistiu em acompanhá-la até o quarto, o que significava esgueirar-se pela saída de incêndio. Lisanne desesperadamente esperava que ninguém os visse — ela tivera drama o suficiente para uma noite.

Tinha acabado de introduzir a chave na fechadura quando a porta se abriu, com uma Kirsty ansiosa quase desabando sobre ela.

— Aí está você! Eu estava tão preocupada!

Então ela viu os olhos vermelhos de Lisanne e o rosto marcado de lágrimas, com Daniel em pé atrás dela, e imediatamente chegou à conclusão errada.

— O que você fez com ela? — sussurrou, puxando Lisanne atrás dela e apontando para Daniel, acusando-o.

— Nada — murmurou bravo, fúria gravada em todos os planos de seu belo rosto.

— Kirsty — sussurrou Lisanne. — Ele me salvou.

— O quê? — disparou Kirsty, girando ao redor. — Certo, eu quero saber de tudo. Você senta lá — ela ordenou a Daniel. — E você — disse para Lisanne —, diga-me tudo.

— Porra! — resmungou Daniel. — Eu não recebo ordens de você.

— Daniel, por favor — ofegou Lisanne. — Eu não aguento mais nada esta noite.

— Você não pode ver que a está perturbando? — gritou Kirsty.

— Você não está ajudando! — disse Lisanne, novas lágrimas ardendo em seus olhos.

Daniel e Kirsty se encararam com raiva. Por fim, ele caminhou para dentro do quarto e sentou-se ereto na cadeira de Lisanne.

Ela contou a história mais uma vez rapidamente, quase sorrindo quando notou que a reação de Kirsty ao comportamento irresponsável de Roy foi a mesma que a de Daniel, embora com um pouco menos de xingamento.

Kirsty sacudiu o cabelo comprido e se levantou.

— Peço desculpas, Daniel — ela disse em tom formal. — Eu tirei conclusões precipitadas.

— Sim — ele comentou amargamente, olhando-a. Então, virou-se para Lisanne, sua expressão ainda irritada. — Estou indo agora. Você vai ficar bem?

— Sim, eu estou bem — ela falou com um sorriso fraco. — Quero

dizer, nada aconteceu. Eu só entrei em pânico. Sinto muito.
Ele olhou sério para ela.
— Eu não quero você vagando por aquelas ruas à noite — disse ele. — Da próxima vez, espere dentro da boate. Foda-se o Roy, eu vou te pegar. Tá bom?
— Tudo bem — respondeu ela. — Obrigada.
Ele a beijou no rosto, atirou outro olhar irritado para Kirsty e escorregou para fora da porta.
— Esse menino não pode aceitar um pedido de desculpas? — disse Kirsty assim que Daniel tinha ido.
— *Esse menino* não deveria ter precisado de um — Lisanne rebateu.
Kirsty olhou para ela com surpresa.
— Lis! Você chega aqui com mais de uma hora de atraso, chorando e com Daniel parecendo que queria matar alguém, o que eu deveria pensar?
Lisanne fechou os olhos, cansada.
— Você simplesmente assumiu que ele fez algo errado. Ele me salvou, Kirsty. Se você soubesse o quão incrível ele é... — Ela parou abruptamente.
— Seja o que for — disse Kirsty —, estou feliz que você esteja salva. — Não faça isso de novo! — Então, deu um grande abraço em Lisanne. — Agora, vá se preparar para dormir. Você parece tão exausta quanto eu.
— Sim, mamãe!
Dez minutos depois, Lisanne estava puxando o edredom ao redor dela, quando seu celular tocou com uma mensagem.

> D: Durma bem, linda. Vejo você na hora do almoço amanhã.

Capítulo 9

Lisanne dormiu bem e foi uma pequena benção quando alguém bateu na porta na manhã seguinte, minutos antes que ela e Kirsty devessem sair para a aula.

Kirsty estava aplicando suas camadas usuais de batom brilhante.

— É para você — disse ela, sem desviar o olhar do espelho.

Lisanne revirou os olhos. Kirsty era a Sra. Popularidade no *campus* – com certeza era para ela.

Abriu a porta e uma estudante do segundo ano que ela vagamente reconheceu estava encostada lá.

— Qual de vocês está namorando Zef Colton? — disse ela com um bocejo, tamborilando as unhas lascadas contra o batente da porta.

— Hum… Você quer dizer Daniel Colton?

A menina parecia entediada.

— Como é que eu vou saber? Sim, você está com ele?

— Acho que sim.

— Tudo bem, até que enfim. Então, eu estou atrás de um pacote, algo para o fim de semana.

— Como?

— Oi! Estou falando egípcio? O que posso conseguir por trinta dólares?

Kirsty caminhou até a porta e empurrou o dedo no rosto da menina.

— Você está na porra do quarto errado, senhorita. Ninguém aqui trata disso. Agora, dê o fora! — Bateu a porta na cara da mulher irritada e olhou para Lisanne. — O que foi aquilo? Diga que não está traficando drogas para Daniel.

— O quê? Deus, não! Kirsty, não! Eu nunca… Daniel não tem… Não!

Lisanne estava incoerente com o choque.

Essa menina tinha pensado que poderia comprar drogas em seu dormitório?

Ela viu que suas mãos tremiam e rapidamente sentou-se na cama, antes que seus joelhos se dobrassem. Kirsty olhou para ela, mas sua expressão se suavizou quando percebeu quão chateada Lisanne estava.

— Tudo bem — disse ela, em um tom mais comedido. — E você não está escondendo nada em nosso quarto para ele?

— Não! — A voz de Lisanne era estridente.

— Você tem que falar com Daniel sobre isso.

Lisanne acenou com a cabeça, atordoada, e Kirsty mordeu o lábio antes de continuar.

— Será que Daniel já lhe ofereceu drogas? Erva, alguma coisa?

— Não. — A voz de Lisanne caiu para um sussurro.

— Bom. Continue assim, querida.

Kirsty dirigiu-se para a aula, deixando Lisanne abalada e muito preocupada.

Ela sentou-se por mais alguns minutos, deixando sua respiração se acalmar, então, pegou sua mochila e saiu. Sua expressão era sombria. Não tinha ideia de como falar sobre isso com Daniel.

Lisanne esteve distraída durante todo o dia. Estava com medo de que Daniel fosse explodir se dissesse algo a ele. Assim, decidiu esperar até que tivessem mais tempo para passar juntos, o que era mais fácil de dizer do que fazer.

Lisanne estava constantemente ocupada: correndo entre as classes, os ensaios da banda, e tentando manter-se com a sua carga de trabalho de casa. Ela conseguia ter breves momentos com Daniel durante o almoço ou um café antes da aula, mas era tudo corrido. Não mencionou a visita inesperada, mas estava em sua mente. Sem querer, ela manteve um olho aberto para qualquer coisa que mostrasse que Daniel estava lidando com isso. Era cansativo e perturbador, e ela não sabia o que fazer a respeito. Então, no final, ela não fez nem disse nada.

Ela havia recebido uma mensagem curta de Roy, desculpando-se por deixá-la na mão e prometendo não fazer isso de novo. Ela suspeitava fortemente que Daniel tinha algo a ver com isso, mas nenhum deles mencionou nada, então deixou pra lá.

Eles estavam sentados bebendo refrigerantes após sua aula de administração na manhã de sexta, quando Vin e Kirsty se juntaram a eles.

Lisanne estava desapontada que Daniel e Kirsty não pareciam ter superado a sua briga e mantinham uma civilidade cautelosa em torno de si, mas Vin e Daniel tinham falado de motos por horas e estavam bem em seu caminho para tornarem-se amigos — um fato que parecia irritar Kirsty.

— Oi, pessoal — cumprimentou Vin, enquanto caminhavam para o refeitório. — Nós vamos encontrar algumas pessoas e ir para a praia amanhã. Querem ir?

Lisanne olhou esperançosa para Daniel antes de responder. Ela não queria colocá-lo sob muita pressão. Mas ficou desapontada quando ele balançou a cabeça imediatamente.

— Não vai dar, cara. Tenho que estar em outro lugar.

— Não tem problema — comentou Vin.

— Isso não significa que *você* não possa ir, Lisanne — Kirsty disse bruscamente.

Vin deu um olhar de advertência que Kirsty fingiu ignorar, depois continuou a fazer planos para o passeio.

O atleta assumiu que o que Daniel tinha planejado também envolvia Lisanne. Mas, pelo que ela sabia, era a primeira vez que Daniel havia mencionado estar ocupado no fim de semana.

Decepção a inundou.

— O que você vai fazer? Você não mencionou nada antes.

Ele parecia irritado quando respondeu calmamente:

— Eu estarei ocupado.

— Fazendo o quê? — insistiu Lisanne.

— Não aqui — murmurou ele.

— Tudo bem — disse ela, ofendida. — Vamos. Você pode me dizer lá fora.

Vin acenou quando eles saíram, mas Kirsty só os observou ir sem comentários.

Lisanne levou Daniel para uma pequena área vazia do gramado, no meio da quadra. Estava agradavelmente quente e muitos alunos estavam sentados do lado de fora, aproveitando o clima. Apesar do ambiente tranquilo, Daniel parecia tenso e infeliz, mas Lisanne não estava com disposição para recuar.

Eles deveriam estar namorando. Ele não deveria lhe dizer que tinha feito planos para o fim de semana sem ela?

Sentou-se em frente a ele e esperou.

— Qual é o problema? — perguntou em um tom um pouco mais suave.

Mesmo que Daniel não pudesse ouvi-la, ele conseguia ler seu rosto facilmente.

Ele franziu o cenho para ela, depois baixou os olhos e começou a pegar em um dos laços em suas botas.

— Eu tenho uma consulta na clínica — murmurou, sem olhar para cima.

Lisanne foi pega de surpresa. *O quê? Uma clínica?* Ela pensou imediatamente em doenças sexualmente transmissíveis – não podia controlar a direção rebelde de seus pensamentos.

— Que tipo de clínica? — disse ela por fim, quando Daniel não parecia inclinado a acrescentar qualquer outro detalhe. Claro que ele não respondeu, e ela teve que cutucar seu pé para que ele olhasse para cima. — Que tipo de clínica? — repetiu.

Ele pareceu surpreso com a pergunta.

— A clínica de perda auditiva — ele falou em tom calmo. — O que você achou que eu quis dizer?

— Ah — comentou ela, estupidamente. — Por quê?

Ele deu de ombros.

— Eu vou a cada seis meses para um checkup. É um desperdício de tempo, eles apenas me dizem a mesma merda. Eu sou surdo, isso não vai mudar.

— Ah — repetiu ela, desejando que pudesse pensar em algo favorável a dizer; ou pelo menos algo que não a fizesse soar como uma idiota.

Então, ela teve uma inspiração: isso realmente poderia ajudá-la a entender. Lisanne respirou fundo.

— Posso ir com você?

Daniel parecia atordoado.

— O quê?

Lisanne endireitou-se.

— Posso ir com você?

— Porra! Por que você iria querer fazer isso?

Lisanne desviou o olhar por um momento, reunindo seus pensamentos.

— Assim eu posso entender mais — respondeu ela, olhando para ele. — Por favor, Daniel. Se eu sou... — Ela fez uma pausa. — Se eu sou sua *namorada*, quero que você seja capaz de compartilhar coisas assim comigo.

Ele parecia em conflito. Lisanne se forçou a ficar em silêncio, deixando Daniel decidir.

— É do outro lado da cidade — disse, a contragosto.

— Eu não me importo — ela falou suavemente. — Mas só se você quiser que eu vá.

Ele brincou com o laço da bota um pouco mais, depois pegou um cigarro e acendeu.

— Não quero que isso mude as coisas — disse ele, soprando a fumaça para longe dela.

— Por que mudaria? — Lisanne perguntou, com paciência.

Ele deu de ombros.

— É sempre assim.

— Eu não entendo.

— Eu sei. — Daniel soltou um longo suspiro. — O compromisso é às 11h15min. Eu teria que buscá-la as 10h45min.

Ela colocou a mão sobre a dele, que olhou para cima.

— Eu vou estar pronta — ela avisou.

Quando Kirsty viu Lisanne naquela noite, ela parecia determinada a dificultar as coisas por sua amiga não ir à praia com eles.

— Bem, por que é um segredo onde vocês estão indo? — perguntou ela, irritação colorindo sua voz.

— Não é um segredo — respondeu Lisanne bruscamente. Só não era inteiramente verdade. — É apenas uma coisa particular que Daniel tem que fazer. Não é algo meu para dizer.

— Não é nada *ilegal*, não é? — disparou Kirsty. — Porque, se for, não se deixe arrastar por ele.

— O quê? — perguntou Lisanne, chocada. — Daniel não está em nada ilegal!

— Você tem certeza disso? Porque não é isso que eu ouvi, não esquecendo a nossa pequena visitante no outro dia.

— Desde quando você ouve fofoca?

Kirsty a encarou com frieza.

— Eu não ouço normalmente, mas já ouvi de vários lugares diferentes agora. É demais para que seja uma coincidência.

— O que *exatamente* você já ouviu falar?

— Que ele vende drogas — disse Kirsty categoricamente, erguendo as sobrancelhas.

— Mentira — gritou Lisanne. — Como pode *pensar* isso? Eu nunca o vi fazer nada mais do que fumar um cigarro!

— Não seja ingênua, Lis — Kirsty falou com a voz fria. — Você esqueceu a louca que tentou comprar drogas de você?

— Ela perguntou por Zef, não Daniel. Você a *ouviu*! Ele não pode evitar o que seu irmão faz.

Kirsty cruzou os braços, com o rosto cheio de descrença.

Lisanne, de repente, se lembrou de tudo o que tinha visto na casa de Daniel, mas ela não iria admitir isso à Kirsty. Daniel nunca tinha feito *nada* parecido com isso na frente dela.

— Você não sabe tudo sobre ele, Lis — disse Kirsty, sua voz tornando-se aquecida.

— Eu sei as coisas importantes — gritou Lisanne. — Ele é carinhoso, gentil e cuida de mim!

Kirsty bufou.

— Só porque ele finge bem com você, isso não o torna completamente limpo. Ele age como se estivesse drogado metade do tempo, não escuta e está sempre olhando, todo intenso e...

Lisanne a cortou.

— Você não sabe o que está falando, Kirsty. Pare com isso agora.

Sua voz era perigosamente calma e a amiga pareceu surpresa.

— Só estou tentando cuidar de você, Lis — disse ela em um tom mais razoável. — Você é minha amiga e eu não quero que ele te machuque.

Lisanne respirou fundo.

— Daniel não vai me machucar. Você tem que confiar em mim. O irmão dele... Bem... Eu não sei. Mas Daniel não tem nada a ver com isso. Eu prometo a você.

Kirsty balançou a cabeça e suspirou.

— Se você diz... Só... só tome cuidado, tá bom?

Lisanne assentiu rigidamente. Odiava brigar com Kirsty, mas ela estava muito errada sobre isso.

Na manhã seguinte, Kirsty estava se esforçando para agir naturalmente em torno de Lisanne, mas era óbvio que ela ainda estava no limite.

Lisanne fez o seu melhor para ignorar sua colega de quarto, mais focada no que a manhã traria.

— Você sempre pode nos encontrar lá depois — implorou Kirsty. — Sabe, quando terminar o seu lance *particular*. Me mande uma mensagem, vou te dizer onde estamos.

Lisanne cerrou os dentes.

— Talvez. Eu não sei.

Kirsty suspirou e ergueu as mãos como se quisesse dizer: "faça o que quiser".

Lisanne disparou pela porta, muito tensa para absorver qualquer aparência mais afiada ou olhares tortos. Ela sentou-se na calçada do lado de fora, esperando o som agora familiar da Harley de Daniel. Estava cantarolando *This Fire*, uma faixa de uma de suas bandas favoritas, Birds of Tokyo, quando Vin chegou dirigindo seu novo Expedition SUV.

Ela tirou seus fones de ouvido enquanto ele caminhava até ela.

— Oi, Lis! Como você está? Mudou de ideia sobre vir com a gente?

Lisanne sorriu e balançou a cabeça.

— Não, mas obrigada.

— Que pena, vai ser divertido. Está esperando pelo Dan?

Lisanne assentiu e Vin olhou para ela com atenção.

— E você não quer esperar lá dentro?

Lisanne olhou para cima, não vendo nada de julgamento no rosto de Vin.

— Kirsty não aprova — disse, fazendo uma careta. — É mais silencioso... se eu esperar aqui fora.

Vin agachou na calçada ao lado dela.

— Ela só está cuidando de você, Lis. Dan parece ser um cara legal, mas você deve ter ouvido falar o que estão dizendo sobre o irmão dele, certo? É por isso que ele entrou em todas essas brigas na última semana.

Lisanne olhou para cima, prendendo Vin com um olhar feroz.

— Que brigas?

As orelhas de Vin ficaram vermelhas e ele parecia desconfortável.

— Hum... Apenas alguns caras trocando alguns socos. Nada para se preocupar.

— O quê?!

— Olha, Lis, é assim. Algumas pessoas, principalmente idiotas, supõem que, se um irmão está traficando, então o outro deve estar também. Mas eu não encontrei uma única pessoa que realmente viu Dan com drogas ou comprou algo dele, o que me faz pensar que é tudo mentira. Porém, ele está sendo pintado com o mesmo pincel, e seu primeiro pensamento é de bater em quem está fazendo a pergunta. É por isso que Kirsty se preocupa com você.

Lisanne não sabia o que pensar.

— Daniel não é... Ele não faz...

Vin suspirou.

— Mesmo que não seja, ele deve saber o que seu irmão está fazendo. Ele poderia entrar em toda uma carga de problemas sérios, e assim você seria envolvida.

Ele lhe deu um olhar de simpatia, depois levantou-se e dirigiu-se para os quartos do dormitório, deixando Lisanne atrapalhada com os seus pensamentos e emoções transbordando.

Ao longe, o som de um motor de motocicleta ficou mais alto.

Lisanne respirou profundamente algumas vezes e tentou reprimir a inclinação natural do frio na barriga.

Daniel parou ao lado dela e levantou a viseira, mas não desligou o motor e não desmontou. Ele simplesmente lhe entregou o capacete sobressalente sem falar nada e sacudiu a cabeça para indicar que Lisanne deveria subir.

Ela sabia que a manhã seria estressante, mas não tinha pensado que seria tão ruim: primeiro o que Vin tinha dito, agora Daniel estressado.

Ele deu partida e saíram tão rapidamente que Lisanne teve que agarrá-lo para parar de ser sacudida na parte de trás.

Ele pilotou por cerca de 20 minutos antes de chegar ao estacionamento do hospital da cidade. Quando desligou o motor, finalmente fez-se silêncio. Para Lisanne foi um alívio – não fazia diferença para Daniel.

Ele trancou seus capacetes nos alforjes de couro e cuidadosamente encontrou seu olhar.

— Se você não quiser ficar, há uma cafeteria na parte principal do hospital.

Lisanne estava confusa.

— Por que não iria querer ficar?

Ele deu de ombros, mas não respondeu.

Lisanne pegou a mão dele, que olhou para ela, surpreso.

— Vamos — disse ela.

Daniel sentiu escoar pavor em seus ossos. *Esse* seria o dia em que ela decidiria que não poderia namorar um cara surdo. *Esse* seria o momento em que ela correria.

Ele a levou até uma porta lateral com um grande sinal azul e branco que anunciava: "Clínica de Perda Auditiva".

— Eu preciso da minha mão, Lis — disse, puxando os dedos de sua mão.

Sua rejeição a machucou, mas ela não disse nada. Daniel estava irradiando tensão suficiente para fazer Lisanne morder a língua.

Mas ela estava errada a respeito de Daniel a rejeitando.

A recepção da clínica já estava ocupada por duas famílias com um grupo de garotos que, provavelmente, ainda estavam na escola primária. Em completo silêncio, eles pareciam estar conversando animadamente, comunicando-se por meio da língua de sinais.

Uma das crianças mais novas se virou para olhar, então deu à Lisanne um grande sorriso e levantou a mão para a cabeça, que parecia ser uma saudação.

Lisanne sorriu e acenou de volta, mas o menino parecia confuso.

De repente, ela percebeu que Daniel estava movendo as mãos rapidamente em uma série de formas confusas.

— Você... Você pode fazer a língua de sinais?

Ele ergueu as sobrancelhas.

— Bem, sim. Eu estudei em uma escola de surdos por quase três anos. O que você acha que nós fazíamos? Desenhávamos figuras?

Ela tentou ignorar o sarcasmo contundente.

— E quanto à leitura labial?

— Nem todos podem ler lábios, especialmente se eles forem surdos pré-linguais.

— Hum, pré-linguais?

Ele lhe deu toda a sua atenção.

— Se uma criança nasce surda ou se torna surda antes que tenha aprendido a falar, é muito mais difícil de aprender a leitura labial. Não é impossível, só muito mais difícil. A maioria das crianças surdas é educada para sinalizar.

— Ah — disse Lisanne, ansiosamente. — Entendi. O que você acabou de dizer a ele?

— Eu disse a ele que você estava ouvindo e não podia sinalizar.

— Todo mundo aqui é surdo? — sussurrou ela.

— Nem todos, querida — uma das mães falou gentilmente. — É a sua primeira vez?

Lisanne corou e deu uma risada estranha.

— É tão óbvio?

— Muito, mas não se preocupe com isso. Você vai se acostumar — respondeu ela, olhando para Daniel, depois dando à Lisanne um sorriso caloroso.

Daniel ainda estava conversando com o menino. Algo que o menino tinha sinalizado o fez sorrir e lançar um olhar perverso em Lisanne.

— Trevor! — disparou sua mãe, sinalizando enquanto falava. — Isso é rude! Desculpe-se com a moça.

O menino fez um punho com a mão direita e, em seguida, um movimento circular na frente do peito.

— Ele está dizendo "desculpa" — traduziu Daniel para ela.

— Ah! Como posso dizer "tudo bem"?

— Faça uma forma de "O" com a mão... Sim, é isso. E você faz um sinal, como um par de tesouras, para o "K", empurrando para cima o seu dedo do meio e soltando seu dedo indicador.

Sentindo-se autoconsciente, copiou o gesto e o menino sorriu.

— A propósito — perguntou ela, um pouco tardiamente —, o que foi que ele disse?

— Você tem certeza de que quer saber?

— Sim!

— Ele me perguntou por que você era tão burra e por que não podia sinalizar.

— Oh! — ofegou Lisanne.

Daniel sorriu para ela.

— Eu avisei.

Ela bateu em seu braço.

— Você armou para mim!

Ele se inclinou e sussurrou em seu ouvido:

— Você fica sexy quando está brava.

Lisanne sentiu a pele ruborizar enquanto sua boca abriu e fechou com a confusão. Ela estava contente que ele estava com um humor melhor, embora não tivesse ideia de como isso tinha acontecido. Só que ali ele era o mesmo que todos os outros – e ela era uma estranha no ninho.

— Você vai me ensinar?

— Ensinar o quê?

— A língua de sinais.

Daniel fechou a cara.

— Para quê? Eu só a uso quando venho para esses malditos lugares.

— Por favor... Como posso dizer: "Eu ouço você"?

— Você está brincando comigo? Quantas pessoas surdas você conhece, Lis? Porque estou lhe dizendo que é a coisa mais inútil de todas.

Lisanne engoliu em seco e olhou para baixo. Ela sentiu seus dedos delicados em seu rosto.

O PERIGO DE CONHECER E *amar*

— Eu sinto muito, boneca. Este lugar só... Bem, eu vou te mostrar.

Ela lhe deu um sorriso fraco.

— Você diz "eu", apontando para si mesma. Para "ouvir", você só toca seu ouvido duas vezes, e "você", apenas aponte para a pessoa com quem você está falando.

— Só isso?

— Só isso.

De repente, o painel acima brilhou, atraindo a atenção de todos. Um nome foi exibido e uma das mães levantou e juntou sua ninhada antes de ir para o corredor.

— Me ensina outra coisa — disse Lisanne, chamando a atenção de Daniel de volta para si mesma empurrando seu joelho.

— Como o quê?

— Como é que eu digo: "A Harley do meu namorado é mais legal do que a sua"?

Daniel riu.

— Assim. — E mostrou o dedo do meio.

— Pare com isso! — sussurrou ela, agarrando sua mão antes que uma das crianças restantes visse. — Comporte-se!

Ele se inclinou para ela e passou o nariz ao longo de sua bochecha.

— Não posso fazer isso. Não perto de você.

O painel mais uma vez brilhou, destacando o nome de Daniel.

Seu sorriso desapareceu e ele suspirou profundamente.

— Você pode ficar aqui se quiser — ofereceu novamente, quase esperançoso.

— Não. Eu vou com você — Lisanne disse, insistente.

Ele deu de ombros, como se não se importasse, e Lisanne tentou não se sentir magoada. Ela sabia que era apenas o seu jeito de se proteger, fingindo.

Caminharam por um corredor com portas numeradas, até que encontraram o número cinco.

Daniel não bateu, mas entrou direto, o que Lisanne achou surpreendente.

Ela o seguiu até uma sala que era pequena e branca, com cartazes médicos anexados às paredes: havia vários cortes transversais que mostravam o funcionamento interno do ouvido. Uma imagem era de um belo pôr do sol. Talvez fosse para fazer o lugar parecer mais amigável.

O homem que eles tinham ido ver se levantou e sorriu para Daniel, depois lançou um olhar de surpresa para Lisanne.

Ele fez um movimento rápido com as mãos, fazendo claramente uma pergunta, e Daniel sinalizou de volta.

Lisanne ficou chocada. Esperava uma consulta normal. *Normal?*

Ela se retraiu só de pensar na palavra. Esperava uma consulta falada. *Quão estúpido era isso?* Ela chutou a si mesma por abraçar outro estereótipo — assumindo automaticamente que o médico estaria ouvindo.

Em vez disso, toda a conversa foi realizada em língua de sinais.

Ela começou a prestar atenção quando viu que Daniel iria apresentá-la.

— Lis, este é o Dr. Pappas, meu fonoaudiólogo.

Ela tentou lembrar-se do sinal de "oi" e deu uma saudação meio desajeitada que fez o médico sorrir.

— Oi — ela falou timidamente, estendendo a mão.

Ele a saudou de volta.

— O-i, Lis — disse o médico, em um processo lento, monótono e robótico. — É bom conhecê-la.

Lisanne se esforçou para entender o que o Dr. Pappas estava dizendo e olhou ansiosamente para Daniel.

— Está tudo bem — ele comentou em voz baixa. — Eu já lhe disse que isto é tudo novo para você.

O médico bateu no braço de Daniel e sinalizou outra coisa.

Daniel balançou a cabeça rapidamente, mas o médico parecia estar insistindo.

— Pelo amor de Deus — murmurou Daniel, o que lhe valeu um olhar um pouco chocado de Lisanne. — Ele disse que, se você tiver alguma dúvida, basta perguntar. Mas não muitas, por favor, baby.

— Ah, tá bom — ela respondeu baixinho, com absolutamente nenhuma ideia do que iria perguntar ou por onde começar.

O médico bateu no braço de Daniel novamente e eles começaram a sinalizar rapidamente. Lisanne sentou-se em silêncio, completamente desnorteada, sem entender uma única coisa. Talvez fosse assim que Daniel se sentia quando estava entre um grupo de pessoas que não conhecia — isolado, alheio, excluído. Ou talvez isso era como Daniel se sentia a maior parte do tempo. Seu coração batia dolorosamente e ela teve que parar de esfregar seu peito para aliviar a sensação de esfaqueamento.

Dr. Pappas passou para Daniel alguns fones de ouvido e eles fizeram uma série de testes. Lisanne observou a tela do computador do Dr. Pappas quando vários gráficos apareceram.

Depois que eles tinham acabado com os fones de ouvido, continuaram a conversa.

Ela observou Daniel e Dr. Pappas com cuidado. No início, a linguagem corporal deles estava relaxada, mas, conforme a conversa prosseguia, ela viu que estava se tornando cada vez mais aquecida.

Dr. Pappas continuou olhando para Lisanne, como se estivesse perguntando a Daniel algo sobre ela.

Ela saltou quando Daniel, de repente, gritou:

— Não!

— O que é? — disse ela, nervosa.

Ele a ignorou, sinalizando furiosamente para o médico, que parecia igualmente determinado.

De repente, Daniel cruzou os braços e fechou a cara.

— O que há de errado? O que aconteceu?

— Lis — entoou o Dr. Pappas. — Peça a Da-ni-el para falar sobre im-plantes co-cle-ares.

— Eu disse não! — rugiu Daniel. — Qual é?! Vamos embora daqui.

Ele agarrou o pulso de Lisanne e puxou-a para fora da cadeira.

Ela lançou um olhar rápido para o médico, que sorriu tristemente e deu um pequeno aceno.

Daniel a rebocou pelo corredor, recusando-se a falar ou explicar.

Quando chegaram ao estacionamento, ela puxou sua mão livre.

— Daniel! Fale comigo! O que aconteceu lá dentro? O que ele estava me dizendo para perguntar?

— Nada.

— Não! Não foi nada.

— Apenas deixe pra lá, por favor, Lis.

Ele agarrou seu cabelo, como se quisesse arrancá-lo, e fechou os olhos com força. Ela estendeu a mão e acariciou o rosto dele, tentando acalmá-lo.

— Daniel, você fica tão bravo se eu não te conto tudo, mas agora está fazendo o mesmo comigo. Por favor, quero entender.

Seus olhos brilhavam, mas, depois, ele baixou a cabeça em resignação. Quando Daniel olhou para ela alguns segundos depois, ela pôde ver a angústia refletida em suas íris.

— Tá bom, tá legal. Mas não aqui. Eu odeio a porra de hospitais. Vamos embora, está bem?

Ela balançou a cabeça e deu um beijo suave em seus lábios.

— Nós poderíamos ir para a sua casa?

Ele balançou a cabeça.

— Não, lá não. O lugar estava lotado quando eu saí. Podemos ir para o seu quarto? Kirsty está na praia, certo?

— Claro. Vou fazer um café. Só precisamos comprar alguma comida.

Eles pararam em uma loja de conveniência e pegaram sanduíches e batatas fritas antes de voltar.

A visitação do dormitório estava liberada, então, pelo menos, Daniel não teve que se esgueirar, apesar de várias meninas olharem curiosamente para ele e Lisanne.

Até o momento em que ela virou a chave na fechadura, sentia-se exausta. Tinha sido uma manhã gasta em uma montanha-russa emocional com Daniel. A única coisa que a impedia de sentir pena de si mesma era o olhar de amargura em seu rosto quando ele tinha saído às pressas do hospital. Tudo sobre o que ele e Dr. Pappas haviam discutido tinha realmente o aborrecido.

Daniel largou o casaco no chão e, sem uma palavra, jogou-se na cama de Lisanne. Ele colocou um braço sobre os olhos e ficou imóvel.

Lisanne não tinha certeza do que fazer. Decidiu dar um minuto, esperando que ele falasse com ela quando estivesse pronto.

Andou ao redor do cômodo, tirando os tênis e pendurando seu casaco, assim como o de Daniel. Ela puxou a comida para fora do saco de papel e a colocou ao lado dele na mesa de cabeceira. Então, acariciou o braço dele e deu um beijo suave em seu bíceps.

Quando ele levantou o braço para vê-la, ela beijou sua boca, deixando sua língua chicotear ao longo de seu lábio superior. A expressão de surpresa dele se transformou em um sorriso sexy.

— Pensei que tinha sido convidado para um café.

Ela fechou a cara.

— Você realmente quer um café?

Ele riu.

— Sim, estou realmente com sede. E com fome.

— Eu tenho alguns cookies também.

— Com gotas de chocolate? — perguntou ele, com os olhos brilhando como se fosse Natal.

Lisanne riu.

— Por incrível que pareça, sim!

Ela enfiou a mão no armário e jogou um pacote fechado para ele.

Então, percebeu que estava sem café. Completamente.

— Uh, Daniel, eu não tenho nenhum café!

A expressão dele estava divertida.

— Então você me trouxe até aqui sob falsos pretextos?

Ela cruzou os braços, um pouco envergonhada, até que uma inspiração bateu.

— Mas tenho aquela cerveja que você deixou para trás no outro dia. Não está gelada, mas...

— Melhor não, boneca. Se eu for parado pelos policiais novamente no caminho de casa e sentirem o cheiro de álcool em mim, vou estar em uma porrada de problemas.

Lisanne respirou fundo.

— Você pode ficar aqui, passar a noite. Kirsty não vai voltar. Digo, se você quiser.

Daniel olhou para ela.

— Tem certeza?

— S-sim.

— Vem cá.

Nervosa, ela caminhou em direção a ele. Ele se sentou na beirada da cama, depois puxou-a para baixo de modo que ela estava sentada em seu colo.

— Lis, eu prometo que vou fazer com que seja bom para você, mas somente quando estiver pronta. Sim, eu realmente gostaria de ficar, mas não temos que fazer nada, tá?

— Tudo bem — ela respondeu com a voz um pouco trêmula.

— Bom. Agora, onde está a maldita cerveja? — perguntou, dando um beijo barulhento logo abaixo de sua garganta.

Ela o empurrou, brincando, e pegou a cerveja debaixo de sua cama, onde tinha escondido. Ela olhou para cima e viu, fascinada, quando Daniel tirou suas botas. Então ele tirou as meias e lançou-se para trás em sua cama novamente, dando um tapinha no espaço vago ao seu lado.

Engatinhando pela cama, ele a puxou contra o peito, beijando sua cabeça. Sentiu seus músculos contraírem e ondularem quando Daniel estendeu a mão para pegar a cerveja. Ele tirou a tampa e ofereceu à Lisanne primeiro.

— Tudo bem, só um gole — concordou.

Percebeu que isso seria difícil. Aconchegar-se nele era maravilhoso, mas eles não podiam manter uma conversa dessa forma. Perguntando-se o que ela queria mais – conversar ou ser cuidada –, tomou alguns goles de cerveja, depois passou para ele.

Ele tomou um longo gole, inclinando a cabeça para trás. Observou o movimento de seu pomo-de-Adão enquanto ele bebia e perguntou como seria sentir sob sua língua.

Antes que Daniel tivesse colocado a cerveja sobre a mesa de cabeceira, Lisanne deslizou os dedos sob sua camisa.

Ele olhou para ela.

— Você vai tirá-la — disse ela, chocada com seu próprio atrevimento.

Dando um pequeno sorriso, ele puxou a camiseta sobre a cabeça pela parte de trás do pescoço.

Lisanne poderia jurar que tinha ouvido algumas costuras rasgarem, mas não disse nada. Ele a atirou para a cadeira e sentou-se na cama.

— Posso comer alguma coisa agora ou você quer continuar me despindo?

Lisanne riu, esperando que soasse – ou pelo menos parecesse – vagamente natural.

Tentando agir casualmente, lançou um pacote de sanduíches para ele, observando com diversão quando ele devorou em duas mordidas.

— O quê? — murmurou ele, com migalhas nos lábios. — Estou com fome.

Sacudindo a cabeça, Lisanne comeu seu próprio sanduíche mais lentamente e deixou Daniel ficar com a maior parte das batatas fritas.

Mas, quando se tratava de cookies com gotas de chocolate, ela insistiu em uma divisão igualitária.

— Não se meta entre mim e os meus biscoitos — disse ela, com um olhar provocador, desafiando-o a ter mais do que sua parte.

Ele riu e fingiu estar assustado.

Lisanne não queria estragar a brincadeira, mas tinha um grande elefante na sala que eles não estavam discutindo. Ela não tinha certeza de como mencionar as palavras do Dr. Pappas. Mas ela *precisava* saber... para entender.

— Daniel... — ela começou. — Sobre o que o Dr. Pappas disse...

Ele franziu a testa e olhou para baixo, seu humor mudando rapidamente.

— Lis...

— Por favor, eu só quero entender. O que ele quis dizer?

Por um momento ela pensou que ele iria recusar-se a explicar, mas, em vez disso, ele respirou fundo.

— Ele estava falando de um implante coclear.

— Coclear? — Lisanne testou a palavra desconhecida.

Ele acenou com a cabeça.

— É parte do ouvido interno. Poderia lhe dizer toda a merda técnica, mas, basicamente, ele processa o som. Há um implante que tem sido desenvolvido que pode dar de volta alguma audição. Ele não funciona para todas as pessoas surdas, isso depende do que causou a perda de audição.

— Será que funciona para você?

— Talvez. Dr. Pappas acredita que sim.

Lisanne estava confusa. Se o médico pensava que poderia ajudar Daniel a ouvir novamente, ela não podia imaginar o que ele estava esperando.

— Você não quer?

— Não, eu não quero, porra!

Lisanne ficou chocada com a veemência de sua resposta. Ela empurrou o dedo em uma parte gasta no joelho de sua calça jeans.

— Eu não entendo. Por que você não quer?

— Porque... — ele gritou, depois baixou a voz. — Porque isso significa ter a porra de um pedaço de metal perfurado em seu crânio e um ímã enfiado debaixo da sua pele para que possa colocar em um receptor que está ligado a *outro* aparelho auditivo do caralho. E depois de tudo isso, não há nenhuma garantia de que iria funcionar. Eu lhe disse, estou farto de hospitais. — Sua voz caiu para um sussurro. — Estou cansado de ser diferente.

— Mas você poderia ouvir de novo?

— *Poderia. Poderia* ouvir. Nada é definitivo.

Lisanne não tinha certeza até onde poderia pressioná-lo, mas ainda não entendia por que ele era tão contra a tentativa.

— Alguma audição não valeria a pena? Não vale a pena tentar?

Ele olhou para ela com raiva.

— Você acha que estou quebrado, não é? Acha que eu deveria ser *corrigido*. Você quer que eu seja normal. Eu nunca vou ser a sua versão do normal, Lis. Nunca vou ser como você, como eles. — Acenou com o braço em volta, para enfatizar seu ponto.

Ela sentiu as lágrimas inundarem seus olhos.

— Eu não estou tentando consertar você, Daniel. Só quero que seja feliz. Eu amo você do jeito que você é.

Ele piscou para ela, parecendo chocado. Lisanne prendeu a respiração quando percebeu o que disse.

Ela não tinha a intenção de dizer isso. Nem havia percebido que era verdade até aquele momento.

— Você... Você me *ama*? — Sua voz era fraca, incrédula.

Lisanne balançou a cabeça lentamente, com medo de desviar o olhar de seu belo rosto.

— Mas... Por quê?

Ele parecia perdido, confuso, tão inseguro de si mesmo. Lisanne sentiu seu coração tremer.

— Porque você é gentil, bom, doce e engraçado. Porque eu me sinto feliz quando estou com você. Você me faz sentir protegida e segura. — Ela deu de ombros. — Você é tudo.

Sua voz estava desnorteada.

— Mas por quê?

Lisanne balançou a cabeça, incapaz de falar mais.

Ela se arrastou até a cama e ele passou automaticamente seus braços ao redor de seus ombros e puxou-a para si. Ela estava deitada com a cabeça em seu peito, escutando as batidas frenéticas de seu coração.

Sua pele era cálida e sedosa, convidando Lisanne a depositar beijos suaves sobre seu torso.

Ele estremeceu sob o toque dela e a abraçou com mais força, tornando difícil para ela se mover. Com necessidade de continuar a tocá-lo, ela traçou a tatuagem no ombro esquerdo com um dedo.

Era um pássaro saindo das chamas – uma fênix em vermelho e dourado: o símbolo do renascimento. As penas da cauda se enrolavam em volta da metade superior de seu peito, descansando um pouco acima do pequeno *piercing* de prata que perfurava seu mamilo. Mais para baixo em seu braço havia redemoinhos azuis escuros que pareciam ondas e, entre eles, pequenas notas musicais em preto.

Ela sabia que, em seu outro ombro, ele ostentava um dragão em um desenho celta verde-mar e azul. Afastou-se dele para que pudesse vê-lo novamente.

Um lagarto sinuoso enrolava-se do cotovelo ao topo de seu braço, fumaça cinza prateada ondulando de suas narinas.

— É lindo — ofegou ela. — Você é lindo. — Deixou seu dedo derivar sobre o bíceps dele. — Por que um dragão? Será que isso significa alguma coisa?

Ele balançou a cabeça lentamente, ainda estava acariciando suas costas em toques longos, lânguidos e leves.

— O dragão significa a sabedoria e a capacidade de passar por mundos diferentes.

Mundos diferentes.

Lisanne pensou que estava começando a entender, mas Daniel não facilitou as coisas. Ela seguiu a cauda do dragão, pensativa, os olhos de Daniel a observando.

— Você tem outra tatuagem... em seu quadril. Eu vi... da última vez.

Ele balançou a cabeça, seus olhos muito escuros e sensuais.

— Você quer ver de novo?

Lisanne não tinha certeza se eles ainda estavam conversando sobre tatuagens, mas conseguiu murmurar:

— Sim.

Daniel desabotoou seu jeans e puxou o zíper. Em seguida, empurrou um canto para revelar seu osso ilíaco e dois kanji em tinta preta.

— O que eles significam?

— É japonês. Diz: "*nozomu*". Significa esperar ou desejar.

Lisanne traçou o contorno com o dedo indicador e seu corpo tremeu sob o seu toque. De repente, ele retirou a mão.

— O quê?

— Lis, você está tornando difícil não te foder aqui e agora — disse ele, respirando pesadamente.

Ela congelou, depois olhou para ele.

— E se eu não quiser que você pare?

Ele hesitou, tentando ler a certeza em seu olhar firme.

— Não diga isso, se não for o que realmente quer.

— Eu quero. Eu quero, de verdade.

Ele rosnou baixo em sua garganta, de repente, puxando o rosto dela para seus lábios e beijando suas bochechas, seu queixo, pescoço e boca.

Lisanne ofegou e entrelaçou os dedos à sua nuca, beijando-o apaixonadamente. Sentiu sua língua deslizar em sua boca, saboreando levemente a cerveja, seu cérebro enevoado com a luxúria.

As mãos dele puxaram a parte inferior de sua camisa e Lisanne a retirou por cima da cabeça. Daniel gemeu com a visão de sua carne nua, afundou o rosto entre os seios e os acariciou suavemente, deixando os dentes puxarem a taça do sutiã.

A respiração ficou presa na garganta quando, pela primeira vez em sua vida, ela teve a sensação da boca quente de um homem em seu mamilo nu. Sua língua rolou ao redor do botão intumescido e seus dentes roçaram a carne, fazendo Lisanne arquear as costas. Com um rápido movimento,

Daniel soltou o fecho em seu sutiã e puxou as alças sobre os braços de Lisanne, jogando-o ao chão.

Então ele a deitou de costas, e se apoiou nos antebraços, seu joelho esquerdo entre as coxas dela, e começou a festa em seus seios.

Os sentidos de Lisanne foram submergindo enquanto seu corpo duro, pesado, pressionava o dela. Ela não podia deixar de querer acariciar as costas largas enquanto ele pairava sobre ela. Sentiu os músculos dele se arrepiarem quando o tocou, passando os dedos por todo o caminho até a curva de suas nádegas.

Um longo suspiro saiu de sua garganta quando ele chupou sua pele suavemente.

Pouco coerente, ela forçou a mão dentro de sua calça e começou a puxar o cós pelo seu quadril. Ele se afastou dela e se sentou por tempo suficiente para tirar suas calças e cueca.

Eles não conversaram enquanto as mãos dela estendiam para ele novamente, e Daniel suspirou de novo quando ela colocou a mão em torno dele.

Ele a beijou, indo para baixo no seu corpo, obrigando-a a soltá-lo.

Em seguida, os dedos abriram o botão de seu jeans e ele puxou o zíper para baixo. Sem mover a calça para fora dela, deslizou um dedo dentro de sua calcinha e gemeu quando a encontrou molhada.

Lisanne arfou e arqueou os quadris para ele, sentindo sua ereção pressionada contra sua barriga. Ela não conseguia imaginar como seria sentir isso *dentro* dela – tudo o que ela havia lido, tudo o que tinha ouvido a fizera sentir medo da dor que sobreviveria. Mas ela não queria parar. Ela não podia.

Seus dedos bombeavam suavemente dentro dela, seu polegar pressionando contra a carne quente e apertada. Sua boca imitava os movimentos em seu pescoço e ombros, aumentando gradualmente a velocidade. Ela tentou desesperadamente assimilar tudo o que estava sentindo, mas sua mente foi dominada pela sensação.

O quadril dele empurrou em sua mão e a mesma queimação lenta, o fervilhar em seu sangue, que ela tinha sentido antes, recomeçou.

— Daniel — ofegou ela. — Daniel, eu... Eu... — Mas seus pensamentos e palavras foram arrastados enquanto seu corpo assumiu o controle.

Esse orgasmo foi ainda mais intenso do que o último. A intimidade que tinham encontrado para partilhar as suas dúvidas e medos talvez fosse a razão.

Ela não tinha corrido. E ele ainda estava lá, com ela.

Daniel acariciou seu rosto.

— Lis? Lis? Você ainda me quer? — Sua voz estava cheia de tensão.

— Sim — disse ela, a respiração estremecendo em seus pulmões. — Eu quero você.

Daniel tirou sua calça jeans, seguida por sua calcinha, surpreendendo-a quando ele se inclinou para beijar seu osso púbico, acariciando seu pelo.

— Você cheira tão bem — ele falou com a voz rouca. — Posso provar você?

— Hum... Hum... Eu não sei... — ofegou ela.

— Por favor? Vai ser gostoso, eu prometo.

Ela assentiu com a cabeça, confusa, e ele sorriu para ela.

Para extremo constrangimento de Lisanne, sua cabeça desapareceu entre as coxas dela e ela sentiu sua língua quente entre seus lábios. Quando ele tocou seu clitóris, isso a fez dar um longo gemido.

Já sem constrangimento, Lisanne foi trazida de volta por conta de suas reações extremas.

Seus dedos agarraram os ombros dele, fazendo-o olhar para cima.

— Você está pronta? — perguntou, sua voz tensa com a necessidade.

— S-sim, acho que sim — sussurrou ela.

Ele fechou os olhos por um momento.

— Tenha certeza, Lisanne.

— Sim, eu tenho certeza. Por favor, Daniel.

A necessidade em sua própria voz a surpreendeu.

Ele afastou-se dela e estendeu a mão para o chão para encontrar seu jeans, tirando a carteira e pegando um preservativo. Ele se sentou na beirada da cama, rasgando o pacote de papel alumínio. Lisanne observou, fascinada, enquanto ele rolava a fina camada de borracha sobre sua ereção, puxando-a no lugar com segurança.

— Tudo bem? — perguntou de novo, os olhos fixos nos dela.

Ela acariciou seu braço.

— Sim.

Ele subiu de volta na cama, seu corpo sobre o dela.

Lisanne fechou os olhos e agarrou o edredom e lençóis, esperando a invasão.

Seus olhos se abriram com surpresa quando sentiu beijos suaves sobre seu peito e pescoço.

— Relaxe — murmurou. — Vai ficar tudo bem, baby. — Ele esfregou o nariz em sua bochecha. — Beije-me, Lisanne.

A maneira como ele disse seu nome libertou algo em sua mente.

Ela colocou os braços ao redor de seu pescoço e puxou sua boca para a dela.

Ele a beijou com tanta intensidade, com tanta certeza e ardor, que todo o seu corpo inflamou sob seu toque.

Gentilmente, ele empurrou os joelhos no lugar e sentou-se entre suas pernas. Usando a mão esquerda, fez com que ela dobrasse os joelhos, acariciando suas coxas.

Ela sentiu a ponta sondando em sua entrada e ele empurrou dentro por um curto caminho. Lisanne ficou tensa imediatamente.

— Relaxe — ele murmurou em seus lábios.

Ela respirou fundo e, enquanto fazia isso, moveu-se para ela com um impulso rápido.

Lisanne gritou quando uma breve centelha de dor disparou através dela.

Daniel manteve-se imóvel.

— Você está bem? — ele perguntou firmemente, olhando em seus olhos.

— Eu... Eu acho que sim.

Ele moveu seu quadril lentamente e se afundou um pouco mais sobre ela, que ofegou quando a sensação estranha a encheu.

Sua carne queimava, mas pequenos arrepios de desejo deslizaram em torno das bordas de sua consciência.

— Toque em meu braço se quiser que eu pare — sussurrou Daniel, com os olhos fechados.

Ele começou a se afastar lentamente, depois empurrou para dentro. Para fora e para dentro, movimentos longos, flexíveis.

O corpo de Lisanne esticava e pulsava ao redor dele, e Daniel gemeu.

Ele continuou a se mover com cuidado, estabelecendo um ritmo lento e constante.

— Porra, você é tão gostosa. Argh, merda...

Lisanne abriu os olhos e olhou para si mesma, hipnotizada pela forma como as suas carnes estavam intimamente conectadas, seu comprimento brilhando com a prova de sua própria excitação.

Ela olhou para cima e viu os olhos fixos nos dela, cheios de calor escuro. Ele rebolou o quadril e ela gritou novamente, dessa vez com prazer.

— Oh — suspirou ela, o som fraco em seus lábios, enquanto observava as pálpebras dele vibrarem.

Ela agarrou seus bíceps e Daniel abriu os olhos.

— Tudo bem, baby?

— Isso, assim! — disse Lisanne, ofegante.

Ele beijou-a asperamente e seu quadril começou a se mover mais rápido, o ritmo um pouco hesitante enquanto se aproximava do seu próprio orgasmo.

Sua respiração tornou-se irregular e ele não pôde evitar de arremeter com força, apesar das promessas para si mesmo de que não perderia o controle.

— Merda, eu estou gozando — suspirou ele.

Ele sentiu o aperto em suas bolas enquanto Lisanne tremia ao seu redor. Ela gritou de novo, e ele sentiu a vibração através de seu peito. Era demais.

Daniel ergueu-se, arqueando as costas quando empurrou dentro dela uma última vez, estremeceu e ficou imóvel.

Ofegante, apoiou a testa em seu pescoço e sentiu suas mãos suaves em seu cabelo. Ele respirou fundo para tentar controlar seu coração acelerado, depois estendeu a mão entre eles e fez com que o preservativo ainda permanecesse no lugar quando cuidadosamente se retirou dela.

Notou que havia sangue nos lençóis e na sua mão enquanto tirava o preservativo e o amarrava em um nó, antes de deixá-lo cair no chão.

Preocupado que a tivesse machucado, Daniel inclinou-se sobre o cotovelo e olhou para o rosto ruborizado de Lisanne. Delicadamente, acariciou sua bochecha.

— Você está bem?

Ela assentiu com a cabeça, sorrindo para ele.

— Certeza?

Ela levou os dedos aos lábios dele e os curvou em um sorriso.

— Eu tenho certeza.

— Doeu? Eu machuquei você?

— Um pouco, mas está tudo bem. Eu me senti... — Mas Lisanne não tinha palavras.

Em vez disso, sorriu em resposta e beijou-o levemente nos lábios. Aliviado, Daniel deitou-se com uma mão atrás da cabeça.

Lisanne estava lutando para definir a forma como se sentia.

Incrível era uma coisa, mas estava confusa com a dor – e tinha doído quando ele a havia penetrado – como a dor podia trazer tanto prazer? Senti-lo dentro dela, ao seu redor, em torno dela... *Vendo-o* mover-se lá dentro – tinha sido extraordinário. E ainda, parte dela sentia a mesma coisa: ela ainda era Lisanne – estudante de música e grande nerd. Agora sabia que não importava quantas vezes a pessoa lesse sobre a mecânica de fazer amor com alguém, nunca poderia realmente explicar o sentimento. Meninas na sua escola tinham adorado ou diziam que era horrível e doloroso.

Lisanne estava definitivamente na categoria anterior – não sentia que tinha feito sexo, e sim amor. E, tendo acontecido depois de sua declaração para ele, sabia que ele tinha feito amor com ela.

Aconchegou-se contra ele, arrastando os dedos sobre seu peito e puxando suavemente seus *piercings* de mamilo. Em seguida, ela inclinou-se para cima para ver seu rosto.

— Por que você tem seus mamilos perfurados? Não doeu?

Ele sorriu.

— Sim, um pouco. Foi intenso.

— Mas você gosta?

— Especialmente quando você faz isso. É uma porra de um orgasmo esperando para acontecer.

Ela sorriu.

— E se eu fizer isso?

Ela se inclinou e chupou-os em sua boca, um de cada vez, brincando com os pequenos *piercings* na língua.

Quando olhou para cima, as pálpebras de Daniel haviam se fechado.

Ele abriu os olhos e sorriu.

— Sexy! — falou. — Você me deu uma ereção fazendo isso.

Lisanne olhou para baixo e viu que o lençol havia formado uma tenda ligeiramente abaixo de seu quadril.

— Uau! Isso foi rápido! Hum, eu não acho que... Eu estou um pouco dolorida.

— Está tudo bem, baby — disse ele, com um sorriso curvando seus lábios. — Eu não posso evitar ficar duro perto de você. Ela vai embora se eu pensar em matemática ou algo assim.

Lisanne bufou e riu.

— Matemática?

— Sim, ou algo assim. Vem cá.

Ela estava deitada em seu peito e ele acariciava suas costas em toques suaves, amorosos.

Adormeceram nos braços um do outro.

Capítulo 10

O céu tinha virado um azul escuro profundo com listras roxas quando Daniel acordou.

Por um breve momento, não conseguia lembrar onde estava.

Então sentiu o corpo quente de Lisanne enrolado em seu peito, e as memórias vieram à tona.

Ele ainda estava ali, seu peito se enchendo de calor.

Ela não havia corrido.

Não tinha dito a ele que não podia namorar um cara surdo.

Ele lhe havia mostrado a realidade na clínica – até tinha falado com ela sobre implantes cocleares, pelo amor de Deus.

E então ela o deixara fazer sexo com ela, que ele fosse seu primeiro. Ela o *queria*.

Tinha sido incrível. A transa havia sido boa, com certeza, mas era mais do que isso. Porque ela *o conhecia* – ela o conhecia. Sabia de tudo, e ainda o queria.

Foi difícil para Daniel absorver isso.

Desde que ele tinha começado a perder a audição, havia se convencido de que nenhuma menina iria querê-lo se soubesse a verdade. Isso tinha começado a sua longa linha de conexões e encontros de uma só noite – deixando-as antes que elas pudessem deixá-lo quando descobrissem a verdade.

Mas não Lisanne.

De alguma forma, ela havia criado seu caminho através de todas as barreiras e defesas que ele tinha erguido, nem mesmo sabendo que ela estava fazendo isso.

Ela era extraordinária.

Acariciou a pele macia do ombro de Lisanne, espantado que ela tivesse adormecido enrolada ao redor dele, com o cabelo espalhado sobre seu peito. Tão confiante.

Percebeu que seu pênis estava duro como pedra contra sua coxa. Isso não era novidade, ele acordava quase todas as manhãs assim e, independente de estar atrasado ou não, sempre fazia algo sobre isso no chuveiro. Ele realmente gostava de ter encontrado um uso para o pau com Lisanne, mas ela havia dito que estava dolorida, e ele não queria machucá-la.

Ele se mexeu desconfortavelmente e ela se esticou, sonolenta; inconscientemente, esfregando-se contra ele. Daniel se esforçou para se concentrar em alguma equação de álgebra, mas não era fácil quando uma bela mulher nua estava deitada ao lado dele.

Ela piscou algumas vezes, e sua pele corou quando percebeu que Daniel estava deitado ao lado dela, também nu.

Ele viu o momento em que suas memórias se atropelaram em sua mente e ficou tenso: talvez *esse* fosse o momento em que ela fugiria.

— Quanto tempo dormimos? — disse ela, entrecerrando os olhos para ver a hora em seu celular.

— Cerca de cinco horas — falou em tom calmo. — São quase sete. Você está bem? Como se sente?

Ela riu com a voz rouca.

— Como se alguém tivesse rearranjado os meus ossos — disse, segurando sua mão sobre a boca enquanto bocejava.

Ele bateu em seu ombro.

— Diga de novo, baby. Não pude ver seus lábios.

— Ah, desculpe. — Ela fez uma cara confusa, depois esticou-se novamente. — Eu me sinto como se tivesse passado a manhã na academia. Tudo dói. — Ela viu o olhar no seu rosto e lamentou a forma como havia se expressado. — Eu não queria dizer assim, Daniel. Estou um pouco dolorida, isso é tudo.

A boca dele se contraiu em uma linha reta.

— Você não sente muito, não é? Quero dizer, sobre o que fizemos?

Lisanne sorriu timidamente e, depois, o beijou suavemente nos lábios.

— Não, eu não sinto muito por *isso*. Foi... maravilhoso.

Daniel sentiu todo o seu corpo relaxar. *Maravilhoso*. Ele poderia viver com isso.

— Hum, você pode fechar os olhos só por um momento? Preciso vestir meu robe — murmurou ela.

Ele olhou para ela, incrédulo.

— Lis, nós fodemos praticamente até a próxima semana e você não quer que eu veja sua bunda?

Ela corou, ainda mais vermelha.

— Eu sei, apenas... Por favor?

Balançando a cabeça, Daniel fechou os olhos. Ele não gostou de fazer isso, não só porque tinha gostado de ver o corpo dela, mas porque o privou de seus outros sentidos. Sem som e sem visão, era só escuridão e medo. Agarrou o lençol e o edredom com força, querendo ser capaz de sentir *alguma coisa*.

Daniel pulou um pouco quando ela tocou em seu braço.

— Desculpe — sussurrou ela. — Eu sei que é idiota...

Ele sorriu com relutância.

— Está tudo bem. Eu entendo. Mais ou menos.

Lisanne olhou para ele, agradecida.

— Volto em um minuto.

Ela saiu sorrateira pela porta e Daniel suspirou. Sua ereção ainda estava mostrando sinais de esperança de outro encontro com Lisanne. Olhando para seu membro com irritação, colocou as pernas para fora da cama e procurou suas roupas. Vestiu sua cueca e guardou o pau ainda semiereto, amaldiçoando-o baixinho. Maldita coisa que nunca o ouvia.

Estava fechando o zíper da calça jeans quando Lisanne retornou.

Ela correu os olhos sobre seu corpo, faminta, e franziu o cenho quando percebeu que ele estava se vestindo.

— Eu pensei em levá-la para jantar.

— Não podemos ficar aqui? — disse ela, bocejando novamente.

Ele riu levemente.

— Nós poderíamos, mas eu quero te foder de novo e não acho que é uma boa ideia no momento.

Ele olhou de volta para a cama, desejando que tivesse pensado em encobrir o sangue que se destacava no lençol branco.

Lisanne seguiu seu olhar, horrorizada.

— Argh! Isso é nojento!

Daniel segurou o braço dela e a fez olhar para ele.

— Não é grave. Foi incrível. Só lamento por ter te machucado.

Constrangimento a fez tensionar em seus braços.

— Não pode ser a primeira vez que você dormiu com uma *virgem*.

Sua falta de resposta era a resposta que ela precisava. Ela se sentou pesadamente na cama, perguntando-se como tinha sido para *ele* – afinal, ele havia transado com meninas com muito mais experiência. E não era possível ter *menos* experiência do que ela.

As palavras de Shawna de poucos dias antes voltaram para ela: *talvez você seja apenas uma opção ruim*. Seus ombros cederam. Talvez agora que ele *a havia tido*, perderia o interesse.

Daniel estava preocupado com o conflito de emoções que via no rosto de Lisanne.

— Baby, fala comigo — ele pediu em voz baixa.

— Você dormiu com tantas pessoas — disse ela, com tristeza.

Isso era tudo o que a estava incomodando? Ele tentou encontrar as palavras para tranquilizá-la.

— Você sabe por quê?

— Porque você podia.

Ele balançou a cabeça e entrelaçou os dedos com os dela.

— Não. Porque sabia que elas não iriam me querer quando soubessem que sou surdo. Depois... É... Eu não sei. Foi... mais fácil.

Lisanne olhou para ele.

— Mas... Mas você é lindo, e gostoso, e todas as meninas querem você — disse ela, confusa.

— Elas querem o que *acham* que eu sou — respondeu ele. — Elas não sabem que sou *deficiente* — disparou amargamente.

Lisanne ficou em silêncio. Era assim que ele se via?

— Daniel, eu...

Ele fechou os olhos, recusando-se a encará-la.

Ela acariciou seu rosto e deixou seu dedo traçar o contorno de sua bela e triste boca. Mas ele virou o rosto para longe dela.

Ela continuou tocando-o, persuadindo-o suavemente.

Finalmente, ele se virou para olhar para ela.

Eu ouço você, ela sinalizou com as mãos.

Ele sorriu e deu um beijo suave na ponta do nariz dela.

Em seguida, sua barriga soltou um grande estrondo e ela esfregou os olhos, cansada.

Tocando em seu ombro, levantou-se.

— Vamos então. Vamos pegar algo para comer. Estou morrendo de fome. — Ela deu um beijo suave em seus lábios, fazendo beicinho. — Todo esse exercício me abriu o apetite.

Daniel deu um sorriso irônico.

— Melhor do que ir para a academia?

— Muito, muito melhor. — Ela riu.

Ele a deixou puxá-lo para cima, então passou os braços em volta da cintura dela.

— Você é tão incrível — disse em seu cabelo.

Lisanne não sabia se deveria ouvi-lo ou não. Ela empurrou-o suavemente.

— Sapatos de elefante — suspirou.

Seus olhos se arregalaram e ele sorriu para ela.

Eles jantaram no Taco Bell, tanto por ser mais perto e mais barato.

Daniel estava no meio de seu burrito quando Lisanne casualmente mencionou que seus pais estariam na cidade na semana seguinte.

— Eles virão para visitar o *campus* e ver o meu quarto no dormitório. Então, eu estava pensando, talvez todos nós poderíamos sair para almoçar ou algo do tipo no sábado? Ou café? Talvez.

Ele parou no meio da mastigação, certo de que seu rosto devia parecer tão horrorizado como se sentia.

— Você quer que eu me encontre com seus pais?

Daniel sentiu a necessidade de esclarecer, porque ele estava em dúvida se seu cérebro estava processando suas palavras com precisão. Lisanne assentiu com cautela.

Merda! Ela realmente queria que ele conhecesse seus pais. Como diabos ele sairia dessa? Então pensou sobre o quanto isso devia significar para ela ter perguntado a ele. Eles estavam namorando agora. Ela não era uma garota qualquer com quem ele tinha transado. Seu estômago agitou, pensando em todas as coisas que poderiam dar errado. Em seguida, a imagem de seus próprios pais se aproximou dele, e Daniel não pôde deixar de pensar o quanto sua mãe e seu pai teriam gostado de conhecê-la – quão felizes eles estariam por ele ter encontrado alguém.

Ele engoliu a comida e tomou um grande gole de refrigerante antes de responder.

— Tudo bem — disse em voz baixa. — Eu gostaria de conhecer seus pais.

— Sério? — Lisanne sorriu para ele.

Deus, ele adorava quando todo o seu rosto se iluminava assim.

— Sim. Eles têm uma filha incrível, seria bom conhecê-los.

Embora ele duvidasse muito que sentiriam o mesmo sobre ele. Daniel não era tolo, e podia imaginar quão satisfeitos os pais dela *não* estariam quando o conhecessem. *Desagrado* era uma palavra? Ele tinha a sensação de que estava prestes a ser inventada – provavelmente no próximo sábado. Mas, se Lisanne o queria com ela, ele faria qualquer coisa para fazê-la feliz.

Lisanne parecia tão surpresa e encantada que ele não pôde deixar de sorrir de volta.

— Então... Você disse a eles? Sobre mim? Sobre nós?

— Bem — disse ela, olhando para ele de lado, com um sorriso sexy. — Minha mãe sabe que você é minha dupla no trabalho de Administração. *Talvez* eu tenha mencionado a ela que você é realmente bonito.

— Bonito, hein? Não terrivelmente gostoso? Ou super incrível na cama?

Lisanne imediatamente corou em tom vermelho beterraba, e Daniel sorriu para si mesmo, desfrutando de seu embaraço cada vez que ele mencionava algo a ver com sexo.

— Hum, não! E minha mãe definitivamente não vai ouvir isso em nenhum momento por enquanto! — ela respondeu com firmeza.

— Huh. Portanto, sem línguas na frente deles? Eu não sei, boneca, você acha que vai ser capaz de manter suas mãos longe de mim?

— Você é tão mau! — Lisanne murmurou entredentes, tentando não rir, mas falhando ao tentar esconder.

Daniel sorriu e piscou.

Ela sentou-se e suspirou. Ele parecia tão deliciosamente *bad boy* sentado ali, com seu *piercing* na sobrancelha e suas tatuagens espiando debaixo da camisa. Aquele menino era sexo ambulante. E agora ela sabia do que estava falando.

Na verdade, ela ainda estava sentindo dor, mas, Deus, tinha valido a pena. Sentia-se irreconhecível e achava que todos deveriam ser capazes de dizer só de olhar para ela. Retraiu-se quando pensou em como lidar com Kirsty perguntando como eles tinham passado o dia. Seria *tão* óbvio. E ela definitivamente tinha que lavar algumas roupas.

Mas pelo menos não teria que enfrentar Kirsty até o dia seguinte – tinha uma noite inteira para passar dormindo com Daniel.

Dormindo com Daniel!

Os dedos dos pés enrolaram em êxtase com o pensamento.

Quando chegaram de volta ao seu quarto, Daniel teve que esgueirar-se pela saída de incêndio. Ele bateu em sua porta e ela o deixou entrar. Daniel sorriu para ela.

— Havia uma fila de merda de gente esperando para entrar. — Ele riu. — Nossa, pensei que teríamos que pegar números ou algo assim! — Puxou-a para um abraço e acariciou seu pescoço. Então ele se inclinou para trás para olhar para ela. — Qual é o problema?

Lisanne sorriu, nervosa.

— Eu não quero, hum, você sabe. Não esta noite. Eu ainda me sinto um pouco...

— Ei, está tudo bem — disse ele, acariciando seu rosto com os polegares. — Eu disse, nós não temos que fazer nada que você não queira.

— Sério? — perguntou ela, aliviada. — Porque li que vocês pensam em sexo a cada quinze segundos ou algo assim.

Ele riu alto, os olhos dançando com diversão.

— Sim, ou com mais frequência do que isso em torno de você. Nossa, onde é que você leu isso?

Lisanne não respondeu, de repente, ficando muito ocupada caçando lençóis limpos em seu armário.

Daniel a observou por um momento, depois ajudou a arrumar a cama.

— A propósito — ela falou deliberadamente, mudando de assunto —, onde é que Zef pensa que você está?

Daniel ergueu as sobrancelhas.

— Zef? Eu não tenho nenhuma ideia. Por que ele se importaria?

Sua pergunta a fez estacar na mesma hora. Zef não se importava?

Então ela percebeu que Daniel não tinha ninguém que se importasse ou não que ele fosse para a faculdade ou tirasse boas notas – ou mesmo se levantava ou não de manhã. O pensamento a deixou triste ao extremo. Ela atirou-se nele, envolvendo os braços firmemente em torno de seu pescoço.

— Ei — disse ele, surpreso. — O que é tudo isso? Quer dizer, eu gosto disso, uma mulher linda se jogando em mim. Só estou me perguntando se há uma razão em particular.

— Não — murmurou ela em seu peito. Então, olhando para cima, disse: — Não é por nada.

O rosto dele dizia que claramente não acreditava nela, mas deixou passar.

— Tá bom, baby, eu vou me esgueirar para o banheiro dos homens agora. Se eu não voltar em dez minutos, isso provavelmente significa que estou no gabinete do reitor.

Lisanne deu um sorriso trêmulo.

Daniel abriu a porta em uma fresta, piscou para ela e se esgueirou para fora, fechando-a silenciosamente atrás dele. Por um momento, ficou atordoada, depois deu-se um pontapé mental. Ela tirou a roupa, colocou uma camisa e roupão folgado, recolheu a toalha e as pantufas.

Daniel voltou em muito menos do que os dez minutos propostos, sorrindo por causa da roupa dela.

— Pantufas de coelho? — Ele riu, olhando para seus pés.

— Minha mãe me deu! — comentou Lisanne desafiadoramente, com o rosto em chamas.

— Bonitas!

Tentando manter alguma dignidade, Lisanne disse:

— Eu queria perguntar se você queria emprestada minha escova de dentes.

Daniel sorriu para ela, sabendo que a mudança de assunto era sua forma preferida de lidar com sua provocação.

— Tenho a minha própria — disse ele, apontando para o bolso de trás da calça jeans, enquanto puxava sua camisa sobre a cabeça.

— Mas... Mas... — gaguejou Lisanne. — Você não sabia que ia ficar aqui!

Daniel tentou esconder um sorriso – e fracassou totalmente.

— Eu mantenho uma de reserva em Sirona — disse ele, erguendo as sobrancelhas.

Lisanne balbuciou inutilmente, enquanto ele continuava a sorrir para ela. Em seguida, ele se inclinou e deu um beijo suave nos lábios dela.

— Isso não significa nada. Venho fazendo isso há anos.

— Oh! — bufou Lisanne, não inteiramente certa se isso a fazia se sentir melhor ou pior.

Ela escondeu o rosto ruborizado e se arrastou para o banheiro, as orelhas em suas pantufas de coelhinho acenando enquanto ela caminhava.

Quando voltou, parecendo mais calma, mesmo que não se sentisse, Daniel já estava na cama. Ele sorriu para ela, parecendo a imagem da tranquilidade, com as mãos atrás da cabeça, seu glorioso e musculoso peito nu.

A garganta de Lisanne secou e ela começou a se sentir quente em todos os lugares – ou em locais errados, considerando que ainda sentia um impulso de dor leve entre as pernas.

Seus olhos seguiram os contornos do peito dele até seu abdômen definido e musculoso. O garoto era malhado!

Ela percebeu que seus olhos estavam demorando no lençol abaixo da cintura. Quando finalmente arrastou seus olhos para o rosto dele, ele estava olhando para ela com uma expressão divertida.

— Seus olhos estão esbugalhados, boneca — disse ele com um sorriso.

— Por que você me chama assim? — ela perguntou, irritada.

Seu sorriso vacilou.

— Você não gosta?

— Não muito — ela mentiu. — Isso me faz parecer um brinquedo. Além disso, Roy me chama de "gatinha".

Os olhos de Daniel escureceram perigosamente.

— Você nunca me disse isso.

— Você não perguntou.

— Tudo bem — disse ele, com cara de bravo. — Não vou chamá-la mais disso.

— Tá bom — concordou ela, com irritação crescente para coincidir com a dele.

Ela andou pelo quarto, irritada consigo mesma e com a reação de Daniel. Toda vez que ela o olhava sorrateiramente, ele estava franzindo a testa para a parede oposta. Ela suspirou – às vezes, ter um namorado era um trabalho difícil.

Ela tentou lembrar o que sua mãe havia dito sobre não dormir brigado – particularmente em assuntos como esse.

— Ei — disse ela, caminhando para a cama e inclinando-se para beijá-lo. — Eu não me importo muito.

Sua mente estava claramente em outro lugar, porque ele cuspiu:

— Se esse estúpido colocar um dedo em você, você vai me dizer, certo?

Lisanne piscou. Ele estava com *ciúmes*?

— Roy nunca me tocou, não é assim. Quero dizer, ele me abraça, mas está apenas sendo simpático.

Os olhos de Daniel se estreitaram ainda mais.

— Estou falando sério, Lis. Se ele fizer mais alguma coisa que faça você se sentir desconfortável...

Ele deixou a ameaça pairar no ar, mas o olhar no seu rosto fez Lisanne arrepiar. Pela primeira vez, ela podia acreditar em algumas coisas que as pessoas tinham dito a seu respeito. Ele parecia perigoso.

— Roy não fez nada — ela disse com firmeza. — Mas, há algo que eu quero lhe perguntar.

— O quê? — indagou, com o rosto ainda com raiva.

— Ouvi que você esteve em algumas brigas essa semana.

Ele não tentou negar ou fingir que não sabia do que ela estava falando.

— Sim, o que quer saber sobre elas?

— Você não me contou.

Ele deu de ombros.

— Por que você não me contou, Daniel?

— Por que eu contaria? — retrucou ele. — Não tinha nada a ver com você.

Lisanne sentiu seu temperamento começando a subir tão rapidamente quanto o dele. Dois minutos atrás, ela estava se sentindo bem alimentada, sonolenta e ansiosa para passar sua primeira noite com o namorado; agora, estava chateada.

— Não tem nada a ver comigo com o fato de o irmão do meu namorado ser um traficante de drogas? — sussurrou ela, seu tom incrédulo.

Os olhos de Daniel estavam incendiados.

— Não faça isso, Lis.

— Por que não? Todo mundo parece saber! Eu não acho que haja alguém que *não tenha* me avisado para não namorar você por causa disso! Até teve uma louca que veio ao meu quarto tentar comprar drogas de mim.

Choque, mágoa e raiva explodiram em seus olhos, e Lisanne imediatamente se arrependeu do que havia dito.

— O quê?!

— Sim, uma menina do segundo ano soube que estávamos namorando e veio ao *meu* quarto para comprar "algo para o fim de semana".

Daniel esfregou as mãos sobre o rosto, e quando ele olhou para cima, seus olhos estavam tempestuosos.

— Kirsty a expulsou daqui — continuou Lisanne. — Você tem que fazer algo a respeito de Zef. Você tem que detê-lo...

— Porra — murmurou bravo, saltando da cama. Ele começou a puxar seu jeans.

— Daniel... — disse Lisanne, hesitante.

— Não! — gritou ele, fazendo-a pular. — Não! Você não pode julgá-lo! Você não sabe o que ele... Eu não tenho que ouvir essa merda.

Ele virou as costas e continuou a se vestir apressadamente, enfiando os pés descalços em suas botas. Lisanne sabia que tinha cerca de cinco segundos para corrigir isso – ela só não tinha ideia de como.

Ela bateu em seu braço, mas ele não olhou para ela. Então, se postou à sua frente e segurou seu rosto.

— Desculpa — disse ela, depressa. — Sinto muito. Eu me preocupo com você.

Ele tentou livrar-se dela, mas Lisanne se manteve agarrada a ele, o medo rastejando e tomando conta de seu corpo.

— Por favor, Daniel!

Finalmente, ele olhou para ela.

— Ele é a única família que eu tenho.

Sua voz era baixa e crua, e Lisanne sentiu a dor física quando viu o quanto o tinha machucado.

— Sinto muito — sussurrou de novo, mesmo que as palavras parecessem profundamente inadequadas. — Por favor, não vá.

Ele olhou para ela, a indecisão clara em seu rosto.

Eu ouço você, sinalizou ela.

Ele fechou os olhos.

Derrotado, Daniel sentou-se na cama, apoiando os cotovelos nos joelhos. Sua cabeça pendia para baixo, ele não iria olhar para ela.

— Três dias depois de meu aniversário de dezessete anos, minha mãe e meu pai morreram — disse ele, sua voz suave, com tristeza. — Zef poderia ter me jogado em um lar adotivo ou algo assim, mas não o fez. Ele se tornou meu guardião legal quando tinha 22 anos. Ele realmente teve que lutar por mim, a porra dos assistentes sociais disseram que, porque eu tinha *necessidades especiais*, ele não era competente. Pelo amor de Deus. Como se ele não tivesse vivido com toda essa merda por anos. Felizmente, o juiz me perguntou o que eu queria, e me deixaram ficar com ele. — Ele olhou para Lisanne, os olhos suplicantes. — Ele é meu *irmão*. — Sua voz falhou na última palavra, e ele baixou os olhos para o tapete.

Lisanne se ajoelhou na frente dele e tomou seu rosto entre as mãos.

— Obrigada por me ajudar a entender — disse ela, finalmente. — Me desculpe, eu... Eu só estou arrependida. Tudo bem?

Ele balançou a cabeça e esfregou os olhos. Lisanne ficou chocada ao ver as lágrimas.

— Venha para a cama — ela falou suavemente.

Ele balançou a cabeça novamente, arrancou as botas e jogou seu jeans de volta no chão. Então, deitou-se na cama, olhando para ela.

Rapidamente, Lisanne tirou o robe e deslizou na cama ao lado dele. Ele passou o braço em volta dela, que deitou-se em seu peito, escutando tudo, até mesmo o som do seu coração batendo, diminuindo gradualmente enquanto sua respiração se acalmava.

Ela estendeu o braço e apagou a luz.

Deitaram-se em silêncio na escuridão pacífica e Lisanne estava quase dormindo quando percebeu uma coisa: Daniel não havia negado que seu irmão era um traficante de drogas.

Ela ficou acordada por um longo tempo ouvindo os sons suaves das respirações dele.

Acordando cedo, a primeira coisa que Lisanne viu foram os olhos castanhos de Daniel sorrindo para ela.

— Ei, linda. Esta é uma ótima maneira de acordar.

Ele relaxou de volta na cama e a beijou com suavidade, deixando seus lábios derivarem através de sua garganta — carinhoso, amoroso, pouco exigente. Mas, apesar da delicadeza de seus toques, eles pareciam despertar todo o seu corpo.

Ela se perguntava se era muito cedo, se ainda estaria ferida ou não. *Sentia-se* bem, mas não tinha ideia de como ela deveria se sentir emocionalmente: meio tímida, meio sexy, meio estranha por ter perdido a virgindade — e para Daniel.

Por outro lado, era bastante óbvio como ele estava se sentindo — ou uma parte dele pelo menos.

Lisanne se abaixou e colocou sua mão ao redor de seu comprimento duro. Os olhos de Daniel se abriram com surpresa e Lisanne ouviu sua ingestão aguda da respiração.

— D-desculpe! — gaguejou ela.

— Ei, não se desculpe! É incrível pra caralho ter suas mãos em mim assim.

Ela continuou o acariciando com firmeza. Daniel respirou fundo e suas pálpebras tremeram. Ele a encarou através de seus longos cílios, com a boca ligeiramente aberta. Então, se inclinou e a beijou profundamente, passando os dedos sobre seus seios. Lisanne estremeceu quando ele moveu a cabeça e os tomou em sua boca, seus lábios quentes e sensuais em seu corpo.

Ela gemeu, esperando que ele sentisse em seu peito as vibrações do desejo.

Começando onde ele tinha parado no dia anterior, Daniel fez amor com uma nova doçura e intensidade que surpreendeu os dois.

Lisanne sentiu seu corpo reagir ao seu toque, seu gosto, o peso dele sobre ela. Ela gritou seu nome quando ele se enterrou dentro dela.

Ele olhou para seu rosto, seus olhos escuros e apaixonados enquanto o seu corpo se movia, empurrando dentro dela. Lisanne sentiu um delicioso tremor varrer seu corpo. Ela o chamou de novo, e teve que deixar de fora o pensamento doloroso de que ele nunca a ouviria dizer seu nome. Nunca. Ele nunca saberia o som de sua voz.

Lágrimas brotaram de seus olhos e ele beijou-as quando seu corpo disse a ela o quanto ele se importava.

Depois, quente e saciada, seus corpos entrelaçados como flores silvestres, Lisanne acariciou a pele lisa de Daniel e sorriu para si mesma.

Ele estava certo — era uma ótima maneira de acordar.

O momento de paz e de conexão completa não poderia durar.

Por um lado, Lisanne realmente precisava fazer xixi. E por outro, sentia-se muito suada e pegajosa e queria desesperadamente tomar banho. E ela *ainda* se sentia envergonhada de andar nua na frente dele. Sabia que era estúpido depois de tudo o que tinham feito — coisas que a faziam corar apenas por pensar.

Daniel não tinha a mesma dificuldade, mas, novamente, tudo sobre o seu corpo era bonito. A palavra "esculpido" poderia ter sido inventada para este homem. Ele estava bastante contente por passear em seu quarto totalmente nu, completamente relaxado e à vontade. Até abriu a janela, tremendo um pouco, quando saiu, na medida do possível, para fumar um cigarro.

Lisanne não conseguia parar de admirá-lo. Era realmente chato cobiçar seu próprio namorado? Ela não sabia. Mas, de vez em quando, Daniel pegava seu olhar e lhe dava o seu sexy sorriso. Só que, às vezes, era definitivamente mais de um sorriso, aparentemente sabendo que seus pensamentos tinham apenas ido direto para a sarjeta.

Novamente.

Por fim, ele vestiu a calça jeans e vasculhou ao redor em busca da camiseta, que, por algum motivo desconhecido, tinha encontrado o seu caminho para debaixo da cama de Kirsty.

— Em um minuto, baby — disse ele com uma piscadela, deslizando para fora da porta.

Enquanto ele se foi, Lisanne vestiu seu roupão e começou a endireitar a cama. Parecia precisar de muito mais trabalho do que o habitual, e Daniel já estava batendo na porta antes que ela terminasse.

— Porra! Deixe-me entrar — disse ele, parecendo irritado.

— Por quê? O que aconteceu? Você foi pego?

— Você poderia dizer isso — ele falou ironicamente. — Essa garota Shawna praticamente me arrastou para seu covil.

— O quê?!

— Ela disse que tinha algo pesado que precisava mover em seu quarto. Provavelmente era sua bunda.

Lisanne riu ao ver a expressão de desgosto no rosto de Daniel.

— Achei que você estava acostumado com isso, com as mulheres tentando arrastá-lo para longe para fazer coisas más com você.

Daniel revirou os olhos.

— *Essa* mulher não aceita um não como resposta.

Lisanne fez uma cara confusa enquanto Daniel continuava a estremecer.

— Será que ela... Você sabe... Tentou algo antes?

Daniel fechou a cara.

— Sim, cada vez que ela me vê, especialmente se você não está por perto. Às vezes, quando você está. Já está ficando meio chato. — Ele fez uma pausa, alertado pelo olhar irritado em seu rosto que era hora de parar de falar da Shawna. — Então, bone... Lis, posso levá-la para o café da manhã?

— Tudo bem, mas preciso tomar banho. Não vou demorar muito.

Daniel gemeu.

— O quê?

— Mulheres sempre dizem que não vão demorar muito para ficar prontas, mas sempre demoram.

— Eu não — disse ela, na defensiva.

— Vou cronometrar você! — ele falou, com um olhar desafiador em seu rosto.

— Tudo bem. Se eu voltar em dez minutos ou menos, *você* paga o café da manhã.

— Feito.

Lisanne se apressou, ela realmente o fez, mas acabou sendo quem pagou pelo café da manhã depois de tudo. Por um maldito minuto.

— Esta não é uma aposta justa — reclamou, olhando para o prato lotado de Daniel enquanto ele comia bacon, feijão, ovos e batatas fritas. Uma enorme pilha de torradas em seguida.

Suas panquecas e frutas frescas pareciam escassas em comparação. Daniel piscou para ela.

— Você fez a aposta, bon... Lis.

— Ah, pelo amor de Deus! Me chame do que gosta. Vou chamá-lo de... Danny.

Ele fechou a cara para ela.

— É um nome de menininha.

— E "boneca" parece um brinquedo sexual.

Daniel se engasgou com suas batatas fritas, e Lisanne corou quando entendeu *exatamente* como isso havia soado.

Maggie apareceu para encher suas xícaras de café e ficou conversando por um minuto. Lisanne estava começando a ficar menos nervosa com ela. Particularmente, gostava de ouvir Maggie provocando Daniel sobre coisas que ele havia dito e feito quando era criança.

— Você deveria ter visto quando ele tinha 14 anos, Lisanne. Ele era a coisa mais fofa. Devia ter conseguido seu primeiro tubo de gel de cabelo, porque estava com tudo espetado. Ele passou o gel e ficou uma hora se olhando na janela e se ajeitando. E juro que ele me usou para praticar como falar com as meninas.

Ambas ignoraram o comentário murmurado de Daniel:

— Nem pensar!

Lisanne riu.

— Que tipo de cantadas ele usou?

— Deixe-me ver. Ah, coisa muito brega, sabe? "Você com certeza está parecendo agradável hoje, Maggie. Você parece cansada, Maggie, venha e faça a sua pausa comigo. Você fez algo diferente no cabelo, Maggie? Porque você está parecendo poderosa hoje".

Daniel balançou a cabeça, os olhos arregalados de constrangimento e a ponta das orelhas vermelhas.

— Caramba! Dá um tempo, Maggie! Eu tinha quatorze anos!

— E era um destruidor de corações mesmo assim, Danny. Mas você deveria tê-lo visto no dia em que veio depois de fazer sua primeira tatuagem...

Daniel gemeu e se levantou.

— Ah, qual é, Lis. Nós temos que ir.

— Mas eu quero ouvir o final dessa história! — disse Lisanne, tentando não rir.

Maggie piscou para ela, depois apertou a bochecha dele e deu um tapinha em seu braço.

— Traga a sua boa menina de volta aqui em breve, aí eu vou lhe dizer como que *você* terminou desmaiando na mesa.

Daniel praticamente correu para a porta.

Assim que saíram da lanchonete, ele encarou Lisanne com um olhar desesperado.

— Se você valoriza a minha sanidade mental, nunca mencione isso de novo, por favor, baby.

— Ah, eu não sei, *Danny*, porque você é a *coisa mais fofa*!

Era maravilhosamente relaxante fazer algumas coisas simples, como tomar café da manhã juntos, e Lisanne estava feliz por aproveitar ao máximo. Mas, cedo demais, o mundo os trouxe de volta.

Daniel a largou nos dormitórios e saiu para recuperar o tempo perdido com os deveres de casa, enquanto ela se perguntava qual pilha de seu próprio trabalho atacar primeiro.

Kirsty voltou pouco antes do almoço, descrevendo o dia de diversão que eles tiveram na praia e a incrível festa improvisada na casa da fraternidade mais tarde.

— Então, o que você fez? — disse ela, com um olhar avaliador. — Você se divertiu?

Lisanne simplesmente balançou a cabeça, com medo de que sua voz poderia entregá-la.

— Meu Deus! — soltou Kirsty. — Você fez aquilo, não foi?

— Eu não sei o que você quer dizer — murmurou Lisanne, pouco convincente.

— Você dormiu com ele, não foi?! Você dormiu com Daniel, sim!

Não havia nenhum ponto para Lisanne tentar negar – seu rosto contava toda a história.

— Ai, meu Deus! — repetiu Kirsty, sacudindo a cabeça. — Então essa era a coisa particular que você estava fazendo com o Daniel! Não acredito que você não me disse!

— Não foi planejado — Lisanne respondeu fracamente.

Porém, Kirsty não acreditava nela.

— Bem — disse ela. — Como foi? Você gozou?

— Eu não vou dizer *isso* a você! — ofegou Lisanne.

— Você gozou com certeza! — gritou Kirsty. — Quantas vezes? Uma vez? Duas vezes? *Três* vezes? De jeito nenhum!

Lisanne balançou a cabeça.

— Não vou falar sobre isso, Kirsty. É particular.

Kirsty deu uma risadinha.

— Não por muito tempo. Shawna vai se rasgar! Ela tem uma queda por Daniel desde, tipo, sempre!

— Não! — disparou Lisanne. — Ninguém tem nada a ver com isso além de mim e Daniel!

Kirsty apenas sorriu para ela.

— Ah, desembucha um pouco, senhorita. E uma palavra de sabedoria: sexo matinal é incrível. Só estou dizendo. De qualquer forma, não vou ter que contar a ninguém, é tão *óbvio* que você fez isso. Não posso culpá-la, sempre disse que Daniel tinha um corpo fantástico.

Por alguma razão, as palavras de Kirsty irritaram Lisanne. Sim, Daniel tinha um corpo incrível, não existia dúvida sobre isso, mas havia muito mais sobre ele.

— Ele é uma boa pessoa também — ela falou em tom calmo.

Kirsty lhe lançou um olhar.

— Desculpe, Lis — disse ela. — Eu sei que você é louca por ele.

Isso foi o mais próximo que Kirsty chegou de um pedido de desculpas.

A semana que se seguiu foi cheia para ambos.

Ela tinha três noites de ensaios com os caras da *32º North*, e embora Daniel insistisse em dar uma carona para casa a cada vez, mal haviam tido a chance de mais do que uma breve sessão de amassos quando ele a deixava. Às vezes, um dia inteiro passava até que ela o visse no pátio ou apressadamente engolisse um sanduíche com ele no refeitório.

Daniel tinha um trabalho enorme para um de seus professores de economia, e como essa era sua formação, ele estava levando a sério.

A maioria dos intervalos de almoço de Lisanne foi tomada pelo ensaio da orquestra, algo em que era esperado que todos os cursos de música estivessem envolvidos.

Kirsty estava trabalhando duro também, bagunçando seu quarto do dormitório com restos de materiais e esboços de desenhos de roupas.

Daniel mandava mensagem para Lisanne constantemente, mas ela estava espantada com quanto o seu corpo ansiava por ele fisicamente. Todos os momentos em que seu cérebro não estava ocupado com o trabalho ou ensaio de música, ela encontrava sua mente derivando em todas as coisas que tinham feito — o que quase sempre a fazia corar; às vezes, em momentos extremamente inadequados.

Ela esperava ter a chance de fazer coisas mais lascivas com Daniel durante a semana, mas ele simplesmente dissera que não poderia levá-la de volta a sua casa, e com Kirsty trabalhando arduamente em sua mesa, eles não tinham escolha a não ser esperar.

Lisanne ficou surpresa ao acordar de um sonho incrivelmente erótico na sexta-feira de manhã, com o corpo formigando.

— Qual é o problema? — murmurou Kirsty, irritada, abrindo um olho. — Por que você está fazendo tanto barulho?

Lisanne não tinha palavras para responder a essa pergunta.

Na sexta-feira à noite, ela estava exausta e pronta para algum tempo fazendo nada.

Kirsty estava com Vin, então ela e Daniel tinham o quarto do dormitório para eles. Eles passaram a noite fora – discutindo, mais uma vez, tópicos adequados de conversa para quando Daniel conhecesse os pais de Lisanne no dia seguinte –, comendo no caminho.

— Harry está vindo também? — perguntou Daniel, esperando que o irmãozinho de Lisanne tornasse as coisas um pouco mais fáceis.

Sempre ajudava ter outro cara ao redor – ele não contava com o pai de Lisanne, já que ele definitivamente não estaria no time da casa.

Mas Lisanne balançou a cabeça.

— Não, ele tem algum jogo de basquete para ir.

Lá se foi a primeira linha de defesa de Daniel. Ele suspirou.

— E não diga a eles sobre Sirona — falou Lisanne, parecendo ansiosa.

— Devo dizer que eu gosto de montar nela com força? — disse ele, levantando uma sobrancelha.

Lisanne ignorou.

— Eles vão ficar loucos se pensarem que eu estou montando em motocicletas — continuou ela. — Eles acham que é perigoso.

— Eu não vou mentir para eles se me perguntarem — respondeu Daniel, franzindo a testa para ela.

— Você não tem que mentir, apenas não lhes conte tudo — insistiu com ele. — Você está estudando economia, seja econômico com os fatos!

Ele começou a sentir que seria melhor enfrentar Joe McCarthy — político americano conhecido por ser anticomunista — que Ernie e Monica Maclaine.

— E tente não praguejar ou blasfemar. Eles não gostam disso.

— Por que você não me dá uma lista do que posso dizer? — ele perguntou, com um olhar sombrio no rosto.

— Ah — disse Lisanne. — Essa é uma boa ideia.

Daniel revirou os olhos, mas felizmente ela não o viu fazer isso.

— Economia, eles vão gostar disso. E estudos de administração. Isso é bom. E matemática, é claro. — Ela mordeu o lábio, tentando desesperadamente pensar em quaisquer outros assuntos adequados. — Esporte — disse, de repente. — Você pratica algum esporte? Meu pai sempre assiste na TV. Ele é fanático por esporte.

— Eu sou a porra de um campeão.

Ela deu um tapa no braço dele.

— Estou falando sério!

— Eu também! — Ele sorriu para ela. — Eu jogava futebol americano no colégio.

— Sério?

— Claro!

— Em que posição?

— *Quarterback*.

— Você... Você foi um atleta?

Daniel riu.

— Você que está dizendo, baby.

— Então, como é que você não tentou entrar para a equipe da faculdade?

— Você está brincando, certo? — Ele revirou os olhos novamente. — Esqueceu que sou surdo?

Lisanne corou. A verdade era que ela estava tão acostumada a estar perto dele, certificando-se de que ele a encarasse quando falava, que era fácil esquecer que ele era surdo. Ele quase nunca cometia erros quando estava lendo seus lábios, e embora ela notasse que ele falava muito menos quando outras pessoas estavam ao redor, caso não conseguisse ver, ninguém mais tinha adivinhado seu segredo. Ela imediatamente se sentiu culpada.

— Não — disse ela na defensiva, falsamente.

Daniel sorriu para ela. *Odiava* que ele soubesse quando estava mentindo, mas ele não chamou sua atenção.

— Mas você jogou na escola, certo?

— Lis, era uma escola *especial*. Tínhamos que nos reunir e sinalizar. — Cansado do assunto, Daniel bocejou e espreguiçou-se.

Lisanne não poderia deixar de ser fascinada pela maneira como sua camiseta apertava sobre seu corpo.

— Você sabia que o ato de reunir os jogadores foi inventado por um homem surdo?

— Eu não sei muito sobre futebol americano — admitiu ela.

— Não importa, não há muitas pessoas que gostam de futebol americano que saibam disso também.

— Ah — disse ela, sentindo-se mais ignorante e desafiada a cada segundo. — Não existe algum jogador surdo na NFL?

— Houve dois já: Bonnie Sloan, na década de setenta, e Kenny Walker, que era um atacante de linha defensiva para o Denver Broncos. Isso foi há mais de 20 anos. Não teve nenhum desde então.

— Ah — Lisanne falou novamente.

— Então, posso te mostrar meu outro esporte favorito agora? — disse Daniel, cansado do assunto, o rosto vivo com a nova travessura.

— Qual é? — ela perguntou, com cautela.

— Eu disse a você... Transar!

Ele sorriu enquanto puxava sua camisa.

Como de costume, Lisanne não podia deixar de imediatamente cravar seus olhos no tórax dele – um fato que Daniel estava mais do que feliz em usar a seu favor.

— Quer jogar, baby? — disse ele, desfazendo o botão superior da calça jeans, então ela pendia um pouco mais baixo em seu quadril.

Lisanne balançou a cabeça, depois gritou quando ele a empurrou, jogando-a sobre a cama.

Depois disso, nenhum deles foi capaz de falar em sentenças completas por várias horas.

Capítulo 11

Lisanne acordou com a deliciosa sensação de beijos leves salpicando suas costas. Ela riu quando a mão de Daniel deslizou por seu quadril e barriga, puxando-a de volta com força em seu peito.

Sentiu seu pau ereto da manhã cutucando sua bunda e não pôde deixar de mexer o quadril, fazendo-o gemer.

Ela rolou até que estava de frente para ele e reverentemente traçou o contorno dos lábios dele com o dedo.

— Bom dia — sussurrou.

— Sim, é — disse ele, feliz.

Ela o beijou suavemente e um estrondo de desejo escapou de seu peito. Kirsty estava certa ao insistir que sexo matinal era muito incrível. Lisanne adorava ver seu rosto se suavizando pelo sono, o exterior duro desgastado com a noite.

Era ainda uma novidade ter um homem em sua cama – e que homem!

Afastou-se dele para que pudesse apreciar sua beleza, seguindo os redemoinhos de suas tatuagens em todo o braço, deixando seus dedos derivarem para baixo nos planos duros de seu peito, sobre os músculos de seu abdômen. Em seguida, lambeu os *piercings* de mamilo e os chupou delicadamente, fazendo com que um gemido suave escapasse da garganta dele.

Sorrindo para si mesma, puxou o lençol para baixo, deixando o dedo roçar sobre seu umbigo, então descendo para baixo.

Ele tomou uma respiração profunda.

— Quando você se tornou uma menina má?

Ela virou-se para olhar para ele e sorriu.

— Quando te conheci.

Ele riu suavemente.

— Bom. Eu gosto.

Sentindo-se corajosa, estendeu a mão para acariciar sua ereção e ouviu o engate de respiração em sua garganta.

Ela arfou um pouco quando ele se contraiu em sua mão e puxou o lençol para baixo para dar uma olhada.

— Ele parece tão bonitinho quando salta assim.

A voz de Daniel estava cheia de horror.

— Você não chamou meu pau de "bonitinho"! — bufou ele. — Por favor! Incrível, maravilhoso, enorme, esses adjetivos são muito bons, mas não bonitinho. Dê ao meu pau um pouco de dignidade, pelo amor de Deus!

— Ele é uma graça! — Lisanne riu.

Daniel gemeu e escondeu a cabeça debaixo do travesseiro.

— O que você está fazendo comigo, mulher?

De repente, houve uma batida forte na porta.

Daniel sentiu o corpo tenso de Lisanne e puxou a cabeça debaixo do travesseiro.

— Qual é o problema, baby?

— Kirsty está do lado de fora. Deve ter voltado mais cedo. Ela prometeu que não iria — reclamou Lisanne.

— Droga de companheira! — resmungou Daniel. — Ela tem um *timing* ruim — suspirou. — É melhor eu colocar as minhas calças.

Ele caiu meio fora da cama estreita e procurou por seu jeans através das diversas roupas dela. Lisanne não podia deixar de assistir ao show incrível. Meu Deus! Aquele homem poderia ser um modelo. Um modelo nu. Um modelo erótico.

Sua carne aqueceu com a ideia, mas houve outra batida forte na porta e, com relutância, ela se virou para atendê-la.

— Estou chegando! — resmungou ela, vestindo seu roupão e seguindo em direção à porta. — Kirsty, você... — Suas palavras cortaram subitamente quando os rostos sorridentes de seus pais apareceram.

— Surpresa! — exclamou a mãe. — Oh, é tão bom ver você, querida. Estávamos tão animados que saímos mais cedo. Deus! O que você está fazendo na cama a esta hora do dia? Você está doente?

— Mamãe... — gaguejou, quando sua mãe passou por ela e entrou no quarto.

Daniel estava de costas para a porta, sem nenhuma ideia do que estava acontecendo. Ele ainda estava puxando sua camisa sobre as costas musculosas, depois abaixou-se para afivelar as botas.

— Ei, Lis. Que horas nós vamos encontrar seus pais? Eu quero ir para casa e tomar um banho para tentar causar uma boa impressão, embora você saiba que eles não vão gostar de mim, certo?

Ele se virou com um sorriso no rosto. Um sorriso que desapareceu quando ele ficou cara a cara com os pais chocados de Lisanne.

Seu pai entrou no quarto.

— O que está acontecendo? Quem é esse rapaz?

— Pai, eu...

Daniel engoliu em seco, depois endireitou os ombros. Ele andou para frente e estendeu a mão para o pai de Lisanne.

— Daniel Colton, senhor. É um prazer conhecer o senhor e a senhora Maclaine.

O pai de Lisanne olhou Daniel de cima a baixo e, depois, deliberadamente, virou as costas, ignorando a mão estendida de Daniel.

Lisanne estava mortificada, enquanto observava o rosto de Daniel corar com raiva e humilhação.

— Papai!

— Nós vamos conversar mais tarde, mocinha — anunciou o pai dela. — Eu sugiro que você diga ao seu *amigo* para sair.

Lisanne parecia impotente olhando de seu pai para Daniel.

— Está tudo bem, Lis — disse Daniel, baixinho. — Eu te vejo mais tarde, baby. Me manda uma mensagem?

Ela assentiu sem dizer nada. Daniel olhou para ela com simpatia e deu um beijo rápido em sua têmpora, o que lhe valeu um olhar muito severo do pai de Lisanne.

— Sra. Maclaine — murmurou Daniel, enquanto passava pela mãe de Lisanne, que estava sofrendo um caso incomum de mudez.

A porta se fechou silenciosamente atrás dele, e Lisanne foi deixada à mercê de seu pai furioso.

— Então esse era Daniel — disse a mãe, a primeira a romper o silêncio sinistro.

Lisanne assentiu tristemente.

— E... Ele passou a noite aqui.

Lisanne acenou com a cabeça novamente.

— Entendi. Bem, acho que precisamos ter uma conversa séria.

— Meu Deus, Monica! — gritou o pai de Lisanne. — Isso é tudo que você tem a dizer para sua filha quando está claro que ela estava se *divertindo* com aquele jovem em seu quarto? *Dormindo* com ele. Agindo como uma...

— Papai!

— Ernie, isso não está ajudando — sua mãe falou em tom calmo.

— Então, você conversa com sua filha, porque eu não tenho nada para lhe dizer. — Ele saiu do quarto, deixando o clima ruim atrás de si.

— Apenas deixe ele se acalmar, querida — disse sua mãe, triste. — Ele está um pouco chocado. Nós dois estamos. Mas você sabe, pais e filhas não se misturam com filhas e namorados. Eu... acho que você está... dormindo... com Daniel.

Lisanne acenou com a cabeça, cansada.

— Entendi. Você estão se protegendo?

— Mãe!

— É uma pergunta justa, Lisanne. Se você tem idade suficiente para se entregar em uma relação sexual, tem idade suficiente para responder a perguntas sobre o assunto. Não quero me preocupar em ser avó com a minha idade.

— Deus, mãe!

— Por favor, não use o nome do Senhor em vão, Lisanne.

Lisanne respirou fundo.

— Sim, nós estamos nos protegendo. Daniel não... — Ela parou abruptamente.

— Você o ama?

A pergunta de sua mãe a surpreendeu. Será que ela tinha visto algo que a fizera perguntar?

— Ele... Ele é tudo. Se... Se você apenas desse uma chance a ele, mãe. Ele é tão incrível. Você nem mesmo imagina. Ele é muito inteligente, doce e gentil, e me trata como algo precioso.

— Tenho certeza, querida, mas a sua aparência... Seu pai vai precisar ser persuadido. — A mãe de Lisanne suspirou. — Eu vou falar com ele. Vá se trocar. Veremos você lá fora em 10 minutos.

Ela deu um tapinha no braço da filha e beijou sua bochecha.

Quando Lisanne estava sozinha, segurou a cabeça em suas mãos. O encontro mais importante de toda a sua vida não poderia ter dado mais errado. Ela sempre soubera que Daniel seria uma tarefa difícil com relação às preocupações de seu pai, mas agora... Ele nunca lhe daria uma chance. A mãe dela, bem, talvez, mas tudo tinha ficado muito mais difícil.

Deus, realmente não poderia ter sido pior. Eles estavam prestes a transar quando seus pais haviam entrado. Bem, pelo menos, o desastre tinha sido evitado. Mas por pouco. Que pesadelo maldito.

Daniel abusou de sua sorte — ou da falta dela — quando caminhou propositadamente em direção à sua moto. Ele realmente esperava que topasse com Roy ou o amigo babaca de Vin, Rich.

Qualquer um servia, porque agora ele teria desfrutado de meter a porrada em alguém. Ele não era exigente.

O pai de Lisanne olhou para ele como se fosse escória. E a mãe parecia tão chocada e desapontada quanto ele.

Daniel sabia que ele não era bom o suficiente para Lisanne, mas realmente esperava que os pais dela não concordassem com ele.

— Foda-se a minha vida — murmurou ele.

Voltou para casa xingando a si mesmo, xingando-os e desejando que pudesse apagar os últimos minutos. Lisanne parecia devastada. Ele não ficaria surpreso se eles a persuadissem a despejar sua bunda.

Só para piorar a situação, a casa parecia que tinha sido destruída. Novamente.

Havia garrafas e latas vazias espalhadas pelo jardim da frente, e a porta da varanda estava pendurada fora de suas dobradiças. Ele passou por cima do que parecia ser respingos de sangue e adivinhou que devia ter tido uma briga na noite anterior.

Retirou-se para o quarto e olhou para o celular. Não havia nenhuma mensagem de Lisanne. Parecia que o almoço estava fora do menu.

Daniel vestiu sua calça de moletom e tênis e partiu para uma longa corrida calmante. Tentou não pensar no pior sobre Lisanne, mas tinha que admitir que não estava com bom aspecto. Foda-se. Pela primeira vez em muito tempo, ele tinha sido aceito por alguém que o queria apenas como ele era, sem tentar mudá-lo. Ele não contava todo o "não praguejar na frente dos meus pais" como algo sério.

Ele correu ao longo da calçada, esforçando-se cada vez mais, precisando das endorfinas para afastar a dor que sentia em seu peito quando pensava em Lisanne dizendo que eles haviam terminado.

Infelizmente, no momento em que retornou, uma hora depois, o local não tinha milagrosamente se limpado. À luz do dia, parecia que o lixo estava pior. Ele sabia que seus pais ficariam desapontados – tinha sido uma casa de família comum quando eles estavam vivos.

Xingando baixinho, pendurou novamente a porta da varanda, então, vasculhou por toda a garagem até que encontrou alguns sacos de lixo. Ele começou a limpar a frente, recolhendo todas as latas, garrafas e pacotes de cigarro vazios. Foi até os fundos, mas, quando viu que estava em um estado pior, desistiu.

Pelo menos a casa estava vazia.

Daniel arrastou-se no andar de cima, sentindo-se irritado e mal-humorado. Verificando o telefone novamente, não havia nada para melhorar seu humor – nenhuma mensagem de Lisanne ainda.

Suspirando, e sentindo todos os tipos de pena de si mesmo, ele se despiu e jogou as roupas sujas no cesto, depois enrolou uma toalha em volta da cintura e abriu a porta do banheiro. Era como ser um guarda de uma droga de uma prisão, vagando com as chaves de todos os quartos – aqueles que ele queria evitar serem dilacerados.

Esperou o chuveiro esquentar, mas a espera foi em vão.

Parecia que a caldeira estava ou sem óleo ou a energia tinha sido cortada novamente. Ele tentou a luz. Não, estava funcionando – devia estar sem óleo. Fez uma nota para verificar mais tarde no caso de Zef ter recheado a sua estante com algumas contas não pagas. Daniel estremeceu sob o jato de água fria e decidiu que teria que fazer mais uso da academia do *campus* e suas instalações de qualidade superior.

Se ele pudesse, teria saído. Não se sentia muito em casa.

Lisanne se vestiu rapidamente. Seu cérebro estava girando, tentando pensar no que poderia dizer a seus pais, algum argumento que poderia oferecer, alguma coisa que pudesse fazê-los ouvi-la quando falasse sobre Daniel. Mas ela não tinha nada. Seu cérebro era uma zona livre de pensamentos.

Ela queria que esse primeiro encontro fosse bem. E agora... Ela estava tão ferrada.

Seus pais estavam esperando na área de recepção quando Lisanne se sentiu corajosa o suficiente para sair de seu quarto. Sua mãe estava sentada em uma poltrona coberta de vinil, enquanto seu pai, com a mandíbula cerrada, encarava os panfletos grudados em um quadro de avisos.

Lisanne gemeu por dentro. Seria um longo dia.

— Bem — disse a mãe dela, animada —, vamos ver o *campus*. Mostre-nos a faculdade de música, querida.

Lisanne estava grata pela sua mãe. Pelo menos ela estava tentando.

Mostrou as salas de ensaio, onde a orquestra da faculdade ensaiava, e a sala onde realizavam suas apresentações de peças de finais de semestre. Eles passaram pelos outros edifícios da faculdade, a academia e a biblioteca. Finalmente, entraram na lanchonete.

Lisanne esperou pelo interrogatório de seu pai, que começou com as perguntas fáceis: como eram seus professores, se estava estudando muito, como era sua companheira de quarto e se estava mantendo suas notas.

Bons, sim, agradável e sim.

Houve uma longa pausa.

— Então, conte-nos sobre esse garoto... — disse seu pai.

— Ele tem um nome — Lisanne sibilou de volta.

— Conte-nos sobre Daniel — sua mãe retrucou. — De onde ele é?

— Ele é daqui.

— Hmm — murmurou seu pai, como se o fato de ser daqui fosse motivo de desaprovação profunda. — Qual é o seu curso?

— Ciências Econômicas e Empresariais, com especialização em matemática — disse Lisanne.

Seu pai não pestanejou.

O coração de Lisanne estava arrasado. Esperava que, com ambos os pais sendo professores de matemática, Daniel ganharia alguns pontos.

Nem de longe.

— E ele está em sua turma de Introdução à Administração?

— Sim, fomos designados para trabalhar em um projeto juntos. Ele é muito inteligente — murmurou Lisanne. — Ele é um estudante muito bom.

— Qual é a média de seus pontos? — o pai perguntou, com um ar de descrença.

— Bem alta. 10, acho — respondeu ela, com o tipo de exagero que poderia ser chamado de mentira absoluta. A verdade era que Lisanne não tinha nenhuma ideia. Ela só sabia que, sem Daniel, seria reprovada em Introdução à Administração.

— Isso é bom, querido — a mãe comentou, parecendo uma espécie de árbitro entre o marido e a filha. — Há quanto tempo vocês estão se vendo?

— Não deve ser há muito tempo, já que o semestre mal começou. Eu diria que a resposta fala por si só — retrucou o pai.

— Lis? — perguntou sua mãe, encorajando-a.

— Quase três semanas.

— *Quase* três semanas! E já está dormindo com ele!

— Ernie...

— Não, Monica. Eu tenho vergonha dela, e você também deveria ter. Não foi isso que te ensinamos, Lisanne.

Ele se levantou abruptamente e saiu.

Lisanne sentiu lágrimas inundando seus olhos. Ela piscou diversas vezes, para afastá-las. Sua mãe afagou sua mão.

— Dê um tempo, querida. Ele vai se acalmar.

— Eu realmente gosto de Daniel, mãe.

— Eu sei, querida. E ele gosta de você?

Lisanne acenou com a cabeça, mas sua mãe captou o ar de incerteza no rosto dela.

— Oh, querida! Você está dormindo com ele e não tem certeza de como ele se sente sobre você?

Lisanne balançou a cabeça e olhou para baixo.

Sua mãe a puxou em um abraço, ignorando os olhares curiosos dos outros alunos, que estavam fazendo fila para o almoço.

— Lisanne, querida! — Sua mãe colocou o cabelo de Lisanne atrás das orelhas e a encarou. — Você está... Você está dormindo com ele porque acha que isso vai fazê-lo gostar mais de você? Ele te disse isso?

— Não! Não, mãe, não é assim. Eu só... Eu realmente gosto dele — ela repetiu, desajeitadamente. — Ele é realmente incrível, você só precisa dar uma chance a ele.

— Bem, eu certamente gostaria de conhecê-lo mais — disse a mãe, com certa frieza. — Mas acho que é melhor que não seja hoje, não com o humor do seu pai. Vamos, querida. Vamos atrás do seu pai, para que possamos almoçar.

Comida era a última coisa na mente de Lisanne, cujo estômago embrulhava de tristeza.

Ela deixou o refeitório com sua mãe. O plano era descer para que eles pudessem ver um pouco mais da área e os pontos turísticos ao redor do *campus*.

Seu pai estava esperando do lado de fora, uma raiva reprimida expressa em seu rosto. Lisanne se sentia mais como uma prisioneira sendo escoltada por seus guardas, ao invés de uma filha na companhia dos pais.

Ela teria alegremente afundado através do solo nas regiões inferiores do inferno, porque nada era pior do que esse purgatório.

Naquele momento, ela viu Kirsty e Vin caminhando em sua direção, de mãos dadas.

Kirsty acenou.

— Quem é essa, querida? — perguntou sua mãe.

— Minha companheira de quarto, Kirsty. E Vin, o namorado dela.

— Ela parece legal — sua mãe comentou em um tom neutro.

— Ela é — concordou Lisanne, sentindo-se triste.

— Oi, Lis! — cumprimentou Kirsty. Ela estendeu a mão para a mãe e o pai de Lisanne. — Vocês devem ser o Sr. e a Sra. Maclaine. Lisanne estava muito animada com sua visita. Sou Kirsty, sua colega de quarto, e este é Vincent Vescovi.

Todos eles se cumprimentaram com apertos de mãos. Kirsty não pôde deixar de notar o estranho silêncio e os olhares irritados. Ela balbuciou, impotente, tentando encontrar alguma maneira de preencher o abismo do silencioso antagonismo que parecia estar se aprofundando a cada segundo.

— Então — disse ela, a voz cheia de preocupação por Lisanne —, já viram o nosso incrível salão de concertos?

— Sim, foi muito impressionante — respondeu a mãe de Lisanne.

— Ótimo! — Kirsty falou um pouco mais alto do que o habitual. — E vocês estão indo conhecer Daniel agora? Porque Lis disse que iam almoçar todos juntos.

Houve um silêncio sepulcral, e o coração de Lisanne afundou em suas botas.

— Nós já nos conhecemos — o pai dela disse, ríspido, com os dentes entrecerrados.

— Ah, legal — respondeu Kirsty, lançando olhares nervosos em direção à Lisanne.

— Bem, vamos deixá-los curtir a visita — disse Vin, puxando suavemente a mão de Kirsty. — Diga oi ao Dan por nós.

— Tudo bem — murmurou Lisanne. — Tchau.

— Vejo você mais tarde, Lis — falou Kirsty, lançando um último olhar desesperado em Lisanne, e um sorriso demasiado brilhante para seus pais.

— Ela parece legal — sua mãe disse, baixinho.

Seu pai não falou nada, apenas caminhando à frente delas, como se estivesse determinado a deixar o *campus* contaminado tão rapidamente quanto possível.

Lisanne e seus pais passaram um almoço miserável em um pequeno restaurante italiano, mastigando os alimentos que nenhum deles queria, e, provavelmente, sem nem ao menos sentirem o sabor. A conversa, tal como era, foi feita pela mãe de Lisanne.

Na primeira oportunidade, Lisanne foi ao banheiro e mandou uma mensagem para Daniel.

> L: Sinto muito sobre o meu pai. Estou tendo um almoço do inferno no Benito. Vejo você mais tarde? LA bj

Ela esperou por um momento, mas ele não respondeu.

— Bem — disse a mãe, assim que ela voltou. — Isso foi... bom.

Nem Lisanne nem o pai dela comentaram.

— Temos que fazer isso de novo algum dia. Talvez quando Harry estiver livre. Ele gostaria de ver onde é sua faculdade, Lis.

— Claro, mãe — resmungou Lisanne, sem muito entusiasmo.

— E nós vamos te ver no dia de Ação de Graças, daqui a apenas cinco semanas. Você estará ansiando por um pouco de comida caseira, eu tenho certeza, não é, Ernie?

— Hmm — resmungou ele, levantando-se para pagar a conta.

Ambas o observaram andar até o caixa.

— Talvez você devesse voltar para casa em algumas semanas — sugeriu a mãe dela, por fim. — Ele vai se acalmar até lá. Vai fazer bem para ós dois.

— Eu não posso, mãe — falou Lisanne. — Eu tenho um... concerto chegando. Não posso perder os ensaios.

Lisanne sentiu uma minúscula partícula de alívio – ela não tinha contado a eles sobre a *32° North*. Não podia imaginar como seu pai reagiria se soubesse que estava cantando em bares e saindo com pessoas como Roy.

— Não, não, claro que não. Bem, foi só uma ideia. Você é bem-vinda a qualquer hora, querida, sabe disso. Bem, vamos deixá-la de volta nos dormitórios e ir embora agora. São umas boas três horas de carro, e você sabe que seu pai não gosta de dirigir quando escurece.

— Claro, mãe. Sem problemas. Obrigada por ter vindo.

— E Lisanne, fale com o seu jovem, Daniel. A honestidade é muito importante em um relacionamento. Você deve dizer a ele como se sente.

Lisanne baixou a cabeça.

— Eu sei. Obrigada, mãe.

Elas seguiram seu pai em direção à saída, mas um som alto e muito familiar a fez olhar para fora da janela na mesma hora. Lisanne não sabia se deveria rir, chorar ou correr quando viu Daniel encostar a moto no meio-fio. Ele olhou para ela antes de retirar o capacete.

— Meu Deus! Isso não é...? — disse a mãe dela.

— Ah, merda! — murmurou Lisanne.

Ela viu como Daniel hesitou na porta do restaurante por um breve instante. Em seguida, ele a abriu a porta e entrou.

— Oi, baby — disse, dando um sorriso. — Pensei em me despedir dos seus pais antes de saírem e ver se você queria uma carona para casa.

Ele se virou para olhar para o pai de Lisanne, cujo rosto estava migrando de um tom pálido a vermelho, em seguida, roxo, em uma velocidade surpreendente.

— Fique longe da minha filha!

— Não posso fazer isso, senhor — respondeu Daniel, de maneira uniforme, mas com firmeza.

O pai de Lisanne ficou boquiaberto.

— Sinto muito que nós nos encontramos daquela maneira, e não tive a intenção de desrespeitar você, nenhum de vocês, mas sua filha é muito especial e eu me preocupo com ela. Vou embora quando ela me disser, não você.

Ao longo de seu discurso, Daniel manteve a voz baixa e calma, mas não havia dúvida ao desafio em seus olhos quando ele encarou o pai de Lisanne.

Seu pai começou a praguejar e rugir, mas sua mãe colocou uma mão suave no braço dele e respondeu:

— Bem, certamente não foi a melhor das circunstâncias, Daniel, mas agradecemos a você por pedir desculpas. Você parece muito... — deu uma olhada apreensiva para seu *piercing* e tatuagens — um jovem muito inteligente, então espero que possa entender quando digo que nós não queremos nada além do melhor para a nossa filha...

— Ela merece isso — Daniel afirmou, com veemência.

— Sim, ela merece — concordou a mãe de Lisanne, um pequeno sorriso curvando seus lábios. Ela estendeu a mão. — Foi um prazer conhecê-lo melhor.

Um leve rubor coloriu as faces de Daniel, e ele esfregou a mão sobre a parte de trás da calça jeans antes que apertassem as mãos.

O pai de Lisanne ficou em silêncio, indignado quando sua esposa beijou Lisanne e deu um abraço apertado nela.

— Acho que você tem a resposta para a sua pergunta, querida — sussurrou a mãe dela. — Agora, pelo amor de Deus, tome cuidado nessa moto.

Depois, arrastou o marido até o carro. Lisanne pôde ouvir a voz dele elevada por quase metade de um quarteirão.

Daniel soltou uma lufada de ar e se virou para ela com um sorriso espantado.

— Uau! — Lisanne disse, baixinho.

O sorriso de Daniel suavizou quando olhou para ela.

— E você veio sem armadura! Meu herói!

— Sim, nós, os heróis, fazemos esse tipo de coisa — brincou, em tom calmo, mas o brilho nos olhos se apagou.

— Você é, definitivamente, o meu cavaleiro branco — disse, ficando na ponta dos pés e o beijando nos belos lábios.

Ele passou o nariz em seus cabelos e acariciou seu pescoço, causando um calafrio em Lisanne.

— Isso quer dizer que você era uma donzela em perigo? — perguntou ele, soltando-a.

— É melhor você acreditar!

Ela disse tão rapidamente que Daniel não pôde deixar de rir.

— Essa foi a manhã mais longa de toda a minha vida. — Lisanne suspirou quando olhou para ele. — Obrigada por ter vindo me resgatar. Eu não quis dizer para você fazer isso quando mandei a mensagem, mas estou realmente feliz que fez. — Ela olhou para ele, pensativa. — Você realmente encantou a minha mãe.

Ele sorriu para ela, claramente satisfeito.

— O que posso dizer, bone... Lis? Mulheres me acham irresistível.

Lisanne riu e deu um tapa de brincadeira em seu braço.

— Ah, pelo amor de Deus, apenas me chame de "boneca". Dou conta de viver com isso.

— É?

— Mas ser irresistível para as mulheres não está funcionando com meu pai, então é melhor você arrumar um plano B.

Daniel não parecia perturbado.

— Não precisa, baby. Sua mãe é o meu *backup*. E se ela for como a minha mãe era, vai falar com ele.

Lisanne ficou surpresa – ela nunca o tinha ouvido falar de seus pais antes.

— Como ela era? — perguntou, timidamente.

Daniel sorriu, mas seus olhos estavam distantes.

— O nome dela era Rebecca e meu pai se chamava Adam. Mamãe era a melhor, mas horrível em língua de sinais, pois sempre confundia "amarelo" com "eu te amo", o que era muito estranho, às vezes, mas ela realmente tentava. Sempre dizia que eu podia fazer qualquer coisa que quisesse. — Seu sorriso desapareceu. — Vamos, eu vou levá-la de volta aos dormitórios.

— Desculpe — disse Lisanne, passando a mão pela mandíbula e o pescoço dele.

— Está tudo bem — ele murmurou, baixinho.

Viajaram de volta para o dormitório a bordo de Sirona, com os braços de Lisanne enlaçando a cintura de Daniel. Ela ainda estava chocada com o comportamento de sua mãe – até mesmo ao ponto de não ficar muito preocupada ao saber que sua única filha estava andando na garupa de, uma motocicleta.

Daniel, de vez em quando, cobria a mão dela com a sua, no breve percurso, porém assim que chegaram ao destino, seu humor pareceu mudar novamente.

Assim que Lisanne desmontou e retirou o capacete, ele agarrou sua cintura e a puxou para si, beijando-a com avidez, mordiscando, em seguida, a curva de seu pescoço.

— Posso ir com você? — murmurou contra sua pele. — Eu realmente quero você, Lis.

Ela podia sentir sua necessidade quando ele impulsionou o quadril contra ela.

A pilha de tarefas de casa que a aguardava concorria contra o puro desejo em sua voz. Desenlaçando-se dele, correram através da recepção e subiram as escadas de dois em dois.

Foi a coisa mais difícil do mundo para Lisanne encontrar a chave em sua bolsa, enquanto Daniel pressionava beijos quentes na curva de seu pescoço.

Eles quase caíram pela porta quando ela finalmente abriu.

— Muito impacientes! — A voz cáustica de Kirsty vagamente penetrou na neblina sensual de Lisanne. — Eu diria para arranjarem um quarto, mas acho que vocês já têm um.

JANE HARVEY-BERRICK

Daniel praguejou baixinho e, discretamente, se ajustou, enquanto Lisanne tentava acalmar as batidas de seu coração.

— Oh, desculpe, Kirsty — disse ela, sem fôlego. — Pensei que você estaria com Vin.

— Não, ele tem uma coisa da fraternidade esta noite. Acho que você está presa comigo.

Daniel fechou a cara e puxou Lisanne em direção a ele.

— Eu vou embora agora, Lis.

— Aonde você está indo?

— Casa. Me manda uma mensagem mais tarde?

— Não posso ir com você?

Ele negou com a cabeça e uma expressão que Lisanne não reconheceu escureceu seus olhos.

— Não, boneca. Não esta noite. Nós podemos fazer algo amanhã, o que acha?

— Eu gostaria disso.

Sentindo-se confusa com o olhar crítico de Kirsty, Lisanne o beijou levemente nos lábios. Não foi o suficiente para Daniel. Ignorando a amiga, ele beijou Lisanne profundamente, depois recosto a testa à dela.

— Mais tarde — murmurou, baixinho, e saiu do quarto.

Kirsty ignorou o rosto corado de Lisanne.

— Ele parece... entusiasmado.

— Hum...

— Como foi o almoço? Seus pais se divertiram?

Lisanne sabia que Kirsty estava tentando pescar alguma coisa, mas ela não se importava.

— Quero dizer, além de eles chegarem cedo e encontrarem Daniel seminu no meu quarto?

Os olhos de Kirsty se arregalaram.

— Não acredito! Bem, isso explica o climão estranho.

Lisanne assentiu.

— Foi horrível. Papai praticamente expulsou o Daniel daqui e sequer trocou uma palavra com ele. Passei toda a manhã me sentindo como uma vadia, uma criminosa ou algo assim. Mamãe estava tentando fazer com que meu pai se acalmasse, mas foi muito intenso.

Kirsty olhou para ela, chocada e solidária, tudo ao mesmo tempo.

— Pensei que as coisas pareciam meio tensas quando te vi.

Lisanne deu uma risada desprovida de humor.

— Sim, você pode, com certeza, dizer que elas estavam tensas.

— Ah, merda! E então eu tinha que aparecer, me intrometer e perguntar se eles o tinham conhecido! Sinto muito, Lis! Eu não fazia ideia.

Lisanne deu de ombros.

— Não se preocupe com isso, àquela altura eu não achava que as coisas poderiam piorar. Mas Daniel logo apareceu no restaurante onde estávamos almoçando.

— Santa Mãe de Deus! O que aconteceu?

— Ele me salvou.

— O quê?

— Sim. Apareceu em sua moto e disse ao meu pai que a única pessoa que poderia fazê-lo se afastar de mim, era eu. — A voz de Lisanne caiu para um sussurro: — Ele disse que eu era especial e que gostava de mim.

O rosto de Kirsty poderia ter sido usado em um cartaz para uma exposição de Edvard Munch[3]. Ela ficou chocada. Ou atordoada. Espantada. Horrorizada. Atônita. Desnorteada. Estupefata. Talvez até perplexa.

— Oh, uau! De verdade?

— Sim, ele foi incrível.

— Meu Deus! — ela repetiu, baixinho. — Essa é a coisa mais romântica que já ouvi! Esse garoto está *totalmente* na sua.

Lisanne sorriu.

— Eu sei.

---

3   Pintor Norueguês e um dos grandes precursores do impressionismo e expressionismo. Uma de suas obras mais célebres se chama O grito.

Capítulo 12

Daniel ficou bem mal depois de deixar Lisanne em seu quarto do dormitório.

Após ter conhecido os pais dela – duas vezes – e ter dito a eles o quanto se preocupava com ela, e realmente passar tudo a limpo, ele não queria nada mais do que se assegurar de que ela era realmente dele, da única maneira que ele entendia. Mas a megera companheira estava lá. Novamente.

Ele queria muito fazer sexo ali mesmo, apenas para se libertar e impedir que todos os *sentimentos* de merda o asfixiassem, mas ele não podia fazer isso com Lisanne. Era o corpo *dela* que ele desejava, as mãos *dela* em seu pênis, a boca *dela* contra a sua, e de ninguém mais. Ele já havia praticado sexo selvagem, tinha feito isso em formas e lugares que Lisanne não poderia começar a imaginar, inocente como era, mas *nenhuma* dessas vezes, *nenhuma* dessas mulheres chegou perto de fazê-lo sentir o que sentia quando estava dentro dela.

Ele quase vacilou na sua decisão de não trazer Lisanne de volta à sua casa, mas sabia que não seria certo.

Ele não sabia o porquê – e Zef nunca dissera nada a ele, resmungando sobre "não precisar saber" –, mas as coisas tinham realmente se extrapolado em casa. Recentemente, toda noite parecia ser de festa. Ele não queria arriscar que Lisanne se envolvesse com isso. O mínimo que podia fazer era protegê-la dessa merda.

Desde que Daniel conheceu o detetive Babaca, ele mantinha um olhar atento para qualquer sinal de que Zef estivesse mexendo com metanfetamina. Ele não achava que seu irmão fosse se envolver assim, mas também sabia que alguns fornecedores do irmão não eram o tipo de pessoas a quem se dizia não. Não duas vezes.

Mas, até agora, tudo o que ele tinha visto era uma coisa normal – a trindade profana de bebida alcoólica, maconha e "balinhas".

Com o sexo fora do menu, Daniel queria ficar muito bêbado ou drogado. De qualquer forma, pretendia passar a noite entorpecido.

Apesar do fato de que ainda estava só no meio da tarde, uma festa já estava rolando quando Daniel parou em frente à sua casa. Ele não reconheceu os três rapazes sentados na varanda bebendo de garrafas contendo um líquido incolor – gin, vodca ou aguardente, até onde sabia. Mas a maneira como admiraram Sirona o fez levá-la para o lado da casa e trancá-la na garagem.

Ele tinha algumas posses que eram importantes para ele, incluindo alguns livros e fotografias que haviam pertencido a seus pais, mas os únicos itens que tinham qualquer valor eram seu violão Martin, de U$ 2.700 dólares, e Sirona. Quando Lisanne lhe tinha perguntado sobre Martin, ele o guardou em seu armário, incapaz de falar sobre o assunto. Ele o tirou de lá apenas depois que ela saíra, e desde então o embalara cuidadosamente em um estojo.

O belo instrumento marrom agora residia no sótão acima de seu quarto. Ele não queria olhar para ele, mas não queria tê-lo muito longe também. Quão estúpido era isso? Sabia que deveria vendê-lo e ficar com o dinheiro. Mas tinha sido um presente de seus pais. Ele simplesmente não podia cortar esse laço. Ainda não.

A sala parecia um cenário saído diretamente de um filme de catástrofe. Corpos se encontravam em estado comatoso no sofá e no chão, e o lugar fedia a tabaco e bebidas derramadas.

Um cara estava fumando um baseado, deixando as cinzas caírem no tapete destruído. Daniel o retirou dos dedos flácidos do homem.

— Ei! — argumentou o cara, mas sem muito ânimo.

Daniel ignorou e se dirigiu para o quarto, roubando uma garrafa de Bourbon ao longo do caminho. Não era Jack, mas iria funcionar também.

Ele deu uma tragada no baseado e descobriu que o cara havia deixado a piteira toda babada. Que nojo. Limpou a boca, apagou-o, depois enfiou a mão na gaveta de sua mesa de cabeceira para pegar seus próprios bagulhos. Depois que rolou o *beck*, puxou a fumaça, apreciando o barato. Uma coisa que ele poderia dizer de seu irmão era que Zef sempre tinha merda da boa.

Daniel estava tomando um gole de Bourbon quando sentiu a vibração do telefone no bolso da calça. Esperava que fosse uma mensagem de Lisanne, mas não era.

> C: Oi, D! Estou em Sav para o fim de semana. Encontro amanhã? Almoço no seu restaurante? Não diga que você está ocupado ou irei encontrá-lo. Rsrs. Cori bj

Foda-se. Justo o que ele não precisava.

Ele não via Cori há algum tempo, mas sabia que ela era cabeça-dura. Ela sabia onde ele morava, e com toda a certeza, ela iria atrás dele, como havia ameaçado, se ele não aparecesse. Pelo menos o almoço não seria em algum lugar frequentado pelos outros alunos. Devia ser bastante seguro encontrá-la por lá. Além disso, seria bom encontrá-la depois de tanto tempo.

Em seguida, praguejou baixinho. Isso significaria cancelar o compromisso com Lisanne.

Seu corpo ansiava por ela, e a companheira de quarto, definitivamente, não tinha ajudado. Ele suspirou. Precisava de Lisanne, mas devia à Cori. E de nenhuma maneira ele queria que as duas mulheres se encontrassem. Mandou uma mensagem para Corinna primeiro.

> D: Tá. 12h.

E então, Lisanne.

> D: Desculpe. Tenho que fazer coisas amanhã. Almoço na segunda-feira?

> L: Tudo bem. Saudades. Obrigada por hoje. Você foi incrível! LA bj

Agora ele se sentia como um idiota também. Pegou a garrafa novamente e derramou o uísque diretamente em sua garganta, dando boas-vindas à ardência.

Era final da manhã quando Daniel acordou. A luz do dia se infiltrava pela janela quando ele olhou para cima. Assim que se moveu, seu estômago se agitou como se estivesse a bordo de um navio no meio da tempestade.

A garrafa de uísque cintilava ao longe, inocentemente, a luz solar incidindo sobre o líquido ambarino que restava, lançando arco-íris de ouro nas paredes.

Daniel gemeu quando se sentou e segurou a cabeça, sentindo como se seu cérebro fosse escorrer a qualquer momento. O mínimo movimento já causava uma dor absurda. Mas o Bourbon tinha sido eficaz: ele não conseguia se lembrar de uma única coisa desde a mensagem de Lisanne na tarde anterior.

Olhou para o celular. Droga! Já era 11h30. Esteve apagado por dezesseis horas.

Arrastou a bunda para o chuveiro, e água fria o fez ranger os dentes.

Ele *realmente* precisava encontrar Zef e descobrir o que diabos estava acontecendo com a água quente.

Enquanto rodava com Sirona para fora da garagem, esperava muito que não fosse parado pela polícia novamente – havia alguma chance que seu limite de álcool no sangue não estivesse estritamente legal.

Chegou apenas alguns minutos atrasado à lanchonete – mas Cori já parecia estar irritada, inquieta, batendo uma colher contra a mesa. E ignorava, por completo, os olhares exasperados lançados em sua direção pelos outros clientes.

Quando o viu, ela encarou o relógio com impaciência. Daniel gemeu internamente.

A garota parecia a mesma: bonita – bem, impressionante –, mesmo com o cenho franzido pela raiva. Aquele olhar era familiar também. Seu cabelo loiro-acinzentado estava longo e liso, emoldurando um rosto delicado, com enormes olhos azuis. Olhos que expressavam o seu aborrecimento.

— *Onde diabos você esteve?*

— Sim, é bom ver você também, Cori.

— *Sinalize para mim, idiota! Você sabe que odeio leitura labial.*

— Tudo bem. Como você está? Está com um bom aspecto.

— *Melhor do que você. Você parece uma merda.*

— Me dá um tempo. Noite pesada.

— *Não brinca. Eu pedi comida.*

— Não, obrigado.

— *Tão ruim assim? Otário.*

Maggie caminhou até nós com uma jarra de café. Daniel poderia tê-la beijado.

— Obrigado, Maggie. Droga, isso cheira bem.

Ele colocou as mãos em volta da xícara fumegante e respirou o rico aroma.

— Você vai me apresentar, Danny, ou esqueceu os seus bons costumes juntamente com seu barbeador esta manhã? — disse ela, passando um dedo em seu rosto barbado.

— Dá um tempo, Maggie. Esta é Cori, que você conheceu antes. — Olhou para a garota, que estava sorrindo para a garçonete. — Ela disse "oi".

— Não me venha com essa, Danny. Ela disse muito mais do que "oi". Desembucha.

Daniel gemeu. *Mulheres malditas.*

— Ela disse: "Oi, eu conheci você dois anos atrás, quando ele estava cuidando de uma ressaca diferente". Feliz agora?

Maggie olhou para Cori e piscou. As duas mulheres riram, e Daniel teve vontade de deitar a cabeça sobre a superfície fria da mesa.

— Vou pegar seus cafés da manhã agora — disse Maggie, ignorando seus murmúrios de não estar com fome. — A propósito, o que aconteceu com a outra? Eu gostava dela.

Daniel olhou para Cori, que o observava com atenção.

— Ela está bem — Daniel falou, brevemente.

Surpreendentemente, Maggie entendeu o recado e se afastou.

— *De quem ela estava falando? Que garota?*

— *Ninguém que você conheça.*

— *Dã! Isso é óbvio. Ela deve ser especial já que você a trouxe para a sua lanchonete. Diga-me.*

— *Uma garota que conheci na faculdade.*

— *E...?*

— *É isso aí.*

— *Qual é o nome dela?*

— *L-I-S-A-N-N-E.*

— *Conte-me sobre ela.*

— *Não.*

— *Por que não?*

— *Por que você quer saber?*

— *Por que você está agindo assim, tão na defensiva?*

— *Eu não estou.*

— *Sim, você está. Qual é o grande mistério?*

— *Vá à merda.*

— *Não seja um idiota, mas eu sei que é difícil para você.*

— *Dá um tempo.*

— *Que sensível! Como está Zef?*

— *Não o vejo há alguns dias.*

— *Diga a ele que eu disse oi.*

— *Se eu o vir, né?*

— Aqui está, pessoal. Gordura extra para você, Danny — disse Maggie, colocando dois cafés da manhã na mesa.

O estômago de Daniel rosnou e Maggie escondeu um sorriso.

— Divirta-se!

Sem saber se a sensação esmagadora era náusea ou fome, Daniel pegou um pequeno pedaço de bacon e, achando delicioso, começou a esquartejar sua comida.

Cori comeu mais devagar, lançando um olhar perplexo a ele, de vez em quando. Ela bateu no seu braço.

— *O que há com você? E não diga "nada".*

— *Apenas cansado. Um pouco de ressaca.*

— *É mais do que isso.*

Daniel deixou cair o garfo para se expressar melhor.

— *Só... Faculdade e... As coisas estão bastante intensas em casa. Sempre há pessoas vagabundeando por lá.*

— *Mais do que o habitual?*

Ele balançou a cabeça e pegou o garfo para continuar comendo.

— *Você está preocupado com Zef?*

— *Eu não sei no que ele está se metendo.*

— *O que você quer dizer?*

— *Eu fui preso e...*

— *O QUÊ?*

— *Excesso de velocidade.*

— *Idiota.*

— *Eu sei.*

— *Os policiais?*

— *Fizeram soar como se Zef estivesse traficando M-E-T-A-N-F-E-T-A-M-I-N-A.*

— *Ele está?*

— *Eu não sei. Ele diz que é melhor não saber.*

— *Merda.*

Cori suspirou, depois deu ao seu próprio café da manhã um pouco de atenção. Após um momento, ela pensou em outra pergunta:

— *Você sabe por que Zef trafica...?*

— *Não me lembre.*

— *Parece que tenho que fazer isso.*

— *Que se foda. Ele sabe que não precisa mais. Eu acho que ele gosta. Dinheiro fácil.*

— *Não se os policiais estão em cima dele.*

— *Eu disse a ele o que o policial idiota falou.*

— *E...?*

— *Ele me disse que não era da minha conta e o que eu não ouvisse, não me machucaria.*

— *Cara engraçado.*

— *Rimos pra caralho.*
— *Seu caralho parece muito bom.*
— *Mantenha suas mãos para si mesma.*

Cori piscou para ele e Daniel conseguiu retribuir o sorriso.

— *Além de Zef, como vai a vida? Como está a faculdade?*
— *Ótima. Cansativa. Leitura labial durante todo o dia.*
— *Que merda.*
— *É? Pelo menos não tenho que acenar com as mãos por aí 24 horas por dia, 7 dias por semana.*

Cori bateu no braço de Daniel e ele riu.

— *Ainda acho que você está muito tristonho para alguém que diz que a faculdade está "ótima". É essa garota, sobre a qual você não quer me contar?*

Daniel ignorou e olhou incisivamente o prato cheio de Cori.

— *Você fala demais.*

Não era de se estranhar que Daniel já tivesse acabado de comer.

— *Só porque você não me fala nada.*
— *Tudo bem. Como estão as coisas em Cave Spring?*
— *A mesma coisa. A equipe de futebol americano é uma merda sem você. Entrou no time da faculdade?*
— *Ainda não tentei.*
— *Está brincando? Por que diabos não?*
— *Não tentei entrar.*
— *Mas você ama futebol americano! Eu não entendo.*

Ele deu de ombros.

— *Sério. O que foi?*
— *Muito ocupado.*
— *Besteira!*
— *Deixa pra lá.*
— *Não! Não até que você me diga o que está realmente acontecendo!*

Daniel se recostou à cadeira. Não queria entrar nessa com Cori, mas ela era teimosa pra caralho. Ele devia saber, eles tinham estado em um relacionamento ioiô, terminando e voltando – principalmente terminando – por cinco meses. De alguma forma, haviam conseguido manter a amizade depois, mas ela agia como se ainda fosse a dona dele.

— *Eu conheço você. Fale comigo.*
— *Eu estou tentando não chamar a atenção aqui.*
— *O que diabos isso significa?*

— Eu não disse a ninguém que sou surdo.

Houve um silêncio atordoado enquanto Cori olhava para ele.

— O quê? Por quê?

Ele deu de ombros novamente.

— Você tem vergonha ou algo assim?

— Não! Só estou cansado da maneira como as pessoas se comportam quando descobrem; elas começam a agir como se eu fosse burro ou algo assim. Você sabe como pode ser.

— Então você está se escondendo? Escondendo-se de si mesmo? Os seus professores sabem?

— Sim, mas apenas eles.

— É por isso que você não tentou entrar para o time de futebol americano?

— Eu só queria começar de novo; sem preconceitos, sem estereótipos.

— Você ainda está negando isso, não é?

— Não!

— Sim, você está. Você finge que aceitou isso, mas não aceitou. Você é um hipócrita!

— Não, eu não sou!

— E sobre essa garota? Será que ela sabe?

— Sim. Não que isso seja da sua conta.

Ele olhou para Cori com raiva.

— Isso já é alguma coisa. Conte-me sobre ela.

— Ela é... legal.

— Ah, por favor! Você pode fazer melhor do que isso. O que ela está estudando?

Daniel não respondeu.

— Anda, diga: qual é o grande mistério?

— Música.

— O quê?

— Ela é uma estudante de música. Cantora.

— Jesus. Você é um filho da puta doente.

— Por quê?

— Porque você é um masoquista. Você é um idiota, sempre quer o que não pode ter. Olhe para você, se escondendo, fingindo que é como eles. Você não é e nunca será. Nós tivemos mais e mais dessa merda. Ficar escondendo o que você é!

— O que eu sou, Cori? Que porra sou então? — perguntou ele, irritado.

Ela sentou-se direito e olhou para ele.

— Um covarde.

Ele se levantou, de repente, e sacudiu o braço dela quando ela tentou impedi-lo.

— Não. Porra! Você não pode me dizer como viver.

Jogou algumas notas sobre a mesa, depois saiu da lanchonete.

Lisanne estava profundamente concentrada em seu livro sobre a história de sonatas quando ouviu uma batida na porta. Kirsty olhou por cima de seu *laptop*, onde estava pesquisando sobre Clifford Coffin — o fotógrafo de moda famoso da *Vogue*.

— Você está esperando alguém, Lis?

— Não — respondeu ela, saindo da cama. — Mas, provavelmente, é MJ, da minha aula de História da Composição. Ela mencionou querer emprestadas minhas anotações.

Lisanne abriu a porta e encontrou Daniel ali, parecendo irritado e inquieto. Ele não falou, apenas a puxou para um abraço apertado e descansou a cabeça contra o pescoço dela.

— Ei, o que há de errado? — disse ela, acariciando seu cabelo.

Claro, ele não respondeu.

Ela esperou até que ele parecesse mais calmo, então o empurrou gentilmente e repetiu a pergunta quando ele pôde ver seu rosto.

— Sinto muito, baby. Sei que você está estudando, mas... Merda. — Ele congelou quando viu Kirsty franzindo o cenho para ele.

Lisanne olhou por cima do ombro e os olhos de Kirsty se focaram novamente no *laptop*, embora o murmúrio irritado, que escapou de seus lábios, não tenha passado despercebido.

— Vou pegar meu casaco — disse Lisanne, em tom tranquilo.

Ela seguiu Daniel, descendo as escadas, e ficou surpresa e satisfeita quando ele segurou sua mão.

— Aonde você quer ir?

Ele olhou para baixo por um segundo.

— Você se importa se nós apenas formos ao refeitório e tomar um café?

— Não, pode ser. Você está bem?

Ele deu de ombros, mas sua expressão disse a ela que ele não estava.

Quando eles pegaram seus cafés e se sentaram um diante do outro, Lisanne estendeu a mão e tocou o pulso dele.

— Qual é o problema?

Daniel se recostou na cadeira e esfregou as mãos sobre o rosto.

— Encontrei uma amiga para o almoço, uma ex-namorada.

Lisanne sentiu um arrepio percorrer sua coluna. Isso eram "as coisas" que ele havia mencionado em sua mensagem? *O que vinha a seguir?*

— Táááá bom — disse Lisanne, cuidadosamente.

Daniel deu um sorriso torto.

— Faz dois anos que a gente terminou, Lis. Ela frequentava a minha antiga escola. — Ele olhou em volta para ver se havia alguém perto o suficiente para ouvi-los. — A escola de surdos.

Lisanne assentiu, ainda não tendo certeza de por que encontrar uma *antiga* namorada o tinha perturbado tanto.

Ele respirou fundo.

— Ela… Ela disse que eu estava sendo um covarde por não contar a ninguém a meu respeito.

Lisanne fez o mesmo, inspirando profundamente.

— Ela chamou você de covarde?

Ele balançou a cabeça de leve.

— Isso é ridículo!

Daniel olhou para ela com cautela, e Lisanne segurou suas mãos.

— Você é a pessoa mais corajosa que eu conheço.

Ele parecia em dúvida.

— Você é! Você é doce, engraçado e gentil, e tão forte. A maneira como se levantou contra o meu pai, aquilo foi… Foi… Você é incrível, maravilhoso e muito valente.

Daniel abaixou a cabeça, envergonhado pela efusividade dela.

— Porra! — conseguiu dizer, confuso com as palavras. — Você deixou de fora "incrível na cama".

Lisanne levantou uma sobrancelha.

— Isso é evidente!

Daniel deu um sorriso.

— Ainda gosto de ouvir.

— Tudo bem. Você é incrível na cama. Feliz agora?

Ele sorriu melancolicamente.

— Eu acho que sim. Foi só uma porra de chute no estômago. Ela disse que eu não aceito… o que sou. Eu não sei, talvez seja verdade. Isso realmente é uma porcaria.

— Sua amiga, quando ela perdeu a audição?

Daniel balançou a cabeça.

— Ela nasceu surda.

Lisanne não pôde deixar de pensar: *Então ela não sabe do que está falando.* Mas era muito cruel dizer isso em voz alta. E ela estava ciente de que alguns dos seus sentimentos de raiva em relação a essa menina eram porque ela tinha sido *namorada* de Daniel. Não apenas uma de suas mulheres aleatórias, mas alguém com quem ele havia namorado na escola. Mais do que isso – alguém que esteve lá quando sua surdez havia se tornado mais pronunciada, e quando seus pais tinham morrido. Como ela poderia competir com a proximidade que vinha de todas essas experiências tão importantes que haviam sido compartilhadas?

— Bem, ela está errada. Sobre você. E se eu encontrar com ela... — Lisanne deixou a ameaça de caos potencial pairando no ar.

Daniel tentou sorrir, mas um suspiro escapou de seus lábios ao invés disso.

— Eu não sei. Talvez ela esteja certa. Eu realmente não tenho contato com ninguém da minha antiga escola. Só ela. Não tenho amigos surdos. Quero dizer, a quem estou enganando, certo?

Lisanne mordeu o lábio.

— Daniel, eu realmente não sei nada sobre isso, é tudo novo para mim. Mas talvez você devesse falar com alguém a respeito.

— Você quer dizer um psiquiatra? — esbravejou, em tom baixo, seu temperamento aflorando na mesma hora.

— Não — Lisanne respondeu, pacientemente. — Eu estava pensando no Dr. Pappas, na verdade. Mas os conselheiros ajudam muita gente. Isso não significa que você está louco. — Ela revirou os olhos. — Sério, poderia ajudar apenas conversar sobre isso.

— Eu *estou* falando sobre isso — disse ele, irritado.

Lisanne fez uma expressão confusa.

— Eu quis dizer com alguém que entende o que você está passando.

Daniel fechou a cara.

— Tanto faz.

Lisanne cruzou os braços.

— Pelo amor de Deus! Eu não digo nada certo, digo? Eu só não sinto que sou suficiente para conversar com você sobre isso.

A expressão dele se suavizou na mesma hora.

— Desculpa. Tem sido um dia ruim e um fim de semana realmente de merda.

Lisanne estendeu a mão e acariciou o dorso da dele.

— Ah, eu não sei — ela murmurou, baixinho. — Ver você enfrentando meus pais foi ótimo. Definitivamente, o destaque do meu fim de semana.

Daniel não retornou o sorriso.

— Eu quis dizer cada palavra que disse — respondeu ele, com o rosto sério.

— Eu sei. Falei com a minha mãe esta manhã. Ela estava muito impressionada.

— É? — sondou ele, o rosto se iluminando imediatamente.

— E ela concorda comigo, ela te achou bonito.

Daniel riu.

— Tudo bem, estranho o suficiente. — Então, ele mudou de assunto: — Você quer que eu a leve para o seu ensaio amanhã à noite?

— Hum, não, está tudo bem. Mas você poderia me pegar depois? Deve acabar lá pelas dez.

— Claro, querida.

Eles conversaram por mais algum tempo, então, relutantemente, concordaram que tinham um monte de lições de casa para fazer. Daniel voltou com Lisanne para seu quarto, depois a beijou até a deixar tonta, antes de acenar seu adeus.

Kirsty ainda estava colada ao *laptop*, mas olhou para cima quando Lisanne entrou.

— Está tudo bem no País das Maravilhas?

Lisanne foi pega de surpresa pelo sarcasmo da amiga, e imediatamente seu desejo de defender Daniel borbulhou, derretido e quente.

— Agora está — disparou Lisanne. — Por que você está implicando tanto com Daniel?

— Eu te disse — Kirsty retrucou.

— Olha, ele fica longe de tudo o que seu irmão faz. Ele não tem nada a ver com isso.

— Então você admite que o irmão está… envolvido.

— Eu não admito nada! Eu o encontrei uma vez por cerca de cinco segundos, isso é tudo. Mas eu conheço Daniel.

— Você está confiando demais, Lis — disse Kirsty, em tom tranquilo.

— Sim, estou.

Kirsty suspirou.

— Olha, meu pai é advogado, então sei como isso funciona. Se seu irmão está traficando, o fato de que Daniel está morando com ele, e há drogas lá, poderia fazê-lo ser preso também. E se ele viu seu irmão vendendo, Daniel poderia ser julgado como cúmplice. Pelo menos, ele é um cúmplice após o fato, e se ele não contar à polícia, poderiam dizer que ele está obstruindo uma investigação policial. Estou supondo que ele é inteligente o suficiente para negar qualquer conhecimento...

Ela parou quando viu o quão pálida Lisanne parecia. Levantou-se imediatamente e se aproximou para dar um grande abraço na amiga.

— Sinto muito, querida, realmente sinto. Apenas... apenas me prometa que não vai para a casa de Daniel.

Lisanne se sentou na cama.

— Eu não acho que isso vai ser um problema. Eu fui uma vez, semanas atrás, mas ele não me levou lá desde então. Ele não disse nada, exceto que não é uma boa ideia.

Kirsty soltou um suspiro.

— Bem, isso é alguma coisa. Olha, você sabe que não acredito totalmente na atitude de bonzinho de Daniel, mas eu teria que ser cega para não ver o quanto ele se preocupa contigo. Você realmente conquistou esse garoto, Lis. Só estou dizendo para ser *cuidadosa*. Tudo bem?

Lisanne acenou com a cabeça, devagar.

— Eu sei. Obrigada, Kirsty.

As palavras da amiga giraram em torno da cabeça de Lisanne pela maior parte da noite de domingo, deixando-a cansada e mal-humorada quando acordou no dia seguinte.

Ela se arrastou pelo caminho até suas aulas e não teve sequer o alívio de recuperar o atraso com Daniel na hora do almoço.

Ele mandou uma mensagem dizendo que estava envolvido em alguma tutoria e a veria no Blue Note naquela noite.

Lisanne suspirou. Pelo menos, poderia ficar ansiosa com o ensaio e, com o próximo show chegando no fim de semana, eles precisavam de tantos ensaios quanto poderiam ter.

Ela se esforçou em sua classe de música *folk* americana, e quase dormiu em cima de seu macarrão enquanto comia seu jantar sozinha no refeitório. Então, ficou no ponto de ônibus, cochilando, até o ônibus chegar e a levar do centro para a West River Street.

O Blue Note ainda parecia uma espelunca, mas, pelo menos, era familiar. Mike abriu a porta para ela, um sorriso se espalhando pelo rosto quase lacônico. Ele era uma pessoa diferente quando estava tocando bateria – mais selvagem, menos contido. Lisanne entendia isso – ela sentia o mesmo quando cantava, ou melhor, cantar a afetava da mesma forma.

Por volta das dez horas da noite, ela estava exausta, mas sentindo-se mais feliz.

Graças a Deus, o ensaio tinha ido muito bem – ela estava, definitivamente, precisando de algo de bom após o fim de semana intenso.

Roy a pegou e a girou.

— Você é o nosso amuleto da sorte, menina! As coisas foram acontecendo em nosso caminho desde que te conheci.

Lisanne estava rindo e tentando se livrar quando ambos ouviram uma voz rosnando atrás deles.

— Coloque-a no chão, porra!

Roy deixou Lisanne deslizar livre e, depois, virou-se, com o cenho franzido, para Daniel, que estava com as mãos cerradas, uma expressão de fúria em seu rosto.

— Você está falando comigo, Dan? — disse Roy, a voz perigosamente calma.

Daniel ignorou e falou com Lisanne:

— Você vem ou não?

— Hum, tudo bem — ela disse, rapidamente. — Vejo vocês na quarta-feira.

Os caras acenaram com a cabeça; todos, exceto Roy, que ainda estava de pé em uma posição defensiva.

Lisanne correu atrás de Daniel, que saiu pisando duro pela boate, raiva emanando de seu corpo. Ela agarrou seu braço, obrigando-o a parar.

— O que há de errado? Por que você gritou com Roy assim?

— Não é óbvio?

— Não para mim.

Ele respirou fundo.

— Não gostei da forma como ele estava te tocando. E você deixou! — disse, acusador.

Lisanne estava atordoada. *Ele estava com ciúmes?*

— Daniel, você sabe que Roy é assim com todo mundo. Ele praticamente quebra minhas costelas cada vez que ficamos sabendo de alguma novidade legal.

Ele encontrou seu olhar, seu rosto relaxando um pouco.

— Uma novidade legal?

— Sim, nós temos um show no Down Under em três semanas.

Ele arrastou as mãos pelo cabelo e olhou-a, desculpando-se.

— É este lugar — comentou, por fim. — Estar aqui me deixa um pouco puto.

Lisanne se sentiu horrível e egoísta por fazê-lo ir à boate apenas para o lembrete afiado do que ele tinha perdido.

Timidamente, caminhou em direção a ele e enlaçou seu pescoço.

— Desculpe — sussurrou ela. — Sinto muito.

Ele recostou a testa à dela.

— Eu também. — Depois de um momento, olhou para cima. — Vamos, vou te levar de volta.

Foi um trajeto curto até os dormitórios, mas, mesmo assim, Lisanne estava gelada até os ossos. Daniel estava certo sobre a necessidade de um casaco mais quente.

Ela estremeceu e ele olhou para ela com ansiedade.

— Você está bem?

— Só com um pouco de frio. Eu vou ficar bem. Você quer entrar? Eu poderia fazer um café para você...

— Será que Kirsty está aí?

Lisanne sorriu e balançou a cabeça. Ela sabia exatamente o que ele queria dizer.

— Não, ela está no Vin. Fazendo o trabalho de administração.

Ela arqueou uma sobrancelha para ele, que sorriu.

— Sim, essa matéria é uma vadia.

— Então, você quer entrar e... estudar?

Ele sorriu.

— É um pouco tarde para... estudar.

— Mas eu prometi um café em primeiro lugar, que deve mantê-lo acordado para... estudar.

— Você realmente tem café desta vez?

— Não faço a mínima ideia.

Daniel balançou a cabeça, sorrindo.

— Você fez a um homem uma oferta que ele não pode recusar.

Lisanne estava satisfeita. Essa tinha sido a ideia geral.

Caminhou em frente, para a entrada, depois encontrou Daniel em sua porta, quando ele se esgueirou através da saída de incêndio. Ela se sentia maravilhosamente impertinente e rebelde, só por enfiar um menino às escondidas em seu quarto, à noite.

Ele a pegou logo que a porta se fechou e começou a beijá-la com vontade. Então ela virou o jogo e o empurrou, de repente, fazendo com que ele caísse de costas em sua cama. Daniel riu, deliciado, enquanto Lisanne se jogava sobre ele.

Depois disso, não houve mais necessidade de palavras.

Capítulo 13

No sábado seguinte, o show de Lisanne com a *32° North* correu bem.

A equipe de som tinha feito um trabalho muito bom conseguindo o equilíbrio certo e o público estava entusiasmado. Daniel permaneceu por todo o set, assistindo na parte dos fundos com Kirsty e Vin. Se o feria estar ali, ele não demonstrava.

Quando Lisanne saiu do palco, a maquiagem escorrendo com suor e seu coração batendo acelerado por conta da adrenalina, ele a envolveu em seus braços.

— Estou orgulhoso de você, baby. Você parecia incrível lá em cima.

— Tenho que concordar com o Daniel — disse Kirsty, puxando Lisanne em sua direção. — Você estava incrível.

Daniel sorriu para ela e Vin não pôde deixar de rir.

— Bem, ela estava! — respondeu Kirsty, defensivamente.

Daniel ergueu as mãos.

— Ei, não estou discutindo com você!

Lisanne revirou os olhos.

— Honestamente! Vocês dois!

Vin deu um beijo rápido na bochecha dela.

— Eu concordo com os dois, foi demais, Lis. Então, ei, olha, falei para eles darem uma trégua e fazermos uma viagem para a Ilha amanhã, com um monte de caras que conheço. Você está dentro?

Lisanne piscou para Daniel, que estava disfarçando um pequeno sorriso.

— Você disse que sim?

— Claro, boneca. Achei que você iria gostar.

— Uau! Claro que gostei! — Então se atirou para os braços de Daniel, que a pegou com facilidade. — Obrigada — sussurrou, quando o beijou nos lábios.

— O que você disse? — perguntou ele, franzindo a testa ligeiramente.
— Eu disse obrigada. Obrigada por ter feito isso.
— Claro, não há problema.

Vin ofereceu uma carona, então eles se empilharam em sua SUV, levando Lisanne e Daniel de volta para o dormitório, e Kirsty para a casa da fraternidade. Durante os vinte minutos que levaram no percurso até lá, Kirsty falou incansavelmente sobre a festa "impressionante" que os amigos de fraternidade de Vin estavam organizando para um pouco antes da Ação de Graças.

— E vai ser muito divertido se vestir na maior elegância. Os caras usarão *smokings*, o que significa algo mais do que justo para mim. Lis, você tem que fazer compras comigo.

— Eu não sei, Kirsty. Você é muito melhor nisso do que eu.

— Eu sei — respondeu Kirsty. — Eu sou a rainha das compras. Mas você deveria ir, vai ser divertido. Compras mais comida, o que há para não gostar?

Daniel não tinha pegado nada da conversa porque Kirsty estava sentada no banco da frente e ele não podia ver o movimento de seus lábios. E mesmo se não estivesse, era quase impossível fazer leitura labial sob a parca luminosidade, com as luzes dos faróis piscando intermitentemente, enquanto dirigiam ao longo das estradas sob o breu da noite. Em vez disso, ele ficou olhando para fora da janela, um olhar distante em sua expressão.

— O quê? — disse ele, quando Lisanne tocou seu joelho.

Ela falou devagar e claramente:

— Kirsty quer que eu vá comprar um vestido com ela.

Daniel fechou a cara.

— Algumas pessoas gostam de fazer compras — Lisanne comentou, gentilmente.

— Tanto faz. Roupas servem apenas para cobrir a minha bunda. Elas só têm de se adequar.

E ele também não viu ou ouviu o bufo desdenhoso de Kirsty. O que foi bom. Mas então ela se inclinou sobre a parte de trás do seu assento.

— Ei, Lis, eu te disse que estou indo para minha avó em Suffolk, no dia de Ação de Graças? Ela sempre faz um almoço maravilhoso com purê de maçã, e abóbora com creme e sálvia. Duas delícias! Estarei assim depois. — Ela estendeu as mãos para indicar uma enorme barriga.

Lisanne riu.

— Sim, minha mãe sempre faz um grande jantar também. Costumamos receber um monte de primos, fica tudo um pouco louco e... — Ela parou, abruptamente, sentindo-se horrível por falar sobre os planos de Ação de Graças de sua família quando sabia que Daniel não tinha família ou nada planejado.

Ela poderia ter chutado a si mesma por não ter cortado o assunto assim que Kirsty o ventilou – mesmo que Daniel não estivesse ouvindo.

— Um pouco de loucura é bom — disse Kirsty, alheia à tensão súbita de Lisanne. Ela olhou para Daniel e perguntou educadamente: — O que você fará na Ação de Graças, Daniel?

Ele pegou "Ação de Graças" e adivinhou o resto.

— Sem planos.

Kirsty pensou claramente que sua resposta curta tinha sido rude, porque ela se alterou.

— Então você só vai se deitar na cama e esquecer que a Ação de Graças existe?

— Kirsty... — disse Lisanne, um tom de advertência.

— Não, já chega, Lis! Estou tentando ser educada, e ele não pode dar uma resposta adequada? Isso é apenas patético.

— Os pais do Daniel morreram há dois anos em um acidente de carro! — exclamou Lisanne, com raiva.

Houve um silêncio horrorizado.

Daniel era o único que não sabia o que havia sido dito, mas ele viu que a expressão de Kirsty passou de combativa para chocada.

— Oh... Oh! Estou tão, tão triste, Daniel! Eu não tinha ideia. Lis nunca falou. Eu... Eu sinto muito.

Ele olhou para Lisanne em busca de uma tradução da conversa.

— Seus pais. Ela não sabia.

— Ah.

Ele deu de ombros e olhou para fora da janela novamente. Mas, quando Lisanne pegou sua mão e entrelaçou os dedos, apoiando-a em seu colo, ele não se afastou. Kirsty estava sentada em silêncio na frente, estoicamente ignorando os olhares furiosos de Vin. Não houve mais tentativas de conversa.

Quando Vin parou fora dos dormitórios, Daniel saiu sem falar nada e Lisanne murmurou um simples "Boa Noite".

Mas, quando Daniel se virou para ir embora, Vin baixou a janela e estendeu a mão direita.

— Sinto muito por seus pais, cara.

Daniel olhou para ele por um momento, então apertou a mão de Vin.

— Obrigado — murmurou, baixinho.

O PERIGO DE CONHECER E *amar* 225

Quando o carro de Vin se afastou, Lisanne agarrou o braço de Daniel, obrigando-o a olhar para ela.

— Eu sinto muito. Eu não disse a ela, porque... Bem, era um assunto particular.

Ele sorriu, cansado.

— Está tudo bem, baby. Não quero que as pessoas sintam pena de mim, qualquer que seja o motivo. — Ele soltou um suspiro profundo e forçou um sorriso. — Vejo você lá em cima em cinco minutos.

— Boa sorte com isso, amigo — disse outro aluno num tom descontente, enquanto se afastava dos dormitórios das meninas. — Eles colocaram um segurança na porta de incêndio, acho que o reitor ficou sabendo.

— E os golpes apenas continuam vindo — murmurou Daniel. — Parece que nós dois vamos dormir sozinhos esta noite. — Ele suspirou. — Acho que vou vê-la na parte da manhã. — Deu um pequeno sorriso. — Nós temos uma festa na praia para ir.

Lisanne queria ficar de mau humor e bater o pé. Havia sido uma noite fantástica – o show tinha sido ótimo, e agora tudo havia desmoronado. Tudo o que ela queria era dormir recostada ao peito de Daniel e acordar para um sexo matinal incrível. Agora, seus planos tinham sido impiedosamente esmagados.

Ele esfregou os braços dela e beijou seus lábios suavemente.

— Vejo você às 9h30min. Boa noite, baby.

Então ele colocou as mãos nos bolsos e caminhou lentamente em direção ao local onde havia deixado Sirona. Lisanne se sentia desolada e triste por Daniel. Ele parecia tão sozinho.

Ela dormiu mal, se revirando na cama, despertando várias vezes. Em seus sonhos, via Daniel se afastar dela. Foi perturbador.

Assim que o celular começou a apitar às 8h, mandou uma mensagem para ele.

> L: Dormi super mal sem vc. Não foi divertido :(vejo você mais tarde. LA bj

Sua resposta a fez sorrir.

> D: Vejo você EM BREVE.

Ela correu para o chuveiro antes que outras meninas do dormitório começassem a fazer fila. Depois, ficou envolvida em uma toalha, olhando para seu guarda-roupa, se perguntando se estaria quente o suficiente para usar short. Quando o telefone tocou, ela considerou brevemente ignorá-lo. O identificador de chamadas mostrou que era sua mãe, e ela não tinha tempo para uma longa conversa agora. Suspirando, atendeu, rezando por uma conversa breve.

— Oi, mãe. Como você está? Como está o pai? O que Harry está fazendo?

— Nossa! Alguém está com pressa esta manhã! E fico triste em pensar que não é porque você está indo para a igreja.

— Sim, um pouco ocupada. Nosso grupo está indo para a ilha. A previsão é que o dia seja quente hoje, talvez a temperatura suba muito mesmo. Devo usar short?

— Você vai na moto de Daniel? Nesse caso, você, definitivamente, precisa de calça comprida, minha menina!

Lisanne balançou a cabeça.

— Não, mãe. Vin vai nos levar, o namorado de Kirsty. Ele tem uma SUV, é totalmente seguro.

— Bem, estou contente de ouvir isso. Use short e leve calça jeans, então você tem tudo de que precisa.

— Tá bom, obrigada, mãe.

— Querida, sei que você está com pressa, mas só queria perguntar muito rapidamente sobre a Ação de Graças. Você não disse que dia vem.

— Ah — disse Lisanne. — Hum, mãe, eu ia falar com você sobre isso, mas agora não é uma boa hora.

— O que você quer dizer, Lisanne? — perguntou a mãe, com a voz aguda.

— Eu pensei em ficar aqui para a Ação de Graças. Com Daniel.

Houve um longo silêncio. Lisanne prendeu a respiração.

Ela não tinha discutido nada com Daniel, mas, depois de ouvir todo mundo falando animadamente sobre seus planos para a Ação de Graças, ela não podia suportar a ideia de que ele ficasse preso com Zef. Ela nem sabia se ele gostaria de vê-la, e deixar escapar isso para sua mãe agora seria impulsivo, para dizer o mínimo.

— Lisanne, você sabe que Ação de Graças é um feriado importante para a nossa família. Todos os primos estão fazendo um esforço para estar lá, é o único momento em que realmente vemos uns aos outros. E Pops e avó Olsen virão de longe para passar algum tempo com você. Seu pai e eu preferimos que esteja aqui com a gente.

Lisanne se sentia horrível.

— Mãe, eu sei. Mas... Ele vai ficar aqui sozinho, e não posso deixá-lo.

— Por que ele não passa tempo com a família?

— Ele só tem um irmão mais velho, e Zef estará ocupado com seus... amigos.

— E os pais de Daniel? Onde eles estão? Ele não vai estar com eles? Afinal...

Lisanne teve que interromper.

— Mãe, não. Os pais de Daniel... Eles morreram em um acidente de carro. Dois anos atrás.

— Santo Deus! — arfou a mãe. — Pobrezinho! — Então houve uma longa pausa. — Aguarde um momento, querida, vou colocá-la em espera.

Lisanne bufou inutilmente enquanto segurava o telefone em silêncio ao seu ouvido. Depois do que pareceu uma eternidade, sua mãe voltou à linha.

— Bem, acabei de falar com seu pai. Nós queremos que você traga Daniel para ficar com a gente no Dia de Ação de Graças. Ninguém deve estar sozinho nessa época do ano.

— O quê? Meu pai concordou com isso? — O tom de Lisanne soou incrédulo.

— Sim, ele concordou — disse sua mãe, de forma decisiva. — Então você poderia, por favor, pedir ao Daniel? Ele será mais do que bem-vindo.

— Hum, tudo bem. Obrigada, mãe.

— Eu vou falar com você mais tarde, querida. Divirta-se na praia.

A chamada terminou e Lisanne olhou para o telefone, se perguntando se tinha imaginado toda a conversa. Certamente, ela não poderia inventar um universo onde seu pai estaria disposto a convidar *o rapaz com quem ela estava dormindo* para ficar em sua casa. Era muito estranho. Bom, sem dúvida, mas, ainda assim, estranho.

Após o choque inicial, Lisanne começou a se animar com a ideia. Ela gostaria que Daniel conhecesse sua família de uma forma mais aceitável. A questão era: ele iria?

Quando ouviu o barulho da moto de Daniel, percebeu que tinha passado quase vinte minutos olhando para seu guarda-roupa. Apressando-se, vestiu um short curto e uma regata por cima do maiô, e amarrou uma camisa xadrez com um nó na cintura. Depois, enfiou uma calça jeans em sua mochila junto com protetor solar, um livro e uma toalha de praia grande o suficiente para dois.

Daniel estava inclinado sobre o banco de sua moto. Com os óculos escuros cobrindo seus olhos, e casualmente fumando um cigarro pendendo dos lábios, parecia uma estrela de cinema.

E, depois, Shawna fez sua aparição.

— Olá, Daniel! Eu não sabia que você estava nessa. Isso é tão legal! Oh, uau, você fez uma nova tatuagem? — E ela arrastou um dedo por seu bíceps.

Daniel contraiu o ombro em um gesto irritado.

— Você sabe que estou com Lisanne, certo?

Shawna deu uma risada falsa e pestanejou os cílios postiços para ele.

O olhar de Daniel foi para seus seios enquanto se perguntava se também eram falsos.

Ele se virou, mas não antes de Shawna ter adivinhado a direção de seu olhar e saltado para a conclusão errada.

— Vou manter o seu lado da cama quente — sussurrou ela.

Daniel não a ouviu. Ele tinha visto Lisanne, e um enorme sorriso iluminou seu rosto enquanto seus olhos a percorreram de cima a baixo, deparando com as pernas nuas. Era o traje mais curto que já a viu usando do lado de fora do quarto ou do palco.

— Eu gosto — disse ele, com um sorriso.

Com o tom sugestivo, Lisanne corou.

— Hum, obrigada. Você não trouxe algo para nadar? — perguntou ela, olhando para suas mãos vazias.

— Claro, boneca. Você quer ver?

Ele abriu o primeiro botão da calça jeans e puxou para baixo da cintura o suficiente para revelar uma faixa de algodão azul escuro.

— Daniel! — Lisanne murmurou, entredentes, os olhos disparando ao redor para ver se alguém estava olhando.

Os olhos de Shawna foram atraídos como ímãs para a pele exposta que ele estava exibindo descuidadamente.

Daniel riu.

— Nada que você não tenha visto antes, baby. — Então a puxou para um abraço.

Shawna jogou o cabelo por cima do ombro e resmungou baixinho.

O pequeno drama foi interrompido pela chegada de Vin e Kirsty.

O SUV encostou ao meio-fio, seguido por um comboio de três outros carros, todos abarrotados com estudantes.

— Prontos para se bronzearem? — gritou Kirsty, feliz.

Um dos outros motoristas veio correndo até a janela de Vin.

— Ei, cara. Estou seriamente sobrecarregado. Você pode levar mais um?

— Não sei, Paul. Eu já tenho três aí atrás.

— Nós estamos bem, Vin — disse Daniel, surpreendendo a todos. — Lis pode se sentar no meu colo.

Vin sorriu.

— Você ouviu o homem, todos dentro.

Um dos amigos de futebol americano de Vin, um cara enorme e alegre, chamado Isaac, sentou-se no meio, esmagando Shawna na porta.

Lisanne estava empoleirada, meio sem-jeito, no joelho de Daniel.

— Você está bem? — perguntou ela, nervosamente. — Será que não suas pernas vão formigar? Eu sou muito pesada...

Ele riu baixo.

— Não. Este é o melhor lugar da casa. Apenas relaxe.

Ele a ajeitou, confortavelmente, e começou a sugar a pele macia na lateral de seu pescoço.

Isaac lhe deu uma cotovelada.

— Ei! Eu não quero vê-lo apalpando sua garota durante todo o caminho até a praia, cara!

Daniel sorriu.

— Você pode ter Shawna. Ela está disponível.

Lisanne escondeu uma risadinha, enquanto Isaac olhou com cautela para uma Shawna furiosa.

— Ei — disse Vin. — Sem pegação para qualquer um. Regras do carro.

— Desde quando? — murmurou Kirsty, levantando uma sobrancelha.

Vin apenas sorriu.

— Lis, precisamos do seu *iPod* para algumas músicas legais. Me dê ele aí.

Lis entregou para Kirsty, e o carro foi rapidamente preenchido com os sons de balanço de Gin Wigmore.

— Eu não conheço esta — disse Kirsty, depois de mais algumas músicas.

— Esta é Lykke Li.

— Licky quem?

Lisanne sorriu.

— Lykke Li, ela é sueca.

— E quem era a de antes?

— Asa, ela é uma espécie de alma do jazz, de Paris, na França.

— E o de antes?

— Birds of Tokyo.

— Do Japão?

— De Perth, na Austrália.

— E quanto ao bom rock dos EUA? — bufou Isaac.

— Há um pouco de Linkin Park por aí.

— Excelente! — gritou Isaac, que parecia facilmente satisfeito.

Lisanne gostava de compartilhar sua música, mas se sentia desconfortável sabendo que Daniel não podia ouvir. Ele deu um sorriso rápido e passou o resto da viagem olhando para fora da janela. Era a sua posição padrão em viagens de carro.

A viagem foi curta e corriqueira, se Lisanne descontasse a presença mal-humorada de Shawna. Daniel, contrariado, obedecia à nova regra do carro de Vin, e contentou-se em beijar a cabeça de Lisanne e descansar uma mão sobre sua coxa nua. Ela estava fervendo de felicidade. Nunca havia tido um namorado antes, nunca tinha ido à praia com um grupo de amigos, nunca havia dado uns amassos em um carro. Sentia-se como se o mundo inteiro estivesse cheio de possibilidades quando Daniel estava ao seu lado. Sentia-se segura e aventureira, tudo ao mesmo tempo.

Ela se contorceu em seu colo e se inclinou para beijá-lo.

— O que é isso? — disse ele, sorrindo para ela.

Lisanne deu de ombros.

— Estou feliz.

O sorriso dele se alargou, depois ele a beijou de volta.

— Regras do carro! — gritaram Isaac e Vin ao mesmo tempo.

Lisanne empurrou Daniel gentilmente.

— O quê? — ele perguntou, abrindo os olhos.

— Regras do carro — disse ela, com um sorriso.

— Sim, bem, você é uma má influência — respondeu ele, seus olhos brilhando com humor.

A temperatura começou a subir junto com o sol brilhante em um céu azul impecável. Vin ligou o ar-condicionado, mas Kirsty implorou por janelas abertas em vez disso. Ele concordou na mesma hora, incapaz de negar qualquer coisa a ela.

— Venta muito aqui — resmungou Shawna. — Está bagunçando meu cabelo.

— Nós estamos indo para a praia, Shaw. Você sabe, areia, água do mar?

— Está ressecando a minha pele — gemeu ela.

— Tá, tudo bem — disse Kirsty, balançando a cabeça enquanto subia o vidro outra vez.

Quando chegaram à praia, eles se espalharam, felizes e gritando animadamente. Os outros carros estacionaram atrás deles e logo começaram a descarregar o porta-malas.

A areia era um ouro pálido, a cor e a textura de açúcar não refinado, e a brisa leve aquecia o coração de Lisanne. Ela se sentiu ridiculamente feliz, e quando se virou para olhar para Daniel, querendo compartilhar o momento, o sorriso em seu rosto a fez sentir como se seu corpo não pudesse conter tanta alegria pura.

O som de palavrões a distraiu. Isaac tinha deixado cair um cooler pesado em seu pé – e pelo som e peso dele, estava cheio de cerveja. Mais e mais coolers de cerveja foram descarregados, bem como uma variedade de alimentos.

— Hum, Kirsty — disse ela, em voz baixa. — Eu me sinto muito mal, eu não trouxe nada. Posso dar algum dinheiro ou algo assim?

Kirsty sorriu e balançou a cabeça.

— Não, estamos bem. Quer dizer, há uma loja ali, por que você não compra mais algumas batatas fritas? Você verá o quanto esses caras comem, nunca há batatas fritas suficientes.

Lisanne estava grata à sua amiga. Kirsty sabia que ela não tinha muito dinheiro, mas batatas fritas ela conseguia bancar.

Ela bateu no ombro de Daniel.

— Eu só vou comprar algumas batatas fritas e uma garrafa de água. Quer alguma coisa?

Ele balançou a cabeça.

— Não. Eu pego, baby. — Ele atravessou até a loja, selecionando três enormes sacos tamanho família de batatas fritas e uma garrafa grande de água.

Ele estava quase oculto pelas batatas fritas enquanto caminhava de volta, fazendo Lisanne rir. Ela pegou um saco de suas mãos e seguiu os outros para o litoral, demarcando um pedaço vazio de areia.

Vin e seus amigos já haviam tirado seus calções, e Isaac estava girando uma bola de futebol americano no dedo. Shawna ficou de costas para o mar, apreciando a vista de perto de bastante pele masculina exposta, enquanto Kirsty se ajeitava sobre uma enorme toalha de praia, começando a esfregar protetor solar em seus braços.

Vin correu para ela, murmurando algo sobre "meu trabalho", o que fez Kirsty rir.

— Qual é, cara! — gritou Isaac. — Futebol americano! Você vai jogar ou o quê?

— Vou ficar com o 'o quê' — respondeu Vin, esfregando protetor solar nas costas de Kirsty.

— Ah, inferno — murmurou Isaac. — E você, Dan? Quer jogar bola?

Lisanne cutucou o braço de Daniel quando ele largou os sacos de batatas fritas ao lado dos coolers de alimentos.

— Isaac está perguntando se você quer jogar futebol americano — ela disse, em voz baixa.

O brilho nos olhos, seguido por uma expressão melancólica, feriu o coração de Lisanne.

— Vá em frente — ela o encorajou. — É apenas um jogo na praia. Vá um pouco. Você pode voltar e esfregar protetor nas minhas costas.

Ele sorriu.

— Sempre, baby. — Respirou profundo. — Tá bom. — Então se virou em direção ao Isaac. — Estou dentro!

Isaac gritou e bateu na mão do cara de pé ao lado dele.

Daniel descalçou as botas e tirou as meias. Lisanne observava, com a boca seca, enquanto ele arrancava a camisa e baixava as calças.

— Meu Deus — arfou Shawna. — Ele realmente tem *piercing* de mamilo!

Todo mundo se virou para olhar, mas Daniel não sabia o porquê.

Ele congelou.

— Está tudo bem — disse Lisanne, em tom tranquilizador. — Eles estão apenas admirando as suas, hum, joias nos peitos.

Um sorriso passou pelo rosto de Daniel.

— Contanto que você goste, boneca.

— Você sabe que eu gosto — respondeu ela, o rosto, de repente, se tornando quente o suficiente para fritar um ovo.

Ele se inclinou e a beijou com vontade, deixando-a sem fôlego e com o corpo todo corado. Ela precisou se sentar e se abanar após isso.

— Está com calor? — perguntou Kirsty, uma expressão irônica no rosto.

— Definitivamente — concordou Lisanne.

Vin riu alto.

— Talvez eu deva fazer um desses.

— Não se atreva! — gritou Kirsty. — Seriam semanas sem nós podermos, hum, quero dizer, iria doer por semanas.

Agora foi a vez de Kirsty corar.

Lisanne virou-se para assistir ao jogo de futebol americano que estava ocorrendo mais acima, na praia. Ela realmente não costumava assistir ao esporte, por isso, quando Vin assobiou entre os dentes, ela olhou para ele interrogativamente.

— Daniel jogou um passe de 30 jardas.

— Isso é bom?

— Sim — disse ele, em voz baixa, depois se sentou para assistir ao jogo, uma mão preguiçosamente esfregando o joelho de Kirsty.

Lisanne realmente não podia dizer o que estava acontecendo. Parecia haver um monte de gritos, juntamente com algumas corridas e pegadas.

Então Isaac gritou:

— Touchdown! — E se jogou em Daniel, que parecia satisfeito.

— Ele é muito bom — disse Vin.

Então ele se levantou e correu para se juntar a eles.

Lisanne observou por um pouco mais de tempo, mas Daniel parecia estar indo bem. Ela puxou um livro maltratado e deitou-se de bruços para ler.

Shawna tinha andado mais para perto do jogo de futebol americano, vestida com um biquíni que era tão pequeno que Lisanne não estava inteiramente certa do porquê ela tinha se incomodado em vestir. Ela se sentia muito tímida para sentar-se em seu maiô, especialmente ao lado de Kirsty, que parecia uma deusa com seus longos cachos e pele impecável.

Depois de meia hora de sol ardente, Lisanne decidiu dar um mergulho. Kirsty estava dormindo, todos os caras estavam absorvidos no jogo e Shawna ainda estava fazendo sua personificação de líder de torcida, ainda que não houvesse ficado claro a quem ela estava tentando encorajar. Mas, pelo menos, significava que ninguém estava observando Lisanne. Ela tirou a regata e o short, ajustou o topo de seu maiô e, devagar, caminhou pela areia aquecida até a beira do mar.

A água ondulava sobre seus pés, fazendo parecer como se elas dobrassem e flexionassem como algas. Ela nadou mais para dentro, deixando a água esfriar sua pele quente. Lisanne se afundou até o nível dos joelhos e tremeu um pouco quando a água fria atingiu seu peito. Avançando ainda mais para a frente, inclinou-se para frente em um nado de peito sereno.

Ao longe, ouviu gritos e vaias. Ela virou a cabeça para ver Daniel levantando as mãos para os caras, como se estivesse pedindo desculpas por alguma coisa. Então, ele se virou e correu ao longo da praia por uma curta distância, antes de mergulhar na água e nadar rápido em sua direção.

Ele emergiu ao seu lado, com o cabelo escuro grudado na cabeça, e o sol brilhando em seu peito enquanto a água do mar escorria de seus ombros.

— Olá, boneca. Saudades de mim?

— Talvez.

Ele fez beicinho.

— Só talvez?

— Bem, você parecia estar se divertindo com os *meninos*, então pensei em tomar um banho.

— Eu sei. — Ele sorriu para ela. — Eles ficaram muito bravos, mas, entre eles e minha garota ficando toda molhada, não havia concorrência.

Ele a puxou para si e pôs as pernas dela em volta de sua cintura. Suas mãos deslizaram sob sua bunda para segurá-la quando atacou seus lábios. Lisanne abriu a boca e a sua língua varreu para dentro. Ele gemeu e apoiou a mão no centro de suas costas, puxando-a contra si, e quando afastou a cabeça para trás, seus olhos estavam escuros de desejo. Ele gemeu e a soltou com cuidado.

— Qual é o problema? — disse ela em uma voz tão rouca que mal reconheceu como sua.

— Eu tenho uma ereção — murmurou ele. — Isso não deveria acontecer com rapazes em água fria. É você, baby. Você é tão *gostosa*, que eu poderia te foder aqui. Ninguém saberia.

Lisanne riu, um pouco nervosa.

— Acho que as pessoas podem notar se você, de repente, parar para colocar a camisinha, a menos que você possa fazer isso debaixo d'água.

Daniel gemeu novamente.

— Porra. Nós vamos ter que fazer você tomar pílula, baby. Está me deixando louco.

Lisanne piscou. Ela não tinha certeza de como se sentia sobre isso. Mas Daniel não percebeu a mudança em sua expressão. Ele estava muito ocupado beijando o topo de seu peito e chupando seu pescoço suavemente.

Ele olhou para cima quando Lisanne se contorceu em seus braços.

— O que foi, baby?

— Eles estão acenando para irmos comer alguma coisa.

O PERIGO DE CONHECER E *amar*

— Merda. Vou precisar de um minuto — disse ele, deixando-a deslizar para baixo contra seu corpo. — Eu só vou nadar um pouco, okay?

— Eu vou com você. De qualquer maneira, não estou com fome ainda.

Lisanne nadou paralelo à praia, enquanto Daniel ampliou cem metros para fora, depois veio espirrando em sua direção.

Quando a cabeça dele emergiu na água, ele sorriu.

— Sentindo-se melhor? Tudo de volta onde pertence?

— Não tenho certeza sobre isso, baby. Meu pau pertence a você.

Lisanne corou. Ele tinha uma boca *tão* suja. Ela adorava.

Eles caminharam de volta ao longo da praia, de mãos dadas, com Daniel inclinando-se para beijá-la a cada poucos passos. Lisanne tinha certeza de que poderia assumir a forma de um hidrante vermelho brilhante por sua exibição muito pública de afeto.

— Hum, Daniel? Estamos quase lá agora.

— Eu sei — disse ele, acariciando seu pescoço. — Seus mamilos estão tão duros, não vejo a hora de esfregar a minha língua ao redor deles.

Ela bateu no braço dele, e ele a encarou com surpresa.

— O quê?

— Não!

— Não o quê? — perguntou ele, parecendo confuso.

— Não... diga coisas *assim* na frente das pessoas. Eu vou morrer de vergonha.

Daniel entrecerrou os olhos.

— Você tem vergonha de ser vista comigo?

— Não! Deus, não! É só que... Quando você diz todas essas coisas sobre sexo, eu fico envergonhada. Eu não estou acostumada com isso — concluiu, sem muita convicção.

Lisanne ficou aliviada ao ver que seu sorriso foi rapidamente restaurado.

— Tudo bem, mas não posso garantir que serei capaz de manter as mãos longe de você. Só estou dizendo.

Os outros tinham feito um trabalho rápido com os alimentos, e todo mundo parecia ter um prato de papel cheio com alguma coisa. Os olhos de Daniel se arregalaram quando ele viu as pilhas de churrasco de costelas, asas de frango e cachorros-quentes. Boa comida em uma base regular era uma raridade para ele. Ele logo foi aproveitar, feliz. Lisanne preferiu pratos leves e massa fria e salada. Ambos se acomodaram em sua toalha, com a comida.

— Você tem um arremesso de braço incrível, cara — disse Vin.

Lisanne bateu no joelho de Daniel e discretamente apontou para Vin.

— Não entendi, cara, o quê?

— Estou surpreso que você não tentou entrar para a equipe. Você deve ter jogado na escola, certo?

— Ah, sim, um pouco.

— Mais do que um pouco — bufou Kirsty. — Lis disse que você era o *quarterback* da sua escola.

Houve um breve silêncio enquanto Daniel lançava um olhar acusador para Lisanne.

— Sim — disse ele, por fim.

Vin franziu o cenho.

— Então, como é que você não tentou este ano?

— É, cara — acrescentou Isaac. — Você deu um passe limpo de 30 jardas que fez Vinny correr.

Daniel deu de ombros e levantou-se, jogando o prato no lixo. Em seguida, ele puxou um maço de cigarros do bolso do jeans.

— Eu estava ocupado.

Vin podia ver que, por alguma razão, Daniel estava desconfortável com o assunto, então deixou para lá. A conversa logo se voltou para os planos de todos para a Ação de Graças.

Lisanne olhou para Daniel e murmurou:

— Desculpe.

Ele deu de ombros novamente e soprou a fumaça do cigarro para longe dela. Ela segurou o rosto dele suavemente, até atrair seu olhar.

— Sinto muito, de verdade.

Ele deu um sorriso torto.

— Está tudo bem. Eu gosto que você fale de mim quando não estou perto, bem, se é coisa boa.

— Sempre — disse Lisanne, baixinho..

Seu sorriso de resposta foi tímido e doce.

— É?

— É. E — começou ela, respirando fundo —, há outra coisa que eu queria te dizer, mas não tenho certeza do que você vai pensar sobre isso.

Uma pequena ruga apareceu entre as sobrancelhas de Daniel.

— Vá em frente.

— Minha mãe o convidou para se juntar a nós para a Ação de Graças.

Daniel não respondeu – na verdade, seu rosto parecia ter congelado no meio de um pensamento. Lisanne sentiu-se balbuciando.

— Eu disse à minha mãe que você ia ficar sozinho, e que eu queria ficar aqui contigo.

Isso chamou sua atenção.

— Você... Você quer ficar aqui... comigo?

Lisanne assentiu.

— Por quê? — Ele parecia genuinamente perplexo.

— Por quê?! — disse ela, revirando os olhos.

Geralmente, Daniel não era obtuso, mas, às vezes, ele realmente não a entendia.

Lisanne tentou novamente.

— Então você vai? Para a Ação de Graças?

Daniel esfregou as mãos sobre o rosto.

— Sério? Seu velho vai me deixar entrar em sua casa na Ação de Graças... e não vai atirar em mim ou qualquer coisa do tipo?

Lisanne riu ao ver a expressão em seu rosto.

— Não. Ele, provavelmente, vai te dar uma encarada toda vez que você olhar para mim.

— Parece divertido — murmurou Daniel, mas Lisanne poderia dizer que ele estava tentando disfarçar um sorriso.

— Posso dizer a ela que sim?

— Haverá peru?

— Claro.

— E purê de batatas?

— Com molho.

— E torta de abóbora?

Lisanne sorriu.

— Confie em mim, haverá comida suficiente até mesmo para você.

Daniel pareceu sério.

— Isso é realmente legal da parte deles, Lis. Eu quero dizer isso. Mas não acho que... Todas aquelas pessoas. Não vou ser capaz de... É muito difícil...

Ela acariciou seu braço.

— Eu estarei lá e vou ajudá-lo. Hoje foi tudo bem, não foi?

Ele balançou a cabeça e deu um pequeno sorriso.

— Sim, hoje foi ótimo. Sei que perdi algumas coisas e algumas das chamadas quando estávamos jogando futebol americano, mas, sabendo que você vai me apoiar, tudo fica muito mais fácil. Eu ia te dizer mais tarde, mas... obrigado. Obrigado por hoje.

A boca de Lisanne entreabriu, com um som suave.

— De nada — ela falou, baixinho.

A tarde passou tranquilamente. Vin organizou um jogo complicado de Frisbee na água, com três pedaços de plástico voando sobre as cabeças de todos, em que ninguém, exceto Vin, tinha certeza das regras.

Mais alimento foi consumido, e então a maioria das pessoas se estendeu para uma soneca ao sol antes de voltarem. Daniel tinha ido dar outro longo mergulho, correndo com Isaac e um dos outros caras. Então ele veio pingando em seu caminho de volta até a areia quente e plantou beijos frios na barriga de Lisanne. Eles estavam deitados e cochilaram confortavelmente, com a cabeça dela em seu peito.

Shawna tinha arranjado para voltar em um dos outros carros, o que foi muito bom para Lisanne.

Ela colocou um pouco de música suave em seu *iPod* e logo os sons ambientes de *You Know What I Mean*, de Cult, e alguns de Alison Sudol estavam enchendo o carro. A viagem foi tranquila, com todo mundo cochilando depois de um longo dia de sol, mar e areia.

De repente, Vin se endireitou.

— Ah, merda — murmurou ele. — Estou sendo parado.

Lisanne se sentiu nervosa. Ela nunca tinha estado em um carro que havia sido parado pela polícia antes. Ir com Zef para buscar Daniel tinha sido o mais próximo que ela já havia chegado de um agente da lei. Ela realmente não queria um encontro mais próximo.

Daniel se virou para olhar por cima do ombro quando Lisanne apontou para trás deles.

— Porra — disse, em voz baixa.

Kirsty o encarou e lhe lançou um olhar furioso.

— Você tem alguma coisa com você, Daniel? Porque, se você tiver, isso poderá afetar a todos nós!

— Não, eu não tenho, porra! — respondeu ele, bravo, em voz baixa.

Vin cerrou a mandíbula, mas não disse nada. Ele parou e baixou o vidro do carro quando o policial se aproximou.

— Tem alguma coisa errada, policial?

— Você não conseguiu se manter na pista enquanto estava dirigindo. Licença e registro — disse o homem, de forma abrupta.

Vin abriu a carteira e entregou a carteira de motorista.

— Se você puder, saia do veículo, por favor, Sr. Vescovi.

Parecendo preocupado, Vin saiu e os policiais o acompanharam a uma distância do carro. Eles pareciam estar interrogando-o sobre alguma coisa, e Vin balançava a cabeça vigorosamente.

Daniel vigiava de perto e Lisanne sabia que ele estava lendo seus lábios. Ele se virou para ela rapidamente.

— Lis, acho que eles vão me prender — disse ele, com a voz tensa.

— O quê? — disparou Kirsty. — Como você sabe disso?

Ele a ignorou.

— Não diga nada a eles, basta mandar uma mensagem para Zef tão rapidamente quanto puder. Por favor, baby?

— Eu não entendo — gritou Lisanne. — Você não fez nada!

— Você acha que isso vai impedi-los? — zombou ele. — Acredite em mim, quando o seu sobrenome é Colton, eles não precisam de uma razão.

— Daniel — sussurrou Lisanne —, tem alguma coisa, qualquer coisa?

O olhar de raiva e decepção em seu rosto arrefeceu as palavras em sua boca até que tinha gosto de cinzas.

Os policiais voltaram para o carro e ordenaram a todos que saíssem.

Um homem anotou seus nomes, e então começou por Daniel. Ele nem sequer pediu para ver a sua identidade.

— Vire-se e fique de frente para o carro, Colton. Estou te prendendo por suspeita de posse de drogas com intenção de distribuir.

Lisanne arfou quando o policial algemou as mãos de Daniel às costas. Kirsty segurou o braço dela, quando a viu avançar.

— Lis, não! Isso não vai ajudar. — Então Kirsty falou: — Desculpe-me, policial. Meu pai é advogado e eu sei que...

— Olha, garota — disse o policial mais baixo —, se eu tivesse ganhado um centavo para cada garoto rico que me disse que o pai era um advogado, eu seria um homem rico, e não estaria prendendo arruaceiros na estrada. Meu conselho a você é voltar para seu carro caro, manter a calma e ficar longe disso. — Ele apontou para Daniel e deu a Kirsty um olhar de advertência.

— Você tem o direito de permanecer em silêncio — disse o policial mais alto, na parte de trás da cabeça de Daniel. — Qualquer coisa que você diga ou faça poderá ser usada contra você no tribunal.

Lisanne desmoronou contra Kirsty, cujos braços estavam ao redor dela, com força.

— Você tem o direito de consultar um advogado antes de falar com a polícia — informou o policial. E continuou: — E de ter um advogado presente durante o interrogatório, agora ou no futuro. Se você não puder pagar um advogado, um será nomeado para você antes de qualquer questionamento se assim desejar. Se você decidir responder a quaisquer perguntas agora, sem um advogado presente, você ainda terá o direito de parar de responder a qualquer momento, até falar com um advogado. Conhece e compreende os seus direitos como expliquei a você? Está disposto a responder às minhas perguntas sem um advogado presente?

Daniel não falou nada, e Lisanne sabia que ele não tinha ouvido uma única palavra.

— Eu perguntei se você entende os seus direitos? — disparou o policial, e empurrou a cabeça de Daniel para bater contra o teto do SUV.

— Cretino — murmurou Isaac.

Daniel foi escoltado até o carro da polícia. Ele não olhou para trás enquanto o levavam para longe.

Vin voltou até onde todos estavam, pálido e abalado. A polícia tinha ignorado completamente a razão pela qual havia sido parado — a acusação falsa de não se manter na pista.

Kirsty virou-se para Lisanne.

— Eu só vou perguntar uma vez, Lis, Daniel tem alguma coisa com ele? Qualquer coisa?

Lisanne negou com a cabeça.

— Ele parecia tão bravo quando eu perguntei isso! — disse ela, com lágrimas ardendo os olhos.

Vin falou em voz baixa:

— Eles sabiam que ele estava no carro.

— O quê? — disparou Kirsty.

— Eles sabiam que Dan estava no carro. Quero dizer, eles não me perguntaram o nome dele nem nada. O policial grandalhão apenas disse: "Colton forneceu algum tipo de droga a você hoje ou no passado?". Isso foi antes de conferirem a identidade de todos. Eles *sabiam* quem ele era antes de me abordarem. Como se estivessem esperando por nós.

— Eu tenho que ligar para o irmão dele — disse Lisanne, baixinho.

— Não — falou Kirsty, em um tom autoritário. — Vin, nos leve para a delegacia.

— O que você vai fazer?

— Ajudar Daniel — respondeu ela. — Como eu disse, meu pai é advogado, e eu sei que eles não podem fazer o que fizeram.

— Querida, eu sei que você quer ajudar...

— Eu vou fazer isso, Vin. Vou ligar para o meu pai e ele me dirá o que fazer.

Uma hora depois, um atordoado Daniel deixou a delegacia, escoltado por uma Kirsty vitoriosa, sob gritos e aplausos de Vin e Isaac.

Lisanne explodiu em lágrimas.

— Ei, baby. Não chore — disse ele, enxugando o rosto dela com os dedos. — Está tudo bem. Eu estou bem.

Vin pegou Kirsty e a girou no ar, enquanto ela ria alegremente.

— O que aconteceu? — arfou Lisanne, entre lágrimas.

— Sua amiga foi incrível — falou Daniel, com um sorriso enorme dirigido à Kirsty. — Totalmente acabou com eles. No momento em que saímos, eles a estavam chamando de "senhora".

— Muito obrigada — disse Kirsty, com uma suave reverência. — Tenho que concordar com Daniel, fui totalmente incrível... Bem, meu pai foi totalmente incrível, ele me falou tudo o que eu tinha que fazer.

— Mas eu não entendo — fungou Lisanne. — Por que eles te prenderam? Você não tinha feito nada.

Kirsty olhou para ele, séria.

— Honestamente, Daniel. Eu acho que você tem um caso de perseguição policial. Vin estava certo, eles estavam procurando por você, e o que eles *não estavam* dizendo é que queriam usá-lo para chegar ao seu irmão.

Daniel fechou a cara.

— Não, eu vou ficar bem longe desses filhos da puta.

Kirsty suspirou.

— Papai disse que você deve sair da cidade por um tempo, se puder. Tem algum lugar que possa ficar até a poeira baixar?

Um lento sorriso curvou os lábios de Daniel.

— Sim. A oferta ainda está de pé, baby?

— Como? — ofegou Lisanne, completamente perplexa com a mudança de direção.

— O convite para o Dia de Ação de Graças ainda está em aberto?

Ela enlaçou seu pescoço, novas lágrimas escorrendo pelo seu rosto.

— Sim — murmurou ela em seu peito, mesmo que ele não pudesse ouvi-la. — Sim — repetiu, olhando para seu rosto bonito.

Capítulo 14

Zef ficou com os braços cruzados enquanto Daniel enfiava a roupa na mochila.

Quando ele estava de frente para Daniel, disse:

— Então você está indo com *ela*, a cantora.

Daniel concordou. Embora sua expressão estivesse neutra, sua mandíbula contraiu.

Zef esfregou os dedos sobre seu rosto, uma expressão de frustração que, aparentemente, seu irmão mais novo tinha herdado. Então ele colocou as mãos nos bolsos.

— Tanto faz. Provavelmente é melhor que você saia da cidade por um tempo.

Esse era o plano, mas as palavras de Zef preocuparam Daniel.

— O que está acontecendo? Esses policiais estavam realmente caçando você. Tenho sido muito cuidadoso desde então, eles não estavam brincando.

Zef balançou a cabeça lentamente.

— As coisas ficaram... complicadas.

Daniel fez uma carranca em irritação e confusão.

— Eu não entendo. Nós não precisamos do dinheiro. Desde... Desde que a mãe e o pai... O seguro pagou a hipoteca e há o dinheiro do meu fundo. Eu tenho o meu emprego de verão na loja de automóveis, poderia trabalhar nos fins de semana também. Se você tivesse um trabalho...

— Quem é que vai me dar um trabalho, cara? Quero dizer, sério? Com a minha ficha? Eu não conseguiria nem um emprego para estocar as prateleiras do Walmart.

— Volte para a faculdade, termine o curso.

— Você não entende, é apenas um garoto.

Daniel se eriçou.

— É isso o que você acha?

Zef deu de ombros e balançou a cabeça.

— Não, cara. Não é verdade. Só estou dizendo que é mais complicado do que você pensa.

— Então me *diga*, tenho certeza de que posso acompanhar.

Zef fechou a cara.

— Olha, sei lá. Vá desfrutar da Ação de Graças com sua garota. Talvez nós conversemos quando você voltar. Vamos, dê o fora daqui! Divirta-se. Não seja um covarde.

Daniel deu um pequeno sorriso, então seu rosto ficou sério novamente.

— Mas vamos conversar quando eu voltar, né?

— Sim, talvez. Agora anda. Vá embora. — Zef puxou o irmão para um abraço e sussurrou: — Sinto muito, garoto. — Ele sabia que Daniel não podia ouvi-lo.

Daniel dirigiu-se para os dormitórios com uma multidão de ruidosas universitárias saindo, gritando e se acotovelando, carregando pesadas caixas e as empilhando nos carros. Era uma confusão alegre.

Alegre para todos os que estavam saindo para passar o tempo com suas famílias. Daniel sentia tudo, menos alegria – ele estava nervoso demais com a perspectiva de ficar na casa dos Maclaines. Havia perguntado à Lisanne se seu pai tinha uma arma, ignorando o revirar de olhos que tinha recebido. Ele até mesmo havia procurado no Google a localização da hospedaria mais próxima, apenas no caso de as coisas não irem inteiramente como planejado.

Ele chutou o descanso da moto e se inclinou para pegar o presente de Ação de Graças de Lisanne para fora do alforje. Um dos dois que ele havia comprado. Não tinha certeza se ela iria gostar, mas ela, definitivamente, precisava.

Ele havia tentado embrulhá-lo – até tinha comprado um pouco de papel caro e fita. Porém, o papel não o cobriu por inteiro e a fita continuava descolando. No final, ele tinha usado tanta fita adesiva que a maldita coisa parecia tão atraente quanto se tivesse sido atropelada. E havia sido por isso que ele tinha enfiado dentro de um saco plástico.

Conseguiu passar por entre a multidão de meninas cheias de hormônios, imaginando se o beliscão que sentira na sua bunda tinha sido um acidente, quando colidiu com... Qual diabos era o nome dela? Ele quebrava a cabeça enquanto os olhos dela se arregalaram quando ela percebeu de quem era o peito que estava atualmente atraindo sua atenção.

— Oh, Daniel!

— Oi — ele falou, amavelmente.

Ele estava começando a dar a volta quando ela agarrou seu braço.

— Você cometeu um erro ao não me ligar de volta — disse ela, com um olhar desafiador.

Ele não pôde deixar de sorrir. A menina tinha coragem.

— Feliz Ação de Graças — respondeu ele, piscando para ela. — Terri.

Ela fez beicinho e jogou seu longo cabelo vermelho por cima do ombro. Subiu as escadas de dois em dois degraus até que estava do lado de fora do quarto de Lisanne. Ele bateu com força.

Ela abriu a porta, seus ouvidos zumbindo do estridente grito de Kirsty, e sorriu para ele, bochechas rosadas e olhos brilhantes. Daniel não pôde deixar de curvar-se e beijar seus doces lábios. No momento em que pele tocou pele, a centelha de energia elétrica explodiu e ele não pôde se reprimir, então aprofundou o beijo, agonizando ao sentir o corpo dela pressionado contra o seu próprio.

Várias meninas ao redor do corredor assobiaram e gritaram comentários que boas estudantes universitárias do sexo feminino não deviam saber, mesmo se elas fossem anatomicamente estruturadas. Talvez tenha sido sorte que Daniel não as ouvira, não que ele tivesse se importado. Mas Lisanne tinha – seu rosto estava vermelho quando ela o puxou para dentro e fechou a porta.

— O quê? — perguntou ele, confuso.

— Nada — mentiu. E depois continuou enquanto viu que sua resposta o havia irritado: — Apenas algumas alunas do segundo ano de olho no meu namorado.

Daniel riu. Ele gostava de sua possessividade. Kirsty levantou as sobrancelhas e suspirou teatralmente.

— Olá! Eu estou no mesmo quarto que vocês! Eu existo. Há vida para além da bolha Lisanne-Daniel.

— Desculpe, Kirsty — murmurou Lisanne.

— Sim. O que ela disse. — O tom de Daniel não estava totalmente sério, e ele sorriu. — Oi, Kirsty. Não vi você aí.

Kirsty gemeu.

— Jesus, agora sou invisível. Finalmente aconteceu. Quanto mais cedo vocês dois terminarem a fase Lua de Mel, melhor para nós, meros mortais.

— Oh, bem! — bufou Lisanne. — E você não estava gritando porque Vin lhe enviou uma mensagem bonita, dizendo: "Oh, Kirsty! Você é a mulher mais linda que eu já vi. Seus olhos são como duas safiras em um anel azul realmente grande, e passarinhos cantam cada vez que você entra em uma sala"…

Kirsty jogou uma almofada na direção da amiga.

— Cale-se já! Ele não disse isso, não exatamente.

Daniel se apoiou à porta. Os níveis de estrogênio no quarto estavam fora do gráfico e altos o suficiente para derreter as bolas de uma estátua de bronze. Provavelmente. Não era um lugar para um macho humano.

— Hum, é, eu vou esperar por você lá fora — disse ele.

— O quê? Não, já estou pronta.

Lisanne abraçou Kirsty com força.

— Me manda mensagens todos os dias, promete?

— Claro. E me diga como as coisas vão estar em sua casa. Ah, e lembre-se do que eu disse, você totalmente tem que fazer sexo no seu quarto de infância — respondeu Kirsty, murmurando no pescoço de Lisanne.

Ela arfou.

— Kirsty!

— Eu só estou dizendo, vai ser incrível. Confie em mim.

Kirsty piscou para Daniel, que havia tido alguns pensamentos inadequados quando tinha visto sua namorada beijando outra mulher, mas ele não tinha ouvido a conversa. Ele balançou a cabeça para limpá-la e, de repente, decidiu que seria sábio manter o presente de Lisanne na frente dele.

Lisanne deu-lhe um olhar estranho, provavelmente porque seus olhos pareciam estar prestes a escorrer em seu peito. Ela pegou uma pequena bolsa.

— Está tudo bem?

— Hum…

— Será que vai caber na Sirona?

— Quem é Sirona? — perguntou Kirsty, a curiosidade colorindo seu tom.

Lisanne riu.

— A moto dele.

— Ele deu um nome a ela?

— Eu sei! — Riu Lisanne.

— Oi! — disse Daniel. — Estou aqui!

— Agora você sabe como é — murmurou Kirsty.

Lisanne agarrou a mão de Daniel e o puxou para fora do quarto.

— Tchau, Kirsty! Feliz Ação de Graças!

— Sim — falou Daniel. — O que ela disse.

— O que há com você? — disse Lisanne a Daniel. — Você está agindo de forma estranha, fora do comum.

Daniel olhou em volta, nervosamente, puxou-a para um canto vazio junto ao armário do zelador e depois empurrou o presente para ela.

— Para você — murmurou ele. — Não é muito, e isso não é novo nem nada, por isso, se você não gostar, está tudo bem, mas achei que você poderia usá-lo e... É... É.

O rosto de Lisanne lentamente mudou de confusão para a compreensão.

— Você... Você me deu um presente?

Daniel concordou.

— Sim, mas é muito lixo. Não é novo, mas pensei que... Eu não sei... Você não tem que...

Merda! Por que dar um presente a uma menina é tão difícil? Porque você nunca fez isso antes, idiota.

— Daniel, eu adorei.

Ele olhou para ela, completamente desnorteado.

— Mas... Você ainda nem abriu.

Lisanne estendeu a mão e beijou sua bochecha.

— Eu adorei porque é um presente seu.

As pontas das orelhas de Daniel avermelharam, e, de repente, o carpete feio parecia incrivelmente fascinante.

— Provavelmente não vai caber — murmurou ele, quase para si mesmo.

Lisanne puxou o pacote para fora do saco. Ela conteve um sorriso quando viu suas tentativas inúteis de papel de embrulho.

Caramba, parecia que ele o tinha envolvido com os olhos vendados – e usando os dedos dos pés.

Ela tentou arrancar o papel, mas havia tanta fita adesiva que não pôde fazer qualquer progresso.

— Hum, você poderia me ajudar? — disse ela, reprimindo a vontade de rir.

— Porra — murmurou Daniel.

Quando ele não conseguiu rasgá-lo com as mãos, usou os dentes para abrir, depois entregou-o de volta para Lisanne. Finalmente, ela conseguiu pegar o presente.

O PERIGO DE CONHECER E *amar*

Dentro havia uma jaqueta de motoqueiro de couro preto, tamanho pequeno. Estava com um gasto suave por causa do uso, o couro desbotado e arranhado, as mangas curvas nos cotovelos por anos de desgaste.

Quando Lisanne estendeu os braços, Daniel deslizou sobre seus ombros, depois puxou para cima o zíper. Ela encaixou perfeitamente.

Porra, ela parecia muito sexy de couro.

— Pensei que isso irá mantê-la aquecida quando estiver na moto. Você não tem que usá-la — ele falou. — Porém, é mais seguro do que o seu casaco, então achei que...

Lisanne pressionou os lábios contra os dele para silenciar sua tagarelice nervosa.

— Você pode parar de falar agora — disse ela, olhando em seus olhos. — Eu amei.

Daniel sorriu, um pouco incerto.

— Sério? Porque sei que é usado e as meninas não gostam de coisas assim... — Suas palavras sumiram enquanto Lisanne sorria alegremente para ele. — Você gostou?

— Eu amei. Eu te disse.

— Que bom, porque ela parece muito sexy em você. Me faz querer fazer coisas contigo.

— Que tipo de coisas? — ela perguntou, com um olhar desafiador.

Seus braços baixaram, de repente, e ele a espalmou sua bunda, até que as pernas de Lisanne automaticamente envolveram sua cintura. Em seguida, Daniel a imprensou contra a parede e a beijou com força.

Através do brilho de desejo que, subitamente, a envolveu, ela pôde sentir seu quadril moendo entre suas coxas.

— Eu vou te comer contra uma parede, e tudo o que você vai estar vestindo será essa jaqueta de couro.

Lisanne arfou quando ele murmurou as palavras contra sua garganta.

Ela entrelaçou os dedos à sua nuca, e rebolou um pouco, arrancando um gemido dele.

Lentamente, ele a deixou deslizar para baixo, os olhos escuros e selvagens.

De repente, ele agarrou seu pulso e a puxou para o armário do zelador, fechando a porta e deixando-os apenas com a luz que se infiltrava pelas frestas.

Quando Lisanne sentiu Daniel puxando o botão do seu jeans, ela pegou suas mãos e parou. Ele suspirou fundo, e ela o segurou enquanto a sua respiração lentamente voltava ao normal. Depois de um momento, ela cautelosamente abriu a porta e saiu.

Duas meninas que estavam passando por ali, cobriram suas bocas para disfarçar as risadinhas, e Lisanne sabia que os poucos fragmentos restantes de sua reputação haviam acabado de se desintegrar quando Daniel a seguiu para fora.

— Desculpe — disse ele, nem mesmo um pouquinho envergonhado. — Você está tão gostosa.

Lisanne não sabia se estava mais excitada ou irritada por ele tentar transar com ela em um armário maldito que cheirava a alvejante.

— Nós temos que vazar — ela falou, arqueando as sobrancelhas para ele.

— Você sempre me faz vazar, baby — respondeu ele, com um sorriso.

— Daniel!

— O quê?

Perguntando-se quanto espaço para manobrar o armário realmente tinha, Lisanne puxou sua manga e ele a seguiu, descendo as escadas e rindo baixinho. Não havia absolutamente nenhuma dúvida em sua cabeça de que, se ela não tivesse parado, estaria toda desorientada e suada a essa altura.

Aquele garoto!

Ainda sorrindo para si mesmo, Daniel prendeu a mochila de Lisanne nos alforjes.

— Existe alguma coisa quebrável aqui, baby? — perguntou ele, tardiamente.

— Hum, não. — Ela riu. — *Agora* que você me pergunta?

Ele deu de ombros.

— Você me distrai.

— Você está *me* culpando?

Ele sorriu.

— Sim, você está totalmente fodona.

Lisanne sentiu um calor suave aquecendo suas bochechas. De estudante nerd de música para fodona no meio de um semestre – ela gostou.

Ele lhe entregou um capacete e passou uma longa perna por sobre a moto, então estendeu a mão para ela.

O barulho do motor era alto, e Lisanne podia ver cabeças girarem em sua direção. Algumas meninas sabiam que ela e o famoso Daniel Colton estavam namorando – mas, depois disso, seria de conhecimento geral. Ela estava contente, porém, isso a deixava nervosa também. Não tinha certeza do porquê.

Lisanne prendeu as mãos em torno de sua cintura. Isso estava rapidamente se tornando um dos lugares favoritos de Daniel em sua lista. Apesar de ser uma lista bastante longa.

Ele pilotou lentamente até chegarem à interestadual, então realmente acelerou, mostrando o que Sirona podia fazer e que ela não era apenas uma fachada, apesar de seus mais de quarenta anos.

Lisanne agarrou-se em sua cintura e apertou com força para lembrá-lo de que ele realmente não queria ser parado por excesso de velocidade outra vez. Ele devia ter entendido, porque diminuiu ligeiramente. Ela só podia esperar que fosse abaixo dos 70 km/h.

Depois de duas horas, montar em Sirona começou a perder a graça para Lisanne. Além do mais, as vibrações estavam deixando sua bunda dormente. Ela se contorceu desconfortavelmente e desejou o luxuoso ar-condicionado do SUV de Vin. Sentia-se culpada, porque ela sabia que Daniel não podia pagar qualquer coisa assim, e ele lhe comprara a jaqueta de couro maneiríssima para deixá-la mais confortável. Ela só queria que ele também comprasse uma almofada acolchoada para ela se sentar.

Depois de mais trinta minutos, Lisanne estava farta. Ela queria se levantar. Queria andar. Queria esfregar sua bunda e juntar as coxas. Ela viu uma parada de caminhões mais adiante, então bateu no ombro de Daniel e apontou.

Ele inclinou a moto e se dirigiu para a rampa de saída. Quando finalmente desligou o motor, Lisanne se sentiu satisfeita. Ela arrancou o capacete e desceu da moto, esfregando seu traseiro com cautela. Daniel parecia estar tentando conter o riso.

— Você está bem, boneca?

— Não, eu não consigo sentir minha bunda! — disse ela, irritada.

— Você quer que eu sinta?

Antes que ela tivesse a chance de responder, ele se inclinou e massageou seu traseiro, dedos fortes trabalhando na carne macia.

Lisanne gemeu de prazer. Ele, definitivamente, tinha perdido sua vocação. Ele seria o massagista mais maravilhoso. Massagista *pessoal*. *Seu* massagista pessoal. E ela seria a sua única cliente.

— Melhor?

— Não pare — gemeu ela.

Ele sorriu para ela.

— Baby, se eu não parar agora, vou querer transar contigo no meio de uma parada de caminhões. Veja o que você fez comigo.

Ele olhou para baixo, na parte da frente da calça jeans, e Lisanne ficou surpresa ao ver um volume notável.

— Oh — ela falou, baixinho. — Sinto muito.

— Está tudo bem. Mas eu mal posso esperar para chegar à sua casa.

Lisanne piscou.

— Você sabe que não poderemos brincar com meus pais por perto! — disse ela, uma ponta de pânico em sua voz.

Uma pequena ruga apareceu entre as sobrancelhas dele.

— Por que não?

— Porque... Porque...

Daniel sorriu.

— Eu não vou fazer isso na frente de seus pais, Lis. Não quero dar a seu pai outra razão para me deixar pra baixo. Vamos esperar que eles saiam ou algo assim.

— Ah — disse Lisanne, fracamente.

— A menos que você não queira — ele falou, sua voz, de repente, incerta.

— Eu quero!

Eu quero? Ela se perguntou. *Na casa dos meus pais?*

— Bom — disse ele, feliz e facilmente aplacado.

Lisanne ainda estava se perguntando com o que havia concordado enquanto eles entravam no pequeno restaurante. Sua mãe não tinha dito que não podia, mas ela havia dado a entender que "bom comportamento" era o preço do convite. Ela tinha certeza de que sua mãe quisera dizer sem brincadeira – o que significava nada de sexo.

A garçonete se aproximou com uma jarra de café, servindo imediatamente as duas xícaras à espera na mesa. Lisanne olhou pensativa para ela, enquanto Daniel pedia tudo o que poderia ser frito.

— O quê? — disse ele, olhando para ela enquanto se inclinava para trás para beber seu café.

— Com fome?

— Sim — admitiu, sorrindo. — Morrendo de fome.

— Você não comeu na noite passada?

Ele olhou para o café.

— Não, não tive tempo para isso.

Ela bateu nas costas de sua mão.

— Bem, é melhor você ir treinando, porque minha mãe irá te alimentar até você estourar.

— Parece bom. Eu não tenho comida caseira desde... Já faz um tempo.

Ela acariciou sua mão.

— Eu sei.

— Hum, Lis, não é pra soar como um covarde ou nada disso, mas... — Ele estava estranhamente ansioso.

— Daniel, o que é?

— Só... Só não me deixe sozinho com a sua família, certo? É difícil...

— Acho que devemos dizer a eles sobre você. Vai tornar isso mais fácil.

— Porra, não! Seu pai já me odeia. Eu não preciso dar a ele outra razão.

Lisanne olhou para ele em confusão.

— Papai não vai te odiar porque você é surdo. Quero dizer, ele não está feliz que estamos... Você sabe... Mas não por causa disso.

— Lis — disse Daniel, com paciência. — Ele não vai querer a sua única filha namorando um cara que não é todo...

— Não diga isso! — interrompeu ela, sua voz áspera. — Só não diga. Eu quero estar com você. Isso é o que importa, isso é tudo que papai precisa saber. De qualquer forma — ela falou, mais calma —, ele só quer que eu seja feliz.

Daniel balançou a cabeça com amargura.

— Sim, mas não com alguém como eu.

Lisanne não sabia o que dizer. Só o tempo seria capaz de persuadir Daniel. Ela esperava que seu pai não fosse muito duro com ele. Sua mãe havia prometido que seu pai se comportaria, mas Lisanne tinha suas dúvidas. Só quando sua mãe a havia lembrado que essa era a primeira vez que ele tinha que lidar com a sua filha sendo crescida o suficiente para ter um namorado, que ela havia conseguido ver a partir de seu ponto de vista. Mais ou menos.

Daniel ainda estava franzindo a testa quando a comida chegou, mas ele se animou imediatamente ao ver o enorme prato.

— Cereal! — disse ele, alegre. — Deus, eu amo essa coisa.

Ele deu à refeição toda a sua atenção, e Lisanne ficou o observando.

Seu cabelo estava ligeiramente achatado pelo capacete, mas ficou espetado assim que ele passou as mãos, o que ele fazia muitas vezes. Ele havia mudado o *piercing* em sua sobrancelha para uma pequena barra preta. Se isso era para torná-lo mais confortável sob o capacete ou porque era menos perturbador para seus pais, ela não sabia.

Eles terminaram sua refeição e, depois, Daniel ficou do lado de fora para fumar um cigarro, enquanto Lisanne pagava a conta.

Eles haviam tido uma discussão curta, mas acalorada – ela o convencera de que, como era sua família que eles estavam visitando para a Ação de Graças, ela deveria pagar por qualquer alimento na viagem. Daniel tinha concordado somente após insistir que ele pagaria pela gasolina.

Lisanne se sentiu como uma tola – gasolina iria custar muito mais do que comida. Daniel era muito mais esperto do que ela quando tinha algo a ver com dinheiro. Talvez porque ele tinha de gerir por si mesmo. Ela não podia imaginar que Zef fazia muito para ajudar. O pensamento lhe deu uma carranca. Ela não queria saber exatamente o que Zef fazia, e Daniel havia dito que era melhor assim – ela acreditava nele.

Quando Lisanne o seguiu para fora, ele estava dando uma última tragada no cigarro antes de triturar o alvo com o calcanhar. Ele a viu e sorriu, soprando a última baforada de fumaça pelo nariz como um dragão preguiçoso. Ela se perguntava quando seria o momento certo para tentar convencê-lo a deixar de fumar.

— Pronta para a próximo pedaço de estrada? Ou quer que eu esfregue sua bunda um pouco mais?

Lisanne conteve um gemido. A parada de caminhões não vendia almofadas – ela tinha verificado.

Daniel a puxou para um abraço e beijou sua cabeça, deixando suas mãos derivarem para baixo, sobre a curva de seu traseiro. Ele esfregou lentamente e Lisanne sentiu seu corpo tremer de desejo.

Ele se afastou suavemente para ver seu rosto.

— Posso ir para o seu quarto esta noite? — disse ele, segurando seu quadril com força. — Eu vou ser silencioso.

— Hum... Eu não sei.

— Você não me quer, baby?

— Sim, mas...

Ele se inclinou e a beijou. Ela podia sentir o gosto do café e da fumaça, e ela ainda o queria.

— Hoje à noite — disse ele, desafiando-a a discordar.

Lisanne não respondeu. Tinha certeza de que seus pais não deixariam isso acontecer assim, tão fácil. Na verdade, agora que ela pensava sobre isso, sua mãe não tinha dito *onde* Daniel dormiria.

As coisas, com certeza, seriam diferentes nesse Ação de Graças.

Relutante, ela subiu de volta em Sirona, e Daniel guiou em direção à Interestadual.

Depois de uma hora de estrada e se perguntando se ela nunca seria capaz de sentir sua bunda novamente, Lisanne ficaria muito feliz em despejar sua amada Harley no Lago Peachtree, para nunca mais vê-la de novo.

Ela estava feliz que leitura de mente não estava entre os muitos talentos de Daniel.

Eles tinham combinado sinais para que ela pudesse guiá-lo para a casa de seus pais. Dois toques no braço esquerdo significavam virar à esquerda; dois no direito, o oposto; um aperto na sua cintura, devagar; três pancadinhas significavam parar.

Logo eles estavam viajando pelas ruas suburbanas familiares, um carrinho de golfe ocasionalmente cruzando seu caminho. Parecia estranho estar em casa – ainda mais estranho estar chegando na garupa de uma motocicleta com o namorado.

Ela bateu em seu ombro, e Daniel parou diante de uma casa grande, moderna, pintada de azul pálido. O quintal da frente era arrumado e com um grande pessegueiro sombreando o gramado de um lado – o que lembrou Daniel de como sua casa tinha sido antes que seus pais falecessem.

Eles apenas conseguiram desmontar e retirar os capacetes quando a mãe de Lisanne veio correndo pela calçada.

— Você está aqui! Eu estava tão preocupada! — Então a puxou para um abraço apertado, beijando sua filha mais velha repetidamente.

Daniel ficou sem-jeito, de repente, sem saber o que fazer com as mãos, mas desejando que tivesse tempo para um cigarro de leve.

Ele sabia que *esse* não seria um bom começo para a visita, e ainda estava segurando seus capacetes.

Droga. Ele queria muito um cigarro.

Então a mãe de Lisanne a soltou e surpreendeu Daniel pra caralho, dando um abraço nele também.

— Bem-vindo à nossa casa, Daniel.

— Obrigado por me convidar, Sra. Maclaine — ele falou, timidamente.

— Ah, por favor, me chame de Monica.

— Tudo bem. — Sorriu nervoso. — Hum, Lis, você poderia segurar isso enquanto pego a bagagem, baby?

Ele entregou os capacetes, então tirou a pequena mochila de Lisanne, a sua própria bolsa carteiro e outro saco plástico. Ela não sabia o que havia dentro dele.

Ela guardou os capacetes, depois levou-o em direção à porta da frente.

A Sra. Maclaine sorriu com aprovação quando viu que Daniel ainda estava carregando a bolsa de Lisanne, bem como a sua própria.

Então Ernie saiu, e Daniel congelou a meio-passo.

Ele encarou o jovem com severidade, antes de beijar a filha.

— É bom ter você em casa, querida — disse ele.

— Obrigada, pai. Hum, você se lembra de Daniel? — perguntou ela.

— Daniel — seu pai resmungou, brevemente.

— Sr. Maclaine — respondeu Daniel.

Depois de uma breve pausa, seu pai estendeu a mão. Daniel colocou as bolsas no chão e os dois homens se cumprimentaram com um aperto de mãos.

A mãe de Lisanne soltou um suspiro de alívio.

O primeiro estágio tinha sido concluído. Nenhum sangue havia sido derramado.

— Onde está o Harry? — perguntou Lisanne, procurando ao redor por seu irmão mais novo.

— Ah, ele está na casa de Jerry. Você vai conhecer o meu caçula mais tarde, Daniel. Vocês vão compartilhar o mesmo quarto. Espero que não se importe, mas os avós de Lisanne estão em nosso quarto de hóspedes. Você vai ficar bem em uma cama estreita?

— Claro — disse Daniel, olhando para Lisanne, supondo que ela sabia sobre os arranjos de dormir, mas não lhe dissera. — Sim, uma cama estreita está bom, obrigado, Monica — respondeu, educadamente.

Ele decidiu não lhe dizer que, se poderia dormir em um colchão fino em uma cela da polícia, poderia dormir em qualquer lugar.

Esse tipo de coisa não vai cair bem com os pais dela, pensou.

— Lisanne, você pode mostrar ao Daniel onde ele vai dormir? Vou fazer uma bebida para vocês. Chá gelado está bom para você, Daniel?

— Hum... — Ele hesitou, lançando um olhar estarrecido para sua namorada.

— Acho que Daniel pode preferir café — disse o Sr. Maclaine.

— Ah, sim, ótimo — falou Daniel, piscando com surpresa.

— Café para os homens, querida. As senhoras podem ficar com o chá.

Mesmo Lisanne pareceu surpresa, e envolveu seu pai em um abraço.

— Obrigada, papai.

— Claro, baby — disse ele, parecendo satisfeito.

Daniel percebeu o fato de que o pai de Lisanne também a chamava de "baby". Essa merda era muito estranha.

Lisanne levou Daniel, subindo as escadas, e abriu a porta do lado esquerdo.

— Hum, esse é o quarto de Harry — disse ela.

— Você sabia disso, não é? — acusou ele.

Lisanne balançou a cabeça.

— Não exatamente. Mamãe não disse. Mas eu estava pensando sobre no caminho e imaginei que seria isso... Ou eles colocarem uma cama na sala de estar.

Ele suspirou.

— Acho que tenho sorte de não ser no quintal. — Ele olhou para Lisanne. — Eu quero saber onde é o seu quarto.

Ela riu nervosamente e lhe mostrou um quarto do outro lado do corredor.

Não era um quarto cheio de babados, feminino, que Daniel tinha meio que esperado. A única palavra para descrevê-lo era tranquilo. Não era grande, mas parecia confortável. Havia um armário na parede oposta, uma cômoda, uma estante cheia de partituras e livros de bolso surrados, e uma cama de tamanho grande, coberta com uma colcha amarela.

— Bom — disse ele em aprovação, e colocou sua mochila na única cadeira no quarto, que estava ao lado de uma mesa simples.

Ele ficou olhando para fora da janela, para o quintal. Era legal e arrumado, com um gramado recém-cortado e canteiros de flores aparados. Ele podia ver uma cesta de basquete fixada na parede da garagem que se formava à beira do grande pátio.

Daniel virou-se para ver Lisanne o observando.

— Seus pais têm uma boa casa.

— Obrigada — respondeu ela, incapaz de decifrar sua expressão.

Lisanne caminhou em sua direção e ele enrolou os braços ao redor da cintura dela, então se inclinou para beijá-la.

Parecia estranho beijá-lo ali, no quarto dela, então ela se afastou.

— Qual é o problema, b... Lis?

Ela deu de ombros, e ele a encarou com cautela.

— Você... Você não está arrependida de ter me convidado, não é?

Lisanne balançou a cabeça imediatamente e apertou os braços ao redor dele.

— Não! Claro que não. Eu só... Sinto que não sei como me comportar na minha própria casa. É difícil de explicar.

Daniel concordou.

— Eu entendo. Eu me senti assim na primeira vez que voltei do internato. Demorou um pouco para me sentir em casa de novo; eu havia mudado e notei que pequenas coisas tinham mudado em casa. Era o mesmo, mas diferente. Me senti estranho.

— Sim, isso mesmo!

Ela ficou aliviada. Ele tinha entendido.

— Ei — disse ele, um brilho malicioso em seus olhos. — Você já teve um cara no seu quarto antes?

— Eu não *tive* um cara em qualquer lugar antes de conhecer você, você sabe muito bem!

Ele riu.

— Então isso é um não?

— Sim, isso é um não.

Ele deu um sorriso sexy, e Lisanne sentiu os joelhos tremerem. Ele se inclinou e a beijou, sua língua pedindo permissão.

Ela abriu a boca e ele a tomou.

Ela sabia o que ele estava fazendo, na casa de sua família, em seu quarto.

Mas, depois, todos os pensamentos se afastaram e ela permitiu que seu corpo reagisse da maneira que desejava. Agarrou a frente de sua camisa e a levantou para que pudesse passar as mãos sobre seu abdome rígido.

Ele gemeu e aprofundou o beijo ainda mais, porém, em seguida, Lisanne ouviu sua mãe chamar e se afastou novamente.

Seu rosto estava corado, e Daniel estava respirando com dificuldade.

— Minha mãe está chamando — disse ela, com a voz rouca.

— Nós podemos ignorá-la? — sussurrou ele, lambendo seu pescoço.

Lisanne estremeceu e o empurrou uma terceira vez.

— Não. Ela mandaria uma equipe de busca.

— Hoje à noite — ele falou.

Não era uma pergunta.

Quando chegaram à cozinha, um garoto alto e magro estava sentado à mesa, bebendo refrigerante.

— Ei, otário — disse Lisanne, com um sorriso.

— Ei, nerd — respondeu o garoto, sem se virar para olhar.

Daniel não tinha ouvido a resposta, mas a saudação de Lisanne o fez sorrir.

Sua mãe, por outro lado, estava menos impressionada.

— Honestamente, vocês dois! Que tipo de impressão vocês vão dar a Daniel?

— A certa — falou Lisanne.

— Quem? — perguntou o garoto.

Lisanne revirou os olhos e o acotovelou nas costas.

— Este é meu irmão, Harry.

— Ei, cara — disse Daniel, estendendo a mão tremendo. — E aí?

Harry olhou abertamente a sobrancelha perfurada e as tatuagens de Daniel.

— Caramba, Lis. Eu pensei que você só gostasse de nerds.

Daniel sorriu e ergueu a sobrancelha para Lisanne. Ela estava prestes a bater em seu irmão mais novo. Parecendo todo desengonçado e desajeitado, Harry apertou a mão de Daniel.

— É sua essa Harley aí na frente?

— Sim.

— De jeito nenhum!

E Harry insistiu em falar de motocicletas pelos próximos quinze minutos.

Lisanne suspirou. Ela desejou que seu pai fosse assim tão fácil de agradar.

Sr. Maclaine entrou na cozinha e Daniel se levantou abruptamente, fazendo Lisanne saltar. Seu pai pareceu surpreso também. Ele acenou para Daniel, que parecia prestes a correr – ou dar um soco –, Lisanne não tinha certeza do quê, mas a tensão a estava deixando nervosa. Sua mãe olhou para ambos com simpatia.

— Hum, eu trouxe isso para vocês, senhor, senhora, uh, Monica — disse Daniel, empurrando o saco plástico para a Sra. Maclaine.

— Ora, que gentil de sua parte. Mas, por favor, sente-se, Daniel, você é nosso convidado. Nós queremos que você relaxe. Não queremos, Ernie? — perguntou ela, lançando um olhar significativo para o marido.

O pai de Lisanne grunhiu em resposta.

Com um suspiro exasperado, Monica abriu a sacola e tirou uma caixa esmagada de bombons de chocolate cobertos.

— Merda — disse Daniel. — Está derretido. Merda. Sinto muito.

Suas orelhas ficaram vermelhas quando ele percebeu que tinha acabado de praguejar duas vezes – na frente dos pais de Lisanne.

O rosto de Monica ficou um pouco tenso, mas Lisanne achou que era porque ela estava tentando não rir.

— Hum, é, eles eram os favoritos da minha mãe, então eu pensei... — Suas palavras sumiram.

— Tenho certeza de que vai ficar tudo bem — Monica disse, com um sorriso sincero. — E acho que isso é para você, Ernie — ela continuou, passando para seu marido uma garrafa de Jack Daniels.

— Você não é velho o suficiente para comprar bebidas alcoólicas — vociferou ele.

O rosto de Daniel fechou.

— Meu irmão é — falou em tom tranquilo, nem admitindo nem negando que tinha comprado o uísque.

— Ernie! — Monica sibilou.

— Hmm, muito atencioso — murmurou o pai de Lisanne.

Lisanne queria segurar a cabeça entre as mãos. Ela pensou que Daniel havia tido uma boa ideia, quando parecia que ele queria correr disso. Ela segurou sua mão debaixo da mesa e apertou seus dedos.

— Devemos sair para um passeio? — disse ela.

O que ela realmente queria dizer era: devemos dar o fora daqui? Assim você pode fumar um cigarro antes de explodir como o vulcão Krakatoa.

Daniel assentiu, agradecido.

— Sim, obrigado, boneca.

O pai de Lisanne não parecia muito feliz ao ouvir o apelido de sua filha, mas, depois de um olhar severo de sua esposa, sabiamente decidiu não dizer nada sobre isso.

— Nós vamos sair por um tempo, mãe.

— Claro, querida. Tenho certeza de que Daniel gostaria de ver o lago. Por que não levam o meu carro? O jantar é às seis.

— Obrigada, mãe — disse Lisanne, beijando a sua mãe na bochecha.

Daniel quase correu para a porta da frente enquanto Lisanne pegava as chaves do carro. Ele já tinha acendido um cigarro assim que ela fechou a porta atrás deles.

Ele soprou a tensão de seu corpo juntamente com uma baforada de fumaça. Lisanne acariciou suas costas, como se acalmasse um animal selvagem.

Ele balançou a cabeça.

— Porra!

Lisanne deu uma pequena risada.

— Poderia ter sido pior.

— Você acha?

— Sim, eles poderiam ter nos surpreendido enquanto fazíamos sexo.

Daniel começou a rir, aliviado que Lisanne não estava chateada com ele por praguejar ou pela maneira como havia se comportado.

— Sim, isso não teria acabado bem.

Lisanne passou os braços ao redor da cintura dele e encostou a cabeça no seu peito. Ela olhou para cima quando ele soprou outra baforada de fumaça para longe dela.

— Obrigada por ter vindo — disse ela.

Ele sorriu enquanto apagava o cigarro.

— Tudo bem. Venha, vamos ver o lago.

O carro de Monica era um pequeno Honda vermelho, e Lisanne não podia deixar de se deleitar no grande e confortável assento acolchoado. Tão diferente dos encantos questionáveis de Sirona.

Ela puxou o cinto de segurança e esperou, enquanto Daniel ajeitava o banco para trás, para ter espaço para as pernas compridas.

— Oh, Deus! — disse ela, quando ligou o carro.

— O quê, baby? — perguntou ele, franzindo a testa, enquanto saía pela rua.

— Eu não posso acreditar que minha mãe está ouvindo esta estação de rádio! A música é tão... — Lisanne se atrapalhou com as palavras quando viu o rosto de Daniel. — Ah, desculpa! Daniel...

Ele acenou com a cabeça por seu pedido de desculpas e olhou para fora da janela. Lisanne estendeu a mão para desligar o rádio, mas ele colocou a sua mão sobre a dela e a empurrou de volta.

— Lis, eu não espero que você viva sem música só porque estou por perto.

— Eu não faço isso, eu...

— Eu tenho visto você fazer isso. Tenho visto você desligar o *iPod* e parar de falar sobre bandas quando estou por perto. Eu sei que a música é importante para você. Merda, eu entendo totalmente isso. Não pare de ouvir música por minha causa. Porra, pelo contrário, você tem que ouvi-la por nós dois.

De repente, os olhos de Lisanne estavam muito cheios de lágrimas para ela continuar a dirigir em segurança. Ela parou no meio-fio e cobriu o rosto com as mãos, soluçando.

Daniel soltou o cinto de segurança, movendo-se para puxá-la em seus braços.

— Não chore por mim, boneca. Por favor, não chore — ele murmurou as palavras contra o seu cabelo, enquanto as lágrimas molhavam sua camisa.

Por vários minutos, Lisanne chorou todo o estresse e a tensão do dia, e a dor que sentia pelas palavras de Daniel.

Ele estava certo, óbvio. Ela *tinha* evitado ouvir música ou falar sobre quando ele estava por perto, porque não queria machucá-lo, lembrá-lo do que tinha perdido. Ela se sentia mal o suficiente que ele a pegava em todos os seus ensaios e tinha ido a todos os seus shows.

Quando ela, finalmente, soluçou a última de suas lágrimas, Daniel puxou a sua camisa e enxugou seus olhos.

— Está melhor, baby?

Ela assentiu com a cabeça.

— Sinto muito.

Ele beijou sua cabeça novamente.

— Não sinta. Não por mim. Não por cuidar de mim.

Por fim, ela conseguiu se recompor o suficiente para conduzir de novo, mas eles não andaram quando chegaram ao lago – eles simplesmente encontraram uma árvore frondosa para deitar-se embaixo. Lisanne descansou a cabeça no peito de Daniel, e ele desenhou círculos preguiçosos com os dedos sobre o ombro dela.

Foi um momento de paz muito necessário.

Lisanne lutou para ficar em uma posição sentada e Daniel abriu os olhos, sorrindo para ela.

— Há um lugar aqui perto, uma espécie de galeria a céu aberto, onde se pode tomar um café, se você quiser.

— Sim, definitivamente, um café cairia bem. Esta é a sua cidade natal. Vamos visitar.

Lisanne riu.

— Bem, nós estamos sentados à beira do lago, é tudo. A menos que você queira ver o campo de golfe.

— Uau, curtindo a vida adoidado — brincou Daniel.

Lisanne sorriu timidamente.

— Garota de cidade pequena, essa sou eu.

Ele se sentou e a beijou na ponta do nariz.

— Não seria você de outra forma, boneca.

No shopping, passearam de mãos dadas até a cafeteria mais próxima e sentaram-se do lado de fora, apreciando o sol quente da tarde.

Lisanne estava esperando que algumas das meninas que ela tinha conhecido no colégio passassem por eles. Daniel parecia ser tão gostoso com seus Ray-Ban cobrindo os olhos e a camisa apertada sobre os musculosos ombros e costas. Só uma vez ela teria gostado de ter sido invejada pelas meninas que nunca tinham lhe dado atenção – só para variar. Isso era algo bem superficial, mas ela não se importava.

Porém, quando a garçonete começou a flertar com Daniel, como se Lisanne não existisse, ela mudou de ideia. Devia ser tão óbvio que ele era demais para ela, que a garçonete nem sequer tentou ser sutil.

— O que posso fazer por vocês? — disse ela, enquanto seus olhos percorreram de cima a baixo o corpo inegavelmente sexy dele.

— Lis?

— Hum, eu vou querer um *Frappuccino* de caramelo, por favor.

— E o que posso trazer para você? — murmurou a garçonete, chupando o lápis sugestivamente.

Daniel ergueu as sobrancelhas quando respondeu:

— Café preto, por favor.

— Ah, eu também concordo. — Riu a garçonete. — Não posso suportar todas essas bebidas falsificadas, prefiro meu café forte.

Daniel se aproximou e pegou a mão de Lisanne.

— É? Minha boneca gosta de suas bebidas doces, assim como ela.

Lisanne corou, grata e feliz com sua exibição pública, mas a garçonete se virou com um bufo irritado.

— Uau, não posso acreditar que ela estava dando em cima de você na minha frente! Quero dizer, qual é?!

Daniel deu a ela seu sorriso sedutor.

— Eu te disse que era irresistível, boneca — disse ele, sem modéstia. — Mas eu só quero você.

O corpo de Lisanne começou a superaquecer, então ela ficou aliviada quando a garçonete voltou com sua bebida gelada.

— Pessoal, se eu puder ajudar com qualquer outra coisa, é só me chamar — ofereceu, mal-humorada.

Ele piscou para a mulher, o que fez a garçonete se afastar com um sorriso no rosto.

— Você é tão mau! — murmurou Lisanne, entredentes.

Daniel deu de ombros.

— Não quero estragar o dia dela.

Capítulo 15

Eles se sentaram por ali por mais algum tempo, desfrutando de suas bebidas e do sol. Para decepção de Lisanne, nenhuma das garotas de sua escola parecia estar por perto.

Por fim, suspirou e admitiu que era hora de voltar.

— Vovó e Pops já devem ter chegado — disse ela. — Ela é a mãe da minha mãe, e o pai do meu pai.

— Ótimo — murmurou Daniel, com ironia exagerada.

Era a vez de ela tranquilizá-lo.

— Eles vão te amar. Além disso, pensei que você tinha dito que era irresistível.

Ele deu de ombros.

— Deveria ter lido as entrelinhas.

Daniel estava visivelmente tenso quando Lisanne os levou de volta para casa. O descontraído garoto sexy que ela amava estava agora com o semblante fechado, os dedos inquietos tamborilando suas coxas.

Ela estendeu o braço direito e tocou o joelho dele.

— Vai ficar tudo bem — afirmou ela.

Ele fechou a cara e olhou para fora da janela.

Porém, quando chegaram de volta à casa, as coisas ficaram estranhas.

Pops estava em pé, na frente da casa, com o amor em seus olhos, enquanto admirava a Harley de Daniel. Não só isso, a avó Olsen, vestindo um casaquinho e pérolas, estava falando no ouvido de Pops sobre seu primeiro namorado, que tinha uma moto.

— Oh, Marlon Brando tinha uma assim. "Contra o que você está se rebelando, Johnny? O que você tem?". Tanto absurdo! O menino, com certeza, sabia como usar jeans Levis, eu vou dizer. — Ela se virou e viu Lisanne. — Aí está a minha coelhinha! — E foi até ela, sufocando a neta com beijos de batom rosa.

— Oi, vó — disse Lisanne, envergonhada por seu apelido. Ela podia ver Daniel sorrindo com o canto do olho. — Hum, esse é o meu namorado, Daniel. — Logo em seguida, ela corou com a palavra "namorado".

— Meu Deus! — vovó Olsen disse, analisando as tatuagens e o *piercing* na sobrancelha de Daniel. — Bem, você certamente combina com sua moto. Estou muito feliz em conhecê-lo, Daniel.

— Digo o mesmo, minha senhora — respondeu Daniel, que assumiu que estariam apertando as mãos. Ele não conhecia vovó Olsen.

Ela o puxou para baixo, à sua altura, e plantou um sonoro beijo em seu rosto. Daniel foi pego de surpresa, e Lisanne teve vontade de rir ao ver a expressão em seu rosto.

— Hum, esse é o meu avô, Pops.

— Prazer em conhecê-lo, filho. O meu nome é Harold Maclaine, mas essa pequena senhorita me chamou de "Pops" antes que ela pudesse andar, e meio que pegou.

Eles apertaram as mãos e, depois, Daniel teve que responder a dezenas de perguntas sobre sua moto.

— Ela se chama Sirona — acrescentou Lisanne, prestativa.

— Quem? — disse vovó Olsen, olhando ao seu redor, como se outra pessoa estivesse prestes a se materializar sob o pessegueiro no jardim.

— A moto dele. — Riu Lisanne.

Pops encarou a moto com os olhos vidrados.

— Esse, com certeza, é um nome bonito para uma bela dama.

Daniel sorriu para Lisanne, cruzando os braços.

— Algumas pessoas apreciam os encantos dela — disse ele.

O jantar foi um caso à parte, barulhento, e em primeiro lugar Lisanne estava preocupada sobre como Daniel iria lidar. Mas, a pedido de Pops, eles estavam sentados no mesmo lado da mesa. Lisanne não tinha ideia de que um fanático por motocicleta se escondia sob a superfície benigna de seu exterior de cabelos grisalhos.

Pobre Daniel, mal lhe permitiram dar uma mordida na excelente lasanha e na salada que Monica tinha feito antes que uma cascata de perguntas se derramasse.

— Ouvi dizer que o ajuste do escape é muito fácil de errar em uma Harley — comentou Pops. — O estoque de tubos 1 ¾ do cabeçalho de duas polegadas é difícil de bater.

Daniel concordou.

— Claro, mas eles não são ajustáveis. A SuperTrapp faz silenciadores ajustáveis. Você só precisa instalar núcleos defletores.

Ajustável, não ajustável, não havia nada de musical naquela conversa, Lisanne refletiu.

Ela se virou para ver a avó olhando para ela.

— Bem, coelhinha, ele parece um jovem muito agradável.

A garota sorriu.

— Obrigada, vovó.

— Bonito também, embora seja uma pena todas essas tatuagens. E quanto a esse ridículo pedaço de metal no meio de sua sobrancelha? Eu não posso imaginar o que ele estava pensando. — Ela acariciou a mão de Lisanne. — Você vai ser uma influência calmante sobre ele. Você sempre foi uma menina tão sensível.

Lisanne estremeceu. Pela primeira vez, ela estava contente que Daniel não tivesse ouvido o que havia sido dito.

Harry, sentado do outro lado de Pops, parecia igualmente fascinado por Daniel. Seus olhos continuavam voltando para seu namorado, enquanto os ouvia discutir termos desconcertantes, como válvulas, câmaras de combustão e carburadores, com facilidade e prazer mútuo.

Lisanne sabia que seu pai tinha pouco interesse na fixação de motores – qualquer problema e ele ia direto para a oficina.

Para Harry, essa tinha sido uma nova experiência.

Depois do jantar, Lisanne ajudou sua mãe a limpar a mesa, e Daniel foi deixado à mercê de Pops e da vó Olsen. Lisanne lamentou ter prometido que não iria deixá-lo sozinho, mas, na verdade, ela não tinha escolha.

Ela limpou e empilhou os pratos enquanto sua mãe os carregava até a máquina de lavar.

— Lisanne, eu juro que esse seu jovem homem está sonhando metade do tempo! Chamei seu nome três vezes antes de ele responder.

Lisanne respirou fundo. A preferência expressa de Daniel era que a família dela não soubesse sobre sua surdez. Mas, vendo a expressão divertida de sua mãe, sentiu que não tinha escolha; e, para defendê-lo, iria dizer a verdade.

— Isso é porque ele não te ouviu, mãe.

— Bem, eu poderia dizer isso. Não sei onde ele estava, mas deve ter sido em algum lugar legal.

— Não, mãe. Quero dizer, ele *não poderia* te ouvir. Daniel é surdo.

— Desculpa?

Lisanne quase riu.

— Daniel é surdo. Ele começou a perder a audição quando foi para o ensino médio. Ele se tornou completamente surdo quase dois anos atrás.

— Mas... Mas...!

— Ele lê lábios. É por isso que não te responde se não puder ver seu rosto. — Lisanne pausou enquanto sua mãe absorvia essa extraordinária informação. — Eu te disse que ele era incrível — ela falou, em voz baixa.

Sua mãe sentou-se à mesa da cozinha, parecendo atordoada, olhando para a filha como se ela estivesse esperando o final da piada.

— Ele não pode ouvir? Nada?

Lisanne balançou a cabeça.

— Mas como é que ele consegue? Na faculdade? Em suas aulas?

— Como eu disse, ele lê lábios, então escreve suas anotações depois. Ele é muito inteligente. Ele me ajuda com a nossa classe de Introdução à Administração. — Lisanne revirou os olhos.

— Mas... — Sua mãe ainda estava sentindo dificuldade em entender. — Mas ele não usa um aparelho auditivo.

— Não. Eles são para pessoas que têm alguma audição residual. Eles não o ajudam. Não mais.

— Ó, céus — disse a mãe. — Meu Deus do céu! — Então, ela olhou para cima. — Ele está seguro naquela moto? Quero dizer, como ele faz se não pode ouvir o tráfego?

— Ele é surdo, não cego, mãe — Lisanne respondeu, pacientemente.

Ela sabia que sua mãe estava apenas fazendo as perguntas, pois nunca tinha conhecido uma pessoa completamente surda antes.

— É genético? Quero dizer, os seus filhos serão surdos? — A mãe de Lisanne ficou vermelha quando percebeu como isso poderia soar para sua filha.

— Não, mãe. Os médicos acham que foi por causa de um vírus, não é genético.

— Bem... Bem, isso é alguma coisa a se pensar.

Lisanne se encostou na pia da cozinha, dando tempo para sua mãe absorver tudo.

— E sobre os implantes? — disse Monica. — Eu vi as pessoas falando sobre eles na Ellen.

— Os implantes cocleares?

— Sim, é isso! Esses poderiam ajudar Daniel?

— Talvez — Lisanne falou, lentamente. — Mas é uma cirurgia de grande porte e há riscos. Por vezes, a operação pode danificar os nervos faciais. É raro, mas pode acontecer. E isso nem sempre restaura a audição com qualidade. Além disso, é um pouco como dizer que há algo de errado com Daniel, que ele precisa ser corrigido.

— Oh — disse a mãe, abrindo e fechando a boca, sem palavras. — Mas... Mas não ajudaria?

Lisanne fez um gesto impotente.

— Talvez, eu não sei. Ele não gosta de falar sobre isso.

— Bem — Monica falou novamente. — Seu pai sabe?

Lisanne balançou a cabeça.

— Devo dizer a ele?

— Eu acho que sim — disse Lisanne. — Não é como se ele pudesse não gostar de Daniel mais do que já não gosta.

Sua mãe fechou a cara.

— Isso não é justo, seu pai está realmente tentando. Não é fácil para ele saber que sua filha... Que você é uma jovem mulher.

— Você quer dizer que é porque estou dormindo com Daniel.

— Sim, isso é exatamente o que quero dizer — a mãe retrucou. — Acho que o seu pai está se comportando muito bem, dadas as circunstâncias.

Lisanne suspirou e desviou o olhar.

Naquele momento, Pops veio vagando para dentro.

— Tudo bem por aqui, senhoras?

— Claro, Pops — disse Lisanne, em tom tranquilo.

— É um jovem muito interessante que você tem aí — ele falou. — Conhece suas motocicletas. Reconstruiu Sirona a partir de sucata pelo som dela.

Lisanne revirou os olhos.

— Você não vai chamá-la de "Sirona" também, não é? Porque tenho que dizer, Pops, depois de andar nela por mais de três horas, eu estava prestes a jogá-la no lago.

Pops bufou.

— Não para o gosto de algumas pessoas, ao contrário do jovem Daniel. Pena que ele é surdo.

Lisanne o encarou.

— O que... Como... Quando... Como você sabe, Pops?

Pops encarou-a de volta.

— Não sabia que era para ser um segredo. Não é nada para se envergonhar.

— Bem, eu certamente não acho — disse Monica, parecendo um pouco ofendida.

— Mas como você sabe, Pops?

Pops sorriu.

— Um amigo meu, Mal Peters. Ele está muito próximo da surdez. Eu me acostumei a ter certeza de que ele está de frente para mim quando estou falando com ele. Percebi que você fez a mesma coisa com Daniel, e ele ficou me encarando. Imaginei o resto por mim mesmo. Ele se esconde bem, embora eu não saiba por que fazer isso.

Lisanne olhou para seus dedos.

— É complicado, Pops.

— Não há nada complicado sobre a verdade — respondeu ele, mas sem maldade.

— É assim que Daniel quer — explicou Lisanne, com uma elevação de seu ombro. — Ele diz que está cansado das pessoas o julgando quando descobrem sua condição.

A mãe de Lisanne pareceu um pouco culpada enquanto ouvia as palavras da filha.

— Bem, bem, escolha dele — disse Pops. — Estou indo para a cama agora. Esse velho precisa de seu sono de beleza.

Ele deu um beijo de boa-noite em Lisanne e acenou para Monica.

— Bem — murmurou Monica, observando o sogro desaparecer lá em cima —, suponho que é melhor eu dizer ao seu pai. Ele ficará surpreso, isso é certo.

— Obrigada, mãe — disse Lisanne, dando a sua mãe um grande abraço.

Em seguida, ela deixou Monica na cozinha, sacudindo a cabeça, cansada.

Daniel ainda estava sentado à mesa com uma expressão ligeiramente vidrada, enquanto a vó Olsen continuava em sua descrição tintim por tintim de sua operação de vesícula biliar.

— E os cálculos eram do tamanho de nozes. Você, certamente, não quer tentar expelir alguma coisa desse tamanho!

Daniel fechou a cara.

— Bem — disse ela, com um suspiro —, eu não deveria comer assim tão tarde, não é bom para mim. Estou indo me deitar, mas ninguém fique preocupado se me ouvir vagando no meio da noite. Vai ser indigestão. Isso ou minhas entranhas.

Daniel passou as mãos sobre o rosto, obviamente desejando que não tivesse lido seus lábios nessa última frase.

— Venha, vamos ver um pouco de TV. — Lisanne o puxou para cima.

Daniel levantou-se, uma expressão grata em seu rosto, e de bom grado lhe permitiu levá-lo para a sala de TV.

Quando eles tinham se estabelecido em um dos sofás, ela se aconchegou nele.

— Como foi? — perguntou ela, antes de plantar um beijo suave em seus lábios.

— É, tudo bem, até que sua avó começou a descrever, bem, você ouviu. Pensei que minha lasanha iria voltar.

— Desculpe por isso. — Ela riu. Em seguida, endireitou-se. — Hum, Daniel?

— O quê, boneca? Você está me olhando com uma expressão culpada pra cacete. O que você fez? — ele brincou com ela.

— Pops adivinhou... Quero dizer, sobre você.

O sorriso de Daniel desapareceu.

— Droga. Eu pensei que tinha disfarçado bem.

— Bem, você disfarçou, com relação a todos os outros, mas ele tem um amigo que é surdo, então apenas deduziu. De qualquer forma, minha mãe sabe também. Pedi para dizer ao meu pai.

Daniel suspirou.

— Não se preocupe com isso, baby. Eu fui estúpido por pensar que poderia fugir disso tudo por todo o feriado.

Ela beijou os lábios dele, fazendo beicinho, determinada a fazê-lo esquecer de sua decepção.

Eles tiveram apenas alguns minutos para si. Lisanne estava aconchegada a Daniel no sofá, fingindo assistir Arrow. Realmente, ela estava ocupada beijando o pescoço dele e sugestivamente esfregando a mão sobre sua coxa.

— Se você continuar fazendo isso, seu pai vai me expulsar daqui — sussurrou ele.

Lisanne riu.

— Estou excitando você?

— Lis, você entra na sala e eu fico com tesão — disse ele, com um sorriso.

Ela corou feliz, e estava apenas passando as mãos sob sua camisa, quando Harry entrou.

— Ah, legal — ele ironizou, olhando para a TV, depois estatelando-se na cadeira e interrompendo a sessão de amassos de sua irmã. — Está com a legenda.

— Eu sei — disse Lisanne, olhando para cima quando os pais dela entraram e sentaram-se no outro sofá.

— Tanto faz — respondeu Harry, com os olhos fixos na tela.

— É bastante útil ter legendas — disse a mãe de Lisanne, olhando para a filha.

Daniel captou o olhar entre elas e sorriu para Lisanne, colocando um beijo em sua têmpora. O pai de Lisanne franziu o cenho para a exibição pública de afeto, mas absteve-se de falar. Pela primeira vez.

Pouco depois, Harry bocejou e disse que estava indo para a cama. Monica olhou diretamente para Lisanne, sugerindo claramente que ela deveria fazer o mesmo.

— Sim, eu também — disse Lisanne, entrando na onda. — Foi um longo dia.

Daniel se levantou imediatamente.

— Durmam bem — falou Monica. — Vocês se sentirão muito melhores depois de uma boa-noite de sono.

Lisanne pegou a mensagem sem nenhum problema. Não era como se a mãe dela fosse abençoada com sutileza.

Enquanto subiam as escadas, Daniel sussurrou em seu ouvido:

— Eu te vejo mais tarde, boneca.

Ela estremeceu com desejo.

Um lado de sua boca curvou-se num sorriso e ele desapareceu no quarto de Harry. Ela podia ouvir o murmúrio de conversa.

Sentindo-se nervosa e esmagadoramente *travessa*, correu para escovar os dentes e lavar o rosto, perguntando-se se havia outras preparações que devia fazer. Saqueou suas gavetas por algo para vestir. Todos os seus pijamas eram tão infantis – pela primeira vez, desejou ter uma roupa de dormir mais sexy.

No final, desistiu e optou por uma das camisetas de Daniel que ela tinha roubado de sua bolsa, e colocou uma calcinha bonita de renda.

Arrumou os travesseiros uma dúzia de vezes antes de estar satisfeita com eles. Seria bom ter algum espaço na cama. Na faculdade, a cama era de solteiro. Isso seria uma grande melhoria.

E ela esperou.

Olhou para o relógio com os minutos passando, ouvindo os sons de seus pais indo para a cama e sua avó falando em voz alta consigo mesma. O relógio tinha a forma da cabeça do Mickey Mouse e, pela primeira vez, ela percebeu que era realmente um pouco assustador. As orelhas grandes de metal eram completamente esféricas; de qualquer ângulo que você as via, elas sempre pareciam as mesmas. De repente, parecia assustador.

Lisanne deitou-se para esperar, sentindo-se excitada, nervosa e impaciente de uma só vez.

Os ponteiros do relógio se arrastavam conforme a casa ficava silenciosa. Sentiu os olhos pesados de sono, então endireitou-se, obrigando-se a ficar acordada.

Sua mente começou a correr através do dia: a partir do passeio de moto tortuoso, o mau humor de seu pai, arbitragem de sua mãe, a garçonete flertando, ficar no carro e o que Daniel havia dito sobre música. Ele estava certo, tão certo. Ela *tinha* se afastado da música quando ele estava com ela. Agora que estava sozinha, possuía tempo para pensar sobre o que ele dissera – que ela tinha que ouvir a música por ele também. Ela sabia que ele devia sentir falta disso mais do que já havia dito. Por que não estava mais irritado? Ela ficaria brava se perdesse a música – inferno, ela seria uma lunática. Quanta raiva ele mantinha dentro de si? Ou tinha chegado a um acordo com isso antes que a conhecesse?

Ela percebeu que ainda tinha muito a aprender sobre ele – se ele a deixasse entrar.

Com muitos pensamentos ainda girando em sua mente, seu corpo cedeu à batalha contra a exaustão emocional e ela adormeceu.

Acordou, chocada e desorientada, quando ouviu um barulho no quarto.

— O quê?!

Viu a silhueta de Daniel contra a janela. Ele abriu as cortinas e ficou olhando para a lua.

Ele virou-se para olhá-la. Quando a luz da lua fez sombras em suas maçãs do rosto, um canto de sua boca se elevou em um sorriso.

No início, ela pensou que ele estava nu, mas, quando ele se moveu em direção a ela, percebeu que estava usando cueca boxer escura.

Ele colocou algo em sua mesa de cabeceira, mas não falou nada. Ela sentiu a cama se mexer quando o seu corpo duro e quente deslizou ao seu lado.

— Daniel — arfou ela.

Seu silêncio a envolveu e ela percebeu que ele não podia ver seus lábios, mesmo com a fraca luz da lua. Ela estendeu a mão para acender a luz, mas ele pegou sua mão e a levou aos lábios. Ela pensou que ele iria beijá-la, mas, em vez disso, ele abriu a boca e chupou os dedos, um por um, preguiçosamente envolvendo a língua em torno deles.

Ela já estava ofegante, seu corpo formigando por mais de seu toque. Ele lambeu seu dedo mindinho e se inclinou em direção a ela.

Mais uma vez, ela pensou que ele iria beijá-la, e levantou o rosto ansiosamente em direção a ele. Ao contrário, ele lambeu a base de sua garganta, distribuindo um rastro de beijos molhados até o peito.

Ela sentiu as mãos empurrando a camiseta para cima, até que estava acima dos seios, e ofegou quando seus dentes mordiscaram o mamilo esquerdo, e sua mão acariciava e apertava o direito.

Seu corpo se levantou automaticamente em direção a ele enquanto ela respirava fundo. Sentiu sua pélvis imprensar a protuberância dura à frente de sua cueca boxer.

O silêncio se aprofundou, e tudo o que ela podia ouvir era o concerto noturno da casa sossegada para dormir e as respirações em uníssono saindo de seus corpos.

Ela arrastou as unhas nas costas dele e ouviu seu gemido em resposta. Ele levantou a cabeça de seus seios e a beijou languidamente, a língua insistindo em dominar sua boca. Ela o puxou para si com mais força, enrolando as mãos em torno do pescoço dele, sentindo o peso duro a pressionando.

Ele se afastou dela e falou em voz baixa:

— Não posso ler seus lábios. Se você quiser que eu pare, apenas... Bata no meu ombro ou algo assim; eu vou entender a mensagem.

Ela o empurrou suavemente e ele rolou para longe dela. Começou a puxar sua camiseta sobre a cabeça, e ele rapidamente estendeu a mão para ajudá-la.

Assim que o material foi removido, ele a empurrou de volta para a cama, beijando e chupando seus seios, dando pequenas mordidas entre eles, e circulando sua língua ao redor dos mamilos, provocando-os até que ela quisesse gritar.

Ela enfiou a mão na boca, dominada pelas sensações e a consciência de que estava na casa de sua família, em seu quarto, e que seus pais estavam a apenas alguns metros de distância – e ela estava fazendo todas as coisas que sua mãe e seu pai não queriam saber que fazia.

Ele chegou à sua barriga e estava mordendo o osso ilíaco, girando a língua em torno de seu umbigo. Então suas mãos derivaram para baixo, puxando a calcinha rendada. Ela respirou fundo e levantou a bunda da cama para que ele pudesse deslizar o material pequeno para longe.

Lisanne arfou quando sua cabeça foi ainda mais para baixo, percebendo o que ele faria. Antes que pudesse dizer qualquer coisa, sentiu a boca quente em sua coxa e a barba por fazer pinicando sua pele, enquanto ele cuidadosamente abria suas pernas.

Ela estava envergonhada. Certamente ele não ia...? Mas esse era Daniel – e ele fez. Ela sufocou um grito quando sentiu a língua pressionando dentro dela. Era tão errado – e ela se sentia tão bem.

Seus dedos também estavam sobre ela, circulando, deslizando, movendo-se lentamente para dentro e para fora. Ela arfou novamente, e seu quadril quase saltou da cama enquanto seu corpo se banhava de prazer, mesmo que sua mente lhe dissesse que não estava certo.

Com a experiência de semanas com Daniel, percebeu que seu corpo estava indo em direção ao orgasmo. Parte dela sentia como se devesse pará-lo antes que ela estivesse perigosamente fora de controle, e a outra parte já tinha desistido, saturada com as sensações que ele estava criando.

Lisanne cobriu a cabeça com o travesseiro, enquanto ele abria mais suas pernas. Ele foi até ela para abafar os sons vindos de sua boca – ele nunca saberia o quanto ela queria gritar seu nome.

Não podia ouvi-la, mas podia senti-la, e sabia que ela estava chegando lá.

Ele tirou o travesseiro do rosto dela e engoliu seus suspiros com seus lábios e língua.

— Você fodeu meu rosto, boneca, já montou nos meus dedos, agora vai montar no meu pau — sussurrou ele.

Enquanto o corpo dela ainda tremia, ele estendeu a mão para a mesa de cabeceira, pegando o pacote que tinha deixado lá. Como se estivesse muito longe, ela ouviu o farfalhar enquanto ele rasgava o pacote de papel alumínio e o abria. Então ele se levantou, abaixou a cueca e sentou-se na cama, desenrolando o preservativo sobre sua ereção.

Ela ficou surpresa e alarmada quando ele a posicionou de bruços.

— Não — disse ela, horrorizada.

Ele não podia ouvi-la. Claro que não.

Mas não era o que ela tinha pensado. Ele a puxou para cima, em seus joelhos, e chegou entre suas pernas, posicionando-se em sua entrada.

Alívio, surpresa e espanto passaram através dela.

Por um momento, ela pensou que ele faria algo totalmente diferente, mas isso era bom. Isso era incrível – tão profundo. E ele gemeu baixinho, empurrando para dentro e para fora dela em longos golpes.

Os dedos dele agarraram seu quadril com força, e ela podia ouvir a batida de sua pele contra seu corpo. Era estranho não ser capaz de vê-lo, mas, nessa nova posição, sentia tudo intensamente.

Ela sentiu o corpo tremer. Ele também sentiu e começou a se mover mais rápido, sussurrando palavras que ela não podia ouvir. Sua respiração começou a acelerar, e então Lisanne sentiu os dedos alcançando entre suas pernas mais uma vez, e ela ofegou, espantada que seu corpo estivesse respondendo novamente.

Seus braços e pernas cederam quando ele estremeceu dentro dela e, por um momento, ela foi esmagada por seu peso.

Ele se retirou de dentro de seu corpo, e salpicou suas costas com beijos suaves.

— Lis, você está bem? Lis, baby?

Ela rolou de costas, ainda ofegante, e soprou prazer em sua boca, beijando-o com força. Um pequeno som escapou dele quando a beijou de volta.

Ela ouviu o leve estalo quando ele puxou a camisinha fora, e viu quando deu um nó no final, antes de deixá-la cair no chão.

Então, ele a puxou de volta em seu peito e eles caíram em um sono profundo, com os braços e pernas dele entrelaçados aos dela, expressando com seu corpo o que ele não conseguia dizer com palavras.

Daniel acordou sentindo-se profundamente relaxado. A pele macia e sedosa de Lisanne estava pressionada contra a sua, e uma sensação de paz o encheu.

Ele não conseguia explicar o porquê, mas tinha sido importante para ele fazer sexo com ela na noite passada. Talvez fosse algo a ver com a certeza de que ela ainda o queria, mesmo quando estava com a sua família, longe da agitação inebriante e independência da faculdade.

Mas tinha sido muito bom. Ainda havia muito mais que ele queria tentar, experiências a explorar com ela, e ele teria dado uma caixa de Jack Daniels para ser capaz de passar um dia inteiro na cama fazendo exatamente isso. Porém, tinha grandes esperanças para o futuro.

Tornou-se ciente de que sua ereção matinal estava ainda mais dura do que o normal, apontando esperançosa para a direção da suave bunda redonda dela. Ele gemeu quando as possibilidades correram como um show de pornografia através de sua mente, mas um olhar para o feio relógio de Mickey Mouse disse que uma foda matinal estava fora de questão, a não ser que ele realmente quisesse que os pais dela o pegassem comendo sua única filha.

Relutantemente, ele se sentou e viu os lábios dela se moverem como se ela estivesse dizendo algo, mas seus olhos permaneceram fechados. Franzindo a testa, ele olhou para a boca dela de novo, mas ele poderia dizer que estava profundamente adormecida, e suas palavras foram perdidas para ele.

Suspirando, ele puxou sua cueca boxer e caminhou tranquilo em direção à porta. Com um último olhar, saiu para o corredor e fechou a porta suavemente atrás dele.

Conseguiu voltar para o quarto de Harry sem encontrar ninguém, e o garoto ainda estava dormindo.

Daniel pegou sua calça e foi para o chuveiro. A água era abundante e quente, e ele levou alguns minutos para desfrutar dos prazeres simples da vida, além de se masturbar.

Depois que se secou e escovou os dentes, passando a mão sobre o espelho embaçado, decidiu raspar os dois dias de barba por fazer.

Ele tinha se esquecido de perguntar à Lisanne que horas sua família se levantava pela manhã, então decidiu sair para o quintal para fumar um cigarro e esperar para ver quem estava acordado.

Mas quando saiu do banheiro, ainda vestindo apenas calça jeans, esbarrou em Monica em seu robe e chinelos.

— Bom dia, Daniel. Você é um madrugador. — Então ela suspirou, com os olhos fixos em seu peito ou, mais especificamente, seus *piercings* de mamilo. — Meu Deus — disse, pigarreando.

— Espero não ter acordado você — falou, controlando um sorriso ao vê-la tentar desviar o olhar.

— Hum, desculpe, o quê? — perguntou ela, finalmente conseguindo voltar a se concentrar em seu rosto, sua pele um pouco corada. — Hum, venha e tome café da manhã a hora que quiser.

— Obrigado, Monica. Eu vou fazer isso.

Ele voltou para o quarto de Harry, onde o menino estava deitado de costas, com os olhos fechados e a boca aberta. Daniel vestiu uma camisa e calçou um par de tênis, e se assegurou de que os cigarros estavam no bolso da calça, correu levemente, descendo as escadas.

Monica estava na cozinha esperando a cafeteira terminar de filtrar. Ela deu um sorriso um pouco tímido quando Daniel, completamente vestido, saiu para a varanda dos fundos e fumou seu primeiro cigarro do dia.

Ficou surpreso quando a mulher saiu para se juntar a ele. Ela parecia nervosa, e ele se perguntou o que ela iria dizer.

— Hum, não acho que poderia ter um desses, poderia?

Daniel piscou em surpresa, depois a entregou o maço de cigarros e acendeu um para ela.

— Obrigada! — disse ela, com um olhar de felicidade no rosto. — Não diga à Lisanne, ela só vai se chatear. Eu deveria ter parado, mas, de vez em quando...

Daniel ergueu as sobrancelhas.

— Ei, não é o meu segredo.

Monica sorriu.

— Estou surpresa que ela não te incomodou para desistir.

Ele balançou a cabeça.

— Ela nunca disse nada. Não achei que se importasse.

Monica riu, incrédula.

— Sério? Ela odeia fumantes. Sempre falando que é um hábito horrível e antissocial. Ah, bem, você tem sorte de não a ter te incomodando. Ela é insistente.

Daniel fechou a cara. Ele se perguntou por que ela não tinha dito nada a ele. Havia outras coisas que ela mantinha escondido? De repente, sentiu como se não a conhecesse tão bem como pensava, e o sentimento o incomodou.

— Café? — perguntou Monica.

Ele estava olhando para o outro lado e não tinha percebido que ela havia falado.

Monica bateu em seu braço.

— Café, Daniel?

— Sim, isso seria ótimo, obrigado. Preto, três sachês de açúcar.

— Três sachês! — ela bufou. — Você tem muita sorte de ser capaz de escapar com isso. — Vagou para dentro, murmurando para si mesma.

Ele a seguiu e, com gratidão, aceitou uma xícara de café fumegante, quando Lisanne cambaleou pelas escadas, parecendo cansada e ligeiramente despenteada. A menina realmente gostava de seu sono. Ele não pôde deixar de sorrir, e quando ela retribuiu o sorriso, ele passou a língua sobre os dentes, um olhar compreensivo destacando o sorriso sexy no rosto.

Ela corou na mesma hora e baixou o olhar, revivendo claramente algumas das coisas que ele tinha feito com ela na noite anterior.

Harry apareceu, uma isca útil para o embaraço de Lisanne, e serviu-se de uma tigela de cereais, murmurando algo que poderia ter sido uma saudação.

Daniel sentou-se ao lado dele, e Monica disse para se servir. Ele pegou um monte de torradas, passando manteiga e geleia. Comida parecia ter animado Harry, e ele desafiou Daniel para um pequeno um a um de basquete. Daniel riu e fez um comentário depreciativo sobre a altura de Harry, então eles saíram, jogando de forma agressiva na quadra improvisada.

Monica observou por um momento, um olhar de prazer surpreso em sua face. Então ela virou-se para sua filha.

— Lisanne, quantos, hum, *piercings* Daniel tem?

A garota congelou, com a colher a meio caminho de sua boca.

— Mamãe!

Sua mãe parecia envergonhada.

— Aconteceu de eu vê-lo saindo do banho, e ele não tinha colocado uma camisa. Bem, não pude deixar de notar as suas... As suas, hum, joias.

— Então você já viu os seus *piercings* de mamilo — disse Lisanne, corajosamente, mesmo com as bochechas avermelhadas.

— Sim, na verdade.

— E quer saber se ele tem *mais piercings*?

O rosto de Monica combinava com o de Lisanne a essa altura.

— Esqueça que perguntei — murmurou Monica.

Isso seria um pouco difícil.

Sua mãe se virou para a cafeteira, apenas para ter algo para fazer.

— Ah, eu encontrei a Rachel Brandt na loja ontem. Aparentemente, ela vai deixar Sonia fazer uma festa lá hoje à noite. Ela disse que você deveria ir. Daniel também, é claro.

Lisanne fechou a cara.

— Não sei por que Sonia me convidaria, nunca fomos amigas na escola.

— Talvez não — Monica disse, com firmeza. — Mas Rachel e eu *somos* amigas, então tenho certeza de que vocês seriam muito bem-vindos. Além disso — ela ergueu as sobrancelhas —, pensei que você e Daniel gostariam de ter uma razão para ficar longe dos velhos por uma noite.

Foi um ponto justo. Embora Lisanne estivesse pensando em alguma forma para evitar Sonia Brandt, ela sabia que Daniel gostaria de um respiro. A festa poderia ser apenas a desculpa perfeita. Então, uma coisa lhe ocorreu: Sonia era uma das meninas do ensino médio que nunca tinham dado atenção à Lisanne, então aparecer com um namorado gostoso... Sim, ela realmente gostou *dessa* ideia.

— Tudo bem, nós vamos, mãe. Se Daniel quiser.

— Ele parece estar se dando bem com o seu irmão.

— Sim — disse Lisanne, sorrindo.

Tinha sido uma surpresa para ela como Harry estava sendo impressionante. Com o resto da família, na maior parte, ele apenas resmungava, mas Daniel parecia encorajá-lo a falar frases inteiras. O que era quase irritante.

Ernie entrou na cozinha e farejou o ar, a boca torcendo com desgosto quando sentiu o cheiro da fumaça de cigarro que se derivava do alpendre.

Monica viu a reação dele e ocupou-se colocando mais pão na torradeira.

— Lisanne — disse Ernie, acentuadamente. — Não quero que você fique sozinha em seu quarto com ele... com Daniel.

Ambas, Lisanne e sua mãe, olharam para cima.

A jovem estava vermelha novamente.

— Desculpa?

— Nem um pouco. Por nenhuma razão. Isso está claro?

— Ernie!

— Alguém precisa dizer isso, Monica — soltou ele. — Lisanne, está claro?

Sentindo-se revoltada, Lisanne assentiu e saiu da cozinha, furiosa e envergonhada.

Pelo amor de Deus! Ela tinha quase 19 anos e seu pai ainda estava dizendo quem ela poderia receber ou não em seu quarto?

Ele era um hipócrita! Ele sabia que eles estavam dormindo juntos, mas só não queria que isso acontecesse sob o seu teto. Então Lisanne se perguntou se ele tinha ouvido alguma coisa. Ela ficou mortificada na mesma hora – talvez não tivesse sido tão silenciosa como pensava. Ah, Deus! Imagine se seu pai *tivesse* ouvido! Não suportava pensar sobre isso. Isso fazia *dela* a hipócrita?

Com o coração martelando, e seu cérebro confuso operando em um estado geral de negação, apressou-se a subir as escadas, mas, quando fez isso, notou uma sensação de queimação entre as coxas. Um pouco em pânico, ela correu para o banheiro e tirou a roupa, examinando-se no espelho.

Puta merda! A pele entre as coxas dela estava vermelha brilhante — ardendo por causa da barba por fazer de Daniel — entre as pernas! Será que a humilhação do dia nunca acabaria?

Sentindo-se infeliz, tomou banho rapidamente e vestiu uma calça jeans, mas, depois, descobriu que era muito desconfortável. Esfregou loção de bebê assaduras e imediatamente se sentiu aliviada. Vasculhando o armário, encontrou uma saia esvoaçante na altura do joelho que sua mãe havia comprado e que ela nunca tinha usado. Sentiu-se um pouco estranha usando algo feminino pra cacete, mas era tudo o que tinha. Ela combinou com tênis. Ótimo. Dolorida e ao estilo livre. O dia poderia ficar pior? Então ela pensou na festa que tinha concordado em ir e gemeu.

Abaixo de sua janela, o som do riso flutuou para cima, e seu rosto se suavizou quando olhou para fora para ver Daniel e Harry relaxados e se divertindo. Dada a oportunidade, ela realmente acreditava que Daniel poderia encantar qualquer um. Naquela situação, poderia ele mesmo encantar seu pai? Seu semblante se fechou — não parecia provável.

Desceu as escadas. E enviou uma longa mensagem para Kirsty enquanto sentava-se na varanda, assistindo Daniel e Harry. Na verdade, ela poderia ter visto o namorado jogar esportes por horas, admirando a maneira como seus músculos se moviam sob a camisa.

Eles terminaram o jogo que vinham competindo, e Daniel sentou-se ao lado dela, inclinando-se e beijando seu pescoço.

Harry revirou os olhos, mas não disse nada. Ela era a sua *irmã*.

Daniel sorriu para a expressão revoltada no rosto do garoto e puxou os dedos de Lisanne aos lábios. O irmão balançou a cabeça enquanto caminhava de volta para a cozinha. Ele não tinha ideia do porquê de um cara legal como Daniel gostar de sua irmã, e muito menos querer *beijá-la*.

— Então, o que está no cardápio de eventos emocionantes de hoje? — Daniel sussurrou contra o cabelo de Lisanne.

Ela se virou para encará-lo.

— Você me arranhou com sua barba — sussurrou.

Daniel levou um momento para entender o que ela havia dito.

Ele examinou seu rosto e pescoço, depois ergueu as sobrancelhas.

— Onde eu fiz isso, boneca? — perguntou ele, embora, pelo olhar em seu rosto, já tivesse adivinhado.

Lisanne deu um tapa no seu braço.

— Você sabe onde — ela retrucou.

Ele sorriu para ela e passou a mão sobre suas bochechas lisas.
— É? Bem, raspei esta manhã, por isso estou pronto para outra.
Ela balançou a cabeça.
— Meu pai sabe.
— Sabe o quê?
— Que estávamos... Ontem à noite!
Daniel fechou a cara.
— Você tem certeza?
— Sim! Ele me disse que não era para ficar sozinha no meu quarto com você.
— Você vai fazer o que ele diz?
Isso era o ponto crucial do problema de Lisanne. *Ela faria?*
Daniel se levantou e espreguiçou o corpo, expondo um pedaço de pele bronzeada acima do cós da calça jeans.
— Me avisa — disse ele, parecendo irritado.
Lisanne agarrou sua mão, e ele olhou para baixo.
— Não fique com raiva de mim. É tudo *novo*. Por favor...
Daniel suspirou.
— Eu sei, e entendo. Mas, porra! Eu só quero você o tempo todo, boneca. Na faculdade você divide um quarto, a minha casa é... E agora é feriado e você está do outro lado do corredor. Isso está me deixando louco. *Você* me deixa louco.
Lisanne vibrou com prazer em suas palavras. Ela achava que ouvir aquilo nunca seria o suficiente.
— Quer ir a uma festa hoje à noite? — disse ela, mudando temporariamente de assunto. — É de uma menina da minha época de escola, a minha mãe é amiga de sua mãe. Eu não sei... Você gostaria?
Ele deu de ombros e olhou para trás, em direção à cozinha.
— Claro, por que não? A uma festa eu posso ir.
Naquele momento, Harry voltou com uma lata de refrigerante e se sentou na varanda.
— Então, nós vamos ou não?
Lisanne fez uma cara confusa.
— "Nós"? Quem é o "nós"? Vamos para onde?
Harry a ignorou.
— Eles têm *Virtua Racing, Street Fighter II, Mortal Kombat, Call of Duty, Mario Karts, Pacman, Metal Slug*. Você sabe, os clássicos.

— Legal — disse Daniel.
— O quê? — bufou Lisanne.
— Harry vai me levar para o fliperama local — explicou Daniel, piscando para ela. — Você disse que queria que eu visse os pontos turísticos.

Lisanne gemeu. Passar a manhã assistindo seu namorado jogar videogames estúpidos com seu irmão mais novo não era sua ideia de diversão. Ela tinha imaginado encontrar um lugar para ir e ficar sob as árvores de novo, desfrutando de algum tempo sozinhos. Certamente, não com *Harry* marcando junto! Mas parecia que, enquanto ela estava recebendo um sermão do seu pai, seu namorado e seu irmão estavam fazendo outros planos.

Simplesmente ótimo.

Lisanne não tinha escolha a não ser concordar. Pelo menos eles estariam longe de seus pais por um tempo.

No parque, ela sentou-se ouvindo Kate Vigo em seu *iPod* e enviando mensagens para Rodney, que estava visitando a família em Tuscaloosa, enquanto Daniel e Harry jogavam algo envolvendo personagens de desenhos animados dando uma surra um no outro. Momentos de diversão.

Lisanne notou que o fliperama estava ficando muito mais movimentado. Isso era, provavelmente, por causa do feriado de Ação de Graças, e as pessoas estavam de folga da escola e do trabalho. Amanhã seria o grande dia da família.

Daniel se aproximou e colocou um braço casualmente sobre seus ombros.
— Vamos sair daqui — sussurrou, enquanto dava um beijo cálido em seu rosto.
— Sério? Eu pensei que você queria jogar aquele jogo de corrida. Não que eu esteja discutindo...

Ele deu um sorriso tenso.
— Algo vai começar aqui a qualquer momento, Lis. Devemos levar o seu irmão para fora.
— O quê? — disse ela, olhando ao redor. — Como você sabe?

Tudo o que ela podia ver eram grupos de rapazes jogando os games.
— Confie em mim — ele falou. Então, virou-se para Harry: — Qual é, cara? Nós vamos pegar alguns hambúrgueres e milkshakes.

Harry reclamou um pouco, mas muito menos do que o normal. Era evidente que ele não queria discutir com Daniel. Ele estava vidrado em cada palavra sua, e bastante ressentido com a presença de sua irmã.

Eles encontraram uma lanchonete onde poderiam se sentar. Harry pediu seu milkshake de banana, Lisanne tinha um de chocolate e Daniel, seu café preto habitual – embora ele tivesse "provado" quase metade da bebida de Lisanne. Ela acabou tendo que se defender dele antes que seus hambúrgueres chegassem, e se divertiu ao ver Harry enrugar o nariz quando Daniel a beijou novamente.

De repente, as sirenes da polícia perfuraram o ar da tarde.

Lisanne e Harry olharam na direção do fliperama.

— Polícia — sussurrou ela para Daniel.

Ele acenou com a cabeça.

— Como você sabia que algo estava prestes a acontecer? — perguntou ela, intrigada.

Os olhos de Harry alternavam entre os dois.

Daniel deu de ombros.

— Já estive em brigas suficientes para saber — disse ele.

Adoração a um herói brilhava nos olhos de Harry.

Lisanne tinha a sensação de que seria difícil ter Daniel para si mesma enquanto o irmão estivesse por perto. Eles terminaram o almoço e foram andando pelo shopping ao ar livre, quando os celulares de Harry e Lisanne começaram a tocar.

Lisanne atendeu o dela primeiro.

— Mãe? O quê? Não, estamos bem. Nós estamos bem! Okay, estamos voltando.

Pelo olhar no rosto de Harry, o apelo de seu pai era similar.

— O que foi? — disse ele.

Lisanne balançou a cabeça.

— Eu não tenho ideia, mas acho que nós estamos indo para casa.

Dez minutos depois, Lisanne parava em frente de casa. Ambos os seus pais estavam esperando lá na frente. Ernie parecia furioso. Ele arrancou Daniel pela porta aberta e empurrou-o contra o carro enquanto ele tentava sair.

— O que você fez? — gritou no rosto de Daniel.

— Sai de cima de mim! — rosnou Daniel, empurrando-o para trás, fazendo Ernie tropeçar.

— Papai! — gritou Lisanne. — O que você está fazendo?

— Ouvimos que havia uma briga no fliperama. A polícia foi chamada e tudo mais. Vários adolescentes foram levados ao hospital.

— Nós pensamos... Pensamos... Nós estávamos preocupados — Monica terminou, sem convicção.

O rosto de Daniel denotava seu desprezo enquanto olhava para os pais de Lisanne, mas foi ela quem falou, com a voz mordaz:

— E vocês assumiram automaticamente que Daniel tinha algo a ver com isso. Bem, que ótimo. Obrigada pelo apoio. Para sua informação, foi Daniel quem nos tirou de lá. Ele supôs que algo iria acontecer e nós saímos antes de começar a merda toda. — Ela fez uma pausa, a fúria a inflamando, a voz trêmula. — O que aconteceu com "dar às pessoas o benefício da dúvida", mãe? O que aconteceu com "inocente até que se prove o contrário", pai? Se Daniel fosse um dos seus alunos do ensino médio, você não estaria fazendo-o passar por este momento difícil.

— Daniel não fez nada! — gritou Harry, com raiva.

Monica parecia espantada, de pé, com a mão sobre a boca, o olhar alternando entre Daniel e sua filha mais velha.

— Sinto muito, Daniel — disse ela.

Mas, com os dedos cobrindo os lábios, ele não sabia o que ela tinha dito.

— Estou caindo fora daqui, Lis — ele rosnou.

— Eu vou com você.

Ele arrancou as chaves da moto do bolso da calça e passou uma perna sobre Sirona. Lisanne montou atrás dele, sem nem mesmo esperar para tirar os capacetes fora dos alforjes.

Ernie se endireitou.

— Daniel, peço desculpas. Cheguei a uma conclusão sem conhecer os fatos. Sinto muito. — Ele olhou para sua esposa. — Nós dois sentimos muito.

— Claro — Daniel disse, com amargura. — Até a próxima vez. Nunca serei bom o suficiente para você, não é?

Ernie agarrou seu braço.

— De verdade, eu sinto muito. Não saia assim. Lisanne, por favor, fique.

— Não, pai. Você já disse o suficiente.

Ela acenou para Daniel, que se inclinou para baixo, ligando e dando partida na moto.

Pops saiu da casa, onde estava de pé com a avó Olsen; ambos tinham ouvido toda a discussão acalorada.

— Agora — disse ele, olhando bem dentro dos olhos de Daniel. — Eu espero que você não vá me dizer que está levando a minha neta nessa moto, com as pernas nuas e sem capacete?

Daniel olhou por cima do ombro para Lisanne.

— Foda-se — murmurou ele.

— Todo mundo apenas se acalme, caramba — disse Pops. — Ernie, você, com certeza, fez uma bagunça com isso, meu filho. Monica, você continua com as crianças. Eu e Daniel vamos passar algum tempo juntos com a Sirona aqui. — Ele bateu no braço de Lisanne. — Você, vá com sua mãe e seu pai agora.

Relutantemente, ainda furiosa com seus pais, Lisanne desceu.

Apesar do fato de que toda a sua família estava assistindo, ela colocou os braços em volta do pescoço de Daniel e beijou seus lábios.

Ele suspirou e se inclinou para ela, apoiando a cabeça em seu ombro. Lisanne segurou seu rosto com as mãos e o fez olhar para ela.

— Não vá embora sem mim. Promete?

Ele hesitou por um momento, depois balançou a cabeça lentamente.

Ela o beijou novamente e virou-se para acompanhar os pais para dentro.

Olhou pela janela quando Pops disse algo, apontando para o porta-malas de seu carro, e Daniel o seguiu. Um momento depois, seu namorado estava carregando uma caixa de ferramentas parecendo estar pesada, e Pops estava debruçado sobre Sirona.

Não parecia como se Daniel fosse a lugar algum em breve, assim, Lisanne virou-se para seus pais.

— Obrigada, mãe. Obrigada, pai — disse ela, pronunciando cada sílaba friamente. — Vocês realmente fizeram Daniel se sentir bem-vindo. Existe mais alguma coisa de que vocês queiram acusá-lo enquanto estamos aqui? Talvez pelo grafite que vi no shopping ou o assalto que aconteceu na semana passada? Querem colocar essa culpa sobre ele também?

— Querida, nós cometemos um erro. Sentimos muito — falou sua mãe, um pouco defensivamente, mas ainda tentando acalmá-la.

Lisanne cruzou os braços.

— Não é bom o suficiente, mãe. Sabe, você e meu pai me ensinaram a tratar as pessoas com respeito. Bem, isso parece ter saído pelos ares, não é? Ou talvez vocês só quisessem dizer 'pessoas' como vocês, com belas casas e quintais arrumados. Talvez não conte se a pessoa tiver tatuagens e *piercings*... Ou se for surda?

— Basta, Lisanne — disse seu pai.

— Não, pai. Isso não está nem perto de bastar. Tenho vergonha de vocês dois.

E então ela começou a chorar e correu para cima.

Capítulo 16

Alguns minutos depois, Lisanne ouviu alguém batendo à porta do quarto. Ela adivinhou que era sua mãe.

— Querida, posso entrar?

Lisanne não respondeu, mas Monica abriu a porta de qualquer maneira.

— O que você quer, mãe? — disse ela, com a voz fria.

— Só para ter certeza de que está tudo bem.

— Oh, claro, estou ótima.

— Sarcasmo não vai ajudar.

— Não, mãe? Bem, me diga o que *vai* ajudar, porque eu, com certeza, não sei. Daniel não foi nada, a não ser educado e respeitoso, e ele está se dando muito bem com Harry e Pops. São você e meu pai que têm um problema.

Sua mãe ficou em silêncio por um momento.

— Você tem razão, querida. Seu pai e eu estávamos muito errados ao supor que Daniel estava envolvido nessa briga no fliperama. Tudo o que posso dizer é que estávamos preocupados com você e Harry. Agora sei que não é desculpa pelo nosso comportamento, mas esse foi o motivo. Já pedimos desculpas novamente para Daniel e acredito que ele aceitou. Agora, estou pedindo desculpas a você.

— E meu pai?

— Ele está envergonhado de si mesmo, como você disse. Basta dar uma chance para ele dizer se desculpar contigo. Isso é tudo que peço.

Ela acariciou o ombro da filha e, sem pressa, saiu do quarto.

Lisanne sentou-se, depois saiu da cama, um ar determinado em seu rosto. Ela tinha uma festa para se preparar.

— Oi, cara — disse Daniel, enquanto caminhava para o quarto de Harry.

Ele estava se sentindo muito mais calmo desde que havia passado um tempo com Pops. A companhia do velho o tinha impedido de fazer algo espetacular e estúpido. E, embora eles não tivessem conversado sobre nada em particular, apenas trabalhar juntos em Sirona tinha amainado o calor da situação e lhe dera a chance para esfriar a cabeça.

Os pais de Lisanne tinham pedido desculpas novamente. Ernie havia sido bastante rígido, mas Monica tinha sido efusiva e sincera. Ela havia pedido para ele ficar, pelo bem da filha, e Daniel se viu concordando, embora com relutância.

Tirou a camisa manchada com óleo e vasculhou a mochila por algo limpo para vestir para a festa. Não havia muita escolha, pois Lisanne tinha roubado sua camiseta cinza para dormir.

Quando se virou, Harry estava olhando para ele. Ou melhor, para seus *piercings* de mamilo. Daniel estava se divertindo. Suas joias sempre provocavam reações extremas nas pessoas – ele não conseguia ver o porquê. Afinal, isso não era diferente de ter suas orelhas furadas, certo?

— Uau! — sussurrou Harry. — Será que... isso doeu?

Sim, sempre a mesma pergunta.

— Sim, um pouco. Não muito.

— Não é... tipo distorcido? Sabe, louco?

Daniel riu. Pelo menos o garoto tinha a coragem de dizer o que a maioria das pessoas só pensava.

— Não é para todo mundo. Seja como for, cara, eu gosto. As meninas também.

Harry corou.

— E sobre suas tatuagens, doeram?

— Algumas mais do que outras. Tatuagens perto do osso tendem a doer mais, como a do meu quadril — ele falou, casualmente.

Harry engoliu em seco.

— Você tem uma em seu quadril também? Cara! Isso é um monte de tatuagens.

Daniel deu de ombros.

— Meu irmão tem mais, em ambos os braços. Ele disse que as do interior de seus pulsos doeram mais.

— Lisanne vai fazer uma tatuagem?

O jovem arqueou as sobrancelhas.

— Eu não sei. Ela nunca disse que queria uma.

— Porque mamãe e papai iam surtar.

Daniel sorriu.

— Sim, isso não me surpreende.

Ele pegou sua última camisa limpa e viu que Harry ainda estava olhando para ele.

— Hum, posso perguntar uma coisa? — sondou, nervosamente. — Você está… Você está *fazendo* aquilo com a minha irmã?

— Essa é uma questão pessoal — respondeu Daniel, sério.

O garoto se retraiu visivelmente, mas seguiu adiante.

— É só que… vocês estão se beijando e outras coisas o tempo todo. Eu nunca a tinha visto fazer isso com um cara antes.

— Sua irmã significa muito para mim. Eu me preocupo com ela.

Harry fechou a cara de desgosto.

— Isso é muito piegas.

Daniel não conseguiu conter o sorriso.

— Sim, eu sei.

— Hum, então… Eu queria saber — continuou o moleque, ansiosamente torcendo os dedos juntos. — Posso te perguntar uma coisa… sobre…?

Depois de uma pausa, Daniel se sentou na cama.

— Manda.

Harry baixou a cabeça e olhou para suas mãos, com um ar horrorizado e constrangido ao mesmo tempo.

— Hum… hum… — murmurou.

Daniel segurou um suspiro e esperou pacientemente. Ele estava começando a ter uma ideia sobre o que o menino queria perguntar.

— O que é, cara? — ele disse, gentilmente.

O rosto de Harry brilhava em um tom vermelho.

— Hum… Quando você tinha a minha idade, você… Hum… Você… Você sabe… Hum…

— Me masturbava? — ofereceu Daniel, prestativo.

— Sim — resmungou, arriscando um rápido olhar para cima.

— Claro — Daniel respondeu, de pronto, olhando para o cartaz da Megan Fox na parede. — Todos os caras fazem isso.

— Oh, tudo bem. — Harry fez uma pausa, depois continuou a balbuciar.

Não foi fácil para Daniel descobrir o que o garoto estava dizendo, mas a essência da conversa foi toda muito clara.

— Como você sabia o que eu iria perguntar? — ofegou Harry.

Daniel deu de ombros.

— Eu sou um bom adivinhador. — Ele se perguntou se aquele era o fim da conversa. Não era.

— Hum, é verdade que se você fizer isso... muitas vezes... Você pode ficar cego ou algo assim?

— Puxa, cara! — disse Daniel. — Quem está lhe dizendo essa merda? A resposta é não. Por que você não apenas coloca no Google?

— Papai colocou um bloqueio parental no computador — comentou, com uma careta. — E você não pode olhar na escola também.

— Na casa de um amigo? — perguntou Daniel.

— Meu amigo Jerry tinha um pornô — disse Harry.

— Legal — falou Daniel, escondendo um sorriso.

— É?

— Claro. A maioria dos caras assiste filme pornô. Algumas meninas também.

Os olhos de Harry estavam arregalados.

— As meninas assistem filme pornô?

— Algumas, sim.

— Será que... Lis assiste?

Daniel sorriu.

— Não é o meu segredo para contar, cara.

— Ah, uau! — O rosto de Harry mostrou surpresa e respeito crescente por sua irmã. — Hum, então, é estranho ter tesão assistindo pornô quando há outro cara por lá?

O jovem não conseguiu abafar o sorriso.

— Embaraçoso, não é?

Harry deu uma risada aliviada.

— Sim!

— Olha, a pornografia tem o pressuposto de fazer você sentir tesão. Isso é meio que o objetivo dela. Não é geralmente uma atividade de grupo, a menos que você goste de ter uma festa com cerveja ou qualquer outra coisa. Principalmente, caras assistem para se masturbar. É normal. Meninas fazem isso também.

— Meninas? C-como?

Eita, agora ele estava dando uma aula de biologia?

— As meninas têm bocetas, né? — Harry parecia ter congelado quando Daniel continuou a explicar: — Então, suas bocetas têm clitóris, como uma pequena protuberância na parte da frente.

Harry pareceu chocado, embora, por qual frase, Daniel não poderia dizer.

— Você esfrega o clitóris, ou elas fazem por si próprias, e elas gozam.

— Gozam?

— Você sabe, o orgasmo, o líquido do homem.

— É... Como caras, hum...

— Não exatamente, mas, porra, é bom se você está por perto quando isso acontece. Como eu disse, é normal. Meninas fazem, caras fazem.

Harry pareceu aliviado.

— Eu tive que fazer isso duas vezes quando cheguei em casa — ele admitiu. — Depois de assistir filme pornô.

— Não, isso não é nada, cara. Muitos caras se masturbam quase todos os dias. Não sei como qualquer um de nós consegue ir para a escola.

O garoto deu uma pequena risada e então fechou a cara.

— E enquanto durmo — ele grunhiu.

— Sim, isso acontece. Lavar as roupas de cama é um pesadelo — Daniel concordou com simpatia. — Especialmente quando sua mãe quer saber por que você trocou os lençóis quando ela fez isso ontem.

— Sim!

— Olha, garoto, caras se masturbam. Muito. Eu não sei se é assim quando um cara fica muito velho, com 30 anos ou algo do tipo, mas, sim. É como colocar sua calça de manhã, apenas parte da rotina. Sabe o que estou dizendo?

— Então, isso é normal?

— Sim. Diversão, *liberdade* e ninguém fica grávida, como não gostar?

Harry riu, nervosamente.

Daniel se lembrou de quando ele havia tido uma conversa semelhante com Zef. Ele tinha onze anos, embora não fosse tão ignorante quanto Harry, desde que havia descoberto o esconderijo pornô de Zef e o examinado cuidadosamente antes de ser pego. Além disso, tinha perdido a virgindade com uma das amigas de seu irmão quando ele era apenas um pouco mais velho do que Harry agora.

Devia ser ruim não ter um irmão mais velho.

Ele se inclinou para alcançar o bolso da jaqueta, depois jogou a Harry um pacote de preservativos.

— Você pode querer praticar com eles, por isso, quando chegar a hora, saberá o que fazer. Você não quer aquela merda do avesso quando tem a sua mulher toda excitada e pronta.

A boca de Harry se abriu, mas as palavras não saíam. Daniel levantou-se e se dirigiu para a porta.

— Agradeça-me em poucos anos — disse ele, por cima do ombro.

Sentindo-se como se o dia não tivesse sido um desastre completo afinal, foi à procura de Lisanne e bateu na porta do quarto.

— Boneca, sou eu.

A porta se abriu e o queixo de Daniel foi parar no chão.

Seus olhos correram para baixo, nas longas pernas nuas e na saia jeans muito curta. Ela estava muito atraente, com longos cílios escuros, batom vermelho e cabelo arrumado. Sua visão pousou nos seios dela, que estavam parecendo muito orgulhosos de si mesmos, sedutoramente cobertos por uma pálida regata azul com alças finas, que se agarrava em todos os lugares certos.

Daniel lambeu os lábios. Levou um momento antes de perceber que Lisanne estava falando com ele.

— Estou bonita? — repetiu, ansiosa pelo silêncio dele.

— Porra, sim — ofegou. — Você está incrível!

Lisanne sorriu, nervosa.

— Cortei a saia jeans velha e ela ficou um pouco mais curta do que eu queria.

Ela puxou a bainha, mas ainda apenas contornava a parte superior das coxas. Daniel puxou-a para si e segurou sua bunda, seus dedos se demorando sob a barra da saia.

— Você está gostosa pra caralho — sussurrou ele.

— Então, você acha que estou bem?

Daniel sorriu para ela, com a cabeça inclinada para um lado.

— Você simplesmente não entende, não é? Eu só tenho que olhar para você para ficar duro. Foda-se, eu quero tanto você agora.

O rosto de Lisanne se iluminou.

— Hum, tá bom então. Vejo você lá embaixo em um minuto.

Daniel piscou quando ela voltou a fechar a porta. Ele se encostou na parede e respirou fundo. Estar na casa dos Maclaines era uma gigante merda fodida, mas, porra, valia a pena.

Harry passou em seu caminho para a sala de TV.

— Ei, cara — chamou Daniel. — Se você me ouvir levantar no meio da noite, é porque vou ver a minha garota. Você está bem com isso?

Harry desviou o olhar.

— Sim, eu acho.

Daniel sorriu para si mesmo.

— Mas...

— Sim, cara?

— Se o pai te pegar, eu estava dormindo e não sabia nada sobre isso, okay?

Ele conteve o sorriso.

— Combinado.

Dizer que os pais de Lisanne ficaram chocados quando a viram teria sido um eufemismo gigante.

Os olhos de Ernie inflamaram em descrença, e a boca de Monica abriu e fechou várias vezes, sem conseguir falar nada.

— Não esperem por nós — disse Lisanne, correndo antes que as competências linguísticas dos dois retornassem.

Daniel estava esperando no jardim da frente, inclinando-se sobre Sirona, desfrutando pacificamente de um cigarro. Ele sorriu ao vê-la e apagou o cigarro.

— Boneca, está pronta para a festa? — murmurou em seu pescoço. — Você está linda, querida.

Para os olhos famintos de Lisanne, ele parecia bem apetitoso.

Seu jeans baixo marcava o quadril, e a camiseta preta agarrava-se a seu peito. Ela podia ver a cauda de sua tatuagem de dragão enroscada em torno do bíceps direito, logo acima do cotovelo. O pequeno *piercing* de prata estava de volta em sua sobrancelha e seu cabelo preto estava espetado.

Ele abriu a porta do carro para ela em um gesto *antiquado* que a fez rir, mas não havia nada de antiquado sobre a maneira como ele se inclinou e passou a língua ao longo de sua coxa nua quando subiu ao lado dela.

— Eu quero te comer no carro, baby.

Lisanne inspirou fundo.

— Hum — disse ela, incapaz de formular uma resposta.

Ele deu um sorriso malicioso.

— Você vai ligar o motor, baby, ou está esperando que pensamentos lascivos nos levem para a festa?

Ela balançou a cabeça, tentando clarear a neblina de luxúria que tinha descido. *Estava quente no carro?*

Com as palmas das mãos suadas, Lisanne conseguiu virar a chave de ignição, ignorando o sorriso divertido de Daniel. Eles fizeram uma parada no caminho para a casa de Sonia Brandt. Por insistência dele, Lisanne estacionou fora de uma loja de bebidas. Ela deslizou para baixo, no assento do motorista, esperando que ninguém que conhecesse o carro de sua mãe os visse. Daniel saiu carregando um pacote de seis cervejas e uma garrafa de Jack Daniels.

Lisanne foi surpreendida. Ela nunca o tinha visto beber nada além de cerveja, e ficou irritada com a ligeira apreensão que sentiu no estômago. Quando chegaram à festa, Lisanne teve que estacionar a várias centenas de metros da casa dos Brandt, com carros alinhados na rua.

Os Brandt viviam em uma ampla avenida arborizada, com uma grande mansão afastada da estrada, e uma calçada curva que levava até a porta da frente.

As pessoas corriam em direção ao prédio, a maioria transportando licor de alguma descrição. A apreensão de Lisanne expandiu como um balão na barriga, mas Daniel parecia ter se animado consideravelmente. Ou seu estado relaxado crescia proporcionalmente com a distância da casa do Maclaines, ou era a garrafa de Jack que ele já tinha começado a beber, ou a perspectiva de uma festa, quem sabe?

Lisanne sentia-se mal. Era tudo o que ela odiava: barulho, pessoas falsas, ficar bêbada e ser ignorada pelas meninas esnobes de sua antiga escola.

Ajudava ela estar com Daniel, mas as antigas inseguranças precisavam de mais do que uma saia curta e algumas aulas de maquiagem de Kirsty para serem totalmente exorcizadas.

Ela respirou fundo para acalmar os nervos, mas se sobressaltou um pouco quando sentiu os dedos de Daniel segurando gentilmente seu queixo.

— Qual é o problema?

Ela balançou a cabeça.

— Nada — mentiu. — Estou sendo estúpida.

— Não me venha com besteira, Lis — ele disse, em voz baixa. — Fale comigo.

Seus ombros cederam de leve. Ela deveria saber que não seria capaz de esconder dele.

— Esta festa — ela falou, acenando com as mãos para indicar seus arredores. — Não é realmente minha coisa.

Ele ergueu as sobrancelhas.

— Por quê? Eu vi você na boate, você estava totalmente envolvida.

— Foi diferente — disse ela. — Eu poderia... Eu poderia ser qualquer uma lá, sabe? Ninguém me conhecia, eu poderia começar de novo. Aqui. — Ela apontou o queixo para a casa dos Brandt. — Aqui eu sou apenas uma nerd de música que toca violino e está tentando agir de forma legal. Eles me conhecem, sabem que estou apenas fingindo.

Daniel deu um riso bem baixinho.

— É isso que você acha? Boneca, você é gostosa, sexy e apaixonada pra caralho. Não há nada falso sobre você.

— Mas...

— Estou dizendo a você, Lis. Eu tive um *monte* de mulheres — disse ele, erguendo as sobrancelhas para enfatizar seu ponto de vista —, e *nenhuma* delas se compara a você. Você é pra valer.

Lisanne mordeu o lábio e olhou desconfiada para a casa.

— Nós não temos que ir — ele falou. — Mas, se você deixá-los fazer você se sentir inferior, então eles ganham.

Sua cabeça se levantou com as palavras dele, pois sabia que ele estava certo.

— Você está canalizando Eleanor Roosevelt: "ninguém pode fazer você se sentir inferior sem o seu consentimento"?

Ele sorriu para ela.

— Sim. Eu sou adepto ao feminismo. — E passou a mão entre as pernas dela. — E sou adepto às minissaias, à liberdade de expressão. Foda-se, sim!

Ele soltou o cinto de segurança e inclinou-se, dando maior alcance. Ela ofegou enquanto seu polegar a acariciou *ali mesmo*. Então ele a beijou, simulando com sua língua o que ele estava fazendo com a mão.

Lisanne arfou em sua boca e, quando ele se afastou, o preto de suas pupilas tinha queimado a íris cor de avelã.

Suas pálpebras se fecharam e ele respirou fundo.

Lisanne quase disse a ele para esquecer a festa, que ela os levaria a algum lugar isolado para que ele pudesse terminar o que tinha começado, mas outra parte dela queria ser a pessoa que ele pensava. Com ele lá, talvez *pudesse* ser essa pessoa. Ela queria tentar, pelo menos.

Soltou o próprio cinto de segurança e abriu a porta do carro.

— Vamos — falou.

Daniel sorriu e piscou.

Ele colocou seu braço ao redor dela enquanto caminhavam em direção à casa, carregando a cerveja em sua mão livre. Para grande alívio de Lisanne, ele tinha deixado o Jack sob o assento.

Com a sorte que tinha, as duas primeiras pessoas que encontraram eram as infames irmãs Ingham: líderes de torcida e igualmente insuportáveis – Kayla e Beth. Elas fizeram uma dupla cômica quando viram Lisanne, embora a maior parte de sua atenção estava voltada para Daniel.

— Qual é a palavra mágica, Maclaine? — perguntou Kayla. — Esta festa não é para nerds, mas seu amigo pode entrar.

Lisanne sorriu, agradavelmente.

— Vá se foder. Tem três palavras. — E conseguiu entrar com facilidade.

— Fodona — murmurou Daniel em seu cabelo.

Lisanne começou a gostar de si mesma.

O hall de entrada estava lotado com corpos espalhados ao redor, alguns bebendo, outros se movendo ao som da música que trovejava dos alto-falantes ocultos. Lisanne reconheceu algumas pessoas de sua antiga escola, mas nenhuma que ela conhecia bem. Planejava levar Daniel pela casa até a área da piscina na parte de trás. Mas, antes que pudessem chegar lá, ele largou a cerveja em uma cadeira e agarrou seu quadril por trás, movendo seu corpo contra o dela.

Em seguida, virou em torno dela e puxou as mãos até o pescoço, se esfregando contra ela. Com as mãos apoiadas em sua bunda, gentilmente a puxou para dançar. Lisanne nunca se movia do lado de fora do quarto e isso ainda era muito novo para ela. Estavam dançando no sentido técnico, movendo-se ao ritmo da música. Ela esperou o rubor familiar de constrangimento, mas, em vez disso, sentiu-se libertada, devassa e livre.

Puxou a cabeça de Daniel na direção da dela e empurrou a língua em sua boca. Ouvi-lo gemer foi a maior excitação. Passou as mãos por sua coluna e as enfiou nos bolsos de trás da calça jeans.

Eles estavam grudados pelos lábios e, caramba, muito perto na virilha, e isso era bom.

— Meu Deus! Lisanne Maclaine?

O grito de Sonia poderia ter ensurdecido morcegos em três estados.

Lisanne descolou-se dos lábios solícitos de Daniel, e parecia indiferente à anfitriã da festa.

— Ah, oi, Sonia. Obrigada por nos convidar. Daniel, esta é Sonia Brandt. Sonia, este é meu namorado, Daniel Colton.

— Olá, Sonia Brandt — disse Daniel, seus olhos passando rapidamente de forma arrogante.

Lisanne passou as mãos sobre a camisa de Daniel e ele sorriu para ela, entendendo completamente o jogo que estavam jogando. Enterrou a cabeça em seu pescoço, dando pequenas mordidas desde o seu lóbulo da orelha até a garganta.

O rosto de Sonia expressou tudo o que Lisanne poderia ter esperado: atordoamento, incredulidade, e tão verde de inveja que ela poderia se candidatar ao desfile do Dia de São Patrício.

Até agora, Lisanne estava jogando, mas a maneira como Daniel a estava tocando a fez pensar que tinha ido direto do ensaio para o evento principal.

O rosto envergonhado de Sonia desapareceu de vista, e Lisanne parou de se importar com o que ela pensava, com o que as irmãs Ingham pensavam ou qualquer uma das pessoas que a tinham menosprezado, desacreditado e descontado nela por quatro longos anos.

Daniel devia ter sentido a mudança, porque começou a se mover mais livremente com ela, até que realmente estavam dançando, movendo-se sinuosamente com o ritmo que ele podia sentir através do corpo flexível.

Por fim, Lisanne chegou ao seu limite, acalorada e incomodada o suficiente para precisar de uma bebida gelada. Daniel pegou sua cerveja e se dirigiram para a piscina.

Lisanne tirou os sapatos, que ela só tinha usado uma vez antes, para o casamento de seu primo, e balançou os pés na água calmante.

Daniel sentou-se ao lado dela, para que ficasse encostada no conforto sólido de seu peito. Ela o sentiu varrer o cabelo longe de seu ombro e colocar beijos gelados da cerveja ao longo de seu pescoço. Lisanne queria agradecer por fazê-la vir hoje à noite, mas, para ter uma conversa, ela teria que se mover, e agora estava muito confortável.

Porém, foi Daniel que se virou, com cuidado, deslocando-se para longe dela e virando-se até que estavam frente a frente.

— Você não gostava da escola, Lis? — perguntou, sentando-se com as pernas cruzadas.

— Alguém gosta?

— Sim, acho que algumas pessoas gostam.

— Você gostava?

Ele fechou a cara, e Lisanne poderia ter chutado a si mesma.

Ensino médio dificilmente estaria em sua lista de melhores lembranças — não quando tinha sido o momento em sua vida em que ele começara a perder a audição.

— Nem tanto — admitiu. — Foi meio que um saco. Eu só estava... com raiva o tempo todo. Foi por isso que me envolvi em tantas brigas. Tentando provar que... não sei... Que eu ainda era eu. — Sorriu para ela. — Dei aos meus pais um monte de dores de cabeça.

Seu sorriso desapareceu e ele esfregou uma mancha em seu jeans.

— Eles estariam tão orgulhosos de você — assegurou Lisanne. — Indo para a faculdade, recebendo seu diploma.

— Eles teriam gostado de você — ele falou.

— Oh. — Lisanne ficou surpresa e seu coração deu um salto feliz.

Daniel mordeu o lábio e, depois, enfiou a mão no bolso da calça. Ela pensou que estava pegando um cigarro, mas, ao invés disso, ele tirou um pequeno pacote embrulhado no mesmo papel prata que tinha usado com tais resultados cômicos quando embrulhara a jaqueta de couro que lhe dera.

— Minha mãe sempre fazia uma grande coisa no Dia de Ação de Graças. Ela dizia que deveríamos pensar em todas as coisas pelo que éramos gratos. Na última vez... — Ele respirou fundo. — Na última vez, quando eles estavam vivos, eu disse que era besteira e que eu não tinha nada a agradecer... Mas, agora que te conheci, não sei, sinto como se eu *fosse* grato. Então, quero que você fique com isso. Obrigado por ser você. Obrigado por aturar minha bunda arruaceira e por estar em minha vida.

Lisanne não sabia o que dizer. Com as mãos trêmulas, ela desembrulhou o papel com cuidado. Aninhado abaixo, estava um pequeno medalhão de ouro em uma corrente curta.

Ela olhou para ele, impressionada.

— Abra-o.

Gentilmente, ela abriu as duas metades separadas. Dentro havia uma fotografia em miniatura deles, tirada durante o seu dia na praia.

— Foi da minha mãe — disse ele, dando de ombros. — Queria que você ficasse com ele.

Ele se levantou em um movimento suave e pegou o medalhão das mãos de Lisanne. Em seguida, agachando-se atrás dela, colocou-o cuidadosamente em volta do pescoço e beijou sua cabeça.

Ela se virou e segurou seu rosto entre os dedos os dedos trêmulos.

— Obrigada. Não sei o que dizer.

— Não diga nada — sussurrou ele. — Só use, então saberei.

Ela o beijou com ternura, profundamente, e o calor explodiu entre eles.

— Uau! Ratinha Maclaine! Quem iria imaginar que podia ser tão gostosinha?

Lisanne reconheceu a voz imediatamente. Grayson Woods, atacante defensivo e estrela do time de futebol americano da escola. Ela soubera que ele tinha ido para o Alabama LSU com uma bolsa esportiva. Porém, ele ainda era o desbocado neandertal do qual ela se lembrava.

Daniel não tinha ouvido o comentário, mas podia ver pela expressão em seu rosto que algo estava errado, e ele não precisava ser um gênio para descobrir o que estava acontecendo.

Ele se levantou lentamente e tirou um cigarro do bolso, enquanto Grayson o encarava com frieza.

— Você quer dizer de novo, filho da puta? — perguntou Daniel, em tom de conversa.

A boca de Grayson escancarou, mas, depois, um sorriso de lobo se espalhou por seu rosto.

Ele havia sido surpreendido quando Sonia dissera que a nerd da música estava lá, e ainda mais quando tinha visto que ela havia se transformado em um sério pedaço comestível. Mas, agora, parecia que a diversão se concentraria em zoar o *punk* do namorado dela antes de humilhá-la um pouco mais.

— Bem — zombou Grayson. — Parece que a cadela empertigada finalmente abriu as pernas para alguém e... — Foi o mais longe que chegou antes de Daniel bater nele.

Grayson nem sequer o viu chegando. Talvez ele tivesse uma ideia de que seria capaz de terminar o seu catálogo de insultos antes da paciência de Daniel se esgotar. Vivendo e aprendendo.

O nariz de Grayson parecia estar espalhado por todo o rosto e vazando duas trilhas de sangue brilhante antes que seus braços se sacudissem — mas isso não conseguiu impedir sua queda na piscina.

Houve um silêncio atordoado e Daniel fumou o cigarro.

— O filho da puta tinha uma boca suja — ele disse, em tom tranquilo, e depois o jogou fora, observando um encharcado Grayson sair da piscina.

Uma alegria irônica subiu de alguns dos rapazes ao redor, mas outros encararam o intruso com raiva.

Lisanne se levantou com esforço e pegou seus sapatos.

— Vamos — sussurrou ela, puxando o braço de Daniel.

Ela liderou o caminho, passando pela lateral da casa, e parou para calçar os sapatos para atravessar o caminho de cascalho, mas Daniel a pegou em seus braços e levou-a no colo ao invés disso.

Quando eles se aproximaram do carro de sua mãe, ela vasculhou a bolsa atrás das chaves e destrancou o veículo para que Daniel pudesse depositá-la no assento do motorista. Quando ele deslizou ao lado dela, sua expressão estava curiosamente ilegível.

— Você não está brava, está?

Ela piscou.

— Por que eu ficaria brava com você?

— Por bater nesse cara.

Ela sorriu.

— Não, ele mereceu. Ele fez coisas muito piores com um monte de gente, ao longo dos anos. Fico feliz que você o acertou. Estou feliz por sua bunda feia ter acabado na piscina.

Daniel sorriu com alívio.

— Ainda bem. Pensei que você fosse me foder com isso.

Lisanne levantou as sobrancelhas.

— Agora, isso é uma ideia.

— Estou chocado. Você está flertando comigo?

Ela riu.

— Eu vou fazer muito mais do que isso. Só preciso conduzir este carro para algum lugar tranquilo e mostrar o quanto aprecio você ser meu cavaleiro da armadura brilhante. Mais uma vez.

Um sorriso lento se espalhou pelo rosto de Daniel.

— Porra, sim — murmurou ele.

Lisanne engoliu em seco. Uma coisa era soar como se ela fosse destemida...

Eles dirigiram em silêncio, as luzes do carro projetando um feixe amarelo pelas árvores à medida que passavam voando pela floresta. A mão de Daniel aterrissou em seu joelho, onde seus dedos desenharam padrões irracionais em sua pele pálida.

Finalmente, ela parou ao lado de uma solitária estrada de terra isolada – uma das muitas à margem do lago.

Eles olharam um para o outro por um longo momento. Daniel falou primeiro:

— Está escuro, baby. Eu não posso ler você agora. Mas, só... Nós só faremos o que você quiser fazer, tá bom? Se quiser que eu pare, você sabe como.

O som dela desafivelando o cinto, primeiro, soou alto em seus ouvidos. Ela não achava que fosse o tipo de garota que transava no banco traseiro de carros, mas, desde que conhecera Daniel, suas visões haviam ampliado a ponto de mudanças sísmicas.

E, no entanto, não havia pressão. Seu toque era suave e reconfortante, não frenético ou exigente. Ele a estava deixando liderar.

Ela levou a mão dele até os lábios e a beijou.

— Obrigada — disse ela, embora soubesse que ele não podia ouvi-la. — Obrigada por tudo.

Ela chupou os dedos em sua boca e mordeu-os delicadamente, o fazendo rir levemente.

— Boneca, você está tentando me levar para o mau caminho?

Ela rastejou através do console do câmbio entre os assentos e acomodou-se em seu colo. Ele cantarolou alegremente em seu pescoço, depois lambeu sua pele lentamente.

— Você tem um gosto bom, baby.

Ela refletiu suas ações, respirando o cheiro do seu cabelo, sua pele, beijando seu rosto, as pálpebras e os lábios.

Ele se mexeu debaixo dela, e ela podia sentir que estava duro, mas parecia estar satisfeito, polvilhando beijos suaves em seu colo e pescoço.

Quando ela tomou sua decisão, pegou-a de surpresa. *Ele* podia se contentar com apenas isso, mas *ela* queria fazer amor com ele.

E ela o amava. Ela amava sua força pacífica e suavidade, sua paciência, seu humor e sinceridade, suas erupções repentinas de raiva, a paixão e a inteligência que ele escondia atrás de seus olhos castanhos e o sorriso preguiçoso. Ela o amava por dentro e por fora, e o peso desse sentimento a libertou em maneiras que ela ainda não entendia.

— Eu vou fazer amor com você, Daniel Colton. Vou fazer amor com você aqui e agora, porque amo tudo sobre você, e não me importo que não possa me ouvir, e que nunca vá me ouvir cantar ou tocar meu violino. Eu vou ouvir por nós dois. Quero compartilhar tudo isso com você. Quero compartilhar a mim mesma contigo.

Ele não a ouviu. Ele não podia ouvi-la. E ela não se importava.

Ele ainda estava acariciando seu pescoço e esfregando os topos de seus braços contra a frieza do ar da noite, quando ela estendeu a mão e passou os dedos entre as pernas dele, provocando sua dureza.

As mãos dele penderam imóveis e ela o ouviu respirar fundo. Ele esperou, perguntando-se o que ela faria a seguir. Ela se moveu para trás, de joelhos, dando-se mais espaço, e se agachou para acariciá-lo novamente. Ela sentiu seu abdômen tenso, mas ele não tentou incentivá-la ou impedi-la — ele simplesmente esperou.

Ela desabotoou a calça e puxou o zíper. A respiração dele tornou-se mais desigual e não pôde deixar de levantar o quadril em suas mãos.

Ela puxou seu pênis para fora e correu os dedos sobre sua dureza suave. Daniel gemeu e recostou-se no banco.

— Lis...

Ela colocou um dedo sobre os lábios dele e continuou a acariciá-lo com a outra mão. Ele a levantou, de modo que ela estava pairando acima dele, e, cuidadosamente, empurrou dois dedos dentro dela, gemendo novamente quando a encontrou molhada. Com a mão livre, ele puxou um pacote de preservativos do bolso.

— Não sei o que você tem em mente, baby. Preciso de um desses?

Ela assentiu com a cabeça enquanto ele a olhava.

— Sim — suspirou.

Ele viu seu aceno de cabeça e rapidamente desembrulhou um preservativo, deslizando-o com mãos experientes.

Ela estava escalando para fora dele para remover sua calcinha, mas ele agarrou seu quadril e balançou a cabeça. Empurrou o material delicado para um lado e baixou-a para ele, sibilando com prazer quando ela afundou.

Lisanne se sentiu poderosa e aventureira, e tão excitada que mal sabia o que fazer com ela mesma. Mesmo no escuro, podia ver a adoração em seu rosto enquanto ele se empurrava dentro dela.

Eles se moviam juntos, encontrando o ritmo nos limites confinados do carro. Mesmo sem usar os dedos, Daniel parecia saber exatamente como mover-se para puxar correntes de sensação dela.

Ela sentiu o já familiar tremor dentro de si.

Daniel também sentiu e começou a se mover mais rápido, mais forte, sua respiração mais alta no ar. Lisanne gozou primeiro, desabando sobre seu pescoço, e ele seguiu logo depois, um gemido estrangulado arregaçando a garganta. Sentaram-se juntos por alguns minutos, antes de ele movê-la para longe e tirar o preservativo usado, dando um nó seguro na ponta e enfiando-o no bolso. Então guardou o pau, agora mole, de volta dentro de sua calça e puxou o zíper para cima.

Lisanne arrastou-se para seu próprio banco, sentindo-se esgotada, mas estranhamente energizada. Ela sentia como se pudesse dormir por uma semana ou correr uma maratona. Concentrou-se em Daniel. Ele estava inclinado para trás com os olhos abertos, um leve sorriso iluminado pela luz da lua que se arrastava por entre as árvores.

Ele a encarou e segurou sua mão, beijando cada um de seus dedos.

— Obrigado — sussurrou ele.

Daniel colocou a mão dela de volta em seu colo, depois tocou o medalhão no pescoço e sorriu. Abaixando a janela do carro, acendeu um cigarro.

Lisanne quase lhe disse que sua mãe ficaria brava se ele fumasse em seu carro, mas decidiu que um cigarro estava muito abaixo em sua lista de pecados, especialmente considerando que eles haviam acabado de foder no banco do passageiro.

Ela voltou para casa com as janelas abertas.

Capítulo 17

Como antes, Daniel acordou com sua garota em seus braços.

Ele sabia que estava abusando da sorte passando mais uma noite com ela, mas não tinha sido capaz de deixá-la.

Naquela noite, a dança tão sexy e intensa fizera suas bolas doerem pouco antes de decidirem relaxar à beira da piscina. Então, aquele merdinha com a boca suja havia insultado sua menina.

Seus dedos formigaram ligeiramente ao lembrar que o filho da puta tinha caído com um soco. Covarde. E depois, o surpreendente e inesperado sexo no carro que Lisanne havia iniciado.

Ele, definitivamente, poderia ter ido para uma segunda rodada quando tinham retornado, mas estava feliz em se contentar em apenas dormirem juntos.

Suspirando, olhou para o relógio de Mickey Mouse e levantou-se da cama. Lisanne estava dormindo profundamente. Ela estava usando sua camiseta cinza, mas ele ainda podia ver a corrente do medalhão. Estivera com isso no bolso desde o dia depois da praia e estava esperando o momento certo para dar a ela. Ele esfregou seu peito, surpreso com a dor que sentia quando pensava nisso.

Balançando a cabeça, vestiu a calça e pegou sua camiseta, indo para o quarto de Harry. Foi só quando fechou a porta que se lembrou que tinha deixado suas meias e tênis com Lisanne.

Para o inferno com isso – ele os pegaria mais tarde.

Abriu a porta e entrou, apenas para deparar com o olhar curioso de Harry.

— Você acabou de voltar da festa?

Daniel sorriu.

— Sim, grande festa.

Ele baixou as calças jeans de novo e estendeu-se na cama, caindo em um sono leve. Vinte minutos depois, acordou com um sobressalto. Monica estava de pé em frente a ele com uma xícara de café na mão. Quase se desequilibrou da cama de armar quando se esforçou para se sentar.

— Desculpa — disse ela, obviamente tentando não rir. — Preciso de todas as mãos no deck esta manhã, então pensei que seria melhor acordar vocês, meninos.

Harry estava sentado, fazendo uma carranca para sua mãe.

— Mãe! São apenas sete horas!

— Eu sei, querido, mas temos muito o que fazer. — Ela passou o café para Daniel. — Três sachês de açúcar — disse, com uma piscadela.

— Obrigado — murmurou ele.

— Café da manhã em dez minutos — avisou, muito alegremente. — Se não estiverem lá, vão ter que esperar até o almoço. Feliz Ação de Graças!

Harry se deitou de novo, mas Daniel estava bem acordado. Caramba, tinha sido perto. Ele estava grato por ter acordado naquela hora. Se Monica tivesse o encontrado com Lisanne, a Ação de Graças teria mais se assemelhado ao Massacre do Dia dos Namorados.

Pelo menos Monica poderia informar a Ernie que todos os corpos estavam presentes e nos lugares designados.

Ele bebeu o café e se afastou para o chuveiro, distraidamente se masturbando. Como tinha dito a Harry, isso era parte da rotina.

Decidiu não se barbear. Duas vezes em dois dias estava beirando a fanatismo. Caminhou de volta para o quarto, onde Harry ainda estava aparentemente inconsciente. Ele procurou em sua mochila, mas nenhuma camisa tinha milagrosamente saltado para fora, se lavado e corrido de volta, cuidadosamente se dobrando. Ele praguejou para si mesmo em voz baixa e decidiu ver se a camisa de ontem passaria no teste.

— Algum problema, Daniel?

Ernie percebeu tarde demais que estava falando com as costas de Daniel. Bateu no seu ombro e o jovem pulou.

— Porra — disse ele, em voz alta, acordando Harry com um sobressalto.

— Desculpe — falou Ernie, parecendo um pouco envergonhado. — Apenas estou perguntando se está tudo bem por aqui. Perdeu alguma coisa?

— Sim — resmungou Daniel, irritado que o pai de Lisanne tinha estado andando por aí como um perseguidor esquisito, dando um susto da morte nele. — Bone... Lis roubou a minha camiseta para dormir e eu estava apenas verificando as alternativas.

Ele deu de ombros. Não se importava que Ernie soubesse que Lisanne usava suas roupas.

— Ah, entendi. Certo, bem…tudo bem. O café da manhã está pronto. Harry, levante-se agora.

O garoto, finalmente, arrastou seu traseiro magro para fora da cama, e Daniel sentou-se para verificar suas mensagens.

Havia uma de Zef.

> Como é a vida em Hicksville, seu triste filho da puta? Feliz Ação de Graças.

E três de Cori.

> Onde você está? Responda suas malditas mensagens

Ele não sentia a necessidade de entrar em contato, especialmente porque ela lhe dissera que ele estava se vendendo por namorar Lisanne.

> Zef diz que você está fora da cidade, mas não diz onde. Você está bem?

E, mais recentemente:

> Me responde, idiota!

Ele digitou uma resposta curta:

> Eu estou bem. Feliz Ação de Graças

E apertou "enviar" antes que se arrependesse de agir como um covarde. Monica interrompeu, lançando uma camisa em sua cama.

— Aqui, use isso hoje, você não quer assustar minha mãe. E diga a minha filha para lavar alguma maldita roupa.

Ela desapareceu antes que ele pudesse dizer qualquer coisa.

A camisa era suave, de algodão, muito branca. Cheirava a roupa limpa e por um momento Daniel foi levado de volta para dois anos antes, para um tempo quando seus pais ainda estavam vivos. Sua mãe gritando com ele para colocar suas roupas no cesto... O jeito que ela costumava ficar na cozinha enquanto estava passando roupa... O modo como cantava quando estava feliz.

Vestiu a camisa com uma mistura de sentimentos. E isso era, obviamente, grande demais para ser de Harry. Daniel deu de ombros. Roupas eram roupas.

Ele desceu as escadas e foi para a cozinha.

Aromas atraentes já estavam vagando pela casa, e seu estômago roncou em apreciação.

— Ah, nossa — disse Monica. — Você está bonito. Panqueca está bom para você?

— Hum, sim, obrigado — respondeu Daniel, seu rosto tingido com um leve rubor.

Monica olhou por cima do ombro e sorriu. Ele realmente era um menino muito bom de se olhar. A camisa de botão de Ernie lhe convinha. Era uma pena que havia aquele *piercing* ridículo em sua sobrancelha.

Graças a Deus, os seus *outros piercings* estavam encobertos – fosse lá quantos mais ele tinha.

Daniel focou em comer as panquecas que Monica tinha colocado à sua frente e se perguntou o que faria durante o dia.

Lisanne disse que sua família fazia algo grande no Dia de Ação de Graças, então ele estava apreensivo sobre como se encaixaria. Conhecer novas pessoas assim era algo que ele geralmente evitava.

Sentiu o celular vibrar no bolso. E adivinhou que era Cori, então não se preocupou em olhar.

Ficou aliviado quando Lisanne entrou na sala, parecendo suave e sonolenta, apesar de ter tomado banho. Ela estava bonita em seu suéter amarelo pálido e saia comportada. Ele sorriu ao ver que ela estava usando o medalhão.

— Oi. — Direcionou o sorriso para ela. — Dormiu bem?

— Aham. Camisa bonita!

— Obrigado. Sua mãe teve pena de mim depois que você roubou a minha.

— Ah! Eu não achei que você se importaria.

— Eu não me importo — ele disse, em tom tranquilo. — Me excita pensar em você usando-a.

Lisanne sorriu, feliz, olhando para sua mãe, que estava batendo a massa da panqueca com violência desnecessária.

— Bom! — Então se inclinou para beijá-lo.

Ele circulou suas mãos ao redor da cintura dela e lhe devolveu o beijo com entusiasmo.

— Você terminou o café da manhã? — disse ela, tocando o colarinho da camisa.

— Sim, por quê?

— Papai perguntou se você poderia ajudá-lo na sala de estar. Ele está mudando a mesa de lugar para ter mais espaço. E poderia precisar de uma mão.

— Claro — respondeu, amavelmente, e beijou sua cabeça antes de ir para a sala de estar.

Logo, o som de móveis pesados sendo movidos chegou à cozinha.

Lisanne ouviu um baque e Daniel xingou em voz alta. Ela conteve uma risadinha quando as sobrancelhas de sua mãe se ergueram.

— Meu Deus! — disse Monica. — Isso foi esquisito.

Lisanne suspirou.

— Eu sei. Ele está tentando se controlar.

— Hmm, bem. Espero que ele se esforce mais na frente do restante da família!

— Não apostaria nisso — murmurou Lisanne para si mesma, enquanto estava na pia, e começou a preparar legumes.

Depois de um tempo, ela ficou sem batatas para descascar.

— O que posso fazer agora, mãe?

— Você poderia começar a tirar as cadeiras de piquenique e, depois, arrumar a mesa? Obrigada, querida.

Lisanne transportou quatro das cadeiras de piquenique dobradas, enquanto Daniel e seu pai lutavam com um cavalete da mesa. Em seguida, voltou para a cozinha para pegar mais quatro.

Os olhos de Daniel se arregalaram e Lisanne podia ver que ele estava contando o número de cadeiras. Um olhar de pânico atravessou seu rosto.

— Lis — disse ele. — Quantas pessoas virão hoje?

— Estaremos em quinze na mesa, e as crianças podem ir para fora, no pátio — respondeu Ernie, por ela.

Lisanne viu quando ele empalideceu.

— Eu tenho que... Eu não posso... Eu tenho que ir...

Ele estava quase na porta da frente quando Lisanne o alcançou. Ela agarrou seu braço e puxou-o para ela.

— Eu não posso. — Ele suspirou, esfregando as mãos sobre o rosto. — É muita gente. Não posso fazer isso, Lis. Foda-se, eu não posso fazer isso.

— Shhh... — disse ela, acariciando seu rosto e tentando acabar com o seu próprio pânico por causa da angústia óbvia dele.

— Eu tenho que ir. Tenho que sair daqui. Sinto muito, Lis. Eu não posso. Não posso.

— Só... só venha e sente-se por um minuto. Vamos. Venha comigo.

Ela puxou o braço dele, e por um momento pensou que ele iria se recusar e correr, mas, com passos arrastados, ele a seguiu para cima.

Mesmo que seu pai tivesse expressamente a proibido de ficar sozinha com Daniel em seu quarto, ela o puxou para dentro.

Ele andou pela pequena área, agarrando punhados de seu cabelo e respirando com dificuldade.

— Daniel, vai ficar tudo bem — disse Lisanne, tentando soar confiante.

Na verdade, seu pânico crescente estava fazendo com que ficasse agitada.

— Não vai ficar tudo bem! — ofegou ele. — Vai ser um maldito pesadelo. Eu não posso, Lis. Por favor, deixe-me ir.

O desespero em sua voz fez seu coração vacilar.

— Daniel, apenas... Apenas sente-se comigo. Vem cá... Venha e sente-se.

Gentilmente, ela o levou para sua cama e o obrigou a se sentar.

Ele se inclinou para frente e apoiou os braços sobre os joelhos, quase hiperventilando. Lisanne sentou-se ao lado dele e esfregou suas costas, tentando deixar que seu toque o acalmasse. Ela não sabia o que dizer para ajudá-lo.

Sentia-se infeliz. Deveria ter percebido o quão difícil isso seria. *Tão egoísta*. As palavras pulsavam através dela, mas não faziam um mínimo de diferença.

Houve uma batida na porta, seguida imediatamente pela entrada de Ernie.

— Caralho — murmurou Daniel, sabendo que o mais novo ditador tinha decretado que ele não deveria estar sozinho no quarto de sua namorada.

Ele se levantou e passou as mãos sobre os olhos. Lisanne ficou devastada por ver que seus dedos estavam molhados de lágrimas.

— Lisanne — disse Ernie. — Se você puder esperar lá embaixo, eu gostaria de ter uma conversa com Daniel.

— Mas, pai...

— Agora, por favor.

Não havia discussão com seu pai quando ele usava aquele tom de voz. Quando ela fechou a porta, Daniel parecia tão miserável que seu coração doía.

O jovem olhou para o pai de Lisanne, esperando ser chutado para fora com um aviso expresso para não voltar nunca mais.

— Sente-se, por favor, Daniel — disse Ernie.

— Nós não estávamos fazendo nada — Daniel resmungou.

— Eu sei. Por favor, sente-se por um momento e ouça o que tenho a dizer.

Fazia dois anos desde que Daniel tivera que suportar um sermão dos pais – e esse homem não era o seu pai. Sentia-se irritado e ressentido quando se sentou na beirada da cama de Lisanne.

— Por que você está aqui, Daniel?

— Nós estávamos apenas conversando. Isso é tudo!

— Não, quero dizer, por que você concordou em vir para cá com Lisanne na Ação de Graças?

Okay, então não era o começo que ele esperava.

Daniel deu de ombros.

— Ela me convidou.

— Essa é a única razão?

— Por que você se importa? — Daniel perguntou, rudemente, já ansioso e ainda irritado pelo interrogatório.

— Eu me preocupo, porque ela é minha filha — Ernie rebateu.

Daniel contraiu um ombro.

— Eu queria estar com ela.

— Então, por que está pensando em ir embora?

O olhar de Daniel se desviou para Ernie.

— Você ouviu o que eu disse?

— Sim.

— Então você sabe o porquê.

— Eu quero ouvir isso de você.

As mãos de Daniel automaticamente alcançaram seus cigarros para aliviar o stress, então percebeu que não seria permitido fumar. Pelo menos Ernie não parecia bravo.

— É difícil — murmurou ele, gesticulando para expressar a futilidade da situação. — Eu só posso me concentrar em uma pessoa de cada vez. Você não sabe como é quando a conversa gira em torno da mesa e todos riem, e você é o triste filho da puta que não tem ideia do que está acontecendo. Ou alguém faz uma pergunta e todo mundo está olhando, esperando por você para responder. Vou parecer um idiota.

Ele se levantou e começou a andar.

Ernie esperou pacientemente que ele se acalmasse o suficiente para voltar a se concentrar nele.

— Filho, se isso é o pior que pode acontecer, então eu realmente não estou vendo o problema.

Daniel olhou para ele.

— Eu só não *faço* essa merda — gritou, frustrado por não conseguir fazer Ernie entender. — É muito *cansativo*. Mesmo estando com pessoas que conheço, tenho que observar a todos o tempo inteiro para ver o que estão dizendo, tenho que adivinhar metade das coisas. As pessoas ficam ofendidas porque estão lá, sendo todas agradáveis e essas merdas, e eu apenas sorrio e aceno com a cabeça, porque não entendi o que disseram. E com novas pessoas é muito mais foda. Eu só... — Suas palavras se esgotaram. — E porque não suporto gente olhando para mim do jeito que você está me olhando agora, como se eu fosse algum cachorro que foi chicoteado.

Ernie fechou a cara, reconhecendo a verdade no que Daniel estava dizendo. Ele *tinha* piedade dele.

Daniel respirou fundo.

— E estou aqui porque... Lisanne me faz sentir como se eu não estivesse sozinho.

O rosto de Ernie era uma mistura confusa de orgulho da sua filha e preocupação de que os dois eram ainda mais próximos do que ele tinha percebido.

— Olha, Daniel, não vou fingir que sei o que você tem passado pelos últimos anos, mas você foi bem. Você ficou na escola, está indo para a faculdade, está seguindo com a sua vida. E todos nós já fizemos ou dissemos algo louco em público, mas, no plano geral, uma refeição com a nossa família não é algo tão importante.

— É *assim* toda vez, porra — disse Daniel, bravo, entredentes. — Todos eles vão se perguntar o que diabos ela está fazendo comigo.

Ele encarou a parede, apoiou as palmas contra a superfície e recostou a testa contra o dorso. Sem aviso, bateu a cabeça com força.

Ernie pulou e agarrou seu braço.

— Ei! Isso não vai ajudar. Sente-se, Daniel. Vamos.

Daniel o sacudiu.

— Eu tenho que sair daqui.

Ernie tentou novamente.

— Sente-se por um minuto. Se ainda quiser ir, não vou te impedir.

Daniel olhou de relance para ele, com cautela.

— Meu pai e a avó Olsen já sabem. Harry sabe e, obviamente, gostou demais de você. A mãe de Lisanne e eu sabemos, é claro. Vamos todos ajudá-lo. Você é um convidado em nossa casa, Daniel, e isso importa para mim. Não estou feliz com... alguns aspectos do relacionamento da minha filha contigo, mas posso ver o quanto ela se importa. E posso ver que você se importa com ela também.

Ele fez uma pausa, examinando o rosto de rapaz.

— Olha, sei que não começamos com o pé direito; eu disse e fiz algumas coisas das quais não estou muito orgulhoso, e minha esposa está me infernizando por isso, mas eu também gostaria que você ficasse. Lisanne quer que você esteja com ela, com a sua família, na Ação de Graças. Você pode fazer isso por ela?

Daniel respirou fundo e balançou a cabeça lentamente.

— Você é um bom homem — disse Ernie. — Venha se juntar à família. Lisanne deve estar lá fora soltando vapor pela cabeça, se eu conheço a minha filha.

Daniel tentou um sorriso e Ernie piscou para ele.

Ele seguiu o homem mais velho para fora do quarto e viu o rosto ansioso de Lisanne concentrado no alto das escadas.

— Daniel vai ficar — Ernie respondeu à pergunta silenciosa de Lisanne.

Atenciosamente, ele os deixou sozinhos.

Daniel olhou para o rosto de Lisanne, cheio de amor e preocupação, e se sentiu um merda por fazer seu olhar ficar tão triste.

— Você está bem?

Ele assentiu lentamente.

— Sim.

Ela recostou a cabeça contra o seu peito e os braços dele circularam seus pequenos ombros. Ficaram em silêncio por um minuto pacífico e longo.

Uma batida na porta da frente fez Lisanne puxar o braço de Daniel.

— Vamos para o quintal, você pode fumar um cigarro.

Ele deu um sorriso torto.

— Pensei que odiasse fumantes.

— Odeio, mas agora você precisa relaxar mais do que precisa de mim reclamando de você. Sou mulher, então posso fazer multitarefas.

Ele sorriu suavemente.

— Sim, você é. — E se inclinou para beijá-la. — Ah, qual é, mulher? Preciso de um cigarro.

Ambos se sentaram na varanda, enquanto Daniel fumava seu cigarro, agarrando-se a ele com o desespero fervoroso de um homem condenado. Mas não podia salvá-lo da tia de Lisanne, que veio correndo, intrigada para encontrar o primeiro namorado da vida da sobrinha.

Seria justo dizer que a sutileza não corria no lado Olsen da família.

— Meu Deus! — gritou a tia Jean. — É ele?

Lisanne bateu no braço de Daniel e ele olhou por cima do ombro. Ele se levantou, jogando o toco em um vaso vazio.

— Oi, tia Jean — disse Lisanne, fazendo seu melhor para fingir um sorriso sincero. — Este é o Daniel. Daniel, minha tia Jean, irmã mais velha da minha mãe.

Daniel estendeu a mão, mas Jean o envolveu em um abraço de quebrar os ossos.

— Ah, Lisanne! Nada de "velha"! Todo mundo diz que eu pareço muito mais jovem do que Monica. Mas, nossa! Como uma garota tão simples como você conseguiu um menino tão bonito?

Lisanne murchou na mesma hora, e Daniel olhou para ela com curiosidade, pois não tinha ouvido o comentário desagradável. Jean foi seguida por sua filha mais velha, Ashley, que, felizmente, tinha herdado os genes tranquilos do pai. Ela cumprimentou Daniel mais formalmente e sorriu, então gritou com duas crianças de sete e nove anos, que vieram se empurrando para a varanda.

— E esses dois monstros são Ryan e Morgan. Não deixe que eles incomodem você para jogar futebol americano com eles. Eles acham que todo cara que eles veem quer jogar.

Daniel sorriu.

— Eu não me importo. Gosto de crianças.

Ashley arqueou as sobrancelhas e olhou para Lisanne.

— Segure esse, querida, ele é um dos bons; se ele quis dizer o que disse.

Daniel riu do rubor de Lisanne.

Ashley estava certa sobre seus meninos. Eles emboscaram Daniel imediatamente, e logo ele estava jogando bolas para eles correrem atrás e pegarem.

As duas meninas mais velhas de Ashley, Kelly e Lacey, chegaram em seguida. Elas eram apenas alguns anos mais jovens do que Lisanne e determinadas a achar tudo entediante, agindo com superioridade em relação a tudo o que viam.

Lisanne não tinha muito em comum com elas. Ela nunca escondia suas emoções, e sempre tinha sido assim. No entanto, os olhos delas brilharam na mesma hora quando viram Daniel.

— De jeito nenhum! — murmurou Kelly, entredentes. — Sem chances de ele ser o seu namorado, Lisanne. Ele é, tipo, gostoso!

— O nome dele é Daniel — Lisanne disse, em tom frio. — Meu namorado. Fazemos faculdade juntos.

Kelly ergueu as sobrancelhas perfeitamente delineadas, então rudemente começou a sussurrar para sua irmã.

Lisanne ignorou – algo que vinha fazendo há anos.

Mais três meninos correram para o quintal, filhos de seu tio Malcolm; Kellan, Marty e Joseph. Eles seguiram direto para a jogo de futebol americano. Harry chegou ao local, resmungando sobre ser um jogo idiota, mas se juntou de qualquer maneira.

Ernie seguiu, procurando relaxar, e sentou-se na varanda com uma cerveja na mão. Atrás dele estava um homem alto e barbudo – seu irmão Malcolm –, ambos muito parecidos.

— Acho que vou jogar um pouco de bola — disse o tio, depois de assistir por um tempo.

Ele caminhou, descendo as escadas para o quintal, e se juntou, o que igualou os números de jogadores e aumentou a aposta, tanto que as crianças mais velhas ficaram preocupadas.

Ernie assistiu ao jogo improvisado com um sorriso.

— Ele tem um braço bom — disse ele, gesticulando na direção de Daniel.

— Ele era *quarterback* na escola — Lisanne comentou, com orgulho.

— Sério? — perguntou Ernie, parecendo impressionado. — Mas ele não tentou entrar para a equipe da faculdade?

Lisanne revirou os olhos para o pai, apesar de que, algumas semanas antes, havia feito exatamente a mesma pergunta.

— Pai, você realmente quer que eu responda isso?

Ernie parecia envergonhado.

— Claro. Certo.

Para a surpresa de Lisanne, Daniel saiu do jogo depois de apenas alguns minutos, indiferente aos gritos de decepção que ele não podia ouvir.

Sentou-se na varanda com ela, parecendo abalado.

— Qual é o problema? — ela disse em voz baixa.

Daniel gesticulou em direção ao tio Malcolm.

— Eu não posso lê-lo.

— O quê?

— Não posso ler os lábios dele, Lis. Ele tem a merda de uma barba. Não posso ver a porra da sua boca!

— Ah — disse ela, desanimada. — Ah, tudo bem. Você quer que eu diga alguma coisa para ele?

Daniel balançou a cabeça com um gesto irritado.

— Bem, vamos ver se a minha mãe precisa de ajuda.

Ele se levantou na mesma hora, ajudando Lisanne a fazer o mesmo.

Na cozinha, Monica estava parecendo perturbada enquanto sua própria mãe a seguia ao redor, oferecendo o tipo de conselho indesejado que poderia ser classificado como crítica a cada passo.

— Essas batatas vão ferver até secar desse jeito, Monica. Lembrou-se de salgá-las? O peru não estará pronto a tempo, a menos que você aumente o fogo. Você não quer que esteja encharcado e meio cru como no ano passado.

Monica se irritou em silêncio.

— Você realmente não lida bem com as pessoas, né, Mon?

— Isso é porque você é muito crítica!

— Crítica? Eu? Não, eu não sou crítica. Eu poderia ser, e poderia sempre dizer o que você deve fazer com sua vida, mas você tem sorte que não sou como minhas amigas com seus filhos. Eu deixo você viver a sua própria vida. — Ela respirou fundo. — E realmente acho que você deve aumentar a temperatura do forno.

— Está tudo *bem*, mãe — disparou Monica.

— Bem, alguém se levantou do lado errado da cama hoje de manhã, não foi? — Ela voltou sua atenção para Daniel. — Eu gosto de um homem em uma camisa passada a ferro. Agora, por que você não tira esse anel bobo que tem em sua sobrancelha? Aqui, vou fazer isso por você.

— Vovó! — Lisanne falou, bruscamente. — Ele está bem, deixe-o em paz.

Daniel sorriu e se inclinou para sussurrar no ouvido de Lisanne.

— Eu deveria mostrar a ela meus outros *piercings*?

Ela o arrastou para fora da cozinha, sabendo muito bem que ele estaria preparado para fazer exatamente isso, caso fosse desafiado.

Pops estava sentado na sala de TV, assistindo ao noticiário.

— Feliz Ação de Graças. Vocês dois já estão se escondendo? — disse.

— Algo assim — respondeu Lisanne, com um suspiro.

— Huh, eu também — falou o velho, depois olhou para Daniel. — Aposto que está se perguntando onde amarrou o jegue, não é, meu filho?

Daniel sorriu, desabando em um sofá e puxando Lisanne para seu colo.

— Não, não realmente — disse ele.

Pops riu.

— Bom para você.

Lisanne se aconchegou contra ele, surpresa por não sentir vergonha de mostrar afeto por Daniel na frente de Pops.

O almoço foi barulhento e caótico. Menores de 12 anos comeram do lado de fora, entrando e saindo com pratos de comida, deixando um rastro de migalhas atrás deles. Ernie e Malcolm estavam se tornando cada vez mais festivos enquanto a cerveja continuava a fluir. Lisanne roubou duas latas para Daniel e o protegeu tanto quanto podia da vovó Olsen e tia Jean.

Vovó Olsen tinha entretido a mesa com uma completa descrição imaginativa das tatuagens de Daniel, terminando em um pedido para que ele tirasse a camisa para mostrar a todos. Monica vetou a sugestão e começou um interrogatório próprio sobre a quantidade de vinho que sua mãe tinha bebido. Harry riu até sua mãe o enviar para encher os jarros de água.

Kelly e Lacey deram início a uma campanha coordenada de flertes com Daniel, que permaneceu paciente e estoico em face de suas exibições cada vez mais escorregadias.

Em seguida, Ashley notou o medalhão de Lisanne.

— Isso é bonito, Lis. Onde você conseguiu?

A mão de Lisanne subiu automaticamente para seu pescoço enquanto metade da mesa olhou para ela.

— Foi um presente de Ação de Graças de Daniel.

— Uau! — disse Kelly. — É ouro de verdade?

Lisanne olhou para Daniel, para confirmação, e ele concordou.

— Isso é muito gentil da sua parte, Daniel — disse Monica, parecendo bastante séria. — Mas um garoto na faculdade não deve gastar seu dinheiro em joias caras como essa.

Daniel pareceu irritado, mas não disse nada.

Então a avó Olsen deu sua opinião sem ser pedida.

— Na minha época, um jovem não desperdiçaria o seu dinheiro a menos que estivesse falando sério sobre uma garota.

Lisanne estremeceu.

— Você não deveria ter aceitado um presente tão caro, Lisanne — disse Ernie, franzindo o cenho para sua filha.

Daniel chegou ao limite.

— Eu não gastei nada — murmurou, em tom tranquilo, mas com firmeza. — Era da minha mãe.

Houve uma pausa na conversa e todos os olhos estavam fixos em Daniel. Kelly e Lacey quase desmaiaram.

Lisanne segurou a mão dele por baixo da mesa.

— Pausa para cigarro?

Ele balançou a cabeça com firmeza e a seguiu para fora.

— Ainda feliz por ter vindo? — ela perguntou, ansiosa.

Ele passou as mãos pelo cabelo antes de sorrir para ela e acender um cigarro.

— Eu poderia precisar de um pouco de sexo incrível no carro para compensar isso.

— Talvez você deva comprar um carro.

— Não. Sirona teria ciúmes. Você sabe como as mulheres são.

— Finalmente, algo que Sirona e eu temos em comum. — Sorriu Lisanne. — Além de você, é claro.

Então ela ouviu seu nome sendo chamado.

— Argh, eu tenho que ir — suspirou ela. — É uma tradição de família. Fique aqui e termine o seu cigarro. Estarei de volta em um minuto.

Lisanne o deixou sentado do lado de fora enquanto ela se aventurava de volta para a sala de estar.

— Onde está o Daniel? — sussurrou a mãe dela.

— Na metade do caminho para o Texas, se ele tem algum senso — retrucou Lisanne.

Monica parecia envergonhada.

— Sim, isso deve ter sido um calvário. Espero que você explique a ele sobre a vovó.

— Não foi só isso, você e o pai ficam o tempo todo na cola dele também.

— Se você tivesse nos contado sobre o colar, querida, nós não teríamos dito nada.

— Eu ia dizer para você, mãe. Eu só queria desfrutar desse presente por um tempo, está bem?

Sua mãe não parecia saber o que fazer com essa resposta.

— Bem, vovó e Pops estão pedindo a sua parte da festa — disse ela. — É melhor acabar logo com isso.

Desde que ela era uma menina, Lisanne tinha cantado para sua família. Tornara-se uma tradição de Ação de Graças. Era sempre o mesmo, o *Skye Boat Song*, para comemorar – assim Pops dizia –, com suas raízes escocesas.

Kelly e Lacey pareciam entediadas, e estavam sentadas amontoadas olhando para todo mundo como se elas só precisassem de um caldeirão para completar o quadro.

Vovó estava sentada com expectativa, um pouco desequilibrada devido à quantidade imensa de vinho que havia enfiado goela abaixo nas últimas duas horas.

Tia Jean já estava parecendo emocionada, mesmo que não fosse uma Maclaine, e Ashley estava sentada tranquila, com a expressão encorajadora.

Lisanne estava ao lado de seu pai, que colocou o braço em volta da cintura dela.

Velocidade do barco Bonny, como um pássaro em uma asa
Avante! Os marinheiros choram.
Leve o rapaz que nasceu para ser rei
Sobre o mar de Skye.

— Oh, é tão lindo — avó Olsen murmurou, em voz alta.

Alto os ventos uivam,
alto rugem as ondas,
trovões rasgam o ar;
Perplexos, nossos inimigos estão perto da margem,
Não se atrevem a segui-los.

Lisanne não sabia que Daniel estava por perto, observando-a atentamente.

Embora o salto das ondas,
suave nos faz dormir,
O oceano é uma cama real.
Balançando no fundo, Flora guardará
Observada por sua cabeça cansada.

— Alguma vez você já ouviu algo tão lindo, Daniel? — perguntou Ashley, parecendo gentil.

— Não — disse ele, com firmeza.

— Você deve estar muito orgulhoso dela.

Ele acenou com a cabeça, mas não respondeu. Ashley olhou para ele de forma estranha, mas não disse mais nada.

Depois que terminou de cantar, Lisanne não pôde deixar de notar que Daniel estava estranhamente calmo. Ele parecia mais como o cara arrogante e distante que ela havia conhecido no início, e nada como o namorado brincalhão e adorável por quem ela havia se apaixonado.

Desviou todas as tentativas de conversa e não disse nada a ela, exceto que estava "bem". No final, ele tinha desaparecido para o quarto de Harry e ressurgido usando sua camiseta manchada de óleo, dizendo que tinha trabalho a fazer em Sirona antes que voltassem no dia seguinte. Ela o observou agachar-se ao lado de sua moto, tranquilo, absorto, sozinho.

— Basta deixá-lo à vontade — disse Pops. — Tem sido muita coisa para ele absorver nos últimos dias. Eu amo a sua mãe e seu pai, mas eles me deixam louco, às vezes, e eles são minha família. É ainda mais difícil para seu jovem, por ter perdido seus pais. Estou bastante certo de que ele tem feito a sua parte reprimindo a verdade neste feriado. Deixe-o um pouco sozinho. Ele vai ficar bem.

Lisanne não tinha tanta certeza. Até aquele momento, sentia como se fossem os dois contra todos, contra o mundo. De repente, ela estava do lado de fora. Era um lugar frio para se estar.

Era bem tarde da noite quando todos, finalmente, começaram a ir embora. Daniel evitou esse drama, levando Sirona "para um *test drive*".

Quando voltou, uma hora mais tarde, era pouco depois que os Maclaines e Pops tinham saído. Vovó Olsen estava espalhando seu afeto entre seus filhos, e agora era a vez de Jean hospedá-la. A casa estava bem mais silenciosa.

Lisanne percebeu que Daniel devia ter recuperado a garrafa de Jack do carro de sua mãe, embora ela não o tivesse visto fazer isso.

Podia sentir o cheiro do uísque em sua respiração quando ele lhe deu um beijo de boa-noite.

Verificando se não estavam sendo observados, ela passou as mãos sobre seu bumbum durinho e as enfiou nos bolsos traseiros do jeans.

— Vejo você mais tarde — sussurrou ela.

Daniel balançou a cabeça e deu um pequeno sorriso.

— Não esta noite, boneca. Temos uma longa viagem amanhã e estou meio cansado.

— Mas...

— Durma bem, baby — disse ele, e beijou sua testa antes de desaparecer no quarto de Harry.

Lisanne sentiu vontade de chorar.

Capítulo 18

Eles estavam de volta à faculdade havia duas semanas e Lisanne mal tinha visto Daniel. Ela, definitivamente, não considerava um punhado de mensagens como um substituto razoável. Quando ela o *tinha* visto, ele estava nervoso e mal-humorado. Pior ainda, eles não haviam transado uma vez sequer, e apesar de algumas sessões de amassos em que tudo as coisas esquentaram, ele sempre dava para trás com uma desculpa que tinha que estar em outro lugar.

Lisanne estava chateada e confusa.

— Acho que ele está ficando entediado de mim, Kirsty. Ele não fala sobre isso e não sei o que fazer — confidenciou em uma noite.

— Você precisa passar algum tempo direito com ele, Lis. Pelo que você disse sobre a Ação de Graças, foi uma espécie de pesadelo. Vocês só precisam relaxar, conversar.

Lisanne revirou os olhos em frustração.

— Eu sei! Mas ele dificilmente chega perto de mim, e quando o faz, é quase sempre com outras pessoas ao redor.

— Então, não pergunte a ele, *diga* a ele. Planeje um encontro, saiam para jantar. *Fale* com ele. Mas, se serve de consolo, Vin disse que ele está agindo assim estranho com todos.

— O que quer dizer?

— Bem, você sabe, antes da Ação de Graças, os caras tinham tudo planejado para ir ver aquela coisa de futebol americano após o Ano Novo, certo? Bem, ele cancelou sem explicação, e você sabe que era um lance importante.

Lisanne mordeu o lábio, perguntando-se se ela se atrevia a pronunciar o que realmente estava em sua mente.

— Hum, você não acha que... Você acha que ele está saindo com outra pessoa?

Kirsty olhou séria para ela.

— O que te faz pensar isso?

— Bem, algumas vezes, ele recebeu mensagens e não disse de quem eram, e ele ficou todo irritado e na defensiva quando perguntei. E um de seus amigos de Economia queria saber onde ele estava, porque tinha faltado a aula. Quando lhe perguntei, ele mentiu para mim e disse que não tinha faltado nenhuma classe.

Kirsty torceu o nariz em simpatia.

— Será que Roy ou qualquer um dos caras disse alguma coisa? Talvez ele tenha alguma merda acontecendo em casa.

Lisanne balançou a cabeça.

— Roy *disse* que não sabia de nada, mas...

— Mas o quê?

— Ele mencionou que Daniel faz isso, às vezes, quando está "estressado". — Lisanne usou aspas no ar para expressar o que pensava desse comentário.

— Talvez ele esteja... Quero dizer, viver com seu irmão... Talvez ele tenha um grande trabalho de Matemática ou algo assim, não?

— Eu não sei. Talvez.

— Bem — disse Kirsty, devagar —, eu normalmente não sugiro isso, mas, nas circunstâncias...

— O quê?

— Pegue seu celular. Verifique suas mensagens e e-mails. Se alguma coisa está acontecendo...

— Eu não posso fazer isso!

— Lis, se ele não fala com você, ele não está te dando muita escolha. — Kirsty deu de ombros. — Essa é a maneira que vejo.

Lisanne decidiu dar a Daniel mais uma chance de falar com ela – e se isso não funcionasse... Argh, ela odiava a ideia de espioná-lo.

Kirsty facilmente concordou em se fazer ausente na sexta-feira à noite. Lisanne tinha a intenção de contar a Daniel a boa notícia durante a sua aula de administração naquela manhã, mas ele não apareceu, sem nem mesmo enviar uma mensagem para informar seu paradeiro. Ela não sabia se deveria ficar chateada ou preocupada.

Decidiu-se por ambos e mandou uma mensagem imediatamente.

> L: Onde você está? Você está bem? Estou preocupada. LA bj

Não houve resposta, embora ela verificasse seu telefone continuamente durante a palestra do professor Walden.

Finalmente, no meio do caminho para o almoço, ele respondeu:

> D: Eu estou bem.

— Só isso? — disse Kirsty, irritada em nome de Lisanne. — "Eu estou bem"? Você tem que responder.

— E dizer o quê? — suspirou, tentando ignorar a expressão presunçosa de Shawna.

— Diga a ele para encontrá-la no dormitório e leve comida pronta. Então o seduza e o faça contar tudo. Use suas artimanhas femininas.

Lisanne bufou.

— Sim, porque eu tenho muitas delas.

— Podemos trabalhar nisso, amiga. Ida às compras de emergência.

— O quê?

— Não se preocupe, tenho Victoria's Secret na discagem rápida.

Lisanne achava que ela estava brincando. E quando se viu comprando uma lingerie ridiculamente cara duas horas depois, ela se sentia como se tivesse caído em um estranho buraco de coelho maldito em um universo alternativo.

Mandou uma mensagem para Daniel imediatamente quando chegou em casa.

> L: Jantar, meu quarto, 18h30. Traga chinês :)

Mas a sua resposta não era o que ela esperava.

> D: Ocupado esta noite. Desculpe.

> L: Beicinho. Fazendo o quê?

> D: Encontrando uma velha amiga. Não fique brava.

> Por que eu ficaria brava?

> Ex-namorada

— O quê? — gritou ela, enquanto o telefone piscava inocentemente.

> Agora eu estou brava.

> Não há necessidade. Fazemos alguma coisa amanhã?

> O que faço com a minha nova calcinha e sutiã da Victoria's Secret?

> Você está me matando!

> Vergonha desperdiçá-los. Talvez eu vá sair com K e V e os caras hoje à noite.

> Não brinque, boneca. Faço as pazes com você amanhã. Prometo.

> Ainda fazendo beicinho.

> D: (:

Apesar da promessa de Daniel, Lisanne estava farta, e ela não tinha vontade de ficar sozinha. Eram apenas duas semanas antes do Natal, e uma semana antes do fim do semestre, e em toda parte — exceto seu quarto do dormitório — havia um clima de festa no ar.

Bem, dane-se. Ele estava fora, vendo uma de suas — muitas — "ex", ela estaria sendo ridícula se ficasse no quarto em uma noite de sexta-feira, toda ansiosa e patética.

Ela ligou para Kirsty, que lhe disse onde encontrá-los, e também para aproveitar qualquer coisa em seu armário. Lisanne decidiu fazer exatamente isso. Talvez Daniel não fosse o único cara que achava que ela era gostosa. Seu coração se apertou com o pensamento, mas ela estava determinada a colocar uma cara corajosa e animada.

O PERIGO DE CONHECER E *amar*

Quando estava em seu terceiro coquetel, Lisanne percebeu que eles tinham muito mais álcool e menos fruta do que ela havia notado. Quando seu celular vibrou com uma mensagem, ela quase deixou cair.

> No seu quarto. Onde você está? Você está bem?

Ele realmente tinha o atrevimento; ele a largou por alguma outra garota e, depois, queria que ficasse à sua espera! Empurrou seu telefone de volta na bolsa e ignorou quando outra mensagem chegou, e depois outra.

Kirsty lhe lançou um olhar curioso.

— Ele pode esperar — disse ela, e tomou outra bebida.

— Isso, garota! — gritou Isaac, e engoliu a sua quinta tequila.

Duas horas depois, com a cabeça flutuando, Lisanne se lembrou do porquê não bebia. Kirsty a tinha colocado em um táxi com uma mensagem categórica ao motorista para se certificar de que sua amiga chegasse em segurança na porta da frente dos dormitórios.

Lisanne cambaleou para fora do táxi, xingando os saltos altos que faziam com que ela oscilasse e desequilibrasse. Então viu a moto de Daniel estacionada em seu lugar de costume e seu estômago embrulhou.

Ele ainda estava ali?

Apreensão e sobriedade a inundaram enquanto ela se arrastava devagar até as escadas para o seu quarto. Tinha certeza de que ver Daniel significaria uma briga.

Ele estava curvado no chão, do lado de fora de sua porta, a expressão preocupada clareando assim que a viu.

— Boneca! Porra, você me assustou pra caralho! Você está bem?

— Eu estou bem, Daniel, obrigada — balbuciou ela, suas palavras sem a dignidade que ela esperava que emitissem.

— Por que você não respondeu as minhas mensagens? Eu estava imaginando todos os tipos de merda.

Ele piscou, estudando seu rosto e percebendo seu corpo oscilante pela primeira vez.

— Você está bêbada?

— Eu posso estar. Por que não deveria? Você me deixou numa sexta à noite para ver uma antiga namorada.

O rosto dele se fechou na mesma hora.

— O que diabos isso significa?

— Você é inteligente, Daniel. Pode chegar a uma conclusão por conta própria.

Ela se atrapalhou tentando encaixar a chave na fechadura que, por algum motivo bizarro, tinha encolhido e mantinha-se deslizando. Ele a retirou de sua mão e abriu a porta.

Mesmo que ela não o tivesse convidado, ele entrou logo atrás e, calmamente, serviu um copo de água.

— Beba isso. Você vai se sentir melhor.

Ela ignorou o copo oferecido.

— Por que está aqui? Você está checando o que estou fazendo?

Seu semblante demonstrou a raiva na mesma hora.

— Eu queria ver você. Acho que o sentimento não é recíproco.

— Se quisesse me ver, talvez não devesse ter saído com outra garota.

— Ela é uma velha amiga, isso é tudo. Não seja tão paranoica.

— Porra — gritou, arrancando sua camisa e a saia curta, revelando um conjunto de lingerie bonito em verde-escuro, num tom de jade. — Fiz tudo isso para *você*, mas você estava muito ocupado vendo uma *antiga namorada*.

Então irrompeu em lágrimas, furiosa que a bebida e a raiva tivessem roubado sua coerência. Jogou-se em cima da cama, frustrada.

Sem falar nada, Daniel sentou-se ao lado dela e lhe acariciou o cabelo. De repente, ela se sentou, e se lançou contra ele, tentando beijá-lo.

Ele se afastou e segurou seus braços com firmeza.

— Não vou transar com você enquanto está bêbada, Lis.

— Como é nobre! — ela cuspiu, libertando seus braços.

Ele esfregou as mãos sobre o rosto.

— Você quer que eu vá embora?

— Sim! — Ela hesitou. — Não.

Alguma emoção indefinível cruzou seu rosto.

— Venha, vou te colocar na cama.

Ele puxou uma camiseta para fora da cômoda, levantando uma sobrancelha irônica quando reconheceu como uma das suas. Ele a ajudou a vestir e desabotoou o sutiã com uma mão, deslizando as alças através das aberturas da camiseta, retirando a peça em um movimento suave.

Lisanne se perguntou fugazmente se ele tinha muita experiência em despir meninas bêbadas. *Provavelmente*, seu infeliz coração lhe disse.

Ela se deitou em sua cama e achou que o quarto estava girando. Era o que deveria acontecer?

— Minha cabeça dói — murmurou, mas ele não podia ouvi-la. E, depois, ela desmaiou.

Pouco antes do amanhecer, Lisanne acordou.

Sua cabeça latejava e a boca estava seca como o Vale da Morte. Pelo gosto horrível, era bem capaz que alguma coisa tivesse morrido lá dentro. Sentou-se lentamente e viu Daniel deitado de lado ao seu lado, dormindo. Ela se levantou com cuidado, cambaleando um pouco, e foi para o banheiro. Então viu o telefone dele piscando no escuro, e as palavras de Kirsty voltaram para ela.

Antes que pensasse no que estava fazendo, ela o pegou e correu porta afora. O banheiro era no final do corredor e estava vazio àquela hora da noite – do dia, o que quer que fosse. Tropeçando e sentindo-se mal, Lisanne desabou em um dos cubículos e segurou o telefone de Daniel em suas mãos trêmulas.

A nova mensagem era a primeira que viu. Era de alguém chamada "Cori". E quando ela percorreu, viu várias outras mensagens dela. O resto era de Zef e Vin, duas de Harry — o que a irritou, por nenhum deles ter mencionado que tinham mantido contato — e o resto eram dela.

As mensagens de Zef eram surpreendentemente prosaicas: tudo sobre as contas que precisavam pagar para evitar serem cortadas. Isso devia ser preocupante para Daniel, mas era algo que ele nunca tinha mencionado. As de Vin, para esquematizar as datas para se encontrarem, a maioria das quais Daniel parecia ter cancelado.

Então, ela abriu as mensagens de Cori, e seu mundo ruiu.

> C: Você deveria dizer a ela

> C: Quando você vai dizer a ela?

> C: Isso é um erro. Nós dois sabemos disso. Saudades.

Ele só tinha enviado uma resposta às três mensagens, mas foi o suficiente.

> D: Ela não precisa saber. Eu quero isso. Você sabe o porquê.

Suas mãos tremiam enquanto seu dedo pairava sobre a última mensagem – a que tinha chegado enquanto eles dormiam. Se ela abrisse, seria óbvio que estava bisbilhotando. Ela só não tinha certeza de que se importava mais.

> C: Você com certeza sabe como fazer uma garota se divertir! :) Bj

Lisanne se virou e enfiou a cara no vaso sanitário. Ela sentiu-se mal e com calafrios. Havia quanto tempo? Esse foi o pensamento que estremeceu através de seu cérebro. Havia quanto tempo que Daniel a estava traindo?

Ela olhou para as mensagens novamente. Ele havia enviado uma mensagem para "Cori" no dia em que tinham voltado de seus pais – antes que ela tivesse terminado de desfazer as malas, antes que ela tivesse uma chance de mostrar à Kirsty o medalhão que ele lhe dera.

> D: Eu preciso te ver hoje à noite, 7. Lugar de sempre.

No momento em que parou de vomitar e se sentiu corajosa o suficiente para voltar ao quarto, Lisanne estava gelada até os ossos e sua cabeça latejava imperdoavelmente. Mas era seu peito o mais prejudicado. Seu coração doía com a perda, mesmo que ele ainda estivesse dormindo em sua cama.

Ele estava enrolado de lado, assim como ela o deixara, com o braço direito esticado para fora, como se estivesse tentando alcançá-la. Sua pele dourada parecia prateada sob a luz da manhã e suas tatuagens tinham dissolvido em tons de cinza. Os longos cílios se espalhavam em suas bochechas e os lábios estavam entreabertos em um pequeno beicinho enquanto seu peito se movia em respirações profundas. No sono, ele parecia tão inocente, e era difícil para Lisanne acreditar na evidência das mensagens que havia lido. Queria tanto acreditar nele. Seu coração rasgou um pouco mais quando ela olhou para ele dormindo em paz, apanhado numa mentira.

Suas pálpebras tremeram e abriram, e ela viu o exato momento em que a consciência retornou.

— Oi — disse ele, soando grogue. — Você está bem? Aposto que está com uma dor de cabeça assassina. — E sorriu torto.

O PERIGO DE CONHECER E *amar*

— Eu quero que você vá embora — ela falou.

Ele franziu o cenho e esfregou os olhos.

— Diga de novo, baby?

Ela deu um passo para mais perto dele e jogou o celular em cima da cama.

— Quero que você vá embora — enunciou com clareza e cuidado cada palavra.

Confuso, ele olhou primeiro para o telefone, então para ela.

— O quê?

— Vá! — ela sussurrou para ele. — Vá! Vá embora!

Choque passou por seu rosto e seus olhos brilharam de volta para seu telefone.

— Boneca...

— Não me chame assim! Você não pode me chamar assim! Saia, Daniel! Só vá!

— Lis, por favor, baby. Não é o que você pensa.

Ela virou as costas, depois mudou de ideia. Caminhou até a cama em duas longas passadas e deu um tapa na cara dura dele.

Ele devia ter visto o golpe chegando, mas nem sequer tentou impedi-la. Olhou para ela por um momento, seu rosto agora vermelho, depois virou para fora da cama e vestiu a calça jeans e a camisa. Ele nem sequer esperou para apertar as fivelas em suas botas antes que fechasse a porta atrás de si.

Lisanne desabou sobre a cama, sufocada pelas lágrimas. Fora de sua janela, ouviu o rugido de Sirona. Várias horas depois, Kirsty a encontrou, ainda enrolada debaixo do edredom, com os olhos vermelhos de tanto chorar. toda chorosa.

— Oh, querida. Eu sinto muito — disse ela.

A bondade de Kirsty trouxe uma nova crise de lágrimas.

A última semana do semestre foi horrível. Apesar das decorações de Natal, os cartões, presentes e compras de última hora para as férias, Lisanne se sentia vazia. Em todos os lugares do *campus*, lembrava-se dele: as salas de aula, o pátio, a biblioteca, o refeitório – até mesmo a academia, porque ele tinha falado várias vezes que se exercitava lá. Salvo unicamente que ninguém tinha visto Daniel. Ele parecia ter desaparecido da face da Terra. Lisanne tentou não se importar muito, mas estava mentindo para si mesma.

Kirsty a encorajou a sair e curtir as festividades, mas Lisanne não se sentia assim. Até seu último show do ano com *32° North* parecia inexpressivo, e ela sabia que seu canto estava mais abaixo que o normal. Roy havia dito que não tinha visto Daniel, mas Lisanne suspeitava que ele estivesse mentindo, e JP não tinha sido capaz de encontrar seu olhar. Apenas Mike reconhecera que o tinha visto e, lendo nas entrelinhas, Lisanne suspeitou que Daniel tivesse bebido ou se drogado, ou ambos.

Na sexta-feira de manhã, o último dia antes das férias de Natal, eles receberam a sua nota do trabalho de Administração. O professor Walden tinha entregado o papel de Lisanne e de Daniel com um "A" e a palavra "excelente!" rabiscada na parte superior. Lisanne olhou para aquilo, mas Daniel não estava lá, e parecia sem sentido.

Após a última aula do dia e do ano, Lisanne foi para seu quarto para embalar suas coisas. Na última vez que tinha feito isso, estava a caminho de casa, animada, porque Daniel faria a viagem com ela. Agora, poucas semanas depois, bem, ela não se sentia comemorando.

Kirsty entrou parecendo corada e feliz. Passaria o Natal com seus pais e, depois, voaria para Aspen para passar o Ano Novo esquiando com Vin e sua família.

— Oi, colega de quarto — disse ela. — Como você está?

Lisanne deu de ombros.

— Bem, acho.

Kirsty olhou para ela com simpatia.

— Vai melhorar, prometo. Ah, ei, você tem uma carta.

Lisanne olhou sem interesse para o envelope que Kirsty tinha jogado sobre a cama. Em seguida, seus olhos capturaram a caligrafia rabiscada e seu estômago embrulhou. Ela a tinha visto várias vezes quando estudava na biblioteca.

— Qual é o problema? — disse Kirsty, seus olhos azuis piscando.

— É de Daniel.

Ela segurou a carta como se fosse explodir, ou assobiar para ela, ou queimar seus dedos – talvez machucar o coração dela ainda mais do que ele já tinha feito.

— Quer que eu abra?

Lisanne balançou a cabeça. Sentou-se na cama, encostada na cabeceira, e rasgou o envelope, retirando uma única folha de papel pautada. Não tinha certeza do que esperar: um pedido de desculpas, uma tentativa de racionalizar a sua traição, talvez? Mas estava errada em todos os sentidos possíveis.

Oi, boneca,

Eu sabia que você ia ficar com raiva de mim, então não fui até aí, mas não posso mais fazer isso. Tudo mudou desde que te conheci.

Eu achava que sabia quem era, e o que eu era, mas, estando com você, aprendi sobre o tipo de homem que quero ser.

As últimas três semanas têm sido tão difíceis, e odiei mentir para você, mas pensei que você poderia tentar me impedir se soubesse o que eu estava fazendo. Sei que você leu as mensagens de Cori e, se isso ajuda, ela tentou me convencer a te contar. Mas acho que posso ser muito teimoso também.

Você não me deu a chance de explicar naquela noite, e não tenho certeza de que poderia ter feito o certo, e é por isso que estou escrevendo agora.

Eu fui ver o Dr. Pappas quando voltei da casa de seus pais e decidi que vou fazer o implante. Ele não pode me dizer se isso vai funcionar, mas os médicos vão tentar. Não tenho nada a perder, mas, se puder ouvi-la cantar, se puder ouvir sua voz, isso vai ser o suficiente.

Isto não é por você, por favor, não pense isso. Tentei viver sem a minha música e não posso mais fazer isso. Mata-me ver você lá em cima, cantando com todo o coração, e não te ouvir. Pappas diz que há uma boa chance, então, qual o problema? Eu estarei quase biônico da próxima vez que você me ver. Ha-ha. Sim, vou ter um pedaço de metal enfiado na cabeça, mas ainda serei eu e espero que você ainda vá me querer.

Desculpe-me, se te machuquei. Odiei não dizer a você, mas você podia me falar qualquer coisa e eu sabia que tentaria me parar.

Eu preciso fazer isso, baby.

Sinto muito.

Eu te amo.

Daniel
Bj

Sem dizer nada, Lisanne passou a carta para Kirsty, que a leu rapidamente, arregalando os olhos com cada linha.

— Lis, eu não entendo. O que ele fez? O que é este implante de que ele está falando?

Lisanne respirou fundo.

— É chamado de implante coclear. É... Hum... Eu não tenho certeza. Uma espécie de aparelho auditivo que é colocado dentro do ouvido. É uma operação delicada e...

Porém, as lágrimas tinham começado e as palavras dela ficaram presas enquanto tentava forçá-las a passar da língua. Kirsty sentou-se ao seu lado na cama e a abraçou com força, tomando cuidado para não amassar a carta preciosa.

Quando os soluços de Lisanne tinham aliviado, Kirsty a empurrou suavemente.

— Ainda não entendo, querida — disse ela, enxugando os olhos de Lisanne com um lenço. — Daniel é doente?

Lisanne balançou a cabeça.

— Ele é surdo.

O rosto de Kirsty ficou confuso.

— Quem é surdo?

— Daniel! Ele é surdo. É por isso que eu ficava tão brava com você quando dizia que ele estava sendo rude. Ele não pode ouvi-la, ele não pode ouvir nada. Ele lê lábios. Ele ficou surdo há quase dois anos.

Kirsty estava claramente perplexa.

— Eu não posso acreditar! Quero dizer... Eu não tinha ideia! Como eu poderia saber? Como alguém poderia saber? Ele disfarçou tão bem.

— *Eu sabia* — disse Lisanne, humilde. — Foi durante a nossa primeira sessão de estudos na biblioteca, o alarme de incêndio disparou e ele não reagiu. Apenas... Nada. E então ele me contou toda a história.

— Uau! Quero dizer, uau! Isso é só... E esta operação? Ele vai ser capaz de ouvir de novo?

— Talvez. Ninguém pode dizer com certeza. Tenho que encontrá-lo — arfou Lisanne. — Eu tenho que detê-lo. Ele não deve fazer isso.

— Por que não? — disse Kirsty, tentando entender, mas falhando. — É uma coisa boa, não é, se funcionar?

— Eu não sei — lamentou Lisanne. — Ele sempre disse que não queria um pedaço de metal em sua cabeça, que não precisava ser corrigido. Isso é tudo culpa minha! Será que você pode me levar até a casa dele, Kirsty? Eu preciso falar com ele.

— É claro que levo.

— Obrigada — disse Lisanne, às pressas.

Mas, uma vez que elas estavam no caminho, não era tão fácil encontrar a casa de Daniel como ela pensava.

Por um lado, meses haviam se passado desde que ela tinha estado lá, e por outro, ele morava do outro lado da cidade. Não ajudou que elas tomaram um rumo errado, encontrando-se navegando através de linhas de ruas idênticas, maçantes, suburbanas.

Por fim, usando o GPS de Kirsty e a memória de Lisanne, elas encontraram o endereço certo. Mas a casa estava escura e silenciosa.

Não adiantava bater, mas Lisanne tentou abrir a porta.

Trancada.

— Ele poderia estar lá — disse Lisanne, ansiosamente sinalizando as janelas apagadas. — Ele poderia estar em seu quarto. Vamos ver se a porta traseira está aberta.

Elas fizeram o seu caminho em torno da casa, para o quintal dos fundos. Kirsty olhou com desgosto para o lixo amontoado contra o muro.

Mas a parte de trás da casa estava igualmente escura, silenciosa e trancada. Só para ter certeza, Lisanne enviou uma mensagem para Daniel dizendo que ela estava lá fora. Não houve resposta.

— O que você quer fazer? — perguntou Kirsty.

Os faróis do carro metralharam feixes de luz em toda a rua, e lá estava o som característico de metal contra metal.

— Esse carro é meu! — gritou Kirsty, correndo para frente.

O para-choque traseiro estava pendurado e uma luz traseira tinha sido quebrada, o vidro esmagado sob as botas de Zef quando ele cambaleou em direção a elas. Seu próprio veículo foi abandonado em um ângulo louco, metade dentro e metade fora da calçada.

— Bem, que se dane — zombou ele. — Você é atrevida pra caralho por aparecer aqui.

— Você destruiu o meu carro, seu maldito idiota! — gritou Kirsty.

— Quem é a sua amiga? — ironizou Zef. — Ela tem coragem... e grandes peitos.

— Cale a boca, Zef! Onde está o Daniel? Preciso falar com ele.

— Você está me perguntando? Isso é engraçado.

Lisanne empurrou o dedo no peito de Zef.

— Onde ele está?

Ele endireitou-se e olhou para ela.

Pela primeira vez, Lisanne percebeu o quão perigosamente bravo Zef realmente estava. E bêbado. Muito bêbado.

— Você se importa? — disse ele, sua voz era um rosnado baixo. — Você? Porque meu irmãozinho está no hospital tendo a porra de um furo no crânio porque *você* o fez sentir como se ele não fosse bom o suficiente. Vagabunda.

Lisanne ofegou e sua mão voou para a boca.

Zef jogou a lata de cerveja vazia no carro de Kirsty e atravessou a porta de sua casa, praguejando em voz alta.

Kirsty puxou seu braço.

— Venha, vamos.

Lisanne balançou a cabeça.

— Preciso encontrá-lo, Kirsty.

— Mas não sabemos em que hospital ele está. Deus sabe quantos existem nos limites da cidade. E não acho que o seu irmão sem-graça vai nos dizer.

Mas Lisanne estava determinada.

— Então eu vou ligar para todos os hospitais até que o encontre.

Voltaram para o quarto do dormitório, todos os pensamentos de fazer as malas ou ir embora abortados. Cada uma delas se lançou em seus *laptop*s, listando todos os hospitais para os quais ligar, dividindo a tarefa entre elas.

O plano era fingir ser a prima de Daniel e, depois, cruzar os dedos e torcer para conseguirem. Cada uma havia descartado dois hospitais, e Kirsty estava em sua terceira chamada, quando, de repente, ela gesticulou loucamente para Lisanne.

— Sim, meu primo, isso mesmo. Seu irmão, hum, Zef, me deu este número, mas ele se esqueceu de dizer... Ah, eu entendo. Não, isso é bom. Obrigada.

Ela desligou e olhou para Lisanne.

— Ele está em cirurgia agora — sussurrou ela, a voz embargada.

— Deus! Estou muito atrasada.

A lista de números se agitou nos dedos de Lisanne, e enquanto as lágrimas escorriam pelo seu rosto, seus pulmões tentaram desesperadamente puxar ar, em respirações intermitentes.

Ela queria ir até ele – ela tinha que ir até ele. Levantou-se abruptamente.

— Eu preciso chamar um táxi!

Kirsty pegou suas mãos.

— Vou te levar até lá. Não se preocupe com isso. Mas você deve ligar para os seus pais. Eles iriam querer saber.

— Mas...

— Ligue para a sua mãe.

Ela pegou o telefone de Lisanne e entregou a ela.

O telefone tocou duas vezes antes de sua mãe atender.

— Oi, querida! Esta é uma agradável surpresa. Como estão...

— Mamãe! — Lisanne engoliu a palavra entre soluços.

Imediatamente a mãe ouviu a angústia em sua voz.

— Lisanne! O que aconteceu? Você está bem?

Balançou a cabeça, incapaz de falar.

— Lisanne! Lisanne!

— Mamãe, é Daniel — arfou ela.

A voz de sua mãe tornou-se cautelosa.

— O que tem o Daniel?

— Ele está... Ele está...

— O quê? Ele te machucou?

Lisanne podia ouvir a voz ansiosa de seu pai em segundo plano.

— Daniel está no hospital.

Houve uma longa pausa.

— O que aconteceu? Ele está bem?

— Ele está...

Mas as lágrimas estavam caindo rápido demais para ela falar coerentemente. Ela chorava ao telefone, segurando-o com força, como se o pequeno pedaço de plástico fosse trazer uma solução.

— Lisanne, querida, respire fundo. Tente me dizer o que aconteceu com Daniel, okay?

Lutando para controlar as lágrimas, Lisanne inspirou algumas vezes.

— Mamãe, ele foi submetido a uma cirurgia. Ele está colocando um implante coclear... Eles têm que cortar seu crânio... Eles têm que... — As palavras se engasgaram na garganta.

A voz confusa de sua mãe era tranquila no outro extremo.

— Eu pensei que... Você disse que ele não queria nem saber dos implantes. Pensei que ele tinha decidido...

— Ele tinha — chorou Lisanne. — Ele odiava! Ele não queria se envolver com essa merda! Disse que eram feios e não naturais, e não podia imaginar por que alguém iria pedir voluntariamente para ter um pedaço de metal enfiado na cabeça! Ele disse *isso*, é tudo minha culpa!

— Eu não entendo, por que ele mudou de ideia?

— Ele... ele disse que queria me ouvir cantar! — chorou.

O telefone ficou em silêncio.

— Oh, que dó — disse sua mãe, e Lisanne não tinha certeza se ela estava falando de Daniel ou dela mesma. — Estaremos aí em três horas. Espere até então. Papai e eu estaremos aí.

Kirsty adiou todos os planos de sair e insistiu em levá-la para o hospital. Lisanne estava muito grata que sua amiga estava lá. No início, elas não puderam encontrar alguém para dizer nada, mas, depois, Kirsty usou a voz de advogada que seu pai a havia ensinado, e elas conseguiram, finalmente, falar com alguém.

A enfermeira era uma mulher mais velha com um ar profissional simpático, ainda calmo.

— Sim, posso confirmar que Daniel Colton está sendo tratado aqui — disse ela. — Vocês são parentes dele?

— Sim — disse Kirsty.

— Não — falou Lisanne, ao mesmo tempo.

— Ela é a namorada dele — Kirsty admitiu em tom tranquilo.

A enfermeira observou os olhos avermelhados e a expressão assombrada de Lisanne.

— Entendo. Posso transmitir informações confidenciais apenas para a sua família.

— Sou sua prima — disse Kirsty.

A enfermeira sorriu.

— Bem, estou contente de ver que Daniel tem... uma família que será capaz de cuidar dele durante sua recuperação. Eu conheci o seu irmão...

O sorriso dela sumiu e ela fez uma cara confusa.

— Ele está bem? Daniel, eu posso vê-lo?

— Sinto muito, mas não. Ele ainda está em cirurgia. Eles o levaram há pouco para dentro. Este tipo de procedimento leva cerca de duas a três horas.

Ela examinou seus rostos preocupados.

— É uma grande operação padrão nos dias de hoje e ele é um homem jovem, apto. Nós normalmente esperamos que a pessoa fique no hospital de um a três dias, mas isso varia de indivíduo para indivíduo. Você está convidada a ficar na sala de espera.

— Obrigada — sussurrou Lisanne.

A sala de espera era implacavelmente alegre, as paredes amarelas cobertas com cartazes e desenhos de crianças, mas as cadeiras eram confortáveis e havia um bebedouro no canto.

— Você deve ir agora, Kirsty — disse Lisanne. — Seus pais estão esperando por você.

— Eu não vou te deixar sozinha.

— Meus pais vão chegar aqui em duas horas, vou ficar bem.

— Então vou esperar até que eles cheguem — falou Kirsty, com firmeza.

Lisanne não tinha energia para discutir.

Minutos lentos se arrastaram enquanto elas esperavam, os olhos de Lisanne colados à porta. Kirsty trouxe café e segurou a sua mão. Elas não falaram nada.

Duas longas, lentas e ansiosas horas depois, a enfermeira voltou.

— Ele saiu da cirurgia e o médico disse que correu tudo bem. Ele vai ficar em recuperação por cerca de uma hora.

— Posso vê-lo?

— Ainda não. Apenas quando o levarmos para o quarto.

Lisanne agradeceu novamente, enxugando as lágrimas.

— Viu? — disse Kirsty. — Ele vai ficar bem.

Lisanne acenou com a cabeça, mas não podia compartilhar o otimismo de Kirsty. Ele tinha se colocado nisso por causa dela – parecia tão errado.

Ouviram um barulho no corredor e Lisanne reconheceu as vozes de seus pais. Ela já estava de pé quando a mãe entrou na sala. Monica a abraçou com força e sussurrou suavemente em seu cabelo. Lisanne finalmente olhou para cima para ver seu pai falando baixinho com Kirsty.

— Você já o viu? — disse Monica.

— Não. Ele está em recuperação e não posso vê-lo até que seja transferido. Em breve, eu espero.

— Você foi capaz de descobrir mais alguma coisa?

Lisanne balançou a cabeça.

— Não, mas vi seu irmão. Ele está puto e disse que a culpa é minha. Mãe, eu pensei que ele estava terminando comigo. Ele tem sido tão discreto, agora sei o porquê, e me sinto tão horrível. Eu nunca quis que ele fizesse isso. Por que ele fez isso?

Sua pergunta desencadeou uma nova onda de lágrimas.

— Daniel tomou a sua própria decisão, querida. Os médicos, obviamente, pensaram que era uma boa ideia ou nunca teriam ido em frente com ela.

Kirsty veio para dar um abraço.

— Você vai ficar bem se eu for agora? Minha mãe está ficando louca, porque ainda estarei na estrada depois de escurecer. — Ela revirou os olhos. — Eu disse a ela que inventaram faróis, mas, bem, você sabe.

— Não, está tudo bem. Obrigada por ficar. Eu realmente agradeço.

— Claro. Onde mais eu estaria? Me mande mensagem quando tiver alguma notícia?

Kirsty a deixou depois de mais um abraço, e Lisanne sentou-se com sua mãe.

— Onde papai foi?

— Ele foi procurar um médico — disse Monica, com um sorriso carinhoso. — Ele entrou em modo "pai". Você sabe como ele fica.

Lisanne forçou um sorriso. Agora, o modo pai era exatamente o que ela queria. Ele voltou alguns minutos depois com um homem alto e magro de uniforme azul de cirurgião.

— Boa noite. Eu sou o Dr. Palmer, cirurgião de Daniel. Entendo que você tem algumas perguntas. Eu normalmente só falo com os membros da família, salvo autorização, mas entendo que Daniel não tem pais... Assim, nas circunstâncias...

— Você poderia nos dizer sobre o procedimento? Receio que isso é tudo novo para nós — falou Ernie. — Daniel não nos disse... Minha filha é sua namorada, ela é uma estudante de música — concluiu, baixinho, como se estivesse oferecendo uma explicação.

Um olhar de compreensão misturado com pena passou pelo rosto do médico.

— Bem, simplesmente, eu inseri as partes internas do implante coclear por baixo da pele. O receptor, o que chamamos de estimulador, fica no osso atrás da orelha. — O médico apontou para sua própria cabeça. — O conjunto de eletrodos é inserido diretamente na cóclea.

— Então, quando ele acordar, ele vai ser capaz de ouvir?

— Não, ainda não. Eu só montei as peças internas do dispositivo, o que inclui um pequeno ímã sob a pele até a parte de trás da cabeça. O IC não é um aparelho auditivo, ele ignora as células ciliadas danificadas na cóclea e estimula diretamente o nervo auditivo. Nós vamos ter que esperar entre três e seis semanas após a cirurgia para permitir que qualquer inchaço ou sensibilidade ao redor do local do implante diminua. Só então as partes externas do dispositivo serão instaladas. Isso inclui o processador e um transmissor.

— Mas ele disse à minha filha que aparelhos auditivos não o ajudam.

— Não, um dispositivo externo por si só não oferece o nível de amplificação que Daniel precisa. E nós ainda não podemos dizer quão bem-sucedida esta operação será. Normalmente, ela tem bons resultados, mas nada é garantido — ele voltou a ressaltar.

— Mas ele poderá ser capaz de ouvir? — disse Lisanne, desesperada para entender.

O médico suspirou.

— Não há nenhum teste pré-operatório para determinar o quanto um paciente vai ser capaz de ouvir. Eu gostaria que houvesse. O alcance da audição varia de capacidade quase normal de entender a fala até nenhum benefício, e tudo o que estiver no meio disso. Espero que Daniel possa ter uma resposta imediata, mas as melhorias continuam durante cerca de três a nove meses após as sessões de ajuste iniciais, às vezes, por vários anos. Ele pode até mesmo ser capaz de usar um telefone, no entanto, devo avisá-la de que nem todas as pessoas que têm implantes são capazes de fazer isso. Ele vai poder assistir à TV com mais facilidade, embora não possa ouvir bem o suficiente para desfrutar de música, por exemplo.

— Ele... Ele não será capaz de ouvir música? — perguntou Lisanne, parecendo perturbada.

O médico olhou para ela com cautela.

— Algumas pessoas que fizeram este procedimento desfrutam do som de certos instrumentos, como piano ou violão, por exemplo, e algumas vozes, mas não uma banda ou uma orquestra, que é uma gama muito mais complexa de sons a serem processados. Nós apenas temos que esperar e ver.

— Quais são os efeitos colaterais? — disse Monica. — Minha filha mencionou que há uma possibilidade de lesão do nervo facial.

— Isso pode acontecer durante a cirurgia, muito raramente, mas estou feliz em dizer que este não é o caso de Daniel.

Finalmente uma boa notícia, pensou Lisanne.

— Eu acredito que Daniel terá algumas tonturas e ataques de vertigem, então ele não será capaz de conduzir o carro por um tempo.

— Ele não tem um carro, ele tem uma moto, uma Harley Davidson — disse Lisanne, incapaz de conter-se de acrescentar o detalhe que era inútil para todos, exceto Daniel.

— Bem, ele não poderá pilotar — respondeu o médico, dando de ombros, murmurando algo baixinho sobre "acidente de moto" que fez Monica quase desmaiar. — Daniel pode ter alguma alteração do paladar, mas, como a cirurgia correu bem, acho que isso é improvável. Pode haver alguma dormência em torno de seu ouvido...

— Pode... Pode ser danificado, o implante? — perguntou Lisanne.

— Ele é feito de titânio, ainda mais duro do que o crânio de Daniel. — Ele viu a expressão no rosto dela e pigarreou. — Desculpe, piada de médico. Até recentemente, desaconselhávamos esportes de contato, por exemplo, mas, com a proteção adequada, ele deve ficar bem. Não deve molhar os dispositivos externos, é claro, então vai ter que removê-los para tomar banho ou nadar.

— Quando ele poderá voltar para casa?

— As taxas de recuperação variam, mas espero que ele esteja se sentindo bem dentro de 12 a 24 horas. Normalmente, esperaríamos que um paciente fosse para casa no dia seguinte, mas entendo que Daniel não vai ter ninguém para cuidar dele...

Quando não recebeu uma resposta a isso, o médico continuou:

— Nesse caso, vamos incentivá-lo a ficar uma segunda noite para ajudar na sua recuperação. Teremos uma consulta para tirar os pontos em uma semana, e ele vai estar de volta à faculdade depois do Ano Novo. É por isso que ele insistiu na cirurgia antes do Natal. Ele é um jovem muito determinado. Teve sorte de agendar uma data tão rapidamente, a maioria dos pacientes leva meses na espera. Porém, mais uma vez, a maioria das pessoas não quer as suas férias estragadas. Bem, se você não tiver mais perguntas...

Lisanne levantou a mão.

— Hum, eu estava querendo saber, por que ele teve só um implante? Quero dizer, ele é surdo em ambos os ouvidos.

— Bem — disse o médico, esfregando os olhos, cansado. — Duas razões: é preciso ter certeza de que Daniel irá se beneficiar de um implante unilateral por enquanto, em segundo lugar, este é um procedimento bastante recente. O primeiro implante IC comercial ocorreu em meados dos anos 1970. Chegamos apenas ao nosso atual nível de desenvolvimento recentemente. Minha crença é que grandes avanços serão feitos nos próximos dez a vinte anos. Mais alguma coisa?

Todos eles balançaram a cabeça sem dizer nada, aturdidos pela enxurrada de novas informações. O médico deu um sorriso profissional e os deixou sozinhos.

— Bem — disse Monica, trêmula. — Isso tudo soa... muito positivo.

Ela olhou para o marido, preocupada. Lisanne fechou os olhos, tentando segurar as lágrimas. Elas não ajudavam ninguém.

A agitação do lado de fora foi pontuada pela porta da sala de espera sendo aberta.

— Quão acolhedor é isso? — assobiou Zef, olhando furiosamente de Lisanne para seus pais.

— Desculpe-me? — soltou Ernie, em sua melhor voz de professor.

— Não, eu não vou desculpar você, porra — retrucou Zef. — Isso tudo é culpa *dela*. — E apontou para Lisanne.

A enfermeira apareceu, movimentando-se.

— Se você não puder manter seu tom de voz baixo, vou ter que pedir para sair.

— Não sem ver o meu irmão! — gritou.

— Senhor, abaixe sua voz e vou levá-lo até ele. Você e a namorada.

— Como é que ela pode vê-lo? Ela não é da família.

A enfermeira o ignorou e saiu pela porta. Lisanne seguiu apressadamente, lançando olhares nervosos para Zef. Pelo menos ele parecia estar sóbrio.

— Acabamos de trazê-lo da sala recuperação, ele está aqui. — Abriu outra porta e mostrou o interior.

Daniel estava deitado, pálido e muito imóvel, contra os lençóis hospitalares brancos.

Seu *piercing* de sobrancelha havia sido removido juntamente com as joias dos mamilos, e suas tatuagens se destacavam contra a palidez da pele. Mas a diferença mais óbvia era o curativo grosso enrolado em volta da cabeça, com um estofamento pesado em sua orelha esquerda.

Lisanne também podia ver que ele tinha raspado a maior parte do cabelo, deixando apenas um pequeno corte no alto da cabeça, acima dos curativos.

Zef olhou para seu irmão, o rosto se contorcendo, mas se recusou a encarar Lisanne.

Ela engoliu as lágrimas enquanto a enfermeira se movia ao redor dele, verificando a pressão arterial e anotando os resultados no gráfico.

— A cirurgia correu bem — disse ela, animada. — Ele vai acordar em breve. Vai ficar grogue e ter uma dor de cabeça, mas podemos controlar isso com analgésicos.

— Espero que sim — falou Zef, bravo.

O sorriso da enfermeira perdeu um pouco de seu brilho.

— Sim, bem. Se ele precisar de alguma coisa quando começar a acordar, basta pressionar este botão.

Assim, enquanto a enfermeira saía, Zef se virou e olhou para Lisanne, com o rosto sombrio de raiva.

— Isso é culpa sua. Ele estava feliz antes de conhecer você. Agora, olhe para ele!

— Eu... não pedi a ele para fazer isso — sussurrou Lisanne, sentindo-se mal por dentro. — Eu não faria isso. Eu...

— Você deveria ter ficado longe dele — Zef falou, amargamente. — Eu disse a ele que você era perigosa.

— Eu o amo — murmurou ela.

— É mesmo? — zombou Zef. — É por isso que você queria mudá-lo? Agora ele tem um pedaço de metal preso na cabeça. Ele nunca teria feito isso por si só. Espero que esteja satisfeita consigo mesma.

Ele saiu da sala, muito furioso para olhar para a namorada de seu irmão mais novo por mais tempo.

Capítulo 19

Os olhos de Daniel piscaram e gradualmente abriram. Ele olhou para o quarto excessivamente brilhante e para as luzes acima.

Sentiu uma pressão em sua mão e se virou para olhar, então imediatamente se arrependeu do movimento. Porra, dói. Um rosto entrou em foco, pairando acima dele. Olhos cinzentos, sérios, e cabelo castanho e liso.

— Oi, boneca! — resmungou ele, perguntando-se por que se sentia como se tivesse ficado curvado a noite toda.

E então ele se lembrou: hospital, anestesia, cirurgia. Isso explicava o motivo de sua cabeça parecer que tinha sido recheada com bolas de algodão.

Ele lambeu os lábios secos enquanto as pálpebras se fechavam lentamente. Ela bateu em sua mão, e ele abriu os olhos outra vez.

Estava segurando um copo de água. Lisanne sempre sabia do que ele precisava.

Ele tentou acenar com a cabeça, mas estava pesada demais. Sentiu a cama se mover debaixo dele e captou o leve aroma de seu perfume enquanto ela se inclinava em sua direção. Estava sedento, mas o copo maldito só o permitia tomar alguns goles. Tentou segurá-lo, mas não tinha força em suas mãos, e caiu de costas na cama.

Fechou os olhos e sentiu os dedos dela apertarem sua mão.

Ela estava aqui. Sua boneca estava aqui.

O alívio que Lisanne sentiu quando Daniel abriu os olhos, e falou com ela, foi sem medida. Ele era o mesmo: era Daniel, e ficaria bem.

Ela sentou-se no assento duro de plástico do hospital e segurou. Estava seca e um pouco fria. Puxou o cobertor ainda mais para cima em seu peito e levantou-se para dar um beijo em sua bochecha.

Ela tinha que lhe dizer... Explicar como se sentia... Mas foram as palavras de uma canção que expressaram seus sentimentos. Roy tinha mencionado uma vez que a canção *Fall At Your Feet*, de Crowded House, tinha sido uma das favoritas de Daniel.

Ela sentou-se novamente e começou a cantar baixinho:

I'm really close tonight
Estou realmente perto hoje à noite
I feel like he's moving inside me
Sinto como se você estivesse se movendo dentro de mim
Lying in the dark...
Deitando-se no escuro...
His chest continued to rise and fall slowly
Seu peito continuava a subir e descer lentamente
I think that I'm beginning to know him
Acho que estou começando a conhecê-lo
Let it go, I'll be there when you call
Deixe ir, eu estarei lá quando você ligar

Ela arrastou os dedos pelo dorso de sua mão.

And whenever I fall at your feet
E quando eu cair aos seus pés
Won't you let your tears rain down on me?
Não deixe suas lágrimas caírem sobre mim
Whenever I touch your slow turning pain...
Quando eu tocar sua lenta dor...

E tocou seu rosto.

You're hiding from me now
Você está se escondendo de mim agora

There's something in the way that you're talking
Há algo na forma como você está falando
The words don't sound right
As palavras não parecem corretas
But I hear them all moving inside you
Mas ouço todas elas se moverem dentro de você
Know I'll be waiting when you call
Saiba que estarei esperando quando você chamar

— Você é tão teimoso — disse ela, a voz suave, com lágrimas ocultas. — Você guarda tanto de si mesmo. Não compartilha seus problemas comigo, não me deixa entrar. Mas você me faz rir e me mostrou quem eu quero ser também. Você é tão forte e tão delicado, tudo ao mesmo tempo. É tão cheio de vida, e odeio vê-lo deitado aqui assim, e odeio pensar que foi por minha causa. Você é lindo por dentro e por fora, Daniel Colton, e eu te amo.

Depois, descansou a cabeça em sua cama e deixou as lágrimas fluírem.

A enfermeira a fez sair logo após isso, mas ela deixou o quarto de Daniel se sentindo mais calma. Seus pais viram a mudança nela imediatamente.

— Como ele está? — perguntou Monica, estendendo a mão para a filha.

— Ele vai ficar bem. Acho que vai ficar bem. Ele estava com sede. Isso é um bom sinal, né?

— Bem, o médico parecia saber do que estava falando — Ernie comentou, com autoridade. — Não há nenhuma razão para que Daniel não deva ter uma recuperação completa.

— Seu pai e eu encontramos um hotel para esta noite — disse Monica, estendendo a mão para Lisanne. — Harry vai ficar com os Milford. De qualquer forma, é tarde demais para ir para casa e, desse modo, podemos trazê-la para ver Daniel na parte da manhã.

Lisanne abraçou os pais, grata por tê-los ali, cuidando dela, grata por tê-los em sua vida, na vida de Daniel – pelo tempo que ele permitisse.

Durante a viagem de volta para o dormitório, mandou uma mensagem com a boa notícia para Kirsty. Não houve resposta imediata – provavelmente, ela ainda estava dirigindo.

Seus pensamentos se voltaram para Zef e as coisas feias que ele tinha dito. Claramente, ele culpava Lisanne pela decisão de Daniel e, com toda a honestidade, não podia deixar de concordar com ele.

Daniel tinha falado alto e claro sobre sua rejeição ao implante no início do semestre. Ele tinha ficado louco com o Dr. Pappas durante a sua consulta, mas também havia admitido que vê-la cantar na boate o tinha magoado. A culpa que sentia era enorme, enrolando-se em volta dela.

Então, ela dormiu mal, acordando muitas vezes, perseguida pelos olhos irritados de Zef, e os feridos de Daniel.

Sentindo-se cansada e ansiosa, Lisanne relutantemente passou a manhã fazendo compras com a mãe, enquanto o pai dela dava um passeio pela cidade. Foram orientados a deixar Daniel descansar e não visitá-lo até duas horas da tarde.

Consequentemente, ela tinha quatro horas para acalentar o pavor de esbarrar em Zef novamente. Quando chegaram ao hospital, Lisanne rangia os dentes enquanto seus pais esperavam na recepção.

Daniel estava sentado na cama, parecendo muito mais alerta do que no dia anterior. Sua cabeça ainda estava envolta em uma gaze, e seu belo rosto estava mal-humorado enquanto olhava para fora da janela.

Quando a viu entrando pela porta, seu sorriso ficou radiante.

— Boneca!

— Oi. — Ela conseguiu dar um pequeno sorriso em troca, então hesitou, tentando descobrir o que dizer. — Você cortou seu cabelo.

— Parecia uma boa ideia.

Eles olharam um para o outro.

— O que você está fazendo aqui? Achei que estaria em casa com seus pais por agora.

Ela revirou os olhos.

— Depois da carta que você me enviou?

Ele desviou o olhar, envergonhado.

Sentou-se na cama para segurar sua mão, e ele olhou para ela.

— Eu gostaria que você tivesse me dito.

Ele fez uma cara de confuso.

— Você teria me impedido.

— Você deveria ter falado comigo.

— Sim. Não sou tão bom nisso.

— Eu adorei o que escreveu — disse ela, timidamente. — Você quis dizer aquilo?

Ele olhou para ela rapidamente, depois desviou o olhar.

— Sim.

O silêncio entre eles era desconfortável, um pouco estranho, mas não desagradável.

— Então, como você está?

— Além de sentir como se alguém tivesse serrado a minha cabeça e recolocado do jeito errado por aí? Sim, muito bem. — Ele deu de ombros. — Estou com dor de cabeça.

— Hum — disse Lisanne, desajeitadamente. — Meus pais estão aqui. E gostariam de vê-lo. Eles podem vir?

Ele olhou para ela, sem entender.

— Aqui? No hospital?

Lisanne assentiu.

— Por que seus pais estão aqui?

— Eu... Eu liguei para eles. Eu estava... chateada. Eles queriam vir e certificar-se de que você estava bem.

Daniel estava confuso.

— Por quê?

Ela revirou os olhos, frustrada.

— Porque eles se preocupam com você, idiota!

Ele ainda parecia em dúvida.

— Então, eles podem? Entrar?

— Acho que sim.

Murmurando baixinho sobre a estupidez dos homens, e de Daniel em particular, Lisanne trouxe sua mãe e seu pai para o quarto.

Daniel parecia tenso quando eles entraram, e totalmente perplexo quando Monica o envolveu em um abraço que o fez estremecer.

— Cuidado, mãe! — Lisanne avisou.

— Oh, desculpe, desculpe — disse ela ao lado da cabeça de Daniel, o que significava que ele não poderia compreendê-la de qualquer maneira.

— Calma, Mon — disse Ernie, e estendeu a mão para Daniel. — Como está, filho? Você deu um susto em Lisanne.

Os olhos de Daniel foram de volta para Lisanne.

— Eu dei?

— Sim, seu idiota! — ela gritou, chocando seus pais.

Daniel sorriu para ela.

— Você é bonita quando está com raiva.

— Ela puxou isso da mãe — disse Ernie.

Os homens compartilharam um momento, sob os olhares incrédulos das mulheres.

— Sim, bem, vou arranjar um pouco de café — falou Ernie, depois daquele profundo vínculo masculino.

— Três sachês de açúcar para Daniel — avisou Monica.

— Ele prefere preto — gritou Lisanne.

Ernie afastou-se, murmurando entredentes.

— Você pode andar comigo? Estou cansado deste quarto maldito.

— Você pode andar?

— Sim, mas tenho que ter alguém comigo, caso fique tonto ou alguma merda do tipo.

Daniel puxou os lençóis da cama antes que Lisanne pudesse concordar ou não. Ela corou automaticamente, uma resposta condicionada à sua nudez. Só que ele não estava nu.

— Calça de pijama? — disse ela, levantando as sobrancelhas.

— Claro! Você estava esperando alguma outra coisa, baby? — brincou. — Eu queria usar no hospital. Talvez devesse ter ficado com um daqueles vestidos, com a minha bunda para fora.

— O que você costuma usar, Daniel? — disse Monica, com um ar maternal curioso.

Daniel sorriu para ela.

— Nada.

— Oh! — falou Monica, o rosto combinando com o de sua filha.

Lisanne não achou que estava na hora de confirmar que Daniel estava dizendo a verdade.

Ele cambaleou para um lado enquanto se levantava e teve que agarrar a grade da cama.

— Porra — disse, enquanto sua mão livre voou para a cabeça.

— Você está bem? — arfou Lisanne.

— Uau, vertigem. Isso foi estranho. Não, estou bem.

Cautelosamente, ele soltou a grade da cama e recuperou o equilíbrio antes de dar um passo cauteloso.

— Tudo bem? — perguntou Lisanne novamente, mordendo o lábio.

— Sim, tudo certo — disse Daniel.

— Lisanne, segure seu braço, para que ele possa se equilibrar melhor — ordenou Monica. — Ah, e Daniel, acho que você deveria usar algo em sua metade superior. — Ela atirou uma camisa que estava abandonada sobre a cama. — Vou esperar aqui.

Daniel sorriu, mas obedeceu, e os olhos de Lisanne viajaram avidamente sobre seu corpo quando ele puxou a camisa.

Ela se sentiu um pouco culpada, admirando-o quando ele estava se recuperando.

Passou o braço por Daniel, feliz por ter a desculpa de tocar sua pele suave e quente. Um arrepio a fez estremecer e Daniel deu a ela um olhar estranho.

Ele cambaleou um pouco, e ela envolveu sua cintura, deixando a mão dela descansar sobre sua coxa direita.

Eles partiram para o corredor, caminhando lentamente.

— Senti sua falta — disse ele, baixinho, olhando seu rosto com cuidado.

— Eu também. Burro.

— Burro?

— Entre outras coisas.

— Você está brava?

— Daniel Colton, você nem me viu brava ainda. Apenas espere até que esteja melhor.

— Tudo bem — murmurou, alegre.

— Tiramos um "A" em nosso trabalho de Administração.

Ele sorriu.

— Eu te disse. — Então parou quando um pensamento lhe ocorreu. — Você estava aqui ontem à noite?

— Sim, claro.

— Ah. Eu pensei que tivesse sonhado com você.

— Você... Você sonha comigo?

Ele respondeu, puxando-a contra o peito:

— Sempre. — Daniel respirou em seus lábios, antes de beijá-la completamente.

— Não acredito nisso!

Lisanne se separou de Daniel quando ouviu a voz irada de Zef atrás deles. Daniel, é claro, não tinha ouvido, e sorriu para o irmão.

— Ei, cara!

Seu sorriso vacilou quando seus olhos detectaram a fúria de Zef, direcionada à Lisanne, e a tensão dela – quase como se estivesse apavorada.

— O que está acontecendo?

— Nada, irmãozinho — disse Zef, forçando um sorriso. — Te trouxe alguma merda.

Ele mostrou algumas revistas de moto.

— Obrigado, cara. Vamos tomar um pouco de café. Quer entrar?

— Não, estou bem. Apenas caindo fora. Tenho alguns negócios para cuidar. Te vejo mais tarde... Quando você estiver sozinho.

Ele disse essa última parte com o rosto abaixado, então somente Lisanne sabia o que ele havia falado, depois entregou as revistas para o irmão antes de sair apressado pelo corredor. Daniel o olhou, parecendo preocupado.

Ele se virou para Lisanne.

— Será que ele disse alguma coisa para você?

— Hum, bem...

— Lis, por favor? Odeio as pessoas falando *sobre* mim e não *para* mim.

Lisanne suspirou. Mas foi salva de responder quando seu pai reapareceu com quatro cafés em copos de papel.

Eles voltaram para o quarto, Daniel andando devagar e com cuidado. Ele parecia cansado agora, como se a pequena conversa e a curta caminhada tivessem o desgastado completamente. Lisanne estava tão acostumada à sua energia ilimitada quando ele saltava ao redor, que aquela apatia a preocupava.

Seu equilíbrio piorou, tornando-se necessário que Lisanne segurasse o café enquanto o pai dela ajudava Daniel a voltar para cama.

Ele fez uma cara de confuso e se inclinou para trás com cuidado, com as mãos na cabeça.

Monica lançou um olhar significativo para a filha.

— Acho que cansamos Daniel. Devemos ir agora. Você pode voltar mais tarde.

Lisanne concordou com a cabeça, depois bateu na mão de Daniel.

— Nós estamos indo agora.

Ele lhe deu um sorriso fraco.

— Desculpe — ele disse, em voz baixa.

Ela beijou sua bochecha e colocou a mão em seu peito, sobre o coração. E ela estava usando o medalhão que ele tinha lhe dado – sabia que ele iria entender.

O clima quando eles deixaram o hospital era sombrio. Tinham chegado com muita esperança e agora Lisanne estava se sentindo não somente vazia, mas preocupada também.

— Querida, gostaria que ficássemos mais uma noite? — perguntou Monica, sentindo a ansiedade de sua filha. — Então nós poderíamos levar Daniel para a casa dele quando ele for liberado. Harry vai ficar bem com os Milford por outra noite. Todos nós podemos viajar juntos para casa.

— Obrigada, mãe — agradeceu Lisanne, em tom tranquilo.

Seu pai lhe deu um abraço.

— Ele vai ficar bem. Tem menos de 24 horas desde a sua cirurgia. Dê tempo ao tempo.

Enquanto Ernie ligava para o hotel para reservar seu quarto por outra noite, Lisanne e sua mãe esperavam na entrada. Monica tentou persuadi-la de que se preocupar não ajudaria.

— Daniel precisa que você seja positiva agora. Não posso imaginar o que ele está passando, e sem qualquer apoio real da família pelo que posso ver — acrescentou, franzindo a testa. — Apesar do que vem acontecendo entre vocês dois.

— Eu... Eu pensei que ele ia terminar comigo. Mãe, fui tão horrível com ele. Eu me sinto tão mal. E agora isso...

Ela passou para sua mãe a carta que Daniel tinha escrito e observou seu rosto enquanto Monica a lia. Quando ela terminou, abraçou a filha com força.

— Daniel é um jovem muito especial — disse ela. — Estou feliz que ele encontrou minha filha, que também é muito especial.

Lisanne conseguiu dar um pequeno sorriso, principalmente para tranquilizar a mãe.

Quando voltaram ao hospital, várias horas depois, Monica e Ernie decidiram esperar na recepção novamente, dando à sua filha a chance de ver Daniel sozinha. Mas, quando ela entrou no quarto, ele só teve uma chance de sorrir e dizer oi antes que ela fosse ultrapassada por um jovem médico, seguido por um bando de estudantes de medicina.

— Sr. Colton, eu sou o Dr. Mendez, vou dar uma olhada em seu curativo.

— Onde está o outro cara... Palmer? — perguntou Daniel, soando na defensiva.

O médico virou-se e olhou para Lisanne quando respondeu:

— *Doutor* Palmer me instruiu para supervisionar o seu período de recuperação.

— Bem, você pode começar por olhar para Daniel quando falar com ele — retrucou Lisanne. — Como ele acabou de fazer o implante coclear, ainda precisa ler seus lábios, porque ele *ainda é surdo.*

O médico pareceu irritado e nervoso, mas virou-se para repetir a informação para Daniel. Lisanne notou que vários alunos estavam contendo o riso.

— Você é da família? — perguntou à Lisanne, tentando reafirmar sua autoridade.

Ela cruzou os braços.

— Sim.

O médico bufou, descontente, então dirigiu sua atenção para o curativo de Daniel. Os alunos estavam em um semicírculo em torno dele, obedientemente tomando notas.

— Este paciente apresentou perda auditiva neurossensorial idiopática a partir da idade de 14 anos, e escolheu este procedimento eletivo depois de perder audição abaixo de 110 decibéis, com a idade de...

— Porra! — gritou Daniel, quando o médico bateu em seu ouvido enquanto retirava a bandagem.

Lisanne deu um passo para mais perto, pronta para agir como uma guarda-costas caso fosse necessário.

O médico sondou a ferida, com mais cuidado dessa vez, mas Daniel ainda fechou a cara. O rosto de Lisanne ficou um pouco pálido quando viu o corte irregular de quinze centímetros que serpenteava para cima, atrás de sua orelha esquerda, costurado com pequenos pontos precisos. Ambos os lados da ferida estavam completamente raspados. Ela podia ver agora por que ele tinha optado pelo corte baixo.

A pele parecia rosada e meio inflamada para Lisanne, mas o médico parecia satisfeito.

— Sim, isso está cicatrizando bem. Nenhum sinal de infecção. Qualquer sensibilidade?

Lisanne suspirou e ficou na frente de Daniel.

— Ele quer saber se há alguma sensibilidade.

— É claro que há uma porra de sensibilidade! Você tem certeza de que esse cara é médico?

Dessa vez, os estudantes de medicina riram baixinho e o médico ficou vermelho de raiva.

Lisanne riu. Daniel piscou para ela, e um sorriso lento se estendeu em seu rosto.

— Lis, você pode verificar se o meu cérebro está pendurado para fora? Não tenho certeza se esse cara iria reconhecer se estivesse.

Ela deu um tapa no braço dele.

— Pare com isso!

Ele apenas sorriu.

— Tire uma foto de lembrança para mim?

Lisanne pegou o telefone e tirou algumas fotos da visão terrível.

Ela mal podia esperar para que tudo fosse uma memória fraca e distante.

— Qualquer dormência? Você pode sentir isso?

O médico tocou a ponta da orelha de Daniel.

— Hum, não, nada. Isso vai ser só mais um *piercing*. — Ele ergueu as sobrancelhas para Lisanne, que lhe deu um olhar atravessado.

— Qualquer perda de paladar?

— Eu tenho que comer comida de hospital durante todo o dia, como vou saber?

Lisanne riu.

— Então, doutor, posso sair daqui?

O médico deu a volta para encarar Daniel novamente, obviamente irritado.

— Deixe-me ver como o seu equilíbrio está, Sr. Colton.

Daniel se sentou na cama sem problemas, mas vacilou quando se levantou, outro ataque de vertigem pairando sobre ele.

— E andando?

Daniel cerrou os dentes e atravessou o quarto, balançando ligeiramente.

— Hmm, Dr. Palmer recomendou mais uma noite no hospital, Sr. Colton — disse o médico, ignorando o xingamento de Daniel. — E eu concordo. Vamos ver como você estará na parte da manhã. Vou enviar uma enfermeira para refazer o curativo. Você vai precisar manter as gazes por mais uma semana.

O médico saiu do quarto, com a cabeça erguida, o rebanho de alunos atrás.

Lisanne ouviu uma das estudantes sussurrar:

— Ele é bonito! Ele pode ser meu paciente qualquer dia.

Ela lançou um olhar irritado às costas da menina. Daniel estava alheio a tudo isso, e sentou-se na cama, parecendo desanimado.

— Ei — disse ela, acariciando seu rosto. — É só mais uma noite. Você estava esperando isso, certo?

— É fácil para você dizer — respondeu ele, de mau humor. — Ver você é a única parte boa de todo o dia de merda.

Ela sorriu, feliz.

— Kirsty mandou "oi" e Harry disse uma coisa que não entendi: *ele está praticando*. Será que isso significa alguma coisa para você?

Daniel sorriu.

— Conversa de caras. Não se preocupe com isso.

— Argh, acho que não quero saber.

— Você disse à Kirsty?

Lisanne suspirou enquanto as persianas descem, e a expressão de Daniel recorreu ao vazio cuidadoso que ela achava muito frustrante.

— Ela me trouxe para cá, eu tinha que dizer a ela.

— Será que ela... disse a alguém?

— Eu não sei. Vin talvez. Eu poderia perguntar a ela...

Ele ergueu a mão para tocar a cabeça, depois a deixou cair de novo.

— Sim, não quero que mais ninguém saiba...

— Tudo bem.

Ele esfregou a testa, hesitante.

— Você está com dor de cabeça? Desculpe... pergunta idiota.

Ele se deitou, fazendo uma careta quando sua cabeça tocou o travesseiro.

— É estranho, falar me faz sentir incômodo. Parece que as vibrações da minha voz estão se movendo no implante. Eu não sei. Sei que isso não é possível. É bizarro pensar que tenho um pedaço de metal em minha cabeça. — Então ele abriu os olhos e sorriu para Lisanne. — Você sabe o que é bom para curar dor de cabeça?

— O quê? — disse ela, com medo do brilho malicioso nos olhos dele.

— Ei, venha aqui.

Ele estendeu a mão e a puxou para baixo até que ela estava sentada ao seu lado na cama, com o sorriso sexy que sempre deixava Lisanne excitada e agitada.

— Sexo — disse.

— Não entendi.

— Sexo é ótimo para dores de cabeça. Só estou dizendo.

— Daniel! Nós não podemos... não estou... não acredito que você está sugerindo isso! Você acabou de passar por uma cirurgia! Não. Definitivamente, não.

Ele beijou seu pescoço e lambeu a base de sua mandíbula. Ela gemeu baixinho.

— Eu senti sua falta — sussurrou ele. — Sinta o que você faz comigo.

Ele moveu a mão dela para baixo, e ela o sentiu tornar-se ereto sob o lençol do hospital. Ela suspirou e olhou para a porta, mas não afastou a mão. Ele moveu o quadril para cima.

— Lis... — Sua voz estava quase implorando.

Mantendo os olhos na porta, ela enfiou a mão por baixo do lençol.

Olhou rapidamente para Daniel. Ele a olhava fixamente, seus lábios entreabertos. Ele estava excitado e duro sob o lençol, e ela correu os dedos ao longo de seu comprimento, vendo seus olhos escurecendo com a necessidade e desejo. Ela o agarrou firmemente e um ruído suave partiu de seus lábios. Moveu a mão mais rapidamente, sentindo seu corpo responder.

E, depois, sua mãe bateu na porta. Lisanne puxou a mão dela tão rapidamente que Daniel quase engoliu a língua.

— Está tudo bem por aqui? — disse Monica, olhando ansiosamente para o rosto corado de Daniel. Então, ela olhou para a filha, que parecia estar achando o chão extremamente interessante.

— Daniel e-está com dor de c-cabeça — Lisanne gaguejou.

Houve um silêncio chocado.

— Entendo — a mãe dela falou, firmemente. — Bem... Nós deveríamos ir agora, Lisanne. Vamos te dar uma carona de volta ao *campus*. Melhoras, Daniel.

Lisanne levantou os olhos para o jovem, que parecia estar tendo dificuldade para formar palavras.

— Sim, sim — suspirou ele.

— Hum, te vejo amanhã.

— Aham.

Monica agarrou o braço de sua filha e marchou para fora do quarto.

Daniel desejou muito que Monica tivesse esperado apenas mais dois minutos antes de decidir checá-los e interromper o que estava se mostrando uma visita ao hospital muito agradável. Dois minutos malditos! Aquela mulher poderia ganhar uma medalha de ouro na sabotagem.

Havia sido tão bom ter as mãos de Lis nele. Ele não tinha certeza se a veria novamente depois que ela lhe dera um tapa naquela noite – ele realmente havia pensado que estava tudo acabado entre eles. Ela não era a primeira mulher que tinha batido nele, e ele sabia que normalmente não significava nada de bom. Ele apenas havia mantido a esperança de que Lisanne cederia, assim que soubesse a verdade – uma vez que tivesse lido a carta.

Tinha sido um inferno não tocá-la depois da Ação de Graças, mas, de alguma forma, ele se sentia mal quando sabia o que estava escondendo dela. Vê-la novamente no hospital tinha sido um alívio. Mais do que isso, havia dado um pouco de paz a ele. Mas, agora, sua frustração estava em um ponto alto. Suspirando, ele se arrastou para o banheiro para terminar o trabalho manual, depois se limpou.

Enquanto estava lá, escovou os dentes, mesmo que doesse só de abrir a boca um pouco mais. Tudo na sua cabeça doía, e ele se perguntou se poderia tomar mais analgésicos. Ele teria dado sua bola esquerda para fumar um cigarro – ou alguma erva.

A porta do banheiro abriu uma fração e ele viu Zef olhando cautelosamente ao redor.

— Ei, cara. Pensei que poderia estar na privada. Você está bem?

— Sim, mas tenho que ficar mais uma noite. Meu equilíbrio está uma merda.

Zef franziu a testa.

— Que droga. Você pode montar em Sirona assim?

— Não, não até o doutor permitir. Pode levar uma semana ou mais.

— Como você vai se virar, cara?

Daniel deu de ombros.

— Andar. Pegar ônibus. Talvez você pudesse me dar uma carona? — disse ele, olhando para Zef, esperançoso.

— Bem, sim, mas estou muito ocupado.

— Com o quê?

— Não pergunte.

— Ah, qual é, Zef. Você disse que falaria comigo após o feriado, mas eu quase não te vi.

— Isso é porque *você* estava planejando enfiar esse lixo no crânio.

Daniel sentiu raiva. Não *dessa vez*.

— Não comece.

— Tudo por causa de um rabo de saia! O que está acontecendo com você?

— Não fale dela desse jeito! — a voz de Daniel enviou um aviso silencioso.

— Você quer conversar, então vamos conversar! — falou Zef, com raiva. — Você sempre disse que não queria a cirurgia, então conhece essa garota e, de repente, está operando a cabeça. Explique isso para mim.

Daniel respirou fundo, tentando ordenar as palavras que ele tinha pensado mil vezes.

— Se funcionar, vou ouvir música de novo. É sobre a música. Lis, ela apenas... Eu vejo o que a música significa para ela. — Ele deu de ombros. — Ela me lembra de mim mesmo... Como eu costumava ser.

Zef suspirou, e seus ombros cederam quando sua postura agressiva relaxou.

— Sim, eu entendo isso. Odiei o jeito que você sorrateiramente escondeu e fez isso. Quero dizer, porra. Eu sou seu *irmão*, e você disse a essa cadela, mas não me contou.

— Se você a chamar de novo disso, nós vamos ter um problema sério de merda. — Daniel fez uma pausa. — E eu não contei a *ninguém*. Foi *minha* decisão, de mais ninguém.

Zef balançou a cabeça.

— Tanto faz. Apenas me diga que o Medicaid cobre *tudo*. Nós não vamos conseguir bancar todas as grandes contas do hospital ou qualquer outra merda.

Uma expressão amarga atravessou o rosto de Daniel.

— Não se preocupe. Está tudo coberto.

— Bom. — Zef olhou para o irmão. — Olha, eu tenho que ir. Eu lhe trouxe alguns cigarros e um pouco de algo extra. — Ele piscou. — Vejo você em casa amanhã.

Depois que Zef saiu, Daniel se arrastou de volta para a cama.

Apesar de reclamar como um louco por ter que ficar outra noite, ele estava secretamente aliviado. Tudo no hospital estava em ordem, tudo estava calmo. Ele não precisaria se preocupar com quem diabos estava em sua casa ou em que merda seu irmão estava se metendo. Se Lis pudesse estar lá, seria quase perfeito – exceto por sentir-se como se tivesse perdido uma luta contra um rinoceronte mal-humorado, e agora tinha uma ressaca que poderia ter derrubado um time de hóquei canadense.

Ele subiu em sua cama, cansado, puxando o presente de Zef para ele. O saco de plástico continha dois maços de Camel, um isqueiro, papel de seda e um pequeno cubo embrulhado em papel alumínio. Daniel cheirou – maconha. Isso explicava os papéis. Caramba, ele ficou tentado.

Ele não tinha dito a Zef, mas estava tentando deixar de fumar antes da operação – uma razão adicional do porquê Lisanne o tinha encontrado nervoso e com pavio curto. Não era o melhor momento, ele estava estressado pra caralho, mas tinha imaginado que se sentiria bastante fodido no hospital sem também estar desesperado por puxar um fumo. O problema era que três semanas não tinham sido suficientes para quebrar um hábito de três anos.

Olhou pela janela ao lado da cama. Era típica de hospital – só iria abrir alguns centímetros. Não havia espaço suficiente para se inclinar para fora e fumar um cigarro. Ou se jogar daquela porra. Suspirando, ele derrubou o saco no chão, onde estaria fora de vista, e deitou-se com cuidado. Sua cabeça doía pra caralho, e ele só podia se deitar confortavelmente com o rosto virado para a direita.

Ele sabia que não era a pessoa mais paciente do mundo. Na verdade, iria mais longe a ponto de admitir que era um filho da puta impaciente – o que significava que os próximos dias sem poder fazer nada seriam um saco. E seria apenas em janeiro que o fonoaudiólogo faria a primeira tentativa de entrar em sintonia com o processador e transmissor, seguido por mais semanas de espera para ver quanto – ou se – ele seria capaz de ouvir.

Odiava a ideia de ter que lidar com um aparelho auditivo, baterias e tudo isso de novo. Lembrou-se de quando ele tinha usado o primeiro aparelho para ir à escola. Seus verdadeiros amigos o haviam tratado praticamente da mesma forma, mas eram os insultos habituais – "à prova de som", "cera de ouvido", "cyborg", "Dan Surdo" – dos idiotas que haviam feito Daniel acabar usando os punhos. Conversas que haviam deixado seus pais loucos por causa de todas as vezes em que tinham sido chamados para falar com o diretor sobre outra briga em que ele havia se metido.

Mas, pior do que as brigas, tinham sido os olhares piedosos. As meninas que haviam flertado com ele e o achavam gostoso, agora pareciam que sentiam pena e queriam lhe assar biscoitos em vez de dar uns amassos atrás do ginásio. Ele nunca quisera ver esse tipo de compaixão no rosto de Lisanne. Não podia evitar se preocupar com o modo como ela reagiria na primeira vez em que ele usasse o seu novo processador de audição. Ele sabia por experiência própria que uma coisa era saber que alguém era surdo, mas outra completamente diferente era ver a manifestação física da deficiência. Será que ela olharia para ele de forma diferente? Será que começaria a reparar nos olhares enviesados? Será que ele leria o pesar em seu rosto? Arrependimento por se envolver com alguém como ele?

E enquanto ainda estava preocupado em manter sua privacidade na faculdade, ele não se importava tanto mais com os comentários negativos de pessoas que não conhecia. Todos podiam se foder.

Seus pensamentos se voltaram para Zef. Ele nunca o tinha visto tão irritado. O que quer que estivesse acontecendo, era sério.

Esfregou a testa novamente. Era a única parte de sua cabeça que não doía.

A enfermeira entrou com mais analgésico e parecia que ela queria ficar e conversar, mas Daniel estava se sentindo esgotado e seus olhos estavam se fechando.

Ele dormiu irregularmente, sonhando que os olhos decepcionados de Lisanne estavam afastando-se dele. Pela manhã, Daniel estava desesperado para sair. Sua dor de cabeça havia diminuído e ele tinha praticado atravessar o quarto, testando o equilíbrio e lutando contra os ataques súbitos de vertigem. Ele foi deixado mofando ali até que o médico fez a sua ronda de novo. Daniel estava pensando em fazer um barraco, quando o mesmo cara do dia anterior entrou.

— Bom dia, Sr. Colton — disse o médico, tentando parecer severo.

— Sim, eu posso sair daqui agora?

Dr. Mendez verificou a ferida novamente, declarando-se satisfeito, mas não iria assinar a alta, pois Daniel ainda estava cambaleando enquanto caminhava pelo quarto.

— Acho que você deveria ficar mais uma noite, só por segurança, Sr. Colton.

— Não vai acontecer, doutor. Tenho coisas para fazer, lugares para estar.

— Isso não seria sensato.

— Qual é, me dê um tempo. Você me quer fora daqui tanto quanto eu quero ir.

O médico finalmente abriu um sorriso.

— Você vai ter alguém para cuidar de você por alguns dias até que esteja de volta por conta própria?

— Claro. Meu irmão está… em casa.

— Tudo bem — disse o médico, resignado. — Eu vou até a farmácia para enviar um pacote de gaze para que o seu irmão possa cobrir a sua ferida. Você vai precisar voltar em cinco dias para retirar os pontos.

Daniel concordou.

— E vou pedir para trazerem uma cadeira de rodas para levá-lo para baixo.

— Porra! Eu não vou andar de cadeira de rodas aqui!

— Imaginei que você diria isso — suspirou o médico. — Mas, se você cair no caminho para fora do hospital, vai ser a minha bunda sendo processada. E espere até que o seu táxi esteja no meio-fio.

Daniel parecia estar prestes a discutir.

— Basta aceitar a maldita cadeira — retrucou o médico. — Por favor.

Daniel sorriu cautelosamente, vestindo um gorro preto, certificando-se de que cobria a gaze, bem como ambas as orelhas.

— Justo.

Ele descobriu que o porteiro era um fã de futebol americano, que logo se esqueceu de que deveria estar levando Daniel *na* cadeira enquanto caminhavam. Em vez disso, falaram sobre a nova contratação dos Falcons, que poderia levantar 24 vezes um peso de 102kg e correr quarenta jardas em 4,43 segundos.

Daniel estava tão concentrado na conversa que quase não viu Lisanne e seus pais entrando pelo saguão lotado.

Ele sentiu alguém agarrar seu cotovelo, quase o derrubando.

Quando recuperou o equilíbrio, olhou para cima para ver o rosto preocupado de Lisanne.

O porteiro saiu correndo, parecendo culpado.

— Oi, boneca — disse Daniel, com um sorriso. — Tive alta.

— Você tem certeza? Você parece meio vacilante.

Ele piscou para ela, que suspirou.

— Tudo bem. Mamãe e papai estão aqui, podemos te dar uma carona.

— Está tudo bem, eu posso pegar um táxi.

— Cale a boca e entre no maldito carro, Daniel.

Ele sorriu.

— Agressiva. Eu gostei.

Ela puxou o braço dele de novo, mais suavemente dessa vez, e o colocou em volta da sua cintura, onde Daniel estava mais do que feliz em tê-lo.

Monica o abraçou e beijou sua bochecha, o que fez Daniel abaixar a cabeça de vergonha. Ele ficava muito mais confortável com o aperto de mão rápido de Ernie.

Ele se sentou no banco traseiro da caminhonete, tentando ignorar a sensação irritante de vertigem cada vez que se inclinava para frente. Essa merda poderia deixá-lo enjoado. Deu a Ernie o endereço para o GPS e ficou quieto, sentindo a mão quente de Lisanne na sua. Desejou que pudesse beijar a garota corretamente, mas sabia que ela não iria querer isso na frente de seus pais. Ele suspirou. Eram três semanas até o início do próximo semestre – três semanas antes de ele ver Lisanne novamente.

Sentiu seus dedos apertarem na sua mão e sorriu para ela antes de se inclinar para trás e deixar as ruas passarem por ele, um desfile silencioso de lojas, escritórios, pessoas e carros.

Quando chegaram à casa de Daniel, Monica virou os olhos preocupados para o marido. Parecia haver uma festa na casa dos Colton. Carros e motos alinhados na estrada, tocando música alta.

Um rapaz foi urinar ao lado da casa, e mais dois estavam sentados nos degraus da frente, compartilhando uma garrafa de tequila.

Daniel manteve o rosto impassível, mas ele poderia dar um bom palpite sobre o que os pais de Lisanne deviam estar pensando.

— Nós não podemos deixá-lo aqui! — sibilou Monica.

Ernie acenou com a cabeça, o rosto irado.

— Daniel... — Lisanne começou.

— Ei, não se preocupe — disse ele, beijando a bochecha dela levemente. — Isso não me incomoda. Não consigo ouvir nada, então não há problema.

Lisanne odiava ouvi-lo fazer piada disso.

Ele se inclinou para frente para abrir a porta, parando até que a vertigem passasse.

— Ei. — Ela tocou sua mão. — Você tem comida em casa?

— Claro. Eu estoquei Pop Tarts. Estou brincando! Sim, eu comprei comida, não há problema.

— Zef... está em casa?

Daniel deu de ombros.

— Não sei. Não se preocupe comigo. Estou bem. Me manda mensagem quando chegar em casa? Obrigado pela carona, Monica, Sr. Maclaine.

— Mamãe! — Lisanne falou, urgentemente. — Pai?

Seus pais se entreolharam, um acordo silencioso passando entre eles. Monica se virou para que Daniel pudesse ver seu rosto.

— Por que você não vem ficar conosco enquanto se recupera? Você seria mais do que bem-vindo.

Daniel olhou para Lisanne, surpreso.

— Hum, isso é muito legal da sua parte, Monica, mas...

— Você não pode ficar aqui! — disse Lisanne, desesperada. — Quem vai cuidar de você?

Daniel começou a sacudir a cabeça, depois fechou a cara.

— Vou ficar bem, Lis. Eu não estava esperando nada. Estou acostumado a isso. E tenho que estar de volta no hospital em cinco dias para eles tirarem os pontos.

— Mas...

— Eu deveria ficar perto do hospital onde a cirurgia foi feita, Lis. Por precaução.

Esse foi o argumento infalível.

Lisanne mordeu o lábio.

— Mas você virá depois disso? Mamãe, papai, ele pode vir para o Natal, né?

— É claro — disse Monica, olhando para o marido para confirmação.

— Você vai ser muito bem-vindo — falou Ernie.

Daniel ainda estava surpreso quando se virou para Lisanne.

— Só tenho que passar pela próxima semana, boneca. — Então olhou para Monica. — Está tudo bem se eu der a resposta depois?

— Sim, é claro. Fique bem, Daniel. Mas... Você sabe que pode ligar se precisar de alguma coisa, né?

Ele deu um sorriso largo, genuíno.

— Obrigado, Monica.

Movendo-se lentamente, saiu do carro e foi até a porta da frente, então se virou com cuidado e acenou.

Capítulo 20

Daniel foi passando pelos homens sentados do lado de fora de sua casa, que olhavam para ele com uma ligeira curiosidade, depois seguiu pelo corredor.

Estava repleto de estranhos — e ainda mais lixo do que o habitual. Ele não tinha pensado que isso era possível, sem realmente incendiar o lugar. A sala estava cheia de corpos girando, dançando, bebendo e cheirando sabe-se lá o quê. Seus olhos se estreitaram em uma mulher que estava injetando algo, no canto. Ninguém notou, ou, se notaram, ninguém se importou. Puta que pariu, ele teve que admitir que as coisas tinham ficado muito piores recentemente.

Pela primeira vez, sentiu-se enojado com o que sua casa havia se tornado. Ele poderia lidar com pessoas bebendo, fumando maconha e cheirando cocaína — inferno, ele tinha feito todas essas coisas, e muitas vezes. Bem, não tanto desde que começara a faculdade — ou melhor, desde que começara a ver Lisanne —, mas ele não contava como algo muito sério. Se as pessoas queriam festa, era a sua escolha. Mas isso — isso era diferente. Ele pensou no que o Detetive Babaca dissera, que Zef estava traficando metanfetamina. Ao que parecia, essa merda poderia ser fumada, inalada, injetada ou simplesmente engolida. Talvez o Babaca estivesse certo, e tudo isso estava acontecendo debaixo do seu nariz, por assim dizer. Talvez ele tivesse fechado os olhos para tudo isso por muito tempo. Tentou esquecer, mas era como um vírus, que trabalhava através de seu corpo, espalhando seu veneno insidioso.

Enquanto ele se arrastava até as escadas, toda a cena acontecendo nos quartos abaixo o fez se perguntar se ele não precisava de uma fechadura melhor na porta de seu quarto. Ou talvez apenas reforçar com chapa de aço. Ele desejou novamente que pudesse se dar ao luxo de sair, então se sentiu culpado por pensar em deixar Zef. Seu irmão era toda a família que lhe restava.

Em vez disso, ele lhe mandou uma mensagem avisando que estava em casa.

Sua cabeça latejava e a pele do lado esquerdo estava contraída e dolorida. Tudo o que ele queria fazer era se deitar em sua própria cama e descansar. Cansado como estava, seu cérebro estava girando com pensamentos e ideias, preso nos redemoinhos e turbilhões de sua consciência. Tinha aprendido que podia fugir de tudo, menos de si mesmo.

Ele tentou se concentrar.

Quando Zef tinha mudado seu modelo de negócio? Daniel olhou para trás, através de suas memórias: quando? Quando as coisas tinham começado a acelerar de mal a pior?

Daniel sentou-se, de repente, e teve que segurar a barriga quando uma breve onda de náusea o dominou.

Porra, ele tinha sido tão cego!

Ele se abaixou com cuidado e se ajoelhou no assoalho empoeirado, puxando uma caixa de debaixo de sua cama. Ela estava cheia de documentos financeiros, muitos do tempo dos seus pais: seus testamentos, juntamente com o seguro de saúde, taxas da faculdade, extratos bancários, contas, faturas de cartão de crédito – e os detalhes de seu fundo fiduciário da faculdade. Ele tinha visto tudo isso quando decidira fazer a cirurgia do IC. Precisava confirmar que o seu seguro cobria, como se revelara – pelo menos até que ele tivesse 21 anos. Mas, agora, ele não conseguia encontrar os documentos do fundo fiduciário. Procurou através dos papéis, mas tinham desaparecido. Frustrado e começando a ver duplicado, passou por cada documento por uma terceira vez. Ainda nada.

Daniel sentou-se sobre os calcanhares e tentou olhar para todas as possibilidades, mas tudo estava apontando em uma direção óbvia – ele tinha sido muito egoísta e preocupado para ver antes.

Fato um: seu irmão havia deixado a faculdade quando seus pais tinham morrido. Ele sempre disse que era porque o estudo não era para ele e preferia estar no mundo "real", mas, agora, Daniel não tinha tanta certeza. Zef era um cara brilhante – antes de chegar no "varejo", tinha sido tão interessado por motores quanto Daniel, e estava estudando engenharia mecânica.

Fato dois: Zef sempre insistira que o seguro de vida de seus pais havia pagado a hipoteca da casa, com dinheiro sobrando para o custo de vida por alguns anos. Daniel tinha 17 e estava fora, na escola, por isso não lhe ocorrera contestá-lo. Mas, e se Zef tivesse exagerado na quantidade de dinheiro como uma maneira de proteger seu irmão mais novo de uma verdade mais feia?

Fato três: Zef havia perdido totalmente a cabeça quando Daniel tinha gastado mil dólares na multa por excesso de velocidade – a multa que Daniel havia dito que pagaria com seu fundo fiduciário da faculdade. Ele até mesmo havia batido nele – algo que Zef nunca tinha feito antes.

Fato quatro: a papelada sobre o seu fundo fiduciário havia desaparecido misteriosamente.

Fato cinco: somente uma pessoa, além de si mesmo, sabia onde ele guardava os documentos – e tinha uma chave para o seu quarto.

O que, na medida em que Daniel podia ver, somando um mais um, claro, chegava ao indiscutível fato número seis: ambos estavam afundados na merda até a garganta.

A sensação de mal-estar o varreu – uma que não tinha nada a ver com a sua recente operação.

Ele pegou o telefone para enviar uma mensagem a Zef de novo.

> D: Preciso te ver. Estou em casa.

Ele se levantou lentamente e caçou em seu armário a comida que tinha comprado antes de ir para o hospital – biscoitos que havia escondido junto com um saco de maçãs. Olhou para os itens alimentares que deveriam constituir o seu plano alimentar para os próximos dois dias. O que era idiota, porque ele tinha comprado dois itens que exigiam alguma séria ação da mandíbula – e, consequentemente, doeria mais para comer.

Idiota. Com fome e deprimido, Daniel continuou a procurar no armário, esperando que algo mais comestível pudesse emergir das profundezas. Finalmente, encontrou dois pacotes de sopa instantânea na parte de trás. Estavam vencidas há apenas seis meses, assim, consequentemente, nada com que se preocupar.

Ele saiu do quarto rapidamente para encher a sua chaleira na torneira do banheiro. Quando voltou, Zef estava sentado em sua cama, parecendo cansado e um pouco chapado.

— Ei, mano. Deixaram você sair.

— Não, tive que cavar um túnel.

Zef quase sorriu.

— Vamos ver então.

Daniel tirou o gorro e mostrou a Zef a linha de gaze e fita.

— Uau, impressionante. Faz você parecer como um duplo filho da puta.

— Obrigado, acho.

— Só estou dizendo, cara. Quando você fica ligado ao sistema de som?

— Não até após as férias.

— Acha que vai funcionar?

— Talvez. Ninguém sabe com certeza.

— Que droga.

Daniel balançou a cabeça, depois fechou a cara.

— Então, você disse que precisava me ver. O que está acontecendo?

Daniel olhou para seu irmão sem pestanejar.

— Quanto te devo?

— O quê?

— Eu não sou um idiota, Zef. Toda essa merda lá embaixo, isso não é você. Ou não costumava ser. Todo o dinheiro se foi, o que a mãe e o pai deixaram?

O silêncio se estendeu entre eles até Zef exalar uma respiração longa e angustiada.

— Sim, está tudo acabado.

Daniel fechou os olhos, depois de ter visto as palavras que confirmavam tudo o que ele tinha temido.

— Será que... Quanto... Eles realmente deixaram tudo o que você disse ou era uma mentira também?

Zef olhou para baixo.

— Não, eles nos deixaram em boas condições. Fui eu que ferrei com tudo.

— Você ia me contar?

Ele fechou a cara.

— Eu estava esperando que não precisasse. Eu tinha planejado esperar até o final do ano letivo. Ficava pensando que seria capaz de conseguir o dinheiro de volta, mas só estou mais afundado. Sinto muito, cara.

Daniel esfregou o lado de sua cabeça com cuidado.

— Quanto você pegou emprestado?

— Não é assim.

— Como é?

— Eu devo alguns favores para algumas pessoas, o tipo para o qual você não diz "não", tudo bem?

O temperamento de Daniel explodiu, enviando um latejar doloroso através de seu crânio.

— Tudo bem? Você está brincando comigo? Isso está tão longe de "tudo bem". Eu não sei nem mesmo em que porra de planeta você está!

A expressão feroz de Zef suavizou quando viu a dor física e mental de seu irmão.

— Olha, tomei algumas decisões empresariais ruins, mas a casa está segura. Eu não arriscaria isso. Você sempre terá um lar aqui, mano.

— Você chama isso de lar? Cheio de estranhos por todo lado? Eu tenho que trancar a porta do quarto. Eu tenho que trancar a porra da porta do banheiro para impedir que ele se torne um lixo. Eu não posso nem trazer meus amigos aqui. Quero dizer, você sequer *olhou* para este lugar ultimamente?

— Eu sabia que isso iria acontecer, porra — zombou Zef. — Assim que você arrumou a sua putinha de classe média como namorada e começou a visitar a sua casa no subúrbio, fingindo que você é... seja lá que merda você pensa que é agora, alguém bom demais para sua própria casa... *garoto universitário*.

Daniel cerrou os punhos e Zef viu a decisão cintilar em seu rosto, quando o irmão mais novo pensou em bater nele – em acabar com ele.

— Não, Zef. Apenas... Não. Você não pode ver o que está acontecendo aqui? Você está tão perto de ser jogado na cadeia. Os policiais *sabem* que você está traficando. Inferno, eu sou parado na faculdade todos os dias por algum filho da puta tentando comprar algo. Os policiais poderiam prendê-lo a qualquer momento, mas estão esperando você fazer uma merda das grandes ou algo assim. Acha que vão parar em você quando finalmente conseguirem um mandado de busca para este lugar? Eu corro o mesmo risco de ir para a prisão quanto você. Você sequer se *preocupa* com isso?

— Sim, porque você está sendo tão careta, porra?! Eu tenho visto você usando e aproveitando, cara, não finja para mim.

— Eu não trafico! — gritou Daniel.

Zef ficou em silêncio.

— Não, você não o faz. Apenas vive dos rendimentos disso.

A expressão de mágoa atravessou o semblante de Daniel enquanto ele olhava para o estranho com um rosto familiar.

Zef se levantou e passou por ele. Sem encarar Daniel, ele disse:

— Sinto muito, irmão.

A porta se fechou e Daniel se jogou em sua cama. Tantos sentimentos o varreram que ele não sabia com qual lidar primeiro. A raiva era a emoção dominante, mas também havia o medo e decepção, juntamente com um forte sentimento de traição. Ele confiava em Zef.

A surdez progressiva e rápida de Daniel o tinha isolado de muitas maneiras. Enquanto os seus amigos da escola estavam se preocupando com espinhas e sonhos eróticos, os sons foram se tornando enevoados e piadas eram perdidas em ondas de palavras, e ele não podia mais distinguir consoante de vogal.

Mesmo quando ele tinha ido para a escola especial, havia estado em grande parte sozinho, recusando-se a se ver como parte da comunidade surda. Quando tinha chegado a ele a notícia de que seus pais haviam morrido, foi Zef quem dirigiu a noite toda para lhe dizer, de irmão para irmão. Por tudo isso, através de cada momento miserável, a grande presença de Zef tinha oferecido humor nos momentos mais sombrios e força nos mais fracos de Daniel.

Mas, naquele momento, sentado no quarto na casa de sua família, com seu irmão a poucos metros e centímetros de distância, o sentimento de solidão de Daniel nunca havia sido maior.

Agora, ele tinha uma coisa boa em sua vida.

Como se pensar nela a invocasse, o telefone de Daniel vibrou em seu bolso. Ele sorriu quando viu a mensagem.

> L: Estamos em casa. Mãe e pai dirigiram por três horas seguidas. Estou com dor de cabeça – como está a sua? Gostaria de poder ajudar com o alívio da dor ;) LA bj

> D: Eu também, você não tem ideia. A oferta ainda está em aberto? Eu poderia chegar na sexta-feira, após o check-up.

> L: SIM! – gritando – Você está seguro para pilotar? LA bj

> D: Vou pegar o ônibus.

> L: Mal posso esperar! LA bj

O PERIGO DE CONHECER E *amar*

Agora ele tinha coisas para fazer, decisões a tomar. Mas não ainda. Amanhã, em breve.

Ao longo dos próximos dias, a força de Daniel começou a retornar. Sua dor de cabeça diminuiu e cedeu, embora a cicatriz ainda estivesse sensível, e tentar cobri-la era uma merda – "fiasco" era uma palavra igualmente boa. Ele se recusou a pedir ajuda a Zef. Os momentos de tontura diminuíram muito, embora eles ainda fossem debilitantes quando aconteciam.

Ocasionalmente, ele se esquecia de ter cuidado – o que era um bom sinal de certa forma, mas, então, ele batia a orelha ou a cabeça e passava os próximos cinco minutos xingando em voz alta.

Zef tinha ficado fora do seu caminho, e Daniel passava a maior parte do tempo sentado em seu quarto, lendo, só saindo dali para procurar alimentos, controlando quanto dinheiro gastava. Sua conta bancária já estava crítica – ele não queria que ela expirasse durante as férias. Tinha planos para aumentá-la o mais breve possível.

O que significava que a primeira visita que ele fez assim que pôde, foi na oficina, onde havia trabalhado nos dois verões anteriores. A área da oficina era toda escura e cada pedaço de madeira estava escorregadio onde as mãos oleosas tinham tocado. Porém, Salvatore Coredo tinha uma reputação invejável como um restaurador de carros clássicos. Motocicletas eram uma atividade complementar rentável.

— Dan! O que você está fazendo aqui? Finalmente virou um religioso e decidiu me fazer um homem feliz? A oferta em sua Harley ainda está em aberto.

Daniel sorriu com a brincadeira familiar. Desde que Sal tinha posto os olhos em Sirona, maltratada como estava, ele a tinha cobiçado. E cada vez que ele via Daniel, tentava convencê-lo a vender.

— Talvez, Sal, mas estou à procura de trabalho. Você pode me dar algumas horas?

— Pensei que estivesse na faculdade. Já largou?

Daniel fechou a cara e Salvatore riu.

Ele havia conhecido Daniel dois anos antes e tinha ajudado a reconstruir Sirona – ele sabia exatamente que botões apertar.

— Não, ainda estou estudando. Só preciso de um emprego.

— Eu poderia te dar algumas horas no dia de Natal. Está interessado?

— Engraçado pra porra, Sal.

— Cuidado com a boca, Dan. — Ele fez uma pausa, vendo o cansaço que se agarrava ao garoto. — Claro que posso dar 10, talvez 20 horas por semana. Iniciando após as férias.

Daniel sentiu-se aliviado. Não era fácil conseguir trabalho em tempo parcial com tantos estudantes à procura de emprego, e ser surdo – bem, você pode triplicar o nível de dificuldade. O que era, provavelmente, uma estimativa conservadora.

Se ele fosse cuidadoso com o dinheiro a partir desse trabalho, poderia alugar um quarto em algum lugar e viver com apenas o suficiente. Conseguir um quarto acessível no *campus* estava fora de questão, e ele teria que obter um empréstimo para pagar a matrícula da faculdade no próximo ano.

— Então, quanto você me daria por Sirona?

Salvatore ficou boquiaberto e olhou sério.

— Você precisa tanto de dinheiro assim, rapaz?

Daniel deu de ombros, não querendo entrar em detalhes com Sal.

— Bem, deixe-me ver. Poderia, talvez, dar até dois mil e duzentos e cinquenta dólares.

Daniel negou com um aceno, tentando não estremecer, tanto pela dor de cabeça quanto pela dor de vender sua amada Harley.

— Eu quero três mil dólares. Você sabe que ela vale a pena.

Salvatore sorriu.

— Vou pensar sobre isso, Dan. Vamos voltar a nos falar quando você começar a trabalhar, depois das férias.

Depois das férias – parecia um tempo impossivelmente longo no futuro.

Daniel concordou e eles apertaram as mãos sobre o quase acordo.

Ele estava ansioso para ver Lisanne – embora não pudesse dizer com toda a honestidade que estava ansioso para ver seus pais, mas eles tinham sido bacanas em convidá-lo. Estava feliz que eles não tinham ideia de todas as coisas que estava planejando fazer com a sua filha durante a visita. Lambeu os lábios com o pensamento.

Daniel estava prestes a lhe enviar a boa notícia de que conseguira um emprego quando se lembrou de que não tinha compartilhado seus problemas financeiros com ela. De qualquer forma, essa era uma conversa para ter pessoalmente. Não, ela não precisava ouvir toda a merda que ele tinha.

Comprou o jornal local e vasculhou por quartos que estavam dentro de sua faixa de preço limitado. Porém, os dois que ele posteriormente visitou eram buracos de merda que deveriam ter sido condenados, e teria sido um pouco melhor do que ficar em casa.

Na sexta-feira, pegou o ônibus para o hospital com uma mistura de sentimentos, completamente à parte do fato de que ele odiava não ser capaz de andar em Sirona. Isso era uma coisa que pretendia resolver muito, muito rápido com o médico. Precisava de sua independência de volta, especialmente se estava caçando apartamentos.

O ambulatório estava lotado, cheio de pessoas como ele – gente que havia passado pela operação de IC. Algumas eram crianças que não tinham idade suficiente para entender o que estava acontecendo, mas a maioria era composta de adultos em seus sessenta e setenta anos. Apenas uma pessoa aparentava estar na mesma faixa etária de Daniel – uma mulher de vinte e poucos anos. Ela também era a única pessoa que não tinha trazido alguém junto para apoio.

Ela sorriu quando viu Daniel. Ele balançou a cabeça e sentou-se no lado oposto da sala, pois não estava interessado em iniciar uma conversa. Mas ela tinha outros planos, e sentou-se à sua frente.

— *Olá. Você sinaliza?*
— *Sim.*
— *Meu nome é S.A.M.A.N.T.H.A.*

Ela soletrou o nome dela e Daniel fez o mesmo, uma letra de cada vez.

— *D.A.N.I.E.L.*
— *Você vai colocar o IC?*
— *Coloquei. Na semana passada.*
— *Eu também! Seis semanas atrás. Como está indo?*

Daniel deu de ombros.

— *Tudo bem.*
— *Você faz leitura labial?*
— *Sim.*
— *Você não fala muito, não é?*

Daniel apenas olhou para ela.

— Por favor! Nós somos os únicos aqui que não estamos no jardim de infância ou somos aposentados. Você vai receber o seu processador e transmissor hoje?

— Não. Vim tirar os pontos.

— Já que você perguntou, eu fui ligada há um mês. É... estranho. Eu só ouvia sinal sonoro a partir do sistema. Sabia que havia sons, mas não conseguia distinguir entre eles. O fonoaudiólogo disse que é normal. Para ser honesta, estou um pouco assustada.

Ela fez uma pausa.

— Você também está aqui sozinho?

Daniel sorriu e olhou em volta.

— Por quê?

Daniel deu de ombros.

— Você não quer me dizer. Tá legal. Posso perguntar uma coisa? Eu quase não te conheço, mas... Eu não tenho ninguém para perguntar.

Daniel estava curioso, mas cauteloso. Ele não era bom em compartilhamento gratuito de emoções com completos estranhos – ou mesmo com pessoas que ele conhecia bem.

— Você pode perguntar.

— Sério... Por que decidiu ter isso? Você faz leitura labial e pode se misturar.

— Por que você fez?

Ela suspirou.

— Eu tive uma bebê no ano passado. Eu queria ouvi-la rir.

Ela sorriu.

— É simples. Qual é a sua história?

Daniel hesitou. Eles tinham se desviado para o território pessoal em menos de cinco minutos.

— Por que você quer saber?

— E se isso não funcionar? Vou me importar? Quanto vou me importar? Eu conseguia me virar bem antes. Você se sente assim?

— Não tenho nada a perder.

O que era a verdade. Ele não tinha pensado nisso dessa forma até que conhecera Lisanne.

— Você se sente estranho em ter um pedaço de metal na sua cabeça? Eu sei que sinto.

— Desde que funcione. Eu vou te avisar.

— Eu gostaria disso.

Daniel olhou para ela. Não era isso que ele queria dizer.

— Você acha que suas mãos vão ficar solitárias?

— O quê?

— Eu gosto de sinalizar. É tão expressivo. Venho fazendo isso desde que era criança. Acho que eu sentiria falta se parasse por completo.

Daniel não tinha nada a dizer sobre isso. Para ele, sinalizar era uma ferramenta, algo que ele tivera que aprender, mas não o considerava uma alternativa completa para discursar. Pela sua falta de reação, Samantha entendeu o recado e mudou de assunto.

— Há algumas outras coisas que observei sobre o IC: é mais fácil entender os homens – isso é apenas por causa das frequências. Isso está enlouquecendo minha melhor amiga – ela realmente me acusou de flertar com seu marido! Conheço ela há 10 anos. Dá para acreditar?

Daniel não disse nada, mas, francamente, sim, ele podia acreditar. Porém, havia uma pergunta que ele queria fazer a ela, agora que ela tinha começado a conversa.

— Você pode ouvir música?

— Na verdade, não. É algo sem sentido por enquanto. Estou esperando que vá melhorar.

Ela estudou seu rosto.

— Você sente falta da música.

Daniel se mexeu, desconfortável, em seu assento, mas finalmente olhou para ela.

— Sim, eu sinto.

Samantha sorriu com simpatia.

— Eu realmente não me lembro dos sons. Eu tinha apenas três anos quando perdi a audição. Vou ter que reaprender tudo.

Ela fez uma pausa, vendo a tensão em sua expressão.

— Você tem planos para o feriado?

— A casa da minha namorada.

— Isso explica a mochila. Ela está na faculdade?

— Sim.

— Você também?

— Sim.

— O que você está estudando?

— Economia e administração, com ênfase em matemática.

— Uau! Isso deve ser um calendário muito cheio. O que sua namorada estuda?

Daniel poderia muito bem ter previsto o olhar no rosto de Samantha quando ele lhe respondeu.

— Música.

A resposta de Samantha era totalmente previsível. Sim, esse era o olhar que ele esperava: pena misturada com simpatia. Ele estava ficando muito cansado disso.

A luz piscou no painel e todos se viraram para olhar para o nome que brilhava. Sra. S. Wilson.

— *Essa sou eu.*

Samantha arrastou sua bolsa, depois passou um pedaço de papel com seu número de telefone rabiscado nele. Ela sorriu para sua expressão.

— *Eu não vou dar em cima de você! Embora você seja bonito. Só gostaria de saber como funciona para você. Seria bom ficar em contato, trocar informações. Tome cuidado, Daniel.*

Dando um sorriso, ela desapareceu em um dos corredores e Daniel foi deixado sozinho. Por um momento, pensou em jogar fora o pedaço de papel, mas, no final, enfiou-o no bolso e esqueceu o assunto.

Quando o nome de Daniel veio à tona, ele seguiu pelo mesmo corredor que Samantha. Ficou aliviado ao ver que era o Dr. Palmer esperando na sala de consulta.

— Bom dia, Sr. Colton. Como você está? Algum problema?

— Oi, doutor. Não, tudo bem.

— Qualquer náusea? Tontura?

— Um pouco. Estão melhorando aos poucos.

— Bom. Sente sensibilidade quando trocam seus curativos?

— Um pouco. Especialmente se eu puxar minha orelha por engano.

— Você esteve trocando seus próprios curativos?

— Bem, sim.

Dr. Palmer fechou a cara.

— Certo. Vou dar uma olhada.

Ele cutucou e sondou. Doeu, mas era suportável. Ele caminhou ao redor para enfrentar Daniel.

— Tudo parece bem. Nada para se preocupar. Vou tirar esses pontos agora. Vai ser um pouco desconfortável.

Cinco minutos depois, Daniel sentiu como se o médico estivesse tentando lhe abrir o crânio com um pé de cabra. Mas foi um alívio arrancar os pontos.

Dr. Palmer se postou à frente para falar com Daniel.

— Há um pouco de sensibilidade, mas não mais do que eu esperaria. Vai estar muito bom em duas semanas, e nós estaremos prontos para ajustar o transmissor e o processador. Você tem alguma pergunta?

— Posso montar na minha moto?

Dr. Palmer fechou a cara.

— Não, é muito cedo para isso, especialmente se você ainda tiver alguma tontura. Pergunte-me novamente depois de sua instalação, Sr. Colton.

Era a resposta que Daniel estava esperando, mas ainda era irritante.

— Tudo bem. Vejo você no próximo ano, doutor. Obrigado e tudo o mais.

— Boas festas — desejou o médico, calmo, e observando Daniel sair da sala.

Daniel estava contente que tinha chegado à rodoviária mais cedo. Junto com os aeroportos e estações de trem, o local o deixava nervoso. Se houvesse uma mudança de plataforma ou de portão anunciada pelos alto-falantes, ele não poderia ouvir. Havia perdido algumas conexões em viagens anteriores porque tinha acontecido uma mudança de última hora e ele não sabia. Manteve um olho no ônibus de Atlanta, verificando uma e outra vez as placas até que chegou a hora da partida.

Daniel sentou-se na parte de trás e fechou os olhos. Ele não teria admitido isso nem para o próprio diabo, mas estava feliz por não estar andando em Sirona durante todo o caminho até a casa de Lisanne.

O ônibus estava cheio de pessoas que viajavam de férias, pacotes coloridos enfiados em sacos, mas ninguém o incomodava no seu canto. Ele estava ciente de como parecia inacessível, sendo alto e de ombros largos, com uma semana de barba por fazer, *piercing*, o gorro puxado para baixo, botas pesadas e uma jaqueta de couro preta. Ele não precisava de um sinal dizendo às pessoas para ficar bem longe.

Após uma hora cochilando, endireitou-se e esfregou os olhos. Puxou uma cópia maltratada de *O negócio é ser pequeno*, de EF Schumacher, da mochila e tentou se concentrar nas páginas. Mal podia esperar para ver sua menina, menos ainda para sentir seu corpo enrolado no dele. Ele sabia que os pais dela estariam com olhos de águia, observando e esperando que ele colocasse um dedo – ou uma língua – fora do lugar, mas Daniel sentia-se confiante de que encontraria um caminho. Inferno, claro que sim.

O livro caiu em seu colo e seus olhos observaram os flashes de paisagem passando pela janela do ônibus: árvores, campos, pomares, casas, outra cidade pequena, mais árvores. Mas, em vez de ver a paisagem da Geórgia, estava pensando sobre o quanto sua vida tinha mudado.

Começar a faculdade era um grande negócio para a maioria das pessoas, mas, para Daniel, tinha sido um salto para o desconhecido. Contra todos os conselhos que sua escola lhe dera, ele estava determinado a manter sua perda de audição como um assunto privado. Teve que trabalhar muito e concentrar-se mais que os outros estudantes, teve que lutar – literalmente – contra as expectativas formadas por sua relação com Zef, e tinha conhecido Lisanne. Ele tinha toda a intenção de manter-se por conta própria mas, agora, descobriu que tinha uma namorada – séria, talvez – e estava no caminho para passar as férias com sua família novamente.

E depois havia o enorme potencial de mudança de vida, a decisão que ele tinha feito ao obter o IC.

Não tinha certeza de como se sentia sobre isso, mas, uma vez que havia visto Lisanne cantar, visto sua paixão pela música saindo dela, as suas razões para não ter o implante tinham sido levadas para longe.

E ele não tinha arrependimentos.

Pensou novamente sobre o que significava ter uma namorada, ou melhor, o que significava ter Lisanne em sua vida.

Ele gostava de sexo – e muito –, e desde que havia perdido a virgindade aos 15 anos de idade, tinha adorado ser o deus de uma só noite, incansavelmente buscando a gratificação de curto prazo. Tinha começado como autoproteção contra a dor da rejeição, mas isso havia se tornado um hábito perpétuo.

Era diferente com Lisanne. Tão diferente que Daniel tinha que admitir que ele estava, praticamente, em território inexplorado. Ela havia arrancado suas defesas, uma a uma, deixando-o vulnerável e exposto. Era irritante, mas, ao mesmo tempo, ele não se sentia tão sozinho. Ela rejeitava o isolamento como uma solução para a sua surdez e o levara de volta para o mundo. Mas o problema manteve-se – era um mundo cheio de pessoas que ouviam, onde a surdez era rotineiramente alvo de piadas. Era assustador, especialmente porque ele não tinha nenhuma maneira de lhe explicar o que ela estava pedindo.

E, no entanto, a operação tinha sido um passo nesse mundo.

Daniel estava muito consciente de que o IC era um pedaço de tecnologia que poderia ajudar, mas era apenas uma ferramenta – ele ainda seria surdo.

Ele se perguntou se Lisanne realmente entendia isso. Se fosse honesto consigo mesmo, estava esperando o momento em que ela estaria cansada de ter um namorado com deficiência. Cristo, o peso dessa palavra maldita.

Ele também sentia uma responsabilidade em direção a ela depois de ter sido o primeiro homem com quem ela já dormira.

Inferno, tanto quanto poderia dizer, ele havia sido o primeiro cara que ela já tinha beijado. Mas, enquanto a sua confiança crescia, o sexo só ficava cada vez melhor. Ela estava confiando nele para ajudá-la a explorar mais. E ele estava ansioso, querendo mais do que isso.

Daniel coçou a barba. Provavelmente era hora de raspar – sua boneca tinha pele sensível.

Sentiu o celular vibrar, alertando-o de que uma mensagem tinha chegado.

> L: Estou na rodoviária. Não vejo a hora de te ver. LA bj

Ele sorriu para a mensagem.

Quis dizer tudo o que tinha escrito na carta, e isso o assustava. A maneira como se sentia sobre ela... Baseando-se no fato de que outras pessoas tinham feito dele um fraco. Zef havia provado isso.

Porém, quando desceu do ônibus e viu o rosto ansioso ostentando um enorme sorriso, suas dúvidas foram empurradas para um lugar distante e trancadas.

— Boneca — disse, largando a mochila no chão e puxando-a para si.

— Você deixou a barba crescer — queixou-se.

— Você não gostou?

— Hum...

Ele se inclinou para beijá-la e ela colocou os braços firmemente em torno de seu pescoço. Os lábios dela eram suaves e quentes contra os seus, a língua febril e ansiosa.

Daniel se perdeu no beijo, esquecendo-se de que estava em pé no pátio de uma rodoviária. Foi o pau dele que o lembrou, enquanto seu quadril estava se esfregando nela.

Ele a afastou um pouquinho, sentindo-a resistir de leve. Daniel soltou um longo suspiro e ergueu as sobrancelhas.

— Eu gosto dessa sua ideia, mas devemos sair daqui primeiro. — Ele tocou seu rosto, que estava parecendo um pouco rosado por conta do seu beijo. — E eu vou fazer a barba.

Lisanne deu uma risada envergonhada.

— Parece que não consigo me comportar adequadamente perto de você!

— Contanto que se comporte de forma inadequada, você não terá queixas de mim — sussurrou contra o seu ouvido.

Ela suspirou, feliz.

— Mamãe e papai estão em uma coisa da escola, e Harry está com seus amigos.

Daniel entendeu a dica.

— Dirija rápido, baby, porque acho que não posso esperar muito mais tempo.

Ele se abaixou para pegar a mochila e experimentou uma breve onda de vertigem que o fez tropeçar.

— Daniel!

— Não se desespere, baby, eu estou bem — disse ele, levantando-se mais lentamente dessa vez.

Lisanne enlaçou sua cintura com firmeza, enquanto caminhavam em direção ao carro, e sentiu-se tranquilizada pela sua presença sólida.

Levou meia hora para chegarem até a casa de Lisanne. Daniel passou a maior parte do percurso com a mão esquerda descansando em sua coxa. Foi o suficiente para fazer Lisanne segurar o volante até os nódulos dos dedos estarem brancos. Uma parte dela não tinha acreditado que ele realmente viria.

Ambos ficaram aliviados quando o trajeto finalmente acabou.

Lisanne desligou o motor, e a tensão estalou no ar, as faíscas que inflamariam a qualquer momento.

Ela virou a cabeça para encará-lo, deparando com seu olhar.

— Então, todos estão fora.

— Sim.

— Quanto tempo?

— Duas horas. Talvez.

— Vamos.

Ela abriu a porta da frente e, sem falar nada, subiram as escadas, de mãos dadas, para o seu quarto.

Daniel largou a mochila sobre o tapete e beijou Lisanne avidamente.

Ela começou a retribuir, com as mãos empurrando sua jaqueta de couro, mas, depois, recuou. Daniel olhou para ela em confusão.

— Será que você... Sua barba por fazer... Todo mundo vai saber.
Ele sorriu com a compreensão.
— Eu vou fazer a barba.
O alívio era evidente.
— Desculpe, eu...
— Não é um problema.
— Daniel...
— O quê?
— A operação...
Ele endureceu.
— O que tem isso?
Ela mordeu o lábio e puxou nervosamente a manga de seu casaco.
— Posso ver... Posso ver sua cicatriz?
Ele não se moveu, mas não a impediu quando ela puxou suavemente seu gorro.
— Oh — sussurrou ela, correndo os olhos sobre a linha de gaze e fita que serpenteava o seu crânio.
Daniel virou o rosto para longe dela. Era *esse* o momento em que a realidade seria demais?
Mas suas mãos suaves puxaram sua boca para a dela e ela o beijou lenta e amorosamente.
— Eu gosto do cabelo curto, combina com você. Você se parece com um fuzileiro naval ou algo assim.
Ele bufou, porque, sim, os fuzileiros navais recrutavam muitas pessoas surdas.
— Ou algo assim. Não acho que eles permitem *piercings* na Marinha.
Ele pegou seu kit de barbear na mochila e puxou a camiseta pela cabeça, sorrindo para si mesmo enquanto os olhos dela seguiram a rota do material até seu corpo. Então, dirigiu-se para o banheiro.
Quando ele olhou para o espelho, viu Lisanne de pé atrás dele.
— Me deixa fazer isso.
— O quê?
— Eu quero fazer a barba para você.
Ele olhou para ela.
— Você não confia em mim? — ela indagou.
— Só não quero parecer como se tivesse entrado em uma briga, mais do que já pareço.

— Ei — disse ela, batendo no braço dele. — Eu tenho a mão muito firme.

— Hmm — respondeu ele, acariciando o pescoço dela. — Gosto de suas mãos.

Ela empurrou seu ombro para fazê-lo olhar para ela.

— Então você deixa?

Ele suspirou teatralmente.

— Tudo bem, mas já tenho um corte de quinze centímetros, então tome cuidado, okay?

Ele se sentou no banquinho que ela havia colocado na frente do espelho e a viu retirar sua espuma de barbear e navalha.

O banheiro começou a encher com a mesma tensão que eles tinham experimentado no carro. A excitação de Daniel, que havia começado na garagem e aumentado no quarto, estava se tornando realmente muito desconfortável. Ele se mexeu no banco, enquanto seus olhos se nivelaram aos seios de Lisanne.

Ela balançou a lata, depois apertou o bico, observando a espuma na palma de sua mão. Ela a espalhou em cada bochecha, no queixo, no pedaço de pele acima de seus lábios carnudos e para baixo, sobre sua garganta.

Ele olhou para ela, seus olhos castanhos amplos e confiantes.

Pegando a navalha, ela deu um passo mais perto, de modo que estava de pé entre suas pernas. Descansou a mão esquerda em seu ombro e ele esticou o pescoço para cima.

Lisanne abaixou-se e inclinou a cabeça de Daniel para o lado.

Movendo-se com precisão, ela colocou a navalha na base de sua costeleta, menos de uma polegada a partir da incisão atrás da orelha, e com movimentos lentos e cuidadosos, ele a sentiu arrastar a navalha para baixo de sua bochecha esquerda. Um longo e liso pedaço de pele foi revelado. Seu peito nu subia e descia uniformemente e seus olhos seguiam os dela. Quando ela se mudou para seu lábio superior, ele o comprimiu; quando ela se moveu para o lado direito, ele inclinou a cabeça para ela.

Ela enxaguou a navalha na pia e seus olhos traçaram o caminho de uma gota de água que escorria pelo peito dele, brilhando por um momento antes de desaparecer no cós da calça jeans.

Com grande foco, mudou-se em torno dele, barbeando-o de forma limpa, terminando com uma passada acima de sua garganta até o queixo.

Ela limpou um redemoinho final da espuma de sua bochecha direita e deu batidinhas suaves com uma toalha no rosto dele.

O PERIGO DE CONHECER E *amar*

— Tudo pronto — disse ela, com a voz rouca.

Ele tirou a navalha da mão dela e a colocou cuidadosamente ao lado do lavatório, observando como a água escorria pelo ralo.

Olhou-se no espelho e passou os dedos sobre seu rosto suave.

— Bom trabalho. — Ele se virou e olhou em seus olhos por alguns segundos antes de falar novamente: — Posso levá-la para a cama agora?

— Comecei a tomar pílula.

Seu anúncio abrupto o deteve.

— Começou?

— Sim.

— Tudo bem. — Ele não tinha certeza do que ela queria que fizesse com essa informação.

— Então, você não tem que, você sabe... Você não tem que usar camisinha.

Ele a encarou e o rosto dela ficou vermelho.

— Eu pensei que era o que você queria! — ela gritou com ele.

Ele piscou em surpresa, tanto pela raiva no rosto dela quanto pelas palavras ditas.

— Não, eu não quis dizer... Eu não estava... Quero dizer, isso é ótimo. Sei que estou limpo, porque faço o teste regularmente, e tive que fazer um exame de sangue antes da operação. Você apenas me surpreendeu, nunca fiz sem camisinha antes.

— Ah, tudo bem — assentiu Lisanne. Ela olhou para ele com ousadia. — Eu quero que você faça amor comigo, Daniel.

Mais uma vez, suas palavras o fizeram pausar e, de repente, sentiu-se incerto. Ele conhecia sexo. Ele sabia o que era foder. Sabia como fazer uma mulher gozar tão forte que ela via estrelas, a galáxia e toda a Via Láctea. Mas fazer amor? Era isso o que eles faziam? Era por isso que era diferente com ela?

Ele lambeu os lábios quando a mão dela subiu para segurar a dele, levando-o de volta para seu quarto.

Ele a observou rebolar e balançar o quadril enquanto andava atrás dela, e seu pênis chorou de felicidade.

— Coloque a cadeira contra a porta — disse ela. — Por precaução.

Daniel levantou a cadeira e a prendeu sob a maçaneta da porta, depois tirou as botas e meias.

— Você não costumava usar um cinto com seu jeans — disse ela, de repente.

Ele deu de ombros.

— Evita que as calças caiam.

— Você não está comendo, não é?

— Você realmente quer ter essa conversa agora? Porque eu só quero colocar meu pau dentro de você, onde ele esteve implorando para estar durante a última meia hora, e depois sentir você se apertar ao redor dele quando gozar, gritando meu nome.

— Oh.

— Sim.

Daniel deitou-se na sua cama, sorrindo para ela.

— Quer me beijar?

— Eu quero fazer muito mais do que isso — disse ela, confiante.

Lisanne se mexeu na cama até que estava sentada em cima das coxas dele. Ela se inclinou e beijou seu peito, puxando suavemente primeiro um, depois outro *piercing* no mamilo.

Daniel respirou fundo, sentindo ondas de desejo incendiando seu corpo. Ela não tinha ideia do quão sexy parecia fazendo isso, tomando o controle. Seus braços estavam soltos ao lado, enquanto ela continuava a saborear cada centímetro de pele nua que conseguia encontrar.

Quando o segurou por cima da calça jeans, ele gemeu.

Ela enfiou a mão por dentro e sua boca abriu de surpresa.

— Você não está usando cueca.

Ele sorriu.

— Eu não consegui lavar minhas roupas.

Sua mão apertou ao redor dele e ele suspirou com o prazer inicial.

— Porra, isso é tão gostoso.

Ela soltou o cinto e abriu o botão da calça jeans antes de abaixar o zíper. Daniel gritou.

— Oh, desculpe — arfou ela.

— Porra, Lis, eu fui danificado o suficiente esta semana. Tenha cuidado com meu pau, ele precisa de amor.

— Oh, pobre coisinha. — Ela sorriu. — Quer que eu beije para melhorar?

A intenção de Daniel de negar que não tinha nada de "pobre coisinha" morreu em sua garganta quando ela puxou seu pênis livre e começou a colocar pequenos e doces beijos por toda parte.

Ela chupou a ponta timidamente, os olhos sérios focados nele.

Ela o soltou tempo suficiente para perguntar:

— Assim?

— É — ele conseguiu dizer, quando sua coerência começou a desmoronar.

Ela sorriu e voltou desajeitadamente, lambendo, sugando e, geralmente, trabalhando os movimentos que tinham as melhores reações. Era como uma espécie de experimento científico, mas com som pornográfico, quando Daniel lamentava, gemia e ofegava.

Quando sentiu suas bolas e o abdômen contraindo, empurrou os ombros dela.

— Lis...

— Sim? — disse ela, confusa de como ele havia pulado embaixo dela.

— Eu vou gozar, se continuar fazendo isso.

Ela franziu o cenho.

— Não é esse o intuito?

Daniel conseguiu sorrir de sua expressão confusa quando ele se apoiou nos cotovelos para ver o seu rosto melhor.

— Bem, sim, mas então isso vai acabar muito rápido. Quero um ritmo lento com você.

— É isso que você quer? Um ritmo lento comigo? — Ela parecia um pouco magoada.

Daniel tentou explicar, enquanto seu pau o amaldiçoava.

— Depende. Às vezes, eu só quero foder, duro e rápido, certo?

Ela engoliu em seco e sentiu suas entranhas apertarem em resposta.

— Mas, às vezes — continuou ele —, às vezes, eu quero fazer isso durar, como agora. Eu quero tocar em você, quero te provar, quero ver seu rosto quando você gozar, quero te ver gritando, porque não quer que isso pare, e porque você quer. Quero fazer isso ser bom para você, baby, muito bom. — Ele olhou para seu pau, que estava quase roxo com urgência. — E, *depois*, eu vou te foder duro e rápido. O que acha disso?

— Hum, tudo bem.

Ele sorriu para ela.

— Bom. Venha aqui.

Enquanto ela se arrastava de volta até a cama, ele empurrou seu infeliz e dolorosamente rígido pau de volta na calça jeans, depois soltou os botões da camisa dela um por um.

— Eu sei que é bobo — ela disse, em voz baixa. — Mas eu me sinto meio nervosa. Você sabe, porque não temos feito *isso* por um tempo.

— Nem me fale. Eu vivo com tesão e você deve, provavelmente, ter voltado a ser virgem.

— O quê? — perguntou Lisanne, em pânico.

Daniel riu.

— Brincadeira! Caramba!

— Eu sabia que era brincadeira — murmurou ela.

Ele abriu sua camisa e viu o sutiã verde-jade brilhante da *Victoria's Secret*, o qual ele tinha pegado um vislumbre quando ela estava bêbada. Na noite em que ela lhe dera um tapa e o expulsara de seu quarto.

Parecia sensacional contra sua pele pálida. Ele poderia até ter gemido alto; não sabia bem.

Daniel enterrou o rosto em seus seios enquanto ela passava as mãos sobre os músculos contraídos de seus bíceps, seguindo as linhas que rodopiavam de suas tatuagens.

— Eu senti falta disso — suspirou ela, embora Daniel não pudesse ouvi-la.

Com uma mão, desabotoou o sutiã e deslizou de seus pequenos ombros.

Seus mamilos já estavam acesos, mas, usando a língua e os dentes, ele os provocou até parecerem mais rígidos.

— Hmm, morango — disse a si mesmo.

Lisanne corou, o calor vindo do centro de seu corpo, a cada centímetro mais longe.

Ela virou de costas e Daniel arrancou fora seu jeans. Ela estremeceu um pouco e ele olhou para cima.

— Tudo bem?

— S-sim!

Sorrindo, ele puxou sua calcinha para baixo até que estava emaranhada em torno de seus tornozelos.

Ele colocou dois dedos dentro dela e assistiu com prazer enquanto ela esticava o corpo e estremecia suavemente.

— Você já gozou sem mim, boneca?

Ela resmungou alguma coisa, mas Daniel não conseguiu ler o que ela havia dito.

— Diga de novo, baby.

— Hum, sim. Uma vez — murmurou ela.

— Muito bem, Lis — disse ele, tentando não rir de sua expressão mortificada. — Gostou?

— Sim. Mas é melhor quando você faz.

Daniel sorriu, ele não iria discutir sobre isso.

— Você gosta quando eu faço isso?

Lisanne arfou.

— Ou isso?

Seu quadril se elevou para fora da cama.

— Ou isso?

Ela gritou e agarrou os lençóis com os dedos firmes.

Sorrindo para si mesmo, Daniel não conseguiu resistir a lambê-la. Maldição, ela tinha um gosto bom. Ele ficou pensando se era capaz de fazê-la gozar só com a boca.

Cinco minutos depois, teve sua resposta.

Lisanne era uma bagunça suada, deitada de costas, totalmente aberta e exposta, brilhando de um segundo orgasmo deslumbrante.

Daniel estava feliz que sua menina estava satisfeita, mas o granito em sua calça estava lhe dando uma dor profunda. Ele tirou a calça jeans, com um sentimento de alívio, e ela abriu um olho.

— Eu não consigo me mover — ofegou ela.

— Você não precisa, baby — disse ele. — Vou fazer todo o trabalho. Só... Aproveite!

Ele estendeu a mão para a jaqueta e o pacote de preservativos, antes de lembrar que ela tinha dito que não era necessário. Daniel hesitou por um momento. Ele havia feito um monte de merda com um monte de mulheres, mas nunca tinha deixado de usar camisinha antes. Estava mais do que feliz por Lisanne ser sua primeira. O pensamento o fez sorrir.

Gentilmente, ele a rolou sobre o lado direito do quadril e deitou-se atrás dela para que ficassem de conchinha. Ele empurrou os joelhos dela com os seus próprios, envolveu um braço por baixo dela, puxando-a com força contra ele, depois esfregou a ponta contra ela, sentindo seu calor e umidade.

Ele a penetrou mais rápido do que pretendia, mas ela não o impediu. Sentindo pele contra pele, suas paredes macias se apertando ao redor dele, Daniel quase chegou ao clímax.

— Porra, é tão...

Enquanto isso, ele estava tendo problemas para se conter. Ela empurrou a bunda para trás contra ele, que perdeu a cabeça. Ele arremeteu com força e explodiu em uma onda de calor, pulsando dentro dela, esvaziando-se em seu interior.

Porra, isso foi intenso. Ele estava quase envergonhado por ter gozado tão rápido – isso não acontecia há muito tempo. Ele se retirou e viu com fascinação que seu esperma estava escorrendo pela parte de trás da coxa dela. Porra, isso era sexy.

Lisanne se contorceu em seus braços até que estava de frente para ele.

— Oi — disse ela, timidamente.

Ele beijou os lábios macios.

— Você é tão incrível, sabe disso, né?

Ela riu.

— Você também. Eu senti falta de ter, hum, orgasmos com você.

— Você, com certeza, tem um jeito com as palavras.

Ela fingiu beicinho e ele riu.

— Eu senti falta de tudo isso — disse ela, levantando a mão para acariciar seu rosto.

— Eu também — suspirou ele, dando um beijo suave na ponta do nariz dela.

— Argh! — Ela sentou-se, de repente.

— Qual é o problema?

Os olhos de Daniel correram até a janela. Talvez ela tivesse ouvido seus pais voltando.

— Eu estou... Oh, Deus, isso é tão embaraçoso!

Daniel olhou para ela com olhos preocupados. Quando Lisanne começou a sair da cama, ele colocou a mão no braço dela.

— O que foi Lis? Você está me assustando.

— Oh, Deus. Apenas... Nada. Espere aqui.

— Lis!

— Ah, pelo amor de Deus, Daniel! Estou *pingando*, tá? Estarei de volta em um minuto.

Ela ouviu as gargalhadas de Daniel por todo o caminho até o banheiro.

Murmurando baixinho, Lisanne limpou-se por cima. Ninguém tinha mencionado esse efeito colateral de tomar a pílula. De repente, ela desejou que tivesse usado camisinha. Havia se sentido incrível por não ter qualquer barreira entre eles, mas, mesmo assim, os preservativos evitavam *a bagunça*.

Ela se perguntou se tinha tempo para um banho e decidiu que era uma necessidade absoluta. Então, um pensamento lhe ocorreu – talvez eles pudessem tomar um banho juntos. Kirsty havia dado uma descrição demasiadamente vívida de quando ela e Vin tinham feito exatamente isso no banheiro privativo dele na casa de fraternidade.

Lisanne havia achado que soava bastante perigoso, com todo o escorregar e deslizar em torno dos azulejos, mas, agora que tinha a chance, ela descobriu que queria experimentar por si mesma.

Ela enrolou uma toalha de banho debaixo dos braços e levou uma extra para Daniel.

Ele não estava deitado na cama mais, e, sim, inclinado para fora de sua janela, dando à Lisanne uma visão muito boa de sua bunda. Ela esperava que ele não estivesse fumando: o pai dela tinha um nariz poderoso quando se tratava de coisas desse tipo.

Mas ele não estava fumando, e agora que Lisanne pensou sobre isso, ela não o tinha visto com um cigarro desde que o havia pegado na rodoviária.

Porém, antes que ela tivesse a chance de perguntar sobre o assunto, ele se virou e pulou quando a viu.

— Porra, Lis! Você quase me deu um ataque cardíaco, pensei que seus pais tinham voltado cedo.

Ela sorriu presunçosamente, contente de que era ele quem estava tomando susto, para variar. Seus olhos viajaram para cima e para baixo do corpo dele. Ele, definitivamente, tinha perdido peso, mas, além disso, não havia nada que sugerisse que tivesse passado por uma cirurgia invasiva – nada, exceto a gaze na lateral da cabeça.

— Eu vou tomar um banho. Quer tomar comigo?

Os olhos de Daniel se incendiaram, mas, então, ele fez uma cara de confuso.

— Sim, mas tenho que manter isso seco — disse ele, apontando para a orelha.

— Tudo bem, vou ser gentil com você — ela falou.

Ele ergueu as sobrancelhas, então a perseguiu até o banheiro.

Capítulo 21

Lisanne fez uma nota mental para colocar sexo no chuveiro no topo de sua lista de coisas favoritas a fazer com – e para – Daniel. O vapor, suas mãos lisas com sabão, água quente e sexo ainda mais quente, a combinação tinha sido o sonho de um alquimista, criando um maravilhoso momento precioso.

Ela brilhava, e Daniel parecia muito satisfeito consigo mesmo.

Infelizmente, e talvez inevitavelmente, seu curativo tinha ficado encharcado.

Lisanne ficou chocada outra vez quando viu a longa cicatriz e a pele raspada, embora seu cabelo estivesse começando a crescer de novo, criando uma penugem de pêssego macio.

Escondendo como se sentia quando olhou para a cicatriz feia, somando à culpa, ela ainda insistiu que eles não podiam arriscar voltar para a cama. Harry ou seus pais estariam em casa em breve.

— Mais cinco minutos — pediu Daniel, pressionando seu corpo nu contra a porta do quarto.

— Não — repetiu ela. — Coloque sua maldita calça novamente. De qualquer forma, precisamos consertar sua cabeça.

— Muitas mulheres têm tentado — ele respondeu, solenemente.

— Ousado, ha-ha! Agora se vista.

Não demorou muito tempo para Daniel: uma calça, uma camisa, e ele estava pronto. Lisanne demorou um pouco mais, e ela queria secar o cabelo, evitando assim de qualquer um perguntar por que ela estava com o cabelo molhado logo após o namorado dela ter chegado para visitar.

Daniel deitou-se em sua cama olhando para ela, um pequeno sorriso no rosto.

— O quê? — disse ela, uma vez que havia terminado.

Ele deu de ombros.

— Isso, eu gosto.

— Do quê? De me ver secar o cabelo?

Ele sorriu, mas seus olhos estavam um pouco tristes.

— Sim, mas não apenas isso. Tudo isso: você, eu, passar o tempo, não ter nenhum lugar especial para estar, sem pressão, você sabe. Nenhuma colega de quarto.

— Sei o que você quer dizer. Mas Kirsty não é tão ruim. Vocês se dão bem agora, não é?

— Sim, nós estamos bem, eu acho. Só quis dizer... Ah, foda-se. Não sei o que estou falando.

— Poderíamos talvez ir para a sua casa, às vezes?

Daniel balançou a cabeça.

— Não. Eu não faria isso com você. Além disso, estou saindo de lá. Vou conseguir um quarto em algum lugar. Eu vi dois...

— Mas... E o Zef? Não é a sua casa também?

— Não está realmente funcionando mais, as coisas ficaram meio intensas. Só preciso encontrar meu próprio lugar. Ei, esqueci de te dizer, consegui um emprego.

Ela ficou boquiaberta.

— E a faculdade? E seu diploma?

— Só vou fazer 15 ou 20 horas por semana, isso é tudo. Significa que vou ter que trabalhar nos fins de semana, mas ainda vou para a faculdade. Eu poderia ter de largar uma disciplina, mas vou tentar em primeiro lugar.

— Eu nunca vou te ver!

Ele se levantou e passou os braços ao redor de seus ombros.

— Nós vamos lidar com isso, se quiser.

— Claro que quero! Por que não iria querer? — Ela o beijou rapidamente. — Idiota.

Ele sorriu para ela.

— Eu não sei, Lis, eu vim até aqui e você abusou do meu corpo no segundo em que passei pela porta, e agora você está me xingando?

Ela beliscou a bunda dele, fazendo-o dar um pulo.

— Acostume-se com isso. Você é meu nessas férias.

Cinco minutos mais tarde, os pais de Lisanne os encontraram inocentemente sentados à mesa da cozinha enquanto Lisanne grudava pedaços de gaze na cabeça de Daniel.

— Oi, Daniel — Monica disse, calorosamente. — Como você está, querido? Oh, você parece muito melhor do que na semana passada. — Ela o beijou no rosto, fazendo-o abaixar a cabeça e sorrir.

Ele se levantou para apertar as mãos do pai de Lisanne, o que lhe valeu uma repreensão irada dela enquanto seus dedos deslizavam sobre sua ferida, fazendo-o estremecer.

— Fique quieto — resmungou e deu um tapa em suas costas.

— Lisanne! — sussurrou a mãe.

— Bem, ele não pode me ouvir, mãe, então tenho que fazer de alguma forma — disse Lisanne, com petulância. — É a única maneira que consigo fazê-lo prestar atenção. — Ela puxou o braço de Daniel para que olhasse para ela. — Minha mãe acha que estou sendo muito dura com você.

Daniel riu.

— Sim, você é muito assustadora.

— Viu, mãe? — falou Lisanne. — Ele está bem.

— Bem, ainda... Posso te oferecer uma bebida, Daniel? Um chá gelado ou um café, talvez?

Mas Ernie já havia alcançado a geladeira e pegou uma lata de cerveja de um pacote de seis.

— Ou uma destas?

— Sim, ótimo. Obrigado, Sr. Maclaine.

— Eu vou tomar uma cerveja também, pai — disse Lisanne.

— Você certamente não vai! — disparou sua mãe.

— Por que não? Daniel é apenas alguns meses mais velho do que eu!

— Lisanne! — sua mãe a advertiu.

Lisanne fez beicinho e Daniel piscou para ela.

— Honestamente! Acho que você gosta mais do Daniel do que de mim!

Ernie revirou os olhos. Ele ganhava a vida ensinando adolescentes cheios de hormônios. Tê-los em casa também era desgastante, para dizer o mínimo.

— Eu vou assistir um pouco de TV — anunciou a ninguém em particular. — Há um filme de Bruce Willis em um minuto.

Monica balançou a cabeça.

— Não sei quais são os planos que vocês dois têm para esta noite, mas estou cansada. Posso pedir uma pizza se estiverem com fome.

Daniel olhou para Lisanne, apreensivo, que estava acenando alegremente.

— Hum, Lis — disse ele, em voz baixa. — Eu não tenho nenhum dinheiro comigo. Eu vou, ah, ter que ir em um caixa eletrônico amanhã para pagar por isso.

Monica colocou a mão em seu ombro.

— Bobagem — ela falou. — Você está aqui como nosso convidado. Não vamos discutir isso.

Harry os interrompeu, curvando-se através da porta dos fundos e batendo-a atrás dele.

— Ei, Dan! Uau, cicatriz maneira! Isso é incrível. Ela deve realmente doer.

Lisanne empurrou seu irmão, mas ele a empurrou para trás, fazendo-a tropeçar.

— Pelo amor de Deus! — gritou Monica. — Vocês dois podem, pelo menos, fingir que são domesticados?!

— Desculpe, mãe — disse Harry, alegremente. — Ela começou.

Daniel só tinha pegado parte da conversa, mas adivinhou o resto.

— Como você está indo, cara? — perguntou ele a Harry. — Quer ver por onde eles tiraram o meu cérebro?

— Sim! — falou o garoto, olhando para metade da cicatriz coberta de Daniel. — Eles realmente tiraram o seu cérebro?

— Claro — disse Daniel. — Mas acho que o colocaram de volta do lado errado, por aí.

— Eu não posso dizer a diferença — comentou Lisanne.

Daniel sorriu quando Monica deu à filha um olhar severo.

— Lisanne, termine com o curativo de Daniel e diga-me que pizza vocês desejam.

Harry se afastou após conseguir uma promessa de Daniel de que eles iriam no fliperama pelo menos uma vez durante as férias, e Lisanne colocou o último pedaço de fita adesiva na ferida de Daniel.

Ele colocou o gorro de volta, cobrindo seu trabalho.

— Você vai usar isso aqui dentro também?

Ele acenou com a cabeça.

— Sim, e daí?

— Só acho que parece estranho usar gorro dentro de casa.

— É isso ou uma porra de um buraco de quinze centímetros na minha cabeça — retrucou ele.

Lisanne mordeu a língua diante da resposta brusca. Pela primeira vez, ela entendeu a dica na expressão irritada dele. Era obviamente um assunto sensível em mais de uma maneira.

— Desculpe — ela disse, em voz baixa. — Sinto muito.

Deu um beijo suave em sua cabeça coberta pelo cabelo curto, quando ele recostou a testa contra o seu corpo, seus braços envolvendo sua cintura.

De repente, Monica se sentiu como uma estranha em sua própria cozinha, quando testemunhou o momento privado deles. Estava orgulhosa de sua filha por lidar com a deficiência de Daniel com pragmatismo e objetividade, mas, ao mesmo tempo, estava apavorada com a profundidade do sentimento que ela via entre os dois. Ele era o primeiro namorado de Lisanne, o primeiro cara que ela já tinha mostrado um pouquinho de interesse, e era óbvio para Monica que sua filha estava completamente apaixonada. Daniel era menos demonstrativo em seus afetos, mas suas atitudes falavam mais alto do que suas poucas palavras. Ela estava com medo de que ele tivesse escolhido fazer o procedimento cirúrgico por querer ouvir Lisanne cantar.

E a natureza física da sua relação era uma preocupação também. Especialmente desde que Monica havia limpado o quarto de Lisanne após a visita de Ação de Graças e encontrado uma série de camisinhas usadas no lixo. Esse fato particular ela havia deixado de mencionar a seu marido.

Ela tentou ter "a conversa" com Lisanne, mas, teimosa como sempre, a filha tinha insistido que sabia o que estava fazendo e que não era da conta de sua mãe. Havia sido uma conversa breve.

— Por que vocês dois não vão para a sala de TV e eu vou pedir a pizza? Havaiana, querida? E do que Daniel gostaria?

Lisanne correu através do menu de sua memória e Daniel resolveu escolher de carne moída, piscando para Lisanne quando fez isso. Monica não perdeu o olhar no rosto de sua filha quando Daniel fez a sua escolha, mas ela desejava muito que tivesse.

Lisanne o levou para a sala de TV para aguardar a chegada da comida.

— Pai, podemos ativar as legendas, por favor?

— Ah, certo — disse Ernie. — É claro.

Durante dez minutos, eles assistiram a Bruce Willis derrubar um helicóptero com um carro e, como sempre, salvar todos dos homens maus, quando a campainha tocou. Assim que Monica se levantou para atender, Harry olhou para Daniel.

— Como você atende à sua porta? — disse ele, de repente, curioso.

— Ele se levanta e abre a porta, idiota — murmurou Lisanne.

— Não, sério — insistiu Harry.

Daniel havia perdido a pergunta de Harry, mas tinha visto a reação de Lisanne.

— O quê, baby? — perguntou, franzindo a testa. Ele realmente odiava quando as pessoas respondiam por ele.

Ela suspirou.

— Harry quer saber como você atende a porta — disse ela, franzindo o cenho para o irmão.

Daniel ficou um pouco tenso, mas respondeu com facilidade:

— Meu pai arrumou uma luz ligada à campainha. Alguém toca a campainha e a luz pisca na sala de estar.

Ele não se deu ao trabalho de mencionar que isso havia sido quebrado mais de um ano atrás.

— E se você estiver na cozinha ou no seu quarto?

Daniel levantou um ombro.

— Alguém teria que atender.

— Mas e se não houvesse alguém por perto?

— Harry — disse seu pai. — Já chega.

Daniel desviou os olhos para Ernie antes de responder:

— Se meus amigos vão me visitar, eles avisam primeiro. Caso contrário, espero que deixem uma mensagem.

Harry olhou para baixo.

— Está tudo bem — Daniel falou, em voz baixa. — Você está se perguntando como isso funciona, eu entendo.

— Sim — disse Harry, parecendo derrotado. — Sinto muito.

Daniel deu de ombros.

— Eu ainda posso chutar o seu traseiro em *Ridge Racer*.

Harry ergueu as sobrancelhas.

— Você acha?

— Claro. Manda ver.

Lisanne sorriu para si mesma e esfregou a coxa de Daniel suavemente. Ele ergueu sua mão à boca e a beijou. Lisanne encontrou-se, de repente, sem fôlego, então ela lembrou onde estavam e que o pai dela estava observando com o canto do olho.

Monica voltou trazendo as pizzas, e todos atacaram. Lisanne estava mastigando uma fatia de sua Havaiana e batendo nas mãos de Daniel à distância enquanto ele tentava roubar pedaços de abacaxi, quando seu telefone tocou no bolso.

Ela olhou para a mensagem, mas não fez nenhum comentário.

— Quem era? — disse Monica. — Uma de suas amigas da faculdade?

— Não — falou Lisanne, sacudindo a cabeça e esperando que sua mãe pegasse a dica.

— Quem era então?

— Mamãe!

— Bem, só estou perguntando. Não é um segredo de Estado, não é?

Daniel piscou para Lisanne, divertindo-se com sua carranca.

— Era Rodney.

Sua resposta desfez o sorriso do rosto de Daniel.

— Quem é ele?

Lisanne lançou um olhar irritado a sua mãe, e Monica teve a decência de parecer um pouco envergonhada.

— Um amigo de escola.

Daniel continuou a olhá-la.

— Ele fazia parte da orquestra, okay?

— Sim, e ele tinha uma queda pela Lis desde, tipo, sempre! — Harry riu. — Ele estava sempre a chamando para sair.

Sua mãe lançou um olhar a Harry, que, de repente, encontrou em sua pizza de presunto e cogumelos grande interesse.

— Bem, diga ao Rodney que dissemos "oi" e que espero que o reverendo Dubois esteja melhor de sua amigdalite.

— Tudo bem — disse Lisanne, em tom calmo.

Daniel ficou em silêncio, aparentemente perdido em pensamentos, e comeu sua pizza sem pedir mais nada. Ela o viu estremecer enquanto mastigava.

— Você está bem? — Ela tocou o braço dele para que ele olhasse para ela. — Você está bem? — repetiu.

Ele deu um sorriso torto.

— Sim, estou bem.

— Dói?

— Só quando eu rio.

— Estou falando sério!

— Eu estou bem, Lis. Apenas estava vivendo de sopa instantânea por alguns dias. Isso está dando ao meu queixo um trabalho, é tudo.

Monica o encarou, chocada, e depois ao marido. Ele deu um leve aceno de cabeça e continuou assistindo ao filme.

— Zef não… não o ajudou em nada?

Daniel fez uma cara de confuso e disse, baixinho:

— Deixa isso pra lá, Lis.

— Mas ele deveria ter ajudado!

Daniel não respondeu, mas pegou a cerveja e tomou um longo gole. O telefone de Lisanne apitou novamente, mas ela ignorou.

— Você tem outra mensagem, Lis — disse Harry, amavelmente.

Lisanne estava prestes a estrangular seu irmão mais novo, e pelo olhar inocente em seu rosto, ele também sabia disso.

Daniel olhou para ela com curiosidade, então ela pegou o telefone e verificou a mensagem.

— É de Rodney — ela falou, respondendo a sua pergunta não formulada. — Ele quer se encontrar comigo hoje à noite. Vou lhe dizer que estou ocupada.

— Você deveria ver seus amigos, Lis — disse Daniel.

Seu olhar era desafiador, e Lisanne sentiu vontade de gritar com irritação. Se Daniel queria uma competição de mijo com Rodney, bem, quem era ela para impedir a sua diversão? Embora ela não tivesse certeza do quanto seria divertido para Rodney. Mas ela queria ver.

— Tudo bem! Muito bem! Vou dizer a ele que estaremos lá em uma hora.

Daniel ergueu as sobrancelhas, depois tomou outro gole de cerveja.

Lisanne enviou a mensagem e foi para cima para se trocar, deixando Daniel com seus pais. Até onde ela sabia, esse era o seu castigo por… Quando pensou nisso, ela não tinha certeza do porquê de estar brava com ele. Só sabia que estava.

Decidiu canalizar sua Kirsty interior e ressuscitar a minissaia jeans que a levara a um pouco de sexo suado no carro com Daniel. Bem, para ser justa, todo o sexo que ela tinha com Daniel era fumegante. Esse garoto só exalava calor. Não era de admirar que todas as meninas na faculdade o quisessem. Ela suspirou. Ele havia escrito em sua carta que a amava, mas nunca tinha dito isso pessoalmente – ele nunca sequer tinha chegado *perto* de dizer isso.

A preciosa carta estava mantida entre as páginas de sua partitura de violino favorita, *Meditation*, de Jules Massenet. Ela a desdobrou com cuidado e a leu novamente. Sim, lá estava em preto e branco: "Eu te amo". Então, por que ele não podia dizer em voz alta?

Ela suspirou, colocando a carta de volta no lugar, cuidadosamente.

Quando fosse velha, com cabelos brancos, enrugada e flácida, ela a retiraria e diria a si mesma: "Eu também já fui adorada", porque, com certeza, parecia que ela não iria ouvir isso em breve.

Saqueou sua bolsa de maquiagem. Ainda bem que o conteúdo tinha aumentado em qualidade e quantidade sob o estímulo de Kirsty. Mas, quando olhou para o efeito geral, cinco minutos depois, suspeitava que pudesse ter exagerado – só um pouco.

Embora Lisanne sentisse uma ligeira sensação de mal-estar, também se sentia irritada e rebelde. Então, ela encontrou sua camiseta apertada e calçou os mesmos sapatos que tinha usado para o casamento de seu primo e a festa memorável de Sônia Brandt, mesmo sabendo que eles esfolariam seus pés.

A mochila de Daniel tinha sido removida para o quarto de hóspedes, e quando Lisanne desceu as escadas, a única mudança que ele fizera tinha sido colocar uma blusa xadrez sobre a camiseta – desabotoada, é claro.

Seus olhos se arregalaram com surpresa quando ele a viu, mas também foi inteligente o suficiente para não dizer nada. Sua mãe, por outro lado, não viu necessidade de se conter.

— Você não vai sair vestida desse jeito!

— O que há de errado com isso, mãe? — disparou Lisanne, com os olhos incendiados.

— Você parece... Você parece...

— O que eu pareço? — ela cuspiu, com as mãos no quadril.

— Acho que você deve colocar algo sobre essa camisa — disse a mãe dela, recuando com vários passos longos. — Você pode acabar pegando um resfriado.

— Está fazendo mais de vinte graus lá fora!

— Pelo menos leve um casaco para que possa se cobrir.

— Não me diga o que vestir! Tenho quase 19, mãe!

Ernie deslizou mais para baixo em sua cadeira quando Monica respirou fundo e abriu a boca como uma preliminar para explodir em sua filha.

Porém, a reação de Daniel foi mais rápida. Ele passou o braço em volta dos ombros de Lisanne e conduziu-a para fora da sala.

— Por favor. Você pode vestir minha camisa se ficar com frio. — E caminhou com ela para longe.

Assim que saíram da sala, ela tirou seu braço e saiu da casa.

Daniel a observou, pensativo, antes de entrar no carro de Monica sem falar nada, e Lisanne ligou o motor. Mas, depois, ele acendeu a luz interior, e ela se virou olhar para encará-lo.

— Qual é o problema?

— Nada — ela rosnou.

— Lis, pelo amor de Deus! O que foi?

— Por que você não me tocou depois do feriado de Ação de Graças?

Ele franziu o cenho, desejando que soubesse o que diabos a havia transformado em uma trituradora de bola raivosa durante os últimos 60 minutos, embora ele pudesse ter um palpite.

— E então?

— Não parecia certo.

— O que significa isso?

— Porque eu não tinha dito a você sobre isso. — Fez um gesto em direção à sua cabeça.

— Que diferença faz? — gritou ela.

Daniel não entendia a raiva dela, mas, depois, o significado de suas palavras afundou dentro dele. Ela não se importava. *Ela realmente não se importava que ele fosse surdo.* Daniel não pôde reprimir o sorriso – o que deixou Lisanne furiosa.

— Por que você está sorrindo?! — gritou de novo.

Ele se inclinou, puxou-a em seus braços e beijou-a com força.

Ela resistiu por uma fração de segundo, depois subiu em seu colo e começou a roçar contra seus jeans.

Ambos se perderam no momento até que Lisanne ouviu o bip do seu telefone com outra mensagem.

Isso a fez recobrar os sentidos, e ela lembrou-se de que eles ainda estavam sentados no carro de sua mãe, com a luz interior mostrando todos os seus movimentos – na garagem dos pais dela.

Ela se levantou do colo de Daniel, meio desajeitada, pegando o celular da bolsa enquanto o via ajustar a calça.

— Rodney quer se encontrar em uma cafeteria — disse ela, brevemente.

Lisanne estava um pouco aliviada. Ela sabia que o reverendo Dubois e sua esposa ficariam chocados com Daniel — suas tatuagens, *piercing* na sobrancelha e, certamente, por seus xingamentos, que ele quase nunca conseguia frear totalmente, não importava o quanto tentasse.

— Não quero me atrasar para Rodney — Daniel ironizou.

— Você não precisa vir — retrucou.

Daniel olhou para ela em descrença.

Consequentemente, a viagem para o café continuou em silêncio sepulcral, embora, para ser justo, Daniel não poderia ter visto nada do que Lisanne dissesse de qualquer forma. Em primeiro lugar, porque estava escuro dentro do carro, e, em segundo, porque, como estava apenas vendo seu perfil, era praticamente impossível ler o que ela estava dizendo. Ele não precisou se preocupar – Lisanne estava repreendendo-se por ter concordado em encontrar Rodney e, portanto, fazer com que todos eles, certamente, tivessem um encontro muito desconfortável.

Ela estacionou fora do café e esperou para falar com Daniel antes de entrar. Mas ele já estava segurando a porta aberta do local assim que ela pegou sua bolsa e saiu do carro. Tudo o que ela teve tempo de dizer foi:

— Seja legal!

Ele ergueu as sobrancelhas e reprimiu um sorriso. Quase.

Rodney estava sentado a uma mesa perto dos fundos, olhando melancolicamente para uma xícara de *cappuccino* espumante. Estava parecendo agradável, loiro, meio formal – ele parecia seguro. Era o oposto de como as pessoas olhavam para Daniel.

Rodney começou a sorrir quando viu Lisanne, e então seus olhos se arregalaram enquanto varria o seu olhar para cima e para baixo dela, observando a minissaia, saltos e maquiagem pesada. Quando viu Daniel, sua boca se abriu, mas não emitiu nenhum som.

Lisanne o abraçou com força, porque Rodney era seu amigo, seu único e verdadeiro amigo do colégio, também porque ela esperava que isso causasse um ciúme doentio em Daniel. Ela não podia deixar de questionar a sabedoria de inflamar ainda mais seu namorado altamente volátil, mas não conseguia se conter.

— Olhe para você! A faculdade deve combinar contigo, coisinha gostosa! — disse Rodney, beijando a bochecha dela.

Lisanne esperava ver Daniel carrancudo quando se virou para apresentá-lo, por isso estava confusa por encontrar um largo sorriso em seu rosto.

— Hum, Rodney, este é o meu namorado, Daniel Colton. Daniel, este é meu amigo da época do colégio, Rodney Dubois.

Os dois homens apertaram as mãos, depois Daniel se dirigiu ao balcão para pedir um café com leite para Lisanne e seu café preto de costume.

— Então — Rodney murmurou —, *esse* é seu namorado.

— Sim — Lisanne disse, gentilmente, mas com firmeza.

— Ele é diferente.

A voz de Rodney soou divertida, mas sem julgamento.

Lisanne sorriu. Ele estava tão certo.

— E *você* está diferente também. Minha mãe teria um ataque cardíaco se a visse agora.

A voz de Rodney assumiu um tom melancólico que fez Lisanne se arrepender de se vestir de forma tão escassa. Ela esperava que isso não parecesse que estava esfregando em sua cara o fato de que agora tinha um namorado – e que não era ele.

Daniel voltou e se sentou em sua cadeira, virando-a para que ele pudesse encarar os dois ao mesmo tempo.

Rodney voltou seu olhar para Daniel.

— Você está estudando música também?

Lisanne estremeceu, mas Daniel manteve o olhar neutro.

— Não, Economia e administração, e matemática como uma secundária.

— Oh — disse Rodney, claramente surpreso. — Eu pensei... — Ele olhou para Lisanne em busca de ajuda.

— E você? — perguntou Daniel, desviando a conversa para longe de si. — Lisanne não disse... Vocês estavam na orquestra da escola juntos?

— Sim, eu tocava violoncelo, mas nada como Lisanne. — Ele sorriu para ela com carinho. — Ela estava acima do nível da turma.

Ambos a olharam e ela sentiu seu rosto esquentar.

— Estou frequentando a faculdade teológica para treinar para ser pastor, como meu pai.

Daniel ergueu as sobrancelhas.

— Não deve ser fácil para você.

Lisanne fez uma cara confusa. Não era comum de Daniel fazer suposições como essa, mas, quando ela olhou para ele, viu algo parecido com simpatia em seus olhos. Ela estava confusa.

Rodney suspirou.

— Eu costumava pensar que era...

Lisanne o encarou.

— Mas você sempre quis isso!

— As coisas mudam — disse ele.

— Sim — falou Daniel, balançando a cabeça lentamente, em acordo. — Elas mudam.

Algum tipo de comunicação silenciosa se passou entre eles, e Lisanne se sentia muito do lado de fora.

Foram interrompidos por uma menina que perguntou as horas — presumivelmente como um pretexto, porque ela não fez nenhuma tentativa de conter a admiração óbvia por Daniel.

Lisanne suspirou. Estava se acostumando com isso, embora ainda a deixasse chateada. Descansou a mão na coxa de Daniel em uma exposição clara, territorial.

Daniel sorriu para ela e Rodney parecia estar se divertindo.

Eles conversaram amigavelmente e Lisanne ficou surpresa — e, se ela fosse honesta consigo mesma, um pouco irritada — que os caras pareciam estar se dando muito bem. Ela não tinha imaginado isso.

Rodney não deveria estar ansiando por ela? Daniel não era geralmente ciumento com qualquer cara que falasse com ela? Era muito confuso.

Ela estava ainda mais surpresa quando Rodney sugeriu irem a uma boate onde os seguranças eram um pouco negligentes nas identidades. E ainda mais surpresa quando Daniel disse que estava tudo bem por ele.

— Hum, não acho que a mãe e o pai estariam...

— Vamos, Lis — disse Daniel, acariciando seu cabelo. — Sem desrespeito a seus pais, mas não acho que posso lidar com o resto da noite assistindo a filmes de Bruce Willis com seu pai enquanto ele tenta não pular fora de sua cadeira cada vez que toco em você.

Rodney riu conscientemente e Lisanne lhe lançou um olhar irritado.

— Por favor, boneca — sussurrou Daniel, convincente, usando o sorriso sexy que ele sabia que ela não podia resistir.

Lisanne tentou mais uma vez.

— Você acha que deve depois de... Você sabe?

Daniel franziu o cenho e se afastou dela, seus olhos passando rapidamente até Rodney, que parecia intrigado.

Lisanne recapitulou.

— Tudo bem, tudo bem. Mas, por favor, não beba. Eu odeio ser a única pessoa sóbria, e tenho que dirigir.

Daniel ainda parecia irritado e concordou secamente. Rodney apenas deu de ombros e concordou.

— Eu estou dirigindo também — disse ele.

Enquanto caminhavam para a rua, Lisanne estremeceu ligeiramente. Daniel lhe lançou um olhar, e, sem falar nada, tirou a camisa xadrez e entregou a ela.

Ela não pôde deixar de sorrir para si mesma. Colocou sobre a dela e amarrou-a com um nó na frente. Rodney estava olhando para as tatuagens que ele podia ver ao redor dos braços de Daniel.

— Tatuagem maneira — disse ele.

Daniel não o tinha visto falar, então não respondeu. Rodney franziu a testa, mas preferiu não comentar o assunto.

A boate era uma das que Lisanne não tinha ouvido falar antes – embora boates nunca tivessem sido realmente sua coisa – e ela ficou surpresa que Rodney parecia saber sobre isso. Os dois seguranças eram homens bem musculosos, cortes impecáveis e identicamente vestidos em jeans e camisetas brancas apertadas.

Rodney se virou para Daniel.

— Eu deveria ter dito, mas não achei que você diria que sim.

Daniel sorriu.

— Não dou a mínima.

Rodney piscou, então deu um pequeno sorriso.

— Não, você não dá, não é?

— Contanto que as únicas mãos que eu sinta na minha bunda pertençam à boneca.

Lisanne estava confusa, o olhar se alternando entre os dois. Do que diabos eles estavam falando? Ela não sabia o que estava acontecendo. Devia ser uma coisa de caras. Quão irritante era isso?

Parando em um caixa eletrônico para Daniel poder retirar algum dinheiro e, depois, pagar o couvert da boate, Lisanne entrou com o braço dele envolto casualmente sobre seus ombros.

Dentro era quase tão escuro como na rua à noite. Lisanne olhou para a escuridão, perguntando-se se haveria alguém que ela reconheceria.

Podia sentir a música vibrando através das solas dos seus sapatos e relaxou um pouco sabendo que Daniel podia sentir isso também. Ela entendia agora por que ele se sentia confortável em boates – se elas não tivessem bandas ao vivo –, ele não estava em desvantagem.

Rodney apontou o queixo em direção ao bar e todos eles seguiram – era a única parte da boate onde havia uma chance de falar e ser ouvido. A ironia não passou despercebida por Lisanne.

Ela pediu uma garrafa de água e ambos os caras pediram cervejas. Ela fez uma cara confusa, mas não disse nada. Daniel tomou um longo gole e depois inclinou-se para falar em seu ouvido. Ela sentiu seus lábios frios e hálito quente em sua pele, causando um calafrio pelo seu corpo.

— Quer dançar?

Ela assentiu e ele a puxou para a pista de dança.

Rodney observava do bar, com o rosto reprimindo um leve sorriso, mas seus olhos estavam cheios de desejo.

Lisanne se sentiu mal por deixá-lo sozinho, mas tinha sido sua ideia ir para a boate depois de tudo. Então, sentiu Daniel puxá-la contra o peito e parou de pensar em outras pessoas.

Ela amava quão à vontade ele era com o próprio corpo, sentindo o ritmo, talvez ouvindo a música em sua mente. Era difícil dizer – ele raramente falava sobre coisas como essa; coisas pessoais.

A única vez em que ele realmente havia se aberto tinha sido em sua carta. Era frustrante.

Sentiu as mãos em seu quadril, puxando-a para mais perto. Então, deixou os dedos derivarem em seu peito, roçando seus *piercings* de mamilo, e apertou as mãos firmemente à sua nuca. Ele sorriu, de repente, a inclinando para baixo, fazendo uma volta. Ela pegou um flash do rosto sorridente de Rodney no bar quando Daniel a colocou de pé, beijando a pele nua sob sua garganta.

Eles pareciam estar chamando um pouco de atenção, com as pessoas olhando. Lisanne se sentiu movendo-se pela vibração de Icona Pop, bombando com *I Love It*. De primeira, sentiu-se um pouco autoconsciente, mas Daniel não pareceu notar ou, se o fez, não lhe disse. Além disso, todos ao seu redor pareciam estar indo para a pista de dança se soltar nessa melodia, e o DJ bombava alto.

Vinte minutos mais tarde, e Lisanne estava sem fôlego. Ela bateu no ombro de Daniel e sinalizou um tempo de pausa com as mãos.

Enquanto caminhavam de volta para o bar, um homem parou e disse algo a Daniel. Ela não conseguia ouvir o que era, mas Daniel balançou a cabeça e enganchou um dedo no bolso de sua saia jeans.

O homem levantou as mãos e se afastou. Ocorreu à Lisanne que havia muito poucas mulheres na boate. Olhando ao redor da sala, avistou dois homens se beijando abertamente, e ela cutucou Daniel.

Ele olhou e sorriu para ela, totalmente imperturbável.

Rodney olhou desafiadoramente para Lisanne.

— Não há muitas meninas aqui — disse ela, lentamente. — Eu acho que esta é uma boate gay.

— Sim — falou Rodney. — É.

— Você sabia? — perguntou ela, com os olhos arregalados.

Rodney acenou com a cabeça, então ela se virou para Daniel, que estava olhando para ela com diversão.

— Você sabia?

Daniel sorriu para ela.

— Boneca, o olhar em seu rosto. Você está tão bonita!

Lisanne olhou ao redor, em confusão.

— Por que estamos em uma boate gay?

Daniel olhou para Rodney.

— Você quer dizer a ela ou eu deveria?

— O quê? — disse Lisanne. — Me dizer o quê?

Rodney franziu o cenho, depois olhou para Lisanne.

— Eu sou gay.

Lisanne o encarou.

— Não, você não é.

Agora foi a vez de Rodney a encarar fixamente.

Lisanne tinha ouvido o que ele havia dito, mas as palavras pareciam demorar uma eternidade para fazer sentido.

— Mas... O que...? Quando...? Quero dizer... Você tem certeza?

Rodney parecia aturdido por sua pergunta.

— Bem, sim. Eu tenho certeza.

— Desde quando?

— Bem, sempre, eu acho.

Ela voltou seu olhar acusador para Daniel.

— Como é que você soube?

Ele deu de ombros.

Burra. Idiota. Mais idiota. Lisanne corou de raiva e vergonha.

— Bem, por que você não me contou? — gritou para Rodney.

— Não é tão fácil. Nós somos amigos desde sempre. Pensei que você ia descobrir. Por fim. — Ele suspirou. — Mas você nunca descobriu e... Seus pais são amigos dos meus, e meu pai é um pregador...

Lisanne se sentiu magoada.

— Então você pode dizer isso ao meu namorado, que você conhece pelo total de duas horas, mas não pode me dizer? Nós somos amigos desde o jardim de infância!

— Eu não tive que dizer a ele, Lis, ele só sabia. Eu não sabia como lhe dizer. Eu esperava que... Você sabe... Você não está brava, né?

— Sim! Eu estou tão brava com você! Estou brava por você não ter me contado. Não estou brava por você ser, sabe, gay, pelo amor de Deus! Nós somos *amigos*, Rodney.

Ele pareceu aliviado.

— Obrigado, Lis.

— Seus pais sabem?

Ele balançou a cabeça.

— Estou esperando até depois do Natal para essa conversa... E não vou voltar para a faculdade de teologia.

Lisanne balançou a cabeça tristemente.

— Vai arrasar o coração do meu pai — disse Rodney, amargamente.

Lisanne não sabia se ele queria dizer isso porque era gay ou porque não queria mais estudar para ser um pregador. Ela estava cansada e se sentindo toda emotiva, e ainda meio com raiva de Daniel porque ele havia adivinhado em poucos minutos o que tinha estado sob seu nariz durante anos.

Ela sempre tinha pensado que Rodney gostava dela romanticamente. Foi além de embaraçoso. Mas o que seu amigo tinha que enfrentar – isso era muito mais difícil. Ela se deu um pontapé mental – isso não era sobre ela.

— Bem, okay. Suponho que você queira ir às compras comigo agora.

Rodney revirou os olhos e fingiu suspirar.

— Isso é tão clichê!

Lisanne deu um grande abraço nele e o beijou no rosto.

— Bem-feito por não me dizer.

Rodney deu um aperto nela e olhou para Daniel.

— Cuide da minha menina.

Daniel sorriu.

— É um trabalho em tempo integral. — Ele olhou para o rosto cansado de Lisanne. — Você quer ir para casa agora?

Ela assentiu com a cabeça e olhou para Rodney.

— Você vai para casa também?

— Não. Acho que vou ficar por um tempo — disse ele. — Talvez pudéssemos sair novamente antes do Ano Novo?

— Claro, eu adoraria. Tome cuidado, Rodney.

Ela deslizou sua mão ao redor da cintura de Daniel e saiu da boate.

Eles não tinham andado mais do que meia dúzia de passos antes de Lisanne ouvir alguém chamando seu nome.

— Oi, Maclaine! Ratinha!

Ela se virou com uma expressão horrorizada.

Grayson Woods.

E comparsas.

— Seu maldito amigo bicha quebrou a merda do meu nariz — esbravejou ele.

Lisanne olhou para cima, percebendo que o nariz de Grayson havia, de fato, sido remodelado.

Daniel olhou ao redor e seus lábios se contraíram em uma linha fina.

— Volte para o carro, Lis — disse ele, em tom calmo.

— Não — ofegou ela. — Eu não vou deixar você!

Seu olhar era tenso e muito sério.

— Vá agora, Lis!

Ele ainda estava olhando para ela, seus olhos ardendo com intensidade, quando Grayson bateu nele, acertando o lado esquerdo do rosto de Daniel.

De repente, ele estava no chão, segurando o lado de sua cabeça, e Grayson Woods estava de pé sobre ele, com um sorriso cruel torcendo seus lábios.

— Vou acabar com você — rosnou, visando um chute na costela desprotegida de Daniel.

Lisanne gritou quando um dos amigos de Grayson deu um segundo chute. Daniel ainda estava segurando a cabeça, usando as mãos para cobrir o lado esquerdo. Ele tossiu e se engasgou quando o segundo golpe pegou baixo, no estômago. Ela correu para a frente, mas Grayson empurrou-a para longe.

A garota gritou novamente, e os seguranças da boate levantaram a cabeça e dirigiram-se até eles. Antes que Lisanne pudesse reagir, havia um tumulto acontecendo em seus pés. Mais homens correram para fora da boate, e logo eram os amigos de Grayson que estavam recebendo uma surra, xingamentos enchendo o ar e punhos voando. A briga acabou, e Grayson fugiu, correndo pela rua, seus amigos se arrastando atrás dele.

Lisanne estava de joelhos ao lado de Daniel. Ele parecia confuso e ela percebeu que sangue estava vazando através de seu gorro.

Ela o puxou para fora e viu que a gaze estava encharcada de vermelho. Seu coração quase parou e ela sentiu-se mal. Um dos caras da boate a afastou para fora do caminho.

— Eu sou enfermeiro, deixe-me olhar. — Ele verificou Daniel mais rapidamente, passando as mãos ao longo de seu corpo para ver se alguma coisa parecia estar quebrada.

Daniel sentou-se trêmulo e o enfermeiro deu uma olhada para o curativo, dando à Lisanne um olhar significativo.

— Tudo bem — disse o enfermeiro. — Vamos tirá-lo da rua.

Colocando os braços de Daniel em torno de seus ombros, dois homens corpulentos meio arrastaram, meio carregaram Daniel de volta para a boate. Rodney veio correndo, com o rosto pálido e chocado.

— O que aconteceu?

— Grayson Woods — ofegou Lisanne, com as mãos tremendo de medo e adrenalina.

— Maldito! — disse Rodney, entredentes.

Rodney viu o curativo encharcado de sangue na cabeça de Daniel e parecia confuso, mas o enfermeiro estava pensativo.

— Acho que devemos levá-lo ao hospital — ele comentou, em tom tranquilo. — Só para verificar melhor.

Lisanne esfregou o braço de Daniel, e ele olhou para ela, seus olhos focando lentamente.

— Eles vão chamar uma ambulância.

Ele balançou a cabeça lentamente.

— Não. Sem mais hospitais.

— Daniel...!

— Por favor, Lis — disse ele, parecendo atordoado.

— Você está sangrando por toda a parte! — Ela chorou.

Ele deu um sorriso torto.

— Sim.

— Leve-o para o escritório — instruiu o enfermeiro. — Eles mantêm um kit de primeiros socorros lá dentro.

Rodney e um dos outros homens ajudaram Daniel a ficar de pé e o levaram para uma sala a uma curta distância da entrada principal, abaixando-o em um assento.

O homem que havia se identificado como enfermeiro tirou suavemente o curativo de Daniel.

— Ele teve um procedimento?

Lisanne assentiu.

— Sim. Um implante coclear, há uma semana.

O enfermeiro olhou para cima ao ouvir o tom preocupado de Lisanne.

— Tudo bem, não parece tão ruim. — Ele ficou na frente de Daniel e falou devagar e claramente: — Os pontos abriram um pouco. Não há sangramento no ouvido que eu possa ver. Respire profundamente para mim.

Daniel respirou fundo várias vezes, soltando lentamente. Lisanne podia ver que lhe causava um pouco de dor, mas o enfermeiro parecia satisfeito.

Ele ficou na frente de Daniel e deu outra instrução.

— Você pode me dizer onde você está?

— Merda, Iowa.

Lisanne cutucou seu braço e Daniel suspirou.

— Bem, eu acho que deve ser Geórgia então.

— Você pode repetir os meses do ano em ordem inversa?

— Me dá um tempo, porra — disse Daniel.

— Ele está apenas tentando ajudar — retrucou Lisanne.

— Dezembro, novembro, outubro, setembro... — entoou Daniel, obediente.

— Tudo bem. Vamos dar uma olhada em suas costelas.

Estremecendo, Daniel levantou a camisa e Lisanne cobriu a boca na mesma hora. Vários grandes hematomas estavam ondulando em toda a sua pele lisa.

O enfermeiro passou as mãos sobre o peito e barriga de Daniel.

— *Piercings* de mamilo legais. Aham. Não parece ter nada quebrado, mas ainda acho que você deve fazer um Raio-X para verificar se suas costelas estão trincadas.

— Porra — disse Daniel, cansado. — Eles não fariam nada, mesmo se estivessem, exceto enfaixá-las. Posso fazer isso sozinho.

O enfermeiro balançou a cabeça, mas sorriu.

— Tudo bem, Sr. Teimosia. Último teste. Veja se você pode tocar meu dedo e, depois, tocar a ponta do seu nariz.

Daniel soltou a camisa e se endireitou. Lisanne hesitou, em simpatia. Ela estava contente que ele não tinha nenhum problema seguindo as instruções do enfermeiro.

— Tem certeza de que não posso convencê-lo das vantagens de uma viagem rápida para a sala de emergência? — disse o enfermeiro.

Daniel balançou a cabeça e xingou novamente.

— Não, eu estou bem.

— Querido, você está mais do que bem. — Suspirou um dos outros homens. — Vernon, da próxima vez, eu quero brincar de enfermeiro com o cara gostoso.

O enfermeiro sorriu e Lisanne queria se afundar no chão – os mesmos caras estavam admirando seu namorado agora. Pelo menos eles não estavam batendo nele – ainda.

— Ele é teimoso, isso é certo — disse o enfermeiro. — Durão também. Vou colocar algumas gazes sobre a ferida. Sugiro que você espere aqui por dez minutos e, se houver alguma vertigem, chame uma ambulância, não importa o que ele disser.

Lisanne assentiu.

Quando o enfermeiro estava pronto, ele tentou mais uma vez convencer Daniel a ir ao hospital, também convencer Lisanne a chamar a polícia. O jovem não permitiu qualquer um dos dois e, por fim, o enfermeiro os deixou sozinhos com Rodney.

— Vai me dizer o que está acontecendo? — perguntou Rodney. — O que é esse implante de que você estava falando?

Lisanne se virou para encará-lo.

— Daniel é surdo. Ele passou por uma cirurgia há uma semana e eles colocaram o que é chamado de implante coclear atrás de sua orelha, sob a pele. Por fim, isso vai ajudá-lo a ouvir. Assim esperamos.

Rodney olhou para Daniel.

— Ele é... Você é *surdo*? Completamente surdo?

Daniel encontrou seu olhar de maneira imparcial.

— E você pensou que fosse o único que era diferente.

A respiração de Rodney ficou presa na garganta, e os dois homens se entreolharam.

— Uau, eu... Eu não sei o que dizer. Sinto muito, cara.

Daniel alongou o corpo devagar, sentindo as costelas incomodarem ao fazer o movimento.

— Sim, eu escuto muito isso.

Rodney deu um sorriso triste.

— Sim, certo. — Ele balançou a cabeça. — Eu nem sequer adivinhei.

— Essa é a ideia geral.

— Mas como?

— Daniel lê lábios — Lisanne respondeu por ele.

Rodney pareceu incrédulo.

— Mas por que esconder?

Daniel deu a ele um olhar incrédulo.

— *Você* está *me* perguntando isso?

Rodney olhou, depois soltou uma gargalhada e sacudiu a cabeça.

— A maioria dos caras tenta agir de forma legal sobre isso, exceto os Neandertais como Grayson Woods. Porém, mesmo aqueles que fingem que não estão incomodados fazem piadas sobre como se manter na linha. Você não.

Daniel deu de ombros, mas Lisanne viu uma pequena onda de aflição passar por ele.

— Bem, inferno, cara, eu já fui chamado de todos os nomes mais terríveis existentes, conheço cada piada idiota sobre ser surdo: "Como é que uma pessoa surda sabe se alguém está gritando ou bocejando?". Engraçada, né? Me envolvi em um monte de brigas. Não dou a mínima com quem você fode, desde que não seja a minha boneca, porque esse é o *meu* trabalho.

Rodney sorriu e ergueu as sobrancelhas para Lisanne, que estava tentando resfriar as bochechas coradas. *Boca suja!*

— Então — perguntou Rodney, por fim —, por que esse babaca bateu em você?

— Daniel quebrou o nariz dele na festa na piscina de Ação de Graças de Sonia Brandt.

Rodney bufou.

— Sério? Um monte de gente já estava querendo fazer isso há anos. O cara é um canalha, sempre fazendo *bullying*. Mas por que você o acertou em primeiro lugar? Na festa, que, por acaso, ninguém me convidou.

— Você foi embora, lembra?

— Que seja. Me conte sobre Grayson.

— Ele foi… rude comigo — disse Lisanne, simplesmente.

Rodney olhou para Daniel com renovado respeito.

— E você quebrou o nariz dele?

— Com um soco — falou Lisanne, um toque de orgulho tingindo suas palavras.

O amigo sacudiu a cabeça.

— Bem, Woods sabe guardar rancor, então é melhor você ficar de olho enquanto estiver na cidade.

— Rodney! Se você acha que vou dar a ele a chance de fazer isso de novo, ou a alguém… Meu pai joga golfe com o pai dele. Uma vez que ele vir…

— Lis — disse Daniel, pacientemente. — Eu quebrei o nariz do cara, ele poderia ter colocado minha bunda na cadeia. Acho que você deve deixar isso pra lá.

Lisanne estava furiosa que o código de honra dos caras parecia estar aflorado. Ela começou a protestar, mas Daniel parecia tão cansado e agoniado que ela mordeu o lábio para conter as palavras que queriam sair.

— Quer ir para casa?

— Sim. Acho que não aguento mais "diversão" hoje à noite.

Rodney parecia simpático, depois olhou para Lisanne.

— Pobre, Lis. Toda vestida e sem ter "diversão" com ninguém.

— Nós fizemos *isso* antes de virmos — disse ela, friamente.

Rodney pareceu surpreso.

— Uau! Quem te viu, que tem vê, Lis. Você mudou.

Lisanne ficou pensando se ele estava certo. Ela ainda se sentia como a velha Lisanne Maclaine, mas as pessoas pareciam tratá-la de forma diferente. Era só o exterior que tinha mudado? Um pouco mais de maquiagem e saias mais curtas? Ou será que ela havia mudado por dentro?

A faculdade, Daniel e viver longe de casa... Essas coisas a tinham mudado?

Ela ainda estava ponderando a questão enquanto Daniel lutava para ficar de pé.

— Caralho. Sinto como se tivesse sido atropelado por um caminhão.

— O que vocês farão amanhã? — disse Rodney, esperançoso.

— Foda-se tudo — respondeu Daniel. — Feliz Natal.

— Nós vamos sair antes do Ano Novo — falou Lisanne. — Me manda mensagem?

— Claro — disse Rodney, então esperou até que Daniel estivesse olhando para baixo. — A propósito, diga ao seu namorado que gostei de seus *piercings* de mamilo. Eles são... inspiradores.

Eles deixaram Rodney sorrindo para si mesmo enquanto se dirigiam de volta à boate.

Um dos seguranças caminhou com eles até o carro de Lisanne, piscou para Daniel, soprou um beijo e sorriu de maneira arrogante para a garota.

Ela suspirou e começou a dirigir para casa.

Por que ela sequer havia pensado que sua vida era chata?

Capítulo 22

Daniel acordou se perguntando por que diabos ele tinha um elefante sentado no peito.

Moveu-se lentamente e empurrou para baixo o lençol para olhar para os grandes hematomas roxos que coloriam suas costelas e quadril.

Tocou a cabeça e estremeceu um pouco, mas não se sentiu muito mal. Esperava que o implante não tivesse sido danificado – não havia nada de ruído, tanto quanto ele poderia dizer. O médico havia dito que era feito de titânio, mas ele ainda deveria ter cuidado.

Ter o punho daquele bastardo em seu rosto, provavelmente, enfiou todo o "cuidado" para as cucuias.

Ele se sentou na beirada da cama e esperou pela tontura e náusea habituais, mas não havia nada. Isso foi um alívio.

Puxando a calça jeans, vasculhou sua mochila. Daniel rapidamente percebeu que estava colocando a sua última camiseta limpa. E, caramba, seu gorro estava duro com sangue seco. Ele fez uma careta – seria melhor pedir para Lisanne mostrar a ele como a sua máquina de lavar roupa funcionava. Olhou para o telefone, observando que já passava das dez. E ficou surpreso que ninguém o tinha acordado.

Raspando a mão sobre a barba, ele se perguntou se Lis ficaria incomodada por isso também. Depois do humor que tinha estado ontem, era altamente provável. Era melhor fazer a barba. Caramba, quando ele havia se tornado tão pau mandado?

Quando se arrastou para o banheiro, Monica estava andando na direção oposta.

— Meu Deus! O que aconteceu?

Ele sorriu para ela.

— Noite difícil.

E a deixou boquiaberta no corredor.

O chuveiro o ajudou a relaxar e ele passou algum tempo deixando o vapor aliviar um pouco os músculos doloridos e machucados. Ele se virou e saboreou a sensação da água cascateando sobre suas costas, e preguiçosamente se masturbou.

Andando devagar até a cozinha para ver se havia alguma coisa que parecia um café da manhã, percebeu que deixar Monica vê-lo com o peito nu tinha sido um erro.

Harry estava debruçado sobre uma tigela de cereal, e seus pais estavam sentados com os braços cruzados.

— Daniel, sente-se, por favor — disse Ernie, no modo professor. — Quero saber o que aconteceu na última noite. Monica disse que você está machucado. Você esteve em uma briga?

Daniel encostou-se contra o batente da porta, ignorando o primeiro pedido, e falou com certa insolência:

— Um mal-entendido. Está tudo bem.

Ernie se irritou na mesma hora.

— Eu não vou deixar você envolver minha filha nisso... O que aconteceu?

Daniel sentiu verdadeiros calafrios se alastrando pelo corpo.

— Eu não deixaria *nada* acontecer com Lisanne.

— É evidente que alguma coisa aconteceu. Você é um convidado em nossa casa, por isso, tenha a cortesia de explicar-se, para que eu não precise me preocupar com ela.

Se Ernie não tivesse adicionado essas últimas palavras, Daniel teria se virado e saído. Ele respirou fundo, reconhecendo que ambos estavam pensando no que era melhor para Lisanne.

— Fomos abordados por um cara que Lis conhece desde o ensino médio e alguns de seus amigos. Alguém explodiu, fim da história.

Ernie ficou boquiaberto.

— Foi alguém que Lisanne conhece? Quem?

— Nós nunca fomos apresentados — respondeu Daniel, evasivo.

Naquele momento, Lisanne entrou na cozinha parecendo tensa, claramente por ter ouvido a última parte da declaração de Daniel. Ele a sentiu tocar seu braço e sorriu para ela.

— Quem foi, Lisanne? — esbravejou Ernie.

Ela se sobressaltou um pouco, e Daniel fechou a cara.

— Grayson Woods.

A cabeça de Harry se levantou de supetão e houve um súbito silêncio em volta da mesa.

— Filho de Barry Woods?

— Sim.

— E ele só... decidiu bater em Daniel? Por nenhuma razão?

Lisanne mordeu o lábio e olhou para o namorado dela.

— Nós, hum, cruzamos com ele na festa de Sonia na Ação de Graças.

— E...?

— Pai, você sabe o quão valentão Grayson é.

— Lisanne, quero saber o que aconteceu. Eu jogo golfe com Barry Woods toda semana, pelo amor de Deus!

— É? — disse Daniel, parecendo furioso. — Bem, diga que o garoto dele é um filho da puta boca suja que teve tudo o que merecia quando quebrei seu nariz.

Ele saiu da sala e de casa, pela porta da frente, seguindo para o meio da rua antes que Lisanne o alcançasse, um pouco sem fôlego.

Ela pegou a mão dele para impedi-lo de se afastar ainda mais.

— Oi — ela falou, baixinho. — Ei, está tudo bem. Eles só se preocupam.

A raiva de Daniel ainda estava emanando dele. Em um nível, entendia a reação de Ernie – o idiota era o filho de seu amigo, um dos bons meninos –, mas, em outro, Daniel estava furioso que sempre assumiam que ele era o culpado. Sempre o rebelde. Ele era honesto o suficiente para saber que havia atraído um monte disso para si mesmo, mas, foda-se, que maravilha, né?

Ele parou de andar por tempo suficiente para deixar Lisanne puxá-lo para um abraço, enquanto ficou lá com firmeza, as narinas dilatando conforme respirava com dificuldade.

Suas mãos suaves seguraram o rosto dele, que olhou bem dentro de seus olhos. Lisanne beijou seus lábios e ele relaxou um pouco.

— Venha. Vamos voltar. Papai não quis dizer aquilo.

Daniel respirou fundo.

— Apenas... Apenas me dê um momento, tudo bem? Foda-se, eu poderia fumar um cigarro.

— Bem, vá em frente. Não me importo. Muito.

Daniel deu um sorriso torto.

— Não me tente.

— Por que não?

— Porque eu parei.

Ela olhou para ele, incrédula.

— Quando você fez isso?

— Depois da Ação de Graças, duas semanas antes da cirurgia. Eu achei que querer fumar enquanto estava no hospital não seria a melhor ideia.

Ele deu de ombros, tentando fazer parecer insignificante, porque ela parecia chateada que não tinha notado durante todas essas semanas.

— Oh — disse ela, baixinho. — Isso explica por que você estava tão irritado. — Ela olhou para ele. — E sinto muito que fui uma resmungona noite passada. Estou menstruada — murmurou, envergonhada.

Daniel sorriu e ergueu as sobrancelhas.

— Sim, eu sei.

O tom rosado no rosto de Lisanne se aprofundou.

— Como você sabe?

— Eu posso contar o número de dias em um mês. Além disso, você estava sendo uma vaca, foi bem óbvio.

Ele sorriu quando ela bateu no braço dele sem causar danos.

— Aliás, meu ciclo desceu na pior época — disse ela. — Você estando aqui para as férias e não vamos ser capazes de... Você sabe...

— Não me incomoda que você esteja no seu período. — Ele sorriu ao ver a expressão chocada de Lisanne e deu de ombros. — Eu sempre quero você. — Ele nunca tinha se incomodado por essas merdas. Inferno, não era para isso que o sexo no chuveiro havia sido inventado?

— Hum, eu não penso assim — ela falou, com o rosto vermelho.

Eu ouço você, ele sinalizou, e ela deu uma risada nervosa.

— Sapatos de elefante — sussurrou de volta, o que o fez sorrir.

Daniel ficou decepcionado, mas não surpreso que ela vetou o sexo pelo resto da semana. Ele também suspeitava que, com o tempo, ela poderia mudar de ideia. Pelo menos ele esperava.

Ela puxou sua mão novamente.

— Você está pronto para voltar agora?

Daniel respirou lentamente.

— Sim, eu acho.

— Como estão suas costelas hoje?

— Tudo bem. — Ele já tinha ficado em pior estado depois dos jogos de futebol americano.

Voltaram de mãos dadas e encontraram Harry sentado na soleira da porta, esperando por eles.

— Você realmente quebrou o nariz do Grayson?
— Sim.
— Legal! Todo mundo odeia ele.

O sorriso de Daniel em resposta se desfez quando Monica apareceu, de repente.

— Por favor, não o incentive, Daniel — ela disse, severamente. — Nós não toleramos violência nesta casa, *por qualquer que seja a razão*.

Daniel ficou tenso novamente e Lisanne olhou para sua mãe.

— Na cozinha, por favor — Monica retrucou. — Nós vamos esclarecer isso agora. Seu pai está pronto para chamar a polícia depois que descrevi o estado em que encontrei Daniel esta manhã. Mas como sabemos que há mais aí do que você está nos dizendo, acho que ele merece saber a história completa, não é?

Daniel se irritou, mas se manteve em silêncio. Isso estava se transformando em uma véspera de Natal fodida. Ele tinha a opção de ir embora, mas não queria colocar Lisanne na posição de ter que escolher – ainda mais quando ele não tinha certeza de que ela o escolheria.

Seguiu Monica até a cozinha e olhou friamente para um Ernie com o rosto vermelho.

Monica acenou para duas cadeiras e, com relutância, Daniel e Lisanne se sentaram.

— Lisanne, por favor, nos diga exatamente o que aconteceu na festa de Sonia. O que os levou até os... eventos de ontem à noite?

Lisanne suspirou.

— Basicamente, Grayson foi rude comigo. Daniel disse para ele calar a boca. Ele não o fez, então Daniel bateu nele... e quebrou seu nariz.

— O que ele disse a ela? — perguntou Monica, assustada.

Os olhos de Daniel encararam a mãe de Lisanne, mas ele não respondeu.

— Lisanne? — disse a mãe.

— Mamãe, é realmente constrangedor. Eu não quero repetir.

— Estou *a um passo* de chamar a polícia! — rugiu Ernie. — Você vai nos dizer o que ele disse!

— Tudo bem! — gritou Lisanne. — Ele disse: "Quem iria imaginar que podia ser tão gostosinha". Daniel falou para ele calar a boca, e então... — Sua voz tremeu. — E então ele disse: "Parece que a cadela empertigada finalmente abriu as pernas para alguém". Foi quando Daniel bateu nele.

Lágrimas cintilaram em seus olhos e Daniel colocou o braço em volta dela, com o cenho franzido. Monica estava cobrindo a boca com a mão, os olhos entrecerrados e a expressão horrorizada.

Ernie percebeu a reação devastada de sua esposa, a humilhação de Lisanne e a ainda presente raiva e o ressentimento de Daniel. Levantou-se lentamente, quando todos voltaram os olhos para ele. Respirando fundo, estendeu a mão em direção ao jovem.

— Obrigado — disse.

Daniel olhou para trás, depois acenou com a cabeça. Ele empurrou a cadeira para que pudesse ficar de pé e se apoiar sobre a mesa para cumprimentar o pai de Lisanne.

— Bem — comentou Monica. — Bem.

Lisanne estava se sentindo muito emocionada também.

— Acho que preciso de uma bebida depois disso! — reclamou Monica.

Daniel esperava que ela estivesse oferecendo uma cerveja ou, melhor ainda, Ernie estivesse abrindo a garrafa de Jack que ele não via desde a Ação de Graças, mas Monica colocou a chaleira no fogo. Daniel recusou a bebida e saiu para tomar um pouco de ar e deixar o seu temperamento efervescente esfriar.

Lisanne pegou um chá gelado da geladeira e saiu para o quintal com Daniel.

Ele afundou graciosamente sobre a grama e se sentou de pernas cruzadas, enquanto pegava um pacote de chicletes – embora preferisse um cigarro.

Lisanne o cutucou com o cotovelo e ele sorriu para ela.

— A propósito, como é que você soube que Rodney era gay? — disse Lisanne, quase irritada. — Eu o conheço há anos e nunca soube. Você o conheceu por 30 segundos e soube imediatamente. Eu não entendo!

Daniel deu a ela um sorriso divertido.

— Ele estava conferindo meu pacote na cafeteria.

Lisanne engasgou-se com o chá gelado.

— O quê? Ele estava me abraçando! Eu pensei que ele estava *me* olhando.

— Ele estava, mas provavelmente estava pensando: "não se usa essa saia com esses sapatos".

— O que havia de errado com meus sapatos?

Daniel revirou os olhos.

— É uma metáfora.

— Eu gosto daqueles sapatos — Lisanne murmurou para si mesma.

Daniel deitou-se na grama e fechou as pálpebras.

— Sei que você está olhando para mim, boneca.

Ele sentiu a mão dela em sua barriga e abriu os olhos.

— Você é tão lindo — disse ela.

Ele piscou, surpreso.

— Sim, você também, baby.

— Não, eu quero dizer que você é lindo por dentro e por fora.

Daniel fez uma cara de confusão, sentindo-se profundamente desconfortável.

— O que temos programado para hoje? — perguntou, desviando rapidamente do assunto. — Podemos ir a algum lugar? Acho que não aguento mais passar tempo com sua mãe e seu pai. Embora eu precise lavar alguma roupa.

Ela puxou provocativamente o cós da calça jeans dele.

— Você está sem cueca de novo?

Daniel ergueu as sobrancelhas.

— Por que não vamos para o seu quarto para que você possa descobrir?

Lisanne riu.

— Você nunca para?

— Você quer que eu pare?

— Não, não realmente.

Ele sorriu para ela.

— Tudo bem.

— De qualquer forma, já coloquei sua roupa pra lavar.

Ele olhou para ela, surpreso e satisfeito.

— Eu não esperava que você fizesse isso, mas obrigado.

Ela sorriu timidamente.

— Bem, não se acostume com isso. É só porque você é um convidado.

Ele piscou para ela.

— Nós podemos sair por algumas horas, se você precisar fazer compras ou qualquer outra coisa. Nós trocamos presentes na parte da manhã. — Ela hesitou. — Não que eu esteja esperando...

Ele a silenciou com um beijo, e ela não percebeu quando seu chá gelado se derramou sobre a grama.

Eles passaram o resto do dia numa boa, bebendo imensas xícaras de café e dando passeios tranquilos e a sós. A cidade estava repleta de pessoas fazendo compras de última hora, mas Daniel sentiu como se estivesse em uma bolha de felicidade, englobando apenas ele e Lisanne. Era um bom lugar para se estar.

Harry tinha de bom grado emprestado a Daniel um gorro para usar, e depois foi direto para a casa de seu amigo. Era claro que ele não podia esperar para contar a todos que Grayson Woods havia levado uma surra.

Daniel ainda estava espantado que Ernie tinha apertado sua mão e lhe agradecido. Era uma mudança e tanto depois da maneira como o dia havia começado.

Não só isso, ele apreciava a paz e a ordem na casa de Lisanne. Sim, seus pais poderiam ser meio sufocantes, mas ele pensou novamente sobre conseguir um lugar para si próprio, onde ele e Lis poderiam ficar a sós. Estava determinado a encontrar algum lugar, mesmo que isso significasse que estaria vivendo de miojo pelos próximos anos.

Tomou a decisão de voltar alguns dias antes do Ano Novo e checar as coisas. Eles não tinham discutido por quanto tempo ele ficaria hospedado com Lisanne durante as férias, mas tinha a sensação de que ela não se alegraria nem um pouco se lhe dissesse que iria embora mais cedo. Mesmo assim, encontrar um lugar deles era uma prioridade.

Foi com um sentimento de choque que ele percebeu que tinha pensado no lugar como sendo *deles*. Ele não estava esperando que Lisanne se mudasse, óbvio. Mas, mesmo que ele rejeitasse a ideia, outra parte dele dizia que, sim, era exatamente o que queria. Testou aquilo em sua mente. Não esse ano, é claro. Ela tinha seu quarto no *campus*. Mas no próximo ano, talvez? Ele tinha uma boa ideia do que Monica e Ernie pensariam sobre isso, mas Lisanne nem sempre fazia o que eles diziam.

Quanto mais pensava, mais gostava da ideia de viverem juntos, compartilhando seus mundos. Era emocionante e assustador, tudo ao mesmo tempo. Será que ela faria isso? Será que moraria com ele? Viveria com um *punk*? Ele respirou fundo e olhou para ela, intrigado.

— Você está bem? Suas costelas estão doendo?

Foda-se, ele nunca se cansaria do jeito que ela se preocupava com ele quando achava que estava sofrendo.

— Não, estou bem. Só estou pensando no quão bonita você estará na noite de Natal.

Ela sorriu deliciada e sua pele corou em um bonito tom de rosa.

— Você comprou alguma coisa de vestir para mim?

— Sim.

— Temos uma tradição de família, em que todos nós nos sentamos ao redor da árvore de manhã e compartilhamos presentes.

— Isso poderia ser interessante — disse Daniel, erguendo as sobrancelhas.

— Por quê? — perguntou Lisanne, desconfiada.

— Vamos apenas dizer que é algo que quero que você use para *mim*. — E ele piscou para ela.

— Oh.

— Sim.

Lisanne pensou por um momento.

— Acho que talvez você deva me dar antes da coisa toda da árvore.

Daniel sorriu.

— Eu pretendo.

— Mas nós não vamos fazer sexo, porque, você sabe...

— Certeza de que não posso convencê-la?

— Hum, não! — disse ela, franzindo o nariz. — Isso é totalmente nojento!

Ele olhou para ela, sério.

— Nada é nojento com você. Eu te quero sempre.

Ela pareceu um pouco hesitante.

— Você quer?

— Sempre — sussurrou ele, e não ficou claro para qualquer um deles o que ele queria dizer com isso.

Eles olharam um para o outro até que Daniel deu um beijo suave nos lábios dela, depois se afastou com um sorriso tranquilo.

Voltaram para casa quando Monica e Ernie estavam saindo para a cantata de Natal em sua igreja local.

— Harry está em casa — disse Monica, enviando uma mensagem clara com luzes de advertência piscando, adornadas com enfeites.

— Claro, mamãe — respondeu Lisanne, revirando os olhos.

Daniel sorriu.

— Tenha uma ótima noite, Monica, Sr. Maclaine.

— Acho que você pode me chamar de Ernie, filho — disse o pai de Lisanne, sorrindo ao ver a expressão atordoada de Daniel.

— Uau! — comentou Lisanne, quando a porta se fechou atrás de seus pais. — Você deveria bater em Grayson Woods mais vezes!

— Apenas me dê uma chance, porra — rosnou Daniel, perdendo imediatamente o seu bom humor. — Filho da puta.

— Ei, é Natal! Paz na Terra aos homens de boa vontade.

— Não para aquele bastardo.

De jeito nenhum!

— Se eu deixar você me beijar, vai ficar com um humor melhor?

Daniel ergueu as sobrancelhas.

— Se você me *deixar*? Está dizendo que me impediria se eu fizesse isso? — E ele segurou o quadril dela, passando a língua pelo pescoço de Lisanne e mordendo sua orelha.

— Eu poderia *deixá-lo* fazer isso — Lisanne concordou, sem fôlego.

— Ah, inferno! Vocês vão fazer isso a noite toda? Eu moro aqui também — disse Harry, tristeza e desgosto em seu rosto.

Os olhos de Daniel viraram em direção à pilha de comida que Harry estava carregando e se iluminaram.

— Mantenha esse pensamento em mente, boneca, eu estou morrendo de fome.

Foi a melhor noite de Natal que Daniel havia tido em dois anos. Claro, teria sido melhor se ele pudesse ter persuadido Lisanne a ficar nua, mas receber suas suaves carícias enquanto assistiam à TV foi muito bom também. E a geladeira estava quase explodindo, do tanto de comida. Lisanne tinha certamente cumprido sua promessa de que Monica iria alimentá-lo bem.

Em seguida, houve uma sessão prolongada de amassos no quarto de Lisanne, interrompida apenas quando seus pais chegaram de volta da igreja.

Daniel foi para o quarto e parou quando abriu a porta. Toda a sua roupa estava dobrada em cima da cama. Monica devia ter feito isso, porque ele tinha esquecido completamente delas enquanto estava fora com Lisanne.

O peito dele estava quente de uma forma quase irreconhecível. Ter alguém cuidando dele assim – fazia um bom tempo. Ele se sentou na cama, olhando para as roupas, e esfregou a testa, cansado. Provavelmente era bom que Lis não quisesse transar – seu corpo estava dolorido da surra que havia levado e sua cabeça latejava.

As últimas 24 horas tinham sido intensas. Mas havia algo sobre a maneira como a família de Lisanne se unia – era meio brega o quão protetores Monica e Ernie eram, mas Daniel pôde ver que isso fazia com que todos fossem fortes também. E ela era muito forte. Cada vez que ele pensava que ela iria se afastar, ela o surpreendia.

Toda a sua família o havia surpreendido. Suas regras mesquinhas eram irritantes, e os padrões duplos eram risíveis, mas eles eram uma família e se importavam.

Daniel pegou seu celular e enviou a Zef uma mensagem pela primeira vez desde que eles tinham discutido.

> Feliz Natal, filho da puta. Pega leve. D

Ele foi até o banheiro para escovar os dentes e desfrutar de uma longa mijada. Quando caminhou de volta para seu quarto, olhou para o telefone, mas não houve resposta.

Independente de qual fosse a porra que Zef tinha feito – e o bastardo estúpido tinha feito praticamente tudo –, ele era da família. Se isso ainda significava algo.

Daniel tirou a roupa e subiu exausto na cama, curtindo a sensação dos lençóis limpos contra a pele nua.

Ele dormiu inquieto, acordando muitas vezes quando rolava para uma parte de seu corpo que doía, e sonhando com Zef sozinho em uma floresta feita de postes. Seus olhos haviam sido costurados.

Daniel acordou com o coração martelando, e Lisanne estava de pé sobre ele, encarando-o quase com medo.

— Você está bem? — ofegou ela.

— Merda, me desculpe. Sonho ruim. — Esfregou as mãos sobre os olhos, depois sentou-se, reiniciando rapidamente seu cérebro. — Oi, Feliz Natal! Ou talvez isso seja um sonho bom. Uma mulher sexy me trazendo café na cama na manhã de Natal. Sim, deve ser um sonho. A minha vida nunca foi tão boa assim. Eu posso simplesmente ter que tocar em você para ver se é real.

Ele passou a mão sob a camisa de dormir de Lisanne e ela quase derramou o café.

— Pare com isso! — sussurrou.

— Sim, você é real. Minha garota gosta de gritar comigo. Isso meio que me deixa com tesão. — Ele levantou o lençol e olhou para sua ereção matinal. — Sim, definitivamente, me excita.

— Você não vale nada. — Ela riu, enquanto ele sorria.

Lisanne conseguiu apoiar seu café com segurança antes que ele a puxasse em sua direção para um beijo de Natal.

— Eu ainda não escovei os dentes! — gemeu ela.

— Nem eu, baby. — Então chupou a pele do seu pescoço, logo abaixo da orelha. Dessa vez, seu gemido significou algo diferente, mas só Lisanne ouviu.

Ela se afastou dele, muito excitada para seu próprio bem.

— Pare com isso! Eu não deveria estar aqui, lembra? E, de qualquer maneira, seus hematomas estão horríveis. Será que doem?

— Pensei que você gostasse de me ver duro, Lis. — Ele riu.

— Sabe, às vezes, você é como um *menino*.

— Eu te disse antes. Eu sou todo homem. — Seu beijo intenso enfatizando seu ponto. — Ei, tenho o seu presente.

Ele rolou para chegar debaixo da cama – sabendo muito bem que estava lhe dando um vislumbre de sua bunda – e pegou o presente.

— Embrulhado por mim mesmo — ele disse, com orgulho, mostrando o papel massacrado e o laço malfeito como se viesse direto da Tiffany.

Lisanne pegou o pequeno pacote e lutou com a fita adesiva até que o papel se rasgou e ela estava quase chorando de frustração.

Finalmente, tirou um pedaço de tecido prata. Seu rosto ficou vermelho quando percebeu que era o menor fio dental que já tinha visto – um minúsculo triângulo na frente era a parte mais substancial que havia. Ela olhou mais de perto. Sim, tinha visto corretamente – um pequeno triângulo de tecido prata com uma imagem de visco impressa.

— Use-a para mim hoje — Daniel sussurrou, com a voz rouca. — E eu posso te beijar sob o visco quando quiser. — Ele observou Lisanne engolir e acenar sem palavras.

Ela virou a cabeça quando ouviu uma batida na porta do quarto de Daniel, e enfiou a peça ínfima no punho, vendo Monica se inclinar para dentro do cômodo.

— Estava apenas trazendo um pouco de café a Daniel — murmurou Lisanne, com o rosto ainda ardente.

Daniel suspeitava que Monica estivesse tentando não rir quando ela balançou a cabeça solenemente.

— Sei. Feliz Natal, Daniel. Café da manhã em 20 minutos.

— Estarei lá — disse ele, alegremente.

Lisanne seguiu sua mãe para fora do quarto.

— Feliz Natal!

Ele sorriu para si mesmo.

Depois que tomou banho e se livrou de sua ereção matinal, que, definitivamente, *não tinha* desaparecido durante a visita de Lisanne em sua camisa bonitinha de dormir, ele bateu na porta de Harry e enfiou a cabeça dentro do quarto.

— Oi, cara. Feliz Natal. — Daniel jogou um embrulho em forma de revista na cama de Harry. — Não abra quando seus pais estiverem por perto.

Ele fechou a porta, sorrindo para si mesmo diante do olhar atordoado de Harry. O garoto faria bom uso de uma edição de Natal de uma revista pornográfica. Daniel tinha passado meia hora decidindo o que comprar para Harry de Natal. No último minuto, havia incluído uma cópia da *Playboy* também. Era preciso respeitar os clássicos.

Ele entrou na cozinha e encontrou Monica e Ernie em um abraço íntimo.

— Feliz Natal, gente — disse ele, em voz alta, sorrindo quando os dois se separaram de supetão.

Monica parecia perturbada, mas Ernie apenas lhe disse para servir-se de frutas frescas e cereais. Daniel não precisou que ele falasse duas vezes. A comida na casa dos Maclaines era incrível – mais incrível era nenhum deles ser do tamanho de um búfalo.

No momento em que terminou, nem Lisanne nem Harry tinham aparecido. Esperava que fosse porque ambos estavam fazendo individualmente o máximo uso de seus presentes de Natal.

Não, era melhor tirar essa porcaria da cabeça, porque, se ele começasse a pensar sobre Lisanne naquele fio dental, estaria andando com três pernas.

Em vez disso, ofereceu-se para ajudar Monica a descascar batatas, mas, depois que ele quase removeu várias camadas de pele com um descascador — o que provocou uma resposta extremamente vocal que a fez estremecer —, ela o pôs na tarefa simples e muito menos perigosa de arrumar a mesa.

O resto dos Maclaines veio à tona uma vez que o trabalho estava feito. Obviamente, eles estavam evitando qualquer serviço que Monica tinha a oferecer. Daniel não se importou. Esse era o seu primeiro verdadeiro Natal em dois anos – e ele estava gostando.

Puxou Lisanne para um abraço apertado, não se importando que sua família estivesse assistindo. Ela se retraiu um pouco, mas o abraçou de volta rapidamente, depois lançou um olhar de advertência.

— Nós vamos trocar presentes agora — disse Monica, animada, e todos eles marcharam para a sala. Daniel tinha apenas dois presentes a acrescentar às pequenas pilhas sob a árvore: um livro de Lewis Grizzard para Ernie e um CD de Ray LaMontagne para Monica.

Monica, em particular, foi efusiva com seus agradecimentos.

— Ah, adoro Ray! Ele me faz querer dançar em torno da cozinha enquanto estou fazendo o jantar. Obrigada, Daniel, foi muita consideração sua. — E ela deu um grande abraço e um beijo, enquanto ele estava imóvel, ainda digerindo a notícia de que Monica ainda tinha um gingado.

Ernie grunhiu seus agradecimentos, mas parecia satisfeito mesmo assim. Monica olhou para Lisanne.

— O que Daniel deu a você, querida?

Daniel respondeu por ela.

— Lis e Harry já receberam os deles.

Sabiamente, os Maclaines mais velhos não pediram mais detalhes. Lisanne pegou sua mão e a apertou com cuidado.

— Eu amei o meu presente — sussurrou ela.

Ele piscou para ela.

— Você está...?

Ela assentiu com a cabeça, e Daniel se arrependeu de perguntar, enquanto seu pau pedia para participar da festa.

— Hum, comprei isso para você. Não sei se você vai gostar.

Ela entregou um pacote que tinha que ser um livro. Ele o abriu e franziu a testa, não reconhecendo o título ou o autor.

— É uma autobiografia de Evelyn Glennie. Ela é uma percussionista de classe mundial; também é surda — disse Lisanne.

Daniel sentiu todos o encarando.

— Obrigado — agradeceu, calmamente, beijando sua cabeça.

Monica e Ernie passaram um pacote plano e Daniel o puxou, abrindo, cheio de curiosidade. Provavelmente, não era uma revista pornográfica. Ele não pôde conter o largo sorriso quando viu o título.

— Sério? A assinatura da *American Iron*? Isso é incrível! Obrigado! — Ele folheou, feliz, a revista de motocicleta.

Harry recebeu novos jogos para seu Xbox e Lisanne ficou encantada com um celular moderno.

— Uau! Obrigada, mãe! Obrigada, pai!

O almoço foi algo a mais – uma verdadeira especialidade sulista, com presunto, couve, batatas temperadas, pudim de tomate, batata doce cozida e molho de cranberry, seguido de torta de abóbora e um bolo amarelo de três camadas com uma crosta de glacê feita de chocolate e fatias de laranja esmagadas.

Daniel comeu ao ponto de entrar em coma, e Lisanne se recostou contra ele no sofá, gemendo e segurando a barriga.

— Eu comi muito — gemeu ela, esquecendo que Daniel não conseguia ler seus lábios daquele ângulo.

Porém, ele reconheceu o seu comportamento geral e massageou sua barriga suavemente.

Eles passaram o resto do dia assistindo à TV, até Monica lembrar que, como ela havia cozinhado, o resto deles tinha que limpar.

Resmungando, Lisanne lavava enquanto Daniel secava e Harry guardava. Ele fez uma pausa com o pano de prato na mão quando seu telefone tocou.

Lisanne o cutucou e ele olhou para cima.

— Zef?

Ele balançou a cabeça.

— Não. Uma amiga.

— Quem?

— Cori. — Ele ergueu as sobrancelhas, sabendo que Lisanne tinha lido todas as mensagens de Cori em seu celular.

Os lábios de Lisanne se contraíram.

— O que ela quer?

Daniel olhou para ela, incrédulo.

— Me desejar Feliz Natal. Quer ver?

Lisanne realmente queria ver a mensagem, mas não lhe daria a satisfação de deixá-lo saber disso.

— Não. Tudo bem. Pode deixar — disse ela, indiferente.

Daniel se sentiu irritado, mas entendeu. Ele havia compartilhado algo importante com Cori e deixado Lisanne no escuro. Ela se viu obrigada a lidar com a ansiedade por causa de outra mulher. Inferno, se a situação fosse inversa, ele iria querer arrancar a cabeça do cara.

Ele engoliu seu aborrecimento.

— Boneca, ela é uma *amiga*, isso é tudo. Você pode conhecê-la se quiser. Você vai ver. Ela é mais como uma irmã.

— Mas você *dormiu* com ela — sussurrou Lisanne.

A paciência de Daniel foi se esvaindo rápido.

— Pelo amor de Deus, isso foi quando eu era criança. Meu pau não esteve em qualquer lugar perto dela em quase três anos!

Pelo canto do olho, ele viu Harry se esgueirar para fora da cozinha. Não o culpava – ele estava louco para fazer o mesmo.

— Você vai vê-la de novo?

— Sim!

— Tudo bem, então — retrucou ela. — Vai com ela! Veja se eu me importo!

Daniel parou antes de seu temperamento estalar completamente e saiu da cozinha. Ele subiu as escadas e começou a enfiar as roupas na mochila antes de se lembrar de que não seria capaz de pegar um ônibus para casa até a manhã seguinte.

Frustrado, pegou seu telefone e enviou uma mensagem curta de volta para Cori e outra para Zef. Ele ainda não tinha notícias do irmão, e isso o incomodava.

Quando a porta se abriu, ele olhou para cima e viu uma Lisanne chorosa ali.

— Desculpa — sussurrou ela.

Ele deu um pequeno sorriso.

— Se não houve dano, não tem problema.

O olhar dela caiu para a mochila e os lábios tremeram.

— Você está indo embora?

Ele balançou a cabeça lentamente.

— Sim, eu deveria voltar para Savannah na parte da manhã.

— Você está bravo comigo?

— Um pouco — disse ele, honestamente. — Mas não é por isso que vou embora. Preciso me ocupar em encontrar um lugar para viver.

Ela parecia não acreditar nele.

— Eu realmente sinto muito por ter agido como uma cadela agora há pouco.

Ele esfregou a testa.

— Sim, você agiu, mas não se preocupe com isso.

— É só que... Você disse à Cori sobre a cirurgia e não me contou. Eu só... — Ela não conseguiu terminar, com medo de dizer que achava que o estava perdendo.

— Ei, venha aqui.

Ela se sentou ao lado dele, que a enlaçou com um braço, segurando-a em silêncio até que ambos estavam em algum ponto perto do lugar pacífico em que se encontravam antes de sua explosão de ciúmes.

Ela se afastou um pouco, para que pudesse olhar para ele.

— Você realmente tem que ir? Fique mais um dia, por favor.

Daniel negou com a cabeça.

— Não, você precisa passar algum tempo com seus pais, e eu tenho coisas para fazer.

— Mas nós vamos estar juntos no Ano Novo?

— Claro. Onde mais eu iria querer estar?

Ela sorriu agradecida.

— Você quer voltar para cá?

Ele franziu o cenho.

— Talvez. Vamos ver como vai ser.

Suas palavras fizeram pouco para tranquilizá-la.

Eles se sentaram em lados opostos da cama, conversando em voz baixa, até que Monica bateu na porta e deu a entender que era hora de Lisanne ir para seu próprio quarto.

O clima na manhã seguinte necessitava da atmosfera tranquila do dia anterior. Lisanne parecia desanimada enquanto enrolava para comer o cereal, e Daniel sentiu a tensão.

Monica e Ernie pareciam surpresos por ele estar indo embora tão cedo, e Harry disparou à sua irmã olhares raivosos, culpando-a por ele e Daniel não terem desfrutado de um dia no fliperama.

Daniel estava contente que Lisanne não tinha mencionado que ele estava procurando um apartamento – ele não precisava de uma inquisição sobre seus motivos.

Lisanne o levou para a rodoviária, e eles passaram os últimos minutos com seus corpos pressionados juntos, possuídos por uma necessidade desesperada para tocar que surpreendeu os dois.

Finalmente, a partida do ônibus foi anunciada e Daniel foi para um dos bancos de trás, o peito estranhamente apertado quando se despediu de Lisanne, que parecia muito jovem e pequena ao levantar a mão para acenar um adeus.

Quando o ônibus partiu em direção ao trânsito da cidade, Lisanne deixou as lágrimas caírem. Tinha certeza de que era culpa dela que ele havia saído mais cedo, e amaldiçoou seus hormônios por gritar com ele sem motivo.

Quando ocorreu a ela a inutilidade de ficar encarando o vazio, depois que o ônibus desapareceu, Lisanne se arrastou de volta para o carro e lhe enviou uma mensagem.

> L: Já sinto saudades. Superansiosa para o Ano Novo. LA bj

Porém, a única resposta que obteve foi um emoticon piscando.

Capítulo 23

Lisanne estava muito triste, mas havia uma pessoa que parecia estar tendo um Natal pior. Rodney enviou uma mensagem enquanto ela estava dirigindo para casa, pedindo para encontrá-lo.

Ela parou em frente à mesma cafeteria que tinham frequentado dois dias antes, um pouco mais felizes e com menos complicações.

Rodney já estava esperando, com o rosto tenso.

— Graças a Deus você está aqui — disse ele, arrastando-a para um abraço apertado. — Onde está Daniel?

Lisanne mordeu o lábio.

— Ele teve que voltar.

Rodney pareceu surpreso.

— Como assim?

— Bem, ele *disse* que era porque tinha que procurar por um apartamento para morar...

— E você não acha que isso é verdade?

Lisanne deu de ombros.

— Nós tivemos uma briga idiota, horrível, e foi tudo culpa minha. Eu fui uma vaca. E não o culpo se ele quiser ficar longe de mim.

Rodney apertou a mão dela.

— De jeito nenhum. O cara é louco por você.

Lisanne pareceu esperançosa.

— Você acha?

— Caramba — disse Rodney. — Vocês não *falam* um com o outro?

— Ah, isso é ótimo vindo de você, *Sr. Eu fui gay durante anos e nunca disse à minha melhor amiga!*

— *Touché.* — Rodney fez uma careta.

— De qualquer forma, como foi com seus pais?

— Oh, ótimo — falou Rodney, sua voz carregada de sarcasmo. — Mamãe explodiu em lágrimas e meu pai começou a orar. E isso foi quando eu disse que estava abandonando a faculdade.

— Eita!

— Sim, e então eu disse a eles que sou gay. — Rodney respirou fundo. — Minha mãe só chorou mais um pouco e meu pai não sabia o que dizer. Eu tive que sair.

Lisanne colocou a mão sobre a dele, uma forte consciência de que os problemas de Rodney superavam o dela consideravelmente. Ele parecia infeliz. Até aparentava estar lidando bem com tudo, mas ela podia sentir a dor que estava tentando tão arduamente esconder.

— Sabe — disse ela, devagar —, você pode se transferir para a minha faculdade, não pode? Estamos apenas um semestre a frente, você pode nos alcançar. Há sempre espaço em matérias pré-requisito até que você decida o que fazer.

Ela podia ver que suas palavras tinham jogado uma tábua de salvação para ele.

— Você acha? Caramba, sim! Nós dois na cidade? Bem, você, eu e Daniel. Isso seria incrível. — Olhou para ela com gratidão. — Sério? Você acha que poderia funcionar?

— Por que não? É uma boa faculdade. Sua mãe e seu pai vão ficar felizes que você ainda receberá o diploma. E você não estará sozinho, estará comigo. Eles sabem que sou uma boa menina. — Lisanne enfatizou as duas últimas palavras e, finalmente, conseguiu arrancar um pequeno sorriso de Rodney. Ela estava feliz que um deles estava se sentindo mais positivo.

Quando ele foi pedir mais café, Lisanne checou o telefone de novo, mas não havia nenhum sinal de Daniel.

Rodney a surpreendeu enquanto caminhava de volta – ele estava parecendo definitivamente mais leve e descontraído.

— Ainda nada de Daniel?

— Nada.

Ele deu de ombros.

— É uma coisa de homem. Espere até que ele esteja quase em casa, então, faça uma ligação... Hum... Mande mensagem para ele. — Olhou para ela com simpatia. — Ele é um cara muito legal. Quer dizer, do jeito que foi comigo. Quando eu o vi, pensei que ele era, você sabe, tão macho alfa que não havia nenhuma maneira de que iria deixar um cara gay sair com ele. Mas ele foi totalmente legal sobre isso. E estou falando sério, ele é louco por você.

Lisanne suspirou.

— Às vezes, eu acho que sim, mas ele é tão difícil de decifrar, sabe?. Ele nunca me diz nada. Não sei, é como se ele achasse que está me protegendo ou algo assim.

— Talvez ele esteja. Você disse que a sua vida em casa não das melhores.

— Você não tem ideia — ela disse, triste.

— Conte-me sobre isso — pediu Rodney.

Os amigos trocaram um olhar, e ele esticou a mão através da mesa para segurar a mão dela.

— Vocês vão lidar com isso.

Mas, naquela noite, Lisanne ainda não teve notícias de Daniel. Suas emoções estavam jogando amarelinha, pulando de irritação para raiva, de preocupação para dúvida, e a paranoia estava em grande escala. Talvez o ônibus houvesse capotado na estrada? Talvez a loira bonita que tinha entrado no ônibus antes dele atualmente se beneficiava dos consideráveis encantos de Daniel. Talvez ele a tivesse encantado até ela tirar as calças — literalmente?

Ela jogou o telefone em cima da mesa de cabeceira e foi dormir, chateada e triste. Pela manhã, ainda não havia notícia, e Lisanne começou a ficar realmente preocupada.

Monica tentou acalmá-la.

— Sabe como são os homens, querida. Metade do tempo seu pai se esquece de levar o celular com ele, e quando o faz, quase nunca atende ou até mesmo liga.

Lisanne balançou a cabeça.

— Daniel está *sempre* com o celular, não é como se ele pudesse usar um telefone comum, ele precisa escrever mensagens.

Monica franziu o cenho.

— Harry disse que vocês dois tiveram uma briga. Talvez ele só precise de um pouco de espaço.

Lisanne apoiou a cabeça entre as mãos. Ela estava preocupada que sua mãe estivesse certa. Quanto espaço ele precisava? Tanto que ele fosse terminar com ela?

Mas Rodney tinha uma ideia diferente.

— Olha — disse ele, por telefone, mais tarde naquela manhã —, por que não vamos lá e tomamos as rédeas das coisas? Se você está tão preocupada, eu vou te levar. Deus sabe que preciso ficar longe dos meus pais. Eu realmente os aprecio orando por mim, mas isso está me deixando um pouco louco também. Deus me fez gay, eles terão que superar isso.

— Você realmente vai me levar? Porque minha mãe nunca me deixaria pegar o carro dela e ir de ônibus é uma bosta.

— Claro, por que não? Vamos precisar de um lugar para ficar, apesar de tudo.

Lisanne mordeu a unha do polegar, o que restou dela depois das últimas 24 horas.

— Nós poderíamos ficar em meu dormitório, eu sei como você pode esgueirar-se para dentro. Kirsty não vai estar lá... O que acha?

Rodney riu.

— Uma festa do pijama? Oh, meu Deus, isso soa tão gay! Devo estar recuperando o tempo perdido. Sim, vamos fazer isso.

Monica e Ernie reagiram menos entusiasmados quando ela contou o que planejado.

— Pelo amor de Deus, Lisanne! Você não pode ir correndo atrás do Daniel assim.

— Eu não estou correndo atrás dele, mãe — mentiu Lisanne. — Eu estou apenas... preocupada. E Rodney quer dar uma olhada na faculdade... Assim, tudo se encaixa.

Ernie franziu o cenho, mas depois surpreendeu Monica, concordando com a filha.

— Nós não vamos ficar em paz nesta casa com toda a sua agitação, e Rodney é um rapaz sensato, estável.

Obviamente, não tinha chegado o memorando a Ernie, mas Lisanne não iria discutir com seu pai quando ele estava do seu lado.

— Obrigada, papai — ela cantarolou, e correu para cima para fazer as malas.

Duas horas depois, eles estavam na estrada.

— Preparei uma *playlist* com músicas de viagem — disse Rodney, satisfeito consigo mesmo. — Não achei que teria a chance de usá-la tão cedo.

Logo os sons de *Free*, de Ultra Nate, estavam bombando através do carro, e Lisanne sentiu seu espírito se elevar de leve.

Ela ergueu as sobrancelhas.

— Lembro-me dessa.

Rodney sorriu.

— Você poderia chamá-la de meu hino.

Lisanne sorriu.

— Pronta? — disse Rodney. — Pé na estrada! — E apertou o acelerador.

No início da noite, eles estavam viajando pelos subúrbios de Savannah.

— Você se importa se formos para a casa de Daniel primeiro? — perguntou Lisanne, ansiosa.

— Claro que não, Lis. É para isso que estamos aqui. Além disso, quero ver esse famoso antro de iniquidade.

— Não é engraçado, Rodney, é a casa dele.

Seu amigo franziu as sobrancelhas.

— Sinto muito.

Quando dirigiram pela rua até a casa de Daniel, estava estranhamente calmo. Em sua primeira visita, Lisanne tinha visto carros e motos ao longo da estrada, e as pessoas se amontoando pela calçada. Mas não havia nada. Ninguém.

Quando ela viu a casa, sua boca se abriu.

— Caramba — soltou Rodney, sua voz cheia de espanto, chocada.

A porta da frente estava pendurada pelas dobradiças, e quase não havia uma única vidraça que não tinha sido quebrada.

Garrafas e latas de cerveja espalhadas pelo jardim da frente, e uma fogueira de algo que cheirava muito mal ainda estava queimando ao lado da casa.

Quem quer que tivesse feito isso – e devia ter sido mais de uma pessoa –, estava muito longe. Lisanne sentiu-se mal e correu para fora do carro.

— Espere! — murmurou Rodney.

Ele saiu, trancou o carro e seu dedo pairou sobre o 190 na discagem rápida.

Lisanne estava muito tensa para deixá-lo ir primeiro, e subiu correndo os degraus.

— Ei — disse Rodney. — Olha!

Caminhando em direção a eles, como se cada passo fosse puxado para a terra por sua própria gravidade, estava Daniel. Ele parecia cansado, sujo e com a barba por fazer, mas estava vivo e inteiro.

Lisanne correu para frente, lançando-se sobre ele, travando seus braços ao redor de seu pescoço. Ele ficou imóvel, depois, lentamente, deixou a cabeça afundar em seu ombro.

Nenhum dos dois falou nada.

Rodney encostou no carro e os deixou terem o seu momento. O que quer que tivesse acontecido com Daniel, tinha sido claramente um inferno.

Depois de um minuto, Lisanne afrouxou seu aperto e deu um passo para trás para que pudesse ver seu rosto.

— Você está bem? O que aconteceu? Onde estava? Eu fiquei louca!

Seus olhos estavam vidrados de cansaço e ele parecia confuso.

Lisanne ficou imediatamente preocupada que ele tivesse machucado a cabeça e virou o rosto dele suavemente para inspecionar a ferida. Ela não conseguia ver nada óbvio, exceto que ele estava claramente necessitando de um chuveiro com água quente e um pouco de comida – provavelmente, um longo sono também.

Ele olhou para ela como se não entendesse a pergunta, mas, quando seus olhos rastrearam através de sua casa, um pouco do espírito que ela tanto amava incendiou suas íris.

— Malditos viciados em metanfetamina — disse ele, cansado.

— O quê? — ofegou Lisanne, seus olhos encontrando o rosto chocado de Rodney. — Drogados fizeram isso?

Daniel afirmou com a cabeça devagar.

— Sim, depois que a polícia estourou o lugar. — Ele olhou para a construção destruída, e ira ondulou em seu rosto. — É melhor eu dar uma olhada.

De todas as coisas, o interior estava pior. Todos os móveis macios tinham sido cortados, tapetes rasgados – até mesmo algumas das tábuas. Cada armário, guarda-louça e gaveteiro tinha sido esvaziado, o conteúdo descuidadamente espalhado. No que restara da cozinha, a geladeira estava tombada, uma caixa de leite azedo amassada no chão. A porta dos fundos havia sido deixada aberta e algumas folhas tinham voado para dentro. Pelo menos não havia chovido.

Cautelosamente, Lisanne escolheu um caminho até as escadas, evitando alguns dos perigos potenciais de carpete rasgado e manchas suspeitas. A mesma destruição tinha encontrado o seu caminho para o segundo andar. No quarto de Daniel, todos pararam. A porta tinha sido aberta, arrebentada por algo pesado, destruindo a tranca.

Seu quarto, uma vez arrumado, tinha sido dilacerado; os lençóis, puxados da cama; o colchão, cortado em pedaços. Todos os livros tinham as capas rasgadas e haviam sido atirados para o chão. O tapete fora empurrado para um lado e até mesmo o espaço do sótão, pouco acima de sua cama, tinha sido violado. Roupas haviam sido retiradas do armário, jogadas no chão.

— Parece que houve um motim aqui — sussurrou Rodney.

Lisanne não sabia o que dizer. A polícia tinha feito um trabalho muito minucioso de busca no lugar – e então tudo tinha sido revirado por pessoas que estavam à procura de algo, qualquer coisa para vender pela sua próxima dose.

— Venha, vamos sair daqui — disse Rodney. — Vamos comer alguma coisa e ir para o seu dormitório, Lis, e então decidiremos o que fazer. Tudo bem?

Lisanne assentiu. Qualquer plano que envolvia ficar bem longe daquele lugar parecia ótimo para ela.

— Esperem por mim lá fora — Daniel falou, baixinho.

De volta ao ar fresco, Lisanne sentiu um pouco de alívio, da claustrofobia que a sufocara dentro da casa destruída, mas sua cabeça começou a latejar e ela sentiu náuseas.

Poucos minutos depois, Daniel os seguiu. Ele estava carregando um saco plástico com algumas de suas roupas, mas era muito pouco.

— Levaram meu violão — ele disse, em uma voz inexpressiva. — E verifiquei a garagem, Sirona sumiu. Porra. O lugar foi deixado aberto, tudo se foi.

— Quem é Sirona? — sussurrou Rodney.

— Sua Harley.

Daniel abaixou-se e pegou uma garrafa meio cheia de vodca que estava caída a seus pés.

Lisanne estava prestes a dizer para que não bebesse quando ele empurrou algumas folhas de jornal no gargalo e pegou o isqueiro.

As chamas lamberam o papel e Daniel apontou o míssil em sua casa.

— Não! — gritou Lisanne, movimentando seu braço para que ele errasse o alvo, que bateu na fogueira, explodindo inofensivamente.

Rodney parecia chocado e completamente desnorteado.

— O que está fazendo? — gritou Lisanne, puxando Daniel de volta para encará-la.

— Botando fogo nessa merda — respondeu no mesmo tom aborrecido.

— Acho que é melhor tirá-lo daqui — Rodney disse, em voz baixa.

Lisanne levou Daniel para a parte de trás do carro de Rodney e o empurrou para dentro. Ela deslizou ao seu lado, segurando sua mão, olhando ansiosamente para seu rosto. Encostou-se no banco e fechou os olhos.

Mantendo a voz calma com algum tipo de crença que iria acalmar as almas feridas, Lisanne deu indicações a Rodney para os dormitórios. Eles pararam brevemente para pegar comida, mas Daniel não voltou a falar.

O PERIGO DE CONHECER E *amar*

Assim que chegaram, disse a Rodney para esperar na saída de incêndio com Daniel até que ela pudesse deixá-los entrar sem serem vistos.

Os dormitórios estavam tranquilos e, aparentemente, desertos, mas, de algum lugar, música era lançada pelos corredores vazios – música feliz, alegre, o tipo que você ouvia quando não tinha nenhuma preocupação no mundo. Lisanne tentou descobrir de onde a música estava vindo e que quartos podiam estar ocupados, mas em todos os lugares parecia vazio.

Ela abriu a saída de emergência e fez sinal para Rodney para que entrassem. Ele puxou um Daniel zumbi atrás dele.

Uma vez em seu quarto, ele caiu em sua cama e Rodney olhou ao redor.

— Nada mau. Mas poderia ter um banheiro privativo.

— Sim, eles vão colocar um em todos os quartos do dormitório das meninas para o próximo ano. Se não fosse uma exigência que todo mundo que viesse de fora, para estudar aqui, morasse no *campus* pelo primeiro ano, acho que teriam um monte de quartos vazios.

Ela olhou para Daniel.

— Você está com fome? — Ela caminhou em direção a ele e tocou seu braço. — Você está com fome?

Ele balançou a cabeça.

— Cansado.

— Você deveria dormir. Quer tomar um banho primeiro? Não tem quase ninguém, eu posso esperar do lado de fora, garantir que ninguém entre.

— Sim, acho que vou.

Lisanne enfiou a cabeça pela porta e o acompanhou até os chuveiros das mulheres. Seus olhos derivaram pelo seu corpo enquanto ele se despia, e ela viu que suas contusões estavam amarelas e começando a desaparecer. Isso já era algo. Mas ele parecia tão cansado.

Seu banho foi breve, provavelmente porque ele teria caído no sono se tivesse ficado mais tempo. Enxugou-se com uma toalha de Lisanne e vestiu a calça jeans. Ele fez uma careta para a camiseta suja e caminhou de volta para o quarto com os pés descalços e o peito nu.

Rodney estava atacando a comida, mas ela o viu tentando não encarar seu namorado enquanto caminhavam de volta para dentro. Lisanne lhe lançou um olhar, e ele se concentrou de volta no rolinho primavera.

Daniel parecia ligeiramente mais desperto e aceitou alguns dos alimentos, mas suas pálpebras estavam pesadas. Lisanne sabia que ele precisava dormir, mas ela tinha que perguntar:

— O que aconteceu?

Daniel suspirou e empurrou a comida para longe. Lisanne imediatamente se sentiu culpada.

— Eu tinha voltado de sua casa. Não tinha dinheiro para um táxi, então andei. Tinha acabado de retirar a chave da porta quando a polícia apareceu. Fui preso e passei dois dias em uma cela da delegacia antes de conseguir fiança.

Lisanne ofegou.

— Por que você foi preso? Você ainda nem tinha estado lá!

Sua cabeça pendeu.

— Zef foi apanhado. Eles nem sequer deram direito à fiança. É um crime, a intenção de distribuir drogas. — Sua voz era inexpressiva à medida que contava os fatos. — Ele pode pegar até dez anos de cadeia.

Ele coçou a cabeça, cansado.

— Por que você não me ligou?

Daniel balançou a cabeça.

— Eu precisava do meu telefonema para o advogado. Pensei em pedir para mandar uma mensagem para você...

— Mas...?

— Você não precisa estar envolvida em mais da minha merda, Lis.

Ela gemeu de frustração. Isso era *tão* a cara dele! Ao tentar protegê-la, ele quase a matara de susto.

— E o seu violão? — ela perguntou, em um tom mais calmo. — E quanto à Sirona? Você vai relatar o roubo?

— Não há motivo para isso. Já devem estar muito longe.

— Você pode reclamar com o seguro — acrescentou Rodney, prestativo.

Daniel apenas olhou para ele, e as bochechas de Rodney coraram.

— Então é isso? — disse Lisanne. — Eles levaram tudo?

— Sim, meu *laptop*, CDs... Porra, até mesmo a maioria das minhas roupas.

— E suas coisas da faculdade?

Ele bateu em seu bolso.

— Fiz *backup* em um pen-drive. Da minha música também.

Rodney franziu a testa, mas não ofereceu nenhum conselho mais estúpido.

— Boneca, sei que você tem mais perguntas, mas eu realmente preciso dormir agora — disse ele, olhando ansiosamente para a cama de Lisanne.

— Podemos conversar de manhã?

— É claro — ela disse, baixinho, retirando as embalagens de comida para que ele pudesse se deitar.

Ele segurou sua mão e a puxou contra o seu corpo.

— Estou tão feliz que você está aqui — sussurrou. — Faz doer menos.

Encostou a cabeça contra sua cintura, depois se levantou devagar. Dando um pequeno sorriso, abaixou a calça jeans, deslizou entre os lençóis e rolou para o lado.

Lisanne se abaixou para beijá-lo, mas ele já estava dormindo.

Rodney apontou para algo, sibilando em um sussurro, e Lisanne levantou as sobrancelhas.

— Ele não pode te ouvir.

— Oh, Deus, me desculpe. Eu continuo esquecendo. Nossa, tudo isso faz com que os meus problemas pareçam muito patéticos.

— Sei o que você quer dizer.

— Eu não tinha ideia que essa coisa com o irmão dele era tão grave. Parece que ele vai ficar lá por um tempo.

— É, acho que sim. Talvez seja o melhor.

— Pelo menos ele defendeu o Daniel.

A resposta de Lisanne era amarga.

— Isso era o mínimo que ele podia fazer.

Rodney mastigou lentamente.

— O que Daniel fará agora?

— Não sei. Encontrar um lugar para morar. Tentar ir à faculdade. Parece que ele arranjou um trabalho em uma oficina. Espero que ele não o perca por causa de tudo isso. Ele é muito inteligente. Ele me ajuda com matemática e tudo.

Rodney engasgou-se com a comida.

— O quê? Eu tentei fazer isso por anos e não cheguei a lugar nenhum. Ele deve ser bom.

— Ele é ótimo — ela disse, com tristeza.

— Gostoso também — acrescentou Rodney.

Lisanne riu um pouco.

— Sim, gostoso também.

— Você sabe, exceto pelas janelas, não seria muito difícil arrumar a casa dele o suficiente para torná-la habitável. Seu pai não é tão ruim em tudo isso. Acha que ele iria ajudar? Temos dez dias.

Lisanne, de repente, se sentiu energizada.

— Deus, eu poderia beijá-lo! — disse ela, saltando sobre seus pés. — Tenho certeza de que mamãe e papai iriam querer ajudar. Harry também. — Então, fez uma careta. — Mas as janelas ainda são um problema. Não há nenhuma maneira que Daniel seja capaz de pagar por isso, e não posso pedir aos meus pais...

— Nós vamos descobrir alguma coisa. Olha, telefone para seus pais, diga que Daniel está bem e que vamos dormir. Bem, você vai dormir com o seu namorado fabuloso, gostoso e pelado, e eu vou enfiar-me em minha solitária e pequena cama e sonhar com bundas apertadas e bíceps deliciosos.

— Ah, meu Deus — disse Lisanne. — Você fala igual à Kirsty. Deve ser essa cama.

Ela ligou para seus pais e, embora eles ficassem chocados com o que ela lhes contou, prometeram estar lá na hora do almoço no dia seguinte.

Pela primeira vez em vários dias, Lisanne permitiu-se ter esperança enquanto ela se enrolava ao lado de Daniel. Ele dormiu por 14 horas, direto. Estava tão quieto que Lisanne tinha até mesmo o cutucado para se certificar de que estava respirando. Ele suspirou baixinho, o que a tranquilizou.

— Ele, provavelmente, não dormiu muito na delegacia — disse Rodney. — Sei que eu não iria querer. — Estremeceu.

— Não, acho que não. — Ela mordeu o lábio por um momento, depois se levantou. — Vou colocar alguma roupa para lavar para ele. Não que tenha sobrado muitas no caminho.

— O que ele estava dizendo sobre seu violão? Eu não entendi.

Lisanne suspirou.

— Ele era músico. Como eu. Começou a perder a audição quando tinha 14 anos. E ele escreveu as músicas mais incríveis que já vi. Eu canto quatro de suas canções na banda. É horrível o que aconteceu com ele.

— Graças a Deus, ele te encontrou — disse Rodney, baixo demais para Lisanne ouvir.

Lisanne foi lavar a roupa de Daniel enquanto o amigo ficou no quarto. Ele ficou surpreso quando voltou, furiosa.

— O que foi agora?

— Eu encontrei isso! — disse ela, jogando um pedaço de papel na cama de Kirsty.

Rodney o pegou.

— Huh. Número de telefone de uma mulher. Lis, devem dar a ele coisas como esta o tempo todo.

— Mas por que ele guardou? — Ela estava muito brava.

— Ele tem estado bastante preocupado — falou Rodney, erguendo as sobrancelhas. — Mas, se você está incomodada com isso, pode perguntar a ele quando acordar.

Lisanne bufou, mas não discutiu. Ela saiu de novo e só voltou quarenta minutos depois, com as roupas limpas de Daniel.

— Ainda não há sinal de vida — disse Rodney, afavelmente. — Mas acho que é melhor acordá-lo para que possamos encontrar seus pais na casa dele.

Lisanne acariciou o rosto de Daniel e viu suas pálpebras tremularem até abrir.

— Oi — ele falou, com a voz rouca. — Eu estava sonhando com você.

Atrás de si, ela ouviu um suspiro teatral de Rodney.

— Sonho bom?

— Incrível — disse ele, com um sorriso. — Se fosse qualquer outra pessoa, exceto você, que me acordasse, eu teria ficado chateado.

Ele se sentou e esfregou os olhos.

— Ah, oi, Rodney. Esqueci que você estava aí, cara.

— Isso acontece muito — respondeu Rodney, aborrecido.

Daniel sorriu.

— É melhor colocar algumas roupas — Lisanne o lembrou, e atirou o jeans e a camisa, ambos limpos.

— Caralho, você é uma mulher incrível — disse Daniel, agradecido.

Rodney desviou os olhos, enquanto Daniel girou para fora da cama e vestiu a calça jeans, colocando sua ereção para dentro.

— Precisamos realmente comprar algumas roupas íntimas pra você — comentou Lisanne.

— Desmancha-prazeres — Rodney murmurou para si mesmo.

— Existe alguma dessas sobras de chinês? — perguntou Daniel quando se alongou, vestindo a camiseta.

— Um pouco. Ou poderíamos sair para tomar café da manhã.

— Vou comer o que sobrou — disse Daniel, olhando para a comida com avidez.

Ele começou a comer com vontade enquanto Lisanne explicava sobre seus pais, que estavam vindo para ajudar. Ele parou com os pauzinhos no meio do caminho para sua boca.

— Eles estão vindo para cá?

— É claro — falou Lisanne. — Eles querem ajudar.

— Por quê? — Daniel estava realmente confuso.

— Porque eles se *preocupam* com você, droga!

— Ah — disse Daniel, ainda meio incerto. — Tudo bem, obrigado.

— Hum, há outra coisa — falou Lisanne, pegando o papel que tinha encontrado no jeans de Daniel. — O que é isso?

Ele fez uma cara de confusão e depois pareceu se lembrar.

— Ah, sim. Uma garota que conheci na clínica de audição. Ela tinha acabado de colocar o IC. Queria trocar opiniões. — Ele revirou os olhos.

Rodney piscou para Lisanne, um sorriso de alívio no rosto.

Daniel continuava a comer.

— Você nunca disse por que prenderam você.

Rodney gemeu audivelmente quando Daniel suspirou e deixou cair os pauzinhos.

— Eu tinha quase um grama de maconha no meu quarto. Eles estavam tentando alegar que foi posse com intenção de distribuir, mas meu advogado negociou que era para uso pessoal. Isso é uma contravenção, reclusão por até um ano.

Ele olhou para Lisanne e deu de ombros, o que disparou tanto a sua ansiedade quanto sua irritação.

— Por que você tinha as drogas, Daniel? Quero dizer, eu nunca vi você... Não comigo...

Ele deu um pequeno sorriso.

— Zef levou para o hospital. Era uma espécie de presente, do tipo "fique bem logo e tire sua bunda preguiçosa daí". Enfiei debaixo da minha cama e esqueci. — Ele deu de ombros. — Zef disse aos policiais a mesma coisa, por isso meu advogado falou que eu poderia sair.

Seu tom casual empurrou Lisanne ao limite de sua cuidadosamente reconstruída compostura.

— Que diabos, Daniel? Nós deveríamos estar juntos, e você mantém tudo isso em segredo? Zef deu isso para você enquanto você estava *no hospital*! Isso foi há duas semanas! E você nunca mencionou! O que isso diz sobre o nosso relacionamento?

Ela saiu do quarto, batendo a porta. Rodney voltou seu olhar para Daniel, que parecia igualmente furioso.

— Eu vou protegê-la de toda essa merda! — disparou Daniel.

— Ela não quer ser protegida, ela quer te *ajudar*.

O PERIGO DE CONHECER E *amar*

— Ela não pode.

— Ela pode ajudar, se você compartilhar como está se sentindo. Caramba, Daniel!

— Toda a merda que ela passou por mim... Eu nem sei por que ela ainda está aqui.

Rodney suspirou, exasperado.

— Porque ela te ama, seu idiota!

Os olhos de Daniel se arregalaram e ele sentou-se em silêncio.

— E acho que você a ama.

Daniel balançou a cabeça lentamente.

— Ela é tudo.

— Então *diga* a ela. Caramba, vocês dois... Eu não sei qual dos dois é pior. Droga, estive fora por exatamente dois dias e vocês estão me fazendo assumir o papel de Dr. Phil, Ricki Lake ou algo assim. Dá um tempo! — Ele contraiu os ombros em um gesto de impaciência.

Daniel sorriu.

— Ricki Lake?

— E daí? Meus avós são de Baltimore, eu gosto de *Hairspray*. Apenas faça alguma coisa para ela se sentir especial, de modo que ela saiba que você se importa. Não precisa ser nada caro...

— Ainda bem, porque, caso não tenha notado, estou falido — Daniel murmurou, com amargura. Mas, ao mesmo tempo, uma ideia lhe ocorreu. Talvez.

— Olha, nós devemos ir — disse Rodney, olhando para o relógio. — Eu vou encontrá-lo lá fora, dar a você e à Lis alguns minutos a sós.

Rodney abriu a porta e Lisanne entrou como um furacão, quase o levando para fora quando passou por ele.

— Boa sorte — Rodney sussurrou, embora nem Daniel nem Lisanne pudessem ouvi-lo.

Lisanne ricocheteou ao redor do quarto, recolhendo sua jaqueta e bolsa, sentindo-se como se quisesse bater com força na cabeça de Daniel – em seu lado bom, é claro.

Ele sentou-se pacientemente, esperando-a olhar para ele. Até que, finalmente, ela se virou.

— Estou tão brava com você!

— Sim, eu recebi o memorando — disse ele, secamente.

— Esta não é uma questão para rir! — gritou ela.

— Eu não estou rindo — ele falou, segurando um sorriso. — Sinto muito, tudo bem?

— Não! Não, não está definitivamente tudo bem! Você nunca me diz nada! Tenho que descobrir tudo por acidente. Essa não é a base para um relacionamento, Daniel. — Seu peito apertou de um jeito desagradável.

— Lis, por favor. Eu vou tentar, tá? Eu só... É... Eu não tive ninguém para contar sobre essa merda por um bom tempo.

Seus olhos cor de avelã pediam para que ela entendesse, e ela não tinha forças em seu coração para puni-lo mais. Ele disse que tentaria. Ela não podia pedir mais.

— Tudo bem, mas estamos juntos nessa, Daniel. Apenas me diga. Se afeta você, isso me afeta. Enfie isso na sua cabeça dura! — Então bateu levemente na cabeça dele.

— Estou trabalhando nisso — disse ele, sério.

Ela se sentou no seu joelho e ele acariciou seu pescoço. Ela estava em seus braços e não havia outro lugar em que quisesse estar. Foram interrompidos por seu telefone tocando e a voz irada de Rodney dizendo para pararem de enrolar e sair logo.

Ao longo de todo o percurso, Rodney reclamou, irritado por ser a única pessoa atualmente não recebendo qualquer ação. Lisanne o ignorou e Daniel, sentado no banco de trás, parecia ter caído no sono novamente.

Chegaram quando o carro dos Maclaine estava virando na estrada. Era como uma versão extrema de programas de reforma e construção.

Naquele primeiro dia, Daniel foi surpreendido com o quanto eles tinham feito. Ernie havia contratado uma caçamba, juntamente com quantidades enormes de tinta branca, pincéis e rolos. Ele também tinha contratado um vidraceiro para vir e encaixar vidros novos nas sete janelas quebradas. E, depois, distribuiu tarefas para todos.

Daniel trabalhou mais e mais e teve menos descanso do que os outros, estimulado para ver a sua casa de infância ressurgir dos escombros. Ele ainda conseguiu recuperar algumas fotos de seus pais que não tinham sido muito danificadas.

No meio da tarde, dois homens haviam passado em uma kombi destruída para comprar cocaína, mas Ernie os expulsou, ameaçando chamar a polícia.

— Isso vai acontecer por um tempo — refletiu —, mas a mensagem circulará em breve... Desde que continue assim.

Ele olhou bravo para Daniel.

— Vai continuar — retrucou o rapaz. — Não quero essa merda perto de mim ou... Eu não quero isso aí.

Ernie balançou a cabeça e voltou a trabalhar.

No quarto dia, após a maior parte da limpeza externa ter sido feita e pequenos reparos estruturais estarem concluídos, eles começaram a pintura. Harry acabou por ter um bom olho para a coloração da madeira sem deixar a tinta escorrer, por isso foi encarregado de pintar portas e peitoris. Todo mundo estava com as mãos na pintura das paredes e tetos.

Ernie ainda alugou uma lixadeira e mostrou a Daniel como usá-la em pisos de madeira. Algumas das habilidades de Pops com as ferramentas tinham passado para Ernie.

Daniel estava preocupado com o quanto tudo isso custaria, mas Ernie simplesmente disse que esperava que alguém fizesse o mesmo se fossem seus filhos que precisassem de uma mão amiga. Esse foi o fim da discussão — pelo menos no que dizia respeito a Ernie.

O maior problema era o mobiliário. Monica e Lisanne receberam a tarefa de vasculhar os brechós para ver o que poderiam encontrar.

— Nada feminino, por favor — pediu Daniel.

Lisanne riu baixinho.

— Você vai adorar o que eu arranjar. — E o beijou rapidamente para que ele não pudesse responder.

Elas foram muito bem-sucedidas, garantindo sofás, cadeiras, uma mesa de cozinha e duas camas de casal com colchões decentes.

A cada noite, Rodney e Daniel ficavam na casa, acampando e se banhando com o chuveiro frio, até que o tanque de óleo pudesse ser recarregado. Ambos estavam com cinco dias de barba por fazer.

Lisanne queria ficar também, mas foi vencida por seus pais e até mesmo por Daniel, que estava preocupado no caso de qualquer um dos clientes de Zef voltar. Mas Ernie parecia ter sido certeiro sobre a notícia rodar, já que ninguém os incomodou novamente.

Na véspera do Ano Novo, houve mais uma boa notícia.

Daniel estava esfregando o banheiro no andar de baixo, que não tinha sido usado para qualquer coisa, exceto armazenar bebidas alcoólicas, por dois anos, quando seu celular vibrou no bolso.

Ao ler a mensagem, seu rosto se iluminou e seu grito de alegria pôde ser ouvido por toda a casa.

Lisanne veio correndo.

— O que foi?

— Encontraram Sirona! Alguns idiotas tentaram vendê-la para o Sal, o cara da loja de automóveis, que me deu um emprego. Ele a reconheceu e ameaçou o bastardo. Eu posso pegá-la hoje.

Monica o levou para recolher sua amada Harley e ele a montou até sua casa, com um sorriso de orelha a orelha, usando um capacete que Sal tinha lhe dado, com outro escondido nos alforjes como uma reposição para o de sua namorada.

Rodney inclinou-se para sussurrar:

— Seu namorado fica *gostoso* usando couro.

— Eu sei — disse Lisanne, presunçosamente.

Naquela noite, eles comemoraram o renascimento da casa, o retorno de Sirona e a véspera de Ano Novo com comida mexicana para viagem, cerveja e uma grande quantidade de sorvete. Daniel e Rodney celebraram por se revezarem em um chuveiro que bombeava água quente.

A casa ainda parecia um pouco vazia e a mobília era gasta, mas era uma casa novamente. Ou tentava ser.

Harry e Lisanne estavam brigando pelo último pedaço de um doce de chocolate quando Daniel se levantou, deslocando-se desajeitadamente de pé para pé.

— É... Então, é véspera de Ano Novo e amanhã, merda, bem, é um novo ano. Por isso, hum, eu só queria, vocês sabem, agradecer a todos por tudo o que fizeram. É como ter uma família, que é como isso parece, para mim, quero dizer. E Rodney, cara, você chegou e sei que está passando por seus próprios problemas, então, se precisar de um lugar para ficar... Sinta-se em casa, tudo bem? Monica, Ernie, vocês têm sido ótimos pra caralho. Hum, desculpe. Mas vocês têm. Você também, Harry. Você trabalhou duro, cara. — Seus olhos se voltaram para Lisanne, que cobrindo a boca com a mão, os olhos brilhando de lágrimas. — Boneca, você... Eu... Só... Obrigado. Sério, obrigado por tudo. Porra, eu...

Ela se levantou e caminhou até ele, olhando em seus olhos.

— Eu sei.

Houve um silêncio tão cheio de emoção que teve que ser rompido.

— Aqui está, a novos começos — disse Rodney, segurando sua cerveja.

— Isso mesmo! — concordou Monica, baixinho.

Lisanne puxou Daniel para sentar-se no sofá com ela e o segurou até que seu embaraço havia desaparecido.

— Adorei o que você disse — sussurrou ela.

— Eu parecia um idiota de merda — gemeu ele. — Eu tinha planejado tudo o que queria dizer e, depois... Ah, foda-se.

— Não, foi perfeito.

Ele levantou uma sobrancelha para ela.

— Perfeito, né?

Lisanne beijou-o na ponta nariz.

— Exceto por todo o xingamento.

Ele sorriu para ela.

À meia-noite, eles cantaram a tradicional canção *Auld Lang Syne*, e Daniel passou os braços ao redor da cintura de Lisanne, puxando-a contra o peito, sentindo as vibrações do eco da canção através de sua pequena caixa torácica.

As palavras de Rodney voltaram para ele. *Apenas faça alguma coisa para fazê-la se sentir especial, de modo que ela saiba que você se importa.* De repente, ele sabia o que queria fazer.

Várias coisas mudaram naquele Ano Novo. Depois de uma longa noite falando sobre isso com Daniel, Rodney tinha decidido se transferir para a mesma faculdade, e ele estava esperançoso que seus pais iriam apoiar essa decisão. Daniel tinha oferecido um lugar para viver como um agradecimento por tudo o que ele havia feito.

Rodney aceitou com gratidão, mas insistiu em pagar o dinheiro do aluguel – que Daniel recusou, até que Lisanne o levou para um canto e disse que ela não gostava de ele ter que trabalhar vinte horas por semana além de estudar, quando a contribuição de Rodney significava que ele só teria que trabalhar oito. Com Rodney e Lisanne em cima dele, Daniel tinha perdido esse argumento.

No dia seguinte, os Maclaine foram para casa, cheios de promessas para visitar novamente em breve. Harry lembrou Daniel que eles ainda tinham que planejar uma ida ao fliperama.

Rodney estava indo também, mas só para recolher suas coisas antes de se mudar, pronto para o novo semestre.

Daniel e Lisanne estavam sozinhos pela primeira vez em mais de uma semana. Antes de Rodney e os Maclaine alcançarem o fim da rua, eles estavam tirando a roupa um do outro, e não teriam transado no quarto se Daniel não a tivesse pegado no colo e a levado para lá.

Lisanne era uma poça excitada e suada, sua carne ainda trêmula dos espasmos leves depois de um orgasmo muito necessário, quando Daniel rolou para o lado e passou um dedo pelo seu rosto.

— Melhor?

— Sim — suspirou ela. — Muito melhor.

Ele sorriu.

— Bom. — Então seu sorriso desapareceu e ele parecia incerto. Não era um olhar que ela associava a Daniel – o que a preocupou.

— O que há de errado?

— Então, hum, eu tenho a minha primeira sessão de ajuste na quinta-feira.

— Tudo bem — ela falou, com cuidado.

— Eles vão ajustar o transmissor e processador... — Respirou profundamente. — Eu estava pensando... Você quer ir comigo? Quero dizer, você não tem que... Se for muito estranho...

— Oh — disse ela, engolindo com dificuldade. — Oh! Sim, é claro que vou com você.

— Você vai?

— Sim, idiota!

— Tá bom.

— Tá bom!

Ele a puxou para seu peito e ela se deitou lá, ouvindo até mesmo as constantes batidas do seu coração forte.

Capítulo 24

Daniel estava nervoso. Ele se perguntou se tinha sido um erro pedir à Lisanne para ir com ele à clínica. Mas não havia como recuar agora. Enquanto ele estava relutante e arrastando a bunda cansada, ela estava ansiosa e quase saltitando.

Mesmo um pouco de sexo matinal – muito gostoso – não o colocara em um humor melhor, e essa merda estava errada. Sexo matinal coloca *todo mundo* de bom humor, não é?

Ele tentou ignorar o alto-astral de Lisanne, mas, cada vez que olhava para o lado, ela puxava seu braço para fazê-lo olhar para filhotes, balões ou qualquer merda feliz. E ele *realmente* queria fumar um cigarro.

Eles passaram por um cara que estava tirando um cigarro de um novo pacote, e Daniel pensou seriamente sobre roubar seu Marlboro – uma marca que ele odiava.

Ele parou abruptamente em frente à entrada para o hospital, e Lisanne quase colidiu com ele.

— Só... me dê um minuto — disse, entredentes, tentando acalmar a respiração.

Ela estendeu a mão e segurou seu rosto, cobrindo suas bochechas com dedos suaves.

— Vai ficar tudo bem — disse ela, colocando um beijo suave em seus lábios. — Vai ser bom.

Ele deu um aceno rápido, respirou fundo e abriu a porta.

Lisanne andou, depois se virou para olhar para ele. Ela estendeu a mão e ele a tomou, grato pelo contato. Em seguida, passaram pela recepção, e seguiram em direção à sala de espera. Ele *odiava* salas de espera. Odiava esperar, ponto.

Eles estavam sentados por menos de um minuto e sua perna estava quicando para cima e para baixo com tanta força que ele podia sentir as vibrações em seus dentes.

Lisanne descansou a mão em seu joelho, acalmando-o.

— Vai ficar tudo bem — ela repetiu, cantarolando as palavras como se fossem um talismã contra todo o mal.

Ele não se sentia bem porra nenhuma. Sentia-se mal do estômago. E se, depois de toda essa merda, não funcionasse? Ele tinha lido as estatísticas, havia lido cada blog on-line que tinha sido capaz de encontrar. Sabia que os implantes não funcionavam bem para todos, uma minoria talvez, e com a forma como a sua maldita sorte estava acontecendo, ele faria parte dessa minoria.

Inclinou-se para frente, descansando os braços sobre os joelhos, e baixou a cabeça.

Por favor, faça essa porra funcionar.

Lisanne bateu no seu braço gentilmente e ele olhou para cima.

A mulher estava em pé na frente dele, sorrindo. Ah, sim, qual era o nome dela?

— Samantha. Como você está?

— *Bem, obrigada. Você?*

— Bem.

— *Eu estava esperando você entrar em contato.*

— *Estive ocupado.*

— *Deu para perceber! É esta a sua namorada?*

— *Sim. L-I-S-A-N-N-E.*

— Lis, esta é Samantha. Ela colocou o IC também.

— Ah, oi — disse Lisanne, acenando rapidamente para Samantha, depois lembrou-se de fazer o sinal correto.

— *Ela é a musicista?*

— *Sim.*

— *Você está aqui para sua sessão de ajuste?*

— Sim, a primeira.

— *Você parece um pouco nervoso. É por isso que eu vim. Mas vai valer a pena. Eu prometo.*

— Sim, espero que sim.

O nome de Daniel brilhou acima.

— Esse sou eu.

— *Se cuida. Tchau.*

O PERIGO DE CONHECER E *amar* 445

— *Tchau.*

Lisanne acenou, meio sem jeito, sorrindo nervosamente para a mulher mais velha e atraente.

— O que ela disse?

Daniel estava claramente distraído, mas seus pensamentos não estavam correndo na direção de Samantha.

— O quê? Ah, sim, ela disse que valeria a pena.

Sua boca se contraiu em uma linha reta.

Lisanne estendeu a mão quando entrou na sala de consulta com ele. Dr. Palmer estava lá, o que tranquilizou a ambos.

— Oi, doutor — resmungou Daniel, com a garganta inexplicavelmente seca. — Hum, Lis, este é o Dr. Palmer. Doutor, esta é a minha namorada, Lisanne Maclaine.

— Senhorita Maclaine, é um prazer vê-la novamente.

Daniel franziu o cenho. *Novamente?*

— Olá — Lisanne cumprimentou, timidamente, apertando a mão dele.

— E esta é a minha colega, Dra. Devallis. Ela é sua fonoaudióloga e vai supervisionar o ajuste hoje. Eu só queria verificar se você não teve quaisquer problemas com o implante.

— Está tudo bem — disse Daniel. — Eu posso senti-lo quando engulo, o que é um pouco estranho.

— Ele entrou em uma briga — Lisanne falou, de repente.

Daniel lhe lançou um olhar irritado, e ela parecia um pouco desconcertada.

— Uma briga? — Dr. Palmer ecoou, seus olhos passando rapidamente entre Daniel e Lisanne. — Houve algum dano a sua cabeça?

— Não — disse Daniel.

— Sim — respondeu Lisanne.

— Pelo amor de Deus! — Daniel resmungou, irritado além do normal. — O bastardo carimbou minhas costelas. A minha cabeça está muito bem!

— Ele bateu no lado esquerdo de sua cabeça e um dos pontos se abriu — Lisanne informou, em um tom desafiador, cruzando os braços.

— Bem, eu vou dar uma olhada rápida — informou o Dr. Palmer. — Quando isso aconteceu?

— Duas noites antes do Natal — Lisanne continuou.

Daniel arrancou o gorro e o enfiou no bolso. O médico sondou a ferida, mas Daniel não mexeu um músculo.

— Bom, ele parece estar bem — Dr. Palmer concluiu. — Mas realmente não recomendo entrar em brigas.

— Acredite em mim, doutor — Daniel disse, secamente. — Não é minha ideia de diversão.

— Hmm, bem. Tente proteger sua cabeça. Você ainda está montando sua moto?

— Sim, porra!

O médico suspirou.

— E o futebol americano?

Daniel fechou a cara.

— O que tem isso?

— Ah...? — Dr. Palmer olhou para suas anotações. — Eu pensei que você jogasse futebol americano. Era *quarterback*, não era?

— Era, doutor, *era*.

Dr. Palmer encontrou o olhar de Daniel.

— Você não joga mais?

Daniel se mexeu desconfortavelmente em sua cadeira, enquanto todos olhavam para ele. Sentiu os dedos pequenos de Lisanne em sua mão.

— Eu joguei na escola, uma escola especial. Não tentei entrar para a equipe da faculdade.

— Sr. Colton, temos leis contra a discriminação nos dias de hoje — o médico disse, pacientemente. — Além disso, existem alguns excelentes capacetes por aí que iriam proteger o seu implante, e...

Daniel interrompeu, irritado.

— Eu sei de tudo isso, doutor. Me dá um tempo, porra.

Lisanne o golpeou no braço.

— Desculpe — resmungou Daniel.

— Bem — disse a Dra. Devallis, erguendo as sobrancelhas. — Vou falar com você sobre as peças externas do dispositivo que vai precisar. Foi carregado durante a noite, por isso está pronto para usar.

— Vou deixá-lo com isso — falou o Dr. Palmer, apertando a mão de Daniel e Lisanne. — Avise se tiver qualquer problema e ligue para o meu consultório.

— Sim, obrigado, doutor.

Dr. Palmer deixou a sala e a fonoaudióloga sorriu para eles. Ela abriu a caixa quadrada que estava apoiada sobre a mesa à sua frente.

Dentro havia uma peça redonda de plástico do tamanho e formato de uma moeda, presa por um fio de cinco polegadas a algo que poderia ser confundido com um novo *iPod* – talvez.

— Tudo bem, as prioridades antes.

Ela falou devagar e claramente, mostrando à Lisanne e Daniel.

— Este é o lugar onde a célula de energia vai. É uma bateria recarregável, a maioria das pessoas a carrega enquanto está dormindo. Esta parte aqui... — Ela bateu no corpo de plástico. — Este é o processador, e um pouco acima está incorporada a Telebobina; um dispositivo sem fio que transmite o som a partir de um emissor para um receptor por meio de ondas eletromagnéticas. A parte gancho aqui é chamada de Microfone Gancho Auxiliar. O microfone principal está aqui em cima, no topo. Agora, as peças que você realmente precisa saber. Esta é a luz LED de status e logo abaixo é o controle de volume.

— O que é esse interruptor? — disse Lisanne.

— Este é o interruptor do programa. Você o usa para mudar entre diferentes ambientes, para uso geral, quando é muito barulhento e assim por diante. E esta peça contém o transmissor e o ímã.

Daniel olhou para o rosto de Lisanne. Ela parecia completamente absorta no que estava sendo dito.

— Pronto para experimentar? — perguntou a Dra. Devallis.

Daniel engoliu em seco e assentiu.

A médica colocou o aparelho atrás da orelha esquerda de Daniel e prendeu o ímã ao lado de sua cabeça. Lisanne ficou fascinada ao vê-lo ficar no lugar.

— Um segundo ímã foi colocado sob a pele durante a cirurgia — explicou a Dra. Devallis.

— Ah, certo. Claro — gaguejou Lisanne.

Os olhos de Daniel focaram nela.

— Tudo bem, aqui vamos nós.

A médica virou-se para a tela de seu computador, depois olhou para Daniel.

— Vamos estimular cada eletrodo ao longo da matriz, um de cada vez. Dessa forma, podemos encontrar o menor nível de corrente necessário para que você ouça um som, que é o limite sonoro. Assim, encontramos o nível superior de estimulação através do aumento da corrente para descobrir um nível que seja confortavelmente alto. Então, é um caso de equilibrar o nível de corrente em todos os eletrodos. Daniel, você vai ouvir uma série de bipes agora.

Ela pressionou algumas teclas no computador.

— Porra! — disse Daniel, com a mão automaticamente voando até sua orelha, seus olhos castanhos abertos.

— Você está indo bem — a médica informou, em um tom calmo.

Daniel olhou para Lisanne e a viu secando as lágrimas. Ela ergueu um polegar, dando um grande sorriso esperançoso.

A médica apertou outra tecla e Daniel piscou. Foi a sensação mais estranha. Não estava soando como ele se lembrava – mas *era som*.

— Vai demorar um pouco de tempo para acertar — informou a médica. — Apenas aguente firme. Sua reabilitação não será imediata, como tenho certeza de que você está cansado de pessoas lhe dizerem isso. Tudo bem, estou mapeando o processo para você. Imagine um teclado do órgão elétrico: cada eletrodo vai jogar uma determinada "nota". Haverá um monte de boas afinações envolvidas.

Dra. Devallis passou os próximos 40 minutos experimentando diferentes níveis de som. Por fim, ela deliberadamente se afastou de Daniel.

— Você pode ouvir o que estou dizendo?

Ela esperou e Daniel franziu o semblante. Então, ela se virou para ele e repetiu as palavras:

— Você pode ouvir o que estou dizendo?

Daniel olhou para ela.

— Hum, tem alguma coisa. É como... Porra, eu não sei... Patos grasnando talvez?

A médica balançou a cabeça e sorriu.

— Bom, estamos chegando lá. — Ela fez mais alguns ajustes. — O som vai parecer estranho até você se acostumar. A maioria das pessoas o descreve como "mecânico" ou "sintético". Mas não se preocupe, essa percepção vai mudar ao longo do tempo. Tudo bem, vamos tentar ampliar o leque.

Daniel olhou para Lisanne, que parecia estar segurando a respiração.

— Respire! Eu não quero que você desmaie, mesmo que estejamos em um hospital.

Ela revirou os olhos, mas ele a viu respirar fundo. Tê-la ali era fantástico. A essa altura, ele teria fugido como um covarde se ela não estivesse ali.

Dra. Devallis sorriu.

— Como é este som? — Apertou mais algumas chaves em seu computador.

Daniel se concentrou.

— É uma espécie de... Abafado... Como se eu estivesse debaixo d'água ou algo assim...

— Tá, isso é bom. Você está indo bem. À medida que seu cérebro se ajusta e aprende uma imagem de som completa, vai começar a soar mais natural. Vai ser cansativo no começo, mas vai ficar mais fácil.

Por mais uma hora, ela testou uma gama de sons, até que Daniel parecia exausto. Lisanne tinha que impedi-lo de esfregar a cabeça.

— Você foi muito bem para um primeiro dia — disse a Dra. Devallis por fim. — Você tem um horário agendado para amanhã à tarde, vamos fazer mais alguns ajustes. Tudo bem?

Daniel concordou com a cabeça, cansado.

— Quero que você pratique usando o processador e transmissor por uma hora esta noite. Não tente demais, sem TV ou rádio, apenas falando, tá?

Daniel assentiu novamente, sentindo-se como se quisesse rasgar a porra da sua cabeça. Seu couro cabeludo parecia em carne viva onde o transmissor estava ligado, e sua cabeça estava doendo.

Ele não podia sair do hospital com rapidez suficiente. Sentiu Lisanne puxando sua manga.

— Daniel?

— Eu só preciso... Vamos dar o fora, Lis. Eu só...

Os dedos dela envolveram ao redor de sua mão e caminharam de volta para Sirona sem falar nada. Daniel passou um capacete para ela e colocou o seu.

Ele estava tentando processar tudo o que havia acontecido, e precisava de silêncio. Que porra irônica.

A manhã parecia surreal. Ele não conseguia explicar a sensação de quando o implante havia sido estimulado – o som não se encaixava com nenhuma de suas memórias. Ele sabia que era muito cedo para se decepcionar, mas a sensação esmagadora estava lá de qualquer maneira. Não poderia esquecer a ideia de que tinha um pedaço de metal em sua cabeça. Ele quase tinha sido capaz de ignorá-lo após a operação, mas sentir isso funcionando o assustou. E a sensação de ter o transmissor preso em sua cabeça. Um tremor passou por ele.

Instintivamente, sabia que precisava de algo familiar, e dirigiu-se para a lanchonete, pilotando mais rápido do que era legalmente permitido. As mãos de Lisanne apertaram ao redor de sua cintura, e ele não sabia se era de medo, mas diminuiu aos poucos.

Ele só tirou o capacete quando sentiu o chão abrir sob os seus pés. Mas que sorte filha-da-mãe, ela estava ali. Quais eram as chances?

Daniel sentiu Lisanne entrelaçar seus dedos aos dele.

— Você está bem? — disse ela, ansiosamente perscrutando seu rosto.

— Acho que devemos ir para outro lugar.

— Por quê?

Ele fechou a cara.

— Cori está aqui. O carro dela é esse.

— Por que você não quer que a gente se encontre? — ela perguntou, com firmeza. — Você disse que iria nos apresentar.

Sua expressão era um desafio, e Daniel imediatamente sentiu os arrepios subindo.

— Porque não posso lidar com qualquer drama de merda agora, Lis, e parece que você quer começar a arrancar os cabelos dela.

Lisanne bufou. Ela não era o tipo violenta, embora...

— Prometo que vou me comportar com sua *ex-namorada* — disse ela, esticando o dedo mindinho para ele.

Em seguida, ela se sentiu culpada vendo como ele estava estressado.

— Ei, não se preocupe! Honestamente, não vou começar nada.

Ele fechou os olhos e assentiu devagar.

Lisanne ficou na ponta dos pés e o beijou levemente.

— *Honestamente.*

Ele deu um sorriso tenso e fez com que seu gorro estivesse firmemente no lugar. Caminharam para a lanchonete juntos e ele abriu a porta para ela.

Cori já os tinha visto e estava sentada com os braços cruzados e em silêncio, o que nunca era uma boa combinação, de acordo com a experiência de Daniel.

Ele respirou fundo e caminhou para frente.

— *Oi, estranho!*

— *Oi. Esta é L.I.S.A.N.N.E.*

— Lis, esta é Cori.

Lisanne usou a única língua de sinais que ela conhecia. *Olá.*

— *Você pode sinalizar?*

— *Não. Ela só sabe 'Olá'.*

— *Ela é uma gracinha. Não é o seu tipo usual.*

— *Não começa.*

— *Quem, eu?*

Daniel ergueu as sobrancelhas, depois se virou para Lisanne, que estava perdida.

— Ela acha que você é uma gracinha.

— Oh! — Lisanne corou. — É legal da parte dela dizer isso, porque ela é linda.

— *"Linda"! Eu gosto dela.*

— Ela gosta de você — ele disse para Lisanne.

As duas mulheres sorriram com cautela uma para a outra, e Daniel esfregou a cabeça.

— Você pode ler lábios? — Lisanne perguntou à Cori.

Daniel observou a resposta.

— Ela pode, mas diz que é cansativo. Ela prefere sinalizar.

— Ah, tudo bem.

Lisanne o viu esfregando a cabeça novamente e pegou a mão dele.

— Dor?

— Dor de cabeça — ele respondeu, brevemente.

— *Do IC?*

— *Sim.*

— *Como você se sente?*

— *Estranho. Eu não sei. Um pouco dolorido.*

— *Você pode ouvir?*

— *Não muito. Dizem que vai ficar melhor.*

— *Então você vai ser um deles agora?*

— Vá se foder — disse Daniel, sem muita ênfase.

Lisanne parecia chocada.

— Ela está enchendo o meu saco — informou ele, sacudindo a cabeça para Cori, que simplesmente sorriu como uma santa.

— O que ela disse?

— Deixe, Lis.

— Não! O que ela disse? Tratava-se de mim?

— Porra. Ela disse: "Você é um deles agora?", tá bom?

Lisanne fez uma cara confusa.

— O que ela quis dizer?

Daniel esfregou os olhos.

— Ela acha que vou fazer parte do mundo da audição e agora não quero ter nada a ver com... outras pessoas surdas. Ela não entende que ainda vou ser surdo, que isto — apontou para a cabeça — é apenas mais uma ferramenta. Mas não é como ser um ouvinte. — Ele olhou para Lisanne. — Não tenho certeza de que você entende isso também. Isso é para a vida, Lis. Eu nunca vou ser como você.

Os olhos de Lisanne se encheram de lágrimas enquanto sua voz ganhava vida.

— Eu sei — sussurrou ela.

Cori o chutou debaixo da mesa.

— *Você está sendo um imbecil. Você a fez chorar.*

Daniel levantou-se abruptamente e saiu, deixando Cori e Lisanne olhando uma para a outra. Cori se esticou sobre a mesa e tocou as costas da mão de Lisanne, sorrindo tristemente.

Lisanne engoliu em seco e sentiu os lábios se curvarem para cima. Foi o melhor que qualquer uma delas conseguiu.

Daniel estava sentado na calçada, com a cabeça entre as mãos. Quando sentiu alguém esfregar seu braço, ele não precisou olhar para cima para saber que era Lisanne.

Ela tocou seu rosto e ele se inclinou para ela. A jovem correu o dedo ao longo de seus lábios e beijou-os suavemente.

— Porra, desculpa — disse ele.

— Eu também. Eu fiz o pedido para você. Um monte de gordura. Venha, vamos voltar. Por favor.

Ele se levantou devagar, sentindo-se drenado. Um monte de gordura soava bem, ele só não sabia se poderia lidar com Cori e Lisanne disparando perguntas para ele. Era o suficiente para dar a um homem uma indigestão antes que ele comesse.

Caminharam de volta para a lanchonete e Cori sorriu para ele.

— *Ela lida bem com você.*

— *Que parte do "foda-se" você não entendeu da primeira vez?*

— *Sério, eu gosto dela. Ela vai ser boa para você.*

— *Muito paternalista?*

— *Lide com isso.*

O telefone de Lisanne tocou e ela puxou-o para fora de seu bolso.

— Ah, é de Kirsty. Ela postou algumas fotos de Aspen.

Entregou o telefone para Daniel e ele passou por várias imagens do pessoal na neve.

— *Eu posso participar ou isso é uma coisa de casal?*

— Cori quer saber o que estamos olhando.

— Kirsty é minha companheira de quarto. Ela está em Aspen com seu namorado, Vin.

— *A companheira de quarto irritante de Lis e seu namorado Vin. Eles estão esquiando em Aspen.*

— *Sortudos! E eu fico aqui olhando para a sua cara feia.*

— *Até eu estou ficando entediado de dizer "foda-se".*

Lisanne entregou o telefone para Cori.

— *Ei, ele é bonito!*

Daniel revirou os olhos.

— O quê? — disse Lisanne.

— Por favor, não me faça dizer isso, merda — resmungou Daniel.

— Ah, para, o que ela disse?

Ele gemeu.

— Ela acha que Vin é "bonito". — Ele usou aspas no ar para mostrar o quão profundamente desconfortável estava, só de falar sobre outro cara assim.

Cori riu e Lisanne não pôde deixar de sorrir.

— Ele não é meu tipo — disse Lisanne.

Cori riu e apontou para Daniel.

— Sim, *ele* é meu tipo — respondeu Lisanne, assentindo.

Daniel olhou para as duas.

— Oi! Eu estou aqui!

Ele ficou aliviado quando Maggie chegou com a comida.

— Onde você esteve, bonito? Senti falta da sua carinha. — Ela se inclinou para apertar sua bochecha. — Espero que estejam mantendo esse rapaz nos trilhos, meninas — disse ela.

— Que inferno, porra — suspirou Daniel.

— Menos palavrões, Danny Colton! — Maggie repreendeu.

Lisanne conteve uma risadinha, ainda um pouco intimidada com a garçonete.

Comeram em silêncio, Daniel recusando-se a traduzir enquanto havia uma refeição na frente dele. Depois disso, tiveram uma estranha conversa de três vias em que Daniel contou o que aconteceu com Zef e a casa à Cori, e que Rodney estaria se mudando para lá.

— *Ele é bonito assim?*

— *Não é o seu tipo.*

— *O que isso quer dizer?*

— *Ele é gay.*

— *Você está balançando para os dois lados agora? Não se preocupe em dizer "foda-se" novamente.*
— Ah, diga a ela que vai rolar uma festa quando Rodney se mudar.
— O quê? De jeito nenhum!
— Tudo bem, eu vou lhe dizer.

Lisanne falou devagar e claramente, e observou o cenho franzido de Cori diante da concentração em compreender suas palavras.

Estava claro que ela achava leitura labial muito mais difícil do que Daniel. Isso fez Lisanne perceber como era cansativo para ele. Ele sempre fazia parecer tão fácil que ela percebeu que tinha simplesmente concluído que era. Mas, vendo a dificuldade de Cori, foi forçada a reavaliar seus pensamentos.

— *Legal! Festa! Você não ia me convidar, né, seu bastardo?!*
— *Não posso imaginar por que eu não faria.*
— *Que se foda!*

Ele sorriu para ela.

Durante os próximos três dias, Daniel teve mais dois compromissos de ajuste. Todas as vezes, Lisanne foi com ele, e em todas elas houve pequenas melhorias, mas a frustração de Daniel era evidente.

Ele não conseguia distinguir entre as vozes de homens ou de mulheres, e não podia dizer quem estava falando. Achou alguns dos sons "feios", embora não pudesse explicar o que queria dizer com isso.

Lisanne achava que ela entendia – por ser uma musicista e estar tão em sintonia com a qualidade do som, algumas combinações simplesmente não pareciam certas. Porém, ela manteve o pensamento para si mesma.

Daniel sabia que sua influência sobre o seu temperamento era tênue e tentou não levar a sua raiva constante à Lisanne, mas era difícil.

Ele estava quase aliviado quando Rodney voltou, e a intensidade de estar com sua namorada em tempo integral foi diluída.

Uma coisa boa tinha resultado de seu tempo juntos – o sexo havia sido incrível. Ela tinha cada vez menos inibições e lhe surpreendera várias vezes, tomando a iniciativa. Mas eles brigaram também. Porra, e como brigaram!

Admitiu para si mesmo que a deixava louca por não falar sobre seus sentimentos, mas, por favor! Não era uma coisa de homem falar a cada maldito segundo sobre como estava se sentindo. Às vezes, ele precisava ser assim. Lisanne não parecia entender isso, e o acusava de excluí-la.

No lado positivo, fazer sexo sempre era fantástico.

Lis era fogosa. Ele gostava disso. Ele gostava *muito* disso. Em contrapartida, Lisanne achava as brigas desgastantes. E admitiu isso para Kirsty quando ela voltou de Aspen.

— Quero dizer, ele me enviou esta carta de doer o coração, mas nunca pôde realmente dizer as palavras na minha cara. Ele está tão fechado. Nunca sei o que ele está pensando e acabamos brigando. Mais de uma vez.

— Mas ele está falando com você — disse Kirsty, encorajadora, enquanto ela continuava a desfazer sua mala gigantesca. — Parece que ele está tentando.

Lisanne suspirou.

— Sim, eu sei que está. E então eu fico com raiva de mim mesma por ficar brava com ele. Ele fez tudo isso por mim e eu acabo gritando com ele. Eu sou uma vaca.

Kirsty parou de desfazer a mala e olhou para ela, um meio sorriso nos lábios.

— Oh, acredite em mim, querida, isso está tão longe da verdade. Além disso, você disse que ele te pediu para ir a essas consultas médicas com ele, certo?

— Sim, eu quase morri de emoção quando ele me pediu. Ele geralmente guarda todas as coisas para si mesmo. Você sabe, por ser surdo.

Kirsty revirou os olhos.

— Sim, eu me lembro da merda em forma épica quando você me disse. Assim, a coisa da clínica é realmente algo importante para ele?

Lisanne assentiu.

— Sim, acho que ele sabe que tem que começar a compartilhar essas coisas se vamos ficar juntos.

— Uau!

— Eu sei.

— E você está, tipo, praticamente vivendo com ele!

Lisanne balançou a cabeça.

— Não, eu estava apenas ficando por alguns dias, até as aulas começarem.

— Seus pais devem ter se assustado com isso.

— Bem, não realmente, talvez um pouco. Eles me deram todo o sermão sobre a "necessidade de passar um tempo separados" e "curtir minha liberdade". Quero dizer, acho que eles aceitaram que estamos dormindo juntos, acho, eles só não querem que eu me mude para viver com ele. Vou guardar essa bomba para o próximo ano.

Kirsty a encarou, boquiaberta.

— Sério? Você acha?

Lisanne balançou a cabeça lentamente.

— Sim, acho que, definitivamente, talvez.

— Uau!

— Eu sei!

Ambas começaram a rir, e Lisanne estava contente de ter um bom tempo de meninas. Elas pediram pizza e Kirsty contou tudo a ela sobre Aspen, que, é claro, tinha sido "impressionante" e "incrível". Lisanne estava um pouco chocada ao saber que os pais de Vin tinham sido totalmente legais com eles dividindo o quarto.

Na verdade, ela estava com um pouco de inveja que seus pais não eram tão mente aberta. Mas, então, ela se sentiu desprezível por pensar assim, especialmente quando tinham sido tão maravilhosos ajudando Daniel a arrumar sua casa – e eles o tratavam como alguém da família. Não tinha sido um bom passeio, mas haviam feito muita coisa por ele. Daniel deixou isso mais do que claro na véspera do Ano Novo. Lisanne amava sua mãe e seu pai, e não podia imaginar estar sem eles, mesmo que fossem, por vezes, superprotetores. Daniel tinha perdido a sua...

— Ei, em que planeta você estava agora? Já sentindo falta de Daniel?

Lisanne sorriu para a amiga.

— Sim, mas não estou sentindo falta das brigas.

— Nem mesmo de fazer sexo?

— Definitivamente, sentindo falta disso!

Kirsty piscou para ela.

— Então, o que ele vai fazer agora?

— O que você quer dizer?

— Bem, ainda é um grande segredo, você sabe, que ele é surdo?

Lisanne fez uma cara confusa.

— Eu não acho que algo mudou. Ele ainda é superprivado. Vai ser ruim o suficiente quando as pessoas descobrirem que Zef foi preso.

Kirsty concordou.

— Deus, não posso imaginar o que Daniel está passando. Estou tão feliz que ele tem você, Lis. — Ela viu o rosto incrédulo de sua amiga. — Não, eu quero dizer isso. Sei que não tenho sido a maior fã dele, mas, bem... Eu admito. Eu estava errada.

— Obrigada, Kir. Isso significa muito para mim.

— Mas...

— Lá vem.

— Não, é só que, eu tinha que dizer ao Vin.

Lisanne suspirou.

— Nós imaginamos que isso aconteceria. Não acho que Daniel se importa muito, ele e Vin estavam se dando bem.

— Se serve de consolo, Vin ficou seriamente impressionado. Bem, para começo de conversa, ficou puto. Ele continuou como se não pudesse acreditar. De qualquer forma, eu o convenci e contei sobre o lance do hospital e tudo mais. Ele não vai falar nada, mas acho que ia enviar uma mensagem ao Daniel. — Ela balançou a cabeça. — Na boa, acho que é inevitável que as pessoas descubram. Quero dizer, você disse que ele se cobre com um gorro, o qual vai usar durante todo o verão.

— Alguns caras usam — Lisanne disse, na defensiva.

— Para a praia?

— Ele não pode usar o processador quando está nadando, de qualquer maneira.

— Você entendeu o que eu quis dizer.

Lisanne assentiu.

— Sim, eu sei.

De repente, a porta se abriu e Shawna marchou para dentro.

— Ooooh! Você está de volta! — gritou ela, indo de zero a supersônica em menos de um segundo.

Ela se lançou na Kirsty, tagarelando sobre seu Natal e Ano Novo. Finalmente, reconheceu que Lisanne estava no quarto.

— Ah, oi — ela falou, seu tom frio.

Lisanne apenas sorriu e continuou enviando mensagens para Daniel.

— A propósito — disse Shawna —, acabei de passar por Daniel Colton.

Lisanne ergueu a cabeça de uma vez quando Shawna continuou falando em seu tom histérico.

— Nossa! Você já viu? Ele cortou o cabelo! Eu disse a ele há muito tempo que cortes bem curtos eram a coisa mais sexy, ele deve ter me ouvido!

Kirsty balançou a cabeça em descrença.

— Shawna, você está completamente enganada! Ele está tão caído por Lisanne que isso não é mesmo verdade!

Shawna riu. Ela riu e Lisanne queria enfiar seu rosto vazio na lixeira mais próxima.

— Ah, claro — disse ela, ainda sorrindo. — Vejo você amanhã! — E saiu do quarto.

— Desculpe por isso — murmurou Kirsty.

Lisanne forçou uma risada.

— Eu não me importo.

— Sim, é por isso que parecia que estava prestes a deixá-la careca. — Ela fez uma pausa quando Lisanne sorriu. — Então, Daniel está vindo? Porque achei que íamos passar um tempo juntas, só as garotas...

— Não estava sabendo de nada também — disse Lisanne. — Mas ele é sempre imprevisível.

Seu telefone sinalizou uma mensagem e ela sorriu ao ver que Daniel estava esperando lá embaixo por ela.

— O amor na juventude — suspirou Kirsty, e Lisanne jogou um travesseiro em sua direção.

Lisanne correu para fora do quarto e, acidentalmente, encontrou-se com Shawna. Ela foi dominada por uma súbita vontade de dizer a essa cadela que Daniel estava fora do mercado de forma permanente. Ou apenas bater nela. Porém, Lisanne não queria tornar as coisas difíceis entre Kirsty e Shawna, especialmente por elas estarem no mesmo curso.

— Shawna?

— O que você quer, nerd?

Não provocar a *cadelice* de Shawna seria um erro.

— Daniel é *meu* namorado.

— É? Bem, para mim, parece que ele está com pena de você.

Lisanne deu um passo à frente, fervilhando de ódio.

— Ele *nunca* vai querer sua bunda flácida. Ele *nunca* vai tocar em seus seios falsos. Ele não seria visto nem morto com uma garota que se veste como uma *drag queen* tentando ser Joan Rivers.

Shawna ficou embasbacada com ela.

— Fique longe de mim. Fique longe de Daniel. Ou...

— Ou o quê? — sibilou Shawna.

— Ou vou acabar com você.

Lisanne estava orgulhosa de que sua voz não havia tremido nem uma vez. Ela cruzou os braços e a encarou com frieza.

— Você está me ameaçando? — Shawna disse, sua voz incrédula.

— Sim.

Shawna arfou e ia dizer alguma coisa, mas, quando viu as mãos pequenas de Lisanne cerradas em punhos, saiu pisando duro pelo corredor, lançando olhares furiosos por cima do ombro.

Lisanne respirou fundo e foi ver Daniel.

Ele estava encostado na parede ao lado da porta, com o rosto tenso. Lisanne imediatamente esqueceu a bofetada verbal naquela cadela.

— O que foi? Você está bem?

Ele não falou nada, mas a puxou para um abraço apertado, enterrando o rosto em seu cabelo. Ela sentiu sua respiração em seu pescoço enquanto ele respirava profundamente várias vezes. Depois de quase um minuto de pé, segurando-a enquanto ela acariciava suas costas, ele a soltou.

— Desculpa — murmurou ele. — Eu só...

— Está tudo bem. Você quer entrar?

— Kirsty não está?

— Sim, mas ela não vai se importar.

Ele balançou a cabeça.

— Não, eu não vou ficar. Só queria te ver.

— Daniel, você me viu menos de duas horas atrás. O que aconteceu?

— Eu recebi um telefonema da prisão. Zef quer me ver. Tenho que estar lá amanhã ao meio-dia.

— Ah. Você vai?

Seu cenho franziu na mesma hora.

— Claro que vou, porra, ele é meu irmão.

Lisanne manteve o rosto impassível, tentando disfarçar a irritação.

— É. Então, não conseguirei te ver no almoço.

Ela não perguntou por que ele não tinha simplesmente mandado uma mensagem para ela, e sabia o motivo.

— Você quer que eu vá com você?

Ele sorriu de leve, então fez uma careta.

— Não, estou bem. Mas eu poderia encontrá-la depois da faculdade. Rodney vai fazer comida tailandesa.

Ele revirou os olhos e Lisanne riu.

— Hmm, cozinha experimental do Rodney! E você quer que eu sofra junto com você?

— Sim, essa é uma das razões!

Seus olhos escureceram e disseram o que a razão número dois poderia ser.

— Hmm, eu, definitivamente, poderia comer um pouco de tailandês — ela brincou com ele.

Ele a puxou para si com vontade.

— Sim, eu poderia comer um pouco de... tailandesa também.

Daniel beijou-a profundamente e, quando ela retribuiu o beijo, enfiando as mãos nos bolsos traseiros de sua calça jeans, um gemido retumbou acima de sua garganta.

— Porra, eu simplesmente não me canso de você.

Ele saiu, deixando-a com seu beijo queimando em seus lábios e os joelhos bambos.

Ah, esse garoto!

O dia seguinte foi excepcionalmente quente, e quando Daniel estacionou Sirona, agradeceu por poder tirar a jaqueta de couro. Ele ainda ficava ansioso em deixá-la em lugares desconhecidos, mas percebeu que a cadeia bem protegida do condado era, provavelmente, mais segura do que a maioria dos lugares.

Havia uma baixa torre de vigia do lado de fora dos portões e arame farpado grosso em espiral ao longo das paredes de concreto. A prisão se localizava atrás de sua barreira de proteção, simples e despretensiosa, apesar de quem e o que ela abrigava.

Daniel respirou fundo e foi em direção à entrada de visitantes.

Agora ele realmente queria fumar um cigarro e ficou muito tentado a abrir um dos pacotes de Camel que trouxera para o seu irmão. Ele decidiu lutar contra isso, depois de ter parado de fumar há mais de um mês. Lis iria matá-lo se ele estragasse tudo agora. Além disso, ele não podia mais custear seu hábito de vinte cigarros por dia.

Ele deu o seu nome para os guardas de plantão no posto de controle de segurança e foi convidado a tirar as botas e jaqueta e colocar as chaves e carteira em uma bandeja de plástico. Um sinal informou que ele tinha duas chances para passar pelo detector de metais ou seria negada a entrada. Ele caminhou através da máquina e ela imediatamente começou a apitar.

Um guarda disse para verificar os bolsos e ficou em cima dele enquanto o fazia. Daniel estava prestes a tentar passar de novo através da máquina quando se lembrou do implante. Sentindo-se como um idiota, ele explicou o problema. O guarda o encarou com ceticismo, até que Daniel tirou o gorro e mostrou a cicatriz. Ele também tinha seu documento de portador de deficiência física em sua carteira.

O guarda o leu com cuidado, depois enfiou o documento dentro da carteira de Daniel.

— Da próxima vez, nos diga antes de você tentar passar pelo detector de metais, filho.

Daniel ficou aliviado – o cara poderia ter sido um idiota, mas, considerando que trabalhava em uma prisão, ele tinha sido até bem simpático. Mandaram que ele esperasse em uma sala de espera, com um monte de outros visitantes. Ele estava em pé, meio sem-jeito, com um grupo de mulheres; a maioria parecia ter crianças pequenas. Uma mulher estava chorando, lágrimas descendo pelo rosto e meleca escorrendo sob seu nariz. Daniel desviou o olhar na mesma hora.

Depois de uma espera de dez minutos, em que a mulher continuava a chorar pateticamente, eles foram escoltados por uma série de portas para outro ponto de retenção. Um grande cartaz declarava:

Armas de qualquer tipo não são permitidas.

Evitar barulho, principalmente emocional, ou comportamento inapropriado. Por favor, seja atencioso com os outros visitantes.

Falar com outros presos ou visitantes não é permitido.

Dar as mãos só é permitido se as mãos permanecerem à vista.

Um abraço breve é permitido no início e no final das visitas.

Um preso pode ter contato com seus filhos.

Se a sua visita se tornar emocional, a equipe ajudará conforme necessário.

Daniel manteve uma estreita vigilância sobre a porta. Ele não usava o processador por causa da necessidade de seu capacete. Ele tentou uma vez e seu crânio ficou sensível e dolorido, quase em carne viva, no ponto exato onde os ímãs se localizavam.

Ele viu um guarda entrar e chamar:

— Próximo.

Levantou a mão, e o guarda verificou a lista.

— Vá até a porta à sua direita. Certifique-se de que feche completamente assim que entrar. Quando o alarme soar, passe pela porta ao lado.

Uma vez dentro, vá diretamente para a mesa 12. Alguma pergunta?

— Hum, sim?

— O que é?

— Eu sou, hum, eu sou surdo.

— O que disse?

Esse cara estava rindo dele?

— Eu sou surdo. Não posso ouvir o alarme.

— Você quer fazer esta visita, garoto? Porque já tive o bastante...

Daniel arrancou o gorro e virou-se para mostrar a cicatriz para o cara.

— Sou surdo, tá legal? Eu não posso ouvir nenhuma droga de alarme!

Ele se virou para trás e puxou o gorro firmemente em sua cabeça.

O guarda o encarou com irritação.

— Tudo bem, vou arranjar alguém para acompanhar você.

Poucos minutos depois, uma enorme mulher de uniforme de guarda caminhou em direção a ele.

— Você é o garoto surdo?

Daniel sentiu a musculatura tensa, mas tentou manter o rosto neutro.

— Sim.

— Huh. Você não parece surdo. Por aqui.

Ele a seguiu por uma porta e um corredor curto. Depois de uma pausa, ela abriu uma segunda porta.

— Tenha uma visita agradável.

Daniel olhou ao redor e encontrou uma pequena mesa marcada com o número 12. Já havia vários visitantes sentados com os presos.

Um homem estava segurando uma criança de cerca de dois anos no joelho e soprando bolhas em sua barriga, fazendo cócegas. Daniel podia ver que ela estava rindo.

Sentiu um aperto por dentro e rapidamente engoliu a náusea subindo.

A porta no final da sala se abriu e ele viu Zef. Daniel esperava que ele estivesse algemado e ficou aliviado ao ver que não estava. Na verdade, se não fosse pelo macacão da prisão, eles poderiam estar reunidos em algum restaurante barato.

— Ei, irmãozinho. Como você está?

Daniel se levantou e o abraçou rapidamente.

— Obrigado por ter vindo, cara. Merda, é bom ver você.

— Sim, você também. Você parece bem.

O estranho era que era verdade. Zef parecia relaxado e de olhos vívidos, não drogado ou chapado. Daniel percebeu que já fazia um bom tempo desde que havia visto seu irmão assim.

Zef riu baixinho.

— Isso tudo por causa dessa vida limpa. — Ergueu as sobrancelhas.

— Então, como é? Aqui?

Os ombros de Zef cederam na mesma hora.

— Bem, é um saco, mas nada com que não possa lidar. "Se você não puder lidar com isso, não cometa nenhum crime", certo?

— Sim, acho. Ei, eu trouxe uns maços pra você.

— Salva-vidas do caralho. Obrigado, Dan.

Daniel concordou.

Zef acendeu um cigarro e tragou com vontade.

— Você não quer um?

— Não, cara. Eu parei.

— Sério?

— Sim. Faz um mês.

Zef soltou uma baforada de fumaça lenta e suspirou.

— Essa sua namoradinha deve ser uma boa influência ou algo assim.

Daniel fez uma cara de confuso e Zef estendeu as mãos em um gesto de rendição.

— Eu não quero dizer nada. É legal. É ótimo que você tenha alguém. — Ele fez uma pausa. — Como é a coisa de ouvir?

— Tudo bem. Estranho, mas está ficando cada vez melhor. Eu posso ouvir alguns sons, mas ainda é meio barrento. Eles dizem que vai demorar até um ano antes de ser totalmente funcional.

— Tudo isso?

— Pode ser mais cedo. Ninguém pode dizer com certeza.

— Você tem usado isso na faculdade?

— Uma vez. Foi uma merda. Soou alto nos corredores, mas não pude distinguir um som do outro, foi uma bosta.

Zef balançou a cabeça lentamente.

— Não se arrepende então?

Daniel fez uma pausa.

— Não, eu só queria…

— O quê?

— Eu pensei… Eu pensei que seria capaz de ouvir música. Você sabe, talvez fosse capaz de… Eu tentei, mas é apenas um bando de ruído.

O rosto de Zef expressou simpatia.

— Merda, eu sinto muito, cara. Sei que foi uma grande coisa para você.

Daniel deu de ombros.

— Sim. Tanto faz. — Ele olhou diretamente para seu irmão. — Então, você vai me dizer por que estou aqui? Por que você estava traficando a porra de *metanfetamina*?

Zef deu um sorriso melancólico.

— Eu não tinha certeza se você viria.

Daniel passou a mão em seu queixo.

— Você é meu irmão.

— Gostaria de ter sido melhor.

Eles trocaram um olhar.

— Eu quero dizer isso, Dan. Tenho sido um péssimo irmão. Não estava do seu lado quando precisou. Deu tudo errado, você tentou me impedir e eu estava muito cego para ver. Mas quer saber? Não me arrependo da polícia me pegar, porque não acho que teria saído vivo. Eu me meti em umas encrencas da pesada, que nem sequer mencionei. Apenas continuei caindo cada vez mais no buraco. — Ele fez um gesto com as mãos. — Além disso, aqui, na prisão, eu tenho a chance de limpar o meu histórico. Posso ficar só cinco anos.

Daniel inspirou de forma aguda.

— Ei, não se preocupe, maninho. Este lugar é um piquenique em comparação com o destino que me aguardava. Além disso, posso estudar. Posso tirar meu diploma antes de você. E a prisão do Estado tem uma boa oficina mecânica — suspirou ele. — Então, hum, como está a casa?

— Eu ia incendiar aquela porra.

Os olhos de Zef esbugalharam.

— Santa Mãe de Deus! Você não fez isso, não é?

— Lis me impediu.

— Bem, obrigado por essa porra!

— Sim, acabou bem. Os pais dela me ajudaram a reformá-la. Tenho algumas fotos no meu celular, mas não tive permissão para trazê-lo para dentro. Talvez eu pudesse imprimir algumas para você?

Ambos sabiam que Daniel estava realmente perguntando se Zef queria que ele o visitasse novamente.

— Claro, isso seria legal.

O guarda se aproximou, sinalizando o fim da visita.

Eles apertaram as mãos, e Zef puxou o irmão para um abraço.

— Sinto muito — sussurrou ele, sabendo que Daniel não podia ouvi-lo.

O guarda se aproximou mais e Zef se afastou.

— Olha, mais uma coisa. Só... Não confie em Roy, tá?

— Que porra é essa? Zef?

Mas Zef já estava sendo levado.

Daniel não voltou para a faculdade depois de visitar Zef. Ele não queria ir para casa. Em vez disso, dirigiu para o litoral e encontrou um pedaço de praia onde podia contemplar o oceano, observando as ondas se espalhando pela areia pálida.

Tinha sido um chute na barriga ver Zef na cadeia. Ele estava feliz porque seu irmão queria usar o tempo que tinha que ficar lá para limpar seu histórico, mas, porra, eram cinco anos. Isso significava que Zef teria quase 30 quando saísse. Parecia uma vida inteira longe de Daniel.

Ele havia perdido seus pais e agora seu irmão se foi também. E que merda era essa sobre Roy? Por que Zef não tinha lhe dito abertamente o que estava acontecendo?

Seu celular vibrou e, quando ele puxou para fora, havia uma mensagem com uma foto que Lisanne tinha tirado de si mesma, fazendo uma careta engraçada.

> L: Cuidado com as faltas. Espero que tenha ido tudo bem. LA bj

> D: Busco você em 40 minutos?

> L: Peguei uma carona com R. Estou na sua casa. R tem um encontro! LA bj

> D: ????!&!

> L: Eu sei! Mais tarde. LA bj

Daniel sorriu para si mesmo. Ela sempre conseguia fazê-lo sorrir.

E Rodney tinha um encontro. O cara se movia rápido.

Ele voltou lentamente, pensando em todos os sentidos da palavra "casa": o que sua casa tinha sido, o que era agora, o que poderia ser ou seria, mesmo o que *deveria* ser. Principalmente, ele pensou sobre Lisanne esperando por ele.

Eram quase 19h quando chegou, e o carro de Rodney ainda estava estacionado do lado de fora. Daniel ficou desapontado. Ele estava ansioso para ter Lisanne para si mesmo.

Rodney era um cara bacana. Estar em sua companhia era mais fácil do que Daniel tinha pensado, e, embora ele não fosse a pessoa mais organizada, não era nada comparado com a vida com Zef e seus clientes idiotas por dois anos. Pelo menos ele não sentia mais a necessidade de trancar a porta do quarto – não que tivesse alguma coisa que valesse a pena roubar. Ele deu um tapinha no banco de Sirona – exceto ela.

Daniel a trancou em segurança na garagem e entrou em casa.

Suas narinas foram imediatamente saturadas pelo cheiro inebriante de uma forte loção pós-barba.

Rodney flutuava enquanto passava, parecendo animado, com um sorriso brilhante no rosto.

— Porra, cara! Você tá cheirando como o quarto de uma prostituta!

— Eu sei — disse Rodney, piscando para ele. — Não me espere!

Balançando a cabeça, Daniel foi procurar Lisanne. Ela estava na cozinha, desembalando alimentos de uma sacola de compras. Ele enlaçou seu corpo e beijou seu pescoço.

Ela se virou e apoiou a cabeça contra seu peito. Quando olhou para cima, seus olhos eram suaves e preocupados.

— Como foi hoje?

Ele fez uma careta.

— Bem. Tão bem quanto poderia ser, eu acho.

— Você quer falar sobre isso?

— Na verdade, não.

— Mas você vai? Talvez mais tarde?

Ele suspirou.

— Sim, mais tarde. Talvez.

Ela revirou os olhos.

— Você está com fome?

— Faminto.

Ela riu baixinho.

— Você está sempre faminto. Tudo bem, eu vou fazer alguma coisa. A extravagância tailandesa de Rodney foi colocada em espera. Ah, ei, você usou o seu IC hoje?

Ele balançou a cabeça e ela franziu os lábios.

— Você sabe que a Dra. Devallis disse que tinha que praticar *todos os dias*. Vá colocá-lo enquanto começo o jantar.

— Bone...

— Não, eu já disse, Daniel. Vá colocá-lo. Agora.

Resmungando e murmurando para si mesmo sobre como ela era mandona, ele se dirigiu até o seu quarto e tirou o aparelho fora de sua caixa. Ele verificou a bateria e conectou acima da orelha, então o ligou ao ímã.

Daniel ainda se sentia autoconsciente sobre usá-lo, então puxou o gorro de volta e desceu correndo as escadas. Ele parou no meio do caminho, consciente de que pôde ouvir seus passos apressados. O choque viajou até seu corpo e se alojou em algum lugar em seu peito.

Ele viu o rosto ansioso de Lisanne olhando para ele.

— Você está bem?

— Sim, foda-se. Eu... Eu pude me ouvir... na escada. Isso me assustou um pouco. Estou bem, eu estou bem.

O rosto dela se iluminou.

— Está ficando cada vez melhor, não é? Você pode ouvir mais com isso?

— Eu não sei se estou ouvindo mais ou... o meu cérebro está trabalhando com os sons diferentes. É difícil de explicar.

Ele desceu as escadas e pulou os dois últimos degraus, aterrissando com um baque. Um enorme sorriso se espalhou pelo seu rosto.

— Eu, definitivamente, ouvi isso!

O rosto de Lisanne enrugou e Daniel ficou imediatamente desconfortável.

— Qual é o problema, boneca? O que há de errado?

Ela balançou a cabeça e esfregou as lágrimas que ameaçavam cair.

— Eu estou apenas... feliz! — disse ela. — Você ouviu isso. Você realmente ouviu!

Daniel a pegou em um abraço apertado e a beijou com vontade. Ela retribuiu na mesma hora, e sua língua entrou em sua boca, torcendo e retorcendo com a dele.

Ele se sentiu cada vez mais duro com o seu corpo pressionado contra ela.

— Cama — ofegou ela.

Daniel a pegou no colo e suas pernas o enlaçaram pela cintura. Ele se virou e a levou até as escadas, devagar, recusando-se a perder o contato com sua boca. Entraram em seu quarto e desabaram de lado em cima da cama.

Lisanne agarrou sua camisa e a puxou sobre a cabeça, arrastando o gorro com ela.

A mão de Daniel moveu-se para o aparelho, pronto para arrancá-lo fora.

— Deixe-o — Lisanne sussurrou. Ela se afastou um pouco para que ele pudesse ver seu rosto. — Deixe-o.

Ele olhou para ela com ar de dúvida, mas ela o empurrou para baixo e montou em suas coxas, passando a língua até o centro de seu corpo. Ele esticou os braços acima da cabeça e segurou na cabeceira da cama, seu braço se estendendo, fazendo sua tatuagem ondular, então Lisanne queria lambê-las também.

Daniel sentiu seu pênis ardente e pesado na calça jeans e respirou fundo, apreciando a sensação de seu corpo quente se movendo sobre o dele. Ele se sentou, de repente, e a pegou antes que ela caísse.

Puxou-a para si pela camisa, soltando um botão de cada vez, antes de deslizar as mangas para baixo dos braços.

— Porra, adoro os seus seios — disse ele, e empurrou o seu rosto entre eles, sentindo sua suavidade e plenitude.

Ela gemeu e ele olhou para cima. Ele não tinha certeza se tinha ouvido alguma coisa ou talvez fosse o dispositivo maldito e seus sons fantasmas.

Ela abriu os olhos, e eles estavam dominados por um humor safado.

— Talvez você prefira jantar?

— Sim, eu prefiro — comentou. — Vou comer *você*.

Ele podia sentir todo o calor do corpo de Lisanne e seu coração começou a martelar. Seu pênis espancou o zíper da calça jeans, exigindo ser liberado. Ele a levantou e a jogou sobre a cama antes de arrancar as botas e se livrar das meias. Manteve os olhos em seu rosto enquanto seu jeans juntava-se ao resto de suas roupas no chão.

Seu pau apareceu, forte e orgulhoso, apontando diretamente para Lisanne. Ela lambeu os lábios e seu pênis acenou para ela, impaciente.

Daniel arrastou-se lentamente na cama, seu corpo inteiro emanando a vibração perigosa e predatória.

— Você está molhada, boneca? Está encharcada para mim?

Ela assentiu com a cabeça, os olhos arregalados e cheios de necessidade.

Em seguida, ele retirou sua calça jeans, usando os dentes para puxar a calcinha até as coxas. Lisanne a chutou para longe, deliciada ao vê-lo ajoelhado entre suas pernas, abrindo-as mais ainda.

— Você está tão linda, toda molhada para mim. Sabe o quanto eu te quero? — Ele olhou para seu pau, mostrando a veracidade de suas palavras.

Sua pequena mão envolveu seu comprimento e ele teve que respirar fundo para se impedir de empurrar nela e bombear com força.

Sorriu quando a forçou a soltar, piscando enquanto ela balançava sua ponta, admitindo a competição.

— Agressiva — murmurou contra sua barriga.

Ele sentiu seus tremores ao trilhar suas coxas com beijos, antes de enterrar o rosto em seu interior. Porra, ele gostava de fazer isso com ela, fodê-la com a língua e os dedos. Sabia que ela ainda não entendia por que gostava de fazer isso, mas ela gostava demais para detê-lo.

Seu orgasmo explodiu rapidamente, o estresse e a tensão do primeiro dia de volta às aulas aliviados enquanto seu corpo pulsava ao redor dele.

Seus olhos se abriram, e ela se inclinou sobre os cotovelos enquanto ele se bombeava três ou quatro vezes. Era bom pra caralho saber que ela gostava de ver como ele dava prazer a si mesmo.

— Você ainda me quer, Lis?

— Eu sempre vou querer você — disse ela, repetindo as palavras que ele havia dito com tanta frequência.

Seu rosto era tão solene, tão cheio de amor, que Daniel sentiu a mesma dor aguda no peito. Sua respiração ficou presa na garganta.

— Faça amor comigo, Daniel — ela pediu, encarando-o com cuidado.

Lisanne levantou os pés e envolveu as pernas ao redor de sua cintura, puxando-o para mais perto. Incapaz de resistir por mais tempo, Daniel a penetrou, um gemido baixo escapou tanto dele quanto dela, o corpo quente e úmido de sua garota o envolvendo por inteiro.

Ela apertou as pernas até que os calcanhares estavam cutucando sua bunda, agarrando-o com força. Daniel estremeceu, sentindo mais um ponto de controle escapar. Ele apoiou a maior parte de seu peso sobre os antebraços, enquanto o corpo dela se levantava da cama com cada impulso vigoroso.

Daniel sentiu a vibração de outro orgasmo começar a se avolumar dentro dela, o movimento o enviando a um frenesi que o fez perder a batalha para controlar seu corpo.

Sons vibraram através dela tão fortemente que ele podia senti-los em seu próprio peito. Ele estava confuso, podia senti-los ou podia ouvi-los? Seu cérebro estava inundado com a sensação em ter que analisar o que sentia.

As mãos dela arranharam seus ombros, as unhas curtas cravadas em sua pele. Suor brotava na testa e nas costas, e ele sentiu a contração em suas bolas e abdômen, indicando que estava a cerca de cinco segundos de gozar.

— Estou perto — ele arfou, com uma voz sufocada. — Lis? Lis?

Lisanne segurou mais apertado, com o rosto contorcido, e gritou:

— Daniel!

Seu orgasmo explodiu, jatos de calor passando de seu corpo para o dela, seu coração batendo como um louco, a respiração retida em seus pulmões.

Ele caiu em cima da cama, esmagando-a por um segundo. Sentiu Lisanne empurrar suavemente seu ombro e se retirou de dentro dela, seu cérebro um caos total. Deitou-se de costas, cobrindo o rosto com o braço.

Ele não conseguia recuperar o fôlego, não conseguia pensar. Estava arquejando, se afogando.

As mãos macias de Lisanne puxaram seu braço. Ele resistiu, com medo de olhar para ela. Ela puxou novamente e dessa vez ele deixou.

Suas mãos estavam quentes em seu rosto e seus dedos passavam suavemente por suas bochechas. Ele abriu os olhos e a viu, tão cheia de amor, agora preocupada.

— Daniel! Por que você está chorando? Daniel! Fale comigo!

Ele se esforçou para se sentar, seu belo rosto dilacerado pela emoção.

— Eu ouvi você.

— O que você quer dizer?

Daniel esfregou os olhos, surpreso ao encontrá-los molhados pelas lágrimas.

— Eu ouvi você. Você... Você chamou meu nome.

Lisanne olhou para ele, então a compreensão aqueceu seu olhar.

— Claro. Eu sempre chamo seu nome. Eu amo você, Daniel.

Ele sufocou o medo quando olhou em sua alma, e pela primeira vez acreditou nela.

— Eu ouvi você — ele repetiu, aquelas três palavras pequenas expressando um mundo de maravilhas.

— Eu sei — ela disse, com um sorriso suave.

— Boneca... Eu... Eu te amo.

Capítulo 25

Lisanne estava furiosa.

Como ele se atreve?! Como absolutamente ele se atreve, porra?!

Daniel tinha chegado ao seu quarto do dormitório com uma camiseta rasgada e dedos machucados, para *informá-la*, nada menos, que ele dissera a Roy para ficar longe dela. Consequentemente, Roy havia deixado a banda — e eles tinham um show em menos de uma semana, mas sem guitarrista.

Quando ela havia perguntado o que tinha acontecido, ele simplesmente disse que "Roy tinha que ir". Era isso. *Ele tinha que ir?* O que diabos isso significava? Como se isso explicasse tudo! E, obviamente, a situação toda de "conversar" tinha envolvido os punhos em vez de palavras.

Ela estava um pouco chocada por Daniel ter batido numa montanha de homem como Roy, que tinha pelo menos 90 quilos e alguns centímetros a mais que ele — não que ela iria admitir isso. Nem mesmo por um segundo.

Ela gritou com ele, chamando seu machismo de besteira, dizendo que ele era um idiota, e, depois, o havia chutado para fora.

Foi uma pena — eles estavam se dando tão bem ultimamente.

Desde que Daniel havia dito as palavras, admitindo que a amava, sua relação havia mudado. Era mais intensa e mais relaxada. Era mais aventureira e menos tensa. Ele era brincalhão e amoroso, e todos os dias eles descobriam algo novo um sobre o outro.

Ele havia falado sobre seus pais, contando suas histórias de quando era criança. Tinha aberto um pouco mais o jogo sobre como se sentia, embora ainda se fosse contido. Até tinha admitido alguns de seus temores sobre o quão bem o implante iria funcionar. Ela havia tentado tranquilizá-lo, salientando as pequenas melhorias que já tinham acontecido.

Ela sorriu para si mesma enquanto pensava sobre esse momento incrível, especial – quando ele a ouvira dizer seu nome enquanto faziam amor. Tinha sido um momento impactante para ambos.

Ele estava envergonhado por ter chorado, mas ela havia adorado, porque ele disse tudo o que precisava saber, e tudo o que achava tão difícil expressar.

E então, duas semanas mais tarde, depois de mais uma sessão de ajuste no hospital, viera o momento milagroso.

A cena era tão perfeita em sua mente, tão normal, mas ela a guardou como uma joia – uma memória especial que ela revisitava quando precisava sorrir.

Ela estava de pé na cozinha de Daniel, lavando pratos, enquanto ele se inclinava contra o balcão ao lado dela e secava. Era uma parte simples de todos os dias de labuta. Não que ela se importasse – adorava aqueles momentos domésticos tranquilos quando eram apenas os dois.

E ela havia começado a cantar – uma das músicas de Daniel – a sua canção favorita. Parecia descrever seu relacionamento com ele perfeitamente.

Quando ouço essa música
Sentindo cada nota
É um tipo especial de lugar
Cantando palavras que nós escrevemos.
Sons desaparecem
Cada quilômetro consolidado
Mas a primeira coisa na parte da manhã
Você está sempre na minha cabeça.

E, depois, ao seu lado, ela tinha ouvido a voz dele suave cantando junto com ela.

Queria ser esse homem
Tocar cada vazio
Um tipo especial de lugar
Músicas que gostamos.

Sua voz estremecera em silêncio, e ela tinha olhado para Daniel enquanto ele continuava sozinho.

Palavras que não duram
E sentimentos nem sempre são gentis,

Mas a última coisa a cada noite
Você está sempre na minha cabeça.

Ela havia largado o prato que estava lavando na pia, fazendo a espuma flutuar pelo ar, até que olhou para ele, com um nó na garganta.

— Você... Você consegue me ouvir! Ouviu o que eu estava cantando!

Ele acenou com a cabeça, com o rosto sério.

— Você não disse nada! Quanto tempo? Quanto tempo você tem sido capaz de...?

— Eu pensei que tinha ouvido uma vez antes... Talvez... E então hoje... Após a sessão de ajuste... Eu queria ter certeza.

Eles tinham se abraçado por um longo tempo, o simples ato significando muito.

— Eu sempre gostei dessa música — dissera ele, em voz baixa.

Isso havia lhe dado esperança. Daniel ainda tinha descoberto que ouvir música gravada era impossível, um fato que o frustrava desordenadamente, mas ele podia ouvir Lisanne, e seu desejo mais básico fora cumprido.

De certa forma, isso facilitava as coisas, mas, em outros momentos, era mais difícil para ele.

Rodney, em particular, estava propenso a esquecer que Daniel era surdo. Ele se afastava durante as conversas, encobria sua boca ou falava enquanto comia – todas as coisas que tornavam a compreensão impossível para Daniel. Ele suportava isso com indiferença mais do que Lisanne, que poderia ficar pau da vida diante da menor infração.

Ela poderia dizer quando Daniel não entendia, quando ele estava sendo deixado de fora da conversa. Ele não podia ouvir crianças no geral, a sua alta frequência era inaudível para ele. Ele tinha uma reação semelhante aos contínuos gritos de Shawna, mas não perdia nada com isso. Ele não podia ouvir sussurros e ainda contava com leitura labial. Porém, Lisanne via que o saldo estava começando a mudar.

Ele era teimoso e independente, e ela o amava mais do que tudo – e ele a deixava completamente louca.

Daniel ainda se recusava a deixar mais de seus colegas saberem que ele era surdo, e sentava-se nas aulas com seu gorro puxado para baixo. Alguns dias, ele dizia que mal podia esperar para arrancar o dispositivo de sua cabeça, mas, em outros, ele parecia tolerar melhor.

Ele ainda ficava pouco à vontade só em saber que seu crânio continha um pedaço de titânio, mas eles estavam trabalhando todas essas neuras juntos. Ela havia perguntado se ele achava que valia a pena. Ele tinha acenado com a cabeça, mas realmente não havia respondido. Lisanne estava desapontada por dentro, mas não o pressionava. Ela estava aprendendo também.

Ela tolerava suas alterações de humor, e ele aguentava suas irritações mensais. Ela também estava começando a detectar os sinais que lhe diziam quando ele precisava estar sozinho. Suspirou, pensando em quão sozinho ele tinha ficado nos últimos quatro anos, de uma forma ou de outra. Ele estava lidando melhor agora – saindo mais, tendo mais chances de ser sociável. Vin estava tentando convencê-lo a entrar para a equipe de futebol americano da faculdade, ao ponto de procurar on-line por capacetes especializados. Daniel não tinha concordado até o momento, mas Lisanne estava esperançosa. E partilhar a casa com Rodney tinha sido bom para ele também. Mesmo assim – Lisanne franziu o rosto –, quando Daniel ficava sobrecarregado, ele se fechava.

Porém, se ele pensava por um segundo maldito que poderia controlar sua vida, brigando com Roy, ele que a aguardasse.

Lisanne tinha pensado bastante, com a cabeça fervendo, antes que decidisse ir para a oficina, onde ele estava trabalhando, e confrontá-lo. Ela agarrou sua jaqueta – e parou.

Sobre a cama, escondido sob o casaco, estava um envelope, o seu nome escrito com o rabisco de Daniel.

O coração de Lisanne apertou dolorosamente. A última vez que ele havia escrito para ela tinha sido sobre sua operação. Ela tirou a única folha de papel e começou a ler.

Boneca,

Você me perguntou se valeu a pena ter o IC. Sei que você sente que me forçou a isso, mas não é verdade.

Conhecer você foi a melhor coisa que já me aconteceu.

Obter o IC para que eu pudesse ouvi-la foi a segunda melhor coisa.

Então, valeu a pena?

Vale a pena porque:

- Eu posso ouvir você cantar;

- Eu posso ouvir você falar;

- Eu posso ouvir você rir;

- Eu posso ouvir o vento nas árvores e o som do oceano;

- Eu posso ouvir a minha música;

- Isso me faz querer descobrir o mundo com você.

E quando fazemos amor, eu posso ouvir você chamar meu nome.

Eu te amo muito.

Daniel

Bj

Lisanne se sentou na cama, segurando a carta em suas mãos. Como ele fez isso? Como ele totalmente a confundiu com apenas algumas palavras – palavras que ele não poderia nem mesmo dizer em voz alta?

Ela percebeu que ele devia ter trazido para entregar a ela, antes da discussão. Deus, ele era irritante! Um homem belo, brilhante, complexo – realmente irritante –, e ela o amava.

Ela adorou saber que ele havia pensado sobre a sua pergunta em vez de descartá-la. Adorou que ele tivesse escrito o que não podia dizer em voz alta. E ela adorou que ele havia deixado para trás, para ela encontrar, mesmo que tivessem gritado um com o outro.

Lisanne vestiu seu casaco e foi até a cidade, direto para a oficina. O trajeto feito no ônibus deu uns bons 40 minutos para decidir o que ela queria dizer a ele, mas, enquanto caminhava em direção à entrada, ela ainda não tinha ideia de como iria começar.

Daniel estava debruçado sobre o capô de um Mustang V6, fazendo algo viril e bem másculo com uma chave de torque. Sua bunda estava à mostra, apesar do macacão de trabalho.

O Mustang V6 era amarelo brilhante, não uma cor que Lisanne gostava em carros, mas ele estava trabalhando nesse havia alguns dias, dizendo que precisava da prorrogação. Lisanne suspeitava que era mais porque o carro era "um clássico" e Daniel não poderia resistir a um pedaço sexy de automóvel. Para Lisanne, agora que ela tinha visto, ainda parecia uma caixa sobre rodas, mas ela se divertia com a reverência com que Daniel falava sobre o veículo. Era "ela", é claro, embora Lisanne conseguisse não ser muito ciumenta, apesar de *suas linhas impressionantes e seu grande corpo*.

Ela se levantou para se sentar em uma mureta, com as pernas balançando, apreciando a vista. Lisanne estava muito contente, só esperando que ele terminasse o que estava fazendo, e não querendo atrapalhar a sua concentração. Além disso, fazia um tempo desde que ela havia tido a oportunidade para cobiçá-lo tranquilamente.

O macacão mostrava sua cintura fina e quadril estreito, e com as mangas arregaçadas, os braços fortes também estavam em exposição. Ele tinha uma mancha de óleo em uma bochecha, mas as mãos estavam cobertas por luvas descartáveis.

Ela ficou surpresa com quão excitada se encontrava, observando a cintura dele contra o motor do carro. Lembrou-se das palavras de Kirsty no primeiro momento em que o tinha visto – *esse garoto é bonito*. As palavras pareciam ainda mais verdadeiras para ela hoje, sabendo como ele era bonito por dentro também.

Sua lembrança feliz foi interrompida por uma mulher de meia-idade em um terninho caro saindo de um táxi. Ela jogou um pouco de dinheiro para o motorista e seguiu em frente, para a loja, agarrou seu celular em uma mão, com um copo de café na outra.

Lisanne podia ver a mulher percorrendo o corpo de Daniel de cima a baixo, focando na bunda e nos ombros largos; no entanto, ela desviou o olhar e deu uma tossida, de forma deliberada, claramente esperando alguma resposta dele.

Lisanne sabia que ele não usava o IC quando estava trabalhando, achando muito perturbador. Quando a mulher se aproximou de Daniel, ela bateu impacientemente no telefone com as longas unhas brilhantes e bufou.

— Algumas pessoas não têm malditas boas maneiras! — disparou ela. — Ei, você! Ei, você que está trabalhando no meu carro, eu pago seu maldito salário!

Lisanne ficou puta da vida. Ela marchou até a mulher, as pequenas mãos cerradas em punhos.

— Você é a pessoa sem boas maneiras aqui — ela disse, friamente, e de forma clara.

— O quê? Quem te perguntou? Cuide da sua maldita vida!

O rosto da mulher mostrava incredulidade enquanto ela encarava a camiseta simples e o jeans comprado em uma loja de descontos.

Lisanne sentiu seu rosto esquentar, mas se manteve firme.

— Ele é problema meu, e não está sendo rude, ele é surdo. Sim, isso mesmo. — Ela cruzou os braços. — Não pense que todos são como você!

A mulher ficou muda, olhando para Lisanne com raiva, mas também com a dúvida estampada em seu rosto.

Lisanne caminhou para o lado de Daniel e ele olhou para cima, surpreso.

— Oi! O que você está fazendo aqui?

Ela lhe deu um pequeno sorriso e olhou por cima do ombro.

— Você tem uma cliente.

Daniel se virou.

— Posso ajudá-la, minha senhora?

Divertida, Lisanne ouviu Daniel ser super educado, quando normalmente não conseguia completar uma frase sem dizer uma espécie de palavrão.

Seus olhos se estreitaram quando o viu dar à cliente um sorriso.

— Me desculpe interrompê-lo — disse a mulher, fingindo sinceridade —, mas esse carro em que você está trabalhando é meu. Me disseram que eu poderia buscá-lo esta tarde, mas, se você precisar de mais tempo...

Daniel deu seu sorriso mais irresistível, e Lisanne suspeitava que ele sabia exatamente o que estava fazendo. Quando piscou para ela, teve certeza, e sorriu de volta.

— Não, senhora, ela está pronta para ir. Estava em marcha lenta por causa do controle de ar ocioso — ele informou com autoridade. — E o modelo 2005 é conhecido por ruído no início, e chocalhos, mas ela vai ficar bem agora. — Voltou-se para baixar o capô.

— Obrigada, meu jovem — a mulher ronronou às suas costas.

Ela ergueu as sobrancelhas, depois bateu no seu ombro.

Daniel se virou.

— Sim, minha senhora?

— Obrigada — ela repetiu. — Eu posso ver que você realmente sabe o que está fazendo. — Seu tom era sugestivo, enquanto seus olhos o varriam de cima a baixo.

— Claro, não há problema — disse Daniel, como se não tivesse notado. — O escritório emitirá a fatura para você.

Então ele tirou as luvas de plástico e foi até Lisanne, sorrindo.

A mulher saiu babando para pagar a conta, e a jovem cerrou os punhos.

Daniel gentilmente alisou seu cabelo para longe do pescoço e acariciou a pele macia.

— Você ainda está com raiva de mim?

— Ser bonito não o torna menos chato!

— É? Mas e se eu for gostoso? — Ele a puxou para perto de seu corpo, segurando seu quadril com firmeza e raspando os dentes pela lateral de seu pescoço.

— Ainda chato — ela suspirou, num sussurro que era mais parecido com um gemido.

Lisanne reuniu sua inteligência dispersa e o empurrou. Não importava quantas vezes ele a beijasse, ela sempre tinha a mesma reação – paralisia mental completa e calcinha úmida.

Estava contente que ele não era imune aos seus encantos também, e seu macacão não conseguia disfarçar que estava armando uma barraca.

Ele gemeu quando ela o empurrou, um olhar de decepção pintado em seus lábios adoráveis.

— Recebi sua carta — disse ela.

Seu olhar se desviou para longe dela e ele enfiou as mãos nos bolsos.

— Sim?

Ela levantou a mão para sua bochecha.

— Adorei. Obrigada.

Seu sorriso de resposta foi tímido e fez sua respiração ficar entalada na garganta.

— Tudo bem — ele murmurou, em voz baixa.

— Ainda estou brava com você sobre Roy! — disse ela, colocando as mãos no quadril.

Daniel fechou a cara.

— O que ele fez foi tão ruim assim?

Sua única resposta foi uma careta.

— Quero dizer, você nos deixou sem nosso guitarrista dez dias antes do show! O que diabos você estava pensando? Se isso é apenas por causa de ciúmes... — Mas ela não conseguiu terminar seu discurso.

— Sim, estou com ciúmes — gritou ele, fazendo-a se sobressaltar. — Estou com ciúmes que ele estava lá em cima tocando com você e eu, não. Estou com ciúmes que ele é de segunda categoria e ainda pode tocar

melhor do que eu agora. Estou com ciúmes que ele consegue ouvi-la cantar, realmente cantar, e eu, não. Então, sim! Você poderia dizer que estou com ciúmes!

Ele parecia muito zangado e magoado, e Lisanne estava mortificada que o fizera se sentir assim, mas precisava falar disso com ele.

— Então, quem é o próximo?

— O que você quer dizer? — disse ele, ainda respirando com dificuldade.

— Quem é o próximo com quem você vai brigar? Mike? Carlos? JP? Você disse que queria que eu tivesse música por nós dois, mas talvez isso não se aplique mais.

Daniel parecia furioso, então um ar de resignação passou por seu rosto.

— Boneca, porra, olha... Sim, vou ficar com ciúmes de qualquer um com quem você toque... Mas Roy... Eu não podia mais deixá-lo ao seu redor.

— Mas por quê?

Ele passou a mão pela testa.

— Eu tinha uma impressão sobre o Roy, mas... Quando vi Zef, ele me disse para não confiar nele, não confiar em Roy. Eu não sabia o que ele queria dizer, então andei sondando...

— E?

— E ele está até o pescoço na merda, Lis. Coisa pesada. Como Zef estava. É apenas uma questão de tempo, e não quero você perto dele quando isso acontecer. Tudo bem?

Lisanne achou difícil de acreditar – Roy parecia um cara tão doce. Ele sempre tinha sido gentil com ela, embora houvesse aquela vez em que a deixara ir sozinha para casa, tarde da noite, depois de ter prometido uma carona.

Ela suspirou.

— Por que você não me contou? Por que tem que resolver tudo sozinho? Você poderia ter se machucado de novo.

Daniel balançou a cabeça.

— Eu só queria...

— Me proteger. Eu sei. Por favor, Daniel. Por favor. Você tem que me falar sobre essas coisas.

— Eu não quero essa merda respingando em você — ele falou, obstinadamente, advertindo Lisanne que haviam chegado a um impasse.

— Tudo bem — disse ela. — Mas você ainda me deve um guitarrista.

Ele deu um pequeno sorriso.

— Já está feito.

— O quê?

— JP é um bom guitarrista e ele estava ficando entediado deixando Roy fazer todas as coisas boas. Você não precisa de Roy. Você vai ficar bem.

— Quais são os outros acordos que você fez na minha vida e que gostaria de me contar? — disparou ela.

O homem chato apenas sorriu para ela.

— Não consigo pensar em nenhum, mas, se eu fizer, vou tentar lembrar e deixar você saber.

Sim, muito chato.

Lisanne o encarou, mas descobriu que não poderia continuar irritada, com ele parecendo assim todo gostoso e despenteado, todo sexy e sem vergonha.

— Você já acabou aqui?

— Por quê? A boneca quer brincar?

— Ah, sim — disse ela, balançando a cabeça. — Ela realmente, realmente quer.

Daniel estava certo a respeito do JP. Ele havia aproveitado a chance de sair da sombra de Roy e tinha ficado muito feliz em trabalhar com Lisanne em uma nova canção que ela queria tentar. Ela manteve segredo de Daniel, pois seria uma surpresa especial para ele.

— Sente-se quieta, porra! — repreendeu Kirsty. — Esses ferros são superquentes! Não quero queimar você ou a mim.

Lisanne estava sendo produzida novamente. Ela ainda achava torturante, mas não podia negar à Kirsty esse prazer, e tinha que admitir que ela era muito boa em transformar um rosto e figura medianos em algo que se destacava em um palco – mesmo que fosse em um mergulho em um circuito de música de lugar nenhum.

Lisanne tinha sido escovada, maquiada e, finalmente, colocada em um fabuloso vestido dourado, com uma bainha que se agarrava em todos os lugares certos e fazia seus peitos parecerem impressionantes.

— Tcharam! — cantarolou Kirsty. — Você está um arraso, querida! Daniel, com certeza, vai querer te sequestrar para que nenhum outro cara possa ver essa gostosura toda.

Lisanne não tinha certeza sobre isso, mas apreciava o incentivo de Kirsty. E ela, definitivamente, não achava que iria fazer algum mal a Daniel vê-la toda arrumada para variar. Ele não parecia se importar com o fato de ela viver em jeans e camisetas, mas ele era um cara depois de tudo, e que cara não gostaria de ver sua mulher em saias e saltos?

Houve uma batida na porta e a voz de Rodney ressoou através da madeira.

— Sua abóbora a espera, mademoiselle!

Kirsty sorriu e abriu a porta. Ela e Rodney tinham se dado bem de imediato, e Kirsty ainda tentou convencê-lo a se especializar em moda. Rodney ainda estava pensando sobre isso, mas dizia que não queria "viver o estereótipo". Ele estava indeciso apenas no que queria estudar – porque estava namorando Ryan, um estudante do segundo ano de Engenharia Mecânica, havia três semanas, e estavam felizes em explorar o mundinho gay local.

Rodney parou e aplaudiu quando a amiga.

— Excelente! Deus, você é tão incrível, Kirsty!

— Ei, e eu? — lamentou Lisanne. — Pessoa prestes a entrar no palco precisando de encorajamento aqui!

— Você também, Cinderela — disse Rodney, puxando-a para um abraço caloroso. — Estou tão orgulhoso de você — sussurrou. — Agora, vamos levar este show à estrada!

— Espere! — gritou Kirsty, e tirou uma foto de Lisanne parecendo um pouco assustada.

Quando se aproximaram da boate, Lisanne desejou muito que Daniel estivesse no carro com ela, segurando a sua mão, mas ele tinha conseguido uma carona com Vin e iria encontrá-la do lado de dentro.

Sirona podia ser sexy – como Daniel insistia –, mas tinha suas limitações quando se tratava de transporte em massa.

Seu telefone tocou em sua bolsa.

> D: Você está TÃO GOSTOSA! Você me faz querer ser um homem muito mau. bj

— Kirsty, você mandou minha foto para Daniel?

Kirsty sorriu para ela.

— Culpada. O que ele disse?

— Nada realmente — balbuciou Lisanne.

— Meu Deus! Aposto que sim! O que ele disse? — E ela pegou o telefone de Lisanne.

— Ei!

Kirsty riu histericamente.

— Conta! Conta! — entoou Rodney.

— Kirsty! — Lisanne murmurou, entredentes.

— Ele disse que ela é gostosa — informou Kirsty.

— Isso é fato — concordou Rodney.

— E que a maneira como ela está vestida o faz querer ser *um homem muito mau!*

— Oh, sim, por favor! — Rodney arfou com um suspiro melodramático, abanando o rosto.

Lisanne se afundou ainda mais no assento do carro. Estava mais do que envergonhada, enquanto seus supostos amigos faziam uma série de sugestões sobre como ela poderia cobrar de Daniel sua oferta. Ela queria rastejar pelo chão – ou fazer anotações.

Mais calma, respondeu a mensagem.

> L: Eu estou enlouquecendo. Queria que você estivesse aqui. LA bj

> D: Você vai ser incrível, e agora eu sei do que estou falando. Bj

> L: Espero que sim! LA bj

Era noite de sábado e a boate estava lotada. As pessoas estavam alinhadas ao longo do quarteirão para entrar. Enquanto caminhavam por eles para a entrada do pessoal, Lisanne começou a se sentir enjoada. *Respire, Lis. Respire,* disse a si mesma.

Bateram à porta e foram liberados por dois seguranças que Lisanne nunca tinha visto antes. Ela sentiu uma ligeira pontada pela ausência maciça de Roy, mas em seguido se xingou por ser tão burra.

Daniel estava esperando no camarim com Mike, JP e Carlos. Eles estavam bebendo cerveja e uísque – e todos os quatro pareciam nervosos.

O rosto de Daniel se iluminou ao vê-la, e o corpo dela incendiou enquanto os olhos dele admiravam suas pernas, seguindo para os seios, para só então perceber que encarava a namorada, fascinado. Seu sorriso sexy era ardente, e ele foi até ela, espalmando sua bunda.

— Posso te beijar? — pediu, faminto, lambendo seu pescoço.

— Não! — disse Lisanne. — Bem, não os meus lábios. Kirsty passou um bom tempo fazendo a minha maquiagem.

Daniel fez beicinho.

— Lis, você parece beijável pra caralho, como isso é justo?

Lisanne percebeu que ele estava um pouco bêbado e franziu o cenho, confusa.

— O quê? — perguntou ele, sorrindo para ela e passando a língua ao longo de seus dentes.

Ela balançou a cabeça, sabendo que não seria capaz de ser tão rígida — ele era muito bonitinho.

— Quero te levar para casa e te despir *lentamente* — falou.

Lisanne tremeu e começou a suar frio. Ele estava fazendo um ótimo trabalho tentando fazê-la esquecer um pouco do show e das quatrocentas pessoas que lotavam a boate.

Ela percebeu que ele estava usando o gorro — o que significava que estava usando o IC. Embora as cicatrizes tivessem desaparecido em uma linha tênue, rosa, e seu cabelo houvesse crescido, ele ainda o usava para cobrir o dispositivo.

— Você está ligado? — disse ela, imediatamente se arrependendo da escolha de palavras.

Daniel ergueu as sobrancelhas.

— É um pouco fodido fazer isso aqui na frente, Srta. Maclaine, mas, já que você perguntou... — E ele empurrou seu quadril contra ela.

Sim, sem dúvida. Ele estava ligadão.

— Eu quis dizer o seu... você sabe — sussurrou, batendo em sua bunda.

Ele sorriu com tristeza e balançou a cabeça.

— Não, eu poderia tentar mais tarde, mas não acho que vou conseguir alguma coisa. Tem muito ruído de fundo, muitos sons diferentes. — E fechou a cara.

Ela descansou a cabeça contra seu peito até que JP tossiu, discretamente. Olhou para cima e sorriu para Daniel.

— Vou te ver lá na frente?

— Eu estarei lá. Pronto para socar qualquer filho da puta que olhar demais para você.

Ele piscou para ela e deixou-a com o resto dos membros da banda. Lisanne esperava que ele estivesse brincando, mas não tinha certeza.

Eles repassaram o set que iriam cantar, e ela cantou algumas escalas para aquecer a voz. Em seguida, o apresentador anunciou...

— Tocando ao vivo esta noite, a banda local mais badalada, vamos ouvir a 32º North!

Lisanne respirou fundo, fez uma rápida oração e caminhou para o palco com a cabeça erguida.

Mike, Carlos e JP arrancaram as notas de abertura de Mercy, e Lisanne começou a se mover, os olhos vasculhando o lugar até que encontrou o cara a quem estava procurando.

Ele estava de pé, com Vin, Kirsty, Rodney e Ryan, um sorriso enorme no rosto.

A garota abriu a boca e começou a cantar.

Sentiu a música através de si, tornando-a mais forte e poderosa. Ela estava onde deveria estar – fazendo música –, partilhando sua paixão com todo mundo que estava lá. Sua voz entoou, enchendo o espaço escuro, ecoando pelas vigas e se espalhando por cada canto.

Rodney ficou boquiaberto, respeito e admiração refletidos em seu semblante.

A banda trabalhou com *Radioactive*, de Imagine Dragon; passou por toda *Wild at Heart*, de Gloriana; tocou duas músicas de Daniel, as favoritas de Lisanne, *On My Mind* e *Total Recall*; e totalmente arrasou em *Black Sheep* e *Man Like That*. Tudo o que Lisanne precisava era das tatuagens de Gin Wigmore.

Então chegou o momento que Lisanne mais ansiava e temia.

— Obrigado, pessoal! Vocês são ótimos! — gritou JP, o recém-nomeado porta-voz da banda. — Vamos tentar uma música nova esta noite — disse ele, segurando seu violão. — Especialmente escolhido por nossa incrível cantora, Lisanne Maclaine!

Ela viu Daniel tocar seu ouvido. E ela sabia, *ela sabia*, que ele seria capaz de ouvi-la.

I'm really close tonight
Estou realmente perto hoje à noite
I feel like he's moving inside me
Sinto como se ele estivesse se movendo dentro de mim
Lying in the dark
Deitada no escuro
I think that
Acho que

I'm beginning to know him
Estou começando a conhecê-lo
Let it go, I'll be there when you call
Deixe ir, eu estarei lá quando você ligar

A voz amplificada de Lisanne disparou sobre os sons suaves do violão – uma nota clara e pura de amor. O rosto de Daniel havia congelado, olhando para ela. Será que ele entendia? Será que entendia o que estava tentando dizer a ele?

And whenever I fall at your feet
E quando eu cair aos seus pés
Won't you let your tears rain down on me
Não deixe suas lágrimas caírem sobre mim
Whenever I touch your slow turning pain
Quando eu tocar sua lenta dor
His eyes seemed glassy, but he hadn't moved
Seus olhos pareciam vidrados, mas ele não se moveu
Don't hide it from me now
Não se esconda de mim agora
There's something in the way that you're talking
Há algo na forma como você está falando
Words don't sound right
As palavras não parecem corretas
I hear them all moving inside you
Ouço todas elas se moverem dentro de você
You know I'll be waiting when you call
Você sabe que estarei esperando quando você chamar

Lisanne derramou cada gota de emoção, respeito, admiração e amor pela música – tudo o que ela sentia pelo homem de pé na frente dela.

The finger of blame has turned upon itself
O dedo acusatório se virou para si mesmo
And I am more than willing to offer myself
E eu estou mais do que disposta a me oferecer

Do you want my presence or need my help?
Você quer minha presença ou precisa da minha ajuda?
Who knows where that might lead
Quem sabe onde isso pode levar
I fall
Eu caio
I fall at your feet
Eu caio aos seus pés
Fall at your feet
Caio aos seus pés

A multidão explodiu em aplausos, gritando e berrando, sentindo tudo o que Lisanne mostrara.

Daniel acenou com a cabeça, um sorriso deslumbrante acentuando as lágrimas em seus olhos.

Ele ergueu as mãos e enviou a mensagem que significava muito para ambos. As palavras silenciosas que expressavam a estrada pela qual haviam viajado juntos.

Eu ouço você, ele disse com as mãos. *Eu ouço você.*

Epílogo

Um ano depois

Daniel estava de pé na cozinha, encostado na pia, um olhar divertido no rosto.

— Você não está chocado ou algo assim? — disse Lisanne, com os olhos quase esbugalhados.

— Com que parte? — perguntou ele, tentando não rir. — A que Harry tem uma namorada ou que sua mãe disse amassos?

— Você sabia — ela o acusou.

— Claro. Ele me mandou uma mensagem... pedindo dicas.

— Argh! — disse Lisanne. — Eu não quero saber!

Ele riu.

— Tudo bem. Mudando de assunto. O que você acha da nova música?

Sua expressão estava tensa quando Lisanne olhou para ele.

Mesmo depois de todo esse tempo, a beleza dele ainda tirava seu fôlego. Suas maçãs do rosto perfeitas, seus lábios cheios, o brilho malicioso em seus olhos cor de avelã. Seu cabelo estava mais longo do que quando o conhecera, mas era para ajudar a disfarçar a área raspada onde o transmissor se conectava, assim como o seu IC. Ele ainda usava o gorro a maior parte do tempo, mas, ocasionalmente, no verão, saía sem ele.

Ele tinha sido o assunto da faculdade quando explodira a notícia de que Daniel Colton, o Daniel Colton, era surdo. Muita gente não acreditava, e Shawna tinha rido em voz alta com a ideia, até que Kirsty teve uma conversinha com ela.

Para indignação de Lisanne, Shawna finalmente havia parado de perseguir Daniel após a revelação. Kirsty não viu muito de sua companheira depois disso, claro. Vin não era o único que estava aliviado.

Daniel não tinha mudado de ideia sobre não querer que as pessoas soubessem, mas, quando havia feito o teste para o time de futebol americano com Vin, no final do seu primeiro ano, uma pessoa de relações públicas da administração tinha decidido que seria bom para a faculdade ser vista como apoio à igualdade de oportunidades.

Daniel ficara furioso, fazendo essa merda chegar a proporções épicas, e ameaçara chutar algumas bundas, mudar de faculdade ou abandonar completamente. Lisanne o havia persuadido a não fazer nenhuma dessas coisas e simplesmente ignorar.

Isso tinha resultado em uma briga infernal, seguida por todo um fim de semana de sexo. Isso era algo que não havia mudado – eles brigavam como loucos, e sua paixão um pelo outro ainda ardia. Rodney havia se acostumado a ouvir música em volume alto – muito alto.

Quando Lisanne tinha se mudado para morar com Daniel no início de seu segundo ano de faculdade, seus pais haviam se resignado ao fato de que sua única filha estava vivendo em pecado. Apesar do fato de que o filho de um pregador compartilhava a casa ter dado um pouco de paz de espírito – até que o reverendo Dubois informara que seu filho era gay.

Eles não tinham muito a dizer depois disso.

Zef tinha sido condenado à prisão por sete anos, embora fosse possível que ele saísse em cinco, e atualmente estava residindo na prisão estadual. Ele havia sido acusado pela intenção de fornecer e distribuir, o que era um crime doloso. A polícia não tinha programado s direito – a partir de seu ponto de vista –, encontrando Zef com menos de 10 quilos do "produto". A sentença era de dois a quinze anos de prisão por uma condenação por posse de metanfetamina, assim, os dois irmãos sabiam que ele havia tido sorte – muita sorte. Se ele tivesse a quantidade usual de drogas armazenada em casa, teria sido muito pior. Zef também tinha consistentemente se recusado a nomear os seus fornecedores, alegando que estava com mais medo deles do que da polícia. E, embora ele não explicasse melhor, não queria que a precipitação potencial de citar nomes recaísse sobre seu irmão mais novo – ainda mais porque não estava lá para protegê-lo.

Daniel via Zef uma vez por mês e, embora tivesse perguntado à Lisanne se ela queria ir conversar com ele, ela se recusara. Ele estava confiante de que a convenceria em algum momento.

A investigação de seu caso havia sido abandonada devido à insistência de Zef em alegar que a droga era dele, e o fato de Daniel continuar negando saber de qualquer coisa.

Roy havia desaparecido, mas Zef tinha ouvido falar, na prisão, que ele havia entrado em alguma merda na Virgínia. Ninguém parecia saber os detalhes e se importar, exceto, talvez, Lisanne, que ainda tinha um fraquinho pelo homem-montanha.

Eles viam Cori ocasionalmente, embora agora ela estivesse em Gallaudet, DC, mas era apenas durante as férias. Tinha levado um tempo, mas ela havia aceitado a escolha de Daniel no final. Ela também tomara a decisão de trabalhar em sua própria comunicação com pessoas ouvintes, e estava indo a sessões de fonoaudiologia. Porém, ainda sentia que a língua de sinais era sua primeira língua.

O implante parecia ter resolvido a um nível razoável. No lado negativo, Daniel ainda não conseguia usar um telefone, mas, às vezes, ele assistia à TV sem as legendas, embora achasse cansativo. Quando ele começara as sessões de ajuste do IC, a Dra. Devallis insistira que Daniel não devia usar legendas de TV, alegando que isso ajudaria a treinar o uso correto de seu dispositivo. Lisanne lembrava a ele desse fato constantemente. Às vezes, ele fazia como ela sugeria. Mas, só às vezes. No lado positivo, ele tinha visto um filme no cinema pela primeira vez em quatro anos. Era verdade que era um filme de ação com um mínimo de diálogo, mas o fizera feliz.

Isso havia feito Kirsty feliz também, porque Vin tinha ido para o cinema sem ela, o que lhe havia permitido desfrutar de uma noite das garotas com Lisanne e Rodney.

Mas a melhor coisa, a melhor coisa de todas, era que Daniel descobrira que podia ouvir bem o suficiente para tocar violão. Em seu trabalho de fim de semana na oficina, ele tinha ganhado dinheiro suficiente para comprar um instrumento decente – não tão bom como o Martin que havia perdido, mas bom o suficiente. Ele não podia tocar na banda ou ouvir música amplificada – havia muitas complexidades sonoras para assimilar –, mas poderia tocar para Lisanne. E poderia escrever músicas novamente.

Isso tinha sido maravilhoso para os dois e os deu esperança para o futuro. Talvez a vida deles pudesse ser na música. A *32° North* havia desenvolvido sólidos seguidores locais. Nenhum deles ousava sugerir que poderia ser mais – era muito parecido com um destino tentador –, porém, individualmente, eles torciam.

Para Daniel, acima de tudo, nem as limitações do passado nem o medo do futuro o detiveram.

— Sim, é uma grande canção — disse Lisanne, com entusiasmo. — Eu amei! Ela vai se encaixar muito bem com o tempo definido que nós tocamos. — Ela olhou para Daniel e não pôde deixar de sorrir quando viu a tatuagem no interior de seu pulso esquerdo, que tinha as letras "LA" cercadas por estrelas. — E as letras no segundo verso são lindas... Ei! Não vou falar com você se não está interessado.

— Eu estou — ele afirmou, enquanto olhava para fora da janela. — Porque isso é...

CRASH!

Daniel saltou quando Lisanne derrubou a xícara de café, o líquido escuro escorrendo sobre a mesa e no chão.

Ela estava olhando para ele, boquiaberta.

— Que porra é essa?

— Você estava ouvindo — disse ela.

— Sim? E daí?

— Daniel, você estava ouvindo! Você não estava olhando para mim! Você só estava ouvindo!

Ele olhou para cima, devagar, e se virou para ela com admiração.

— Você me ouviu! — ela sussurrou.

Ele fechou os olhos e piscou várias vezes. Quando a encarou novamente, seus olhos estavam brilhando.

— Eu ouvi você. Oh, Deus, eu ouvi.

Sua cabeça pendeu, e ele soltou um suspiro trêmulo.

— Eu te amo, boneca. Muito.

FIM

Nota da autora

O título deste livro foi tirado da conhecida frase de autoria de Caroline Lamb. Ela descreveu seu amante, o poeta Lord Byron, com as palavras: "Maluco, mau e um perigo de se conhecer".

As frases a seguir foram retiradas do poema de Bryon, "The Corsair", mas acho que descrevem Daniel no início desta história.

Aquele homem solitário e misterioso,
Mal se via sorrir,
e raramente se ouvia suspirar.

A história deles continua…

Espero mesmo que você tenha gostado da história de Lisanne e Daniel. Mas, talvez, esteja se perguntando o que aconteceu com o prisioneiro e irmão mais velho de Dan, Zef?

Você poderá ler a história de Zef em CARNIVAL, o quarto livro da SÉRIE "THE TRAVELING", que em breve será publicado pela The Gift Box. Lá voltará a encontrar Lis e Dan e descobrirá o que acontece com eles depois da faculdade.

Agradecimentos

Obrigada por lerem.

E um grande obrigada a todas as pessoas maravilhosas que me ajudaram antes, durante e depois de escrever este livro.

Esta história foi inspirada em meu pai, que teve sua própria batalha contra a perda auditiva. Mas há muitas outras pessoas que estiveram comigo nesta jornada também. Então, gostaria de agradecer a todas essas pessoas adoráveis...

Agradecimentos especiais à Jane Goodfellow, que checou todos os detalhes sobre os implantes cocleares e por seu maravilhoso blog: http://deafbecomesher.blogspot.co.uk; Brett Robertson, Gerente Geral do Ear Science Institute, Austrália; Ear Sciences Center, School of Surgery, University of Western Australia; Gemma Upson, Gerente do Cochlear Implant Centre; e Benjamin Von Schuch, advogado, por me explicar as leis de excesso de velocidade da Geórgia.

Aos *Bloggers*:

Smitten's Book Blog; Totally Booked – Jenny, Gitte e Trish; Rose, The Book List Reviews; Angie, The Smut Club; Lindsay, Madison Says; Lisa, The Indie Bookshelf; Emily and the Girls, The Sub Club Books; Lori's Book Blog; Crystal's Random Thoughts; Marie, Book Crush; Bookish Temptations; CBL Book Reviews; Fifty Shades of Tribute; Liezel's Book Blog; Live Love Laugh & Read; Once Upon a Twilight; Read This – Hear That; Read-Love-Blog; Romantic Book Affairs; Scandaliciious Book Reviews; Selena Lost in Thought; The Autumn Review; The Book Hookers; The Boyfriend Bookmark; The Drunken Pervy Creepers; The Forbidden Book Affair; Twilight – the Missing Pieces (PA Lassiter); Waves of Fiction.

Aos fãs:

RRR – onde tudo começou (vocês sabem quem são); FanFiction; Amigos do FB; Goodreads; leitores da série "A Educação de Sebastian".

Às Betas:

Que não tiveram medo de me dizer o que pensavam. Lara Davis Mattox; Laura McCarthy Benson, embora ela estivesse mudando de casa e de estado na época; Kirsty Lander; Kirsten Papajik, querida, seu nome simplesmente aparece em todos os lugares em meus agradecimentos – você sabe o porquê; Trina Miciotta. E ao Fred LeBaron, por sua gentileza e paciência de responder a todas as perguntas.

Aos primeiros leitores que leram, que são importantes para acalmar nossos nervos e nos dizer que vai ficar tudo bem:

Vikki; Lise, "a garota que exclui o gif"; Becka; It's just me Shelly B; KatLynne; Baba; April; Jen; Elizabeth; Sleepy; Reese Call, rainha da pesquisa; Wendy LeGrand; Audrey Orielle, maluca, no bom sentido; Dina Fardon Eidinger, por instituir Sebastian Sunday e pela excelente pesquisa de fotos de caras gostosos; Dorota Wrobel e pB, sempre maluca, sempre maravilhosa; Cori Pitts, cujo nome descaradamente roubei, e sua mãe, Shirley Wilkinson; Christopher Lindsay, tão forte; Sasha Cameron, amiga que nunca encontrei; Ana Alfano, cujo brilho assustador é igualado só por seu humor maravilhosamente bizarro; Ellen Totten, sempre uma dama;

Jacqueline Tria, por me ajudar a tornar o diálogo moderno, paizinho; e um agradecimento especial à Lara (novamente).

E mais... Rebecca Slater pelo apoio jurídico; Phyllis Davies pela revisão; capista, Hang Le; arte gráfica adicional, Sarah Hansen, Okay Creation.

Obrigada a todos.

JHB

Bjs

A The Gift Box é uma editora brasileira, com publicações de autores nacionais e estrangeiros, que surgiu no mercado em janeiro de 2018. Nossos livros estão sempre entre os mais vendidos da Amazon e já receberam diversos destaques em blogs literários e na própria Amazon.

Somos uma empresa jovem, cheia de energia e paixão pela literatura de romance e queremos incentivar cada vez mais a leitura e o crescimento de nossos autores e parceiros.

Acompanhe a The Gift Box nas redes sociais para ficar por dentro de todas as novidades.

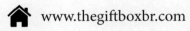 www.thegiftboxbr.com

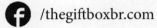 /thegiftboxbr.com

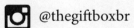 @thegiftboxbr

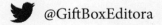 @GiftBoxEditora

Impressão e acabamento